U0468516

有爱的青春陪伴者

观岁

孔十五 著

江苏凤凰文艺出版社
JIANGSU PHOENIX LITERATURE AND ART PUBLISHING

图书在版编目（CIP）数据

欢岁 / 孔十五著. -- 南京 : 江苏凤凰文艺出版社,
2025. 8. -- ISBN 978-7-5594-9765-9
Ⅰ. I247.5
中国国家版本馆CIP数据核字第2025P29G69号

## 欢岁

孔十五 著

| 责任编辑 | 王昕宁 |
| --- | --- |
| 特约编辑 | 周丽萍 |
| 责任印制 | 杨 丹 |
| 出版发行 | 江苏凤凰文艺出版社 |
|  | 南京市中央路165号，邮编：210009 |
| 网　　址 | http://www.jswenyi.com |
| 印　　刷 | 长沙鸿发印务实业有限公司 |
| 开　　本 | 880mm×1230mm 1/32 |
| 印　　张 | 10 |
| 字　　数 | 358千字 |
| 版　　次 | 2025年8月第1版 |
| 印　　次 | 2025年8月第1次印刷 |
| 书　　号 | ISBN 978-7-5594-9765-9 |
| 定　　价 | 42.80元 |

江苏凤凰文艺版图书凡印刷、装订错误，可向出版社调换，联系电话025-83280257

# 目录 MULU

序 ◆ 001

第一章 ◆ 宋家有女名欢岁 003
第二章 ◆ 赏灯宫宴 012
第三章 ◆ 女学 023
第四章 ◆ 公主驾到 031
第五章 ◆ 被罚抄书 042
第六章 ◆ 爬了东宫的墙头 052
第七章 ◆ 带着公主逛花楼 060
第八章 ◆ 被绑架了 071
第九章 ◆ 共度一夜 080
第十章 ◆ 审问 089

第十一章 ◆ 心字难书 096
第十二章 ◆ 时疫 104
第十三章 ◆ 他救了她 113
第十四章 ◆ 阴谋 121
第十五章 ◆ 解虢城之危 129
第十六章 ◆ 暗室审讯 138
第十七章 ◆ 骄阳公主 147
第十八章 ◆ 她的心事 154
第十九章 ◆ 他的背叛 163

# 目录

第二十章 ◆ 入东宫 174

第二十一章 ◆ 她已及笄了 184

第二十二章 ◆ 竟是他杀的 194

第二十三章 ◆ 刺杀东宫 202

第二十四章 ◆ 她死他伤 211

第二十五章 ◆ 女细作 216

第二十六章 ◆ 重逢 224

第二十七章 ◆ 轻薄 234

第二十八章 ◆ 报仇 241

第二十九章 ◆ 鸿门宴 249

第三十章 ◆ 东宫太子妃 258

第三十一章 ◆ 坦诚相诗 268

第三十二章 ◆ 陷阱 277

第三十三章 ◆ 身中剧毒 285

第三十四章 ◆ 杀了司徒云起 294

番外一 ◆ 与君初相识，犹如故人归 304

番外二 ◆ 满盘皆输 307

番外三 ◆ 别离 310

番外四 ◆ 鲜衣怒马少年郎 313

# 序

风雨夜，洛城西北角的一处府邸不如往日平静。

一驾四方阔大的马车疾驰在街道上，那车夫面目狰狞，在黑夜中犹如提灯夜鬼一样，令人生寒。

马车中，宋府当家人宋景之，带着一位美貌的少妇、一个半大的男孩和一个七八岁模样的小姑娘，惴惴不安。

片刻后，宋府的门忽地被叩得"啪啪"作响。那叩门声在这样的雨夜里略显恐怖，惊得上上下下全府人都醒了过来，就连住在后院的宋老夫人也被惊醒，忙遣人去前院打探情况。

打探的嬷嬷不多时便回来了，那慌张的模样像是天要塌了，直说："老夫人，您快去前厅瞅瞅吧，咱们爷不晓得从哪儿带回来一个妇人，这会儿正在前厅。"

前厅中，那位少妇满脸凄苦地跪在地上，兴许是淋了雨受了冻，模样竟像是刚遭受了大难。纵然如此，也能看出她面容姣好、身段极佳。而她身旁跪着的一双儿女似乎受到了惊吓，紧紧依偎着母亲。

陈玉芝是宋景之的妻子，她被惊醒时万没有想到将要面对的会是丈夫带着别的女子回家的场景。

她身上只穿着一袭落日黄的薄衫，看着这跪了一地的人，似是觉得冷，不由得打了个寒战。

一旁近身侍候的翠儿见状，为她加了一件外衫。可陈玉芝还是觉得冷，那种发自内心的寒让她不由得紧了紧外衫。

"他们是何人？"她微抖着唇，向着自己的夫君，问了出来。

宋景之的面色不大好看，眼中尽是血丝。在妻子的注视下，他艰难地说道："这是……我的两个孩子。"

两个孩子？陈玉芝明白眼下的场景是私藏外室、偷偷生子，最让她难以接受的是，那两个孩子看起来比自己的孩子还要大一些，竟是婚前便有了私生子。

她身形单薄，面对此情此景，更像是受了什么重创，不由得战栗。她难以置信地望着昨日还恩爱地为她簪花的丈夫，期盼着他能有一言半语的解释。可他竟无一言。

"你没有什么话要同我解释？"

陈玉芝的眼眶微红，身边站着他们唯一的嫡女宋欢岁。这小姑娘也是被敲门声惊醒的，嬷嬷将她抱来前厅后，她颠颠地跑到母亲身边，显然对眼前发生的一切一无所知。

见宋景之不说话，陈玉芝握了握女儿的小手，心中悲痛，问道："你当年去陈家求娶，说过这一生不纳妾、不养外室。你既已移情，只管告诉我便是，何苦将一双儿女藏得这般大了，才带回来？"

宋老夫人一进门，就听到了这番话，再去看地上跪着的三人。妇人模样端庄美丽，那两个孩子虽满身泥泞，但也看得出被养得很好，样貌清秀，招人疼爱。

可如此荒唐的事，着实让宋老夫人受了惊，指着儿子怒道："荒唐，太荒唐了！你怎能干出这等荒唐事？我们宋家几代清流，从未有过如此荒唐之事。你从外面带回来这么些人，让那些世家夫人如何看阿玉、如何看欢岁？你是打算让宋家因你蒙羞啊。"

宋老夫人出身大家，最是在意这些礼仪。宋家虽然子嗣单薄，老夫人也期盼着多子多孙，可到底不能败坏了门风，尤其是将不明不白的人带回，还不如光明正大地纳妾。

"我从前几次三番劝你纳妾，你都断然拒绝，说是要跟阿玉一生一世一双人，可如今你带回来的是什么？这便是你说的一生一世一双人？"

若真是两情相悦，大可以早些收进府里，当个妾室。如今在外头不知养了多少年，连孩子都这般大了，再迎进府里，岂不是有损宋家的名声。

更何况，那外室子生在了嫡女前，更是了不得，若陈家去告，一告一个准，这骗婚的罪名他们又如何担待得起。

满屋子无一人敢言，哭的哭，气的气，宋老夫人用拐杖戳地："趁着天还未亮，你速将这母子三人送走，再好好向阿玉道歉，今日之事便不再提起。"

婆母看似句句公道向着自己，可陈玉芝知道宋老夫人到底也不会实实在在惩罚宋景之，不过是几句不轻不重的责骂。

她更清楚，夫君能把人带回来，便是铁了心要留下。

再看宋景之，纵是面对妻子的失望和母亲的质问，他依旧目光坚定。他"扑通"一声跪在地上，重重将头一磕。

"母亲，这是孩儿的错，是儿子对不起阿玉。可稚子无辜，这一双儿女在外多年，如今说什么我也要将他们留在身边。"

宋老夫人听了这话，一阵胸闷，就要倒下去，身旁的嬷嬷忙扶着她坐下来。

好一个要留他们在身边，陈玉芝只觉得讽刺。她的丈夫前日出门前，她还为他整理衣物，叮嘱他切莫太过劳累，可如今竟带回来一个偷摸养着的外室，还口口声声说着稚子无辜。

陈玉芝越想越心寒，问道："你打定了主意要将他们留下？"

宋景之抬头，那双狭长的凤眼中透着歉意："他们定然是要留下的。"

欢岁这才从母亲身后探出脑袋，她呆呆地看向地上跪着的男孩，那男孩也正怯怯地望着她。

小欢岁不知道发生了什么，她从未见父母争吵得这般厉害，大眼睛里全是恐惧。

许是对宋府的未知，那男孩的眼中也皆是惊吓。两个孩子就这么互相打量着对方。

三天后，消息飞满洛城——镇守边关的司徒将军反了，司徒府一夜之间树倒猢狲散，厉帝的暗卫血洗了司徒府，斩草要除根，据说司徒将军的子嗣无一生还。

宋府中，背着大包小包准备连夜出逃的欢岁她娘，却突然想通了什么，放下包袱，眼中皆是盘算。

# 第一章·
## 宋家有女名欢岁

欢岁被她爹打板子了！

这个消息自从在发小圈子里传开，她宋欢岁简直沦为洛城里纨绔子弟们的笑柄。

宋家祖上曾官至丞相。宋欢岁的太祖父，深知功高盖主的后果，轻则倾家荡产，重则家破人亡、从此绝户，因此，十分懂得激流勇退的他，借病辞官了。

老皇帝表面苦苦挽留，心里高兴得简直恨不得欢岁的太祖父连夜还乡，从此他夜里好睡得更加踏实。

君臣二人各怀鬼胎，戏却还是要做足全套。

于是，二人在朝堂上演了一出欲拒还迎、欲走还留的戏码，成了整个国家君臣和谐关系的典范。这一段佳话还被载入北辰国史册，代代相传。

欢岁的太祖父辞官还乡后，凭着多年积累的人脉和家底，做起了玉石生意，宋家从此走上了经商的路子。到了她祖父那辈，宋家便已经是北辰国有名的大商贾了。

俗话说"富不过三代"，可到了欢岁她爹这里，宋家依旧富甲一方，且大有子子孙孙一直富下去的趋势。

欢岁她爹宋景之年轻时，风流倜傥、相貌堂堂，加之宋家财富的加持，算是都城洛城中名声响当当的世家公子哥。

这等出类拔萃的人物，到了婚配年纪，家里的门槛都要被媒婆踏破了。

奈何宋景之愣是没瞧上一众高门贵女，那清冷孤高的样子让人误以为他不好女色。

这可急坏了宋老夫人，若自己这棵独苗铁树不开花，宋家岂不是要绝后？

哪知某次灯会上，这宋家贵公子竟瞧上了武将陈家的小女儿。

欢岁她娘陈玉芝武将家庭出身，虽相貌平平，但满是心眼，伶俐得很，也不知道耍了什么手段，愣是从众多世家小姐中脱颖而出，一举拿下欢岁她爹，嫁入了高门大户的宋家。

每当欢岁问起爹娘的爱情故事，她爹总是连连叹气，而她娘则是嗑着瓜子得意扬扬。

欢岁她娘进门后，据说欢岁的祖母很不甘心，像天下所有的婆母一样，觉得自己的儿子哪儿都好，能配得上更好的人家，于是在家里上演了一出出婆媳大战。

说起来，欢岁她娘也是个有手段的，短时间内就把婆母收拾得服服帖帖，过上了安稳日子。

这些年来，欢岁的爹娘恩爱非常，只是子嗣方面一直有些单薄，为此宋老夫人还曾经亲自为欢岁她爹寻找姬妾，可架不住欢岁她爹一往情深，说什么都要对欢岁她娘从一而终。

这夫妻二人蜜里调油的日子又过了几年，人到中年，宋家夫妇才得了个女儿，取名欢岁，只愿她岁岁常欢愉。

对于这个嫡出的大小姐，全家上下自然是十分娇宠，尤其是宋老夫人，恨不得把欢岁含在嘴里、揣到怀里，生怕磕了碰了，生怕有一点闪失。

这么宠着宠着，欢岁就成了洛城人口中那个欺凌下人、拉帮结派、霸凌他人的娇养跋扈大小姐。

到了欢岁六七岁的样子，从一而终的欢岁她爹，竟从外头带回了两个半人高的孩子。从那之后，宋欢岁有了一个庶出的哥哥宋云起和一个庶出的姐姐宋星辰，还有一个常年久居后院，大门不出、二门不迈的姨娘。

将外室纳为妾室不算什么光彩的事，尤其是对宋家这种世家来说，实在有损清誉。

但宋家大娘子和二姨娘这么些年从未传出过不和的名声，这让那些达官贵人很是羡慕，都觉得宋景之治家有方，却无人得知其中的门道。

欢岁自小到大一直被父母放养，性格活泼开朗，只是规矩少了些。

每次欢岁她爹宋景之提出让欢岁学学规矩，欢岁她娘陈玉芝总是不屑："女子学那些规矩干什么？难不成你想让女儿也三从四德，生生受了那些个委屈？"

欢岁她爹一向惧内，又因带回了外室，自觉理亏，因此"哈哈"笑两声，也不再多言，这学规矩之事也就这么耽搁了。

就这样，欢岁野蛮生长，三天两头跟这家公子打架了，跟那家小姐抢东西了，宋家父母也就时常跟在女儿后面收拾烂摊子，登门道歉都是常事。

可就在前几天，欢岁闯下了一桩祸事。

那日，欢岁听闻集市上来了个捏面人儿的师傅，捏出来的面人儿栩栩如生，就跟真的一样。

她心动极了，放下手里吃了一半的蜜饯，对身边的丫头小午说："今日爹爹不在家，过了晌午我们便从后门溜出去，去看看那面人儿师傅的手艺是不是像他们说的那样好。"

前几日，她拔了先生几根须子，那先生便拄着拐杖去她爹面前告状，闹着要辞职。

她爹恨铁不成钢地说这已经是给她换的第十位先生了，因而罚她禁足。

小午自小跟在欢岁身边长大，对欢岁的话向来唯命是从，听她这样说，立刻乖乖点头。

晌午一过，便是娘亲午休的时间，趁着老虎打盹的工夫，欢岁拉着小午从后院的小门出了府，片刻不敢耽误，径直向集市走去。

洛城最大的集市上，欢岁着一身鹅黄色的小衫，十三四岁的少女，扎着两个圆圆的发髻，看起来异常可爱。一场场热闹看过去，最后欢岁和小午停在了面人儿师傅的摊位前。

这个捏面人儿的师傅果然名不虚传，捏出来的面人儿栩栩如生，还有许多面人儿是照着热门话本子里的角色捏出来的，个个活灵活现。

引得小孩们里三层外三层地围观，好不热闹。

欢岁拉着小午东瞅瞅、西看看，对所有的面人儿都爱不释手。

欢岁正看得起劲，没留意撞到了旁边的人。

只听有人哑着公鸭嗓惊叫了一声："你个虎丫头撞我身上了。"

欢岁急忙往一边挪了挪，抬头才发现说话的人是素来跟她不对付的顾家小公子顾炎。

两人自小就是欢喜冤家，向来看对方不顺眼。

其实方才在人群中，顾炎一眼就看到了欢岁。欢岁长得像她容貌出众的父亲，虽年纪不大，还带着点稚气，但走到哪里都很显眼。这般显眼的丫头自然也入得了少年人的眼。

十来岁的少年郎，不会表达自己的关注。

见欢岁垂头并不打算理睬他，顾炎像是故意较真一般，伸手和欢岁抓着同一个老虎面人儿，争抢起来。

"喂，你这个笨丫头，女孩子家家的，不去选个女娃娃面人儿，跟我抢这老虎面人儿作甚？"

少女秀气的眉头微微皱着，那双水眸露出不悦。

想起上次两人打架，他那牙齿都快掉光的太奶奶，愣是找到了宋府，为此爹爹让她抄了整整一夜《弟子规》。

一整夜啊，抄得她葱白似的手又红又肿，抄得她像水一样的眸子通红通红的，每抄一遍都要将眼前这人狠狠地咒骂一遍。

今日新仇旧账正好一起算。

欢岁这般想着，抓着面人儿的手暗暗用了几分力气。

欢岁没好气地说道："小胖子，这面人儿是我先瞧上的，凭什么让给你？"

顾炎跟欢岁年纪相当，近些日子正在长身体，不仅哑了嗓子，发育得也有些过于五大三粗了，加之太奶奶时常给他整一些营养补品，补得身形更加庞大。

到底是青春期，顾炎对"小胖子"这三个字很是忌讳，一时之间气得面红耳赤。

原本他只是想逗一逗欢岁，这下真生了气，两个人谁也不肯先撒手。

争执间，顾炎使了个眼色，随从了然，立即掏出一锭银子，递给面人儿师傅："喏，这面人儿是我家小公子先看上的，我们买下来。"

那随从的语气肯定得面人儿师傅都有些自我怀疑到底是谁先拿到的面人儿。

欢岁也不甘示弱，命小午拿出了一串钱。

面人儿师傅左右为难，这两个半大孩子衣着华丽，气质矜贵，定是洛城中非富即贵的公子小姐，他一个外地来的手艺人，万万不能因这点事得罪了这两位。

一时之间他竟不敢去接两人的钱。

可这两人一副谁都不让谁的模样，大有不拿到面人儿不罢休的架势，于是面人儿师傅只得觍着脸，笑着说道："这面人儿小人还能再做，若是公子小姐喜欢，我这就再捏个一模一样的，二位不必争抢。"

那怎么可以！

005 /

欢岁心道，这面人儿分明是自己先拿到的，今日无论如何都不会让给顾炎。

正当一群人围着宋家小姐和顾家公子看热闹起哄时，欢岁力气上已有些不足，可她并不想在这小胖子跟前下了面子。

只见她圆溜溜的眼珠一转，看向了顾炎今日穿的那身华丽的掐金丝青色衣衫，越看越觉得那条骚红色的腰带碍眼极了。

顾家小子见欢岁嘴角似乎咧了咧，有那么点不怀好意的味道，还没等他反应过来拆穿她的招数，只觉得胯下生风。

下一刻，穿着粉色的绣虎头亵裤的顾家小子"哇"的一声大哭起来。

宋家姑娘竟当众抽掉了顾家小子的裤腰带！

一时之间，这消息霸屏洛城的新闻榜！

站在一线的吃瓜群众奔走相告，生怕这豪门大瓜烂在地里。

"顾家公子被扒裤子了。"

"宋家小姐凶神恶煞，好不知羞。"

"顾家公子捂着屁股跑回府去了。"

"这可让顾家公子怎么活。"

…………

是夜，宋府中，前厅依旧灯火通明。

"你说说这叫什么事？我今日去顾府登门道歉，阿炎那孩子还躲在屋子里，说什么都不肯出门见人，也不肯进食。"宋景之来回踱步，"这重孙子可是顾家老太太的心头肉，老太太现在急得直上火。我在顾家说尽了好话，赔尽了不是，这脸算是彻底没地方搁了。"

北辰国虽然民风开放，允许女孩上街、入学，可到底抽人裤腰带这等事情传出去也是非常影响脸面的。落得个不好的名声，将来怕是连婆家都难找。

说着，宋景之望向端端跪在地上的人，气得胡子都抖了抖。

欢岁在这里跪了半晌，听爹爹说顾炎不吃不喝的，只觉得他活像个受气小媳妇。她心里更看不起他，不就是抽了他的裤腰带吗？他一个男孩怕这作甚？

宋景之叹了口气，坐到那张黄花梨的椅子上，抿了口茶，对着身边的妻子说道："阿玉，这次我可不会再听你的，说什么我今天都要好好收拾这孩子一顿。"

陈玉芝本来正嗑着瓜子，听着孩子们之间的玩笑事儿，见丈夫点了她的名，忙放下瓜子。

"这事儿我捋了捋，寻思着也不是大事，再说了，真要追究起来，也是那顾家小子先招惹的咱们家姑娘，他不跟欢岁抢面人儿不就没事儿了吗？大不了赔他几个玉器罢了，你至于这么着急上火吗？"

宋家阔绰，金银玉器数之不尽，以往欢岁闯了祸也都是陈玉芝拿玉器赔礼了事的。

宋景之听她这样说，不由得扶额，实在觉得夫人的三观不敢苟同。

"夫人，现在不是抢不抢面人儿的事，是咱们家姑娘扒了人家小子的裤子。"

实在是有辱斯文！

陈玉芝拍拍手上的瓜子壳，抓住了宋景之话里的漏洞："欸，此言差矣，我姑娘并没有扒人家的裤子，只是抽了他的腰带。若顾家的裁缝手艺好，将裤子缝得紧一些，也不至于轻轻一扯腰带，裤子就掉了。"

"什么歪理邪说、诡言狡辩，你这意思是要怨顾家的裁缝？"

"那是自然。"

陈玉芝一脸理所当然，让宋景之的头更大了。

宋家人如今虽没在官府中担任要职，可在洛城几大世家之中，宋、顾两家的分量都极重。

今日之所以有这相安无事的局面，不过是几大世家势均力敌，若是其中两个家族有了嫌隙，自然会有不安分的人趁机挑起争端。

况且他虽未为官，起儿却是初入仕途，左右该为起儿铺条路，顾家他们不能得罪。

如今这孩子间的玩笑事已渐渐发酵，甚至有好事者翻出了二三十年前宋、顾两家的矛盾。

放在平日里宋景之也不舍得惩罚欢岁，可在这个节骨眼上，若是不给欢岁这孩子一点教训，顾家那边怕是不好交代，更会落得个家风不严的名声。

宋景之思索再三，还是吩咐下人取来了戒尺。

欢岁看着父亲手里的那把戒尺，有些怕了，这戒尺她小的时候可是领会过那滋味的。

想着想着，她还带着婴儿肥的小脸一下变得煞白。

一旁的庶长子宋云起见状，面色一滞，忙上前一步，挡在欢岁身前。

"父亲，欢岁她知道错了，不如……不如就罚她抄《弟子规》吧？她最怕抄《弟子规》了，实在不必请出戒尺。"

宋云起比欢岁大了几岁，他虽是外室所生，可入府以来，陈玉芝待他没有半分苛刻，在他回到宋家之后，更是请了先生教他读书、习武。

如今十八九岁的男儿已挺拔如松柏，近日还在宫中谋了份差事，平时对欢岁这个妹妹也异常爱护。

"抄书有用的话，她何至于如此调皮。"

宋景之恨铁不成钢，推开云起，走向欢岁，不顾她的躲闪，就要拉着她的手打下去。

这时，一道中气十足的声音传来："是谁要打我的二凤呢？要打她便先打我这老太太吧。"

宋景之打下去的戒尺将将停在欢岁掌心上方三寸之距，顿在那里，他哭笑不得地看向门口："母亲，这点小事怎能扰了您的清净？"

陈玉芝暗暗松了口气，方才她见情况不妙，便遣了身边的嬷嬷去通知老夫人。

现下全府最护犊子的人来了，陈玉芝忙迎上前，亲昵地搀扶着老太太。

"我清净什么清净？我若是再不来，还不知道我这宝贝孙女会被你打成什么样儿呢。"

宋老夫人说着，狠狠瞪了宋景之一眼。

陈玉芝则是一脸得意的笑。

宋景之只觉得头疼，他知道是妻子去搬的救兵，连连叹道"慈母多败儿啊"。

宋老夫人在众人的搀扶下，坐在了当中的位置，看了看跪在地上的孙女。

自己这个嫡孙女，小时候格外乖巧可人，近些年是有些调皮，但说起来也是在那母子三人进府之后，这孩子才日渐叛逆，老太太想到这里便越发心疼这个嫡孙女。

"欢岁聪明伶俐，虽然有些调皮，但女孩子嘛，要么么文文静静的做什么？她做错了事，你们当父母的把道理讲清楚，教着她便是了，何苦动手？况且，女孩子到了这个年纪，总是要面子的。"

老太太一向是护短的，宋景之无奈地摇摇头。

宋老太太虽然年过花甲，但是精气神一向很好，中气十足地说道："至于与顾家的那点玩笑事，大不了我明日出府一趟，去顾家走一遭，这事就这么着了。"

宋家老太太出身名门，跟顾家老太太年轻时便是手帕交，熟悉得很，今日听说了两个孩子的事，自然想到那个极其疼爱重孙的老姊妹心里会不舒服。

"你让管事去准备一些苏记的糕点，顾老太太爱吃，再把年初阿骞带回来的那只玉镯给装上。"

苏骞是宋家的表亲，是老太太表姐家的孙儿，这些年一直跟着宋景之跑玉石生意，平日里宋家的人情往来也都是交由他来打点。

"我亲自送去顾府，想必这点事顾家也不会怎样。"

眼看着宋景之有些松动，立在一旁的庶女宋星辰眼中闪过一丝不甘，委委屈屈地开口："父亲，今日妹妹在街上出了这样的事，怕是整个洛城都传遍了，实在可怜。若是我这做姐姐的平日里能多照拂一些，妹妹便不会闯下这祸事。"

宋星辰比欢岁大了一些，出落得亭亭玉立，比起活泼好动的欢岁，她这个庶姐显得温婉省心得多。

她这样一番不轻不重的话，听似在为欢岁辩解，实则是在提醒宋景之，欢岁于闹市中做出这样的事，于名声有碍，而她这个乖巧的庶姐可比欢岁懂事多了。

宋景之听后，果然皱了眉头，眼见着云起初入官场，而欢岁和星辰也差不多到了婚配的年纪，声誉对他们来说尤为重要。

若欢岁整日里还是这般不谙世事，坏了名声，即使有宋家撑腰，将来怕是也没有哪个好人家敢前来提亲。此时，要是重重罚上一次，一则能让欢岁长长记性，再则也能落得个家规森严的名声，于内于外都是好的。

宋景之摔要放下的戒尺又拿了起来。

老太太闻言，瞥了宋星辰一眼。她在深宅大院里待了大半辈子，什么样的钩心斗角没见过，自然晓得宋星辰是什么心思。

"星辰丫头不必说这样的话，我们宋家还没沦落到让别人说三道四的地步呢。况且名声从来不在于这些事，而是在于我们为人是否光明磊落，做事是否坦坦荡荡。若是有事没事净挑起些争端，才是于我们宋家名声不利。"

宋星辰被老太太这么明里暗里嘲讽一番，脸顿时涨得通红，不再作声。

她自然清楚老太太不喜欢自己，可她将这种轻视归结于老太太的嫡庶观念，心里也更加嫉妒欢岁。

宋云起也凝眉看着自己的妹妹，想说什么，终是没有说出口。

"星辰说得有理，如今你们三人也都年纪不小，奔着一个好前程去，也该爱惜名声，况且还要给顾家一个交代，这戒尺还是要罚的。"

宋欢岁听了这话，知道这顿打躲不过去，不由得垂头丧气。

宽宽的戒尺，只打了十下，白皙娇嫩的手掌已经又红又肿，眼眶也泛红了，人更是委屈得哭出声来。

老太太在一旁，心疼得直捂胸口。

戒尺还要打下去，小手旁边突然伸出了一只大手，那只手长年提笔弄枪，带着薄薄的茧，却掩不住修长好看。

宋云起拉住了宋景之的手："父亲，还是打我吧，前日妹妹在街上与人争面人儿我看到了的，我以为只是小孩之间玩闹，没想到会引起这些是非，是我不好。"

欢岁感激地看着与自己并肩跪在地上的云起，满眶的眼泪这才落了下来。

宋景之其实也不忍心责罚女儿，如今这不轻不重的十下，足以向顾家交代。

他状似痛心疾首，摇了摇头，道："罢了，罢了。你带妹妹下去，看着她抄《弟子规》。今夜抄不完不许她睡，还有从今日起再不许她出府门半步。"


洛城最大的茶楼宴宾楼中。

说书先生此时正绘声绘色地讲着洛城世家公子哥与宋家千金的故事。

有嗑着瓜子的好事者说道："宋家小姐定不会就此罢休。"

毕竟在以前的故事里，宋家小姐可是有仇必报的性格。

那说书先生摇扇一笑："您倒是猜得准，那宋家小姐连夜砸了顾家的窗户，还往顾家公子的床榻上放了一只老鼠。"

如今顾家的窗户倒是全换成了琉璃的。

众人听了皆"哈哈"大笑，只当是坊间趣闻。

二楼雅间内，一只修长干净的手捏着小小的茶盏，茶盏停留在唇边却没有入口。

一旁的侍卫挺拔威严，见状问道："殿下，可是茶水不合口味？"

这宴宾楼人来人往，汇聚四面八方的消息，是最好的情报收集处，殿下常来。

也因此，能听到不少趣闻。

被唤作殿下的人面容极为俊朗，偏又透着一股不怒自威的清冷疏离。

他放下杯子，漆黑如墨的桃花眼中闪过一丝趣味，红唇微勾，道："这宋家姑娘倒是有趣得紧。"

欢岁挨了板子，被禁足在家，这可苦了宋家的一帮下人。

花园里的花隔三岔五离奇凋谢，厨房里的锅三天两头烧掉了底，大家都巴望着欢岁能早早解除禁足，还大家一个清静。

这日，几个下人聚到一起，大吐苦水。

张厨娘说："姑娘再这么折腾下去，我怕厨房都要炸了。"

欢岁说要苦练厨艺，可她做饭的水准跟投毒并无二致，偏偏还强迫大家与她同吃，可惜了那些珍贵食材，可怜了他们的胃。

陈花匠："谁说不是呢？姑娘还说帮我浇花，那花被浇的，啧啧啧，实属可怜，你们哪里见过花被活生生淹死的?"

众人纷纷唉声叹气。

被吐槽的欢岁此刻正无精打采地趴在花园的石桌上,摆弄着父亲最喜欢的那盆兰花,眼前突然出现了两串裹着薄薄琉璃糖的山楂。

欢岁抬头,入目的是宋云起那带着笑意的清俊脸庞。

他在她对面的石凳上坐下,声音低沉温和,想方设法哄那不开心的人。

"知道你在家定是无聊极了,我今日去集市上给你带回了最新的话本子。"

说着,他从袖口中掏出了几本书放在欢岁面前。

她平日里最喜甜食,也最爱看话本子,料想这些会让她高兴,宋云起办完了公事便去集市买了这些回来。

欢岁的眼睛亮了一下,接过糖葫芦和话本子。可很快她便敛了笑意,依旧闷闷不乐地趴在桌子上。

宋云起见她这副模样,眼神更加温柔:"这话本子是从你最喜欢的那家书阁买来的。"

可话本子再好看,也比不上出门玩,她有些期待地侧目看向宋云起,眼里全是可怜巴巴的求救。

宋云起心头软了一块,知道她意欲何为,耐心地开解道:"你莫要着急,今日我在宫中听闻,再过几天陛下要举行君臣赏灯宫宴,到时候父亲自然会解了你的禁足,带你一同入宫。"

宋云起如今也谋了个小官职,他常在宫中,自然消息灵通。

可欢岁还是闷闷不乐,那好看的小脸都快皱成一团了。

宋云起见她这样,想她定是还在为那顿打不平,便宽慰道:"父亲并非真的想要打你,也不是因为星辰那几句话打你,你莫要觉得他偏心。他做这些不过是为了给顾家一个交代罢了,做做样子给旁人看。你很好,父亲知道你的好,我亦知道你的好,岁岁是咱们家最好的姑娘。"

宋云起是了解欢岁的,她不在乎那十下手板,在乎的一直都是父亲的态度。父亲时常说她调皮顽劣,星辰在父亲眼里却最是懂事听话,回回提起都是星辰如何乖巧。

时间久了,她便真的越来越顽劣,甚至故意惹得父亲不满。

而星辰似乎也越来越听话,让父亲越来越满意。

可她又岂是真的愿意如此?不过是想让父亲多夸夸自己罢了。

欢岁感激地望着哥哥,她以为这些没人知道,他竟都知晓。

身旁的人满眼温柔,接着说道:"你一直都是父亲最喜欢的小孩,他打你手心,不过是为了落下一个家教甚严的名声。若非如此,他怎会忍心伤你分毫?"

欢岁听他这样说,心里的郁结顿消,拿起糖葫芦咬掉了最上面那颗鲜红的果子。

"若是真的,那赏灯宫宴我便能和覃姐姐一同去宫里玩了。"

说起覃舒予,宋云起的脸上闪过一丝不自然。

那是父亲为他定下的亲事,覃家官至御史大夫,与宋家是世交,门当户对,而那覃家嫡三姑娘舒予与欢岁更是从小要好的手帕交。

这样的未婚妻于宋云起来说，本该是最合适且体面的，可他偏对这个未婚妻没有好感，更不愿在欢岁面前提起。

宋云起望着欢岁时，嘴角一直带着宠溺的笑。

他像是想起好玩的事，说道："改日你到了宫里，且不可像小时候那般调皮，也不可像在家里这样没有规矩，知道吗？"

以往宋家经常被厉帝召往宫中，而欢岁得了太后的喜欢，也时常跟着父母进宫，还闹出了不少的笑话。

"知道了，知道了。你也说了那是小时候，我现在可是个大姑娘，大姑娘是不惹事的。"

说着，她站起来，伸展手臂，转了一圈。

少女的裙摆飞扬间触碰到了青年的衣摆。

她身上淡淡的清香若有似无地飘向他的鼻间，欢岁丝毫没有察觉到宋云起那不太自然的神情和微红的脸颊。

## 第二章
赏灯宫宴

很快到了宫宴那日。

一大早,陈玉芝便将欢岁拉了起来,将一件件衣服堆在她身上,试了又试。

"娘,我还困着呢。"

欢岁被她娘从被窝里扒拉出来,发如鸡窝,脸色煞白,眼窝深陷,一看就是点灯熬油看话本了。

陈玉芝不理会她,忙着和嬷嬷找衣服,最终在一堆衣服里,扒拉出一件还算满意的绿色小衫来,拎起来左看看右看看。

陈玉芝嘴上念叨着:"平日里我也没少给你做衣服,怎么这会儿竟觉得没有一件能穿得出去的。"

说着,她吩咐嬷嬷,过两日找裁缝来府上,给姑娘们添置些新衣服。

欢岁不情不愿地看了眼母亲为自己选的那身小衫,嫩绿的颜色,再简单不过的款式,不隆重也不起眼,就挑这么件衣裳用得着这么大阵仗吗?

见她面露疑惑,陈玉芝解释道:"傻孩子,你懂什么?这种场合,咱们既要穿得得体,又不宜太过招摇。"

面料要好的,那些个侯门夫人最是识货,什么样的锦缎适合做什么样的衣服,她们再清楚不过,若是穿得不够得体怕是要闹出笑话,背后遭人非议。

而款式不宜出众,这种宫宴,明面上是拉近君臣感情,实则是为皇室挑选新妇。如今厉帝年事已高,东宫早晚继位。眼下太子妃之位却空缺着,有不少的高门大户都在打听太子的婚事,挤破头想进东宫。

纵然不是奔着东宫去,这样的宫宴也是各位夫人为自家儿女相看的好去处。

陈玉芝看着自己懵懂单纯的女儿,叹了口气。

虽然欢岁尚未及笄,但有意拉拢宋家的人可不在少数。

他们宋家无意联姻,更不想草草将爱女的婚事定下,还是不要出众的好,免得无意间挡了那些试图攀附之人的路,为宋家惹下祸事。

母女二人收拾完,便跟随宋景之乘车往宫中去,同行的还有宋云起。

看着马车渐渐走远,宋府门口露出一个身影。

宋星辰心里一万个委屈。

她哪里比不上欢岁,不过是一个生在了主母的肚子里,一个生在了姨娘的肚子里罢了,两人却这样天差地别:一个能够跟随父母去宫中,另一个就像见不得人似的。

宋星辰看着马车转过街角,消失在视线中,这才收回不甘的目光。

这样的宫宴甚是无趣,男人们在中殿与厉帝高谈阔论,女人们便与陈王后在偏殿一起宴饮谈笑，说的无非就是那些高门中的事儿。

唯一能让欢岁期待的便是宫中的宴席，她眼巴巴地坐在那里等着盼着，想着有没有自己爱吃的菜肴。

好不容易等陈王后与各位夫人聊完了家常，一盘盘珍馐被侍女们端了上来，光是看着便让人胃口大开。

还有那醇香甘甜的葡萄美酒，几杯下肚，这宴会的气氛便活跃了起来。

欢岁端端正正地坐在陈玉芝身边，乖得像只小鹌鹑。

她们坐的位置并不靠前，欢岁便也敢小心翼翼地去看那坐在首座上的人。

关于帝后的故事，欢岁在家中时听照顾她的嬷嬷提起过。

先王后与厉帝相敬如宾，可厉帝最为疼爱的是宠妃秦氏。

秦氏身子不好，在诞下太子后越发羸弱，便去了宫外休养。后来，先王后因母族牵连被废，厉帝力排众议，打算迎秦氏进宫。原以为秦氏会是王后，没想到厉帝只封了秦氏之子为太子，却将后位给了如今的陈王后，而秦氏至今仍在宫外，这其中的原因无人得知。

一人之下，却是万人之上。陈王后虽已到中年，但面若凝脂，一头乌发盘在脑后，露出纤细洁白的脖颈。那乌发上只插了两支凤钗作为装饰，别无赘饰，却衬得人越发脱俗，凤袍加身又有几分华贵，凤目飞扬间，当真让人心生敬意。

席间，陈王后问了几个世家的姑娘的年岁、喜好，众贵女中当数成阳侯府的小女儿成阳郡主最引人注目。

成阳侯是陈王后的哥哥，据说在司徒氏叛乱时，有平乱护驾之功，近些年颇受厉帝重用。那成阳郡主又是成阳侯最小的嫡女，是陈王后的亲侄女，如此金枝玉叶的人自然颇得陈王后的偏爱。

觥筹交错间，欢岁总觉得有一道目光落在她的身上。

待她看向席间，却又未发现异样。

倒是看到了今日随母亲一同入宫的覃姐姐，正坐在一旁冲着她笑，欢岁也勾起了嘴角。

两个女孩对视一眼，心下了然，便告知母亲，相约去花园里赏灯。

陈玉芝今日身着一身紫色华服，端坐在那里颇有主母的架势和气魄。她也知宴会烦闷，便叮嘱道："你且规规矩矩地跟着嬷嬷去赏灯，莫要跑到别处去。"

今日参加宫宴的夫人小姐众多，因而陈王后遣了宫中的嬷嬷们为赏花灯的公子小姐们引路。

欢岁吐吐舌："知道了，知道了，女儿一定乖巧，绝不惹出祸事。"

说着，她便猫着腰从殿中的小门溜了出去。

外面的景象与殿内全不相同，此时正值隆冬时节，昨日刚下了场大雪，浩大辉煌的宫殿被盖了一层厚厚的白雪，好似披了大厚被。

殿内灯火通明、温暖如春，殿外白茫茫一片，却更自在舒适。

欢岁舒了一口气。

一旁的引路嬷嬷瞧着，笑着说道："宫中不似宫外那般自由快活，宋家姑娘定是累了。"

欢岁忙摇摇头，乖乖地与嬷嬷站在廊下等着，片刻后便见覃舒予身姿婀娜翩然走出殿外。

"舒予姐姐。"

欢岁抬手招呼覃舒予，两个女孩手牵手，跟在嬷嬷身后去赏灯。

这些花灯提前了大半个月便开始布置，制灯的匠人心思灵活，竟连亭廊里也布满了荷花灯，走在其中恍若置身花海，当真是一步一莲花。

此时嬷嬷不知从何处拿出两只兔子灯，赠予两位贵女。

"娘娘想得周全，料想你们这些年轻姑娘定喜欢这些花灯，专程命匠人做了些兔子灯供小姐们赏玩。"

欢岁接过兔子灯，爱不释手，一双笑眼漾着星光一般亮晶晶的。

挂满花灯的长廊熠熠生辉，两人跟着嬷嬷走在长廊上，与迎面走来的两名男子打了个照面。

走在前面的那人身形高大，着一身黑色滚金边的狐裘，浑身透着清冷的气息，矜贵得让人不敢抬头去打量。

他身后跟着的那位，腰间佩着一把长剑，气势威武。

欢岁和覃舒予跟着嬷嬷退到一旁，只见嬷嬷俯身行礼："殿下安。"

欢岁和覃舒予也跟着行礼："殿下安。"

俯身行礼间，欢岁偷偷抬头去瞧，碰巧那人侧目，一双桃花眼漫不经心地从她脸上扫过。她慌乱地低头，不敢再去打量。

一黑一白廊下相遇，殿下未作停留，只淡淡地"嗯"了一声。

长腿阔步，在经过她身边时，欢岁能闻到他身上淡淡的雪松香气，甚是冷冽。

待二人走远，欢岁才敢放肆打量，却只能看见亭廊尽头那一抹颀长的墨色身影消失在长廊。

原来这般好看的人竟是太子殿下！

欢岁望着太子殿下离开的方向出神，耳边是嬷嬷温和的提醒："殿下步履匆匆定是刚从城外大营回来，他身后跟着的便是裴岩将军。裴将军是裴大人的独子，自小就跟在殿下身边。"

嬷嬷又絮絮叨叨说了许多，但欢岁的心思已全然不在。快到花园时，舒予推了推她的手臂："你方才心不在焉的，在想些什么？"

欢岁摇摇头，没有答她。

嬷嬷将二人引到了花园，此时已有不少的公子小姐聚集在这里。

三五成群，赏灯闲聊。也有心意相通的人，借着这机会，互诉情意。

二人到来后，有相熟的世家小姐过来打招呼。

也有站在一旁的公子们，指着二人议论这是谁家的小姐。

听着他们的议论，顾炎回头，只见灯火下，少女穿着一件白毛滚边的狐裘，内里一身绿色衣衫，面容娇俏，笑眼天真，正手拿兔子灯跟身旁的人说些什么。

顾炎圆圆的脸上立刻挂上了笑，本想上去打个招呼，却想起前些天两人刚结下的梁子，凉凉地道："还能是谁？宋家的嫡女呗。"

几位公子皆了然，宋家这些年虽在官场无大作为，其庶子也只在礼部谋了个不大不小不会出错的闲职，但是贵在富甲一方。这些年来，无论是行军打仗，还是兴建土木，宋家都没少出钱，是北辰有名的巨贾、名副其实的钱袋子，因而连厉帝也很给宋家面子。

这样的宴会少不了会邀请宋家。

有少年语带轻佻："这宋家姑娘倒是生得极好看，就是年龄小了点，要不然我定让父亲上门提亲去。"

"年龄小点有何不可？娶进了门岂不是更加乖顺听话。"

另一位公子道："你倒是想得美，那可是洛城宋家，并非你想娶就能娶的。"

听着他们这样议论，顾炎不知哪儿来的气，心浮气躁道："你们说这些当真无聊。"

一人摸摸头，不解道："顾炎，陈王后组局名为赏灯宫宴，实则是为适龄的世家公子小姐们牵线，说这些再正常不过了，你这莫名生的哪门子气？"

另一人怼怼那人的胳膊："哈哈哈，提起宋家姑娘，顾兄定是想起了裤子被扒那事，不高兴了。"

那轻佻的公子听罢，越发口不择言："想不到顾炎还这般纯情，若实在在意，不如把宋家姑娘娶回家，当个小媳妇。"

听到二人这话，顾炎的面色更黑了，刚想说些什么，却见女眷那边吵了起来。

几位公子靠了过去，听了几句，方知是成阳郡主想要只兔子灯，嬷嬷一时寻不来，任性刁蛮的郡主便要去抢覃家姑娘手中的灯。

覃家姑娘看起来就软绵绵的，一副好拿捏的样子，可她身旁的宋家姑娘岂是任人欺负的人。

宋家姑娘可不惯着成阳郡主，眼看着成阳郡主身边人多，就要上来强抢，便将兔子灯狠狠地掼在地上，摔成了两半。

成阳郡主哪里被人这样顶撞过，一时间气得面色通红，指着宋家姑娘，说道："你这刁民，竟把本郡主的兔子灯摔破了。"

说着，成阳郡主便想去捡地上那已经摔破的兔子灯，欢岁一把推开她，提起裙摆，重重几脚将那灯踩了个稀烂。

"这兔子灯是嬷嬷给我和舒予姐姐的，你手中的分明是莲花灯，只因见着舒予姐姐的灯更可爱，便想来抢她的，我今日就是将灯踩个稀巴烂，也不会给你。"

她说完便准备拉着舒予姐姐想走。

可成阳郡主哪会轻易放过欢岁。她并非真的想要那兔子灯，这样的灯要多少成阳侯府都有。

原本她是花园里今日观灯女眷中最受关注的那个，可这宋家姑娘一来，与她搭话的几位公子便纷纷去与宋家姑娘搭话，她也是一时气不过才去抢灯。

但她并不敢去抢宋欢岁的灯，于是就去抢那看起来软绵绵的覃舒予的灯。

只是没想到欢岁会这般不给她面子，直接将灯踩了个粉碎。

在这么多人面前被下了面子，成阳郡主实在不服，她上前一步，挡住了欢岁的去路。

"哼，今日你若是不将这兔子灯给我修好，就别想离开。"

引路的嬷嬷见状，忙劝道："贵女们别为了灯伤了和气，兔子灯库房里还有，老奴再命人去取些来便是了。"

成阳郡主仗着姑母是王后，在宫中一向横行霸道惯了，欢岁并不觉得今日给了成阳郡主兔子灯便能了事。她既然是故意来寻事的，今日要兔子灯，明日便能要别的，若是一让再让便让个没完了，因而欢岁并不打算退让。

今日踢到了宋欢岁这块铁板，成阳郡主也很有几分骑虎难下。

见欢岁绕过他仍是要走，成阳郡主便口不择言："一个商贾人家的女儿，不过是仗着有点钱财，有什么可张狂的？说到底，不过是我们北辰王朝养着的走狗、是我们北辰王朝的银库。留着你们供个礼部闲职，不过是有些许用处，供我随时花销罢了，还真把自己当成个人物了。"

这话说得难听极了，别说宋家的人，就连一旁看热闹的其他世家子弟听了也觉得无礼极了，连带着看低了成阳郡主的家教。

宋欢岁听罢，并没有生气。

她那双似星星般明亮的眼睛里闪过一丝狡黠，随即嘴角微扬。她择了灯后是打算走的，无意与成阳郡主再起冲突，可这郡主竟将宋家说得这般不堪，那她自然不能轻易放过这郡主。

"哦？成阳郡主的意思是，商贾人家是走狗，那在场的不少世家公子小姐都是商贾之后，你的意思是我们都是走狗喽？"

北辰一向大力发展商业，国富民强，商贾不算少数，就连成阳郡主身边的玩伴李柔和万悦其实也都是商贾之后。只是在世人观念里，士农工商，商贾常被放在最末等的位置，因而再有钱的商贾也比不上那些达官贵人。

欢岁这样一句话无疑是把成阳郡主架到了今晚所有参加赏灯宫宴的商贾的对立面。

李柔和万悦对视一眼，她们两家与成阳侯府交好，两人与成阳郡主自幼一同长大，可没想到这人压根从心里就瞧不起她们，因而也都有些生气，原想着帮衬成阳郡主，此时在心里打定主意当起了看客。

"你……"成阳郡主方才气得面红耳赤，说出的话格外没有分寸，此时见惹恼了这么多人，强行解释，"我只是说你，没有说其他人。"

"那就是针对我们宋家了。"

"是又怎样？"

欢岁一个商贾之女，难不成还能将她这侯府嫡女处置了？

欢岁往前走了两步，定定地看着成阳郡主，眼神坚毅。

"你还小，怕是不知道，十年前边关北城大旱，百姓颗粒无收，民不聊生，是宋家开仓赈粮，捐出了十万两雪花银；十五年前，南边洪水，也是宋家开仓放粮，救济百姓。我倒是想问问你这成阳郡主，到底是凭什么敢说我们是走狗？再者，纵然我们是走狗，那你这花着走狗钱的人便是连走狗都不如。"

眼见周围的人纷纷看向她，议论的言语似箭矢般射来，成阳郡主面红耳赤，一时竟想不出辩解的话来。

成阳郡主无言以对，便更显得她无理取闹、蛮横不讲理。原本就有很多人看不惯她，认为她不过是仗着有个当了王后的姑姑，便成日里排挤这个、欺压那个，如今趁着这机会，也不禁奚落几句。

见状，欢岁接着说道："即便如此，我宋家也从不敢居功，只因我们所拥有的一切都是承蒙先王和厉帝的恩赐。无论何时，只要北辰需要，我宋家永远为北辰而战。"

一番话，既说出了宋家的劳苦功高，又归功于厉氏王朝，她这样无疑是为了保护宋家，不留下话柄。

众人没想到这宋欢岁小小年纪不仅相貌出众，还能言善辩，说出的话更是大气，不由得为她鼓掌。

顾炎更是把手拍得生疼，满眼骄傲地看着宋欢岁，这可是他的小青梅宋欢岁，是敢扒拉他腰带的宋欢岁，是最厉害的宋欢岁啊。

成阳郡主偷鸡不成蚀把米，弄得颜面尽失，恼怒之下，竟伸出了手，想要打人。

眼见着巴掌就要落下，却有一只大胖手拉住了成阳郡主的手腕。

顾炎手上用力，怒道："你这郡主怎么回事，骂人也就罢了，说不过别人还要动手？成阳侯家可真是好家教。"

顾炎自然是不怕成阳郡主的，顾家封侯拜相、承袭爵位在陈家之前，顾炎的几个哥哥在朝中身居要职，是旁人不敢招惹的。

成阳郡主想要挣脱他的手，却挣脱不得，又羞又恼，呵斥道："登徒子，放手！"

顾炎听话地松手，成阳郡主骤然失去支撑，重重跌坐在地上，惹得周围的人都笑了起来。

顾炎一脸得意，宋欢岁这小丫头，只能他欺负，其他人是不能欺负的。

花园里的这一幕落在了旁边路过的人眼中，他原以为不过是小儿女间的吵闹，却在听到宋家姑娘说的那番话时，不由得停下脚步。

"王叔，要过去看看吗？"身边的侍从问道。

被唤王叔的人没说话，只淡淡地看着花园里那个瘦小而挺直的背影。

成阳郡主原本还不打算就此作罢，却见一位气质高贵之人走了过来。

有见过厉九州的世家子弟忙行礼，其他人也跟着行礼："见过九王叔。"

宋欢岁转身，看向来人，却在看到厉九州时，脑中迅速闪过"清风霁月"这四个字。

厉九州是先王的九子，先王驾崩，厉帝继位，其余王叔都去了封地，只有厉九州长年闲游。

他眸光淡淡的，从欢岁身上掠过，薄唇微勾，对众人说道："宫宴已开始许久，你们若还不过去，怕是要引得家人着急了。"

九王叔虽是个闲散王叔，可到底是有些威严的。

听他这样说，众人纷纷散去，闹剧就这样收了场。

欢岁想要行礼告退，却见厉九州含笑看着她。

"宋家的姑娘果然与众不同。"

他的声音低沉悦耳，如同他身上那件月白衣衫一样干净。

欢岁朝他看去，却撞进了那双凤眸中。

他有一双极好看的眼睛，望着人时专注得仿佛眼中只有这一个人。

欢岁不知九王叔这话是何意，猜想他也听到了自己方才的那番话，便说道："方才是欢岁妄言了。"

厉九州摇头："不，你说得甚好。"

不远处的亭子里站着两个人。

前边那位气质高贵，负手而立，后边的侍卫裴岩则恭恭敬敬地跟在他的身侧。

"殿下方才急匆匆地从城外大营赶回来，不是有要事同陛下商议吗，怎的看起了这小孩子的热闹？"

原本两人穿过了亭廊是要前往大殿，可太子殿下不知抽什么风，非要来花园里吹冷风。

厉夜行冷哼一声，目光沉沉地看了裴岩一眼，看得他莫名其妙。

"九王叔什么时候回来的？"

厉九州不愿被束缚在封地，长年在外闲游，甚少回到洛城。

裴岩见他神色肃然，认真道："王叔前些日子就已经回到洛城，但王叔行踪向来隐秘，咱们派出去的暗卫并没有第一时间探知王叔此次行程。"

厉夜行抿唇没再说什么，直到花园里那个身影彻底消失在视线里，他才转身离开。

回去的路上，宋景之因为吃了些酒，需要人照顾，便与陈玉芝同乘一车。而欢岁与宋云起乘一车，她在车上将花园里的事告知了哥哥。

"哥哥，我今日是不是很丢人啊？"欢岁突然想到了那个温润如玉的王叔，又想到自己在花园里侃侃而谈的模样，不晓得那人是否也看了个一清二楚，会不会觉得她是个不讲理的丫头。

想到这些她就莫名心烦。

宋云起眼里带着欣赏，安慰一旁心不在焉的她："你一点都不丢人，你是宋家的好姑娘。"

不卑不亢的好姑娘。

欢岁刚想说些什么，马车却突然被人拦停。宋云起下车查看，却在见到外头的人时，露出了惊讶的表情。

宋欢岁趴在打开的马车窗户上，看着哥哥与那拦车之人说着什么，又接过拦车之人递来的物件，之后那人转身上马，向宫门骑去。

她顺着看去，看到宫墙上站着一个穿着一身黑衣的人。天色微暗，她并没有看清宫墙上那人的面容，却能感觉到他也在看着自己。

宋云起回到马车中，见妹妹还在窗户上趴着，问道："看什么呢？"

欢岁这才回过神来："没看什么。"

她看了眼哥哥手里的东西，方才没有看清楚，等云起坐进马车，她才发现那是一幅包装精致的画卷。

"旁人送你的画卷？"

想与宋家结交的人并不算少,送上一幅画实在不算稀奇,稀奇的是宋云起接下来说的话。

"是一幅画,不过不算是别人送我的,你知道这是谁的画吗?"

"张夫子?"

张夫子是北辰国的大文豪,又擅长山水画,他的画作千金难求。哥哥一向喜爱张夫子的画风,也曾多方求画。可那小老儿颇为怪癖,不愿为达官贵人作画,因而哥哥也只从别人手中寻得两三张画作。

为此宋云起常觉遗憾。

见欢岁盯着他,宋云起凝重的面色稍稍缓和:"不是,是司徒将军的画。"

饶是平日里浑不吝的欢岁在听到这个姓氏时也微微诧异,八年前,司徒家被抄,司徒大将军被当场斩首,偌大的司徒府一夜之间便做了土。

据说司徒将军除了行军打仗,最擅长画画,可司徒将军是罪臣,谁又敢去收藏他的画作?

欢岁不作声,她不晓得一向沉稳、难出半分差错的哥哥为何要收藏这等乱臣贼子的画。

如此行为,大有可能被有心之人利用,为他为宋家惹上麻烦。

见欢岁满是疑惑,宋云起抚摸着那泛黄的画卷,缓缓说道:"岁岁,你知道吗?这司徒将军最擅长画红梅。"

欢岁想起宋云起的书房里便有一幅红梅,那红梅开得艳丽惹人,难道那幅画也是司徒将军画的?

她不由得担心,哥哥毕竟入了仕,若是被发现收藏乱臣贼子的画作怕是要引火烧身的,她皱眉道:"哥哥喜欢梅花,我便去讨张夫子的画,再多的钱我都可以去帮哥哥讨,哥哥不要再收藏司徒将军的画了,好不好?"

见她为自己忧心,宋云起嘴角带笑,宽大的手掌在她饱满的发髻上捏了捏:"傻瓜,没有落款,旁人怎知这是司徒将军的画作?"

欢岁松了口气,但她忘了,若旁人不知这是司徒将军的画作,那哥哥又是怎么知道的呢?

沉默片刻,宋云起又道:"你不好奇这画是谁给我的?"

"这有什么可好奇的?能在宫门口策马的,必然是宫中的贵人。"

哥哥不说,她又何必去问。

宋云起无奈道:"你果真是极聪明的。"

宫墙上的顾长身影看着宋家的马车越走越远,渐渐融入街市中,才径直转身离开。

大殿之中,宴席继续,觥筹交错间,尽是机关算尽。

厉帝一生虽殚精竭虑于江山社稷,却也多情好色,因此后宫嫔妃子嗣众多,光儿子就有十一个。子嗣多,自然王位纷争也多。

在陈氏成为北辰王后前,萧氏乃是北辰王后,因此她所生嫡子尊贵无比,早早便册封为太子。

原本太子继位顺理成章，然而萧王后死后，太子因结党营私、企图谋反而被厉帝褫夺了封号，发配至苦寒之地。东宫位缺，各方势力蠢蠢欲动。

纵观厉帝其余的十个儿子，萧王后早年为了给儿子清除上位路上的异己，对其他几位皇子不是让人教其沉溺酒色，便是一味打压，皆是不成材的。而秦氏所出的六皇子因其母常年在宫外休养，无外戚帮衬，早些年六皇子还上了战场，很少受到萧王后的重视，反而得以暗自发展。

还有三皇子，因其母族兰氏强大，是萧王后无法下手的，也成了太子之位的竞争者。

众多朝臣议论，有母族支持的三皇子最有可能入主东宫。

可不知从哪天起，转了风向，众人皆议，六皇子能征善战，有治国之才。

没人知道厉夜行是如何扳倒三皇子，成了太子的不二人选，等那些人反应过来，他已稳坐东宫之位。

宴席结束，陈王后与厉夜行在亭廊相遇。

宽敞的亭廊间有风穿过，吹动着陈王后宽大华丽的裙摆。

她自幼在娘家便备受呵护，被当作王后候选人来培养，入宫后更是尊贵无比的贵妃，如今终于熬到了后位，可谓是步步惊心，又步步小心。

陈王后知道厉帝为何会在一众妃嫔中选她做王后，不过是为了眼前这个东宫太子罢了。她没有皇子，膝下只有一个公主，自然不会争夺储君之位，因而东宫才能更加安稳。

可那又如何，陈王后想，只要她坐在后位上，这后宫便是她的，陈家便能在她的庇护下。

"母后。"厉夜行请安。

陈王后抬头，虽早已过了花一般的年华，但她依然雍容华贵，那双明艳的眼睛也别有深意："太子的这声'母后'我可担不起。"

说着，她认真打量起厉夜行。

他的母妃秦氏样貌出众，然而性子太过不争，在这吃人的后宫中不争便无法生存。

而厉夜行像极了他的母妃，眉眼之间尽是阴柔，这样美丽无害的一张脸，很容易让人放松警惕，让人误以为他和他的母妃一样，除了样貌一无是处。

可他十六岁上战场，是出了名的杀神，赫赫战功更是能震慑朝堂。

北辰的冬夜寒风凛冽，厉夜行裹着一件黑色的狐裘，衬得皮肤越发白皙，唇色红润透出几分妖冶，说出的话却让人不寒而栗："母后自然担得起。"

说着，他倾身贴近陈王后，身高带来的压迫感竟让她心中生出几分畏惧，而那人的声音比寒冬的夜风还要冷上几分。

"就算母后担不起，您身后的陈氏也足够担得起。"

陈王后抬头，似是难以置信地望着眼前这个人："你在威胁我？"

厉夜行收起嘴角的笑，看向不远处的宫殿。他入主东宫，又是北辰督军，手握一半兵权，陈王后心存忌惮，联合部分朝臣三番五次向父王上书让成阳侯与他共守城外大营。

表面看来是共守城外大营,实则是让成阳侯牵掣他,分散他手中的兵权。

想到这儿,厉夜行侧目,看向陈王后:"母后,那宫殿里的人都像是皮影戏里的人物,一个个披着画皮演戏。母后若是演好了你的角色,我便也能演好我的角色。"

这是赤裸裸的警告,以她的母族来警告她,让她乖乖当一个提线木偶。

两人对视,陈王后在那双清冷无波的眸中看不到一丝情绪,她竟有些怕了,怕这个没有母族也能上位的东宫太子,怕这个往日看似最为安分的孩子。

厉夜行见她面色苍白,嘴角噙笑,转身离开。

望着厉夜行远去的背影,陈王后松了一口气。

她眼神暗淡,这样没有软肋的一个人,若无人掣肘,他继位后又岂会有她的好日子。

这时,她听到已走到亭廊尽头的人,比寒风更凛冽的声音:"成阳郡主品性甚差,母后大可不必将这样的人硬往我宫中塞。"

成阳侯是陈王后的哥哥,陈王后深知厉帝身体一日不如一日,厉夜行入主东宫已是不争的事实,便想趁机将成阳郡主推上太子妃之位,以保全家族荣耀。

因而这段时日她常有意无意召成阳郡主入宫,为两人制造独处的机会。

先前,厉夜行虽没有应下,却也没有拒绝,可不知今日他为何如此生气。

陈王后皱眉,想到了今日的赏灯宴,回宫后吩咐身边的嬷嬷:"去查查,今日花园里发生了什么事?"

魏嬷嬷跟随陈王后多年,心领神会,待探听清楚后,将今日花园里的事一一说了。

陈王后皱着眉头,将手中的琉璃茶盏重重地放下,吩咐道:"这几日让哥哥进宫来见我,我那个愚不可及的侄女,若是再这般任性妄为下去,别说太子妃,哪天怎么死的都不知道。"

魏嬷嬷还没走出殿门,身后的陈王后又问道:"太子殿下晚宴离席,可是去见过谁?"

"回娘娘话,殿下身边只有裴岩,并无他人。"

陈王后心中不免有了别的盘算,太子已二十岁,在北辰这个年龄的男子早该娶妻生子,可东宫别说是正妃,连姬妾都不曾有过,莫非他早已有了心仪之人?

她不免忧心,这太子妃之位陈家势在必得,若连这也失去了,别说陈氏家族,怕是她之后也难得善终。

想到这里,陈王后的眼中闪过一丝狠厉,哪还有方才宴会上的端庄大气。

等宋家兄妹回到府中,天色已不早,欢岁回房歇息去了,宋云起则带着从宫里拿回来的稀奇糕饼去找宋星辰。

宋星辰闷闷不乐了一整天,此时见哥哥回来,忙拉着他坐下说话。

话里话外问的都是今日去参加宫宴的都有谁,世家子弟去得多吗?

问完,她神色郁郁,趴在案几上不说话。

宋云起只当她还在因为无法参加宫宴而生气,心中不免心疼:"早上出门的时候，娘说你不大舒服，现下好些了吗？"

说着，宋云起将糕饼拿出来，放到桌上，又给她倒了杯水。

宋星辰看了那糕饼一眼，拿了一块最小的，咬了一口后拿在手中摆弄。

其实一直以来爱吃糕饼的都是欢岁，她并不爱这些甜腻的东西，可哥哥总拿这些哄她。

思及此，她越发闷闷不乐："好些了。"

见她仍旧心事重重，宋云起柔声道："你若有什么事只管说出来，我是你的哥哥，自然愿为你分忧。"

宋星辰听他这样说，噘嘴说道："我以为你只是宋欢岁的哥哥，你只关心她。"

宋云起宠溺地轻拍她的头顶："傻丫头，你和欢岁都是我的妹妹。"

宋星辰想了想，实在是心有不甘，说道："哥，是不是庶出的孩子都不能像嫡出的孩子那样，被带出去长见识？从小到大，去宫里，父亲从来只带欢岁，不会带我。"

她自认为学识、相貌并不比欢岁差，可外人只知道宋府的嫡小姐，并不知还有她这个庶出的小姐。

见宋星辰神情落寞，宋云起有些心疼。他突然想到之前的事情，极认真地问道："你是因此，才会在那日故意惹得父亲用戒尺打了欢岁吗？"

那日，宋星辰虽句句都在为欢岁着想，却句句都在推波助澜，最后才有了那顿戒尺责罚，当时他便觉得奇怪了。

宋星辰没想到哥哥竟会直接说出来，顿时脸颊通红。

宋云起见她这样子，就知道自己猜得没错。他叹了口气，望着妹妹说道："星辰，我要你记住，无论到何时，无论什么情况，宋家都没有亏欠我们，欢岁更没有亏欠我们。"

宋星辰懊恼，转身背对着宋云起："我没有说父亲亏待了我们，我只是不想认命罢了。"

她是庶女，这就像是标签一样，她永远无法像欢岁那样成为人人艳羡的高门贵女，始终只能活在她的阴影下。

从宋星辰那里离开，宋云起不知不觉走到了花园。

花园里有一处小花房，他知道那是欢岁的秘密基地。

他还记得刚回到宋家时，欢岁对他这个突如其来的哥哥很排斥，有天夜里他怎么也睡不着，走到小花园，却看到欢岁在阴暗处喃喃自语。

夜风微凉，他向前几步，想提醒这个妹妹早些回房歇息，却看到月亮下，女孩白皙的脸上满是泪水。

她对着月亮说道："月亮婆婆，我知道他们是我的哥哥姐姐，可是自从他们来了，阿爹阿娘总是吵架，求求你帮帮我，让阿爹阿娘和好吧。"

那一刻，宋云起对这个女孩充满了愧疚与心疼，若不是他们母子三人突然闯入这个家，又怎会让年幼的欢岁在这样的寒夜里对着月亮偷偷哭泣。

如今，他已不再是当初那个需要宋府庇护、需要宋景之保护的小男孩。

而他也有了想要保护的人呢。

# 第三章
女学

宫宴结束没过几日,有几名宫人来到宋府传王后旨意。

宋景之听闻,忙带了宋云起、陈玉芝去迎人。

为首的是王后身边的陈宫人。

那宫人年纪不大,但跟在王后身边许久,很有几分世故圆滑。

他先是装腔作势宣了王后娘娘的口谕:"遵王后娘娘旨意,即日起成立女学,所有世家嫡女皆要前去入学。"

宣完口谕,那人笑得贼眉鼠眼:"宋大人,这是喜事啊!"

宋氏夫妇面面相觑,皆是摸不着头脑。

北辰虽然尚文,但女学甚少,世家女子读书也多是请了先生在家中教导,他们实在不知王后此举何意。

见那宫人面上仍旧端着几分笑意,宋景之心领神会,拿出一块上好的羊脂玉石,塞给他:"托大人的福,下官愚笨,还望大人能指点一二。"

那玉石色泽光亮通透,水种极好,一看便是价值不菲。

饶是陈宫人平日里见惯了这些,也不客气,满面笑容地接过玉石,在手中掂量着分量,这才吐露了真话。

"王后娘娘确是怜爱,那日赏灯宫宴娘娘在宫中看到这些孩子,分外喜欢,如今东宫主位空缺,娘娘便有心从这些孩子里挑出些拔尖的送到东宫去。"

名为女学,实为选秀。

见宋景之不言语,陈宫人又附耳说道:"娘娘圣明,既有意为东宫选人,便不能选些个品质不好的,因而召了这些姑娘进宫实则是为了教授礼仪,最后能留下的一定是样样拔尖的,也只有那拔尖之人才配得起东宫之位呀。"

东宫?

宋景之面色凝重,那宫人以为他是被喜讯冲昏了头,毕竟眼看着女儿有机会嫁入东宫,怎么不算是天大的喜事呢?

陈宫人今日接了这份美差,去到哪家府上都是一群人恭维赏赐,得的这些赏赐里,唯有宋家的最为贵重,也不免多说上几句。

"若是说起来,想进东宫的女子并不少,但唯有得娘娘心意者才行。宋大人,奴才也只能说到这里了,旁的只看大人如何打算了。"

宋景之听罢,便要迎陈宫人去后院吃茶,陈宫人挥手拒绝道:"眼下还有几家没走到,大人的茶我日后再吃。"

送走了那些宫人,宋景之愁容满面。

宫人的话他岂能不明白,如今的太子并不是王后亲出,乃是秦贵妃之子。

秦贵妃早些年在宫外养病，如今陛下虽有意将其迎回宫中，但陈王后到底是后宫之主，陈王后的身后又是陈氏一族。

太子非亲生，陈王后为了巩固后位，控制太子，也为了陈氏百年繁荣，定是要选陈氏女进宫，如此这般，又何须大张旗鼓让这样多的世家女子进宫"教养"，大可以直接请陛下赐婚。

可是又有什么原因能让王后将世家女都召进宫去？宋景之凝眉。

宋景之忧愁，他身后的宋云起也是愁眉不展，低垂着头，不知在想些什么。

陈玉芝见状，问道："夫君在忧愁什么？"

"岁岁根本就不适合东宫，那孩子天性烂漫，惯于无拘无束了，岂能受得了宫中规矩。"

再者后宫是吃人的地方，你不吃人自有人吃你，欢岁生性单纯，那地方于她来说只会是牢笼。

陈玉芝翻了个大白眼，嘲讽道："夫君未免过于自信了，自己的孩子自己不知道什么德行吗？你没听那宫人说，定要样样拔尖才行，就咱们岁岁，你且放心，她刚一进宫，就能在陈王后心里直接被淘汰，哪轮得到她入主东宫。"

宋景之听罢，欣慰地直点头，心想也是，自己家那女儿哪里入得了王后的眼。

三个人皆松了口气，可宋景之还是有几分不安。

如今厉帝缠绵病榻，太子继位是早晚之事，新后若还是陈氏女，陈氏一族便能接着繁荣，可难免有外戚专权，如此朝堂怎会安稳，朝堂不稳家便不稳。

看来大变将至。

他如今虽尽力低调，为云起谋的也是礼部不咸不淡的官职，可树大招风，更何况是棵纯纯的摇钱树，还是要早做打算为好。

世家女要入宫的消息半晌的工夫便传到了小院，宋星辰彼时正在试穿前些日子做的新衣，一件件衣裙由嬷嬷丫鬟排成一排捧着，试来试去，总也搭配不到满意的。

闻言，她连衣服都不试了，急匆匆便要去找父亲。

兰嬷嬷是自小看着宋星辰长大的，知晓她的心思，却还是一把拉住了她。

"小姐不是个甘于平凡的，可是再着急也得沉得住气。"

说着，兰嬷嬷选了一件素色衣衫给她换上，又将她头上的发饰摘了个干净。

宋星辰那张漂亮的脸立刻皱了起来："嬷嬷，这也太素了吧！一点都不好看。"

"素了好，素了你爹爹更心疼你。"

兰嬷嬷说着便用一条青色发带将那满头乌发束了起来，散在脑后。

宋星辰虽有怨言，却也不敢说什么。这兰嬷嬷是宋姨娘安放在她身边的，宋姨娘这些年不问世事，连一双儿女也甚少管教，兰嬷嬷更像是她的母亲，事事为她着想，帮她出主意。

用完晚膳，宋景之在书房作画，一旁的陈玉芝燃了香，站在案几边为他细细研墨。

窗外白雪皑皑，屋内暖意盎然，一派和谐。

可这和谐没维持多久，不远处传来女孩子哭哭啼啼的声音，陈玉芝皱起眉头，望向门外。

府中只有两位小姐,欢岁断不会如此装模作样地娇弱啼哭,能这样走一路哭一路,弄得尽人皆知的只有一人。

陈玉芝刚放下手中的墨砚,便见宋星辰迎面而来,一双眼睛哭得肿如桃子,惹人怜爱,她身后还跟着那个兰嬷嬷。

"父亲为何如此偏心?"

进门便是直戳心窝的质问,陈玉芝皱眉看着二房姑娘,心里大抵明白她今日是要闹哪出,但也只看了一眼,便低头自顾自地磨墨。

宋景之忙放下笔,上前招呼星辰坐下,耐心哄劝那伤心垂泪的人。

"星儿为何哭泣?为父我又哪里偏心了?"

宋景之自打接了这母子三人进府,生怕怠慢了他们,对三个孩子是尽力做到公平。

杏眼哭得红肿,似有泪水含在那薄薄的眼眶中,欲坠不坠的,格外可怜。

"王后既召世家女入宫,父亲为何只让妹妹去,不让星儿去?"

陈玉芝已有些不耐烦,她先前已料到二房定要因此生事,太是个不知道好歹的了,可还是解释道:"这是王后选的人,并不是你父亲可以决定的。"

虽然平日里陈玉芝对二房的吃穿用度从不克扣,但也不过分亲近二房,因此宋星辰对她始终有几分畏惧,此时见她面色不悦,便不敢再说话,回头看了兰嬷嬷一眼。

兰嬷嬷使了个眼色,宋星辰"扑通"一声跪了下来。

宋景之见状,果然着急了,道:"星辰,你这是做什么?并非我不愿让你入宫,这次进宫确实是王后娘娘钦点的世家女子。"

宋景之知晓星辰一向在意嫡庶,不忍让她伤心,便刻意避开了嫡庶。

贝齿轻咬下唇,那双眸子中已有泪水盈出眼眶,豆大的泪珠滑落,当真可怜兮兮。

陈玉芝瞧着宋星辰那副模样,眉头皱得紧紧的。

只见她满脸的委屈:"父亲,旁的事也就罢了,如今进宫便意味着能博得个好前途。女儿也已十六,比欢岁还要大上两岁,就算是为了女儿的前途,求父亲让我进宫吧。"

依着宋景之的意思,他是一个女儿也不愿意送进宫的,皇宫岂是什么好地方。

那是多少女子蹉跎了青春的牢笼,是吃人不吐骨头的地方,他们宋家万没有靠着嫁女加官进爵的意思,也不会想牺牲女儿的幸福。

宋星辰见宋景之不为所动,又去求陈玉芝:"母亲您就怜惜怜惜星辰,我知道您一直视我如己出,那便在这事上也为女儿争上一争吧。"

这话便说得有些虚伪了,陈玉芝虽然平日里待二房是不薄,但并不见宋星辰何时有这般感恩戴德之意。这会儿显然是为了进宫,什么违心的话都肯说了。

陈玉芝看了半天的热闹,眼见着这庶女越演越过分,她神情严肃认真。

"星辰,你口口声声所谓的前途是什么?"

宋星辰眼含热泪,似是没想到大夫人会这样问,顿了顿,才说道:"女子的前途便是嫁人，嫁个好人，便有了好前途，有了好依仗。"

陈玉芝点头，虽然不少女子也颇有智慧和谋略，但这年代终究是要将前途寄托在夫君身上："说得没错，那你所谓的好人又是什么？"

宋星辰见她认同自己的想法，便放松了起来："自然是王公贵子，世间最尊贵的人便是陛下，而一人之下万人之上的便是太子，除此之外，还有君侯这些都是人上之人，人上之人便是好人。"

"这便是你认为的好人？"

"是！"

谁敢说这些人不是好人呢？

宋星辰回答得很坚定，但那坚定的眼神让陈玉芝觉得颇为讽刺。

自从丈夫将这兄妹俩带回宋家，陈玉芝即使心中不快，但到底也没有为难他们，吃穿用度皆比照欢岁。

宋家一向重视礼乐，兄妹二人到了年纪也请了老师来教导他们。宋云起自不必说，在男儿中算得上佼佼者，如今既在宫中当差，又能打点宋家的生意。

而宋星辰虽才十六岁，但也颇具才情。陈玉芝看着她，眼中却有几分同情，宋星辰看不懂这同情，只以为大夫人肯松口让她进宫。

"我不知你竟被教育得如此偏颇，今日陈宫人宣王后娘娘的旨意，召世家嫡女入宫。你父亲知道你平日里因嫡庶之分常伤心怀，便有意不将实话告知你，怕你过分难过。"

果然，宋星辰听罢，脸上露出了几分落寞。

"而你不仅不体恤你父亲，反而跑过来质问他的决定，此乃你一错。"

"母亲，我……"宋星辰开口，想要解释，可陈玉芝并不给她解释的机会。

"而你口中所谓的好人便是王公贵族更是错得离谱。青年才俊者是好人，有志之人为国大义者是好人，同样脚踏实地者亦是好人。好人很多，但并不全是王公贵族，王公贵族只是他们被祖宗庇佑的外皮罢了，你怎可以此划分好人？"

这一番话说得宋星辰脸上羞红一片。

"你尚且年幼，今后的路漫漫，我们不希望你走错了、走弯了，因而我才将这番话说与你听。"

陈玉芝以为她这番话能让星辰悟上一悟，没想到这孩子心意坚定，哭得越发大声，顺着她的话说道："母亲，是星辰不够好，此番若是能进宫，我必定听从王后娘娘的教导，也定能洗心革面一番，求父亲母亲让我入宫吧。"

陈玉芝不再说什么，她知宋星辰说这话便是下了决心一条道走到黑的。

宋景之踱步，他们夫妻二人都不愿与王室有牵连，不说星辰，纵是欢岁，他们也并不愿意送她入宫。

"唉，你这孩子怎不懂你母亲的苦心呢？"

这番动静引来了素日里不出门的宋姨娘，宋云起搀扶着她走进厅堂中。

宋姨娘长年在小院里不大出来，只逢年过节才与众人一同用膳玩乐。平日里宋景之也不怎么去她那里，两人见面也是客套几句，毫无对外室的宠爱。

宋姨娘见了屋里的场景，路上也听嬷嬷说了缘由，向宋景之和陈玉芝请安后，便径直走到星辰面前。

只听得"啪啪"两声，宋星辰被打得头偏向一边，整个人扑坐在地上，嘴角已溢出了猩红血色。

"母亲！"

她瞳孔微缩，又惊又怕，满是不可置信地看着眼前的人。

宋云起想去搀扶，却被宋姨娘制止。

"我几乎从不出小院，是因为我知道今日的安稳生活来得不容易。可你放着安生日子不过，偏要生些是非出来，扰乱这一池子水。你爹不忍心教训你，你嫡母也不忍心，那今日我就好好教训你。"

说着，她拿过身后嬷嬷递过来的戒尺，就要打下去。

一时之间，哭的哭、拦的拦，闹成了一片。

这戒尺最终还是落在了宋星辰的手掌上，不过只挨了三下，那戒尺便被宋景之夺了过去，扔在了地上。

"打不得，打不得。"

陈玉芝坐在椅子上，冷眼瞧着这母女二人，心道这演技真是精湛。

地上跪着的那人，白皙的手心已经生出三道宽宽的红印，哭得更加凄惨。

眼见着宋姨娘的戒尺还要落下去，宋景之忙说道："罢了罢了，明日我便进宫见娘娘，想必多加一个人也不是什么难事。"

那戒尺这才将将停下。

宋星辰闻言，眼泪还挂在脸上，心中却似一块大石落地，轻快了许多。

她忙行礼："谢谢父亲，谢谢母亲。"

陈玉芝没说话，倒是宋景之叹了口气："都散了吧，好端端唱的哪出啊？"

回去时，宋姨娘走在前面，宋星辰亦步亦趋地跟在后面。她委屈地撇嘴，想不明白母亲为何要打她，只以为母亲是胆小怕事的人，不想因此得罪了嫡母，才如此委曲求全。

夜晚，兰嬷嬷心疼地捧着宋星辰的手，轻柔地给她擦伤药："这便是你母亲的计谋了。"

宋星辰不解。

"今日的事若不是惹得你父亲心疼，依你父亲那清流做派，他又如何会向王后娘娘开口，你母亲便是拿准了你父亲的性格。这样一闹，你父亲心疼你，便也就松口了。"

宋星辰的眼角还有泪，却隐隐明白了什么，这是母亲在教她呢。

是夜，陈玉芝一脚将躺在床上的宋景之踹下了床。

宋景之穿着月白里衣，站在地上，敢怒不敢言。

"娘子，为夫知错了，你就让为夫上床睡吧。"

那床上的人摆着一个大字，丝毫没有将床铺让出的意思，气恼道："找你那深居简出的姨娘睡去。"

平日里不出门，出了门便是寻人恶心，还有那庶女，惯是个会装柔弱的。

今日这母女俩联合上演的苦肉计让人像吞了苍蝇似的恶心。

宋景之也知今日的事做得过分，便觍着脸哄道："娘子莫生气，你说的什么气话，我怎会去那里。"

这话倒不假，虽然宋景之接了那母子三人进府，可这几年间，他从未留宿宋姨娘住的小院，也甚少去那里，与宋姨娘的关系更是冷漠到让陈玉芝怀疑他们二人的关系。

可每次提及，宋景之总是含含糊糊的。

床上的人越想越生气，想起傍晚那母女二人的做派，怎么都消不了这口气。

"哼！瞧你今天那一出，那戒尺岁岁也挨过多次，打她的时候，怎么不见你松手不打呢？今日倒是知道心疼那庶女了。"

说着，陈玉芝便拿起一个枕头，重重砸到站在床边的宋景之身上，宋景之闷哼一声。

见陈玉芝生气，情急之下，宋景之口不择言："那能一样吗？星儿又不是……"到了嘴边的话被他急急咽下，可心细之人却皱着眉头，望向自己的夫君。

"你方才说星儿不是什么？"

修长的手指搓了搓鼻梁，这是宋景之紧张时的惯用动作，两人在一起过了大半辈子了，陈玉芝心里清楚得很。

"我是说星儿又不像岁岁那样皮实，对，岁岁皮实，心胸又阔达，打几下板子，过几日便忘了，又会'爹爹、爹爹'跟在我身后叫个不停。"

说起自己的岁岁，宋景之脸上带笑。

呵呵。

陈玉芝恨不得拿眼睛剜掉他一块肉，撑起身子，大手已经落在了他宽厚的肩上："你什么意思？敢情我们岁岁就该挨打呗，你这个偏心眼儿的。"

是夜，宋家卧房中，当家的又被夫人撵出来了，半夜里可怜巴巴地拿着枕头去书房睡冷板凳了。

与宋星辰急于进宫不同，欢岁是一点都不想去女学。

进宫有什么好的？

能有家里这么多好吃的？能有街上那么多好玩的？她把玩着手里的锦鲤纸鸢，想必宫中也没有这许许多多的小玩意儿。

她自得了进宫的消息，便整日唉声叹气，直到听说覃家姐姐也要进宫，心中才好受几分，有个人能与她做伴自然是好的。

可又听说宋星辰求了爹爹，也要同她一起进宫，欢岁并没有什么想法，小午却愤愤不平："她怎么什么都想跟姑娘平齐？"

平日里的吃穿用度，她比照着姑娘的来，如今连进宫也要跟着。

"她爱跟着去就跟着去，我与她又不相干。"

入宫前，陈玉芝仔仔细细地为欢岁准备了要用到的小包袱，不厌其烦地叮嘱她。

"你这一去，少说也要个把月，且前途未卜，咱们虽是商贾人家但咱们不怕事也不惹事，若是遇到那些仗势欺人的，你也不必忧心，宋家今时今日也不是谁都能欺负的。"

母亲定是想到之前赏灯宴上的事了，欢岁虽愁眉苦脸，不愿去宫中受人约束，

/ 028

可还是懂事地说:"母亲放心好了,别人欺负我,我便欺负回去,没人能白白欺负了女儿的。"

陈玉芝欣慰地抱了抱女儿。

宋星辰到底是跟着欢岁一同入宫了,宋家既愿意多让一个女儿进宫,王后自然乐于给这个面子。

只是在别人眼里,便有了嘲讽欢岁的把柄。

那日进了宫,才发现此次入学的贵女并不在少数。

而那成阳郡主自然也在贵女之列,见着宋家庶女也入了学,一脸的嫌弃,对身旁的陆家姑娘一阵私语。

"语嫣妹妹,前几日赏灯宴你因病未来,可不知道那宋家姑娘有多厉害,现在看看宋家的家教也不过如此,真是嫡庶不分,竟让个庶女与咱们同堂学习。"

那陆家姑娘长相清丽,其祖父乃是镇守边关的大将军,如此成阳郡主便早早与她坐在了一桌,攀谈起来。

入宫的女孩中大多数都参加了那日的赏灯宴,也明知是成阳郡主欺人太甚,可在场的都是家中的嫡女,跟这庶女在一起,难免觉得降低了身份,便也没有人会帮着说话。

只有覃舒予皱眉说道:"宫宴之事孰是孰非大家心里都有数,郡主又将这事拿出来说,岂不是让大家又想起了那天的事?"

她这样一说,有几个女孩掩唇轻笑,落入成阳郡主耳中格外刺耳。她转头恶狠狠地瞪向那两个女孩子,刚想说什么,却听一道严厉的声音传来。

"各位都是高门贵女,今日既来参加王后娘娘的女学,更要注意身份,莫在这里丢了人,传出不好的名声。"

只见一个着淡紫色宫装的嬷嬷款款走来,举手投足间便是一副好做派,而她身后还跟着几个嬷嬷。

方才还叽叽喳喳的贵女们这时一个赛一个的安静。

有提前打听过的贵女,小声道:"这便是管理这次女学的桂嬷嬷,听说她是最得王后重用的嬷嬷。"

桂嬷嬷年纪不过三十上下,一双眼睛却是极清亮透彻的,在一众贵女的脸上扫过,便能辨个七七八八。

头仰得高高的,恨不得用鼻孔看人的定是亲姑姑是王后的成阳郡主,她旁边端庄大方的便是大将军的嫡孙女,而其他女孩也并不难认,陈家的、张家的、王家的……

一一看过去,坐在角落里降低自己存在感的应该是那宋家姑娘了,她旁边那柔柔顺顺的便是覃家姑娘了。

桂嬷嬷不动声色地打量,心里对这些姑娘也有了初步印象。

"贵女们得了这天大的恩赐,自当好好珍惜,从今日起,便都收了心思。一心研学,若是谁有些小动作,传到了娘娘那里,怕是对贵女们也没什么好处。"

女孩们听了后面面相觑,不再作声。

学堂上的座椅是一开始便排好了的,欢岁并没有与宋星辰坐在一桌,而是和覃舒予坐到了一起。

两个小姐妹坐在一块儿总是高兴的,况且欢岁若是与宋星辰坐在一起,怕是也会尴尬。

反观宋星辰,她在学堂里显得格格不入,原本她坐在尚书嫡女的身边,可那尚书嫡女很是嫌弃,不愿与她同坐,当即便要调换位置。

其他人都是一副看热闹的姿态,等着宋星辰闹笑话。

欢岁虽气愤她先前的所作所为,但想到两人同出自宋家,一荣俱荣,一损俱损,便想起身替她解围。

桂嬷嬷却指了个角落,那里只孤零零一张短案。

"星辰姑娘的桌案已经摆好了。"

桂嬷嬷见宋星辰不情不愿,又道:"万事皆有尊卑,嫡尊庶卑,我不管你们平日里在家是怎样的,来了这女学,便要遵照着规矩来。谁若是不遵守规矩,便要接受处罚,而谁若是受不了了大可以从这里离开。"

宋星辰看向角落的那张桌子,眼眶顿时红了起来,她是庶女又怎样,平日在家里也是爹爹和哥哥宠着的,而今却要当众出丑,还要受这等委屈。

可这是她好不容易争取来的机会,又怎能灰溜溜地离开,便是再多的委屈也能受得住。

况且嬷嬷的话挑不出什么理来,想到往后的前途,宋星辰便咬唇忍了下来。

众人皆奚落地看着宋星辰一步一步挪到那张小案几旁,不情不愿地坐了下来。

成阳郡主小声调侃:"如此能屈能伸倒是让人佩服。"

"可不是嘛,她娘是做小的,她自然也会伏低做小。"

几个贵女笑了起来,那些声音不高不低,恰好传入了宋星辰的耳中,她低垂着头,盖住了眼中的恨意。

桂嬷嬷淡淡地看了一眼,并没有制止,只是说:"既然进了女学,大家便有同门之谊。往后不管前途如何,总有同堂上课的情谊在,今后各位贵女切记要好好相处。"

桂嬷嬷又交代了一些,这时门外有女子清脆的声音响起:"桂嬷嬷,贵女们都来了吗?我得了母后的允许,也要和贵女们一同学习。"

# 第四章
## 公主驾到

来人一身水红色衣衫,头上插着几支极为精致的金步摇,明艳而张扬。

她大摇大摆地走进学堂,环视一圈,纤纤玉指指向了欢岁座位后面,微抬下巴:"就那里了,嬷嬷,我就坐在她的后边。"

欢岁抬头,打量指着自己的人。

北辰王子嗣众多,却只有一位公主,因而极受厉帝宠爱,那便是眼前的骄阳公主。

骄阳公主已年满十六岁,她成日在这宫中虽锦衣玉食,但总少了几分热闹,今日见贵女们入宫,便求了母后要同她们一起学习。

见骄阳公主也在看着自己,欢岁低下了头。

桂嬷嬷迎了上去:"公主愿同贵女们一起学习,是她们的福气。"

她手脚麻利地整理好了公主的案几,还特意铺上了厚厚的团垫。

骄阳公主迤迤然在欢岁身后落座。

桂嬷嬷又细细地交代了许多宫规,告知贵女们每日需学习琴棋书画、礼仪,还需练习骑射,课业丰富。

前厅一位胡子花白的老头儿,此时正悠哉地坐在椅子上,摇扇品茶。

桂嬷嬷介绍说,秦夫子原是北城书院的夫子,是娘娘特意请过来给贵女们授课的。

说罢,桂嬷嬷带着贵女们拜了夫子。

对于北城书院,欢岁并不陌生,那是北辰最有名的书院,哥哥宋云起也曾拜师于北城书院,而城中子弟皆以拜师于北城书院为荣。

秦夫子的学问自不必说,但其人极为严苛,对待一群女弟子也毫不手软。

嬷嬷退下去后,秦夫子立下了二十多条规矩,贵女们皆是唉声叹气。

散了学,欢岁拉着覃舒予要去糕饼铺,两人说话间,欢岁总觉得身后有个人看着自己。

待她回头,却发现身后空空,哪里还有人。

第二日,欢岁因为来迟,被罚蹲了一个时辰马步,还要抄十遍《弟子规》。

她蹲得双腿酸麻,回头却见成阳郡主笑得得意,而那宋星辰虽不曾笑出来,看她的眼神也满是奚落。

散了学,欢岁腿软得连路都走不了。

成阳郡主路过她身边时,偏偏还撞了她一下,她险些摔个狗吃屎。

覃舒予忙扶着她,不由得道:"夫子委实严苛了点,这才第二天上课,就这般惩罚人。"

欢岁撇了撇嘴,并没有说什么。

可她向来是个有仇必报的,听说当天傍晚秦夫子在回家的路上就被巷子里窜出来的老鼠吓得摔了一跤。

课堂上,覃舒予问她:"你昨晚抄《弟子规》没有睡好吧?我今日给你带了糖饼,一会儿小歇的时候给你吃。"

欢岁大大咧咧地拿出话本子,放在书本下,心想还抄什么《弟子规》,那秦夫子反正今日是没法来授课的,自然也无法检查她的课业。

她这般想着,果然见桂嬷嬷进来,道:"夫子身体有碍,这几日便由他人代为上课。"

桂嬷嬷话音刚落,贵女们就叽叽喳喳热闹了起来。

这热闹不过一瞬,便见一人身着墨衫,阔步而来。

来人面白如玉,剑眉星目,红润的薄唇轻抿,一双幽深漆黑的桃花眼带着疏离与冷漠。

贵女们见状,方才还叽叽喳喳的学堂霎时静了下来,这代课之人竟是太子殿下。

厉夜行在夫子的位置上坐下,声音低沉:"秦夫子昨日在回家途中遇袭。"

欢岁听到"遇袭"二字时,莫名打了个寒战。

主座上的人神情淡淡,惜字如金:"孤奉母后之意,这几日监学。"

说罢,他拿起书卷,真的摆出了一副监学的模样。

想来也是,若不是今日夫子临时有事,娘娘一时无法寻得合适人选,怎么也轮不到东宫太子亲自来监学。

贵女们从震惊中回过神来,也纷纷装模作样地拿起书卷,却忍不住偷偷看主座上的人。

谁都知道,王后名为设立女学,实为太子选妃,如今厉夜行亲自来监学,贵女们都红着脸,各怀心思。

欢岁自然也有自己的心思,她有些后悔昨天在街角放了老鼠,如果她没有放老鼠,那秦夫子便不会摔倒,如果他不摔倒,那太子殿下便不会来督学。

尤其是此时此刻,太子殿下冷着一张脸,端坐在那里,让她翻话本子的手都格外小心翼翼。她的话本子刚翻开,突然从后面袭来一个纸团,将将停在她的面前。

欢岁抬头见众人皆在厉夜行的督促下温书,便将纸团捏在手中,打开后,只见上面有一行小字:你书下藏了什么?

藏了什么?自然是藏了话本子,欢岁提笔顿了顿,画了一只乌龟,画完便将那字条扔了回去。

身后的骄阳公主兴冲冲地打开字条,却在看到那只悠然自得地趴在纸上的乌龟时,不由得喷笑出声。

寂静的课堂上,这笑声格外刺耳。

台上那人掀了掀眼皮,懒懒地看向欢岁身后的骄阳公主,冷声道:"拿上来。"

欢岁眼睁睁看着自己的"初春王八图"被公主交了上去,一颗心跌落谷底。

这才入学两日,她先是蹲了马步,今日又被收了字条,她是悔了又悔,不知道那秦夫子何时能好，何时能来授课。

厉夜行坐在那里，手中捏着骄阳公主递上来的字条，脸黑了又黑。

他的长指轻敲桌面，看向骄阳公主："你画的？"

骄阳公主此时站在厉夜行面前，犹如被猫逮到的耗子，毫不犹豫地出卖了队友："六哥，这画画得这么难看，怎么可能是我画的？"

欢岁觉得自己受到了双重打击，她忍得了被人出卖，忍不了别人说她的乌龟画得丑。

于是入学第二日，欢岁被太子殿下罚了留堂。

他说："既然宋姑娘这么喜欢画画，那就画满一百只王八再走吧。"

成阳郡主走之前，还特意走到欢岁面前："宋姑娘原来喜欢王八啊？那宋姑娘就在这里好好画吧，最好当个王八头子。"

欢岁闻言，猛地一起身，手中的笔画出一道弧线，落在了成阳郡主那条云锦织就的裙子上。

漆黑的墨水沾了满裙，比裙子更黑的是成阳郡主的脸。

"你、你……"成阳郡主气得话都说不出来了，这裙子是她母亲为她入宫特意找了师傅做的。

今日她刚穿上，就弄成了这副样子。

"你这个商贾之女，太没教养了。"

欢岁皱着眉，满脸的歉意："殿下罚我在这里画王八，我便乖乖在这里画王八，倒是郡主是如何走到我身后的，臣女实在是不知道。"

可她哪里有半分的歉意，她的手在成阳郡主的裙子上擦了又擦，生怕那裙子不够污浊。

成阳郡主提起裙摆直往后退："够了够了，别再碰我的裙子。"

欢岁这才住了手，故作惊慌："哎呀，郡主的裙子好像更脏了。"

眼见着其他贵女都在偷笑，成阳郡主又拿她无法，哼了一声，灰溜溜地走了。

待看热闹的人都散了，欢岁便安安静静地坐下画王八。

"其实你画的王八不算难看。"

欢岁抬头看向来人，心想又来了个看热闹的。

去而复返的是骄阳公主，她将手中的东西掷向欢岁："给你的。"

欢岁接过，是一块糕饼。

打一巴掌给个枣？

反正巴掌都挨了，这枣不吃白不吃，她边吃边嘲讽："公主放心好了，臣女不会因为被你出卖而心生怨怼。"

见欢岁大口大口吃着糕饼，骄阳公主笑了："你倒是个不会装的，是不是在心里骂我呢？"

欢岁冲骄阳公主挤出了一个比哭还难看的笑："怎么会呢？公主人这么好，还知道回来看看因你而受罚的人，我怎么会骂你？"

阴阳怪气的一番话说得骄阳公主更乐了，像这样有意思的人她好久都没有遇到了。

骄阳公主执起一支笔，在欢岁身旁坐下："我同你一起画吧。"

一百只王八图，第二日一早被呈在厉夜行的面前。

他脸上的表情有些奇怪，抬头看了看站在案几边的欢岁，挥手让人将王八图收了起来。

他一本正经地道："你往后记着，在学堂上不可有半分儿戏。"

经此一番，欢岁恨不得立即冲到那小老头儿家里，将那受伤的秦夫子背到学堂上。

不过没过几日，欢岁便发现太子殿下来授课监学也是有好处的。

他来时，嬷嬷们总是准备很多小点心，那些小点心他似乎都不爱吃，便让人分给贵女们。

最好吃的是桃花糕，她爱吃极了，可管教嬷嬷说了女孩子不得贪口，因而再好吃也只能分到一块。

但太子待陆家姑娘不同，每次发小点心贵女们虽都能分到，可陆家姑娘面前摆了满满一桌案的糕饼、果子，当真令人食指大动。

欢岁听到贵女们小声议论，说太子殿下中意陆家姑娘，因而才让人准备了这么多的糕饼，又不好只给陆姑娘，便借给贵女之名，饱心爱人之肚。

太子殿下其实并不多待，每日也就来学堂转上那么一圈，最多再在那把黄花梨木的椅子上坐上半个时辰，喝上一盏茶，喝完就走。

他来的时候分明什么都没做，可那陆家姑娘总是双目含情、面颊红红地看着他。

欢岁这日边吃点心，边看着前排的陆语嫣。

身后的骄阳公主探身，凑到她耳边，也同她一起看着前边的陆家姑娘，挑眉道："你可得好好谢谢那陆语嫣，若不是她，你还不一定能吃得上。"

嗯，欢岁是个知道感恩的，因而这几日见着陆家姑娘，她总是笑得一脸善意。

每当这个时候，成阳郡主便气呼呼地坐在一旁，什么都不吃，白白浪费了她面前摆着的桃花糕。

成阳郡主原本与陆家姑娘交好，同坐一张案几。可自从传出殿下对陆家姑娘青睐有加的绯闻，成阳郡主便左右看她不顺眼，甚至于两人无法同坐。

桂嬷嬷见惯了女孩子们之间争风吃醋，本不打算管，可碍于成阳郡主是陈王后的侄女，还是为两人调换了位置。

宋星辰在成阳郡主和陆家姑娘决裂后，日日跟在成阳郡主身后，骄阳公主倒是很看不上宋星辰一脸讨好。

她对着欢岁问道："你们是亲姐妹吗？她那副嘴脸怎么看也不像是你家的人。"

欢岁站在吃瓜一线，眼看着瓜抛在了自己脚边，忙解释："一根藤上的瓜不一定都一样。"

骄阳公主认同地点点头："这倒也是，我与那位也大不相同。"

那位指的是太子殿下。

今日散学早，欢岁搬着小板凳，捧着点心，好奇地向骄阳公主打听关于太子殿下与成阳郡主还有陆家姑娘的事。

"这还不简单？我母后喜欢她的大侄女，便想着把成阳郡主推给六哥当太子妃，有趣的是——"

　　骄阳公主说到这儿，停了下来，勾得欢岁一双水汪汪的大眼睛里满是好奇。

　　骄阳公主这才满意地说道："有趣的是，我那六哥不知道什么时候红鸾星动，竟对那陆家姑娘好起来，这成阳郡主自然就与那陆家姑娘不再交好，如今啊，她可是羡慕得心头痒痒。"

　　说着说着，公主还在欢岁那塞满了点心的鼓鼓的脸颊上捏了捏。

　　"要我说，那陆家姑娘有什么好？这整个学堂也就你一个玲珑美人儿了，我若是太子，定娶了你这佳人。"

　　欢岁被一口点心噎得差点翻了白眼，还好一旁的舒予姐姐递给她一盏茶，将那口点心顺了下去。

　　欢岁前几日看了话本子，上面的太子对心爱之人可好了："我看殿下好似对陆姑娘也没多好啊，你们是怎么看出来好的？"

　　"六哥那个人一贯冷冰冰的，他能多看陆家姑娘一眼就说明此人在他心中必有不同。"

　　欢岁似懂非懂地点点头。

　　又过了两日，管事的桂嬷嬷带来了几名刺绣嬷嬷，要教贵女们刺绣。

　　"各位贵女平日里虽不需做什么活计，但总要给自己的嫁衣添上几针，或是绣个荷包赠予心仪之人，今日我们便以荷包为绣题。"

　　说着，嬷嬷们拿出了上好的绣线和锦缎。

　　贵女们挑选了自己喜欢的布料，三三两两围坐在一起讨论样式。

　　欢岁自然与公主和覃舒予共坐一处，覃舒予是个心灵手巧的，奈何欢岁和公主对女红都不在行。

　　在欢岁的手被扎了第三下后，她不由得感叹什么样的心仪之人才能配得上她受这份苦。

　　往日里，娘亲和嬷嬷也会教她刺绣，可每每都是认认真真地开始，潦潦草草地结束，未能绣成什么样子。

　　这大半天绣下来，有不少贵女都将荷包绣好了，其中不乏绣工很好的，比方说覃家姐姐。

　　她绣的荷包连嬷嬷都夸赞。

　　欢岁起了逗弄的心思，附耳道："云起哥哥好福气，以后有舒予姐姐为他绣荷包，这一辈子的荷包他都用不完。"

　　骄阳公主也跟着笑起来。

　　覃舒予嗔怪一声，却红着脸没有反驳。

　　她心仪宋云起多年，自懂事起便知道自己将来是要嫁给他的，为他绣荷包也是高兴的。

　　桂嬷嬷在学堂中走了一圈，见着绣得好的，便点点头，走到了欢岁她们这里，她的眉头皱得紧紧的。

　　傍晚时分，陆陆续续不少贵女都已绣成，桂嬷嬷看过之后直夸精巧。

　　最后连成阳郡主都绣好了一只蝴蝶样式的荷包，她回头见欢岁正愁眉苦脸，

035

得意道:"我这荷包啊,定是能送给太子哥哥的。"

欢岁瞅着那粉粉的荷包,想象着一身墨衣的厉夜行戴上它的样子,不由得抖了抖。

骄阳公主看不惯成阳郡主的样子,道:"一口一个太子哥哥,还真以为自己能当太子妃不成。"

欢岁对谁当太子妃不感兴趣,但她眼下实在是绣不好手中的这只荷包,担心影响回家吃饭。

覃舒予想要替欢岁绣,可桂嬷嬷像是知道欢岁绣不成,那双精明的眼睛一直盯着她。

学堂里最后竟只剩下了欢岁和公主。

公主看看欢岁笨手笨脚地与绣针较真,又看看自己手中那纠缠成一团的线,怒而摔之,拂袖而去。

无人敢拦公主,于是空荡荡的学堂里只剩下了今日来教刺绣的常嬷嬷和欢岁,连桂嬷嬷也跟着其他几位嬷嬷去吃茶了。

欢岁有些丧气地将荷包掷在桌上,随后又将荷包捡了起来,心中暗暗想,今日偏要将这荷包绣好不可。

常嬷嬷见状,走到她的身边,温声道:"宋姑娘不要急,老奴替姑娘打个样。"

说着常嬷嬷手指纤巧,穿针引线,几个来回便有密实的针脚跃然于荷包上。

常嬷嬷是丝衣坊的老嬷嬷了,原先她是跟在秦贵妃身边的,后来秦贵妃出宫,她因为绣工好被选去了丝衣坊,如今是坊里的主事嬷嬷了。

常嬷嬷认认真真地教,这般认真竟叫欢岁有些不好意思不认真学了,于是乖乖地跟着学。

厉夜行从城外大营回来,见一旁的女学中还有人,他凝眉看了看落日余晖,不知道这个时辰还有谁在那里。

他本该直接回到寝宫,却鬼使神差地走向了女学。

厉夜行到的时候,常嬷嬷正微笑地坐在一旁看宋欢岁眉头紧皱,葱白似的一双手跟绣针较劲。

霞光照在她白皙的脸庞上,像是笼罩了一层薄纱,朦胧而美好。

厉夜行顿住了脚步,高大的身影伫立在那里,却再也不肯往前。

欢岁生得好看又讨喜,常嬷嬷似乎也很是喜欢她,耐心地指导,替她引线。

教到后来,她倒是真的将那荷包绣好了。

歪歪扭扭的荷包,乱七八糟的针线,常嬷嬷笑着说:"宋姑娘这手艺很有进步空间。"

欢岁以为这是夸奖,不由得得意起来,拿着自己绣的荷包左看看右看看,很是满意,一双圆溜溜的眼睛笑成了月牙。

常嬷嬷朝廊檐下看去,在看到来人时,神色复杂。

欢岁也随着常嬷嬷看去,只见廊下有一人长身而立,一身墨衣被微风拂动,他的薄唇微微抿着,一双桃花眼漆黑如墨,仿佛能摄人心魄一般。

欢岁放下荷包,向来人行礼,心想,殿下果真是最敬业的监学,这般晚了还要过来看她刺绣。

厉夜行不知在那儿站了多久,他走到欢岁的案几旁,问常嬷嬷:"为何宋家姑娘还未归家?"

常嬷嬷笑笑,解释道:"宋姑娘不善绣工,今日便留得晚了些,不过姑娘的手艺倒是珍贵的。"

说着,常嬷嬷拿起欢岁绣的那只胖乎乎的鸳鸯要给太子殿下看。

欢岁知道自己绣得并不算好,心下是不愿意给他看的,忙伸手去抢。

那人却先她一步接过了荷包,拿在手中端详。

他的手指修长干净,小小的荷包在他手中被捏扁搓圆好生可怜。

厉夜行看看荷包,又抬头看看那绣了大半天荷包的人。

半晌,他才皱着眉说:"宋姑娘绣的小猪当真好看。"

欢岁只觉得两颊发烫,气得快要哭出来,竟不知自己大半日绣出来的鸳鸯像小猪一样胖。

厉夜行也知道自己辨错了,可他看欢岁又羞又急的样子,似乎觉得格外有趣。

那双桃花眼中没有一丝愧意,只藏着淡淡的笑意。

欢岁懊恼,顾不上尊卑,要从他手中将那荷包一把夺回,心道殿下是个不识货的,荷包跟着他也是受苦。

他身量极高,手臂又故意抬起,任凭欢岁怎么蹦跶都够不到那被他拿在手中的荷包。

厉夜行见她气得两颊鼓鼓的,就像她绣的那只胖鸳鸯一样,故意道:"我看宋姑娘这绣工清奇,荷包既然到了孤的手中,那孤就勉为其难收着了。"

还勉为其难?欢岁想起今日成阳郡主说起要将荷包送给她的太子哥哥时的得意样子,哼道:"殿下也不怕荷包太多,压得慌。"

厉夜行自然不知道成阳郡主要送他荷包的事,他皱眉看向常嬷嬷,常嬷嬷笑着说:"成阳郡主的荷包并没有送给殿下。"

厉夜行心下了然,正色道:"荷包乃是贴身之物,我可没有随意收人荷包的习惯。"

欢岁想问,那你为何要收下我的荷包,可她没有问,只是在四目相对间有些不自在地别过脸。

厉夜行也没再说什么,他本就不是个话多的人,更很少与女孩说话,只淡淡道:"天色晚了,让裴岩送姑娘回家吧。"

裴岩这人更是个话少的,他驾车,欢岁坐在马车里,两人一路无话。

快到宋府门口时,欢岁才不由得问道:"裴将军,你家殿下眼睛是不是不太好?"

她想了一路,都想不明白他怎会把鸳鸯看成小猪?

裴岩一头雾水。

欢岁又道:"若是真的不好,便早些去看看吧,别耽误了。"

裴岩按殿下的吩咐,看着宋姑娘被宋府的小厮迎进去,这才转头离开。

等裴岩回到宫中，厉夜行正懒洋洋地斜倚在软榻上，手里拿着一卷许久都没有翻动过一页的书。

寝宫中虽有暖炉，但北辰的初春还是阴冷的，他身上搭着一条羊绒毯子，整个人慵懒如猫。

听到裴岩回来，厉夜行这才懒洋洋地掀起眼皮，看了他一眼。

裴岩想了一路，也没想明白宋姑娘话里的意思，此时见了殿下，道："这宋家姑娘委实奇怪，殿下方才让我送宋姑娘回家，宋姑娘却莫名问我殿下是否有眼疾。"

裴岩觉得殿下也奇怪，因为殿下在听完他的话之后竟笑了起来。

这世界果然颠。

那日之后，欢岁有好几日都不曾见过厉夜行。

说起来，这女学选在东宫旁，本就是为了方便贵女们时不时能看到太子殿下，更有胆大的贵女无事时，像开屏孔雀一样到东宫门口走一走。

其中当数那成阳郡主走得最热切，或是将自己打扮得花枝招展像只蝴蝶，或是清雅素淡如同芙蓉，每一日都有每一日的装扮，但每一日都锲而不舍地在东宫门口溜达。

欢岁平日里倒不爱去东宫门口，尤其是想到厉夜行前几日还折辱了她的鸳鸯，她便连每日入学都绕着东宫走了。

可这天，骄阳公主非拉着她去看热闹："你当她们都是去看六哥的？六哥宫中招揽了不少门客，你不爱看六哥，看看旁人也好。"

就连覃舒予也说："那就去看看吧，说不定还能见到熟人。"

欢岁知道她口中的熟人是哥哥，可宋家与东宫并无来往，哥哥不会来东宫。

但扛不住公主软磨硬泡，欢岁还是同她们一起去了东宫门口。

东宫戒备森严，贵女们也不敢真的靠近，只远远见从中走出一群世家子弟，皆是太子的伴读与门客，一个个意气风发。

他们是北辰国的儿郎，更是北辰国的朝气。

贵女们站在一旁打量着那群儿郎，叽叽喳喳讨论着好不热闹。

公主扯了下欢岁的衣袖，抬下巴示意那群人中最为耀目俊朗的一个，问道："那是谁家的公子，怎的以前没见过？"

闻言，贵女们随着公主的视线看去，只见一个阳光俊朗的儿郎正同身边的人说些什么。

那群世家子弟听罢，便都"哈哈"笑了起来，互相恭维着吹捧着。

一名贵女道："瞧着是有些眼生啊。"

北辰的儿郎啊，尤其以这群世家子弟最为尊贵，这些贵女与世家子弟们本是世交，也都大抵知道个模样，照理说人群里有这么一个耀眼的不该不相识，一群贵女却无一人知道那是谁。

欢岁总觉得那人眼熟得厉害，是在哪儿见过呢？

她脑中闪过一个身影，桃花眼瞪得圆圆的，不可思议道："那人是顾炎！"

是瘦得没了人样的顾炎。

往日滚圆白胖的脸庞如今有了硬朗的下颌线,那常年被肥肉挤在一起的眉眼也都舒展了开来,凤眸狭长幽深,宽肩窄腰的站在那里,颇有几分英姿。

贵女们议论纷纷:

"哪个顾炎?"

"可是顾府的小公子?"

"怎么会呢?那顾家小公子这么宽这么大。"

一个贵女张开了自己的手臂,像是觉得还不够似的,努力往两边伸展。

欢岁也觉得惊奇,上次见面还是一个小胖子,怎么个把月不见就跟换了个人似的。见贵女们正往那边看,便有相熟的世家子弟上前来打招呼。

顾炎这时也看到了欢岁,昂首阔步地走到她面前,见她呆愣地望着自己,他抬起一只大手在她眼前晃了晃,薄唇微微勾起,直视着那呆呆盯着自己看的傻丫头。

"二凤,你可是看傻了?"

二凤是祖母给她取的乳名,欢岁懂事后嫌弃这名字土,怎么都不肯叫这名字。好在宋家夫妇还给她备了另一个名字,二凤这乳名也就鲜为人知了。

如今顾炎在这么多人面前喊她的小名,欢岁不禁有些懊恼,可也顾不上追究,眼下有更重要的事要问他。

她拉着他,急切地问道:"小胖子,你怎的瘦成了这个模样,别是生了什么病?"

自上次一别,她后来又匆匆入宫,两人已有数日不曾相见。顾炎望着她,她倒是一副吃得好、睡得好、气色好的满足样子。

顾炎屈指在欢岁光洁的脑门上轻轻一弹,白嫩的皮肤上立刻留下一道淡粉色的印记。

"你个小丫头胡说什么呢?小爷我身体好着呢。"

欢岁捂住脑门,好奇地围着他转了一圈:"那你怎的瘦成了这副模样?"

往日那白白胖胖的小子,如今不仅身姿挺拔、面容俊逸,还黑了许多,该不会是顾家家道中落到了靠这顾小公子出门做工的地步吧,还是这顾老太太的心肝苗苗天天吃不饱饭?

顾炎笑得露出一口大白牙,她又岂会知道,自从她上次在街上唤他小胖子,还当众扒了他的裤子,他那颗脆弱的心受到了伤害,就在府中哭着闹着要减肥。

顾老夫人疼他如命,便依了他的意,让他到大营中历练一番。

说起来,北辰营规森严,无论是多显赫的世家子弟,但凡进入大营,均要服从主帅。

欢岁想起如今北辰大营的督军便是厉夜行,怪不得顾炎会出现在东宫,想必如今顾家也成了东宫的座下客。

营中生活着实艰苦,初到时,那顾小公子每日都是泪眼汪汪的,往日里他哪受过这些苦楚,每日天不亮就要起来训练,天黑透了才能歇下,还要爬起来站夜岗。

吃的那更是不堪回首,顿顿萝卜白菜,把顾小公子饿得脖子都直了,夜里抱住邻铺的人狠狠咬了一大口。

顾老夫人想,这孩子也就是一时新奇,用不了几天定会哭着喊着要回家。

哪知顾小公子确实哭了也喊了,可他心里头想着那粉雕玉琢的小姑娘喊他小胖子，硬是憋着一口气没有回家。

不过短短个把月，再回来时他像是变了个人，成熟了，也坚毅了，再不是那个小胖子了！

如今少年郎站在欢岁面前，比她高出了整整一头，见她盯着自己上下打量，颇为得意道："怎么，别是被小爷如今这英俊面貌吸引了，连话都不会说了？"

果然他再变，也还是从前那个他。

身旁的公主暗中拽了拽欢岁的袖子，欢岁明白她的意思，连忙为二人介绍。

"顾炎，这便是骄阳公主殿下。"

顾炎这才看向欢岁身边的人。

厉帝只有一位公主，那眼前的人便是王后的女儿了，他似是想起了什么，朗声说道："我识得殿下，幼时我随父母进宫，同你一起玩耍，殿下那时还尿了我一鞋呢。"

他话音刚落，周围七七八八的贵女、儿郎都笑了起来。

大庭广众之下，童年糗事就这样被他大大咧咧地说出来，公主的一张脸立时红了又红，那心思除了懊恼还有羞怯，五味杂陈。

好在那鲁莽儿郎又道："不过如今公主出落得越发精致好看了。"

骄阳公主听了那样多的夸奖，唯顾炎的夸奖在她心中荡起了涟漪，她的双眸亮晶晶，说道："顾小公子倒是越发油嘴滑舌了，比小时候更滑头。"

欢岁不知道这两人原是认识的，顾炎同她一样，幼时常入宫，想来他与公主相熟也不是什么稀奇事。

他们两人又说了几句，顾炎便拉着欢岁到一旁说话。

两人虽是从小打到大的，却是真正的青梅竹马，顾炎在宫中见到了她，不免关怀："我在大营时听说了你在女学，在学堂可还习惯？"

往日里，宋家也请了夫子上门教导，可上门的夫子与学堂的夫子还是很不同的，顾炎不免为她担忧。

欢岁点点头，夫子虽然管得严一些，可她在学堂还是高兴的，也读了许多过去不曾读过的书。

"习惯便好，我自进入营中受了颇多训练，殿下说我筋骨奇异，是领兵打仗的料，便有心栽培。近日我在东宫走动多，你若是有事便遣人来寻我。"

说到殿下，欢岁不由得想起自己那可怜的鸳鸯荷包，心头郁结，拉低了顾炎的身子，附在他耳边，低声道："可是阿炎，我瞧着太子不像是个靠谱的人，你跟着他可好？"

那人年纪轻轻便有眼疾，连鸳鸯和猪都分辨不清的人，又如何分辨忠奸？这样的东宫并不是个好去处。

常言，莫在背后说人闲话，欢岁切切实实地体验了一把。

两人正着说话，顾炎突然望向欢岁身后，脸色一滞，忙拉着她俯身行礼，道："殿下。"

欢岁那刚到嗓子眼的话，又匆匆咽了下去。

她僵硬地转身，就见那极尊贵之人面无表情地瞥了她一眼，也不知将她方才的话听进去了多少。

她跪下行礼,低着头不敢看他,只能看到那墨色袍摆上掐着一圈金丝,矜贵异常。

她低着头,嫩绿色的衣领中露出一截白皙的脖颈,厉夜行将目光移开,道:"不必多礼。"

他的声音低沉冷淡,如他的人一样,高高在上,遥不可及。

欢岁起身,却见那人并没有走,而是站在顾炎身边。

顾炎也算是身材高大,可站在厉夜行的身边还是差了一截,无端端连气势也弱了些。

他沉声道:"阿炎随我来一趟。"

顾炎得令,不敢耽误,忙跟上那人的脚步,匆匆离去。

两人离开后,欢岁才暗暗松了口气。

不知怎的,她总觉得那人身上带着一股压迫感,不怒自威,而她有种小动物的敏感,只觉此人危险。

等他们二人走远,公主拉着欢岁的手道:"这便是往日你同我说过的被你扒掉裤子的小胖子?"

骄阳公主这话显然是在质疑她,毕竟任谁也无法将刚才那俊朗儿郎与欢岁口中一顿饭吃三十个肉包子的小胖子联系到一起。

欢岁直道,孩子大了,长个儿了,抽条儿了。

骄阳公主将信将疑地点点头,她看着离去的两个人,心中想的却是另一件事。

自那日起,骄阳公主患了与成阳郡主一样的病,时常拉着欢岁到东宫门口徘徊。

欢岁本不欲来的,可这是东宫,又不是城东的小吃街,随随便便在这里溜达,很容易被乱箭射成马蜂窝的。

可架不住公主连哄带骗:"我可是公主,谁敢把我射成马蜂窝?你只管大胆放心地跟着我便是。"

于是,欢岁只好硬着头皮陪公主蹲守东宫。

等顾炎从东宫议完事出来,公主远远看着,总要叹上一句顾家儿郎深得她心。

好一副痴情的模样。

欢岁同公主一起远远瞧着那顾炎,实在想不明白,即使顾炎瘦了,又有什么好看的,大好的春光,不如躺在榻上读些话本子,或是去城中的点心铺子买些糕饼、果酒,品尝一番。

公主见她这副样子,直摇头:"你还小,不懂。"

她是不懂,不懂骄阳可是北辰的公主,若是真的喜欢,大不了将那顾家小子绑进她的殿中,顾家哪敢不从?

实在不用这么麻烦。

可那怀春的少女鄙视她的粗鲁:"宋欢岁,你白长得这般好看了,一点都不懂男人的心思。"

她确实不懂男人的心思,也不晓得顾炎是否能懂公主的心思。

她只知道天天蹲在这里无趣得很,而公主每日兴致勃勃,紧紧盯着从东宫进出的门客们,生怕错过了顾炎。

## 第五章
### 被罚抄书

那日,她们照旧来东宫蹲顾炎。

东宫门口的柳树刚刚发芽,欢岁随手拔了一支,一片片掐那嫩芽。

一支掐完,再拔一支。

眼瞅着门口那柳树芽子都快秃了,顾炎还没有出来。

欢岁着急:"公主,咱们还是走吧,我瞧着那顾家小子今天怕是没来议事。"惯是个会偷懒的,让她们白白等了半天。

公主倒像是真的上了心,听她这样说,立马猜测道:"没来议事,怎么会没来议事呢?六哥的门客该日日为六哥献计,伴六哥左右的,他定是出了什么事才没有来,难不成是生病了?"

眼瞅着公主开始胡思乱想,欢岁出了个主意:"若那顾家小子不来,公主这般蹲着也无用。你若是真的担心,不如我们去顾府看上一看?"

其实欢岁是想起了顾府厨娘做的点心,往年春天顾老太太总会遣人送点心给祖母,今年还没有送,可欢岁肚子里的馋虫等不及了。

公主不知晓她的心思,正想说什么,却听到一声轻咳。

欢岁立马挺直了脊背,回头望向那冷冷注视着她们的人。

她是蹲着的,因而仰望时,那人看起来格外高大,脸色也格外难看。

厉夜行从城外大营回来,还未下马车,便见宫门口的柳树下蹲着鬼鬼祟祟的二人。

身旁的裴岩见状,解释道:"这几日,公主日日带着宋家姑娘在宫门口徘徊,似乎是在等人。"

等人?等谁?

厉夜行眼神晦涩难明,看向骄阳:"我这妹妹这些日子倒是越发关注东宫了。"

裴岩闻言回道:"前几日,公主去了趟三皇子府。"

"三哥的府邸近日可有什么事?"

"三皇子每日纸醉金迷,听说他府上的侧妃前几日为了争宠,竟将一刚带进府的姬妾落了胎。"

三皇子厉萧为人阴狠好色,他的风流逸事多到能让说书先生讲上三天三夜,并没有什么稀奇的。

厉夜行朝着树下那两人走去,边走边想,也不知道是谁出的主意,竟躲在柳树下,柳条纤细能藏得了什么?不过是欲盖弥彰罢了。

他不过轻咳一声,便吓得那窥探的二人皆一愣。

还未等他发问,宋家姑娘便瞪着一双大眼,含着被当场抓包的无措,可怜巴巴地看着他。

"六哥?"

厉夜行冷冷地看向公主:"怎么在东宫门口见到我很惊讶?"

"怎么会,东宫是六哥的,我怎会惊讶?"说着,骄阳公主推了一下欢岁。

欢岁本就蹲得双腿发麻,又被身后的公主推了一下,起来时膝头一软差点跪到厉夜行的裤腿下。

那人似嫌弃一般往后躲了躲,像是怕她身上有什么病或是什么脏东西沾染给他,冷声问道:"你们两个在这里做什么?"

在做什么?当然是陪你妹妹看儿郎。

这话欢岁自然不敢说,但是公主敢说,她挺直了脖子,高声道:"我们来看、来看……"

欢岁将将站稳,只觉得背上又被人推了一把,便又差点扑在了厉夜行的裤腿下。还好,那人不算太丧良心,这次倒知道伸出那双修长高贵的手扶了扶她。

她几乎是扑进了厉夜行的怀里,离得那样近,连他身上清冷的松木香气都近在鼻息间。

可那有力的长手将将扶住她纤细的手臂,耳边便传来公主颠倒黑白的话:"是欢岁要来看顾炎,我陪她来的。"

那原本扶在她双臂上的手立时松开了。

像是怕厉夜行不信似的,公主又补充道:"六哥,顾炎是你的门客,更是欢岁的青梅竹马,如今欢岁也在宫中,便想来看看他,如此不算冒犯吧?"

公主说得有理有据,欢岁苦着一张脸,觉得实在没有反驳的必要,便接下了这锅。

她听到那人冷冷地"哦"了一声,那双深沉如夜的眼看着她的脸,不动声色地打量。

欢岁今日穿了一袭藕粉色的长裙,两侧的发髻上戴了圆圆的珠翠,整个人娇柔玲珑,甚是好看。

穿得这样好看,便是来给人看的?那人并不听公主的话,面色清冷地问欢岁:"是吗?"

是什么是!

她背着公主递来的锅,顶着殿下冰冷的眼神,只能说着昧良心的话:"是!我是来看顾炎的。"

那人又冷冷地"哦"了一声。

那人瞧着她,神情冷淡道:"这里是东宫,你们若不怕被当作细作抓起来拷打,便接着蹲吧。"

说完,他便头也不回地走了,只留下一个高大冷漠的背影。

这兄妹两个果然没一个好东西!一个惯会甩锅,一个呢,就擅于威胁。

可怜她在这深宫之中孤立无援。

骄阳听他如此说,自然不敢多留,拉着欢岁开溜。

夜里，欢岁躺在床上翻来覆去，想的竟都是白日里被那人抓包的场景，就连在梦里也是那眉眼矜贵的人，正淡淡地看着她。

清冷的松木香气就像在她的鼻尖般那样近，梦里的厉夜行可比白日里要顺眼多了。

一夜难眠，醒来后欢岁觉得自己与那太子八字不合，每次遇到他都没什么好事。

顾炎说他近日在东宫走动得多，可那日蹲守被抓之后欢岁再没有见过他。

只听公主偶尔闷闷不乐时提起过几句，说营中军务繁忙，顾炎被六哥派去了大营。

说到这些的时候，公主趴在案几上，单手撑脸，别有深意地问身边的欢岁："你说六哥为什么要让顾炎去大营？"

大营中那样多的人，顾炎既不是副将，又没有作战经验，看样子也并不是不可或缺之人，这军营中少了他比少了一匹马影响还轻微。

欢岁心里想的却是，大营好啊，大营能瘦身，还能骑马。

不像她整日在这宫中无趣极了，吃吃喝喝竟胖了一大圈。

可她知道公主喜欢顾炎，不想顾炎去大营，于是顺着公主说道："定是顾炎现在深得殿下的信任，被委以重任了吧。"

"是吗？"

公主收回落在欢岁脸上打量的目光，自顾自道："六哥可没那么肤浅，欢岁你了解六哥吗？"

欢岁立即摇头，她自然是不了解殿下的，也不敢存了了解的心思。

骄阳公主提笔，在纸上写着什么，幽幽道："我六哥啊，从小在泥沼中长大的，心思深沉，他从不做任何多余的事情，他连一句多余的话都是不肯说的。"

欢岁倒是不以为然，那人虽冷漠得让人不敢靠近，却也不是惜字如金，反而每次见了她都要刺上几句。

"所以岁岁，他不是无缘无故遣了顾炎去大营。"

公主写完，将那纸拿了起来，极为满意地看着自己的大作。

看了片刻，她又朝坐在前面的宋星辰和成阳郡主看去。

宋星辰自熬过了入学初期的尴尬，在那群贵女中倒是越发游刃有余。宋家本就富可敌国，虽是商贾，但不少人也想与之结交，这群贵女从小耳濡目染，自然也理得清其中的关系，时间久了也与宋星辰交好了起来。

更何况，宋星辰那人长了一张甜嘴，说出的话总能讨喜，出手也大方，时常带些珍贵的胭脂水粉赠予大家，博人好感。

公主见她们几个坐在一起窃窃私语，便皱眉道："这群贵女也真是无趣，成日里在一起聊的不是哪家水粉好，便是哪家的华服美，当真是浅薄。"

公主回头见欢岁的案几上放了一堆杂草，那纤细白嫩的手指甚是灵巧，就那么挽来挽去几下，一只绿油油的蚂蚱便活灵活现地出现在自己面前。

欢岁还专门用一根更长一些的草将蚂蚱的前腿绑住，仿佛是怕那草蚂蚱真的跑了一般。

公主哪里见过这些，心里喜欢得紧，又被欢岁那宝里宝气的模样一逗，"扑哧"

一声笑了出来。

这下昏昏欲睡的秦夫子想听不见都难。

其他人也纷纷看向两人，尤其是成阳郡主，她那眼神活像是要在欢岁身上盯出个洞来。

原本在这学堂上，她与公主才该是最要好的，算起来她们是表姐妹，可公主像是着了魔一般成日里与那宋家姑娘在一起。

成阳郡主在进入学堂前，便得了陈王后的教诲，她知道自己才是姑姑心中最好的太子妃人选，也想着能与骄阳公主亲近一些，借由对方靠近太子，可如今被那宋欢岁坏了好事。

见欢岁忙着把案几上的东西往下藏，她高声道："夫子，不晓得宋姑娘在藏些什么？"

那秦夫子睁开睡肿了的眼睛，看向欢岁："宋家丫头又是你，这回你又带着公主做什么了？"

公主与欢岁相视，知道难逃一顿处罚。

欢岁满脸苦涩，那成阳郡主见她被抓了错，拱火道："夫子，宋姑娘大约是嫌您老人家讲书无趣。"

学堂里的人听到都笑了起来，这老夫子学问深厚，但整日里摇头晃脑实在无趣得很，每次到了他的课，大片的贵女们都是无精打采的模样。

听到这哄笑声，秦夫子果然更生气了，罚了欢岁与公主散学后留下来抄书。

欢岁心中一阵哀叹，公主倒像是被罚习惯了似的没有半分异常。

散了学，欢岁与公主坐在一起抄书。

欢岁从小得父亲教导，那手梅花小楷写得分外好看，而公主的字也师出名门，可再好看的字也禁不住抄五遍书。

直抄到大家都走了，空荡荡的学堂里只有她们二人。

抄到后面，那字似一个个长了腿，快要飞起来。

公主不知何时趴到了欢岁身边，看着她的字，"咦"了一声。

欢岁扭头看她："公主有何疑问？"

公主看着她："你的字我觉得很熟悉。"

欢岁并未多想，字嘛，总有相似的。

可公主若有所思，想着自己在哪里见过这字。

抄完第三遍，欢岁苦着脸道："我与这学堂实在是不合不合。"

不是刺绣，便是抄书，三天两头的只有她留堂。

公主看着她那愁眉苦脸的样子，觉得好笑，摸了摸她有些凌乱的头发，碎碎念："欢岁啊，好好抄吧，还有两遍呢。"

欢岁听完彻底趴在案几上一蹶不振。

公主觉得好笑，也跟着她一起趴在桌子上。

东宫中。

上次教贵女们刺绣的常嬷嬷今日专程来给太子殿下量衣裳。

殿下喜深色，总是一身墨衣，这几日不知怎的，突然穿起了青色长袍。

常嬷嬷量完殿下的腰身，并不急着告退，而是与殿下话起了家常。

"要说起来，这些进宫的姑娘里，数那宋家的姑娘模样最好看了，但到底是十四五岁的孩子，性子也是最淘气的，今日在课堂上她将夫子气得胡子都抖了。"

厉夜行并未抬头，似乎还在认真看着手中的那卷书。常嬷嬷像是想到了什么，从袖口中拿出一物，放在案上，语气中带着一丝情不自禁的怜爱。

"那丫头啊，竟用草折了这么一堆蚂蚱，逗得咱们公主也无心学习，两人在课堂上被夫子逮了个正着，这会儿还在受罚抄书呢。"

说是要罚，又因为都是些世家贵族，并不会真的罚，可抄书也够那两个丫头吃一壶了。

说完，常嬷嬷微微施了礼，便要退下去。

"嬷嬷。"

常嬷嬷顿足，回头看向那烛灯下的人，那人仍不说话。

常嬷嬷往日是秦贵妃身边最为亲近的嬷嬷，是自小看着殿下长大的，他不说，她便也不问，转身关上门退了出去。

昏黄的烛火下，那人终于舍得将视线从书上移开，好看的桃花眼此时沉沉地看着案上的草蚂蚱，神色难辨。

殿中寂静，静到那声叹息几不可闻。

良草骨节分明的手指将那蚂蚱捉入袖口中。

案上还是只有那卷书，仿佛什么都没有发生过。

此时的学堂中，公主和欢岁还在奋笔疾书。

公主金枝玉叶，细嫩的手指已红肿，宫人和丫鬟跪了一地陪着一起抄。

直抄到月上柳梢头，才算是抄完了。

宫门外，宋家的马车等在那里。

欢岁一出来，就看到了哥哥，她朝着宋云起跑过去，似有满腹的委屈想要控诉。

宋云起将小丫头抱上了马车，又递给她两块糕饼，神色温柔："饿了吧？方才在路上买的。"

糕饼还是热乎乎的，想必是哥哥一直暖着这糕饼。

欢岁心中一热，不由得叫了一声："哥哥。"

宋云起眸中含着笑意，伸手在她的头顶揉了揉："傻丫头，快吃吧。"

寂静的街道上，马车"嗒嗒"而行。欢岁掀开帘子，满天的星光璀璨："明天一定是个大晴天。"

第二天确实是个大晴天，头天抄书抄得太晚，欢岁在秦夫子曰来曰去时，格外困。

她用书卷遮挡，趴在案几上偷摸睡觉，一个石子突然落在了她的桌子上，欢岁睡眼蒙眬地回头，却见顾炎在长廊尽头冲她挥手。

他做了个等她下课的手势。

公主自然也看见了顾炎，凑到欢岁耳边，酸溜溜地道："顾炎来找你了。"

欢岁忙转移了话题，说："这小子定是从军营偷跑出来的。"

散了学，顾炎阔步走到欢岁身边，笑得露出一口白牙。

"你这般偷懒睡觉，怪不得夫子会罚你。"他听说了昨日欢岁被罚抄书。

欢岁不与他计较，只道："我要跟哥哥去藏书阁选笔墨，你可有紧要事同我说？没有的话，我这就要走了。"

顾炎哪里有什么紧要事，他就是专程从大营回来看她的，见她要去藏书阁，也要跟着去："我也好久没去藏书阁了，我也要去。"

公主呢，自然不会放过这样好的与顾炎接触的机会，嚷嚷着一同去。

宋云起站在宋家的马车前等欢岁，看到的是三个人"哗啦啦"一同前来。

英挺好看的眉头皱了皱，见到公主时，他规规矩矩地行了礼，眼神却带着几分疑惑看向妹妹。

公主穿了便装，率先钻进马车。欢岁对哥哥解释道："今日散了学，我说要跟哥哥同去藏书阁，公主和阿炎听罢，也要随我们同去。"

顾炎与宋云起也很是熟悉，因而跟欢岁一样，一口一个哥哥地叫着。

宋云起没说什么，扶着妹妹上了车。可欢岁总觉得他不太高兴，尤其是在看到顾炎时。

宋家的马车宽大，几人坐在其中也并不觉得拥挤。

顾炎一路都在给欢岁讲他近日在营中的见闻。

而宋云起则挺直了背脊坐着，并不多话。

公主往日并没有怎么见过宋云起，在马车中她倒是仔仔细细地打量了下这个宋府的庶子。

说是庶子，但也是家中同辈唯一的男丁，因而宋景之早早便为他求了官职，如今在朝中倒也算是叫得上名号的青年才俊。

宋家早年辞官，如今虽入仕，但似乎并无意翻弄权力，看起来宋云起既没有投靠三皇子，也没有入东宫。

公主打量着那纹丝不动的人，不知道他是否真的如表面这样风轻云淡，不在意权势。

藏书阁是洛城最大的书阁，也卖文房四宝，是城中世家子弟光顾最多的一家店。

掌柜的惯是会瞧人的，他虽没见过公主，但料想能跟着宋家公子来的必定是贵人，因而格外热情。

"宋公子有些日子没来了，二楼近日来了一批新的墨宝，我带公子去楼上瞧一瞧。"

宋云起点头应允。

几人随着掌柜的拾级而上。

藏书阁的二楼是专做达官贵人生意的，一上楼便可闻到墨香四溢。

公主是第一次来这种地方，打量着四周，说是藏书阁其中却有珍宝无数，怪不得有这样多的达官贵人乐意来此。

欢岁熟门熟路地挑选了几支笔，又帮爹爹选了新的砚台。而顾炎跟在她身后，像小孩子一样亦步亦趋，险些踩掉了欢岁的鞋子。

气得欢岁扭头骂他。

公主瞧着好笑,到底是十来岁的儿郎,见着了喜欢的姑娘也并不会表达,于是调侃道:"顾公子是怕岁岁走丢了,才这般跟着她?"

那高大的儿郎立刻红了耳根,却还是跟在岁岁身后,她做什么,他便做什么,她看上了什么,他便也去看什么。

公主看了一会儿觉得无趣,转身拿起一卷书,状似不经意地问同样在看书的宋云起:"总觉得宋公子很眼熟。"

宋云起执书的手顿了顿,转头看向公主,那双漆黑幽深的眼中闪过一丝不易被察觉的慌乱。

只一瞬,他便缓声道:"许是卑职长得过于普通,因而与很多人相像罢了。"

公主并没有多想,她虽养在宫中,但是见的人并不少,有那么一两个相像的不算稀奇,她不过是随意一问。

倒是宋云起方才的反应让她生了疑。

欢岁选好了东西,见公主手中空空,便将自己精心挑选的一方砚台赠予她。

公主微微诧异,欢岁却十分挚真道:"这里的东西虽比不上宫中的珍贵,但我们都有礼物,公主也要有。"

公主心头微漾,她伸手接过砚台,发自内心地笑了。

旁人都道她拥有一切,她今日却为这一方砚台心生感动。

出了藏书阁,只见街道上人潮汹涌,公主问道:"为何今日如此热闹?"

顾炎闻言道:"今日有集市,要不我们也去凑凑热闹?"

洛城的集市极为热闹,欢岁在女学的这些日子里,鲜有这样畅快的时刻,心中高兴,也顾不得礼仪规矩,拉着公主的手,在人群中穿梭。

公主一愣,她并不习惯旁人的触碰,却也任由欢岁拉着自己。

宋云起的目光始终落在欢岁身上,见状不由得轻声叮嘱:"岁岁,今日人多,你要小心些,莫被人群冲撞了。"

欢岁头也不回,应着:"知道了,知道了。"

各式各样的面摊、小吃摊、首饰摊,还有街头艺人表演节目。

公主从未见过这样热闹的场景,东看看西看看,也颇为自在。

欢岁从荷包中取出两个铜板,买了两串糖葫芦,递给公主一串。

公主往日并没有吃过这东西,红彤彤的一串,吃起来酸甜酸甜的竟然很适口。

她不由得道:"岁岁,原来往日你吃得如此好,怪不得不愿意待在宫里。"

欢岁咧嘴傻笑。

看热闹的人太多,欢岁和顾炎他们还是被人群冲散了。

好在欢岁和公主都无大碍,两人正要回头去找顾炎,却见路边一个卖萝卜的老妇和一个半大孩子争吵起来。

欢岁听明白了,原来那半大孩子丢了钱袋子,正哭得稀里哗啦。

孩子一边哭,一边咬定就是卖萝卜的老妇拿走了他的钱袋子。

因为他在萝卜摊前待了片刻,钱袋子就丢了。

"钱袋子里的钱是要给家里买米买菜的,你拿走了我的钱,弟弟妹妹吃什么啊?"

那孩子哭得很伤心,让人不由得心生同情。

卖萝卜的老妇自然也不甘示弱,一屁股坐在了地上,拍着大腿,道:"哎哟哟,哎哟哟,我这把年纪了,还要被人冤枉,实在是屈得很、屈得很啊。"

见围观的人指指点点,那老妇还挤出了眼泪:"我们老两口都是本本分分的庄稼人,辛辛苦苦种了点萝卜,走了几十里的山路,才走到这里摆摊子,我们怎么会偷你的钱?"

那孩子却不依不饶,眼见这老妇不承认,哭得越发伤心了。

围观的人越来越多,那老妇干脆撒泼打滚,直挺挺地躺在了地上。

公主头一次遇到这样的事,饶有兴致地看了半晌,问一旁的人:"岁岁,你觉得是谁偷了小儿的钱袋子?"

欢岁的目光从这老妇身上掠过,又看看那小儿,道:"那小孩的眼神赤诚应该没有骗人。"

公主听她这样说,反驳道:"可那老妇也坚称自己没有偷,甚至还让旁人去搜她的身,若当真是她偷的,怎敢如此胆大?"

欢岁心想,老妇敢让人搜身不一定是没有偷盗,若是钱财已被老妇转移,她大可以如此为自己脱身。

只是老妇能把钱转到哪里?

欢岁突然觉得不对,方才那老妇说的分明是他们老两口走了几十里的路,如今却只见老妇一人在此,她的老汉呢?

自己的妻子被人冤枉偷了钱袋,这老汉非但不出来帮忙澄清,还躲在人群里,没有鬼才怪。

欢岁的一双眼睛在人群中睃巡,公主疑惑:"你在找什么?"

"当然是找老汉了。"

公主更加疑惑了:"老汉?"

欢岁没再理她。

围观的人很多,欢岁原本是寻不出这人的,可老妇人说他们走了几十里的山路,既然走了这样多的山路,鞋履难免会格外污浊一些,甚至破损。

她看了看人群,围观的人鞋履都还算干净,不像是走了很久山路的样子。

她有些失望,正要收回目光,却见一个胡子大汉的鞋履上粘着泥巴,鬼鬼祟祟地站在人群中,一双精明的小眼睛观察着一切。

而卖萝卜的老妇恰巧偷偷看向胡子大汉,欢岁想这个大汉大概率是老妇的另一半了。

这时,人群议论纷纷,有人说是老妇偷的钱,有人说是小儿在诬陷。

一时之间场面乱极了。

还有看热闹不嫌事大的人嚷嚷着要去报官。

"青天白日的,还能让这窃贼逃了不成?"

"就是,咱们洛城何时出过这种事?如果连王城都不安全,以后怕是盗贼盛行,乱了秩序。"

大家越说越激动，眼看着场面要失控，公主将欢岁拉到身后，下意识地护着她。这等盗人财物的宵小之辈，令人不齿。

群情激愤中，只听一少女道："大家静一静，这钱并不是老妇偷的。"

话音刚落，大家都看向了欢岁。

只见这小姑娘十四五岁的模样，长得粉雕玉琢，一双大眼睛尤其灵动。

人群中，便有愤愤不平的声音："那便是小儿撒谎。"

那孩子满脸委屈，眼巴巴地瞅着欢岁。

"也不是这孩子。"

"那是谁？"

围观的人只当这小姑娘是出来打趣的，不由得责难道："不是他们，难道是你？"

欢岁走了两步，在那胡子大汉面前站定，道："盗人财物的是这位胡子大叔。"

那胡子大汉听她这样说，恼羞成怒，恶狠狠地说道："你这小丫头，休得胡说八道，我哪里盗人财物了？"

"那你身上的钱哪里来的？"欢岁眼珠一转，问道。

"呵，我们这些庄稼汉哪里有钱财。"

围观群众听他这样说，再看看他那副寒酸打扮，不由得信了他的鬼话，纷纷说道："小姑娘，这大叔看起来不像是坏人，你怕是看错了吧。"

"是啊，是啊！小姑娘平日出来得少，在这街上看花了眼也正常。"

欢岁切切实实地体会到了墙头草们的力量，更看到了人们只相信自己愿意相信的。

欢岁并不理会他们的说法，只问地上的老妇："这位大汉是你何人？"

老妇略一思索，刚要开口，却被那大汉打断："我们并不相识，你小姑娘到底想说什么？"

胡子大汉急于为自己开脱的话更加印证了欢岁的猜想，这大汉与老妇就是两口子。

她不慌不忙，指着胡子大汉的脚边，一脸惊恐："啊，蛇，有蛇啊！"

胡子大汉是个酒囊饭袋，看似彪悍，实则胆小如鼠，听她这般喊着，立刻吓得跳脚。

"哗啦啦……"从他身上掉下来几十个铜板，周围的人面面相觑，转变了风向，对着胡子大汉指指点点：

"这人方才不是说自己没钱吗？怎的掉出来这么多钱？"

"是啊，定有蹊跷。"

胡子大汉见状，彻底恼了，也不装了，驱散着围观的人群。

"走，走，走，你们这群人怎的这么喜欢看热闹？要看回家看去。"说着，他还扬了扬碗大的拳头，以示威胁。

欢岁捡起地上掉落的铜板，交给那小儿："你数数够吗？"

小孩哭得眼眶红红："不够。"

欢岁朝胡子大汉伸出手："你说你没有钱财，那这些从你身上掉下来的是什么？"

胡子大汉的谎言被拆穿,一张脸红了又白,还是嘴硬:"这是今日卖萝卜的钱呗。"

"你不是说与卖萝卜的老妇并不相识,怎么会有卖萝卜的钱?"

此人谎话连篇,大家这时更加确定这大汉有问题,嚷嚷着让他将小儿的钱归还。

胡子大汉不为所动,公主便要去搜他的袖口。

那胡子大汉恼羞成怒,要与她们动手,被赶来的顾炎和宋云起摁在了地上。

小儿的荷包从胡子大汉的身上搜了出来,里面还有一些铜板,加上方才那些铜板,恰好能对上数。

顾炎压制着胡子大汉使他动弹不得,怒道:"竟敢在洛城做这腌臜事,这就送你去见官。"

那胡子大汉见挣扎无望,便开始求饶:"小哥就饶了我吧,我这也是第一次,以后再也不敢了。"

见状,一旁的老妇也一起求饶:"别带走我家掌柜的,他若是出了什么事,我们一家人可怎么办。"

老妇和胡子大汉两口子原本确实是庄稼人,可近年不太平,地种不了,便寻找其他挣钱的法子。

世道艰辛,普普通通的人哪有什么挣钱的法子,想来想去,也只想出了这样的腌臜招数来弄些钱花,没想到还没得手几回,便被抓住了。

老妇说他们一家该怎么办,又何曾想到丢失了钱财那小儿一家怎么办,小儿说过他家中有嗷嗷待哺的弟妹,想必日子也很艰难,要不也不会因为这几十个铜板哭成这个模样。

人都只想着自己的不容易,却看不到别人的不容易。

欢岁走到那哭泣的小儿身边,拿出一方手帕递给他。那小儿抬头,七八岁的男孩子格外眉清目秀,他看着欢岁,微红的眼眶中有防备。

欢岁从荷包里掏出一锭银子塞进他的手里,温声道:"苦难只是暂时的,等你的弟弟妹妹都长大了,你便有了两个好帮手,日子也会越过越好的。"

宋云起看着这一幕,眼中是藏不住的温柔。

很快便有官府的衙役将那老两口带走了。

等人群散了,公主问道:"岁岁,你真厉害,你是怎么在人群中找出那大汉的?"

欢岁笑了笑,并没有回答她。

一旁宴宾楼里坐着一名丰神俊朗的墨衣男子,此时正眼神幽暗地看着街上发生的一幕。

与他同桌而饮的人见他正出神地望着窗外,打趣道:"阿行,你对这小丫头感兴趣?"

那男子并没有回答他的话,而是默默饮茶。

问话的人像是早已习惯了他的沉默,自顾自道:"你往日可不好这一口啊。"

准确地说,太子厉夜行往日对女子并不感兴趣。

厉夜行瞪了面前的人一眼,却没有反驳。

## 第六章
爬了东宫的墙头

街上,宋云起遣了车夫去送公主,而他带着欢岁走在回家的路上。

夕阳下,两道影子被拉得长长的,宋云起想起今日的事,不由得后怕。

幸而他们遇到的是普通的流民,若是遇到了穷凶极恶之人,两个女孩怕是要吃大亏的。

思及此,宋云起叮嘱:"以后再不许这样鲁莽了,今日我和顾炎及时赶到了,若是我们没赶到,那老妇和胡子大汉真同你动起手来怎么办?"

"我不怕的,那胡子大汉一看就是个酒囊饭袋,是唬人的。"

欢岁倒是一副初生牛犊不怕虎的模样。

宋云起摇头:"你呀你,挨揍很疼的,打不过你就跑知道吗?"

说着,他在欢岁面前蹲下来,回头示意。

欢岁笑着趴到了宋云起的背上,由哥哥将她背了起来,又听他说:"以后啊,这样的集市都要我陪着你来,你这个惹祸精,若不时时刻刻看着你,当真让人一点儿也不放心。"

他说要看着自己,欢岁笑了笑,心里暖暖的,双臂不由得抱得更紧了一些。

公主回到宫中时,还是高兴的,今日的一切都让她觉得惊奇、愉悦,以至于放松了警惕,并没有注意到殿中还坐着一人。

她将今日在集市上买的稀奇古怪的东西顺手交给嬷嬷,又叮嘱嬷嬷要将欢岁送自己的砚台放在书架最显眼的位置。

她像平常少女一样,兴奋而快乐,看顾她的嬷嬷却神色复杂地看向上首的位置。

骄阳公主这才察觉出不对。

灯光昏暗的殿中,有人轻咳一声。

骄阳公主背脊僵直,脸上的笑意顿时敛了去,她转身,看见角落里的人:"母后。"

陈王后在这里等了公主足足一个时辰,往日这个时间骄阳该在宫中好好温书的,可今日她来时公主殿中空无一人。

陈王后身着华服,体态端正,她走到公主面前,伸出涂满蔻丹的手在公主脸上轻抚。

修剪整齐的长甲在公主白皙的面颊上划过,却没有留下痕迹。

她的声音冰冷犹如细小的蛇:"看得出来我儿今日甚是高兴。"

骄阳公主浑身冰冷,微微有些颤抖,立即跪下:"母后,孩儿知错了。"

那贵妇的脸上不见丝毫恼怒,挂着温柔的笑,可那双凤眸中没有丝毫的笑意。

"我儿何错之有?你今日这般欢喜,母后高兴还来不及呢。"

骄阳公主低着头，眉头紧紧皱着，一双手在袖口中紧紧握着。

陈王后坐下，看着跪在自己脚边的女儿，说道："安宁，你许久没有这样笑过了。"

安宁是骄阳公主的名字。

安宁这名字本是厉帝为这唯一的女儿取的，却被陈王后认为是让她安分一些，因而这名字并不得她喜欢，也鲜被提起。

而陈王后每次提到这名字，骄阳公主就知道这是母后生气了。

"女儿并没什么可高兴的。"

陈王后那双凤眸很长，微微挑起时自有一种风情，她笑了笑，转而说道："你若是高兴，母后也会高兴的，可你还记得那个小侍女吗？"

骄阳公主眸色灰暗，她忽地抬起头，直视着母后。

从她懂事起，陈王后便教导她，生在王室，便不该有七情六欲，要收敛自己的喜怒哀乐，不要被有心之人抓住当了弱点。

那时她有一个自幼便相伴的小侍女，一日，小侍女犯了错，被母后责罚。

骄阳公主心生不忍，便求了情，她没想到不过是一句求情，却换来了母后的勃然大怒，当场命人将那小侍女杖毙。

骄阳公主被母后摁住，亲眼见证了那场刑罚，看着与自己朝夕相伴的同龄小姑娘，在一声声痛苦的求救、撕心裂肺的哀号中一点点变得灰白、一点点了无生机。

而母后的声音在她耳边毫无波澜："安宁，我要你记住，生在厉氏，你不需要任何一丝感情，同情心对你来说只会是软肋，而被你在乎的人都不该存在。"

那时候的骄阳公主不过六七岁的年纪，那之后她大病了一场，病愈后她明白，母后是她一生都无法反抗的，只有顺从才能好好活下去。

她是那么想的，也是那么做的，一直都是，她身边没有一个亲近的侍女，所有的侍女和嬷嬷都是经过母后挑选的，她知道每一日都有人将她的行踪告知母后。

包括今日，也定是有人告诉母后自己出了宫，连去了何处、与谁在一起也清清楚楚。

她不像是北辰的公主，更像是母后的提线木偶，任由母后摆布，直到母后需要用她的那天，她乖乖地发挥棋子的作用便好。

此刻，她就像是十年前目睹了侍女的死亡般，心中寒凉，不，她比当初更害怕，怕母后会对她在乎的人下手，她想要出言解释："我今日只是……"

可骄阳公主未说完的话被陈王后打断，她不在乎骄阳公主的解释。

陈王后挑起骄阳公主尖翘的下巴，逼得骄阳公主不得不直视她，然后皱眉郑重道："顾家并非你的良配。"

原来母后误以为她今日的欣喜来自顾炎。

骄阳公主默默舒了口气，待母后松手，她整个人如泄了气般瘫坐在地上。

近些时日，她是与顾炎走得近了些，想必已有风言风语传入了母后的耳中。

骄阳公主不知道自己是不是该庆幸，那顾炎成了她不为人知的挡箭牌。

"你该清楚你的身份，你是公主，他日婚嫁是由你父兄做主的，就不要节外生枝了。"

这是明晃晃的警告，厉氏虽只有她一个公主，却有不少王孙贵族的女儿，这些女子大多不能婚配自由，不是成了巩固家族地位的联姻牺牲品，就是成了和亲的工具，公主又如何，谁都不能例外。

骄阳公主从来都知道这些，也未在儿女情长上耽搁片刻，而那顾炎，也不过是乍见之下的片刻欢喜罢了，还不至于真的让她动了心。

她想要的从来不是儿女情长。

骄阳公主眼神清明，脸上故作难过，却还是红着眼眶顺从道："是的，女儿都知道，我今后会与顾小公子保持距离。"

陈王后似是还不放心，又说道："你近些日子与东宫走动得很是密切。"

陈王后膝下无子，倒是真的想要拉拢东宫，甚至想将成阳郡主送进东宫。若是真的能拉拢到一个阵营，便是皆大欢喜；若是不能，东宫便是陈家最大的敌人。

"女儿知道母后的意思，若六哥那里有什么情况，女儿一定会及时告知母后。"

陈王后向前走了两步，华贵的裙摆停在地上的人脚边，衣料冰冷。

"东宫自有我的人，你也不要过分来往，省得引起了那人注意。"

"是。"

陈王后走后，骄阳公主从地上站了起来。

一旁的嬷嬷伸出手要来扶她，却被她躲了过去。

那嬷嬷微微尴尬，说道："老奴并不知娘娘今日会来。"

骄阳公主冷冷地看了嬷嬷一眼，那一眼让嬷嬷心中发寒，这公主的眼神与娘娘的眼神何其相似。

骄阳公主厌恶地警告她："嬷嬷是在为母后办事，这没有什么错，可嬷嬷也需记住，我是母后唯一的女儿，她纵使再不喜欢我，也只有我这一个，嬷嬷往后告状还是掂量着吧。"

说完，骄阳公主往书房走去。

偌大的公主殿中母后不知道安插了多少眼线，也只有在这书房中她能有片刻放松。

她拿起方才让人放在书架上的砚台，举起手想要摔碎，却终是不忍。她眼神复杂，将砚台从最显眼的位置挪进了柜子里。

她喜欢的，母后都要毁灭，所以再喜欢也不能喜欢。

休假结束，欢岁一大早就到了学堂，忙忙碌碌地在案几上捣鼓什么。

几日未见，骄阳公主似乎有些刻意与欢岁保持距离。

半天课下来，她们二人竟无一句话，直到夫子打起了瞌睡，骄阳公主才忍不住好奇，凑到欢岁身边："你在做什么？"

她已经看了半天，欢岁一直在书下捣鼓。

欢岁慌忙将手指放在嘴唇上，做了个"嘘"的手势，又将手上的东西放在了案几下。

公主满目疑惑，却也没再说什么。

而后趁着小歇，欢岁将公主拉到湖边。

"你在宫中不觉得无趣？"

公主眨眨眼，还好吧，每日吃饭、睡觉、温习、散步，在遇到欢岁之前，她并不觉得无趣，大概只因没见过这般有趣之人。

欢岁把自己带的这些宝贝在草地上摊开，招呼着公主一起席地而坐。

只见她在纸上描绘着什么，接着剪剪画画，没多大工夫一只纸鸢便做了出来。

这纸鸢欢岁常玩，没什么稀奇的，可公主是第一次见，稀罕得不得了。

她拉着欢岁一直问："岁岁，这是什么？"

欢岁见她高兴，自己也高兴，耐心道："这是蝴蝶纸鸢，像我这样，就能把纸鸢放飞到天上去。"

说着，欢岁提线，奔跑，一收一放间，那纸鸢果然飞得越来越高。

湖边的草地上，有少女阵阵清脆悦耳的笑声。

女学就在东宫旁的小殿中，这动静便也惊动了正在议事的厉夜行。

东宫，议事殿中，众人席地而坐，主座上的人神情冷漠，不怒而威，静静听着门客们的见解。

片刻后，只见他神色不明地抬头看向窗外。

半空中，有只画得歪歪扭扭辨不清是虫还是怪的纸鸢，正在迎风飘扬。

一旁的裴岩见状，道："可需提醒女学那边，莫要扰了殿下议事？"

厉夜行收回视线，他的唇线薄而好看，不说话时自带冷厉。

"不了。"

他只淡淡说了一句，于是众人又接着议事，那纸鸢也就还在窗外飞着。

室外是女孩清脆的笑声，室内是门客澎湃的讨论声，在这热闹间，坐在主座上的人似乎比平日里和煦了一些。

公主是第一次放纸鸢，高兴极了。她拉着纸鸢一趟趟跑，好似不知疲惫。欢岁跟在她身后，气喘吁吁地提醒："公主莫要放得太高了，绳子会断掉的。"

正说着，那纸鸢的绳果真断了。

只见那蝴蝶纸鸢先是颤颤巍巍地在空中飞了一会儿，接着便打着转往下落。

公主见状，道："岁岁，我们快去追，可千万不能让纸鸢落到了六哥宫中。"

上次因为在学堂上传字条，她们二人被责罚，今日若是让纸鸢飞了过去，还不知道会有什么后果。

欢岁想到那人冷漠的脸，不由得加快了脚步要去追纸鸢。

不争气的纸鸢像是故意同她俩作对似的，飘着飘着，竟真的落到了一旁的宫中。

公主叹道："落在六哥的宫里了。"

在众多的哥哥里，若说她最怕谁，那便是阴晴不定、常年黑脸的六哥了。

如今纸鸢掉进了东宫，她没有胆子去东宫拿，可又玩在兴头上，不舍得那纸鸢孤零零地在六哥的院子里日渐腐烂，便哄着欢岁："岁岁，你去拿好不好？六哥不会对你怎样的。"

倒是她，从前没少被六哥训斥。

欢岁听罢，翻了个白眼，那是她的哥哥，她都不敢去，自己又怎敢去摸老虎的屁股。

更何况，骄阳公主的话一点说服力都没有，她才不会上当。

公主还在苦苦哀求："岁岁，好岁岁，你就去吧。"

她才不要去，去厉夜行宫中取纸鸢，与去虎穴有何区别？

"公主，你别逗了。"

见欢岁不为所动，骄阳公主面色一沉："你不想去六哥宫中，是怕被六哥责罚对吧？"

欢岁利索地承认："是。"

公主笑得狡黠："可若是我告诉夫子，你在课堂上偷偷做纸鸢，你猜夫子会不会责罚你？"

欢岁气得整张脸都红了，世间怎么会有如此厚颜无耻之人："你……你，太过分了吧！"

"哼，我不管，六哥宫中你是去定了。"

最后欢岁还是不情不愿地站在了东宫门前。

望着高耸的宫墙，她决定铤而走险一回。

爬墙！取纸鸢！

"你就这么往上爬，我在下面垫着，若是摔了下来，我会接着你的，放心去吧。"

欢岁目测了那高耸的宫墙，不由得朝公主竖起了大拇指："你可真棒！"

敢情不是她去爬墙头，说得如此轻松，宫墙这样高，摔下来还能有个好？

欢岁左右打量，离宫墙不远正好有棵歪脖子树。相比起光滑高耸的宫墙，还是这歪脖子树更有可爬性，她索性撸起袖子手脚并用，攀着那大树向上爬。

底下的公主有种办坏事的兴奋，不住地在下面打气："岁岁，加油！"

欢岁"吭哧吭哧"地爬到了树顶，然后借着一根粗壮的树枝一跃跳到了宫墙上。

那一跃却是看得人心惊肉跳，连公主也不由得张大了嘴，有些后悔让欢岁冒险了。

欢岁落在墙头，往下看，将东宫的景色尽收眼底。

这巍峨的宫殿便是太子议事、居住的地方吧，她缓缓舒了口气，刚想怎么爬下墙头时，却在看清下面站着的那人时，面露诧异，脚下一滑，径直往下落。

少女似一团火焰往下坠落，那人见状，心头一惊，几步已跃至她的面前，伸出双臂稳稳将人接入怀中。

那双因为害怕而紧紧闭着的眼睛，在她撞上那人坚硬的胸膛后，才敢颤颤巍巍地睁开。

四目相对间，欢岁不由得感叹，殿下的眼睛可真好看啊，漆黑如点墨，似能看到人心里去。

厉夜行稳稳地将怀中之人放在地上，剑眉紧皱，透露出不悦："宋姑娘不在学堂读书，翻墙到孤这里做什么？难不成又是来看你那青梅竹马的顾炎？"

他的语气冰冷而严肃，欢岁本就理亏，受了这番惊吓，更加气短，低声道："取纸鸢。"

厉夜行依旧皱着眉，像是没有听清楚她的话："什么？"

"我并不是来看顾炎的，"不光今日不是来看顾炎，往日也并非她要看顾炎，因而语气里透出委屈,"只是来殿下的宫中取回我的纸鸢。"

厉夜行的面色似乎没有刚才那样难看了。

欢岁像是怕他不信,忙说了自己方才在同公主放纸鸢,纸鸢又是如何掉在了东宫,而她又是如何爬墙来寻找纸鸢。

等她说完,抬头,见厉夜行正定定地看着她。

欢岁被双双波澜不惊的眼睛瞧着,莫名紧张,她的伶牙俐齿在厉夜行面前从来使不出来:"殿下不信?"

厉夜行像是遇到了极头疼的事:"宋姑娘往日也是如此蠢笨?"

她怎么就蠢笨了?她自小就聪明伶俐,从来没人敢说她蠢笨。

欢岁张口想要反驳,却见一只高大凶猛的黑色猎犬朝她吠叫着扑了过来。

那猎犬足有一人那么长,龇牙咧嘴,还流着哈喇子甚是吓人。

欢岁脸色惨白,吓得直往厉夜行身后躲。

想象中的撕咬疼痛并没有传来,欢岁瞧见那猎犬被一只修长而指节分明的手牢牢控住,那人喝道:"你这狗怎的连主人都敢咬?"

看看,他多厉害,那样壮硕的猎犬,此刻却像丧家之犬被他拿住,耷拉着耳朵趴在地上,哀哀叫着,再也没有了方才的神气。

厉夜行眼神冰冷,手仍死死掐住犬项。

这大狗虽然可恶,倒也并不是想要扑咬主人,刚才那样子分明是冲着她这个不速之客来的,怕是误以为自己要伤害厉夜行,才会这样。

她不由得说道:"殿下,这猎犬并非要咬殿下,它是想要咬我。"

厉夜行用看傻子的眼神看着她,似乎是在责怪她不知好歹。

片刻,他对身后的人冷声说道:"带下去,让它知道主人永远是主人。"

欢岁不晓得怎样让猎犬知道谁才是它的主人,但她知道解决了狗,便也轮到解决她了。

果然那人幽深的眼睛转向她,看得欢岁莫名心虚,慌乱下说道:"我和公主的纸鸢落入了殿下的院中,不得已才想到此法,殿下为何说我蠢笨?"

厉夜行负手而立,似是对她无可奈何:"宫中有那样多的能人巧匠,不过是一只纸鸢,用得着她这样大费周章让你来取吗?"

欢岁并没有告诉厉夜行是公主让她来取纸鸢的,可厉夜行似乎了如指掌。

见欢岁面露不解,他嘴角勾起一抹嘲讽:"你不会以为她真的只是让你来取回纸鸢这么简单吧?"

那还能因为什么?

厉夜行也没再继续深究下去,而是严肃地说道:"东宫戒备森严,若不是今日我正巧在这儿议事,你有可能在刚爬上墙头时便被那守宫的侍卫们乱箭射穿。纵使顺利地爬下墙,也有可能摔断了腿,或是被那猎犬撕咬个干净,你可知这样有多危险?"

纵然危险,可他这么激动作甚?

欢岁本就因猎犬扑咬受到惊吓,加上他这句句责问,一时间竟委屈得眼眶里蓄满了泪。

那双大眼里盛满了委屈，可怜巴巴地望着他，厉夜行微愣，有些不自然地别过头去，语气却不像方才那般冷硬。

"你既然在女学中，自当好好跟着夫子读书，不该随意相信别人，也莫要被人利用了。"

她心知他这番话是对的，东宫不是别的地方，戒备森严，不说暗卫，光是禁军就不下数百人，加上这些训练有素的猎犬，人人都道比皇宫更凛冽的便是这东宫了。

她也知道自己今日的行为有多蠢，东宫的墙岂是能爬的？

"对不起。"

见她像霜打的茄子，厉夜行责备的话怎么也说不出口，转而说道："宋姑娘好自为之，这宫中不比外头。"

他的话被匆匆赶来的骄阳公主打断，她似乎很是着急，提着裙摆冲到了欢岁面前："岁岁，你怎么样？方才我见你掉下宫墙吓坏了，你有没有摔着？"

厉夜行和欢岁都朝骄阳公主看去，诧异的是，跟在骄阳公主身后的竟还有厉九州。

厉九州是在东宫门口遇见骄阳公主的，骄阳公主怕厉夜行会责怪她和岁岁，所以拉了厉九州同来。

厉夜行的目光在厉九州和骄阳公主身上打量了片刻，嘲讽道："我这东宫不知几时成了好地方，你们今日一个两个的都想要来。"

骄阳公主的表情有些不自然，而厉九州还是平日里那风轻云淡的模样。

"六哥，我刚才六神无主，怕岁岁出事，恰好遇见了王叔，就拉了他同来。"

"是吗？"厉夜行并不相信这套说辞，问道，"你倒是说说欢岁姑娘在我宫中能出什么事？"

"自然是怕——"

骄阳公主的话戛然而止，欢岁兴许不知道，可她太清楚六哥的手段，若他今日想要扣下欢岁，那纵然欢岁是宋家的女儿，怕是也要被扒下一层皮。

厉夜行勾起嘴角，却不见丝毫笑意："怕什么？"

骄阳公主面色赤红，被那人问得一句话都说不出来。

"阿行，可以了，不过是两个女孩，别吓着了她们。"

厉九州的声音如他的人一般，淡淡的，他看向厉夜行，语气却是不容置喙的："天色不早了，我带她们二人离开。"

这叔侄两人站在一起，一个温润如月光，一个冷漠如寒霜。

往日，欢岁也曾听人说过，太子厉夜行少时督军，手上染了无数的鲜血，是个真正杀伐果断的狠人，而九王叔宅心仁厚，更得人心。

今日一见，大抵果真如此。

欢岁虽然只见过厉九州两次，但也能看出来这叔侄二人的关系并不算好，就譬如此时，两人虽都面上带笑，之间的气氛却剑拔弩张。

她心想，公主就算是搬救兵，也搬一个可靠的来啊，眼看着暗流在两人之间涌动，比方才的情景更加糟糕了。

她有些后悔,早知道就不该将纸鸢带到学堂来,生出了这些事端。

骄阳公主也知道此事因自己而起,不想闹得大家都下不来台,她只想带着欢岁快点离开:"六哥,是我非逼着岁岁爬墙的,你若是怪罪便怪罪我吧。"

厉夜行闻言,冷哼了一声。

他对这个公主妹妹似乎也没有好感,只淡淡瞥了一眼,便冷冷地讽刺道:"呵,你这时候倒是知道跳出来了,可知若是她今日摔了下来,你怎么向宋府交代?或是今日我的护卫队伤了她,那你又要置我和宋家于何地?"

见骄阳公主不说话,厉夜行的眼神更加冰冷了:"还是说,你本来就希望我与宋家交恶呢?"

欢岁恍然,原来如此。

她是宋家嫡女,若是在东宫里摔伤,或是被东宫所伤,想必父兄一定不会轻易将此事抹过去,到时候怕是难免会与东宫交恶。

宋家是北辰第一巨商,近几年更是有无数的权贵想要拉拢宋家,就算不能拉拢,也不想站在宋家的对立面。尤其是东宫易主不过短短几年时间,局势未稳。

欢岁低垂着头,心思翻转,她想到方才厉夜行的话,又想到今日公主执意让她进东宫取纸鸢,不由得浑身发冷。

骄阳公主的面色很不好看,站在她身后的厉九州出言制止:"阿行,你的话说得重了。"

厉夜行并不理会厉九州,他的目光从欢岁身上掠过,见她神色郁郁,便没有再说什么,而是皱眉对一旁的侍从说道:"遣了人将她们送出去。"

说罢,他转身离开。

厉九州走到欢岁身旁,语带安抚:"宋姑娘莫怕,我们走。"

欢岁点点头,跟着他一同离开。

一路上无言,公主问欢岁可是被六哥吓到了,才这般沮丧。

欢岁也并不答她。

骄阳公主沉默了片刻:"你也不必将六哥的话当真,他那个人啊,从小到大都是这般阴阳怪气冷冰冰的,自己一肚子的阴谋诡计,便想着旁人也同他一样。"

公主这话是在为自己辩解,欢岁笑笑。她虽还年幼,没有经历过什么大风大浪,可她也不是个棒槌,任人利用。

今日的事,她心中自有分辨。这皇宫之中又有哪个人是省心的?

三人走到东宫门口,欢岁捡起一块石头,气呼呼地扔在了东宫门上。

厉九州目光柔和地看着她这孩子气的举动。

## 第七章·
### 带着公主逛花楼

殿内，裴岩走来走去，焦急地等待。

方才殿下议事，抬头看了眼窗外便急匆匆地出去了，一众门客皆摸不着头脑。于是，裴岩找了个由头散了今日的议事。

这片刻的工夫，殿下再回来时，手里拎着一只纸鸢，面色冷凝，心情似乎十分不好。

厉夜行一言不发，坐在案几前。那破了洞的纸鸢孤零零地躺在桌案上，如它的主人一般让人心烦意乱。

裴岩小心伺候，添茶加水，注意到那分外突兀的蝴蝶纸鸢，不由得问道："殿下从哪儿得来的纸鸢？这玩意儿在宫中倒是稀奇。"

厉夜行冷哼一声，没有回他，修长干净的手指拿起那脆弱得快要破碎的纸鸢端详。

片刻后，他才对裴岩说道："这东宫如今的看护倒是格外松了些，过些时日干脆直接拆了院墙的好。"

裴岩不知殿下为何又阴阳怪气，赔着笑脸："那怎敢，咱们这可是东宫。"

说罢，他立刻交代了侍卫加强看护。

厉夜行冷笑道："你还知道这是东宫？你不说，我还以为这是集市呢，谁都能来。"

裴岩听侍从说厉九州今日同骄阳公主一同来了东宫，便知道厉夜行定然会不高兴。

东宫的护卫队一向由裴岩调遣，今日出了这样的事，他难辞其咎，当即跪下谢罪。

"告诉守卫，既然分不清谁是东宫的主人，便抹了脖子去吧。"

厉夜行放下水杯，又想起自己那唯一的妹妹，眼中透出一丝冷意。

往日里，她与自己并不怎么走动，近日倒是来往越发频繁了些。

"殿下的意思，公主是王后娘娘的探子？"

厉夜行在纸上写着什么，半晌才抬头道："母女俩各怀鬼胎，倒是越来越有意思了。"

可她们不该将欢岁牵扯进来。

骄阳公主将欢岁送走后，见厉九州还站在凉亭里等她。

她心道不好，厉九州与厉夜行很是不同，他看似更加温和无害，却是真正的暗藏危险。

骄阳公主一步步走到他身边，唤了一声："王叔，安宁知错了。"

厉九州转身，看着她，十六岁的少女在深宫中看惯了权谋，也想用权谋。

他的眼神温和，语气平静："安宁。"

不知为何，骄阳公主怕极了他这样的平静，似是一片海，没人知道这平静的海面下是怎样的波澜。

她今日确实存了不该有的心思，往日她并不会这样冲动。

大约是那日母后的威胁让她失了方寸，便想着利用欢岁，若是欢岁真的在东宫受了伤，那宋家必然不会支持东宫，拉拢宋家的可能性也会更大。

可看到欢岁从宫墙上掉下去的那一刻，她便后悔了，甚至有几分无措。

宫墙那样高，万一欢岁……

她慌不择路地往东宫门口跑，撞上了来宫里探望太后的厉九州。厉九州见她满脸惊慌，问了缘由，大斥她胡闹。

两人这才一道进了东宫。

还好欢岁并无大碍。

厉九州淡淡道："他岂会看不懂你这点小心思，以后不要再有这样的小动作了，更不要将无辜的人牵扯进来。"

"是，安宁再不会做这样的蠢事了。"

纸鸢的事过去了几日，欢岁原本想将事情告诉父亲，可她见这些日子父亲似乎格外劳累，便没有告诉他。

秦夫子回来后，厉夜行这督学已很少来学堂，倒是时不时会遣人给那陆家姑娘送些糕饼或是果子。

每次他遣人过来，成阳郡主的面色都不大好看，因而也越发针对陆家姑娘。

欢岁明白，成阳郡主心高气傲，自恃是王后的亲侄女，自然一心想要在贵女中突出，惹得那人注意。

可如今殿下倾心陆姑娘，成阳郡主自然是酸的，眼瞅着自己的太子妃之位就要没了，怎能高兴得起来？

骄阳公主却不这么看，她撩起欢岁鬓角散落的一绺头发："我要是六哥定要娶你这样的小美人儿，陆家姑娘算什么，成阳郡主又算得了什么？"

欢岁立时红了脸，这公主说起话来倒是比她还要不知分寸，流里流气的。

如今两个人同坐一桌，便是蛇鼠凑一窝，更加不知上进。整日里不是偷摸逃学，便是偷偷往夫子的椅子上放小虫子，哪里认认真真学习过哪怕一日。

这天，不知道王后娘娘抽了什么风，竟要给入学的贵女们小考。小考的题目是让贵女们做出一篇文章，文章做得好便可告假。

可欢岁入宫以来哪有认真学习过。

这文章她是写不出来的，可这假她是想休的。

眼看着已有不少的贵女交了文章，欢岁着急得嘴角起了泡。

公主不忍看她愁眉苦脸，出了个馊主意。

"哎，不若找个枪手。那些贵女哪里会做文章，还不是找人帮忙。"

主意虽馊，好用就行。

只是想要找到一个合适的人又何其难。

见欢岁愁眉不展，骄阳道："六哥那里的门客倒是挺多。"

东宫的门客不仅多，且人才辈出，可对再闯东宫这事，她还是有些怯的。

公主又喃喃道："不说那些门客，便是六哥也是三岁识字，六岁启蒙，通读史书。要不是皇家贵胄，他是能考状元的料。"

对公主的话，欢岁是不太信的，要说学富五车，那还得是她的云起哥哥。

可眼下云起哥哥随父亲出城了，她又没有别的人可以求助，想来想去，只好硬着头皮等在东宫门口，看能不能遇到相熟的门客求上一篇文章。

欢岁在东宫门口叹第一百口气的时候，见厉夜行远远走来，身后照例跟着像影子一样的裴岩。

太子殿下一身墨色衣袍，腰间配白玉束带，越发显得宽肩窄腰，果真是公子世无双。

待他走近，欢岁对上那双疏离而冷漠的桃花眼，紧张得一时忘了自己该说什么。

还是那人先开的口："宋姑娘好兴致，今日又来东宫捡纸鸢？"

呵呵，瞧瞧这人说话总是夹枪带棒的。

欢岁想着自己有求于人，扬了笑脸，做足了低声下气的姿态，笑得眉眼弯弯，格外谄媚。

"殿下今日这身装扮好看极了。"

厉夜行脚步微顿，似是没想到她能说出这样的话，脸上的表情极其精彩，有诧异、有惊讶，更多的还是那种满满的嫌弃吧。

就在欢岁以为自己会被那人毫不留情轰走时，厉夜行停下来，淡淡说道："你在这儿等了两个时辰，不会就是为了夸我一句吧？"

想来也是，东宫门口站了她这么一个显眼的人，怎么可能没人告诉厉夜行呢。可他就这么眼睁睁看着她这细皮嫩肉的小姑娘在大太阳下等？

果然丝毫没有怜惜之情啊。

欢岁想到自己有求于人，于是那张明媚的笑脸又扬了起来："不碍事，不碍事，别说是两个时辰，就算是五个时辰也等得。"

厉夜行清冷的眉目舒展："哦？那宋姑娘是在等谁？"

欢岁并没有特意要等哪个，不过是来碰碰运气，看能不能遇到眼熟的："等……等顾炎。"

听到"顾炎"两个字，那人漂亮的脸上闪过一丝冷笑。

"既然如此，那宋姑娘就接着在这儿等吧。"

说着，那长腿就要往宫门里迈。

他长腿阔步往前走，她便跟在后面小跑着。

眼看着就要追不上了，欢岁脑子一抽，立时冲上去，抱住了那比她的命还长的腿，可怜巴巴地唤了一声："殿下。"

厉夜行俯身看她，眉头紧皱，却听到她委屈巴巴道："求殿下帮帮我。"

东宫的主殿中，厉夜行懒懒地坐在那张黄花梨案几后，整个人贵不可言。

欢岁则乖顺地跪在一旁。

他到底还是把她带进了东宫，算是有几分仁善吧。

而此时，那仁善之人修长的手指在桌案上轻敲着，"吧嗒吧嗒"，一声声似叩在她的心上："你既然是来等顾炎的，孤也告诉了你顾炎在营中，为何你还要死缠烂打地跟来？"

"死缠烂打"四个字听得欢岁面颊发红，可她顾不得这些，说道："顾炎不在，殿下也行。"

厉夜行被气笑了："宋姑娘果真与众不同，那个不在，便找孤补上。"

他话语里的讽刺，欢岁不是听不出来："我也不想如此，可我在宫中也不认识其他人了。"

欢岁低着头，不敢去看厉夜行此刻是什么表情，只听他淡淡道："孤算是宋姑娘此时能想到的唯一人选？"

不知为何，他刻意在"唯一"两个字上加重了一些，欢岁忙点头。

欢岁能感觉到厉夜行虽面冷，却不会真的伤害自己，就像那日，猎犬扑向自己时，厉夜行会徒手扼住猎犬，未让她受到半分伤害。

半响，他才半托着腮，若有所思地望向她："那宋姑娘说说看，孤为何要帮你？"

欢岁将求文章的目的告知厉夜行后，便想到了他这样的人向来是无利不起早的，不会平白帮她，于是她从衣袖中拿出一块上好的玉佩。

她生在宋家，自小耳濡目染，最知道利之一字为人所求。

拿出来的也是她手中成色最好的一块玉佩，不说价值连城，也是极为贵重。

没想到那人接了玉，却气笑了。

"你觉得我东宫之中缺这个？"

啊，大概是不缺的吧，毕竟东宫连地面都是汉白玉铺的，可她也只有这个了。

厉夜行眼神挑剔，目光在她身上流连："你没别的贵重的了？"

欢岁随即捂住了胸口："当然没有了。"

厉夜行瞧着她这举动，觉得可笑："藏了什么？"

欢岁心头一跳，回望着那人，不情不愿地从衣领里拉出了一根绳子。

绳子那头紧紧绑着一块玉，这是她从小就戴着的，母亲说是一位贵人相赠，让她务必不要卸下来，因而她贴身戴了十几年。

实实在在是她的贴身之物了。

可此刻那贴身之物被厉夜行拿在手中肆意地把玩，就像是窘迫的欢岁在被他任意拿捏一样。

厉夜行打量着那块玉，通透莹润，中间有一丝绿晕开，如点墨晕在水中，当真是好看极了。

玉是她从脖子上摘下来的，还带着她身上特有的温度，那长指不由得握得更紧了一些。

不知为何，欢岁觉得太子殿下似乎面色红了红，她大着胆子提议："殿下，说好了的，这块玉我先押在你这里，等我回府取了更好的，便把这玉换走。"

这玉她是绝不敢赠给厉夜行的,若是被母亲知晓了,少不了一顿骂。

可眼下她身上又没有别的稀罕物。

她以为厉夜行会坦然受之,却没想到他的面色更难看了。

"你既然将这玉说得如此珍贵,就这样随意给人?"

欢岁觉得这人拧巴,他要她身上珍贵的东西,她拿出来了,他却又嫌她不知道珍惜,当真是怪人一个!

厉夜行目光沉沉地打量她半响,才道了一句:"罢了,你父亲早些年与我有些交情,权当看在他的面子上了。"

欢岁暗暗舒了口气,这人肯帮忙就好。

她不知道父亲与他有何交情,心想早知道搬出爹有用的话,那她早把爹搬出来了。

见他应承了,她忙从袖中取出一张纸,双手递上去。

"拙作一篇,望殿下指点一二。"

他又笑了,还是被气笑的。

看完她那篇拙作,那薄唇说出的话,刻薄得她想拿小午的绣针给他缝上。

"就这?简直狗屁不通。若你前些日子把这文章拿给秦夫子看,估计用不着你去放耗子,秦夫子自然被气得卧床不起。"

狗屁不通?

欢岁脸颊通红,气得想要拿绣针去缝他的嘴,可等她反应过来他说了什么,慌忙道:"我何时放过耗子?耗子不是我放的。"

"是吗?"

厉夜行坐在那里,冷笑着:"那你这么激动做什么?"

好在厉夜行没再追究耗子的事,可欢岁觉得厉夜行就像是猫逗耗子一样拿捏着她。

只见那人提笔蘸墨,大笔一挥,在她辛苦写了三天的纸上随意画了几下。

随即那纸轻飘飘地落在她的脚边。

欢岁欣喜地去捡,她倒要看看说她文章写得狗屁不通的人,能把这文章改成什么样。

却只见纸上盘着一只硕大的王八,那王八的一双豆眼望着她,极尽嘲讽。

欢岁脑袋一麻,手都抖了起来,这王八画得实在是好!活灵活现,那得意的神情似乎在嘲笑着她。

"你,你,你!"

太过分了!想起那日他在学堂上曾经收缴了自己的王八图,如今非但没帮自己改文章,还在文章旁边画王八,这下彻底没法向夫子交差了。

欢岁急得眼眶红红的,有些颓丧:"殿下不肯帮我就算了,画这王八侮辱人做什么?"

厉夜行瞧着她眼泛泪光,终是不忍,不慌不忙地从案几旁边的一沓废纸里抽出了一张,扔给她。

"你的文章改无可改,实在没有必要浪费笔墨了。昨日我收拾旧稿,找出了这些来,这是孤九岁时所作,想必能助你过关。"

这人委实可气!

九岁能写出个什么来?他那副孤高自傲的模样,让人恨不得给他两拳。

可她不敢,她还要指望这篇文章告假呢。

厉夜行见她小心翼翼地将文章塞进袖子里,好心提醒:"你我的字迹秦夫子还是能分辨的,我劝你最好是待在这里,将文章誊写一遍再回去交给秦夫子。"

于是那日下午,欢岁趴在东宫的案几上,用一手梅花小篆将太子爷九岁时的大作抄得整整齐齐的。

春风轻拂,阳光肆意地洒下来,厉夜行微微眯着眼睛,不动声色地打量那个伏案誊写的少女。

她写得极为认真专注,翠绿的袖口露出一截皓腕,白得近乎透明。

他目光微滞,片刻后又恢复了一片清明。

等到夕阳西下,欢岁的文章才誊写完了。

她有些得意地看着自己的作品。

欢岁虽然不擅长做文章,但幼时被父亲逼着练字,一手梅花小篆写得极为干净漂亮。

这样认认真真地誊写出来,更是别有风骨。

厉夜行淡淡地看着:"还不算辱没了这文章。"

欢岁翘起下巴:"那是自然!"

她总算是有一样东西能在此人面前拿得出手了。

临走的时候,欢岁还是好奇地问那斜倚在软榻之上,慵懒看书的人:"殿下,你与我父亲到底有何交情?"

那人从书中抬头,瞥了她一眼,缓缓说道:"你父亲曾借给孤一本书,孤很喜欢。"

哦,原来殿下喜欢书,不喜欢玉,早知道她拿书来就好了。要知道宋家可是有满满一室的孤本典藏。

第二日,欢岁有些忐忑地将文章交给夫子,夫子捋着胡须,看看文章,又看看她,脸上表情意味深长。

欢岁心想,莫不是那九岁小儿的文章写得不好?

心如擂鼓时,她却听夫子道:"如此文章,甚好甚好。"

甚好是多好?比云起哥哥写得还好?

夫子一直啧啧称赞,还将文章收了起来,说是要找个匠人给裱起来。

欢岁不晓得一篇文章为何好成这样。

好在秦夫子并不知道她背后有枪手,更想不到这枪手会是东宫那位,便准了她的告假。

欢岁终于能在家踏踏实实地待上几天了。

休假的这几日,欢岁每日睡到太阳高升,直到听到院子里传来陈玉芝的声音:"哪家的女儿像你这般懒?一觉睡到大中午。"

睡到大中午的欢岁才懒懒地从被子里钻出来。

饭桌上,陈玉芝向宋景之控诉:"你女儿一点都没有大家闺秀的样子,日日这样赖床,到时候哪家儿郎敢娶她?"

宋景之将一块剔了刺的鱼肉夹进欢岁面前的碟子中:"多睡一会儿就多睡一会儿吧,以后真出嫁了,怕是再也不能这般任性了。"

陈玉芝便不再说什么。女子出嫁后,倚仗夫婿,倚仗婆家,哪里还会像在家中这样轻松自在。

这几日,有平日里相熟的贵女们往宋府递帖子,相约欢岁同游,但都被陈玉芝扣了下来。

"近日洛城并不太平,你父亲已在奔走,想着早日安排好家中的生意,带咱们回老家住些日子,你这些日子莫要与谁走得太近。"

欢岁虽每日都回宋府,但白日里总待在宫中,并不知晓洛城里有什么不太平的,可她这几天在家里,隐约能察觉到父亲的不安,就连云起哥哥似乎也很是忙碌,整日里见不着人影。

欢岁知道曾祖父辞官后,本是要回老家的,可在老家待了些时日,因为在洛城还有些生意,便让祖父留在了洛城看顾生意,而父亲自然也就留在了洛城。

如今竟是连这点生意也顾不得,定是真的不太平了。

欢岁又想起了东宫的事,想到公主上次让她去捡纸鸢,想起厉夜行别有深意的提醒,倘若连公主都有意在宋家的事上做文章,想必宋家此时定是危机四伏。

欢岁有些担忧:"可是宫里有了变化?"

陈玉芝并没有回答,只是说:"你这女学估计也上不了几日了,也好,待回到老家,你便可以与你的堂兄妹一起玩耍。"

她平日里虽然贪玩,这时却是听话的,乖乖待在家里。

骄阳公主找了欢岁几次,欢岁找了理由都推掉了。

往日她只当骄阳公主同她一样,可如今她并不认为公主是普通的女子了。

直到休假结束,回到学堂,骄阳公主打量着欢岁,看得她浑身不自在。

"公主为何一直盯着臣女?"

"为何这些时日我唤你出来玩耍,你不出来?"

"臣女病了。"

骄阳公主半信半疑:"病了?"

"是,风寒。"

骄阳公主没再问下去。

又过了几日,公主凑到欢岁耳旁:"听说洛城有间乐坊,佳人无数,男人都爱去,不若我们也去?"

带公主逛乐坊?

欢岁直摇头:"不了不了,我的风寒还未好。"

"你躲我?"骄阳公主有些生气,"这几日你都在躲我。"

"没有,我确实风寒还未好,若是传给了公主就不好了。"

骄阳公主心里有些异样,猜想她是把六哥的话听进去了。

"你若不陪我去,我就告诉夫子你的文章是从何而来。"

欢岁头疼,她不想陪骄阳公主逛乐坊,更不想被夫子责罚。

两相权衡下,还是逛乐坊损失小。

可去逛乐坊嘛,自然不能穿女装前去,若是被人认了出来,怕是不出半日,整个洛城都要知道骄阳公主和宋家姑娘去逛了乐坊。

欢岁让小午去找两身合适的男装,小午撇撇嘴,她家小姐就是个胡闹的,再加上一个胡闹的公主,她怕是有朝一日要被夫人发配出去。

可小午还是乖乖去找了两身衣服。

片刻工夫,两人便换好了男装。

公主一身青衫,手执折扇,宛如一位翩翩少年,她回头看向同样换好了衣服的欢岁。

只见欢岁一袭男子的月白色衣袍,长发用一根发带束起,这哪里还是欢岁啊,分明是一位模样俊俏的小郎君。

公主的眼睛亮晶晶的,附在欢岁耳边道:"岁岁,你怎么这样好看?若不是知道你是女儿郎,我定是要喜欢上你的。"

说罢,两人还特意乔装打扮了一番,为彼此贴上了小胡子。看着对方的小胡子,两人又忍不住嬉笑了一番,似乎都忘了这几日的不快。

醉乐楼是洛城里最大的乐坊,很是热闹,站在门口的姑娘,见着欢岁和公主,立刻迎了两人进去。

欢岁掏出一锭银子塞进了姑娘的手里:"给我们哥俩准备一间包房。"

她那熟门熟路的模样,险些让公主以为她是常客。

欢岁小声道:"没吃过猪肉,还没见过猪跑吗?话本子上常写那些风流才子是如何逛乐坊,又是如何成就佳话。"

她虽是头一次来,但话本子看多了,显得格外老到。

那姑娘得了银子,喜滋滋地带着她们上了二楼的一间包房。

这醉乐楼二楼的包房是半开放的,只用了布帘遮挡,来这里的都是些卖艺的清倌人,只陪客人唱曲、饮茶。

欢岁随着那衣着清凉的姑娘拾级而上,不经意间抬头,却见微风拂起一间包房的门帘,而在包房正中坐着的那人正冷冰冰地看着她。

她顿住了脚步,用力地揉了揉眼睛,在疑心自己看错了人时,却听身边的人低声唤道:"六哥?"

原来不是她害了眼疾,还真是太子殿下。

再看看殿下身旁那娇艳的姑娘,正抚着一把古琴,媚眼如丝地盯着殿下。

欢岁不知道公主会不会尴尬,逛风月场,居然被自己的哥哥逮了个正着。

大约是有些不自然的,要不公主怎么进了包房后,就是这副若有所思的模样,视线时不时瞥向对面太子殿下所在的包房。

包房中燃了香,味道浓郁,欢岁忍不住打了两个喷嚏,公主这才回头看向她。

"岁岁,你说六哥来这里作甚?"

还能作甚?
总不能是来出力干活的吧。
"自然是来释放天性的。"
欢岁说着,心头有些异样,没想到太子往日看着冷冰冰,居然也是个寻花问柳的,与那些寻常人家的公子哥没什么两样。若说真有什么不同,便是厉夜行面前扭如水蛇的那位更加艳丽一些。
"你觉得六哥是来找乐子的?"
"不然呢?"
公主没有答她,手指了指对面的包房,吩咐方才领她们进来的姑娘:"上楼时我听到对面琴声悠扬,可否请包房中的姑娘来为我们弹奏一曲?"
领路姑娘面色为难,欢岁便又掏出了一锭银子。
领路姑娘却摆摆手不肯接:"小公子,不是钱的事,对面包房中的是我们的楚楚姑娘,楚楚姑娘弹了一手好古琴,可她已被对面包房的贵人包了,我们实在不好去叨扰。"
欢岁看向那被门帘遮住的包房,哦,原来殿下还是个长包客。
公主觉得有趣,便又问道:"对面包房中的客人常来?"
领路姑娘摇摇头:"并不常来,不过这客人很是专一,每次来,只要楚楚姑娘抚琴。"
待领路姑娘出去给她们取吃食,公主才意味深长地说:"有那样多的贵女给他挑,他一个不要,倒是喜欢这烟花之地的。"
公主脸上的鄙夷一闪而过,凤眸狡黠:"岁岁,你说若我将此事告诉了父王会怎样?"
太子殿下逛花楼总是不好的,欢岁想起他曾救自己于宫墙下,解危难于文章上,便好心说道:"这事也不必告诉陛下,那姑娘不是说了吗?殿下只是来听琴的,兴许是这里的琴师技艺好。"
公主皱着眉头:"岁岁,你是骗我呢,还是骗你自己?"
天下琴艺最好的琴师自然在宫中,若是真的要听琴又何必来这里,他只吩咐一声,便有许多技艺高超的琴师在他面前献艺。
欢岁尴尬地笑了两声,兴许是熏香的缘故,她觉得烦闷极了,只想赶快离开,不想旁生枝节。
公主也没再说什么,拉着欢岁在案几前坐下。
不多时,领路的姑娘端着盘盘碟碟走进来,摆了大半个案几。
公主知欢岁最爱吃点心,便夹了桃花糕放于她面前的碗中,可欢岁拿着筷子迟迟未动。
"你今日怎么了?心不在焉的。"
公主纳闷,若是往日见了这么些好吃的糕点,欢岁早就开吃了,今日却是食不下咽。
欢岁伸手扇了扇风,说道:"这房间里的香粉味太重了,我出去透透气,透透气就好了。"

说着，欢岁走到走廊上，她一口气还没吐出来，就闻到了一股清冷的松木香。
"殿——"
"下"字还没说出口，就被那人瞪了回去。
她心领神会，这等场所若是被人认出，岂不是毁他清誉？她立刻改口："六公子。"
厉夜行淡淡地瞥了她一眼，沉声道："你怎么又跟她一起胡闹？我以为我那日说得够清楚了。"
他的语气中带着责备，欢岁不由得辩解："是'九公子'她非让我与她同来。"
骄阳公主在家中排行老九，欢岁便这样唤她了。
有客人从他们身边经过，扭着头打量着两人，出言不逊："这两个小公子倒是俊俏得很，多少钱？"
厉夜行哪里听得了这样轻薄的话，当即黑了脸，要去拔腰间的佩剑，被欢岁硬生生地按了下去。
这般热闹的地方，若是让他动起了手，岂不是尽人皆知。
好在那人身边的姑娘是个有眼力的，见两个俊俏公子中更为高大挺拔的那个一身杀气，忙搀扶着醉酒的客人往自己房里走去："胡公子，你不喜欢细细了吗？怎么还三心二意去打旁人的主意，叫细细好生难过呀。"
那叫细细的姑娘说话娇娇柔柔，那胖乎乎的胡公子使劲将美人儿搂进怀里，笑得满脸横肉都抖了起来："细细最好，细细最善解人意，我这就同细细回房，好好听你唱曲。"
欢岁听得直皱眉头，只觉得胃部一阵不适。
厉夜行将她的反应尽收眼底，眉头紧皱："我让裴岩送你回去。"
欢岁是想回去了，可想到公主还在包房里，只留她一人在这里怕是不妥。
厉夜行道："你还是少操点她的心，省得哪日被她卖了都不知道。"
说罢，他转身回了自己的包房。
欢岁不敢在走廊上久待，也回了包房。
公主正在同包房中抚琴的姑娘调笑，见着欢岁进来，说道："听笑笑姑娘说，这里有个姑娘唱曲可好听了，我让她去叫了，一会儿便来。"
唱曲的姑娘没等到，带刀的侍卫倒是来了一个。
公主皱眉看着面无表情的裴岩出现在包房门口，不满道："你怎么在这儿？"
欢岁见了礼："裴将军。"
裴岩也行了礼："回公主，殿下交代我务必将公主和宋姑娘安全送回家。"
这话公主听后上了头，不客气道："怎么就许他来这儿找乐子，我们来不得？他以为这是他家啊。"
欢岁扯了扯公主的衣袖，劝她别这么激动，更何况："他家也是你家。"
把自己家说成烟花之地总归不太好。
裴岩还想说什么，包房的门帘被人一把掀开。
那人的脸色不大好看，锋利如刀的目光朝她们看来。
欢岁不由得往公主身后躲了躲。

公主方才的嚣张气焰一瞬间也熄了火，厉夜行径直走到案几边坐下，自顾自倒了杯热茶。

喝了口茶，厉夜行才讥讽道："小九一颗心堪比男儿，不光在父王面前为自己争权夺利，就连这烟花场所，你也要同男儿一样逛上一逛？"

前几日，听闻公主向厉帝推荐女官制，欢岁认为这是好的，女子当同男儿一样，可堪大用，在这一点上她心中是极为佩服公主的。

可这在厉夜行眼中别有一番意味："你还真想当女王不成？"

他说这话时，警告意味十足。

欢岁不知道公主是否真的有这种想法，若是有的话，她怀疑厉夜行能毫不犹豫捏断公主那纤细的脖颈。

公主却说道："怎么会呢？六哥这样有经世之才的人才堪当大用，而我只想在六哥手下求生。"

厉夜行目光如炬，公主目中亦有坚定。

两人相视片刻，各自心怀鬼胎。

厉夜行忽地笑了，也不知他是否真的信了公主的话，到底没再说什么。

往日，在欢岁眼里，骄阳虽贵为公主，却也是个十六七岁的女孩。可近日发生的这些事都让欢岁知道，公主就是公主，她的背后是陈王后，是陈家，是复杂的权力纷争，东宫处于权谋之中，而公主又何尝是等闲之辈。

宋家不愿卷入朝堂纷争，欢岁自小就懂得这个道理，因而心中做出决断，此番之后更要疏远公主了。

那日，她们到底没有听上曲子，在醉乐楼外，厉夜行冷着脸亲眼看着裴岩将欢岁带上马车。

平安到家后，裴岩略微踟蹰，问道："姑娘以为殿下是刻意为难你们？"

欢岁与厉夜行接触不多，却并不认为他是这样的人，主要他这人向来孤傲，应该不属于刻意为难她们。

况且两个女子，若是在花楼里被人认了出来，确实于名声不好，于安全无益。

思及此，欢岁摇摇头，道："还要多谢裴将军今日送我回来，也……谢谢殿下。"

裴岩闻言，这才舒了口气，要离开时又说了句莫名其妙的话："姑娘没误会殿下就好，殿下其实很好的。"

很好？

欢岁皱眉，想起那冷面人，不知晓他哪里好。

# 第八章
## 被绑架了

这天之后，没多久便是祖母的寿辰。

欢岁和覃舒予去了趟珍宝阁。

欢岁选了几样礼物总觉得不满意："舒予姐姐帮我一起挑挑吧，母亲总说你的眼光很好。"

闻言，覃舒予的脸红了红。覃、宋两家有意结亲，若是能顺顺当当入了宋府，那陈玉芝便是她的婆母了，能得此夸奖她心里自然是高兴的。

选了许久，欢岁才选了一条工艺极佳的帕子。

覃舒予道："会不会太简单了？"

"那些繁复的祖母已经见过许多了，并不见得会喜欢，可这帕子不同，工艺精致，一看便是绣娘精心织就。"

覃舒予闻言点点头。

两人正挑选间，一道尖锐的女声响起："哟，我当是谁呢？原来是你们两个。"

欢岁抬头，还真是冤家路窄，成阳郡主与陆语嫣今日也来了这珍宝阁。可她们二人不是决裂了吗？怎会同行？

成阳郡主瞧见欢岁手中的帕子，不由得笑道："外人都道宋家富可敌国，怎么落败到了如此地步，连个礼物也选这样拿不出手的破布。"

掌柜是认得宋、覃二人的，闻言，忙解释道："宋小姐拿的帕子虽小，却也是我们店的好物件，是专程在江南找了技艺高超的绣娘，用上好的丝线绣了运回来的。"

成阳郡主闻言，却很是不屑，又见欢岁转身要走，上前一步拦住了她。

"宋欢岁，几日不见你还是这样没礼貌，见了我们也不知道打招呼。"

欢岁最看不惯她这副高高在上的样子，不过是仗着有个当王后的姑姑成日里目中无人，毫无教养。

她勾起嘴角："是，我们小门小户的是没有礼貌，郡主这样高门大户出身的，不也是如此？可见与我们并没有什么不同。"

成阳郡主气得脸红，她身边的陆语嫣倒是个识大体的，她拉了拉成阳郡主的衣袖，低声道："罢了，咱们是出来逛街的，不至于因为这些事扰了心情。"

况且来珍宝阁的都是洛城里有头有脸的人，若是让人瞧见她们在这地方起争执，怕用不了半日的工夫就能传得尽人皆知。

成阳郡主咽不下这口气，却也知道陆语嫣的用意，只得闭了嘴。

几人正在二楼挑选着饰物，却听楼下的伙计高喊着："不好了，不好了。"

那伙计没喊两声，就没了音儿。

还不等众人反应，一行蒙面大汉闯入了珍宝阁中，手脚利索地将店内的宝贝洗劫一空。

掌柜和伙计想要去拦，却被劫匪摁在地上，脖子上架着明晃晃的大刀，丝毫动弹不得。而最早报信的伙计早已经毙命于这伙人的刀下。

掌柜见状，心知是遇上了打劫的，忙求道："众位好汉拿些财物便走吧，莫要伤及店中人的性命。"

掌柜在洛城里经营这么大的生意，自然是个人精儿，他知道今日这钱财难免损失，可只要有这些达官贵人在，他日再赚回来便是，若是伤着了几个，怕是日后他这店连门都开不得。

劫匪将刀紧紧抵着掌柜的脖子，冷哼一声："你还是操心自己吧，我们这刀可不长眼。"

其他逛店的客人也多是些夫人、小姐，手无缚鸡之力，全被劫匪勒令蹲在墙角。

那成阳郡主哪里受过这种委屈，当即叫嚷："我父亲可是成阳侯，你们等着，片刻他便会带人来将你们杀个干净。"

欢岁暗叫蠢货，这时候自报家门，岂不是将自己置于危险之中？

果然，为首的大汉目光凶狠地瞪向成阳郡主，一巴掌打了过去。

生生将成阳郡主的嘴角打出了血，成阳郡主又惊又怕，再没有了刚才的架势，一个劲地往陆语嫣身后躲。

欢岁暗叹，这人果真是个酒囊饭袋，亏她父亲当年也是领兵打仗的，武将家里居然生出个这样的草包。

为首的大汉满脸横肉，冷哼一声："不管你们是谁，再有本事，今日挡了爷的财路，一律杀。"

等几个人将店里能看到的珍宝搜罗个干净，那大汉看向人群，目光在欢岁和陆语嫣脸上略微停留，若有所思。

还不等欢岁反应过来，她便被大汉一把抓了起来，扔给身后的人，道："就抓她们两个当人质。"

大汉既然能来洗劫珍宝阁，自然知道这里是达官贵人出没之地，这两个姑娘一看就不是一般人。

他接着对掌柜说："你跑去告诉守城官，若是我们能顺利出城，这两位小姐自然能够全身而退；若我们出不了城，有两个小姐黄泉路上做伴，我们也不孤单。"

陆语嫣当即吓得花容失色，哭了出来。

而覃舒予想要挡在欢岁身前，却被大汉一个手刀劈晕了过去。

整个珍宝阁，再无一人敢上前阻拦。

大汉拎着她们刚出珍宝阁，便有十几匹马来接应，他们纵身上马，只留下一阵尘土。

整个抢劫过程异常顺利，看来是惯犯了。

两个世家小姐在珍宝阁里被劫，这事惊动了宫里，宋家和陆府也都报了官。

陈王后当即叫来了厉夜行。

"这是反了不成，王城中竟有人敢如此大胆，当街抢夺财物，还掳走了世家小姐,传了出去,岂不是让人笑掉大牙?"

厉夜行一身墨衣,端坐在那儿,他的脸上看不出一丝情绪。他如今是东宫太子,又是北辰大营的督军,王城的防护一直是由他率领的北辰军负责,如今出了这样的事,打的岂不是他的脸?

相比厉夜行的淡定,陈王后对这件事显得格外热络,见厉夜行如此漫不经心,便道:"听闻你对陆家小姐很是上心,怎么这会儿反倒不急了?"

厉夜行放下了茶盏,一双如墨般漆黑的眼睛看向陈王后。

他的脸上没有一丝波澜,却透着一股不怒而威的清冷,看得陈王后有些心虚。

"怎么了,本宫说的有何不对?"

闻言,厉夜行收回目光,冷声道:"母后说我对陆家小姐很是上心,从哪儿听闻的?"

陈王后这才发觉自己说漏了嘴,笑道:"女学中都是些正值青春的贵女,这样的消息自然瞒不住。"

"是吗?"他道,"我看母后倒是比我还要着急,不知道的还以为是母后对那陆家小姐上心呢。"

陈王后脸上露出一丝尴尬,她轻咳一声,掩饰道:"我自然是着急的,这宋、陆两家往宫里来了数次,若再找不到两位小姐,怕是要出大事。"

厉夜行不再说话,站起身来,声音冰冷:"那还望母后不要多生事端,在宫中好好等着儿臣将两位小姐带回来。"

等厉夜行走后,陈王后摔碎了那只茶盏,对身旁的嬷嬷吼道:"你听到了吗?他还没有登上王位就如此气焰嚣张。若我不在宫中等着呢,他还想把我这母后也废了吗?"

殿内一众嬷嬷、侍女跪在地上,不敢言语,生怕说错了话惹得陈王后更加生气。

匪徒劫了宋欢岁和陆语嫣,马不停蹄地出了洛城,一路上畅通无阻,守城官得了令也不敢阻拦。

等马儿跑了半日,一伙儿匪徒在一个破庙停了下来。

为首的匪徒对身后的人说:"让马歇歇脚,咱们也吃点东西。"

他们停留的地方离洛城不过百余里地,算不上安全,可这群匪徒似乎是放松了下来,坐下来吃吃喝喝,全然不似在逃命。

欢岁虽然是第一次被劫持,却也知道劫匪都是些亡命之徒,怎么会这样不警惕?

一旁的陆语嫣受到惊吓,躲在欢岁身边,颤颤巍巍地问:"宋……宋姑娘,我们还能回家吗?"

陆语嫣哭得梨花带雨,欢岁心有不忍,劝慰道:"你父兄同我父兄,此时定在想办法救我们,我们只需等。"

况且这伙匪徒看样子不是奔着人命来的,或许真的像他们说的那样,到了安全的地方就会放了她们,那便是最好的。

宋家和陆府想必都愿意花钱了事。

可不管接下来怎样,眼下都要保存体力。

073 /

欢岁朝那带头的匪徒道:"大哥,也给我们一些饼吧。"

其中一个匪徒怒道:"你们还冲大爷要吃要喝?"

那带头的匪徒却瞪了说话的匪徒一眼,倒没有说什么,直接从包袱中取出一块饼,扔给了欢岁。

饼不知道是何时做好的,已经凉透了。

欢岁将硬邦邦的饼掰成了两半,递给陆语嫣一半:"陆姑娘,吃些东西吧。"

"我吃不下。"

欢岁耐心地劝说:"吃不下也要吃,你若是饿晕了过去,又怎么能撑到父兄来接我们?"

陆语嫣眼睛红肿地看着欢岁,有些佩服她的淡定自若,到了这种时候还能够如此冷静,又觉得她说的话不无道理,父兄这时候定在想办法救她们。想到此,陆语嫣接过那半张饼慢慢吃了起来。

欢岁见状,安心地吃自己的饼,一边吃饼,一边不动声色地打量这些匪徒。

匪徒的数量不算多,一共十来个人,但他们今日的行动又快又准,接应也很及时,想必是早就踩好了点,又或者是专业劫匪。

他们知道珍宝阁是城中达官贵人最喜欢光顾的,将珠宝洗劫之后再在这里劫持两个贵女,一方面贵女没有什么抵抗力,另一方面守城官兵迫于压力也只能开城门放他们逃走。

可是,他们是如何算准了这一切,怎么知道今日一定会在珍宝阁遇到贵女?是巧合,还是提前知道了什么?

欢岁越想越乱,抬头看向破庙外,听陆语嫣不解道:"宋姑娘在看什么?"

她能看什么?自然是看营救的人何时能到。

方才被掳走时情形危急,她来不及做记号,只能将今日选好的一袋子金粉沿途撒下。

父亲定然会报官,如今厉夜行是守卫军的首领,想必他会派人沿着她们出城的方向寻找。

想到厉夜行,欢岁潜意识里觉得那个人一定会救她们。

可这话此时自然不能告诉陆语嫣,她不答反问:"陆姑娘可是吃饱了,要不要喝点水?"

陆语嫣早就渴了,可她哪有胆子向匪徒要水,此时欢岁主动提及,她小心翼翼地问:"可以喝水吗?"

欢岁勾唇:"自然可以,这些匪徒不会杀我们的。"

陆语嫣不知道欢岁哪来的自信,可眼下自己能信的人也只有她了。

欢岁向带头的匪徒讨了一碗水,陆语嫣喝了半碗,递给了欢岁,欢岁大大咧咧地接过水喝了下去。

匪徒们吃完喝完,收拾了行装打算接着赶路。

欢岁荷包里的金粉只剩一半了,若那些来寻她们的人再找不到,怕是金粉要用完了。

宋府，此时一片大乱，陈玉芝拿了刀就要出门，被宋景之拦住。

"你这是要去哪儿？"

"去哪儿？自然是要去救我女儿，岁岁被掳去半日了，若是有个三长两短，这日子是没法过了。我可不像你这般心大，还能在这里坐得住。"

宋景之心里也很焦虑，可他们并不知道匪徒逃走的方向，派出去寻找的人到现在也未回来，此时若是陈玉芝再出些岔子，岂不是添乱。

"我早已经派了人去寻，眼下云起也带了人出去，你就在家里好好待着。"

陈玉芝心中又急又怕，岁岁一个女孩子被贼人掳了去，不知道会不会害怕，会不会哭？她这当娘的是一刻不得安宁，见到宋景之如此淡定，不由得带了气，还抽出自己的陪嫁宝刀。

"平日里，你一颗心偏了也就算了，到了这种时候，你还能这般淡定，真不像个当爹的。"

宋景之哭丧着脸，他也着急，急得进宫面见了厉帝，求他去寻人，可再着急，眼下也只能如此了。

眼看着宋家乱成了一锅粥，门外小厮匆匆跑进来："殿……殿下来了。"

小厮的话音刚落，只见厉夜行昂首阔步，走进宋府，他身后跟着两列护卫军。

宋景之忙上前行礼。

厉夜行挥挥手，他的目光落在陈玉芝手中的宝刀上，大约能想到欢岁的性格像谁："免去这些虚礼吧。"

厉夜行询问了宋景之，欢岁今日出府前的状况，还问了宋府近些时日可有什么异常。

宋景之一一回答，厉夜行只待了片刻，他临走时，说："宋大人与宋夫人不必忧心，宋姑娘定能无碍。"

虽然厉夜行一副公事公办的模样，却让宋氏夫妇稍稍心安。毕竟厉夜行如今是督军，他手下有最精良的北辰军，相信不多时就能找到岁岁。

待厉夜行走远，宋景之拉着陈玉芝安抚："我不是不让你去，若是殿下找到了岁岁，将她带回来，却不见你在家中等她，岁岁该多失望。或是匪徒往家里送了勒索信，咱们都不在，又该怎么应对？"

陈玉芝心知他说得有理，一旁的嬷嬷顺势从她手里抽出了刀，远远放了起来。

宋景之走到她身后，拍拍她的肩膀，安抚道："咱们再等等殿下，我已经让所有伙计都去寻人了。别说是把洛城翻过来，就是将北辰找个底朝天，我也会把岁岁带回来。"

陈玉芝闻言，只得叹了口气："那便再等一响，岁岁若是还没回来，我就去找我大哥、二哥，同我一起去寻人。"

"好好好，若是一响后，岁岁还没回来，我也同你一起去寻人。"

宋景之安抚好陈玉芝，急匆匆地出门寻人去了。

树林中，匪徒们继续赶路，行进没多久，就听到十里外有马蹄声响起。

其中一个匪徒拧眉，大叹一声"不好"："老大，听马蹄声，来的人不少啊！

075 /

那个人说的话可信吗？"

为首的匪徒思索片刻，道："照计划行事。"

说着，一行人接着朝山上行进。

不晓得这伙匪徒是不是不熟悉山路，没走多远，竟走到了一处悬崖边。

悬崖陡峭，这路算是让他们走绝了。

"老大，前面没路了。"一个匪徒向前探了探路，慌慌张张地说。

身后的马蹄声越来越近，为首的匪徒这才恍然大悟："贼妇骗了咱们。"

欢岁这时也看明白了，这伙匪徒怕是听了谁的吩咐，劫了财，按照接头人的指示，一路逃到了这里，没承想却走到了穷途末路。

那她们二人呢？也是听了接头人的话才被劫持的？

为首的匪徒气恼极了，十几个兄弟提着脑袋跟着他，风风雨雨走过来，今日却因他一时疏忽，陷入困局。

他挥手一刀，一棵碗口粗的树应声倒地。身后的马蹄声渐近，他看了看马背上绑着的两人，心一横，吩咐手下："把这两个人吊在树上。"

手下的匪徒们听令，将宋欢岁与陆语嫣吊在了悬崖边的一棵树上。欢岁低头，身下是万丈深渊，别说是人，就算是一块石头摔下去也得碎。

她心跳加速，自小她就恐高，像这样被吊在悬崖处，双脚悬空，她真的怕极了。

欢岁闭着眼，用尽力气才把眼泪憋了回去。

陆家姑娘被吊挂在她身旁的树上，早已被吓得哭得稀里哗啦，泣不成声了。

匪徒此时狗急跳墙，见状，呵斥道："哭什么哭？再哭老子一刀先把你送走。"

说着，他果真拔出了大刀，那刀明晃晃的，陆家姑娘哪里见过这阵仗，当即吓得晕了过去。

欢岁原本笃定这伙匪徒不会要她们的命，可是眼下，显然接头人欺骗了他们，保不齐他们会一气之下将她们二人先送走。

天色渐渐昏暗，匪徒们的耐心也已经告罄，欢岁绝望之时，听到马蹄声就在咫尺之间。

她抬头，看见一身墨衣的厉夜行骑在那匹高大的战马上，尘土飞扬间，黑色的大氅迎风扬起，朝着她们飞奔。

他的身后跟着一队训练有素的北辰军，气势恢宏，犹如一支穿云利箭。

欢岁方才没有哭，此时见到了厉夜行，却忍不住落下两行泪。

厉夜行自然也看到了被挂在树上的人，他的马将将停住。

为首的匪徒道："没想到太子殿下竟会亲自来捉拿咱们，今日我们也算是扬名立万了。"

其他的十来个匪徒纷纷抽出了刀，做好了迎战的准备。

厉夜行带了二三十个人，且个个都是追随他多年、上过战场的精兵良将，若是真打起来，这伙匪徒毫无胜算。

可欢岁二人还被吊在树上，绳子的另一头被牢牢牵在两个匪徒的手中，显然匪徒们想要以此牵制来营救的北辰军。

见了这场景，厉夜行面色越发冰冷，他平生最厌恶被人威胁，于是对着为首的匪徒冷声道:"说吧,要怎样才能放人?"

匪徒神情怪异:"自然是要让殿下放了我们兄弟,只要我们兄弟几个平安走出百里地,这两位姑娘自然也可以平安。"

厉夜行闻言,却冷笑起来:"呵,这世上还无人能威胁得了孤。"

欢岁心头一惊,他说这话万一惹怒了匪徒,她们小命难保。

于是欢岁泪眼汪汪地看向厉夜行,厉夜行的目光从欢岁身上掠过,脸色越发不好看了。

那匪徒想到了什么,又道:"我们兄弟退上一步,殿下若是愿意,便二选一,我们只带走一个姑娘作人质。"

二选一?

厉夜行薄唇微抿,看样子是在认真考虑匪徒的意见。

为首的匪徒知道厉夜行如今是督军,洛城中出了这样的事,他怕是不好交代,自作聪明道:"殿下放心,等我们安全了,剩下的那位姑娘也能安全。"

"可。"

他轻飘飘的一个字,却让欢岁眼前一黑,厉夜行肯定会救陆家姑娘。

第一次感觉死亡的恐惧紧紧地围绕着她。

一时间她想到了爹爹和娘亲,他们若是知道今日便是永别,该有多伤心啊。

还有祖母,祖母那样疼爱她,若知道她就要没了,老人家是否能受得了?

还有哥哥,以后他再不用给她这个淘气妹妹收拾烂摊子了。

果然,那个冷厉的太子殿下毫不犹豫地将手指向了陆语嫣,对着那些匪徒说道:"留下她。"

匪徒们见厉夜行选了人,以为他同意了这交易,手脚麻利地斩断了绳子,将陆语嫣拉了上来,一把将她推向了厉夜行。

陆语嫣手脚发软,走都走不稳,又怕匪徒反悔,跌跌撞撞地奔向厉夜行。

这下,只留下吊在悬崖边的欢岁心灰意冷地吹冷风。

好一首诀别诗啊,拿她的命换的!

那边厉夜行刚伸手扶住快要跌进他怀里的陆语嫣,不动声色地退后了一步,便听到一道娇软的声音传来,带着一丝小心翼翼的不确定,提醒着厉夜行悬崖边还有个人:"殿、殿下莫要忘了还有个我啊。"

那黑了心的太子殿下这才扭头看向了悬崖边的人。

红色的斗篷被风吹得鼓鼓的,而斗篷下的人白白的巴掌脸,一双乌黑的大眼里蓄满了泪,带着几分惊惧。

两人目光相对,厉夜行那双漆黑如墨的眼中却看不到丝毫的情绪。

只见他顺其自然地拿过一旁裴岩手中的那个斗篷随手披在了陆语嫣的身上。

而那陆语嫣倒是个心善的,自己刚得救,还惦记着同被绑架的欢岁:"殿下也救救宋姑娘吧,她也好生可怜。"

隔着那么远的距离,欢岁看见了厉夜行那张没有丝毫情绪波动的脸,她一颗心沉到了底。

殿下已经救了他要救的陆语嫣,哪里还需要救她?此时此刻绞杀匪徒才能稳定洛城中慌乱的人心。

可欢岁还是有些难过，兴许是那种被放弃后的难过吧，是看到希望之后又失望的难过。

三月寒风裹挟着他冰冷的话语："有什么可怜的？能为救你做点牺牲，是她的福分。"

这爱与不爱的表达还不明显吗？

匪徒们转而看向被放弃的宋欢岁："既然殿下做出了选择，那劳烦姑娘跟我们走一趟。"

说着，匪徒便抽出那骇人的大刀，朝着欢岁手上绑着的绳子砍去。

匪徒砍断了系在她手腕上的绳子，刚要将人捞上来，手却一滑，绳索一截截脱落。

厉夜行的眼角一跳，沉寂如夜的桃花眼，在看到那抹下坠的红色时，再无法像方才那般故作淡漠。

太惨了，欢岁想。

没想到她只是出门逛个街，居然落得个掉下悬崖的下场，还不如被匪徒们挟持着走，还能有一线生机！

这掉到了悬崖下，岂不是连个全尸都保不住？

若是被匪徒的乱刀砍死，将来还能落得个不屈的好名声，但凡厉夜行那厮有点良心，继位了，说不定自己还能在史官笔下留下一点。

但如此这般坠落到崖下，摔个稀巴烂，死状难看，委实算是死得窝囊了。

裴岩只听得身旁那人冷厉的一声："杀。"

没有了人质，太子的亲卫们瞬间将匪徒们包围。

两队人马厮杀间，裴岩只见那道黑色的身影冲向了悬崖边。

"殿下！"

而厉夜行的动作太快，快到除了裴岩根本没有人来得及看到厉夜行是怎么掉下悬崖的。

片刻的工夫，除了为首的那人，其余匪徒全部倒地。

陆姑娘的哭声传来："殿下坠崖了。"

裴岩面色难看，来之前厉夜行说过要留下活口，带回去审，否则他定要一刀一刀剐了那匪徒头子。

他吩咐身旁的亲卫："将此人押到牢中，待殿下回来亲自审。"

说完，裴岩又去扶跌落在地上的陆语嫣："陆姑娘，你父兄还在家中等你，我这就遣人送你回去。"

陆语嫣还沉浸在厉夜行跌落悬崖的恐惧中，她摇摇头："不，我不回，殿下是为救我跌落悬崖，我要在这里等着殿下。"

裴岩没有时间与她纠缠，只好一掌劈晕她，让人将她带上马送了回去。

他自己又带了一队人沿着小路，往悬崖下赶。

下坠的失重感让欢岁害怕地闭紧了双眼，她惊声尖叫，却在坠落之后，"扑通"一声摔落到水中。

原来这崖下竟是一个大水潭。
　　她来不及思考，铺天盖地的水便朝她袭来，她根本不识水性，不过一瞬间窒息的绝望感便将她紧紧包围。
　　欢岁失去意识之前想，果然是见到鬼了。
　　那个冷眼旁观的人，那个放弃了她的人，那个害她惨死的人，怎么会出现在这冰冷刺骨的潭水里，将她紧紧捞入怀中？
　　而那双一贯冰冷阴郁的眼眸中又怎会全是慌乱？
　　她想，大抵是一场梦吧。
　　梦醒了便不会有绑匪，不会有骇人的悬崖，不会有冰冷的潭水，也不会有那人决绝的选择。

## 第九章
共度一夜

初春，潭水冰冷刺骨，一个人在水中已是寸步难行，更何况还拖着一个人。厉夜行费了好大的力气才将欢岁带到岸边。

少女此时面色惨白，躺在光秃秃的地上，看上去没有一丝生机。

厉夜行有些慌乱地拍打她的脸颊，一声声唤她的名字。

可她浑身湿漉漉的，没有回应。

眼看着一丝热气都要没了，厉夜行恢复了些理智，将她那湿透了的斗篷解下，又用自己放在岸边的狐裘紧紧裹住她娇小的身躯，他用力地将人打横抱在怀中。

裴岩摆脱了那些匪徒，定会带人来寻他。这悬崖并不高，不出一夜便能找到他们，可眼下必须要找个避寒的地方，否则等不到裴岩，他们便会冻死在这寒夜里。

厉夜行看了下四周，荒野里的星星是最亮的，他辨明了方向，抱着欢岁一路朝星光最亮处走去。

不知走了多久，久到他身上冰冷的湿衣服都快被冷风吹干，才看到不远处有一间破败的草屋，约莫是进山打猎的人临时搭建，用来遮风挡雨的。

他抱着人进了草屋，将人安顿好，又在附近找了些柴火，费了好大力气生了堆火。

火燃了起来，厉夜行顾不得自己冻僵的手指，寻了个瓦罐，用雪水洗干净，放在屋檐下，又取了些干净的雪，烧了水喂给怀里的人喝。

她喝得艰难，又呛了几次，厉夜行轻轻为她拍背。

等喂完了水，他又一点点揉搓着那头茂密的乌发，想将那发丝烘干，不再冷冰冰地贴在头上。

他本是极尊贵的人，平日里都是旁人伺候他，哪里像这样照顾过人，可他做这些事情时又无微不至，像是练习过很多遍。

浓密的长睫微微颤抖着，欢岁睁开眼，入目便是太子殿下那俊朗的脸庞。

他面容冷峻，尤其是那双桃花眼往日里总是透着一股阴郁，让人不寒而栗，不敢靠近，此刻在火光的映照下，倒是透着几分难得的焦急与心疼，温柔得让欢岁险些以为自己看错了。

这样毫无预兆地近距离四目相对，鼻息间都是对方身上的气息，欢岁总觉得那冷面之人的脸颊似乎也红了红。

她的嗓音带着才从梦中初醒的懵懂喑哑，娇娇柔柔地说道："殿下也被打下来了？"

毕竟在她晕倒前，看到的是两方人马厮杀在一起的画面，八成厉夜行是被那群匪徒打下来的。

被那双如小鹿般水汪汪的眼睛看着，厉夜行不自在地别过脸去，冷冷地"嗯"了一声。

这人又似从前那般冷漠，仿佛刚才的温柔只是错觉。

欢岁抿了抿唇，转头看着这间破屋子，小小的一间，好在有砖有瓦，让他们在这寒夜里有一处藏身之所。

"这是哪里？殿下的人可会来救我们？"

太子坠崖，不用想也会引起一场轩然大波，他的护卫军必然会以最快的速度搜寻施救，以防消息走漏后朝堂不稳。

方才厉夜行捡拾柴火时，已观察了四周。这是在一处山谷里，丛林茂盛甚是隐蔽，暂时没什么危险，但若是护卫军想要寻到他们，怕是要等到明日了。

见他没有说话，欢岁也不再询问。

屋里安静得能听到柴火燃烧的"噼啪"声，欢岁平日里是个话多的，但话再多的人，在这个闷葫芦面前，也变得没什么话可说了。

两人这样坐着委实有些尴尬，她不动声色地一点点挪到墙角的位置。

厉夜行眼皮微抬，见状也并没有说什么，男女共处一屋总归是不合适的。

两人就这么隔着火堆静静坐着，山间偶尔有野兽嚎叫的声音。

欢岁屈膝坐着，双臂环着自己。方才有厉夜行的那件狐裘，她并不觉得冷，此时独自坐在墙角，一时之间又冷又饿。

又想到今日这无妄之灾，她后知后觉地害怕，小声啜泣了起来。

少女的哭泣毫不掩饰，在这城外的破屋中，更显得委屈巴巴。

厉夜行终究绷不住了，语气里是自己都未曾发觉的关怀："你哭什么？"

难不成是身上有伤？

可他的话听在欢岁耳中，像是责问。

欢岁更加委屈了，那平日里白皙如玉般的脸，此时也因这一番遭遇变成了苍白色，被泪水浸透的大眼睛，湿漉漉地望着他。

欢岁想到悬崖边的事，有些赌气："方才殿下不是选了陆姑娘吗，又为何还要救我？"

厉夜行的目光有些不自然，他强迫自己不再去看那双眼睛，可到底还是心软了，便对着那缩在墙角的小小一团招了招手，没有回答她的问题，只道："过来！"

天哪，她已经够惨了，莫名其妙被追杀，还要成为太子殿下与陆语嫣展示爱情一环，现在还要跟他一起被困在这破屋中，被他凶巴巴地盯着。

见她面上露出抗拒，厉夜行心头就像是被一只小手揪着，不由得放缓了语气，难得耐心。

"这初春的寒夜，你若是不想被冻死在荒郊野外，就过来我身边。"

初春的北辰，别说是夜晚，纵是白日里也不暖和，在这样的夜晚没有相依的温暖，只怕会活生生被冻死。

此时若在家里，小午定是将汤婆子塞进被子里，笑着叫她躲到被窝里看话本，还要在床边放上一把小椅子，摆上她最爱吃的桃花糕用来解馋。

哪里用得着在这里对着这个喜怒无常的人。

可为了活命，欢岁只能一步步挪到厉夜行的身旁。

他已经将枯草铺成了厚厚的垫子，眼神示意她坐下。

她刚坐下，一件狐裘就重重地落在了她的身上。欢岁低着头，可鼻息间全是他身上淡淡的松木香。

两人就这样并肩坐在草垫上。

欢岁坐着坐着，忍不住偷偷打量身边的人。

那人的狐裘盖在她的身上，自己只穿着一件墨色镶金边的常服，想必也是冷的。

欢岁抿唇，她今日虽是遭了这趟无妄之灾，可到底是承了厉夜行的恩情，若不是他在水潭中相救，恐怕这时她早已经丢了性命。

想到这里，欢岁扯起狐裘的一个小角，小心翼翼地盖在了他身上。

影影绰绰的火光中，那闭眸假寐的人长睫微颤，倒也没有推拒。

两人就这样共盖着一件狐裘，坐在火堆边，听着木柴偶尔发出的"噼啪"声。

欢岁学着他的样子，将他从外头寻来的木棍一点点放进火堆里，这火便更旺了一些，两人也更暖和了一些。

长夜漫漫，欢岁觉得无趣，便有一搭没一搭地跟厉夜行说话。说着说着，她大着胆子缠着他讲一些行军时的故事。

厉夜行原本是抗拒的，但是看到她那双期待的眼睛，又无奈地妥协。

他十六岁上了战场，那时候他还是不受宠的六皇子，没有母妃保护，又不得父王疼爱，到了军营中，才发现那是个吃人的地方。

到了战场上，没有人管你是不是皇子，刀剑无眼，能走下战场的才是胜者，走不下的便永远留在了战场上。

厉夜行是幸运的，他从上战场到成为督军，从未有过败仗，是让南召人闻风丧胆的战神。也正是有了这些战绩，他才能成为如今旁人不能撼动的东宫太子。

欢岁听厉夜行讲起他行军时的故事，又想起从前听旁人说，在边关提到厉夜行的名字是能吓哭小孩的，想着若不是如此，他怕是不能成为守护北辰的战神。

厉夜行本不是个多言的，讲起故事来也平铺直叙，欢岁却听得津津有味，像是听不够似的。

末了，她还感叹道："若是以后有机会能去趟边关就好了。"

边关苦寒，厉夜行问道："去那里做什么？"

欢岁却乐滋滋道："自然是去看看别人生活的地方与我生活的地方有何不同。"

厉夜行心道，欢岁自幼在父母的呵护下长大，他说的那些事离她很是遥远，所以她才能如此乐观，若是她见过了边关真正的样子，怕是就不会这么觉得了。

欢岁想着白日的事："殿下今日能救了陆姑娘，可要感谢我。"

厉夜行挑眉："哦？"

"那些金粉，殿下看到了吗？"

厉夜行自然是看到了的，他的人方一出城便看到了，他也猜到金粉是欢岁撒下的，因而一路沿着金粉的痕迹走，才能及时追上匪徒。

欢岁见他不说话，料想是自己的金粉起了作用，得意道："殿下，我是不是很聪明？"

她的眼睛亮得像有星星跌落了进去，脸上是等着被夸奖的骄傲神情。

厉夜行心头微漾，嘴上却故意说着："没看到。"

欢岁的心凉了又凉："怎么会没看到呢？那些金粉我明明撒了那么多？"

"少看些话本子，便能省下些钱。"

他是在说她撒金粉没用还费钱，欢岁撇撇嘴。

厉夜行还想说些什么，却听到"咕噜噜"的声音。

他看向欢岁，只见她雪白的脸颊映上了两朵红云，尴尬得恨不得找个地缝钻进去。

这是欢岁第一次见厉夜行笑，居然是因为听到她的肚子唱"空城计"。

"大冰山"笑得畅快而肆意，完全没有了方才讲述自己在战场上拼命厮杀时的严肃。

欢岁又气又急，被绑的大半日里，那些绑匪也忒不地道，竟只给了一个饼，她还分了半个给陆语嫣。平日里她哪里受过这种饿，能扛到此时已经很不容易了。

她苦恼道："殿下别笑话人了，你若是像我一样饿了一天，怕是连笑的力气都没有了。"

厉夜行闻言，看向欢岁的眼神多了些东西："他们没有给你饭吃？"

欢岁摇摇头："他们只给了一个饼，我还分了半个给陆语嫣。"

欢岁之所以说出自己分了半个饼给陆语嫣，是想着厉夜行知道她对他的心上人照顾有加，兴许会对她好点。

果然厉夜行的表情柔和了很多，甚至眼神中带了丝关切："那样凶险的情况，你还给她分饼？"

欢岁忙点头："是啊是啊！可惜这一天也只吃了半个饼。"

吃的时候，她觉得半个饼寡淡无味难以下咽，现在却觉得能有半个饼也是好的。

"不过殿下你不用担心，陆姑娘胃口小，没有我这么饿，她连半个饼都没有吃完，就说自己饱了，吃不下了。"

她最后连陆语嫣剩的那口饼都没有放过。

厉夜行扶额，看向她，眼中平静无波："孤为何要关心她吃饱了没？"

不然呢？难道是在关心她？

见她瞪着一双圆眸疑惑地看向自己，坚硬冰冷的心不知怎的就硬不下去了，厉夜行叹了口气："罢了罢了。"

欢岁不知道他说罢了，是什么意思，而厉夜行一副不想再说下去的表情，打消了她想问下去的想法。

欢岁突然想到了什么，从腰间解下一只精致的小荷包。

旁人的荷包里放着的都是顶重要的东西，而她的小荷包里……

厉夜行深沉如墨的眼中闪过一丝复杂，只见她从荷包中掏出一块桃花糕，一脸的欣喜和庆幸："还好还好，今早出门放进去的桃花糕还在。"

虽然被潭水浸泡得不成样子，但好歹可以垫垫肚子。

说着，她便将桃花糕掰成了两半，本是想着要平分的，可手上的力道不均，便成了一块大的、一块小的，这可让欢岁有些为难。

最后，她还是艰难地把大的那块递给了厉夜行："殿下就算是不饿，也还是吃点吧。"

虽然这人选择保全陆语嫣，但那是他心上之人，这样做也没什么错。况且她掉到水潭里时，他没有独自跑了，而是救了她，她当有一颗感恩的心。

她将桃花糕递上时，其实还抱着一丝侥幸心理，这可是厉夜行哪，是那清冷孤傲的太子殿下，是那极矜贵的人，能瞧上这半块糕饼？还是湿漉漉的半块糕饼。

定是不能！他一定会一本正经地拒绝她，然后将半块糕饼推拒了，到时候她就能将整个桃花糕吃进肚子了。

可欢岁没想到，厉夜行也是个不挑食的，她眼睁睁看着那修长好看的手接过桃花糕，又毫不客气地放入口中，心更痛了。

尽管是在这等落魄的情况下，那人吃起东西来，也是从容优雅的，而她则狼吞虎咽，生怕连那小半块的桃花糕都吃不上。

待他慢条斯理地吃完了糕饼，又用那双黝黑的桃花眼看着她。

似是想到了什么，厉夜行剑眉微蹙，声音低沉："你一向喜欢把糕饼分给别人吃是吗？"

是什么是，她最是护食，轻易不与人分享，要不是看在他顺手救了她的分上，她才不会给他呢。

可他是太子啊，欢岁立刻满脸堆笑："我只给殿下分过糕点。"

不知道是不是她的错觉，欢岁觉得厉夜行对这个答案似乎很满意。

因为他竟然点了点头，很是认可。

半块糕饼并不抗饿，欢岁的肚子还在唱"空城计"。那高大的人站了起来，叮嘱道："宋姑娘别离开这里，我去去就回。"

去哪儿？什么时候回？

这荒郊野外的，她一个十四五岁的姑娘，说不怕是假的，因而她伸手拉住了那人的衣摆。

厉夜行低头，墨色的衣摆上，葱白似的娇嫩手指用力地拉扯着，生怕他跑了，玉指的主人委屈巴巴，柔声道："殿下，我怕。"

厉夜行眸色越发深沉，他凝视着她，像个人牙子一样耐着性子哄她："宋姑娘，我只是去找些吃的，片刻就能回来。"

他走到门口，似乎是不放心，转头叮嘱身后亦步亦趋的人："我不会走得很远，你若是遇到什么情况，大声叫，我顷刻便能赶回来。"

厉夜行走后，欢岁便盯着那扇摇摇欲坠的门，盼着他快些回来。

好在他是个说话算话的人，一会儿工夫，便迈着长腿回来了，手上还拎着一只不再蹦蹦跳跳的兔子。

这天气在野外打兔子并不容易，大抵是他行军多年，很有些野外生存的本事，才能这么快回来。

欢岁小跑到他跟前，接过他手中的兔子。

看得出来，这兔子原也长得玲珑可爱，此时却一动不动的。

厉夜行见她这副模样，皱眉道："你不会不忍吃这兔子吧？"

/ 084

她双目放光，炯炯有神："当然不是！殿下，这兔子雪白可爱，烤起来一定鲜嫩可口，很好吃！"

她说得掷地有声。

他被她那副小馋鬼的模样逗笑了："你倒是一点都不怜惜。"

他还以为她会像别的姑娘那样，大叫着"不许伤害小白兔"，可她是宋欢岁，不是别的姑娘。

厉夜行拎着兔子走到屋外，再回来时，那兔子已被处理得光溜溜的，穿在了木棍上。

欢岁蹲在厉夜行身边，看他烤兔子，不一会儿，肉香气便在小屋中弥漫开来。

这种在山野间奔跑的兔子肉质最为紧实鲜美了。

她吸吸鼻子，咽着口水，很是惋惜："可惜了，这荒郊野外的也没有一撮盐巴，若是撒上那么一小把，该有多美味啊。"

厉夜行勾了勾嘴角："你倒是心大。"

等兔子烤得焦黄，厉夜行将肥嫩油亮的兔腿撕下来，递给她。

欢岁"嗷呜"一口下去，不由得竖起了大拇指："不愧是殿下，就连这烤兔子也烤得焦香酥嫩，太好吃了。"

对于她的夸奖，厉夜行很是受用，勾起了嘴角。

她满嘴的兔子肉，说话时，唇上沾了一些油渍。厉夜行靠近，与她并排蹲着。

他瞧她吃得喷香可口，突然伸出了手，轻轻拭掉那薄唇上的油渍。

温润娇嫩的触感，让厉夜行不由得愣在了那里，久久没有移开手。

他的手长年握兵器，虽是修长好看的，却也有粗糙的茧子，磨在那娇嫩的樱唇上时，有些酥痒。

欢岁红着脸，偏了头："殿下若是饿了，就去撕兔子肉，我的肉又不能吃。"

厉夜行忽感头疼，听她这样说，起了吓唬她的心思："你怎么知道你的肉不能吃？你不是爱听战场上的故事吗？难道没有听说过，战乱的时候，流民或是士兵，实在没什么可吃的时候，可是会吃人的？"

见她呆愣住，厉夜行接着吓唬："明日若是裴岩再找不到咱们，我饿急了，说不定就把你吃了。"

欢岁方才还吃得可口，此时却觉得嘴里的肉咽不下去了。

厉夜行见此，满意地笑了笑："宋姑娘大可以多吃一些，吃得胖些，孤也好吃你。"

欢岁很担心他是不是真的把自己当食物，可看到他只撕了一些兔肉垫了垫，便靠在墙上不再吃东西，又觉得他是在吓唬自己。连兔子肉都吃不下，又怎么会吃她呢？

在火光的映照下，连平日里那冷峻的面容也似乎和缓了许多。

欢岁一边吃着兔子肉，一边自言自语："若是能有一壶酸甜开胃的梅子酒，岂不美哉？"

厉夜行笑她痴人说梦："这荒郊野外，梅子酒没有，大灰狼倒是很多，尤其爱吃小姑娘。"

说完,他还别有深意地看着她。

可小姑娘不怕,她扔了骨头,挪到他身边坐下:"殿下,洛城有家店的梅子酒很好喝,等回去了,我请你喝。"

算是答谢他的救命之恩及烤兔之恩。

她突然的靠近,让厉夜行愣了一下,可还是淡淡地"嗯"了一声,算是应下了。

他们相识这么久,好像还没有真正坐下来吃过一顿饭。欢岁又说道:"还有家店的鱼也很好吃,我请殿下吃鱼、喝梅子酒,可好?"

厉夜行又"嗯"了一声。

欢岁以往总以为这人不待见自己,嗯来嗯去,今日发现他是天生话少。

好在她的话很多,絮絮叨叨又跟他说了很多洛城里有名的小吃,还许诺等回去了带他一起去吃。

此时他们没有了身份之别,仿佛旧友。

厉夜行觉得好笑,他自小在皇宫长大,她说的那些好吃的,他几乎都没有吃过。

"那你平时都喜欢吃什么?"

喜欢吃什么?厉夜行陷入了沉思,他六岁的时候很爱吃鱼,母妃那时早已经出宫,只留下常嬷嬷照看他。

后宫里的女人最会捧高踩低,见他没有母妃庇护,父王似乎也并不喜爱他,就明里暗里克扣他们的伙食。

他爱吃鱼,可每日送来的鱼总是不新鲜。后来有一次寺人故意送了一条烹好的死鱼来,他吃了死鱼,腹痛难忍,常嬷嬷忙去请了太医,事情这才被太后知晓。

太后勃然大怒,毕竟他是北辰的六皇子,就算母妃再不济,总不至于被苛待至连饭都吃不好。

因而太后彻查了此事,将克扣伙食的寺人、侍女一并处死。可明眼人都知道如果没有上头授意,寺人、侍女又怎敢如此妄为,不过是些替罪羊罢了。

后来,这事不知怎么传到了厉帝耳中,那日他正在书房温习太傅留的功课,父王昂首阔步地走了进来。

父王进来后,径直坐到正座上,对站在原地的厉夜行招招手:"过来。"

厉夜行跪下行了礼,起身时,却见厉帝面色极为不悦地打量着他。

印象中父王很少来他的寝殿,只有每个月的月中,会一个人来,来了也并不与他多说话,只问他的功课。剩余的时间,父王便独自坐在母妃的寝殿里,也不知在想些什么。

坐上两个时辰,父王便要走了,走之前会摸摸他的头,眼神复杂。

"那你父王知道你被人欺负,是不是帮你出气了,是不是给你买了很多好吃的?"

厉夜行笑她傻得天真,就是因为父王的不重视,所以那些人才敢明目张胆地欺负他,要说罪魁祸首还是他父王。

那日,父王告诉他,作为一名皇子,不该显露出自己喜欢什么、不喜欢什么。

"今日他们只是换了几尾臭鱼给你,改日若是心生歹意,放了毒药,你便一命呜呼了。记住,你再爱的东西,当你没有能力的时候,不要靠近,否则只会成了别人拿捏你的软肋。"

厉夜行那时才六岁,可父王的那些话,他一字一句记得清楚。

自那之后,他便不怎么吃鱼了,或者说什么东西都变得不爱吃了,吃饭只是维持生命的手段。

而喜欢的东西他也再没敢表露过,厉夜行看向欢岁,在篝火的映照中,他看到她眉头紧锁,眸中透着心疼。

"怎么会这样惨?"欢岁是个贪嘴的,她可接受不了连吃饭都只能应付。

"我原以为你是东宫太子能够为所欲为,想吃什么都可以,想干什么都无人敢拦,可你委实太惨了一些。不过没关系,等回了洛城,我带你吃遍城中美味。"

厉夜行闻言微微诧异:"宋姑娘,你是第一个说孤惨的人。"外人都只会说他是心狠手辣的东宫太子。

他努力地想在她眼中找到些什么,可欢岁的眼神真诚而坦然,没有一丝杂质,有的只是对他的心疼。

那样单纯的目光,让厉夜行无法直视,他又闭上了眼:"傻瓜,我可是太子啊,又怎么会惨呢?"

只是小时候的厉夜行不明白,父王为何不喜欢自己,他以为自己只要足够优秀,总有一日会得到父王的青睐。

可他怎会知道,每当厉帝见到他那张与他母亲极为相似的脸,总能想到他母亲决绝地离开,便会迁怒于他。

他分明还是那副冷若冰霜的样子,可欢岁觉得此刻的厉夜行有些脆弱,她不再说话,只乖乖坐在他身边。

都说温饱思淫欲,坐着坐着,欢岁竟生出了些别的心思。平日里见到厉夜行,他总是高高在上,像这样乖乖闭眼休息,她还是头一次见到。

欢岁想反正他也睡着了,便明目张胆地盯着那平日里高高在上的人看。

厉夜行可真好看,欢岁没见过秦妃,可她听说厉夜行像他的母亲。

一双桃花眼似能勾人心。

这样好看的人,是东宫太子,是北辰未来的君王,欢岁肆意打量着那沉睡的人。

他尚未及冠就已驰骋沙场,是有名的战神,杀伐果断、手段狠辣,就连前太子也逃不过他的设计。

可这样顶好看的人啊,即使落难,也掩盖不了半分矜贵清冷的气质,欢岁想,光看这张脸,又有谁能想到这是大名鼎鼎的督军呢?

看着看着,那人比墨还浓烈的桃花眼竟然睁开了。

他直直地回望着她,眸中映出她惊讶的表情。他的薄唇勾出一个好看的弧度,好似一个妖孽要吸走人的魂魄。

那吸人魂魄的妖孽沉声问道:"宋姑娘,我好看吗?"

好看!

欢岁沉在那双墨黑清冷的眼中,有些恍惚。

厉夜行却冷冷地哼了一声,没有再理她。

欢岁讨了个没趣,也不敢再盯着他看,百无聊赖地坐在那里烤着火,数着天

087 /

上的星星，没一会儿竟也睡着了。

她没心没肺一般，就这样缩成小小的一团睡在他身旁，呼吸声轻轻的，如同他幼时养的小兽。

这小兽就连在梦中，也是聪明伶俐的，知道向着温暖靠近，于是大着胆子离他越来越近，近到他能闻到她身上淡淡的香气，近到那乌黑的发丝散落在他腿旁，触手可及。

他一向对外人充满防备之心，对她却从不设防，由着她一点点靠近。

经过这一天，她定是累极了，才会睡得这般沉。

长长的睫毛覆盖着那双剪水秋瞳，烤着火，又盖着他的狐裘，因而小巧精致的鼻尖上冒出了薄薄一层汗，再往下，他的目光停留在薄薄的樱唇上，这唇触感极佳。

厉夜行皱眉，收回目光，不再去看。

# 第十章
审问

护卫军根据厉夜行留下的线索,第二日一早便找到了这间四处漏风的破屋。

裴岩推开门,看到的便是他家殿下靠在墙上,双目微合,果真是一副倾国倾城的好姿色。

而那宋家姑娘正枕在他家殿下修长的大长腿上,睡得口水直流,双手还紧紧抱着殿下坚实的腰身,活像一只野猴子。

护卫军的动静不算小,更何况厉夜行长年在战场上,听力灵敏,此时他睁开眼看了下目瞪口呆的裴岩,眼中满是警告。

多年的陪伴让裴岩领悟了殿下的意思,他轻手轻脚地退出门去,将那扇摇摇欲坠的破门关得严严实实。

殿下与宋家姑娘虽清清白白,但孤男寡女共处一室,传出去难免会影响宋家姑娘的清誉。更何况殿下做了这么久的局,为的便是掩人耳目,岂能功亏一篑。

裴岩退到屋外,只让几个殿下极为信任的近卫守在四周,其余人全遣了出去:"接着找,这屋中的人是宋家姑娘,殿下至今还无踪迹。"

护卫军最是听令,闻言不疑有他,四散开接着找寻。

屋中,厉夜行将欢岁轻轻放在草垫上,又将狐裘紧了紧。黑色的狐裘在那白皙细嫩的皮肤上滑过,狐裘中的人往里缩了缩。

厉夜行心头一软,不由得深深看了眼那沉睡着的人。

起身时,他又恢复了往日那股冷峻,面无表情地走出小屋,接过裴岩递过来的马绳。

"将侍女留给宋家姑娘。"

说罢,他翻身上马。

"殿下,你的伤。"

厉夜行闻言,看了下右臂,那里昨夜他跌落水潭时被乱石所伤。

见厉夜行没有说话,而是策马向前,裴岩紧紧跟在他的身后。

欢岁醒来时,身旁的人早已不知去了何处。

两人原本就不算相熟,他这样不告而别也很正常,可欢岁心头竟空落落的,仿佛昨夜一瞬的温暖都是她的错觉。

她看着屋中两个侍女模样的女孩,眼中满是戒备。

那年长一些的侍女笑着说道:"姑娘莫怕,我们都是东宫的人。"

原来是厉夜行的人。

欢岁放松了戒备,这时才发现身上的衣服已经被人换过了。

也不知想到了什么,欢岁的脸微微发烫。

089

她的衣服是何时换下的？又是谁换的？

年龄稍小一些的侍女见她怔在那里，以为她是担心，说道："殿下已通知了宋府，想必不大会儿便有人来接姑娘。"

侍女话音刚落，便听见马车的声响。

欢岁急忙推门而出，门外果然是宋家的马车。

宋景之和陈玉芝从马车上疾步而下。

"岁岁！"

宋欢岁奔进父母的怀里，这一夜的不安、委屈都化成了泪水，她埋在母亲的怀里"嘤嘤"哭泣。

陈玉芝轻拍她的背，安抚着，哄劝着："岁岁，我们寻了你一夜，差点以为再也见不到你了，还好殿下找到了你。"

欢岁是宋氏夫妇唯一的女儿，这女儿自小有个伤痛便牵着父母的心，一夜下落不明更是让宋家牵肠挂肚。

"我们本打算瞒着你祖母，可老太太到底是知道了，病倒在了床榻上。"

听闻，欢岁更加难过："父亲，对不起。"

"傻孩子，这怎么能怪你呢？"

说着，陈玉芝扶着欢岁上了马车。

回城的路上，宋景之看着安然无恙的欢岁，感慨道："此番多亏了太子殿下，若非殿下出手相救，后果不堪设想。"

陈玉芝怜惜地将欢岁搂在怀里："是呀，殿下的大恩，咱们永不敢忘。"

欢岁知道，如果没有厉夜行，那她昨夜即使不淹死在潭水中，也会冻死在树林里。

此时厉夜行已快马回到了东宫，他坐在案几前，低头看着手中的物件。

裴岩道："这是在昨日打斗的悬崖边找到的，是从匪徒身上掉落的。"

那是一枚令牌，制作精良。

厉夜行看着令牌上的字，问道："昨日的人可都灭了口？"

"依照殿下的吩咐，留了一个活口押在大牢里审讯，其他的都处理了。"

厉夜行向来不是心软之人，更何况有人想要捏他的软肋，简直是不自量力。

他将那枚令牌捏在手中，眼神阴狠："去大牢。"

阴暗潮湿的大牢中，时不时传来犯人痛苦的惨叫声。

狱头见着厉夜行，心头一颤，没想到这冷面阎罗竟亲自来了，行礼道："殿下。"

厉夜行径直往里走，他孤傲清贵的气质，与这牢房格格不入，可偏偏他是这阴暗的统治者。

牢房最深处是一间刑讯室，这是厉夜行专门安排的，他过手的犯人几乎都是在这里审讯。

刑讯室的墙上挂着一排排刑具，听说是专门请了经验老到的匠人打造的。在这些刑具面前，纵然是铮铮铁骨也坚持不住。

昨日那个被擒住的贼首，此时被吊挂在刑架上，打得血肉模糊，看不出本来的模样。

厉夜行在案几后的椅子上坐下，俯视着那个如蝼蚁般的人，问一旁的狱头："他可招了什么？"

狱头亦步亦趋地跟在厉夜行身后，听到他这样问，忙拱手，一双鼠目中露着精光："回殿下，此人倒是个硬茬，只说是自己干的，没有供出幕后的人。"

厉夜行"哦"了一声，望向狱头："你们就是这样审的？"

他的声音里透着不悦，狱头向来知道这个冷面阎罗的手段，顿时一身冷汗，忙跪下磕头请罪："殿下恕罪啊，殿下恕罪。"

厉夜行走到那排刑具前，冰冷的语气让人不寒而栗："这些刑具你若是不舍得用在匪徒身上，便用在你自己身上吧。"

狱头擦擦额头上的冷汗："用、用，这就用。"

裴岩让人用冷水把匪徒泼醒，那匪徒看向眼前的人，满脸的血污甚是骇人，他努力辨认出了眼前的人："殿下杀了我吧，我是什么都不会说的。"

厉夜行冷哼一声，这世上还没有他撬不开的嘴。

裴岩示意带来的行刑官上前，这些行刑官在军营中有太多审讯细作的经验，纵然是训练有素的细作，也不可能把这些刑具统统承受一遍，更何况只是个匪徒。

果然上到第五道刑具的时候，匪徒生不如死，痛苦求饶。

厉夜行走到他的面前，看着那张沾满了血的脸，颇为赞赏道："能撑到现在，也算是条汉子，留个全尸无妨。"

匪徒知道进了牢房自然是不能活着出去的，可他咬紧了牙不过是为了不让旁人受到牵连。

事到如今，出生入死的兄弟们都死了，他也没脸独活，颤抖着嘴唇，一心求死："杀了我。"

"杀了你？那太容易了些，你以为你死了，她便能放过你的家眷？你死了，他们只能陪你去死。"

匪徒努力地抬头，看向厉夜行，满眼的惊恐："你……你竟然……"

厉夜行一副运筹帷幄的姿态，早在他去营救两名贵女时，他的护卫军已沿着线索找到了被藏匿起来的匪徒家眷。

"孤不喜欢失控，更厌恶被人威胁，就凭你们这些宵小也敢如此，孤岂能让你们拿捏！"

匪徒浑身颤抖着，他像是看到了什么洪水猛兽一般看着厉夜行。

"现在可以说了吧？"

据那匪徒交代，他们兄弟几人原本是在洛城外几十里盘了山头，干些打家劫舍的勾当。

那日，有位妇人找上了他们。

那妇人四十岁上下的年纪，看穿衣打扮就不是一般人。

果然出手也非常阔绰，一锭金子作为定金，这是他们从来不敢想的生意。

那妇人说让他们绑个人，事成之后可许以百金。

百金是普通人家几辈子都赚不到的，怎么花也花不完的。

大哥当即觉得事情不可能这么简单，若是绑个普通人，怎么也不可能许以百金:"大嫂要绑的是什么人?"

那妇人起先并不说实话,只说是个二八少女。

大哥起身,让弟兄们送客,那妇人才说:"是个世家贵女。"

"哪家贵女?"

妇人面露难色,见匪徒又要送客,才说:"是陆家的孙女。"

匪徒笑了笑:"您也是真敢想。"

他们是想挣钱,可也不至于不要命,大哥当即就拒绝了:"绑架世家贵女,这钱我们兄弟有命挣,只怕没命花。"

说完,他便示意旁边的人:"二子,送客。"

二子伸手拉扯着那妇人往外走,她还不死心:"百金,那可是百金啊!你们见过那么多钱吗?更何况只是绑人,又不是杀人,你们何至于怕到如此?"

可大哥还是没有丝毫犹豫,他知道有些钱是不该他们挣的。

妇人被赶走后,有兄弟不解地问:"大哥,那妇人说了只是绑人,咱们兄弟为何不干一票大的?之后也好金盆洗手,回家种田?"

大哥狠狠瞪了他一眼,那人便不再说话了。

本以为此事就此结束,没承想几天后,那妇人又来了。

这次她不是一个人来的,而是带了与匪徒曾有过交集的洛城郡守。

那郡守在天子脚下,为人处世甚是世故圆滑。

大哥心道,这次怕是不好应付。

果然郡守装出一副笑模样,三分劝说,七分威胁。

见大哥软硬不吃,态度坚决,他干脆变了脸色,奸笑两声:"大当家的,你就算不为你自己考虑,也要多为家人考虑考虑,不是吗?"

大哥这才注意到小院中的妻儿不知去了何处。

"你们竟敢动我的妻儿。"

其他匪徒也觉出了不对,纷纷抽出了刀剑。

那郡守丝毫不为所动:"大当家,此事若是成了,别说你的妻儿,百金也全数归你。如今你已然没有了回头路,何不朝前走?"

"若我们不从呢?"

郡守狡诈道:"不从?那你的妻儿怕是再也回不来喽。"

大哥无奈地叹气,接过妇人递来的令牌。那妇人见状,叮嘱:"此令牌可使你在城中随意走动,事成之后也可助你逃离,记住千万不可遗失。"

大哥还是不放心:"当真能逃得脱?"

那妇人面带鄙夷:"若是此令牌不能让你逃脱,那这天下便没有能让你脱身的了。"

大哥料想自己招惹上的定是极尊贵之人,却没想到会是最尊贵之人。

他们按照妇人的指示,计划了绑人的路线,剩下的日子便是等待。这些世家贵女外出时,身边多是有人保护着,若在城中硬抢怕是不成的,只有等到合适的时机,他们才能行动。

待那日妇人带来消息,说要绑的陆家姑娘会去珍宝阁。

珍宝阁这地方平日里只有一些达官贵族会去，门口人不多，相较于其他繁华的场所更容易下手。

　　那妇人提醒道："这是难得的机会，到时候会有人将陆姑娘引到珍宝阁，我下次将引路人的特点告诉你，你下手一定要果断利索。"

　　厉夜行听到这里，知道引路的人是成阳郡主，阴沉沉地问："你要绑的是陆家姑娘，为何却绑走了两家的贵女？"

　　那匪徒也不想如此，可接头人只说了引路人旁边的便是陆家姑娘。那天与引路人站在一起的却有两个姑娘，他的妻儿还在旁人手中，实在顾不得那么多，便将两个人都绑了。

　　一场无妄之灾，却险些害欢岁丢了性命，厉夜行眼神深沉："你们绑了贵女后便虚张声势让人开城门，只是为了扰乱旁人的视线，其实你们知道有令牌便能出城。"

　　是，他们根本无须勒令守城官开门，可妇人是这么交代的，他们也只好照办。

　　之后便是逃亡了，他们按照妇人给的路线一路逃跑，却在逃到悬崖边时，知道自己被幕后主使当成了弃子，那人是打算让他们死的。

　　大约是幕后主使知道按照东宫太子一贯狠辣的手段，必定不会留下活口，而不能说话的人才是真正安全的，因而将他们逼上了悬崖，再被追至悬崖的厉夜行斩杀。

　　幕后主使哪是想要绑人，分明是要将陆家姑娘置于死地。

　　可贼首并没有别的办法，他也很想一了百了，与那幕后主使拼了，可他们的家眷还在那人手里，只能沿着幕后主使为他们规划好的路走。

　　厉夜行听完这些，那贼首再也支撑不下去，吐出一大口血来，他最后问道："殿下，我全部说了，可会放过我和兄弟们的家人？"

　　他没有等到厉夜行的回答，便死在了冰冷的牢房中。

　　裴岩知道厉夜行根本没有绑那些匪贼的家眷，他这个人虽然阴狠，却最是厌恶用家人去威胁他人。

　　至于匪贼们的家眷是生还是死，也未可知。

　　殿下用的这招是攻心，击溃了匪徒最后的防线。

　　那些匪徒并不冤枉，他们常年打家劫舍，不知道害了多少人，又岂是什么好人，落得这般下场，不过是咎由自取罢了。

　　待厉夜行离开牢房，身后的狱卒清洗着牢房地面上的血污。他捂着嘴，嫌弃地将匪徒的尸体用草席卷了起来，扔去了乱葬岗。

　　这年头不太平，乱葬岗的尸体堆成了小山。

　　皇宫中的奢华景象与乱葬岗仿佛是两个世界。

　　王后宫中，染着味道奇异的香，一个嬷嬷走了进来，想要把香换掉，却被陈王后制止。

　　还未等她说什么，外面通传太子殿下求见。

　　陈王后原本是侧卧于榻上，听见厉夜行来了，她睁开凤眸，懒懒地起身："让他进来吧。"

厉夜行还未踏进殿中,便闻到那股浓烈的香气,有些厌恶地皱了皱眉头:"母后宫中的香该换了。"

这香来自异邦,味道浓烈,吸食久了会令人产生不切实际的幻觉。

往日厉夜行在战场上受伤时,也曾用过这种香减轻痛苦,因而了解一些。

陈王后笑道:"太子殿下来,不是为了跟本宫聊香的吧?"

厉夜行自然不是来与她聊香的,他直接拿出袖口中的东西,问道:"此物母后可认得?"

陈王后看向那枚被厉夜行挑在指尖的令牌,眼中闪过一丝不自然,随即平静地说道:"本宫不懂殿下的意思。"

他意味深长地看着手中的东西:"前日,贵女被绑,儿臣奉命前去营救,这枚令牌便是从绑架贵女的匪徒身上搜出来的。"

"哦,那又如何?"

厉夜行嘲讽道:"母后,你这副死不承认的模样,孤倒是颇为欣赏,比牢中那个匪徒不知道强了多少。"

陈王后闻言,问道:"那些匪徒不是都死了吗?"

厉夜行脸上露出诡异的笑,他仿佛等待鸟儿自投罗网的猎人:"母后是如何知道那些匪徒都死了的?"

若非有意打听,自然是不可能知道这些事情的,陈王后这才发现自己掉入了厉夜行的陷阱。

"你诈本宫。"

她气恼极了,却又无可奈何。

厉夜行不理会她的恼羞成怒:"让我猜猜母后的意图,母后有意将成阳郡主塞进东宫,却见我并无此意,便想杀了我多看了两眼的陆姑娘,为你那侄女扫除障碍。"

陈王后辩解:"若事情真如你所说,是我让人绑走了陆姑娘,又怎会连宋姑娘一起绑了?多一位贵女被绑,岂不是多一分风险?"

"凡事总有个意外,母后提前让成阳郡主约了陆姑娘去珍宝阁,那伙匪徒虽然知道陆姑娘大约会在何时去珍宝阁,却不知哪个才是陆语嫣,因而干脆连宋姑娘一起绑了。"

陈王后面色不悦:"哼,胡说八道,本宫怎么会认识那些匪徒?那些匪徒又怎会听本宫的话?何况本宫终日在这宫中,从未出去过,又如何与匪徒联系?"

厉夜行嘲讽道:"母后想要做事,又何须自己动手。你先是让身边的嬷嬷找到匪徒许以百金,奈何那伙匪徒贪生怕死,没有答应,你便又让郡守抓了他们的家人,前去威胁。待匪徒绑了贵女后,你故意指了条绝路,目的是为了让我在悬崖将所有匪徒诛杀,这样你的秘密便永远不会有人知道了。"

见陈王后仍在强装镇定,厉夜行将令牌扔到她的脚边,"咣当"一声砸在地上,让人心骇。

而他面色冷峻:"可惜了,母后做事又狠毒又愚蠢。"

说完，不等陈王后作何反应，他转身离开："母后的手还是不要伸得太长了，东宫的事轮不到母后插手。"

他字字句句皆是威胁。待厉夜行走后，陈王后将桌上的茶盏尽数摔到了地上，她面目狰狞地问身边的人："不是说那些匪徒都被厉夜行当场诛杀了吗？怎会如此？"

当日办事的嬷嬷吓得跪在地上："回娘娘，咱们听到的消息确实如此啊，娘娘，奴婢不敢有半分隐瞒。"

陈王后将手中的东西狠狠砸向那个嬷嬷，嬷嬷的额头顿时血流如注，颤抖着跪地求饶。

"废物，统统都是废物！来人，把这废物拖出去，杖毙。"

众人将哭天喊地的嬷嬷拖了出去，片刻便没了声息。

这时，一人从后殿走来。

他走到陈王后的身边，双手放在她的肩上，俯身在她耳边道："母后，儿臣不是早已说过了，你的这些法子对付后宫那些女人有用，对老六没用的。"

陈王后侧身避开他的触碰，眼中露出厌恶："你又好到哪儿去？用了那么多阴谋诡计，不还是被他夺走了东宫之位？而你母妃谋划来谋划去，不仅没能当得了王后，连东宫之位也没落着，说起来，你才是最惨的那个。"

厉萧并不生气，勾了勾唇，眼神晦涩难明，带着引诱："所以，我们才更应该联手。母后，东宫之位算什么？王位才是最重要的。"

"大胆！你父王尚且好好的，你竟敢觊觎王位，你就不怕你父王杀了你？"

厉萧脸上没有一丝畏惧，像是看着发怒的小猫一样看着陈王后："母后，父王的身体好不好，母后最是清楚了。"

他语气轻佻，陈王后的面色越发不好看了。

东宫中，裴岩将一封信呈到了厉夜行面前："盯着陈王后那边的人说，三殿下近日与陈王后来往颇为密切，常常出入中宫。"

厉夜行想起那日悬崖边纷飞的红色斗篷，如墨一般的双眸中透出几分狠戾，又想到她溺在水中差点窒息的可怜模样，那狠戾便多了几分。

"中宫既然如此不安分，那便换一换吧。"

因为厉夜行救回了两大世家的贵女，剿匪有功，厉帝在朝堂上重重奖赏了他。

不仅赏赐了数件珍宝，更是将能调动禁军的兵符交给了他。他本就是督军，有一般的兵权，如今又掌握了禁军兵符，如虎添翼，自此，真正手握大权。

而陈王后偷鸡不成蚀把米，气恼极了。

# 第十一章
## 心字难书

这日，欢岁百无聊赖地趴在窗前的小几上，看着挂在衣架上的那件黑色狐裘暗暗发愁。

"小姐，你盯着这黑斗篷看个什么劲？"

小午走过来走过去，都想不明白，小姐回来后，像着魔了一般，盯着这斗篷一看就是小半日，还唉声叹气的。

"是吗？我什么时候看了？"欢岁说这话时，眼神飘忽。

小午手里忙着针线活，瞧见欢岁这副模样，更加不解："那姑娘心虚什么？"

"我心虚，呵，我怎么会心虚呢？"

说着，欢岁打发小午去小厨房拿些点心："我是饿了，你快去取些茶点来，对了，再取一小壶梅子酒。"

青天白日的，也没个客人，姑娘喝什么梅子酒啊？虽然不解，但小午还是放下手里的东西，去了小厨房。

欢岁的院子里有自己的小厨房，庖厨最擅长做小点心。见小午姑娘来了，庖厨忙热情地将一块荷叶糕塞到了她的手里："小午姑娘赶得巧，荷叶糕刚出锅，冒着热乎气儿呢，赶紧尝尝。"

小午接过荷叶糕，咬了一大口："姑娘想吃些小点心，还要一壶梅子酒，劳烦大娘准备了。"

庖厨听罢，忙去温酒。

房中，欢岁看着那狐裘若有所思。

厉夜行惯爱穿黑色，别人穿了沉闷的颜色，偏他穿得极为好看矜贵。

那人腿又长，疾步走着时，衣摆翻飞，当真是意气风发。

那日回到家，欢岁才发现了狐裘上的血迹，料想是厉夜行在同匪徒打斗时，或是在水潭里划伤的，这人总归是不错的，救了陆姑娘，也救了她。

欢岁正思索着该不该将这狐裘还回去，又想起他那样洁癖的人，听说别人踩了他的衣摆，便被杖责了二十。这狐裘被她盖了整整一夜，虽已清洗干净，但也会被嫌弃的吧？

她心思一起，便又不想将这狐裘还给他了。

可这么大一件狐裘放哪里呢？一时之间它竟成了个烫手山芋，不知该怎么处置。

欢岁正这么胡思乱想着，爹爹让来福叫她去前院。

到了前院才发现，厅堂里摆着一排排的礼物，宋氏夫妇正一件件挑选，看样子两人似乎都没有选到满意的。

欢岁打趣道："爹娘，咱们这是要变卖家产啊？"

陈玉芝瞪了她一眼:"呸呸呸,胡说什么?"

说完,陈玉芝不再理会欢岁,端着一座水色上好的玉珊瑚,问蹲在地上的宋景之:"这是去年你从南召带回来的,算是库房里顶级的玉石了,寓意也好,殿下定能喜欢吧?"

蹲在地上翻阅书卷的宋景之头也不抬:"方才我已经跟你说了,殿下并不喜欢这些俗物。"

"你又知道了?你没有钻到过殿下的榻下,怎知他不喜这些?"

陈玉芝翻了个白眼,殿下救了欢岁,如此恩情,纵是倾尽家产也报答不了。他们夫妇商量着要去东宫送谢礼,她恨不得把家中最好的物件都拿出来。

可是欢岁知道呀!

见他们两人争吵,欢岁走过去,拿起一本书,道:"不若送殿下书?"

陈玉芝不屑道:"若玉珊瑚殿下都看不上,又怎能瞧上这书?"

欢岁却不这样觉得:"玉珊瑚珍贵是因为它本身珍贵,可在殿下的眼里,它并不一定珍贵。孤本就不一样了,阿爹收藏了那样多的孤本,这是旁的都无法比的,殿下定也喜欢。"

说起这个,宋景之很是骄傲,宋家向来重视读书,家中孤本颇多,到了宋景之手中,更是以藏书为乐。这些年向他借书的人不少,就连殿下也时不时向他借书。

欢岁走到宋景之身边,宋景之道:"岁岁也帮为父挑选挑选,看看哪本送给殿下最为合适。"

欢岁便跟着父亲一起蹲在地上,认真地看。她少时读了很多的书,常年泡在父亲的藏书阁中,这里不少书她都知晓,便选了几本呈于父亲。

最后宋景之从欢岁选的那些书里挑了一本前朝大家遗作,又命小厮拿下去包好,这才算是满意了。

见父亲起身,欢岁跟在他身后,挽着他的手臂,说道:"如此珍贵的书,爹爹就给殿下了?"

"再珍贵也没有我们的岁岁珍贵,我与你母亲实在是感念殿下的恩情。"

听父亲这样说,欢岁将到了嘴边的话咽了下去。

宋景之选到了满意的礼物,对站在身边的女儿道:"我与你母亲叫你过来,是有一事同你商量,我们打算明日便带上礼物前去东宫答谢殿下,不知你可愿意同我们一起去?"

欢岁想起那件带血的狐裘,又想到那人带着伤,却还为她打兔子,也不知道如今他的伤可好了一些。

欢岁说道:"女儿愿与父亲同去。"

去了也好问问他的伤,问上一句"你可好?"。

宋景之点头:"那便好,明日一早我们同去东宫拜谢殿下。"

第二日一大早,欢岁就跟着宋氏夫妇来到了东宫。

她想起那次她捡风筝从高墙上坠下,当时也是那冷眉冷眼的太子殿下接住了她,还为她挡了猎犬。

如此想来，他已救了她两次。

宋景之平日里与东宫交往并不算多，原本以为此次登门大概率也是放下礼物便走，却没承想，那平日里冷傲的东宫太子竟设宴款待。

厉夜行今日难得穿了一件月白长衫，眉宇间清冷孤傲。他往那里随意一坐，便是矜贵疏离的贵公子。

欢岁乖巧地跟在父母身后行礼，悄悄地打量主座上的人。

那上座之人心情似乎不错，完全不似往日那般冷冰冰，倒有几分和煦，看样子伤口定无大碍了。

和煦的人对宋景之送上的孤本似乎很满意，道："宋大人的孤本一向很好，竟肯割爱给孤。"

一向很好？

欢岁心想，难不成这家伙以前果真借过父亲收藏的孤本？

她若有所思，便没有注意到落在自己身上的目光。

宋景之听了夸奖，颇有几分自豪："殿下睿智清明，此孤本交由殿下，便是它最好的归宿。"

两人客套了几句，宋景之感念了厉夜行救女之恩，话题不知怎么就被带到了书画上，厉夜行顺水推舟要带宋氏夫妇去看他收藏的画作，宋景之爱书爱画，自然欣然应允。

而那人又道："宋姑娘若是觉得烦闷，不若在园子里转转？"

欢岁正想着要如何溜出去，这可真是刚想瞌睡就有人送上枕头，她忙不迭地点头。

东宫的主殿是厉夜行的议事场所，旁边的侧殿便是他的寝居，而在那侧殿后面有一个偌大的花园。

园子里有一大片的桃花树，一个个小小的可爱的红灯笼被挂在枝头，添了一抹喜色。

欢岁今日穿了一件鹅黄色的斗篷，蹦着去够树上的灯笼时，就像一只黄色的小鸡崽。

不知何时，厉夜行站在不远处，看着她蹦跶了一下又一下。

"你喜欢这园子？"

他淡淡地出声，却吓得欢岁惊慌地转身，瞪大了眼。

厉夜行不是带着父母去看画作了吗？怎么会在园子里？

"殿下走路为何没有声音啊？"

分明是她玩得入神，却怪起了他走路无声。

厉夜行走过去，明明怎么也够不着的灯笼，而他只是随意伸长手臂便摘了下来，递给她。

"这些灯笼是年节时嬷嬷让人挂上去的。"

他方才在室内只着了月色长袍，此时出来了便披了一件同色的狐裘，当真是身姿修长，好姿色。

看着那狐裘，欢岁想到了家里那件黑色的狐裘，便问道："殿下的伤可好一些了？"

厉夜行手中的动作停下，没想到她竟注意到自己受了伤。

见他眼中有疑惑,欢岁解释道:"殿下的狐裘上有血迹,方才为我摘灯笼时,又用了左手,因而殿下是右臂受了伤吗?"

厉夜行受伤向来只有裴岩和军医知道,他从不信任别人,更不会让旁人知道他受了伤。

他冷了脸,吓唬道:"宋姑娘,知道孤受伤可不是一件什么好事。"

欢岁知道他的意思,道:"可我不是细作,殿下也不会杀我。"

"你就这么肯定孤不会杀你?"

"自然不会,殿下若是想要我的命,又何必救我。"

说着,欢岁从荷包中掏出一个白玉瓶子:"这是我从家中带来的金创药。我幼时淘气,总是受伤,父亲给我配的是最好的金创药,殿下用上必不会留疤。"

东宫中什么珍稀药品没有,可厉夜行什么也没说,他不忍拂了她的好意,伸手接过了那瓶药。

欢岁松了口气,瞧着厉夜行的月色狐裘,不知怎么就说了出来:"殿下穿狐裘可真好看。"

像只优雅的狐狸。

那狐狸将灯笼递给她,说道:"你今日倒很像一只小鸡崽,难看得很。"

她抬头,撞入了那双幽深的眼眸中,那眸中映着她小小的黄色影子,果真像一只委屈巴巴的小鸡崽。

小鸡崽跺了跺脚,似是有些生气:"那殿下便是难看的狐狸。"

狐狸与鸡崽,无论如何,都是她吃亏一些,欢岁越发懊恼。

而那狐狸并不说话,只静静地立于桃树下,一身清冷。

桃树下,她言笑晏晏,而他长身而立,淡淡看着,不知在想些什么。

也不知是何故,这事之后没几日,王后娘娘便撤了女学。

这下,有人欢喜,便有人愁。

欢岁又能像往日那般无忧无虑,成日看话本子,或是去找覃舒予玩耍,抑或带着小午当街溜子。

而宋星辰是忧愁的,她刚攀附上成阳郡主,正是交好的时机,这女学说不办就不办,倒像是在她那条攀附之路上堵了一块大石头,实在是堵得慌。

可那沮丧也不过片刻,她便恢复了斗志,只因成阳郡主递上了帖子,约她前去成阳侯府玩耍。

宋星辰忙不迭要去试穿新衣,往日里肯邀请她一同游玩的世家贵女并不多,更何况还是成阳郡主,她得意忘形,故意在欢岁面前显摆。

"妹妹去女学这一趟收获可不多,还以为你攀附上了公主,哪知你回来这几天公主也并未召见你,可见公主与你情谊并不深厚。"

欢岁根本不屑于与她争这些,只道:"是呀是呀,我不如姐姐,什么气都受得了,伏低做小也做得出来,眼巴巴去讨好别人。"

宋星辰脸都气红了,却也无话反驳,原本成阳郡主是瞧不上她这个宋府庶女的,是她整日追随在成阳郡主身后,才换来了那好不容易的"青眼"。

见宋星辰气得一张脸通红，欢岁吞了最后一口糕饼，拍拍手上的渣屑："姐姐，我劝你莫要失了骨气，我们家本不用这样伏低做小的。"

她生下来就是嫡女，一生顺遂，要什么都有，将来更有门当户对的儿郎任她挑选，而自己又有什么？若不为自己筹谋，将来若是嫁了个同自己一样的庶子，岂不是一辈子毁了。

这样想着，宋星辰也不与她争辩，只狠狠瞪了她一眼便走了。

"你瞧瞧，你瞧瞧星辰姑娘方才的样子，姑娘你也太纵容她了，哪里有庶女是她这个样子的？"

小午向来看不惯宋星辰的做派，见她毫不尊重欢岁，有些气不过。

欢岁小声道："父亲不愿我与她争执。"

父亲常说她们同气连枝，一荣俱荣，一损俱损。欢岁知道，父亲是不想宋星辰受伤害。

因而她多的是办法整治宋星辰，却不愿那样做。

春日里，万物生长，也是时疫多发的季节，听说南边发了瘟，很是艰难。

宋景之想也没想，开了库，捐了大笔的银钱。

他这番举动本是好意，可不知怎的，洛城里竟传出了宋家富可敌国，比厉帝还要富有的传闻，更有宋家得民心的说法。

陈玉芝初听这传闻，是在王家看戏。王家也是大商贾，整个北辰的水域船运都把控在王家手里。王夫人喜欢听戏，十天半个月便在家里搭了戏台子，邀交好的夫人们前来听戏。

戏听到一半，陈玉芝想出去走走，路过廊下，便听到几个下人在嚼舌根，说的就是这些传闻。

下人们说得有模有样，听在陈玉芝耳中却是骇人听闻。

她急忙向王夫人告了别，回家去找宋景之。

此时，宋景之正在房中临帖，陈玉芝将今日见闻告知了他，见他无动于衷，很是着急。

"这可不是什么好事，孩童抱金于闹市，岂能不危险？宋家本就招眼，如今开仓赈灾，看在旁人眼里是为了博得好名声，不若就别做了，将这等招眼的事让与旁人吧。"

宋景之却说："开库放银，是为了百姓，今日这救疫的事咱们无论如何也得做，至于旁人的闲话，听听就罢了。"

"我也不是不想让你做，只是眼下咱们实在是处境尴尬，更何况，这些话传到了陛下的耳中，陛下该怎么想。"

宋景之却说："陛下也不愿看着百姓受时疫困扰，民不聊生。"

"你……"

陈玉芝见他像一块臭石头，丝毫听不进半分劝，有些气恼："你就这般信任陛下？"

宋景之放下笔，道："我不是信任陛下，是信这黎民苍生，是信万事都有个公道，而不是被那些街头巷尾的传言蒙了心。"

陈玉芝无可奈何，犹豫着说出口："可你忘了司徒案了吗？"

她话音落下，屋中的人沉默了。

当年司徒辰是有名的镇北将军，司徒家风光无两，惹得旁人眼红。

那时，有人说司徒辰的辰便是北辰的辰，这样的话传到了洛城，传到了厉帝的耳中，厉帝在朝堂上大赞司徒辰抗敌有功，并愿分封司徒家。

众人皆道厉帝乃明君。

可不过半把月，司徒家便因为通敌叛国而被灭了满门。没有人知道司徒家是如何通敌的，只知道当司徒家被盖上通敌的标签时，满朝的权臣竟都纷纷口诛笔伐。那场景又岂止是厉帝一人想要司徒家亡，分明是整个朝堂都容不下他。

宋景之面容严肃，回忆起了往事，半晌他才道："夫人说的这些我都懂，再给我一些时间，安排好了我便带你和岁岁回老家去，落得个清静。只是眼下，我还有些事要做。"

陈玉芝心中虽有不安，也只能就此作罢。

时疫很快就传到了北边，听闻厉帝急寻良方治疗时疫，更放出了若是谁能献出计策抵抗时疫，便能拜相封侯的话来。

当下满洛城最热闹的话题便是时疫了，就连巷口的小儿唱的也是跟时疫有关的童谣。

这些话，欢岁都是从茶楼说书先生那里听说的。彼时欢岁和覃舒予正坐在茶楼的雅间里，她们的包间虽小，位置却绝佳，能看到说书先生绘声绘色的表演。

"话说，当今陛下的十一子中，仅有两子在洛城中，除了咱们的太子殿下，还有一个三皇子。这三皇子向来对王位虎视眈眈，这次疫情，三皇子手下的门客献上了许多计谋，颇得陛下欣赏。"

茶楼最大的包间中，一身墨衣的厉夜行，对斜倚在软榻上的玄衣男子道："王兄，你可听见了，他们说你对王位虎视眈眈呢。"

玄衣男子勾勾嘴角："六弟也信这些胡话？咱们兄弟之间的感情岂是这些造谣生事的人能挑拨的？"

厉夜行笑了两声，他的笑不达眼底，阴阴冷冷，而那玄衣男子似乎毫不在意，只顾着和包间里的美人儿调笑。

厉夜行道："既然如此，王兄又何苦故意让人将我邀到这里来，不就是为了让我听到这些话吗？"

厉萧闻言，勾起嘴角，一把搂过倒酒的美人儿。

那美人儿一个趔趄，顺势倒在了厉萧身上，娇娇柔柔道："我为公子添些酒。"

厉萧的目光粘在美人儿身上，那美人儿身姿纤细，面容姣好，体态盈盈，尤其是一双凤眼，似能勾魂夺魄，美得惊人。

他是最爱这样的凤眸的。

气氛暧昧间，厉萧忽然变了脸色，拿起酒壶便往贴在他身上的美人儿口中灌。

烈酒辛辣，美人儿被灌得呛出了泪花，涕泗横流，好生可怜。

厉萧故意看着厉夜行，却不见那人脸上有一丝异样。

等他灌完了一壶酒，用锦帕细细地擦手，厉夜行才皱眉说道："你向来最爱惜美人儿的，今日这是发的什么癫？"

厉萧闻言"哈哈"大笑起来："我是爱惜美人儿，却不爱这种身在曹营心在汉的。"

说着，他将瘫在地上，犹如一摊烂泥的美人儿一脚踢开。

"可惜了，殿下是知道我喜好的，这美人儿长得甚得我心，功夫也好，若她不是你刻意安排在我身边的，我还当真想多留她几日。"

厉夜行放下酒盏，幽深的眸中没有一丝异色，仿佛那美人儿不是他安插在厉萧身边的一般。

"你就这么肯定这美人儿是我安插的？"

厉萧爱美人儿，茶楼和酒楼都是他流连的地方，可这个美人儿出现得过于凑巧，他几次来酒楼，都是这个美人儿主动前来相伴，怎会不让他心中生疑？

若说谁能派人在他身边，厉萧第一个怀疑的便是厉夜行。

厉萧知道这人向来心思深沉，他能与自己合作除掉旧太子，能从父王那里拿到太子之位，能让陈王后都畏惧三分，自然有朝一日也能除掉自己。

在皇宫中，不是东风压倒西风，便是西风压倒东风，谁都不想做那被压倒的。终是要分出个胜负的。

厉萧倒不是个傻的："除了殿下，还能有谁防着我？"

厉夜行笑出了声，他饮了一口茶："防着你？你可太看得起自己了，我何须防着你？"

他说这话时，桃花眼中满是高傲和讥讽，看厉萧仿佛看一团废料。

厉萧也不生气，他噙着一抹阴森的笑，看向那美人儿，看得人背脊发凉。

"殿下既然说她不是你的人，那么我怎样处置她，都与殿下无关了？"

"与我无关。"

厉夜行从头到尾都未看地上的美人儿一眼。

厉萧面上闪过一丝邪笑，他一手拉起地上的人，将那张好看的脸捧在手中，认真地打量了片刻，道："殿下还真是狠心，自己喜欢的藏着掖着，生怕别人发现了，这不喜欢的嘛，倒是可以随意利用。"

厉夜行抬头看着他，俊眉微皱："我若是要对付你，用不着使这样的手段。"

厉萧被他打击到了，心中也开始动摇。初时，他以为这女子是厉夜行派来的，可今日见厉夜行这反应，倒真有些模棱两可了。

厉萧深知，厉夜行这人向来是目中无人的，如他所说，他要是想对付一个人何须这样麻烦。

厉萧看了眼地上的女子，松了手，说道："前几日，听说殿下从匪徒手中救下了陆家姑娘，既承了陆家的恩情，又得了父王的赞赏，当真是剿匪有功。"

"王兄想说什么？"

"我自然想说中宫愚蠢，竟真的信你会喜欢陆家姑娘，还想说殿下果然机智，将计就计，眼下既骗过了中宫，又得了宋、陆两家的支持。只可惜了陆家姑娘，芳心错付，还被中宫盯上，白白当了挡箭牌。"

陆家是武将世家，陆老门客遍布朝野，是一门好的姻亲。厉夜行若是真的选了陆家姑娘，有了陆家这个靠山，自然是如虎添翼，哪里还会把陈王后放在眼中。

陈王后费尽心机才登上了后位，她又怎会甘心看着后位落入别的世家手中？

陈王后制造这出贵女被绑架的戏码，不过就是为了给成阳郡主清除障碍，除掉厉夜行倾心之人。

厉萧继续说着："殿下的一招移花接木用得甚好，可惜只骗过了中宫。"

"王兄这是何意？"

"如果爱一个人是不会将她置于险境中的，你故意对陆家姑娘好，不过是为了将陈王后的目光都吸引到陆家姑娘身上罢了。"

厉夜行太知道，他所爱之人必是旁人攻击他的软肋，他又怎么舍得让宋家小丫头受到哪怕一丁点的伤害。

他明目张胆地对陆语嫣好，不过是为了让陈王后以为他倾心陆语嫣，结果陈王后也确实差人绑了陆语嫣，但奈何绑匪蠢笨，阴错阳差也绑了宋欢岁。

厉萧犹如躲在暗处的毒蛇，将这一切看得清清楚楚，他伺机而动，只待找个最合适的时机，从那洞中探出头，用最尖锐的毒牙狠狠咬住猎物。

厉萧心想，他才是抓住了厉夜行软肋的人，他想看看那最是波澜不惊的人此时会有何反应。

只见厉夜行迅如闪电，眨眼的工夫，一把剑便架在了厉萧的脖颈处。

他出手的速度太快，快到厉萧来不及做任何反应。

厉夜行欣赏着厉萧眼中的惊慌失措，冷声道："王兄是觉得可以威胁我？"

这把剑是用玄铁锻造，削铁如泥，此时就架在厉萧的动脉处。厉夜行面色讥讽，冰凉的手指在厉萧的脖颈处摩挲，感受着猎物脉搏的跳动。

那冰冷的声音犹如来自地狱："就这里，一剑下去王兄就再也不能威胁我了。"

厉萧丝毫不怀疑，厉夜行这个疯子真的敢一剑抹下去，让他血溅当场。

可他还是强迫自己镇定下来，颤着声音说道："你今日若是杀了我，如何向父王交代？"

厉夜行仿佛听到了最好笑的笑话，他笑了几声，冷冷说道："今时今日王兄竟然会觉得我需要向谁交代，我杀了你，不过是捏死一只蚍蜉，无须向任何人解释。"

厉夜行无惧陈王后的试探，更不怕厉萧的威胁，他们在他眼中都太轻了。

可眼下还不是杀厉萧的时候，留下厉萧自然还有其用处。厉夜行的眸中闪过一丝冷意，他将剑往下擦过厉萧的咽喉，感受着剑下之人的颤抖。

剑回鞘，厉夜行看了眼地上的美人儿，冷冷说道："王兄，你看我若是想要杀你，又何须那些弯弯绕绕？你不妨去查查究竟是谁在你身边安放了人。"

那日厉萧先离开的酒楼，厉夜行离开时，正好撞见了与覃舒予一同听书的欢岁，她们两人刚从雅间出来，说说笑笑，似在讨论刚才的故事。

裴岩见厉夜行停了下来，并不上前，又见那两位姑娘要走，于是说道："殿下可要去见见宋姑娘？"

"不了。"

说罢，他径直从一旁的楼梯下楼，恰好与欢岁背道而驰，不必见。

# 第十二章·
## 时疫

那日从茶楼回来之后，欢岁便生了一场病。

刚开始，她只是觉得头晕胸闷，食之无味，昏昏沉沉。

陈玉芝并没有多想，只当她是在外头乱吃了什么，吃坏了肠胃，便吩咐小厨房给她做些清淡的粥换换胃口。

可过了两日欢岁连米粥都不想吃了，后来更是高烧不退。

陈玉芝这才觉出不对，忙遣人去请了大夫，自己也成日在欢岁的居处照看。

可大夫整日守着，药也用了不少，却不见好，仍是高烧不退，卧床不起。

欢岁出生时难产，生下来像一只猴子，又瘦又小，小时候也常生病，陈玉芝就如此时一般，没日没夜地照看。因而即使她再调皮，陈玉芝都是纵容的，总觉得这孩子来得不容易。

如今欢岁躺在床上，睡得迷迷糊糊中，觉得有人把温凉的帕子贴在她的额头上，又温温柔柔地替她擦拭身上的汗，扶她起来喂她喝粥，她知道那是母亲。

一日，两日……她有时昏睡，有时清醒，醒来的时候说些糊里糊涂的话，又是要去寻笔，又是要吃兔腿，说完了便又睡去了。

这日，她正浅眠，听到大夫在和父母说话。

"姑娘这是热症，可这次的热症又过于复杂，又急又猛，像是……"

那大夫似有些为难，不敢说出口。

宋景之拉过他的胳膊，宽慰地拍拍他的肩膀："陈大夫，您为宋府看诊多年，没有什么说不得的。"

那姓陈的大夫，也算是看着欢岁长大的，这才会觉得为难，思来想去，还是叹了口气。

见陈大夫这副模样，宋景之屏退了下人。陈大夫见四下无人了，才说道："近日城外的瘟疫，宋大人最清楚不过了。"

那是自然，宋景之为这次瘟疫，捐出了不少的银子："可这瘟疫跟小女有何关系？"

陈大夫叹道："唉，说实话，姑娘这病症倒像是那瘟疫。"

听闻此言，宋家夫妇皆是一惊。

城外瘟疫有多严重他们是知道的，为了不让瘟疫蔓延到洛城，厉帝更是下令凡是有症状者皆送出城，不得在洛城中逗留。

而那些被送出了城的，自然得不到好的医治，只能白白送命。这些日子听说城外尸体遍地，北辰军已无法及时安葬，又怕天气逐渐炎热，尸身发臭，造成更大的疫情，只得将那些尸体草草处理。

宋景之回过神来，忙想法子封了陈大夫的口。

"宋大人的意思，我岂能不明白，只是姑娘这热症又急又猛，我已无良方可治。大人若是不去请宫中御医，怕是于姑娘的病情无益啊。"

可若是请了御医，必然会惊动了宫里，到那时，欢岁怕是也要被送出城去，生死有命了。

"陈大夫的意思，我都明白，就让我再为小女试一试吧。若这两日她还无法退热，我再想其他法子。"

陈大夫只好调整了药方："眼下只能试试了，老夫也无法保证姑娘何时能醒。"

送走了大夫，宋家夫妇越发为难，不报宫里，自然请不到御医，那欢岁即使不被送出洛城，也是凶多吉少；若是报了，只怕被送出了城，也得不到救治。

"你平日里不是主意最多吗？你想想法子啊。"陈玉芝心中焦急，越发觉得自己的女儿可怜。

宋景之想来想去，还是决定去宫中请御医。

"若宫里不肯让御医来医治，我便跟着岁岁一同出城，她去哪儿，我就跟去哪儿照顾她。"

听宋景之这样说，陈玉芝立马红了眼眶："好，那我们现在就去。他们要是把岁岁送出城，咱们一家三口都出去。"

宋云起见状，忙拦下他们，此时出城实在算不上是好法子，若是延误了，欢岁岂不是要受更多的罪？

"父亲，何不去求求九王叔？您与他曾师从一人，到底是有些同门情分的。九王叔手下能人异士无数，万一有法子呢？"

宋景之与九王叔都曾拜师于曾夫子门下，说起来算是同门，这些年来，两人虽少有联络，但九王叔是贤王，为人素来温善，在朝中颇有美誉。

宋景之闻言，想起早些年因为厉九州体弱，太后分外怜惜，为他遍寻名医，想必他门下有擅长医术的人，便吩咐宋云起同去九王叔府。

厉九州的府邸在城北，远离喧嚣，静谧清幽。

守门的小厮见宋景之登门拜访，忙去通传，不多时，便有人前来引路。

"宋大人久等了，我家王爷已在府中等候您。"

宋景之步履匆匆，跟着那侍从穿过庭院，来到了一处凉亭，厉九州正坐在那里看一局棋。

听到脚步声，他抬头笑问："景之师兄今日为何有空来我府里？"

宋景之带着宋云起，一同行了礼。见厉九州以师兄弟相称，他从善如流地说道："师弟，今日来府中打扰实在是冒犯了，可我眼下有难，也顾不得许多。"

厉九州闻言，仔细看去，这才发现宋景之面色焦急。他手中执一枚黑色棋子，正色道："出了何事？"

宋景之不再隐瞒："小女岁岁近日高热不退，府中大夫说怕是瘟症。"

黑子落盘，厉九州神情淡淡道："宋姑娘没有去过疫区，怎会有瘟症？"

瘟疫先是在南边，如今虽然已蔓延到洛城周边，可洛城中并没有时疫发生。

此症主要通过接触传播，若没有接触过得了疫症的人，大概率是不会得此症的。

"下官也不知，兴许是有人从城外带进来的，小女又顽劣，常偷偷出门。如今她已高烧几日，我实在是没了法子，才厚着脸皮求到王叔这里。"

厉九州明白了宋景之此行目的："你想让我请人为宋姑娘治病？"

宋景之也不再兜圈子："听闻你府上有一名神医，医术精湛，若是他能为岁岁诊治，我们宋家定当竭力相报。"

宋景之来之前已经考虑得很清楚了，他心里明白如今最有可能登上王位的不光是三皇子和太子，还有眼前的厉九州。

他是先帝最小的儿子，是当今太后的亲儿子，极得太后娘娘的喜爱。当年若不是他年纪小，或许如今在王位上的人该是他。

厉帝登基，所有的兄弟都去了封地，只有厉九州没有去，这是太后苦苦哀求的结果。

可这样的人留在身边，厉帝想必也心有余悸。为避免厉帝猜忌，厉九州自成年起，便远离洛城，四处云游，可他近日回来了。

在厉帝缠绵病榻、东宫刚换了主人的时候回来了，宋景之知道这样的人没有野心是不可能的。

他想得清楚，想得透彻，宋家如今犹如一块肥肉，谁都想吃一口，他往日从来不想踏入这王位纷争，如今已然没有了选择的权利。

厉九州没说话，宋景之猜不透他的意思，不知道自己的这份投名状，他是否愿意接下。

过了片刻，厉九州淡然应下："我门下确实有一位医术精湛的大夫，只是此人性格怪异，不问世事，常年独居在城外一处偏僻院落，恐不愿登门为宋姑娘诊治。"

宋景之急道："这可如何是好？"

厉九州思索片刻，开口："此人虽不愿登门诊治，可他毕竟是我的门客，我若让他诊治，他也不会推阻，只是还需师兄将宋姑娘送到此人的居处，以便治疗。"

宋景之闻言，犯起了难，先不说他并不了解这名神医，且欢岁还是个女孩子，一个女孩住到旁处，怕是不妥。

这时，宋云起看了眼九王叔，语气焦急："父亲，岁岁的病症又急又猛，怕是等不及了。"

闻言，宋景之眼里最后的那点挣扎也没有了，拱手道："那便劳烦九王叔救救小女了。"

厉九州坐在那里，温声道："师兄从未有求于人，若不是真的犯了难，断不会求到我的府上，还是快将宋姑娘带来吧。"

宋景之回到家，将厉九州答应救治欢岁的事告知了陈玉芝，又亲自抱了欢岁上马车。

陈玉芝见状说道："夫君，我同岁岁一起去神医府上，也好有个照应。"

让陈玉芝同去，这怕是不妥，可若是不带一个合适的人去，谁又能照看岁岁？

小午见状："老爷夫人，我跟姑娘一起去。"

陈玉芝摇摇头："傻孩子，岁岁这是疫症，若是传给了你，又该怎么办？"

她家的孩子是孩子，别人家的孩子也是孩子，她断没有明知危险，还要让小午去冒险的道理。

小午自小跟欢岁一起长大，又得陈玉芝照拂，这情分她没齿难忘，又怎会不愿陪着姑娘呢。

"不会的，我与姑娘日夜都待在一起，若是传染早就该传染了。此次前去，若是没有个女眷跟在身旁，姑娘必定有诸多不便，我愿意跟在姑娘身边照顾。"

宋景之与陈玉芝对视一眼，心中甚是感动，没想到这小丫头竟如此懂得知恩图报。

小午见宋氏夫妇还在犹豫，急得都要哭出来了："夫人，姑娘片刻耽误不得了，我们这就走吧。"

宋景之看着怀里奄奄一息的女儿，终是点头答应了。

宋府的马车"嗒嗒"奔向王府，虽然宋景之有意避人，可不出片刻，这消息便传到了东宫。

主殿中，偌大的案几上放着行军图，厉夜行凝眉在上面标标画画。

如今南召时不时在边境侵扰，搅得边境民不聊生、哀声连连。父王本是好战的，这些年却一味沉溺于酒色，无心战争，朝中更是一片和谐的假象，无人敢将这事告知他。

每次有武将在朝堂上提出出兵边境，总有些文士蹦出来，想要以和亲稳定边境。

可那些居住在洛城的安逸文士，又哪里明白公主和亲是最为低劣且被人看不起的，和亲的公主换来的不是边境的安定，只会是南召更为肆无忌惮的骚扰。

厉夜行前日提出要带兵前去黎城驻军，却被一众老臣反对，说他好战，无君王的仁慈。

厉夜行冷笑，对敌人也要仁慈，这些人还是没挨过打。

他幽深的眸子停留在北辰边境，眼中是势在必得的野心。

听到裴岩说起宋家的事，厉夜行不以为意："宋景之与九叔本就是旧识，走动走动也不奇怪。"

宋家向来中立，厉夜行倒是不担心宋景之会投靠谁。

裴岩可不这样想："原是寻常，可奇怪的是，马车里坐着的是宋姑娘。"

厉夜行闻言，抬头看向裴岩，漆黑的眸子深不见底："宋姑娘？"

"是。咱们的人见宋大人抱了宋姑娘上马车，那马车径直跑到了王府。"

裴岩见殿下果然沉了脸色，一副什么都了如指掌的样子："我就知道殿下遇到宋姑娘的事定会不同的。我特意遣了人去打听，说宋姑娘这几日似是发了高热，想必是知道九王叔的府上有神医，所以宋大人才带着宋姑娘前去王府。"

"高热？若是普通的高热，宋家岂会请不起个大夫？"厉夜行冷声道："你若是想说就一次说完，若是不想说，以后也都不用说了。"

裴岩耸耸鼻子，忙不迭说道："听说宋姑娘得的是疫症。"

瘟疫严重，厉帝早已下令从疫区出来的流民皆不得入城，而城中若是有疫者，皆要送出城去，以防止疫情在洛城蔓延。

宋景之定是知道此事若被发现，欢岁必然会被送出城，才出此下策。

厉夜行不解道："城中从未听说有时疫。"

洛城既然没有时疫，宋欢岁又是如何感染的？

裴岩也很是困惑："说的就是，宋姑娘每日不过在街头逛逛，听听曲儿，再者便是同那覃家姑娘一起厮混，怎么就感染了呢？"

厉夜行闻言，看向裴岩的眼神更加冰冷了，冷笑着说："你倒是什么都知道，我看真该将口无遮拦的你送到黎城去，好叫你在战场上与南召的蛮子们好好逗口舌之快。"

裴岩立刻变了脸色，他跟着殿下在黎城待过好些年，那鸟不拉屎的地方什么都没有，方圆几十里鲜有人烟，好不容易回到了纸醉金迷的洛城，如今他还没有玩够，是不想回去的。

"殿下不若还是打我板子吧？黎城我还不想回去呢。"

厉夜行没有说话，过了片刻，他才说："倘若孤要去呢？"

裴岩见厉夜行面色凝重，料想是边境出了事。若殿下要去，他自然也是要去的，他正色道："那属下定当生死相随。"

厉夜行不再与他说黎城的事，而是问起了别的："宋大人要请人为宋姑娘医治，为何不来寻我？"

东宫也不乏名医，珍稀药材更是无数。

裴岩以为自己没听清楚："殿下方才说什么？"

"宋景之既然能去王叔府上求救，为何不来找孤？孤难道还比不上那厉九州不成？"

裴岩心想，谁敢来找您呢？可他还是说道："宋大人兴许是觉得自己位低权轻，大抵不好意思来叨扰殿下。"

"是吗？可孤一向待他温和。"

裴岩的眼角抽了抽，心想，您哪里待人家宋大人温和了？前几日殿下在宫中邀了几位商贾商议粮草一事，宋大人不过说了两句稳定局面来得不易，不主张出兵黎城，就被殿下当场怼了回去。

可厉夜行觉得这样已经很是温和了："若放在旁人身上，孤可能会杀了他。"

宋景之将欢岁和小午送到了洛城外薛神医的府上，厉九州已带人等在了那里。

眼见着宋家的马车疾驰而来，薛神医还在愤愤不平："你说说有什么事就这样着急？我今日原本是要采药去的，刚到山脚下，就被你那几个侍卫五花大绑带了回来。"

说着，薛神医还瞪了那几个侍卫一眼。

厉九州脸上挂着温和的笑意，道："我有一个重要的人，眼下得了急症，不得已才叨扰了你的清净。"

薛神医还想问什么，可宋景之已经抱着欢岁走了进来，后面还跟着宋夫人和宋云起。

"是个女病人？"薛神医好奇地看向厉九州，眼中满是疑惑，"你可难得与女子有牵扯。"

厉九州没有说什么，而是上前迎向宋氏夫妇："宋大人、宋夫人，将宋姑娘带到后院吧。"

宋景之随着薛神医的指引，将欢岁带进小院。屋子里收拾得干净而清素，他将欢岁放于床榻上，满脸忧虑地同薛神医见礼："薛神医，我们本不应如此打扰，可还是请您救救我的女儿。"

薛神医捋捋胡须，一改方才不正经的神色，观察着宋欢岁的面色，凝重地为她把脉。

欢岁就这样在薛神医家中住了下来，头一日，她照旧是高烧不退。

厉九州上次见欢岁，还是在宫宴上，娇俏可人的小姑娘，此时脸颊晕着异样的红色，薄唇苍白，那双往日里灵动的水眸微微闭着，整个人看上去可怜巴巴的。

薛神医虽能看病，但不好贴身照顾欢岁，好在有小午，她寸步不离，守在欢岁的身边，喂她喝药，喂她饮水。

厉九州收回目光，转身面向薛神医："怎么样？"

小老儿摸着胡子，皱眉道："高热不退，确实是疫症了。"

厉九州心头一沉："可有法子？"

薛神医"哧"了一声，道："你要救的人，就是没法子，也得给你救回来不是。"

听他这样说，厉九州勾了勾嘴角，道："那你便好好治，治好了，你上次要的雪莲，我遣人给你寻来。"

薛神医此人最喜欢研究珍贵药材，这些年厉九州为他寻了不少，因而他愿意留在厉九州门下。闻言，他点头，料想着厉九州那里定还有不少的药材，便要求道："除了雪莲，再赠我一些麝香。"

厉九州没有不答应的道理，只交代他好好医治。

待薛神医诊断完毕，他看看床上躺着的人，拉着厉九州走到窗边："你还没说这到底是谁？跟你是何关系？往日你可没有多管闲事的习惯，随随便便往我这儿拉人。"

薛神医平日里顶多是偶尔去宫里给太后把把脉，下下药，闲时多是跟附近的山野农妇们逗逗闷子，去街上溜达，或是去山里采采草药。

这日他照旧是要去山里采药的，骑着他的小毛驴，刚到山脚下，便被厉九州的侍卫押了回来，要为这姑娘医治。

他实在想不到，这世上除了太后，还有谁能让厉九州如此费心，实在是好奇得很。

厉九州勾了勾嘴角，笑容和煦："你呀，就是好奇心太重了，你只管治病救人，旁的莫要打听。"

薛神医吹吹小胡子，闻言不再说什么，默默坐下开了方子，又命他的小徒弟玲珑去煎药。

"师父，咱们往日都是给太后煎药的，哪里给旁人煎过药？"

小徒弟玲珑与欢岁年纪相仿，说话直来直去。

"你没瞅见吗？咱们这位主子可是心急火燎地押我回来看病，可见床上躺着的是顶重要的，快去煎药吧。"

玲珑撇撇嘴，拿着方子去配药。

见那吵吵闹闹的师徒二人都走了，小午才叹了口气。她家小姐如今还躺在床上，那神医师徒也不晓得是不是真的靠谱。

小午为姑娘的前途堪忧。

过了一个时辰，那叫玲珑的小徒弟端着一碗乌漆麻黑的药走了进来。

可欢岁此时已无意识，那熬好的药竟无法喂下去。

厉九州思索一番，也不知从哪里拿来一根纤细的竹子。

他扶起躺在床上的人，一只手臂揽着她，从小午手中接过药碗，将镂空的竹子放入药碗中，对臂弯中的人温柔道："宋姑娘，得罪了，等你醒来，九州再向你请罪。"

他本是为了救人，这话却说得卑微极了。

说着，他用竹子吸了药，一口口喂到她的口中。

两人虽然并未直接接触，可这样的做法实在是过于亲昵。小徒弟玲珑忙捂住了眼睛，没眼再看。

等厉九州将一碗药全部喂完，那小老儿惊奇道："这姑娘是救过你的命吧？"

要不他怎会如此细心？

喂完了药，厉九州将欢岁轻轻放于床榻，掖了掖被角，这才道："并没有。"

"那你何至于此？若是故人之女，你这照顾得也太……亲近了些吧。"

不仅请了他回来为这姑娘医治，如今竟一口口地喂药，若说没有救过他的命，薛神医是不信的。

厉九州静静地看着躺在床上的人，久久未言。

就在薛神医以为他不会说的时候，才听他道："你知道的，我这一生鲜有真正属于我的东西。"

也不知是薛神医医术高超，还是欢岁命大，到王府的第二日，她的症状渐渐转轻。

薛神医坐在榻前，为欢岁把脉，啧啧称奇："姑娘这脉象昨日还虚弱得很，不过一夜，就能恢复到如此地步，确实神奇。"

"兴许是你的药够好？"

薛神医对自己的医术了解得很透彻，他虽能医治，却不可能好得这样快，昨天还半死不活的人，就吃了一服药，怎么会恢复得这样快？

薛神医突然想到了什么，他从椅子上跳起来，狐疑地打量着厉九州，直看得厉九州心里发毛："怎么？我脸上有字？"

"那倒没有。"薛神医摇摇头，凑近了厉九州，老神在在，"你给她喂了丹丸？"

厉九州手中有一颗丹丸，是太后赐予的，那丹丸据说能起死回生，是难得一

110

见的灵丹妙药。薛神医猜测宋姑娘好得这样快，定是厉九州给她服用了丹丸。

见厉九州站在那里不言语，薛神医更加断定自己的猜测，垂头丧气地踱步。

"太浪费了，太浪费了，这样的病症，我小老儿是能治的，只需多费些时日、多费些功夫罢了，何须你拿出丹丸。那丹丸世间罕有，是救命用的，你就这样用了，日后若是有大用处怎么办？"

厉九州却很认真地望着他，开口道："我并未用过。"

说完，他皱眉不知在想些什么。

小老儿见他不像是在说谎，抚着胡须，一双眼睛滴溜溜地转："那就奇怪了，若没有一味特殊的药，宋姑娘不可能好得这样快。那丹丸除了你，还有谁有？"

厉九州几乎是立刻想到了那个人，苦笑道："是他。"

此时东宫中，轮到裴岩垂头丧气地来回踱步了，早知道他就不告诉殿下欢岁姑娘得了瘟症。

他哪里能想到，殿下竟夜探神医府，亲自将丹丸送到了欢岁姑娘的口中。

实属浪费啊，浪费。

那可是世间罕有的丹药啊。

况且欢岁姑娘睡得犹如死猪一般，根本不知道殿下做了什么，更可惜了。

裴岩一边心疼那能起死回生的丹丸，一边懊恼不该告诉厉夜行这事。

而厉夜行像是什么都没发生过一样，照旧坐在那里研究他的行军图。

到了第三日，欢岁的症状大好了起来，也能喂进一些清粥。

算起来，这几日她都是靠汤药吊着，许久不曾进食，连米粥都是香甜的，恨不得一口气吃个精光。

只是她身子还太过虚弱，只能靠着床头，由小午一小勺一小勺地喂着。

厉九州进来时，欢岁已吃了小半碗的粥。见他自然地接过粥碗，小午道："王叔使不得，还是我来吧。"

厉九州温和一笑："小午姑娘辛苦了，不妨歇一歇。"

他本就长得清俊，又笑得这样好看，小午脸一红，再说不出一句话来。

厉九州身上带着淡淡的竹叶香气，如同他的人一般，虽疏离却不冷漠。

欢岁靠在小午的身上，听他温声道："宋姑娘，吃粥。"

他喂得很仔细，连她留在嘴角的粥也被他用锦帕轻轻拭去。

欢岁有些不自在，偏过头去："王叔不必如此，小午可以照顾我的。"

她已经得了厉九州这样大的恩惠，如果不是他门下的神医，她怕是连命都保不住，哪里还敢这样劳烦他。

她的推拒毫无力气，可厉九州笑意温和："宋姑娘客气了，我与你父亲相熟，照顾你是应该的。"

他这人总是如此，不会让人觉得不舒服。

欢岁就这样吃了大半碗粥，厉九州扶着她躺下，见她沉沉睡去，才离开。

厉九州刚走出欢岁客居的小院，薛神医便亦步亦趋地跟在后面，大惊小怪道："这小姑娘究竟给你施了什么蛊，让你这闲散王叔每日都往我这小破地儿跑？"

厉九州没有理会他,而是阔步往前走,背影如竹般挺立,问道:"她已能进食,是否已无大碍了?"

薛神医抚着花白的胡须,点点头:"照理说是这么回事,不过还是要再观察几日。"

厉九州点头:"那便是还需在你这里住上几日了。"

他停步,回头看向薛神医,薛神医了然:"是是,多住几日好,多住几日有利于姑娘恢复。"

那眼神也不是让他说不行啊。

厉九州又跟身后的侍从何泽交代:"派人去宋府送信,说宋姑娘已醒,让宋家夫妇不必担心。"

何泽领命,刚要走,听到厉九州又说:"只是宋姑娘身体虚弱,还需在薛神医这里休养些日子。"

等何泽走了,薛神医才说出心里的疑惑:"你这有些过了吧?你若是想要宋家的支持,大可以派个人过来照顾宋姑娘。"

何须亲自喂药喂粥,这可是九王叔啊,连当今王后看到都要礼让三分的九王叔,竟然亲自喂一个毛丫头喝粥,说出去谁能信?

厉九州淡淡地看了他一眼:"你若是闲来无事,便去采药吧。"

这可真是卸磨杀驴,再没有见过比这翻脸翻得更快的了,前两日还对他千叮万嘱,让他专心为欢岁医治,这治好了便要赶他走。

他才不走呢,薛神医一屁股坐在门口的石凳上。

"哼,我才不要去采药呢。"

厉九州并不是真的想要赶薛神医去采药,见状也不再与他争辩。

# 第十三章
## 他救了她

又过了两日,欢岁生龙活虎了起来。这几日她跟薛神医走得越来越近,薛神医似乎也很喜欢欢岁,见她聪慧伶俐,成日嚷嚷着要收她当关门弟子。

"别别别,我才不要当什么弟子,你说的那些医书,我一点都不感兴趣。"

无趣得很哪。

薛神医被打击到了,他可是旁人重金请都请不去的神医,是多少世家子弟想要拜师的人,就连身边的小徒弟玲珑,也是世家嫡女,如今竟被一个小丫头片子嫌弃了。

"你这小丫头懂什么?这些医术都是老祖宗留下的宝贝,别人想方设法求不得,我劝你再考虑考虑,不要这么快拒绝,免得日后想学了,我老头子还不想教了呢。"

哼,她才不要。

薛神医却不放弃,每日都端了药给欢岁喝。那药汁乌漆麻黑,苦得厉害,欢岁想出了各种花招,想要逃避,结果都被薛神医抓到,一滴不剩地喝了下去。

"你就喝吧,等你喝完了药,身子好了,你就晓得这医术有多好,也就愿意跟着我学医了。"

欢岁苦得龇牙咧嘴,厉九州就是在这时候从外头回来的。

他一袭白衫,手里拎着一个小小的油纸包,递给欢岁。

欢岁接过,打开,原来是一包蜂蜜糖。

厉九州温声道:"宋姑娘,吃药的时候吃一颗,便不苦了。"

欢岁眉头舒展,心中微微一动,望着厉九州却不知该说些什么。

这几日她把感谢的话都说遍了,再说什么似乎都是多余的。

不仅是她,连宋家夫妇也多次上门感谢。原本他们见欢岁醒来是打算将她接回家休养的,可薛神医说宋姑娘大病初愈,身子不适宜移动,便留了下来。

"薛神医看来是真的喜欢欢岁姑娘。"

蜂蜜糖吃到嘴中,甘甜立刻盖过了苦涩,欢岁不解:"九王叔为何这样说?"

厉九州解释:"这是我头一次见他主动要收徒。"

欢岁虽然往日并不了解薛神医,但自己此番承了薛神医的恩情,还是要投桃报李的,可当徒弟嘛,还是算了吧。

见欢岁锁眉,似很是为难,厉九州微勾嘴角:"若你不想学医,我帮你拒了他。"

"不了,既然是我不愿当薛神医的徒儿,自然由我与他说更为合适。"

厉九州觉得这小姑娘远不像她表面看起来那么软弱,她是个有主意的小姑娘。

厉九州来薛神医这里的时候并不多,可每次来总会给欢岁带些礼物,就连玲

113 /

珑也跟着收了不少的好东西。

玲珑知道薛神医有意收欢岁当徒弟,因而玲珑每次收到好东西的时候,都感叹:"小师妹啊小师妹,这九王叔可真大方啊,送了咱们这么多的礼物。"

欢岁懂得礼尚往来,这天厉九州又来看她,走的时候,欢岁送给他一个荷包。

见厉九州面露诧异,欢岁忙解释:"这不是我绣的,我只是往里面装了东西。听薛神医说王叔夜里总睡不好,我跟着神医配了药材,装在荷包里。王叔若是每日佩戴,能安神助眠。"

厉九州见惯了金银珠宝,却是第一次收到这样的礼物。

他笑得比平日里更加开怀,一双眼睛如弯月,朗声道:"这是本王收过的最好的礼物。"

这样的夸赞倒是让欢岁不好意思起来,她该选些更为珍贵的谢礼才是。

薛神医这里平日里没人来,鸡啊、鸭啊,都是散养的,满地乱走。自从欢岁好了,这些家禽就遭了难。

眼见欢岁又抓住了大肥鸭,薛神医痛心道:"喂喂喂,岁岁丫头,你就给老夫留下几只活口吧。这些鸡鸭老夫原本是打算吃上一年的。"

那些母鸡每日为他产蛋,蛋孵出小鸡,再长成母鸡,再产蛋,无穷尽也……岂不美哉。

还有那些鸭崽,亦是如此,良好的循环终是葬送在了追鸭那人的手中。

小午还在一旁帮腔:"薛神医,这鸭子就当我们买下的,十倍金。"

哎哟哟,这哪是钱的事,薛神医一边心痛,一边毫不客气地收下了小午的十倍金。

那肥鸭被欢岁和玲珑拿去烤了吃,薛神医还分到了一只油汪汪的鸭腿。

最炎热的时节,欢岁跟着宋氏夫妇回了家。

原本薛神医不觉得这小院冷清,可欢岁走后带走了一院的热闹,小院似乎变得冷清了。

薛神医说这话时,厉九州正躺在他院中的躺椅上,闭着双眸休息,只有微微颤动的睫毛在掩饰着主人的若有所思。

这天,朝堂上,众人因时疫争论不休。

一派认为时疫不是什么大问题,过些时日自然会减轻,史书上对时疫的记载向来如此;另一派则认为时疫已造成了不少百姓死亡,再这样下去人心不稳,怕是会引起暴乱。

两派人就这样吵了起来,厉帝近日身体欠佳,看着这帮喋喋不休的大臣头越发疼了。

有朝臣提出:"陛下,时疫已经一月有余,南边的百姓受时疫困扰,为了求生不得不北上。眼见着天气越来越热,若是再无良方治疫,只怕是要出大乱子了。"

偏偏南召国近日几次三番扰乱南边边境,北辰大有内外一起乱的架势,可谓是内忧外患。

厉帝看完手中的折子,将其扔于众臣面前,一双凤目俯视着众人:"若不是虢城郡守贺知秋的这封书信,孤还不知道虢城竟已面临如此危机。诸位公侯、大人平日里不是有主意得很吗?此时怎么不想出个对策?"

众臣子个个耷拉着脑袋,你看看我,我看看你,皆不敢妄言。

成阳侯上前一步,拱手道:"陛下,此次疫情来得极为凶险,这一时半会儿良方怕是难以研制出来。"

厉帝冷笑道:"那便从太医院开始,一日研制不出良方,便革去一人官职,三日后若再无良方,那就一天砍掉一个人头,省得浪费米饭。"

众人闻言,纷纷跪下。

又有人提出,这种时候即使没有良方,也还是要将药材送到时疫最为严重的虢城去:"虢城郡守上书,虢城药材极为短缺,百姓根本得不到救治,若这样耽误下去,虢城不保。"

可谁去送又犯了难。

虢城眼下时疫严重,听说隔三岔五就有灾民暴乱,这趟行程危险重重。

厉萧看了眼站在后排的宋家父子:"听闻宋大人近日一直在开仓救疫,宋大人如此用心良苦,不如就将这份差事交给宋家,也好全了宋大人这份体恤百姓的心。"

厉萧此时说出这种话,自然不是真的为了宋家,他说完看向一旁的厉夜行。

只见厉夜行面无表情,仿佛事不关己。

厉萧这人绝非善类,他断定厉夜行对宋家嫡女有意,此时将宋家推出来,无非想要将宋家推上风口浪尖,好让厉夜行措手不及。

厉帝果然看向了宋景之,薄唇噙着一抹笑:"宋大人意下如何?"

押送药材的事本轮不上宋景之,他虽是巨贾,但官位极低。

此时,既然厉帝这样问了,宋景之只好上前一步:"臣愿尊陛下旨意,押送药材到虢城。"

厉帝点点头:"好,那就这样办吧,由宋家押送药材前去虢城,太医院的院判则留在宫中研制药方。这方方面面无论哪个环节出了问题,你们提头来见便是。"

下了朝,宋云起同宋景之一起往宫外走,半路却被裴岩拦了下来。

裴岩行礼,道:"宋大人,殿下托我给您带话,请您务必提防三殿下。"

宋景之又岂会不知,今日在朝堂上分明是厉萧将宋家推于人前,骑虎难下。

宋景之朝裴岩身后望去,看到厉夜行的马车正要离开,他朝着裴岩拱手:"多谢殿下提醒,宋某定谨记于心。"

回去的路上,父子两人一言不发。

往虢城押送物资怎么也不算是个好差事,却又是个不得不接的差事,朝中不知道有多少双眼睛盯着宋家,若有什么差池,必定会有人大做文章。

宋家的马车等在宫门外,车夫见二人走了出来,忙驾车迎了上去。

"父亲,这差事非接不可吗?"

宋云起方才在朝堂上就想问了,这样多的王亲贵族厉帝都不选,为何偏偏选了宋家。

"起儿,这差事怕是接也得接,不接也得接,既然落到了宋家的头上,还不如好好办。"

押送物资前往疫区,看似简单,实则困难重重,先不说路途遥远,单是路上便要花费半月有余的时间,到了虢城之后,还不知道是个什么情况。

更何况,若厉夜行所言皆实,自然有人不想让物资顺顺利利地运送到虢城,路途更是艰难。

自打知道要去虢城送药,除了宫里准备的药材,宋景之还另外准备了大批的药材,高价聘请了大夫,他打算亲自带着这些去疫区。

"你这人……"陈玉芝知道后,气得说不出话来,"这又不是什么好差事,陛下是说让宋家去,又没说让你亲自去。你如今到底是上了岁数的,舟车劳顿,等你到了疫区,还没开始救人,怕是自己都要累病了。"

宋景之忙去捂她的嘴,道:"夫人慎言。"

慎言个什么,陈玉芝在气头上,也顾不得许多:"慎言个屁,今日在朝堂上你就该推拒了这事。"

宋景之皱眉:"夫人说的这是什么话,我若是推拒,岂不是抗旨不尊?"

抗旨不尊,别说宋景之父子在宫中怕是出不来,就连整个宋家恐怕都不保。厉萧正是知道如此,才会在朝堂上提出要宋家前去虢城送药。

而对陛下来说,谁去送药不重要,重要的是这药要顺利送到虢城。

宋云起见父母如此为难,道:"父亲,药材由我带去疫区,前些年我曾跟着苏伯伯他们去虢城拉过货物,路途和环境都熟悉,这样也可减少药材在路上的时间,避免延误救人。"

可宋景之又怎会放心宋云起去呢?他摇摇头:"若是别的事,为父也就让你去了,只是这次不同往日,哪有父亲将孩子置于危险之地呢?"

宋云起听到这番话,心情复杂,没人注意到他的眼中闪过了一丝纠结,可很快被他掩了下去。

见宋景之不愿他去,宋云起又道:"父亲不是总想给孩儿一个机会吗?眼下陛下也正看着宋家,若是孩儿做好了这件事,岂不是在陛下面前露脸?于孩儿前途也是大有益处,父亲就让孩儿去做吧。"

宋云起把话说到这份上,宋景之再没有拦着的道理,只是自己亲自养大的孩子自己清楚得很,他哪是为了露脸,他是不想自己一把年纪还要涉险。

欢岁知道了这件事,想跟着宋云起一同去疫区。

宋家夫妇自然不同意,欢岁据理力争:"父亲,我和哥哥一起去,他会照顾我的。"

欢岁说这话时,看向宋云起。

宋云起虽然也想跟欢岁同去,可经历了欢岁生病这事,他怕路途遥远,到了疫区环境又复杂,若是欢岁再生病,他怕是分身乏术无法照顾。

他别过脸,没去看欢岁求助的眼神。

眼见着求助哥哥无用,欢岁又道:"薛神医不是说了吗?发过瘟疫的,便不会再发了,我这样的该是最安全的。"

陈玉芝见欢岁如此,正色道:"那可是疫区,又不是出门游玩,你一个女孩子家去了那里多有不便,不可依着你任性而为。"

眼见着说不通,欢岁却难得地不再据理力争,她哼了一声,极为委屈地转身,默默地回了房。

次日一大早,全府的人都站在门口送别宋家商队。

宋景之为宋云起系好斗篷的带子,再三交代:"你如今是个有官职的,代表的不光是咱们宋家,还有朝廷的脸面,凡事都要思虑周全,切记要注意安全。出门在外身家性命才是最重要的,倘若身处险境,只要能保住命,旁的都不重要。"

宋景之像大多数父亲那样,盼望着孩子能有所作为,又期盼着他平平安安便好。

宋云起眼神坚毅:"父亲放心,我定不会辜负父亲、辜负陛下的。"

宋家的商队和北辰的护卫军早已排成长长的一列,只等着一声令下,便浩浩荡荡地押着药材前往虢城。

宋云起坐着一驾四方阔大的马车,商队刚出城,他便放下茶盏,悠悠然道:"出来吧。"

只见马车正中的木板动了几下,里面探出一个脑袋,咧嘴笑道:"哥,你怎么知道马车里有人?"

宋家做走边境的生意多年,商队遇到过无数次劫匪,因而马车里特意设了暗格,大小恰能容得下一人躲藏,只为遇险时,能够逃脱保命。

这样隐秘的事,只有宋家的人才知道。

宋云起将那暗格里的人拉出来,动作轻柔怕弄伤了她。

"你啊你,早上你称病没来送我时,我便知你这鬼丫头不会就此作罢。"

欢岁坐于小几前,拿起桌上她最喜欢的糕饼吃,一边吃一边说:"还是哥哥了解我。"

宋云起笑了笑,将她有些凌乱的头发抚平:"你就这样跑出来了,父亲那边如何交代?"

"我让小午躺在床上,等父亲发现的时候,咱们早就走出几十里路了。料想有哥哥保护,父亲也不会真的来将我捉回去。他必然也不忍苛责小午,两全其美。"

宋云起被她得意的表情逗乐了,可还是故意黑着脸吓唬她:"你呀你,如此胆大妄为,等你回去,父亲定要重重罚你才是。"

少女的眉头紧皱:"哥哥可真没良心,我是为了陪你才去的虢城,若是要罚,哥哥得帮着我才是。"

宋云起无奈地叹气,看着她道:"我该送你回去的。"

可他因为自己的那点私心,在知道她藏在暗格里时,默认了带她同行。

"去了之后,你只能待在驿站,不得接触病患,也不许到处乱跑,知道吗?"

欢岁点头:"知道知道,都知道的,哥哥放心吧。"

宋云起只能说服自己只要时时看着她,就不会出什么岔子。

路上行进了小半个月,为了早些赶去虢城,将药材分发给百姓,车队几乎是昼夜不停地赶路,好在一路上还算顺利。

离虢城还有几十里路时,突然下了一场雨。

雨下得很大，路途泥泞，冒雨前进太过危险，况且也会淋湿药材，宋云起思索片刻，说道："附近有山洞，大家将药材卸在山洞里，在此稍作休息，等雨停了再走。"

护卫军听令，与商队的人一同将车上的药材卸下来，放于山洞里。

正当众人烤火休息时，却听见有一阵马蹄声渐渐靠近，护卫队的人机警地拿起了称手的兵器，做好了随时战斗的准备。

宋云起起身，手握长剑，道："已经临近虢城，万万不可出什么岔子，大家无论如何都要将这批药材送进虢城。"

说着，他带了几人打算前去打探情况，临行前又对欢岁叮嘱道："若这队人马只是路过，那我不多时便能回来；若我半炷香的工夫回不来，岁岁，你跟着苏伯伯带着商队往虢城的方向赶，定要将药材送到。"

"哥哥你呢？"欢岁的心里不免生出几分担忧。

宋云起宽慰地勾勾嘴角："岁岁不必担心我，等我解决了这伙贼，就前去与你们会合。"

说着，宋云起翻身上马，带着北辰护卫军朝山洞外走去。

雨还在下，欢岁担忧地站在山洞口，望着宋云起离去的方向。

听着马蹄声如鼓点一样越来越近，欢岁心中越发慌乱。若是普通打劫的盗贼，不会有如此整齐的马蹄声，这样训练有素的队伍，只会是专业的杀手或者北辰军。

可无论是这二者中的哪一个，都太过危险。

宋云起的身影已消失不见，欢岁想要提醒，也来不及了，她转身对苏平南说："苏伯，附近可还有小路？"

苏平南走南闯北多年，什么阵仗都见过，临危不乱道："姑娘别急，方才扎营时我已探过路，山洞后面便是一条小路，可通往虢城，咱们从那条路走。"

欢岁点头，苏平南令商队装好药材，为了避雨，他们在药材上铺了厚厚的油纸，一行人整装好，往山洞后走。

雨还在下，山路湿滑，苏平南让人在马蹄上套了干草，以防止运送车辆打滑。

一队人就这样艰难地走着，欢岁心中记挂着宋云起，脚下打滑差点摔了，幸好有苏平南扶了一把："姑娘留心脚下的路。"

欢岁稳了稳身子，顾不上被划破了的小腿，跟着队伍继续往前走。

眼看离虢城还有十几里路程，身后的马蹄声却越来越近，苏平南立时明白这是要被追上了，剑眉紧皱道："不好，公子那边怕是没有抗住，大家加快些脚程。"

可再快的脚程也赶不上训练有素的马匹。

那队杀手很快就追了上来，苏平南将欢岁护在身后，护卫队的人与杀手打斗了起来。

宋家的商队里也不乏高手，可面对这队训练有素的杀手，还是占不到半分的便宜。

那些杀手刀刀剑剑都是下了死手的，渐渐地，宋家的人落了下风。苏平南知道再这样下去，怕是要葬身于此，他将欢岁推到一旁："姑娘快走，往前跑，再有十里地就是虢城了。"

欢岁虽然心有不忍，但是她很清楚此时自己留下来，非但帮不上一点忙，反而还要苏伯分心保护她，于是她转身便跑。

苏平南几人在她身后为她断后，可还是有两个杀手追了上来。这次的杀手与之前和陆姑娘一起遇到的不同，他们刀刀剑剑都是奔着人命来的。

欢岁慌不择路，摔进了泥沼里，身后的杀手举刀向她砍来，她有些绝望地想，此次怕是真的要交待在这儿了。

那明晃晃的刀下，她紧紧闭上了眼，可想象中的疼痛没有袭来，一只大手伸向了她。

那只手修长而白净，在她布满污泥的手臂上，略一用力，她便像小鸡崽一样被拎了起来，躲过了杀手砍过来的刀，稳稳地被放在了马背上。

还未等欢岁回过神来，杀手又砍了过来。

来人一手将她护在身前，一手提剑迎战。

他身手了得，下手又狠，欢岁能听到剑风"簌簌"的声音，不过片刻，几名杀手已倒地不起。

而他毫发无损，将剑收入鞘中。

这时一侍卫骑马而来，到了他的面前跳下马，跪在地上："殿下，属下来迟了。"

她又惊又怕，浑身上下湿了个透。雨水拍在脸上，像是泪水一样，她胡乱地抹了一把，扭头看向身后，这才看清楚救自己的人正是厉夜行。

厉夜行坐在马背上，浑身也湿了个透。可与她的狼狈不同，他墨发高束，凝眉注视着倒在血泊中的人，整个人有股让人不敢靠近的肃杀之气，冷声道："宋家商队是否已经脱困？"

方才厉夜行赶到时，宋云起带着人还在抵抗，但已然处于劣势。慌乱间，宋云起告诉他，欢岁从另一条路走了。厉夜行让随从留下助宋家商队脱险，而他则独自一人来找欢岁。

"回殿下，杀手已全部落网，但宋家商队有人受伤。"

欢岁听到有人受伤，顾不上其他，从裹紧她的披风中钻了出来，忙问道："是谁受了伤？伤情如何？"

厉夜行见她满身狼狈，却还心心念念着宋家商队，不免有些气闷，环着她的双臂微微用力。

欢岁吃痛，很是识相，又缩进了披风里，头顶响起他低沉的声音："你还有心思关心旁人，先看看你自己吧。"

她的样子实在算不上好看，浑身上下全是泥，连头发上也沾了泥点，身后的人评论道："像个泥猴子。"

说着，那人却毫不嫌弃地将泥猴子更紧地裹进怀里，将自己的黑色披风拉得更紧了一些，让她再不能钻出去。

黑马如同一道闪电，在山间穿梭，马蹄溅出一朵朵泥花。

耳边是"簌簌"的风声，马背上很是颠簸，可她躲在披风里竟不觉得冷。

欢岁刚开始还能挺直了腰背，尽量不去倚靠身后的人。可跑出去两里路，她便受不了这颠簸，渐渐靠在厉夜行身上。

见她这样，厉夜行的态度有所软化："你一个女孩子不在家中待着，为何要跑出来？如今外头有多乱，你知道吗？"

欢岁心中不服，连哥哥都不曾责怪她，他却这般生气，当真是奇怪。

"殿下惯是喜欢教训人。"

怀里的人浑身冰冷，明明这样狼狈，嘴上还是如此倔强，厉夜行道："我不是在教训你。"

"那是什么？"

厉夜行没有回答，又说起了别的："我已经安排人在驿站为商队医治，你无须担心旁人。"

欢岁知道他这是在回答她之前问的问题，心中有股暖意，却又感到几分疑惑，厉夜行并不似她先前以为的那样冷漠。

"那我们呢？我们也去驿站吗？"

察觉到厉夜行并非看起来那样漠然，欢岁的话也多了起来。

"不，我们赶路去虢城。"

虢城的百姓不能再等了，伤员们可以去驿站小憩养伤，但是他们务必要在今天将药材送到。

厉夜行的安排妥当，欢岁便心安理得地躲在披风里。

连日来的奔波，加上今日遇到杀手的惊慌，让她十分疲倦，可她躲在厉夜行怀中却分外清醒。

这些杀手是奔着宋家商队来的，可为何会有人不想让他们把药材送到虢城呢？

欢岁的鼻尖萦绕着厉夜行身上清冷的气息，她心想，又欠了他一次。

马蹄疾驰，待靠近虢城时，厉夜行沉声道："要到了。"

欢岁闻言，从厉夜行的披风里探头出来，身上的湿衣服已经被风干，皱皱巴巴地贴着皮肤，有些不舒服。

她远远瞧见城门下有一列人在等待。

等走近了，才发现是虢城的郡守。

虢城郡守贺知秋得了消息，早早带着人迎在了城门口，见着送药材的车队，就如见到了救星，感恩戴德地迎了上来。

"殿下，"那郡守见几人的状态便知这药材能运送到有多不容易，跪在了地上，声泪俱下，"殿下是来救虢城百姓的，殿下的恩德，我们虢城百姓会谨记于心。"

欢岁跟厉夜行一起骑在他的战马上，接受着虢城郡守的跪拜。她终于知道世人为何都叫他战神了，那威风凛凛浑身肃杀之气的人啊，他不是战神，又是什么呢？

这一刻，她心中有什么东西变得不一样了。

# 第十四章
阴谋

　　这郡守在虢城任职已有好些年头，对这地方颇有感情。如今时疫肆虐，民不聊生，他作为一方父母官，看着委实心痛，现在终于等到了药材，等到了洛城的救济，也可缓解一些时疫带来的困扰。
　　郡守忙将厉夜行和宋家的商队迎入城中。
　　虢城算是洛城与黎城之间最大的城邦了，此时城中却荒芜寂静，街上的商铺都关了门。往日最为繁华的街道如今只零星坐着几个乞丐，端着残破的饭碗，等着过路人能给口饭吃。
　　荒凉的街道上，几个孩子追着跑在前头的那个孩子讨要着什么。
　　那为首的孩子被追得慌不择路，摔在了地上。几个孩子一拥而上，抢走了他护在怀里、宝贝似的东西。
　　欢岁坐在马上，看着这一幕，疑惑道："他们在抢什么？"
　　"是野菜。"身旁有人道。
　　欢岁想过虢城境况艰难，却没想到竟会如此艰难。若是此番父亲亲自来了，见了这番场景，心中必是堵得慌的。
　　厉夜行低头，果然见她眼角微红，问道："这些孩子连野菜都要抢着吃？"
　　郡守贺知秋满目无奈，看着厉夜行道："这算什么，此时正值夏末秋初，野菜还算茂盛，他们还有得吃。若是入了冬，虢城之困还解不了，他们怕是连野菜都没得吃了，到那时连草根、树皮都会被扒了吃的。"
　　欢岁自小锦衣玉食，从没有想过在这世上的另一个角落里，还会有这般凄惨的境况。
　　几个孩子抢了野菜就跑，只剩下那个被抢了野菜的孩子坐在原地。他看上去不过五六岁大小，不哭也不闹，一双眼中尽是茫然无措。
　　因为长时间的饥饿，这孩子头大身子小，更显得瘦弱可怜。
　　欢岁不忍他坐在地上受冷风吹，挣脱厉夜行，从马背上跳了下去，走到小孩身边，蹲下身，将他抱进怀里。
　　裴岩想去阻拦："姑娘，咱们也不知道这孩子的来历，若他是个病患，你这样抱着他很是危险。"
　　欢岁也知道自己这举动鲁莽，抱歉道："裴将军，对不起，我只是觉得他可怜。"
　　裴岩有些不好意思地挠了挠头，他并非没有同情心，只是眼下并不是泛滥同情的时候。
　　他扭头看向殿下，却见厉夜行并没有阻拦的意思，只是默默望着地上的一大一小。

欢岁将手里的东西递给了那孩子,是几块糕饼。这些糕饼本不是什么珍贵的东西,是她在路上的消遣之物,此时看在那孩子眼中,却是最好的。

"拿回去吃吧,这次别再被人抢走了。"

那孩子接过了糕饼,深深地看了眼欢岁,继而头也不回地跑走了。

城中百姓多日缺粮缺药,此时得了消息,知道送粮食、药材的队伍进了虢城,纷纷从家中走出,拥上了街头。

郡守贺知秋安抚着情绪激动的百姓,人越来越多,场面有些混乱。

贺知秋向厉夜行请示:"殿下,不如我们先回到府中,如何发放药材再从长计议。"

厉夜行看着眼前乱糟糟的场景,点头,贺知秋便先将厉夜行等人迎入了府中。

贺知秋是个清官,他的府衙并不大,好在清幽。欢岁跟在厉夜行的身后一边走,一边打量着贺府。

"小人素闻殿下喜欢清静,已将府中最为幽静的一处房子收拾了出来,如有招待不周,还望殿下谅解。"

原本听说是洛城的宋家来送粮食、药材,后来不知怎么殿下也跟了过来,贺府要安置这么多人,还是有些为难的。

"无妨。"厉夜行道,"孤此次出行只为将药材安全地发放到百姓手中,其他都是小事,并无大碍。"

说着,厉夜行示意,裴岩从怀中拿出了一张纸。

贺知秋有些激动,接纸的手微微颤抖:"这是?"

裴岩点点头:"这是殿下找的良方,可缓解时疫,疫症者按此方剂服药后,再多加休息几日,很快便能康复。"

贺知秋感激地将方子交给身边的小官:"快快,将城中所有的大夫都寻来,照着方子配药。芽儿,去贴告示,告诉大家明日一早到府衙门口领取药材。"

芽儿是贺知秋的小女儿,年纪与欢岁相仿,她原本正跟在贺知秋身边悄悄打量厉夜行和欢岁,此时听了令,忙高兴地应了一声,就要出门去。

贺知秋又交代:"哎呀呀,你这糊涂丫头,把东西拿上。"

说着,他将府衙大印交给了贺芽儿。

欢岁瞧着这热闹,心中却不安宁。这时,厉夜行道:"方才路上我们遇到了一伙杀手,商队中有人受伤,我已让人带伤员前去城外的驿站休息,贺大人这里可有方便疗伤的地方?"

厉夜行这人心思缜密,早已想法子安顿了伤员。

"自然有。"贺知秋命人去接宋家商队的人前去休养。

听说宋云起也受了伤,欢岁当即要跟贺知秋的人一起去接人,却被厉夜行拦住:"受伤的都是些男丁,你去怕是不便。"

贺知秋心领神会,附和道:"宋姑娘放心,贺某的人去接令兄他们,片刻便能赶回来。"

见贺大人这样说,欢岁也不再勉强。

药材处理了，伤员也安顿了，厉夜行眼下还有一件事要办。

几人来到书房中，裴岩屏退了旁人，房中只留下了贺知秋和欢岁，他则守在屋外。

"贺大人可知今日劫杀我们的是何人？"

这些杀手功夫了得，别说是宋家的商队，即使换了北辰禁军都要缠斗许久，可见并不是一般的杀手。

贺知秋面露难色，支支吾吾。

厉夜行冷冷地看着他："哼，贺大人只管讲，如此畏畏缩缩做什么？难不成那些杀手与你还有几分联系？"

"殿下，下官万万不敢同那些人有牵连，只是……"贺知秋"扑通"一声跪了下来，"只是小人确实不知到底是哪股力量在作祟。"

厉夜行放下茶盏，饶有兴味："哦？"

见厉夜行神色无异，贺知秋接着说："下官猜测这事和时疫有关。其实时疫并不是最近才开始的，半年前，虢城有人在边境做绸缎生意，回来后不知怎的高热不退，城中的大夫无一人能医。此人回来没几日，便接连有人感染，症状都是一模一样的。"

厉夜行听到此处，不免凝眉，厉声道："大胆贺知秋，既然如此，那你为何迟迟不报？"

知道有时疫也不过是这两个月的事，若是此事被刻意隐瞒，半年前已有，那便不是天灾，而是人祸了。

贺知秋跪在地上："殿下，臣冤枉啊，臣怎敢不报？"

那时，贺知秋就将这蹊跷之事上报了，可郡守的折子，一道道递上去，最终没有递到御前，全石沉大海了。

"从那以后，虢城的情况越来越不好，我想着折子递不上去，人总能去吧。于是我派了好些人前往洛城报信，却没有一个人回来。依着殿下今日遇袭的情景，那些派出去的人怕是也遭了难。"

厉夜行没有说话，他的眼神幽深，不知道在想些什么。欢岁感到诧异，她压抑着心中的悲愤，听贺知秋接着讲："殿下，他们这是要弃城啊，放弃虢城，由着老百姓自生自灭。"

他是一方郡守，这样绝望的消息他是断不敢告诉百姓的，因而只能一边继续往上递折子，一边安抚百姓，劝慰大家上面的救援马上就会到。

贺知秋原本以为厉夜行跟着宋家商队来，是要问罪的，毕竟他作为一方郡守，城中发生了这样的事，委实无法向朝廷交代。

而且前些日子已有流民逃难至洛城外，若不是城外有北辰军在，怕是要酿成大错。

可眼见并不是这样，贺知秋也打开了话匣子。

"没想到这一等就是半年啊，城中越来越多的患者，一天两天还好熬，时间长了，死的人多了，百姓们实在是熬不下去了。殿下，城中百姓苦不堪言，他们真的不是有意要跑去洛城，他们是为了拼出一条活路啊！"

123

厉夜行凝眉："那贺大人最后是如何将折子递上去的？"

折子最后是夹在旁的折子中，这才递到了厉帝的案头。厉帝震怒，怒的不仅是虢城时疫长达半年之久，怒的更是底下这些人欺上瞒下。

贺知秋知道兹事体大，既然厉帝派了厉夜行前来，想必是要彻查的，也就原原本本说了出来。

听贺知秋说完，厉夜行神色难辨。

那日厉帝前脚派了宋家去送药材，后脚就密召了厉夜行进宫。

偌大的寝殿内弥漫着药香和脂粉香，厉夜行皱眉。这些年厉帝沉溺于酒色，早已掏空了身子，就连此时也是由一位衣着单薄的美人在喂他喝药。

见厉夜行进来，厉帝屏退了所有人。待寝殿中只有父子二人，厉帝才问道："阿行，你可知孤为何会让宋家去？"

宋家一介商贾，能去押送药材的人太多太多，实在没有必要让宋家去。

"孤就是想看看到底谁会推出宋家当挡箭牌，那些人当真以为孤老了，想要捂着孤的耳朵和眼睛，以为这样就能胡作非为。可孤即便是老了，也还有你。"

一柄厉帝最为看重的剑。

厉帝让厉夜行督办宋家押送药材一事，实则是为了查时疫的根源，以及时疫背后的那些人和事。

"贺大人可怀疑过这时疫到底从何而来？若是从边境感染来的，那边境几座小城为何没有时疫病例？"

贺知秋也很是纳闷："这正是此事的蹊跷之处。更为奇怪的是，我正派人调查此事，可还未查明，那最早从边境回来感染了时疫的商人便因意外死了。属下总觉得，这事绝非偶然。"

那商人必是知道点什么，因而有人要灭口。厉夜行凝眉："贺大人接着讲。"

"殿下，下官怀疑是有人刻意投毒。"

刻意投毒，在虢城投毒，目的是为何？

厉夜行若有所思，他想起这一个月来，朝堂上众人因为时疫的事吵得不可开交，觉得此事当真是越来越有意思了。

"罢了，明日还要发放药材，贺大人先退下吧。"

贺知秋闻言，也知厉夜行是不想在人前深挖下去。毕竟如果刻意投毒坐实，那是件让数人掉脑袋的大事，越少人牵扯进来越好。

而此时屋中，便有厉夜行最不想牵扯进来的人。

连日来舟车劳顿，用过了晚膳，众人便早早休息了。贺知秋派去的人也带回了宋云起和宋家商队的人。

欢岁清点了商队的人数，跟大夫一起为伤者换药。

宋云起的手臂在驿站时简单包扎过了，欢岁此时亲自为他换药，细心地一圈圈包扎着伤口。见宋云起皱眉，她小心地问："哥哥，疼吗？"

宋云起勾起嘴角，道："不疼，岁岁为我包扎一点都不疼。"

厉夜行恰好出来散步，见了这一幕，冷眼看着，随即转身离开。

裴岩跟在他身后,不解道:"人家兄妹情深,殿下莫不是羡慕了?"

厉夜行扭头,阴笑着看向裴岩:"孤有什么可羡慕的?"

"嘿嘿,羡慕他们兄妹情深呗!可殿下不用羡慕,殿下也有个妹妹。"

还真是哪壶不开提哪壶,最近骄阳公主可没少给他找麻烦,厉夜行冷冷地瞥了裴岩一眼。裴岩收到这警告,再不敢多言。

回去的路上,厉夜行若有所思:"你觉不觉得这个宋云起很有些问题?"

"他能有什么问题?若不是宋家,他怕是连现在这礼部也进不去,这样的小小官吏在朝中没有上百,也有好几十,翻不出什么浪花来。"

厉夜行没再说什么,可他心里总觉得不对。

他回去后,坐在房中,执笔在案几上勾画。宋家是知道要暂避锋芒的,如若不是宋云起如今在礼部当差,怕是要举家回老家,因为宋景之知道这样富有而势力薄弱的宋家最容易成为那些势力掠夺的对象。

那宋云起呢?

他为何愿意走仕途之路?按理说,今时今日的宋家,就算不走官场之路,也是数一数二的大家。

宋云起又为何选择当那样一个小官,听说连此次来送药也是他自请的。

那些人制造了时疫,又推了宋家出来,到底是什么目的,又打算做些什么?而宋云起在其中是什么角色?

厉夜行下笔越来越快,案几上的图案也越来越乱,最后他放下了笔,打算去屋外走走。

没想到院子里还坐着一个同样睡不着的人。

贺知秋将府中最好的两间客房安排给了厉夜行和欢岁,这两间房恰好相邻,还在同一所院落中。

此时欢岁正闲坐在院中的石桌旁,不知道在摆弄些什么。他知道自己不该走过去的,可他还是朝着她走了过去。

"宋姑娘不睡觉,坐在院子里做什么?"

月光下,厉夜行长身而立,冷峻的脸庞被月光映衬着,镀了一层柔和的光,照得那刀削斧凿般的面庞好看得过分。

欢岁单手托腮,打量着他:"我睡不着。殿下呢?殿下为何也不睡?"

厉夜行走过去,在她旁边的石凳上款款坐下。欢岁默叹,这样举世无双的人,今日杀起人来,眉头都不皱一下,如同破晓之芒出现在她面前,救她于危难之中。

他说:"孤同你一般睡不着。"

石桌上有沏好的热茶,欢岁给他倒了一杯茶水,笑道:"这是我方才从贺大人那里寻摸来的,殿下尝尝。"

原来夜里不睡,是偷偷躲到这里喝茶来着。

厉夜行有些好笑,在她殷切的目光中,还是将茶盏递到了唇边。

茶水苦涩,入口醇厚,唇齿留香,是好茶。

他放下茶盏,道:"欢岁姑娘好兴致,大晚上对月饮茶,独赏风光。"

欢岁又为他添了一些茶:"现在殿下来了,不算独赏。"

即使是夏季，夜晚也还是凉意沁人，欢岁只穿了一件单衣，坐了没一会儿，便觉得有些冷。

厉夜行的眸光在她单薄的衣衫上微微停留，随即将斗篷解下，披在了她的身上。

黑色的斗篷带着他身上清冷的气息，欢岁愣了一下，春日里坠崖那次，她也是穿着他的狐裘，那狐裘至今还未还给他，今日又是相同的境况，还真是巧得厉害。

想到这里，欢岁不由得笑了出来。

"宋姑娘笑什么？"

"自然是高兴才会笑啊。"

厉夜行没再问她为何高兴，见欢岁眉眼弯弯，厉夜行的眉眼也跟着舒展开来。

欢岁想到白日里遇到杀手的情景，加之今天贺大人说的那些话，知道是有人故意不想让药材送达，于是问道："殿下此次为何来虢城？"

厉夜行看着她，认真而专注："欢岁姑娘以为孤为何会来？"

"是为了查时疫的事？"

厉夜行没打算瞒着她，东宫是多少人盯着的地方，他计划得再周密，也会有人知道他来了虢城，还不如大大方方地让那些人知道他已经来了，好在应对时露出些马脚。

"若是真的时疫，也就罢了；若是人为，那这些人便该查。"

欢岁也是这么认为，无论这些人是什么目的，以人命、以都城动乱为代价，就是可恶至极。

欢岁与他往日里见过的那些别有用心的人都不同，这样静谧的夜，他难得与她同坐一处，便有了说话的兴致，问道："宋姑娘认为那些人为何会选择虢城？"

欢岁起身走了几步，说道："虢城并非多么富饶的地方，却是北方前往都城洛城的必经之地，可以说是交通要塞。换一种说法，虢城会是时疫传播速度最快的地方，若这里发生了时疫，便能在短时间内最大范围地传播。"

所以，这些人的目的不只是虢城，更是北辰，制造一场时疫，到时候不光是虢城，整个北辰都可能受其所困。

不过十来岁的姑娘，往日里听过她不少调皮捣蛋的荒唐事，可说这话时，她神采奕奕，头头是道。厉夜行嘴角微微勾起，眼中是他自己都未发觉的欣赏。

等她说完，转头才发现那人的目光定在自己身上，欢岁一时觉得是不是自己的话太多。怕那人以为自己是个自以为是的姑娘，她懊恼道："殿下，我是不是说错了？"

厉夜行摇头，语气里是不自知的温柔："不，宋姑娘说得很对很好。"

见他果真没有丝毫嫌弃，欢岁想到今天贺大人与厉夜行的对话，大着胆子问："殿下如今可是有了眉目，知道是何人制造的这场时疫？"

厉夜行收回凝在她身上的目光，不动声色地饮茶："眼下虽然还未查明究竟是谁制造的时疫，可今日的杀手怕是也在其中。"

欢岁惊道："殿下的意思是，制造时疫的不止一人？"

若背后只有一人便好对付了，可想让北辰掀起浪来的怎么会只有一人呢？

他们对坐于月下，偶尔饮茶，偶尔说上几句话。直到夜色深重，欢岁打了个哈欠。

厉夜行神色淡淡道："时候不早了，连日奔波，宋姑娘必定是劳累了，早些回房歇息吧。"

欢岁点头："殿下也早些歇息。"

说完，她便起身想要回房。走到廊下时，她转身，看着那月光下的人，柔声道："今日多谢殿下相救。"

欢岁不敢想，如果今日厉夜行没能及时赶到，那她此时怕早已成了刀下亡魂。

况且厉夜行不仅救了她，还救了宋云起，救了宋家商队，她心中甚是感激。

厉夜行依旧站在那里，淡淡地"嗯"了一声。看着她转身走进房间，他才离开。

等欢岁走远，守夜的裴岩说道："殿下从不喝外面的水，今日倒是痛快地接过了欢岁姑娘递的茶。"

厉夜行自幼在深宫中长大，最是知道如何保护自己，因而他的一餐一食都要经过细细查验，才能入口的，可对宋欢岁，他未曾设防。

厉夜行神色一顿，冷冷地看了裴岩一眼："多嘴。"

裴岩听到这责骂，却没有半分不高兴，反而咧着嘴傻笑。如今的殿下倒是有人味儿多了，不像往日冷冰冰的，没有半点情绪，活像个木头人。

几日前，厉帝召见了殿下，原本他们是计划悄悄进城，如今与宋家掺和到一起，只能如此大张旗鼓。可看起来他家殿下甘之如饴，并没有半分计划被打乱的不满。

欢岁此次出来得匆忙，没有带小午，贺大人府上的侍女本就不多，这么晚了欢岁也不好意思烦劳他人，便要了热水自己沐浴。

"啊……"

厉夜行回房后，正端坐于案几前看书，听到隔壁的叫喊声，立刻冲了出去。

他一脚踢开了隔壁房间的门，却看到欢岁手足无措地指着地上："快快快，有虫子！"

"宋姑娘！"

厉夜行不知是该哭还是该笑，他怕那些人再派杀手来，不光在贺府四周布满了守卫，更是在欢岁房间的周围放了暗卫。

她一声大喊，若不是他来得快，怕是暗卫早已进入了房间。

欢岁此时刚从浴桶中出来，身上只着了一件薄纱，这样一番折腾，薄纱将将挂在肩上，欲坠不坠，欲遮还羞，春意一片。

这场景若是被别人看到了，又该如何？

想到这儿，厉夜行面色更冷了一些，却还是走到欢岁身边，将地上那只罪魁祸首抓了出去。

欢岁松了口气，还来不及道谢，便见厉夜行低头看着她那双趾头莹白圆润的玉足。

欢岁想到自己衣衫不整，顿时觉得丢脸极了，赤着脚，沮丧地跑到床榻上，用被子将自己盖了个严严实实。

厉夜行看着她奔跑，跳跃，再将自己裹得像一条毛毛虫，嘴角难得地勾了勾。

他故意提高声音："宋姑娘，若没有别的事，孤就先走了。"

欢岁整颗脑袋都闷在被子里，瓮声瓮气："走吧走吧，殿下快些走吧。"

就算他不走，她也不敢从被子里出去，再看他一眼了。

等厉夜行转身走到门口，身后的人又叫住了他。

那个毛茸茸的脑袋从被子里钻了出来，经过这么一番折腾，她那双盈润的眼睛越发水汪汪。她发丝凌乱，红着脸道："殿下今日什么也没看到。"

厉夜行心头一软，嘴上却说："没什么可看的。"

这下换欢岁气得睡不着了，她想了半宿都没想明白，什么叫没什么好看的。

因而第二日，当她顶着一对又大又圆的黑眼圈出现在餐桌上时，宋云起不由得担心。

"岁岁昨日是否受了惊吓，没有睡好？"

厉夜行闻言，也看向了她。

欢岁与他目光交错，有些不自然地撇过头去："可能是换了床，睡不习惯吧。"

宋云起怜惜地摸了摸她的头顶，为她盛了一碗粥："吃些东西，缓上一缓。"

欢岁点点头，坐在那里吃饭。

贺知秋并不知道厉夜行的喜好，只能按照最高规格摆了满满一桌子的饭菜。

可厉夜行这人对食物没有什么要求，只喝了一碗清粥，便带着裴岩打算出门。

路过埋头苦吃的欢岁时，他还意味深长地说了句："贺大人府上的虫子好生大，尤其是叫声。"

说着，他转过身，看着贺知秋："贺大人，该驱驱虫了。"

贺知秋一脸迷茫："府上有虫子？还有叫声？"

欢岁感觉到厉夜行的目光从她身上掠过，然后听他肯定道："是！"

她"腾"地从凳子上站了起来，脸涨得通红。他说的哪是虫子，分明是她。

宋云起不知道发生了什么，问道："岁岁怎么了？"

厉夜行这才看向欢岁，嘴角勾出好看的弧度，故作关心："宋姑娘莫怕，今日贺大人派人驱了虫便好了。"

说完，他便走了。

好气啊，欢岁涨红着一张脸，看着厉夜行身姿挺拔，昂首阔步地走出门去，却无可奈何。

宋云起以为她是听厉夜行提到虫子害怕，忙安抚道："岁岁没关系，你遇到了虫子，可以来找我。"

欢岁坐下来，狠狠地啃着馒头，满脑子都是厉夜行那张得意的脸。

## 第十五章
### 解虢城之危

吃完了饭,贺知秋带着众人在府衙门口支起了发放药材的摊子。

芽儿昨日贴了告示,因而今天来的人特别多,早早便在府衙门口排起了长长的队。

贺知秋没有多说一句,只叮嘱大家按排队顺序领取药材。

虢城这半年能熬下来实属不易,不少的老百姓早已去了外地投奔亲戚,剩下的人虽还坚持守在城中,日子过得也是紧巴巴的。

宋景之料想虢城百姓的日子不好过,因而除了药材,他还让宋家商队送来了许多粮食。

发放药材的摊子前,欢岁与众人一同忙活着,将药材分门别类地放好,还好她在神医府上住的那一个多月里多多少少了解了一些药理知识,此时倒是派上了用场。

芽儿原以为像欢岁这样从洛城来的大小姐定是个娇气的,吃不得苦的,没想到她竟能与大家一同抬那比米缸还重的药材,撸起袖子为百姓们抓药材、包药材,机灵又能干。

听父亲说这里许多的药材都是宋家自掏腰包购买的,芽儿对这个洛城姑娘更加刮目相看了,不由得站到她的身边,同她一起分发药材。

第一日,来领取药材的人还不多;可到了第二日,人便多了起来;第三日,人更多了,将府衙门口围了个水泄不通。

贺知秋看着这场景,欣慰道:"一传十,十传百,定是药材起了作用,来的人便多了起来。"

府衙门口,众人正忙着发放药材,队伍里却起了骚乱。

有几个小乞丐抬着一个小乞丐,横冲直撞地挤进了队伍里,嚷嚷着贺大人发的药吃了肚子疼。

"吃了府衙今日发放的药,我们这个小兄弟腹痛难忍,眼看着出气多进气少,就要一命呜呼了。"

"是呀是呀,早上还活蹦乱跳的人,现在躺在这里动弹不得。贺大人,这是草菅人命啊!"

再看那被抬着的人,双眼发乌,面色惨白,确实是一副生病的模样。

他们这么一闹,看热闹的人更是里三层外三层地将药摊子围了起来。

贺知秋挤过人群,上前瞧了瞧,解释道:"这药方是宫中御医亲自看过的,怎么可能有问题呢?"

听贺知秋这样说,人群中又有人道:"药方虽然没问题,可不代表这药材没

129

问题啊。听说这药材是洛城的宋家送来的,谁知道宋家送来的是什么药,路上会不会换掉了药,将好的药材换成了差的药材?"

"是啊,都知道这宋家是大商贾,无利不起早,哪能平白无故给咱们送药啊。"

众人又将矛头指向了宋家,场面顿时混乱起来,嚷嚷着宋家要害人。

欢岁看着这一幕,觉得可笑又悲凉,昨日领了药的百姓还对宋家感恩戴德的,今日经过这么一番挑拨,便恨不得口诛笔伐。

"让宋家的人出来解释,还我们一个公道。"

"还一个公道。"

"宋家害命了。"

…………

厉夜行与裴岩回来时,刚巧看到这一幕,裴岩问道:"殿下,我们是否上去帮忙?"

厉夜行远远看着欢岁,她薄唇微抿,似在思考,便沉声道:"可有暗卫在?"

裴岩道:"有。"

眼见着场面越来越乱,欢岁站了出来,贺知秋拦住了她:"姑娘莫去,百姓对宋家有误解,只怕会伤了姑娘。"

昨日还有一些药材放在了城外驿站,宋云起方才带着商队的人去驿站拉药还未回来,宋家只有这么一个小姑娘在,若是出了什么问题,贺知秋自知承担不起。

欢岁摇摇头:"贺大人,既然是误解,那自然要解开才是。"

说着,欢岁上前几步,对着众人道:"我便是宋家的女儿,药材是我们宋家的商队运来的,所有的药材从采购、出库到运送,都有人把关,不可能会出问题。"

这番说辞显然没有说服力,人群中有人嚷嚷:"你个小黄毛丫头懂什么?嘴长在你身上,你想怎么说都行。"

"是啊,现在人都吃出了问题,你们是想赖账吧。"

群情激愤,那闹事的乞丐像是有了倚仗,更加大声:"天哪,这是什么世道啊!洛城来的宋家人要害我们咯,哪里还有公道啊?"

"你还真不配提'公道'二字,你既然说是今天才吃了药,按照时辰来算,就算是你拿了药立刻回家熬药,此时也不过是刚喝下了药。除了剧毒,哪里还有什么药能让人立刻发作的。"

欢岁虽只有十来岁,可当她直视着那个口口声声说宋家害人的乞丐时,那乞丐竟觉得这小姑娘很有几分威严,可还是梗着脖子,道:"那就是剧毒,是你们宋家下的剧毒。"

"那就更可笑了,你方才说宋家是商贾之家,为了一个利字,那我们为何要下毒?下毒又有何利呢?"

那乞丐没想到这小姑娘竟如此牙尖嘴利:"我怎么知道你有什么利?你们宋家背地里挣的什么黑钱,我们怎么知道?"

"就是,就是。"一旁还有不分青红皂白的人附和。

欢岁淡淡看了那颠倒黑白的乞丐一眼,几步走到了躺在地上的小乞丐身边。那孩子看起来十一二岁,也不像是装病,再看他衣衫褴褛,连指甲都是黑的,怕是真的吃坏了肚子吧。

"这样，今日半个城的百姓都在，你既然说这小乞丐是吃了药才成了这副模样，咱们这就去找城中大夫来为他诊治，看他到底是何病因。若当真是吃药造成的，你大可以报官，将我们抓起来审。"

那乞丐一听要找大夫，气势瞬间弱了："还用找什么大夫，这么明显谁看不出来啊？"

其他几个乞丐也纷纷附和："就是啊，明明是吃了药才变成这样的。"

欢岁吓唬那群乞丐："你们既然都笃定他是吃了宋家的药变成这样的，在场这么多人听着，一会儿大夫来查了，若查出不是因为吃了药变成这样，那我可就要报官抓你们，告你们诬告陷害了。"

这时芽儿也站了出来，附和道："对，报官！小黄，这造谣生事的抓去了牢里是怎么个判法来着？"

小黄是府里的衙役，听贺姑娘点名，立即道："这诬陷他人造谣生事者轻则杖责三十，重则流放。"

贺芽儿双臂环胸，打量着那几个小乞丐："我看你们这瘦瘦弱弱的样子，不知道能不能顶得住衙役们的审问，扛不扛得住那三十杖。"

贺芽儿说完，得意地回头看向欢岁。两个姑娘心照不宣，相视一笑，配合完美。

那些乞丐瞬间不敢吱声了，只有年纪大一些的乞丐还在喋喋不休："小姑娘你吓唬谁呢？我们可不是吓大的。"

贺知秋方才已让人去请大夫，大夫这时赶到了现场："都让一让，大夫来了，一切等大夫看过之后，再下结论。"

大夫带着药箱挤进了人群，在那小乞丐的脉搏上摸了摸，随后道："无碍无碍，这乞儿是吃了不干净的东西，因而腹痛难忍，吃下两服药便能好了。"

乞丐头子听了，眼神躲闪，一副做贼心虚的模样，却还在强撑着说："谁知道这大夫是真的假的？说不定是你们从哪儿找来的江湖郎中，就是为了忽悠我们呢。"

"就是，你们都是一伙儿的，这大夫是个庸医，是误诊。"

小乞丐们群情激愤，将许大夫围在中间，贺知秋见状，命衙役们保护好许大夫。许大夫是虢城的名医，很有声望，眼下被这些小乞丐污蔑，气得手都抖了起来。

"你们说的什么胡话？老夫行医几十年了，居然在今日被你们几个后生污蔑，真是……"

许大夫气得半晌说不出话来，贺知秋连忙扶着许大夫去一旁休息。

人群里不少人往日都是许大夫医治的，这时也说道："许大夫宅心仁厚不可能误诊的。"

"是啊，我前几日烧得实在厉害，也是许大夫开了药，我才退了热的。"

有一个衣衫朴素的妇人上前："老妇这些年都是许大夫给诊治的，许大夫见我囊中羞涩，从来没有收过诊费，连药也是许大夫赊给我的，我信许大夫。"

众人这时转而指责起了那些闹事的乞丐。

乞丐头子见没生成事，还引起了众人的不满，便打算趁机开溜。

131

经过这么一番闹腾,大家笃定这药是有用的,忙着去取药,倒是让那几个乞丐有了逃走的机会。

裴岩见状,问道:"可要拿下这些乞丐?"

厉夜行面色淡然:"不必,让他们走,跟上。"

"是。"

厉夜行站在府衙旁边一所酒肆的二楼,默默看着府衙门口忙碌的人。

裴岩顺着那几个乞丐的踪迹,摸到了线索,回来复命。

见厉夜行站在窗台前,他跟上去,看了一会儿,新奇道:"这宋姑娘平日里看起来是个娇滴滴的小姑娘,没想到竟如此能干。"

发放药材一站就是一整天,欢岁与其他人从日出到日暮,中间只吃了两个馒头,可她从未露出过一丝不悦,尽心尽力地为领药材的人包药,耐心地给他们讲这药如何煎服。

连贺芽儿都累得坐在了府衙门口的地上,可欢岁没有休息片刻。

厉夜行望向欢岁的眼神柔和,转头看裴岩时,却冷意十足:"裴将军这几日话似乎越来越多了。"

裴岩立刻收敛了笑意。

"可追上了?"

厉夜行在案几旁坐下,手中把玩着一只极为通透的白玉茶盏,修长好看的手指有一下没一下地敲着案几。

裴岩接着道:"殿下说得没错,这几个小乞丐走后确实是躲在一间茅屋中分钱,属下看见有好几十锭银子。"

可惜殿下叮嘱不得打草惊蛇,不然他定要上去盘问清楚究竟是何人给他们的银子。

厉夜行若有所思:"几十锭银子,不是一般人能拿得出来的。可等到接头人了?"

"没有。等我们随着那伙乞丐赶到时,接头人已经走了,只在茅屋中留下了银子。"

可见这些人办事也极为谨慎。

线索到了这里似乎断了,厉夜行却道:"既然他们如此谨慎,如今这些乞丐已然没了作用,那些人是不会留活口的。"

裴岩知道厉夜行的意思,背后的人必然会找机会杀了那些乞丐,以免之后给自己留下把柄。

"殿下放心,咱们留了些人在茅屋附近,但凡他们有动作,必能露出破绽。"

厉夜行知道这些人没那么好找到:"只怕前日路上遇到的杀手,与今日来闹事的乞丐不是一伙儿的,你且多留意。"

那些人下手狠辣,不像是今日这番小打小缠。

看来虢城的水比他想象的还要深。

这城中是谁这么不想让宋家的药材送到,也就可能是谁将时疫引了进来。

药材发放了几日，喝下药的患者病症大有好转。贺知秋带人前去城中的各个医馆里转了一圈，前几日还人流爆满的医馆，这几日已经恢复如常。

贺知秋欣喜道："殿下，百姓们喝了药，症状大有好转，殿下的药方果真厉害！"

药材是厉帝让宋家拉来的，药方可是厉夜行亲自送来的，若没有药方，虢城之困难解。

贺知秋作为郡守，对厉夜行甚是感激。

贺知秋的喜气感染了欢岁，她每日都与哥哥、芽儿一起在府衙门口派药，如今终于有了成效，心里自然是欢喜的。

况且父亲一直忧心此次时疫的事若办不好，会影响了宋家，如今时疫大有好转，她也算是为宋家做了一些事，因而听贺大人这样说，她笑得眉眼弯弯。

厉夜行的目光在欢岁身上不经意掠过，问道："药材可充足？若是不足，便让裴岩从别处调一些来。"

"足的足的，宋大人提供的药材充足。"说着，贺知秋向宋云起和欢岁诚挚道，"此番多亏了宋大人的药材，是殿下和宋大人救了虢城的百姓啊。"

府衙门口还在如常发药，厉夜行则是每日早出晚归，不知道在做些什么。除了来的那天晚上，欢岁每日只能在饭桌上见到他。

眼看着时疫得到了控制，这日厉夜行将要出门，欢岁见到，便悄悄跟在他的身后。

可她这举动又怎能逃过厉夜行的眼睛。

刚出了府门，裴岩便道："可要甩掉宋姑娘？"

厉夜行微微侧目，余光瞥了眼那鬼鬼祟祟躲在房梁后的人，饶有趣味道："不了，照计划行事。"

裴岩领命，朝着另外一个方向匆匆离开。

这下欢岁傻眼了，眼看着两人走向不同的路，她纠结再三，最后还是跟在了厉夜行的身后。

厉夜行不慌不忙，走出府衙，走向城南。一路上他刻意放缓了脚步，好让身后的人能够跟得上。

一整天下来，他就这样遛着她走了大半座城。

直到夕阳西下，欢岁气呼呼地喊住了前头那个高大的身影："喂，别走了。"

厉夜行转身，看着身后双眸怒瞪的女孩，调侃道："宋姑娘不跟了？"

欢岁更气了，这人怕是早就发现了自己，才会这么耍着她玩。她干脆一屁股坐在了路旁的石头上，问道："殿下什么时候发现我的？"

厉夜行勾唇，笑得欠揍，一字一顿道："从你开始跟着我起。"

欢岁气得两颊鼓鼓的："那殿下为何现在才说？"

让她就这么傻乎乎地跟了一天，跟得脚疼、脖子疼，浑身都不舒服。

厉夜行见她一副理直气壮的模样，讥笑道："宋姑娘这样质问，倒像是孤做错了，孤还没有问姑娘为何跟了孤一天？"

她捶了捶酸痛的腿，虽然知道自己理亏，但还是有几分委屈："我是怕殿下出门有危险,所以跟在殿下身后保护殿下,哪知殿下这么糟蹋我的心意。"

厉夜行更觉得好笑:"如此说来,我还要谢谢姑娘喽?孤竟不知道宋姑娘能保护得了孤。"

瞧瞧,他那副骄傲清冷的模样,分明是看不起人。

"那是自然,别看我功夫没有殿下高,可关键时候多一个人喊救命,也是好的啊。"

厉夜行不屑道:"可孤总是被人求救命的那个,所以姑娘不必多虑了。"

啧啧啧,这人还真是自大。

夕阳下,厉夜行负手而立,目光浅浅地落在女孩身上。

欢岁心想,这般矜贵无双的人,整个北辰也只有厉夜行这一个吧。

见她不再说话,厉夜行也没有说话,半晌,他听到她问:"殿下可查出了什么?"

厉夜行看着她,这几日他们确实查到一些东西,可他并不打算让她牵扯其中:"没有。"

欢岁叹了口气,虢城遭受了这番磨难,可背后的人仍然逍遥法外,怎能不让人叹息?

"宋姑娘。"他唤她。

欢岁狐疑地看向他,他的声音清冷而好听:"出来了这些日子,宋大人定是担心了,过几日,姑娘便回家吧。"

欢岁不知道厉夜行为何让她回家,可她觉得这个人是不会害自己的,便点了点头。

回去的路上,两人照旧是一前一后。

地上有两道影子,一道高高大大,另一道则躲在那高高大大的影子下。

厉夜行走在前面,没人能看到那冷清的人弯着的嘴角。

而他身后的人,亦是偷乐了一路。

回到府衙时,天色已经泛黑。收了摊的贺芽儿见两人一前一后归来,眼睛在厉夜行和欢岁身上打量,拉着欢岁到一旁。

"岁岁,你今日去了哪里?你哥哥寻不见你,可着急了。"

欢岁笑了笑,将路上摘的一捧花递给贺芽儿:"我去给你摘花去了。"

贺芽儿又偷偷看了眼走进府衙的厉夜行,有些不好意思地问:"那殿下呢?你们两个可是一同出去的?"

欢岁下意识地否认:"没有,我与殿下并未同行。"

"是吗?"贺芽儿似是有些不信,"我还以为你同殿下一起出去了。"

见欢岁否认,贺芽儿一扫方才心中的郁闷,道:"爹爹今日准备了好些菜,咱们有口福了。"

府衙内,贺知秋让人备了一桌子的菜。这几日大家都劳累了,他无以为报,只能做些小事来聊表心意。

欢岁跑了一天,饿极了,等大家开始用餐,她便埋头苦吃。

一大桌子的人一同吃饭，倒是也热闹。欢岁正吃着，盘中多了一块糕饼，她习以为常，道："谢谢哥哥。"

抬头却见厉夜行黑着脸，收回了筷子。

坐在她右边的宋云起方才正同贺知秋说话，听到她叫哥哥，扭头问道："岁岁怎么了？"

欢岁的脸"腾"地红了，殿下怎么会给她夹糕饼："没什么，就是叫你一下。"

宋云起笑笑，夹了欢岁平日里爱吃的菜，放在她的盘子里。

望着盘子里的糕饼和菜，欢岁抬头去看坐在她左手边的厉夜行，却见那人神色淡淡地瞪了她一眼。

欢岁的脸颊越发烫，忙埋头苦吃了起来。

好在那人吃饭时也并没有说什么，只是这些都落在了坐在欢岁对面的贺芽儿眼中。

一顿饭，一桌人，吃得各怀心思。

距他们到虢城已经过去了将近一个月的时间，从炎炎夏日到初秋，时疫总算是控制住了。

带来的药材已经发放完了，这几天欢岁便跟着贺芽儿在城里吃吃喝喝。

欢岁高兴地看着街上人来人往，问身边的贺芽儿："原来虢城这样热闹啊，这里可还有什么好玩的？"

比起刚来时的荒凉，如今的虢城街道上人来人往，一派烟火气息。

贺芽儿将一口果子咽下去："是啊，虢城可热闹了，这里是通往边塞的必经之路，贸易向来发达，往年好多洛城的官员都要派家仆来这里采买。"

欢岁听后若有所思，如此商贸发达的虢城，自然就成了某些利益团伙眼中的肥肉。

她状似不经意地问道："都有哪些官员常来？"

旁人或许不知道往日哪些官员会来，但贺知秋是郡守，若是从虢城来了大官，难免会与他有所交集。

贺芽儿想了想，说道："别的我都记不大清楚了，有个什么侯大人倒是有些印象。"

"侯大人？"

"是啊是啊，我虽不曾见过那个侯大人，却听我父亲说起过旁人都是家仆来采买，侯大人不知因为什么原因都是亲自来，每次都要在这里住上一阵子。"

洛城离虢城并不算近，他们日夜赶路，用的还是脚力最好的马匹、最专业的马夫，可还是用了十几天的时间才将药材运到了这里。

"这个所谓的侯大人怎么会有闲工夫来虢城？"晚上欢岁回到郡守府，便迫不及待地去找厉夜行，说出了自己心里的疑惑。

见厉夜行没有说话，欢岁接着说："旁的人都是派家仆来，侯大人为何自己来？虢城纵然贸易再发达，有再多别的地方没有的东西，也并不值得如此大费周章吧。"

厉夜行倒了两杯茶，递给欢岁一杯。

茶汤金黄，茶香浓郁，一如初来的那一夜，她递给他的那杯茶。

可在虢城的日子总是要结束的，该走的人也还是要走的。

欢岁接过茶，细细地咽了下去，唇齿间都是茶的清香。可惜少了些配茶的点心，颇为遗憾。

可这遗憾在裴岩端着一盘桃花糕进来的时候，烟消云散。

这时节桃花糕并不多见，欢岁吃得香甜。望着她，厉夜行的眼中不由得流露出几分难得的温柔。

"因而你觉得这侯大人是嫌疑人？"

"是啊！殿下不觉得此人奇怪得很吗？现在殿下只需要盘一盘朝中有哪位官员姓侯。"

"盘出来呢？"

"当然是审问咯。"

欢岁翻了个白眼，这还用她教？他不是督军大人吗？统领北辰军的人怎么会连这个都不知道？

可厉夜行风轻云淡地道："不用盘了。"

"为何？"

这消息可是她特意打听的，他连查都不查，便一口气回绝，欢岁心中颇为不悦。

厉夜行却不留余地地打击："因为朝中根本没有姓侯的官员。"

欢岁满脸诧异，她想了很多种可能，猜想这姓侯的是何官职，却没想到会是这样。

厉夜行见状，又道："我说不用盘了便是因此。"

既然朝中没有姓侯的官员，那欢岁的想法和推测自然便是错的，也就没有查下去的必要了。

可贺芽儿总不能无缘无故构建个人出来。

欢岁抿唇，如果贺芽儿没有说错，那就有可能是厉夜行记错了。她苦着脸，不忍见到自己好不容易得来的线索就这么没了，语带试探："殿下，你要不再想想？朝臣那么多，许是漏了谁呢？"

厉夜行眸色幽深，英俊的脸庞上露出一丝不屑，剑眉微挑："你在怀疑孤的记忆力？"

这有什么不可能？他又不是什么神人，就不会有记错的时候？

欢岁皱着眉头，一副苦大仇深的模样："也不是没有可能。"

"宋姑娘，绝无可能。"那人却非常自信。

他一身墨色衣衫，沐浴着月光，坐在那里，说出"绝无可能"四个字的时候已经有些不耐烦了。

见欢岁还不放弃，说着明日还要再去问贺芽儿，实在不行就去找贺大人，厉夜行的神色越发不好看了。

片刻，他沉声道："今日听令兄说不日你们就要启程回洛城，宋姑娘回到洛城后便不要总想着这些事了。无论是虢城，还是时疫，这些都与宋姑娘无关了。"

/ 136

他的这番话，说得欢岁心中酸涩。

怎么能与她无关？她在来的路上差点被杀手杀害，在虢城期间又与众人并肩作战，结果现在厉夜行却对她说一句轻飘飘的"与她无关"。

想到这是他第二次说要让自己走，宋欢岁更加委屈："殿下说这些与我无关，天下事便是与天下人有关，我是这苍茫天地间的一人，又怎能与我无关？"

她说完这话，便赌气回了房间。

待她走远，看着独坐饮茶的人，站在一旁的裴岩叹了口气，说道："殿下，您刚才说这些与宋姑娘无关，其实是为了让宋姑娘跟着商队回去；您不想让她卷到虢城这些乱七八糟的事情里，是怕她像上次那样遇到杀手。"

他救得了她一次，可是下一次呢？

裴岩知道殿下的好意，但他为何就不能好好跟宋姑娘说呢？这下宋姑娘定是又要误会了。

厉夜行并不理会裴岩，冷冷道："多嘴。"

多嘴便多嘴吧，反正他要说。

## 第十六章·
### 暗室审讯

一夜安宁，可欢岁躺在床上怎么也睡不着。

她想起厉夜行冷漠地说虢城的事与她无关，又想起两人在一起也算经历颇多，便觉得有股闷气憋在胸口，越想越难过，越想越委屈。

认定是厉夜行自己查不出线索，这才将怨气发泄到了她身上。

睡不好，第二日自然便无精打采，欢岁犹如一抹幽魂，飘飘荡荡到了饭堂。

贺芽儿凑上前，惊奇道："岁岁，你昨晚又去偷牛了吗？怎的这副模样？"

欢岁"嗯"了一声，幽幽坐下。

这时厉夜行也看向了这边，欢岁感受到他的目光，立马从案几上撑起上半身，挺直了脊背，在此人面前，她决计不能露出颓丧的一面。

厉夜行不动声色地收回目光，问他身旁的宋云起："宋公子可想好了哪日启程？"

欢岁的耳朵竖了起来，这是与她说不成，便要给哥哥施压了？

宋云起温声道："回殿下，若无其他事，云起想明日就回洛城。"

"明日？"

"是。我出来时，尹大人正要着手修撰一部典籍，想必此时正是用人之际，云起当回去。"

宋云起如今在礼部任职，此次来虢城也是因为宋家，如今时疫已经得到控制，他是该回去了。

厉夜行点点头，看上去很是赞同："如此甚好，那明日你们便启程吧。"

欢岁听着他们二人的对话，入口的清粥更加没滋没味了，一顿饭味如嚼蜡。

贺芽儿知道他们明日就要走，自然是不舍的。她目光闪烁，偷偷看向厉夜行，却问欢岁："这般匆忙吗？其实虢城还有很多好玩的好吃的，岁岁你都还没有去过吧？不如多住几天。"

"不了。"既然哥哥说了要回去，自然是有要回去的道理，她断不会与哥哥作对的，"芽儿，若你以后想念我们了，大可以去洛城寻我们，到时候我定盛情款待。"

贺芽儿再不舍得也无法，只得点了点头。

众人吃饭间，虢城的府衙门口聚集了许多老百姓。贺知秋以为又有人来闹事，连饭都没有吃完，便带着衙役们冲了出去。

临走前，他还不忘交代："你们几个留下保护殿下和宋姑娘。"

等贺知秋站到了府衙门口，这才傻了眼。

哪里是有人要闹事，分明是百姓们听说前来送药的殿下和宋家商队要走，自发过来感谢。

有年迈的老婆婆颤颤巍巍地走到人群前，她臂弯间挎着一只竹筐，里面装着满满的鸡蛋："贺大人，老妇听说这次的药方是太子殿下给的，药是宋家送来的，这药啊治好了老妇一家人，我甚是感激。我们家中没有什么贵重的，这些鸡蛋是我攒了几天的，请务必带给殿下。"

老婆婆说完，还有不少人拿着东西要送给贺知秋："贺大人，这是我家娘子自己做的饼，听说殿下要走了，此去洛城路途遥远，这些干粮带在身上，路上还能填下肚子。"

"这是我家的果子，今年收成不好，我和娘子挑了好久才挑出了这些，望殿下不要嫌弃。"

那些果子又大又红，果然是精挑细选出来的。

"这是我家的。"

"这是我家的。"

…………

百姓们争先恐后地把自己家的好东西都捧了出来，贺知秋看着这场景，眼眶红了又红，这才是他守了这么多年的虢城。

他点点头，语带哽咽："殿下圣明，大家伙儿的心意，殿下都收下了，这些东西你们拿回去吧。"

百姓们见东西送不出去，齐刷刷地跪了下来，高喊着："感谢殿下，感谢宋大人，感谢贺大人。"

贺知秋忙去搀扶起地上的百姓，他作为一方郡守，这半年来与虢城百姓生死共存，心中亦是感慨颇多："咱们往后只有把日子过好了，才是真的感激殿下。"

欢岁和厉夜行就在府衙门后，将门外的一切尽收眼底。

瞧见这场景，欢岁不由得看向身旁的人，想知道他会有何反应。

厉夜行身姿挺拔，面容冷峻而坚毅，可欢岁分明觉得他也是高兴的，江山黎民都是他们厉氏应该守护的，如今他做到了，又怎会不高兴？

安抚好了百姓，贺知秋回到府衙。见厉夜行今日没有外出，而是闲坐庭中，他走上前，笑着说道："虢城是个民风淳朴的地方，方才的场景殿下想必也见到了，大家心里都很是感念殿下。"

厉夜行邀贺知秋坐下同饮："贺大人坐。"

瞧，这分明是贺大人的府邸，可相比起厉夜行的悠然，贺大人却如坐针毡。

如今局势不稳，厉夜行在虢城有了此番作为，以后在旁人眼中，虢城便也是厉夜行的了。

厉夜行清楚，贺知秋更清楚。

热茶下肚，贺知秋问出了憋在心中很久的疑惑："时疫期间我也曾花费了不少时间去寻良方，可都没有寻到，不知殿下是从何处寻得的如此良方？"

毕竟贺知秋这半年来也算是把自己能找的名医都找了一遍，可没有一人能治得了时疫，可见殿下定是费了一番功夫的。

厉夜行眸色深沉，语气淡然："我的一位友人也得了疫症，我是为她寻到的方子。"

欢岁本在一旁同贺芽儿说话,听见他这样说,心中不免好奇厉夜行口中所说的这位友人是谁。

厉夜行原本是与贺知秋坐在一处的,不知什么时候贺知秋带着贺芽儿去了前厅,说是要为欢岁准备些虢城特产,好让她带回去给宋大人尝尝。

贺氏父女离开后,厉夜行移步到了欢岁的身边,见她若有所思,沉声问道:"宋姑娘在想什么?"

欢岁是想到贺知秋方才问厉夜行是从哪里得到的药方,厉夜行说他的一位友人也患了疫症。

她好奇地问道:"殿下那位友人的疫症可好了?"

厉夜行的目光停留在她身上,道:"好了。"

欢岁只觉得厉夜行看向自己的眼神有些奇怪,可也没有多想。

两人并肩而立,静静地站了一会儿,直到欢岁被贺芽儿叫着一同出门:"欢岁姐姐,父亲说还差一样东西,让我务必去街上买来,姐姐同我一起去吧?"

欢岁不忍拂了贺大人的一片心意,点头应允了。

而厉夜行在看到贺芽儿时,有些冷漠地转身离开了。

贺芽儿见厉夜行如此,顿时眼眶微红,很是委屈:"姐姐,殿下是不是很讨厌我?"

欢岁见状,忙安抚:"怎么会呢?芽儿这样乖巧,殿下怎么会讨厌你?殿下本身就是个面冷的人,他对谁都这样。"

贺芽儿楚楚可怜地看着欢岁:"对姐姐也是这样?"

欢岁到了嘴边的话却说不出来。

贺芽儿见状,不再追问,拉着欢岁出门。她们很快就买到了贺大人吩咐的东西,两人寻了一处小吃摊,坐下来歇脚。

贺芽儿看着不远处走在一起的一对男女:"欢岁姐姐可有心仪的人?"

心仪的人?欢岁不知怎的想起那日被杀手追杀,慌乱逃跑之际,一把将她拽上战马护在胸前的人。

可这算不算是心仪之人?欢岁不知道,她摇摇头,贺芽儿似是不信:"姐姐当真没有?"

"嗯,没有。"

欢岁转而问贺芽儿:"你呢?可有心仪的人?"

贺芽儿的脸颊泛红,似有些不好意思:"往日我心中也并没有什么心仪的人。"

那意思便是现在有了?

"可那日父亲带着我们去城外迎接运送药材的商队,我看见殿下骑着威风凛凛的战马,带着一队人,犹如战神降临一般来救我们,我便觉得若是要嫁人,定要嫁殿下那样的人。"

欢岁愣在了那里,手中的白玉糕也不甜了,又黏又腻,咽不下去,也不可扔掉。

贺芽儿没察觉到欢岁的变化,还在说:"我第一次见长得那样好看的男子,高大威武,有一双世上最好看的桃花眼。那双眼睛深邃似寒潭,不经意看向我时,我便心跳得很快。姐姐，这便是心仪了吧？"

说完，贺芽儿意味深长地看向欢岁，却见她凝眉不知在想些什么。

欢岁第一次见到厉夜行是在宫中，那天他们在廊下相遇，她与舒予姐姐站在一旁，而他带着裴岩与她擦身而过。她甚至不敢抬头去看他，只在他走到走廊尽头时，看了眼那高大挺拔的背影。

离第一次见到厉夜行已过去了这样久，可她还清楚地记得那日他穿着一身墨衣，衣领上镶着金丝，经过她身边时，有淡淡的清冽气息。

原来她记得这样清楚，原不曾想过的事也开始在心里发芽了。

见欢岁没有说话，贺芽儿赶忙道："我以为姐姐跟我一样心仪殿下，若是这样，芽儿是无论如何也不敢说出来的。可今日得知姐姐并不心仪殿下，我才敢将此事说与姐姐听。"

"其实也不是……"

欢岁没说完的话被贺芽儿打断了，她指了指不远处的一个身影："姐姐，那是殿下吗？"

欢岁朝贺芽儿手指的方向看去，那个高大的身影确实像厉夜行，她的心里不知怎么更慌了。

不知道她方才与贺芽儿说的话，他听进去了多少。

这是在虢城的最后一顿晚饭，贺大人特意遣人准备了一大桌的美味佳肴，还拿出了自己珍藏多年的酒。

厉夜行不知为何脸色很不好看，贺知秋为他单独布了菜，可他只吃了一碗清粥，鱼肉和菜都没有动。

欢岁心中有事，连带着胃口也不太好，有一口没一口地吃着。宋云起见她如此，以为是连日来太劳累，不由得心疼，一个劲地往她碗里夹菜。

厉夜行隔着桌子，看到这一幕，脸色更不好了。

倒是贺芽儿兴许是下午说出了自己的心事，高兴地吃了两大碗。

第二日，是宋家商队启程回洛城的日子。

见贺知秋将准备的一大堆土特产通通装上了马车，欢岁笑道："贺大人怕是要将我们的马儿累倒啊。"

贺知秋一脸敦厚："此次多亏了殿下和宋大人，若不是宋大人的这场及时雨，虢城百姓现在怕是还在水深火热中，再多的特产都比不上宋大人的恩情。"

说起厉夜行，这人也不知道怎么回事，早上吃饭不在，这会儿也不在。

贺知秋说道："殿下因为还有些别的紧要事需要办，一大早就走了。"

原来如此，欢岁压下心头的不适，与众人道别。

贺芽儿也为欢岁准备了礼物，两个手帕交依依不舍。

贺知秋见两个女孩如此情深义厚，道："等虢城这场时疫彻底过去了，我便带着芽儿去洛城，亲自向宋大人拜谢，你们姐妹两个也可好好叙旧。"

贺芽儿听了这话很是高兴，道："我还从未去过洛城呢。"

她自小跟着父亲，父亲在哪里上任，哪里便是她的家，如今已在虢城有十几个年头了。

"那我定要好好款待芽儿。"

马车要走，欢岁犹豫着掀开车帘，府衙门口送别的人中还是没有她想见到的那个人。

见欢岁放下车帘时怅然若失，宋云起问道："怎么了？"

"没什么，"她刻意掩饰，"就是觉得待了这些天，怪舍不得的。"

宋云起以为她是舍不得贺芽儿："傻丫头，等过些日子贺大人带着芽儿去了洛城，咱们好好招待他们。"

"嗯。"欢岁点头应下，放下车帘前，又朝着人群看了看。

"殿下确定不去送送欢岁姑娘？"

宋家商队回去复命，可厉夜行还有事要留下。前些日子是因为宋欢岁在贺府，他怕杀手再出现，因而他们便也住在了贺府；如今欢岁回了洛城，厉夜行自然也搬出了贺府。

他们落脚在城郊一处小院，这地方极为隐秘清幽，鲜有人来。

此时厉夜行正半倚在软榻上，他想起昨日在贺府，恰好听到贺家姑娘问欢岁是否有心仪之人，那丫头可是毫不犹豫地否认了。

他便冷着脸道："不了。"

"真不去送送？"

"不去。"

裴岩看不懂殿下："殿下明明很在乎宋姑娘，为何不去送送呢？"

厉夜行斜睨着他："我怎么在乎她了？"

"往日那些便不说了，就说这次吧，殿下本来完全可以不蹚这趟浑水的，要不是宋家被牵扯进来，殿下怎会主动请命来虢城？"

虢城的事涉及的人多且复杂，稍有不慎，便会被牵连其中，厉夜行有的是全身而退的办法，可他不能眼看着宋家白白牺牲，便以身入局，自愿跳进了这泥坑中。

还有那日，殿下听闻宋姑娘也跟着商队来了虢城，嘴上喊着胡闹，可还不是屁颠颠地紧跟着就来了。

"你又知道了？"厉夜行的面色越发难看，拿起一卷书丢在了裴岩的头上，砸得裴岩满眼泪花，捂住了脑袋。

榻上的人冷笑着："既然裴将军这么懂，不妨今日便派你去贵宾楼会会那几个人。"

"嘿嘿，那还是不必了，这事还是得殿下亲自出马。"

厉夜行其实早已经掌握了这些人的线索，可欢岁并未离开虢城，他怕提前审了这些人，他们狗急跳墙，伤害了无辜的人。

如今宋家商队已经平安离开，那他也没有什么可顾忌的了。

贵宾楼里，掌柜单连海正喝得醉醺醺的，还未来得及作何反应，被人当头一棒，打包带走了，与他一同被带走的还有虢城另一大商贾谢俊。

人是被直接绑了的，裴岩问道："殿下，带回去审，还是留在这儿审？"

回去？

厉夜行可没有把握这两个人能活到洛城："路途遥远，他们岂会让这两人活着去洛城？"

裴岩明白了厉夜行的意思，将这两人看押了起来。

城郊院子的地下专门挖了几间密室，任那些人在外头找遍了，也不会想到他们被关在这里。

单连海和谢俊分别被关在两间牢房中，厉夜行吩咐："先饿上两日，这单掌柜和谢掌柜平日里大鱼大肉吃惯了，如今正好刮刮油。"

过了两日，厉夜行亲自去了密室，命人泼了一盆水，将昏睡过去的单连海泼醒了。

单连海被吓得一激灵："谁？是谁？"

他的眼睛上蒙着一条黑色布巾，黑白难辨，慌乱地哀求着："到底是哪位仁兄抓了小弟，只要你放了我，多少银子我都给得起。"

居然把他们当成了劫财的蟊贼，裴岩一脚将他踹翻在地，道："瞎了你的狗眼，我们岂会看得上你那丁点儿银钱。"

单连海平白挨了这么一下，却也不敢说什么，只缩在地上求饶。

厉夜行上前摘掉了单连海眼睛上的布，那被肥肉挤得本就没有多大的眼睛努力睁了睁，看清了眼前的人。

"是你？"

厉夜行前些日子日日去贵宾楼，每次都点上一大桌子的菜，却总是一人独饮，并不怎么动菜。

因而有人将此事禀报了单连海，单连海暗中观察厉夜行，觉不过是个败家的贵公子，没有在意。

此时单连海见到了他，才知道这人哪里是败家的贵公子，分明是早就盯上了自己。他哭丧着一张脸："这位公子，单某与你往日无怨近日无仇的，你抓我到这里做什么？"

单连海还不知道厉夜行的真实身份，心里盘算着，可能是因为生意上的事得罪了谁，因而招来了这等祸事。

"单掌柜与我确实往日无怨，我不过是有些事想问问单掌柜，因而请了单掌柜来做客。"

这算哪门子的做客，莫名其妙被人一棍子敲晕，等醒来便被关在这黑咕隆咚的密室里，不给吃不给喝，害他以为自己就要一命呜呼了。

"如今我这客也做了两日了，不知小兄弟何时能放我？"

厉夜行见他这副赖皮样子，倒也不急，他缓步走到那一排刑具前："单掌柜放心，你若是答出了我想要的答案，我自然会放你走。"

言下之意，答不出来便走不了了，单连海那双绿豆小眼滴溜溜地转了两圈，不知在盘算着什么。

"单掌柜,听说半年前你们酒楼接了一批来自北边的货,你可还有印象?"

贵宾楼做的是贵客的生意,原材料天南海北多了去了,单连海怎么可能记得那么清楚:"什么北边南边的?单某记不清楚了。"

厉夜行眼神示意,裴岩从架子上拿下一条鞭子,他手上略一使劲,鞭子凌厉带风,"啪"的一声,牢房里便传出单连海鬼哭狼嚎的声音。

那鞭子是特制的,上面钉着几十个钢钉,一鞭子下去何止是皮开肉绽。

尤其是单连海这种吃得脑满肠肥的人,平日里哪受过这种痛,身上的锦缎立即渗出了血迹。他看着血肉模糊的伤口,整个人抖如筛糠,吓得倒在地上,像一摊烂肉。

厉夜行看着长鞭上的血,薄唇抿成冰冷的弧度,挑眉道:"单掌柜若是记性不好,那就再好好想想。不过,我劝单掌柜想得仔细些,毕竟这鞭子可是不长眼的。"

单连海挨了这重重一下,瘫坐在地上,缓了口气,才哑着声音说道:"阁下不妨再给些提示,酒楼里进货也并不都经过我的手,单某真的是记不大清楚了。"

"既然如此,那我便好心提醒你,这批货定是单掌柜你亲手过的。"

厉夜行在"货"字上加重了音,单连海狐疑地看向厉夜行,颤抖着说:"阁下来自洛城?"

阴森森的牢房里,厉夜行微勾嘴角,那双清冷幽深的眼睛让人心生寒意。

单连海心中知道不妙,若这人只是个商家对头,那必是为了求财,还好说,可若是洛城来的,那便不是为了求财。

见单连海似是动摇,厉夜行冷笑:"单掌柜可知道这鞭子打在身上不是最难受的,最难受的是在鞭子上涂上痒粉,打下去后,伤口又痛又痒,当真是叫天天不应,叫地地不灵。"

说着,他看向裴岩,裴岩心领神会,手上用力,鞭子重重地打在单连海的身上,这一下连皮带肉,是真正蚀骨钻心地疼。

还不等单连海哭号,厉夜行欺身上前,阴沉沉地问:"单掌柜,这下可是想起来了?"

单连海挨了这重重一下,已是进气少出气多了,鲜红的血从他的嘴角溢出。裴岩见状,将他拖靠在墙上,这人哪里还敢有半分隐瞒。

单家在虢城根基深厚,几代都经营酒楼生意,可谓是一手遮了虢城半边天。而谢家虽是外来户,但到了虢城之后迅速拜山头,如今则是各大赌场的幕后人。

这两家原本是各做各的生意,半年前却有人分别找上了单、谢两家,说是有宗大生意可做。

厉夜行听到这里,问道:"哦,什么大生意?比单掌柜的酒楼还大?"

单连海叹了口气:"那人说他手里有批珍贵药材,正在找销路,若是事成,可以给我和老谢五成。"

单连海伸出五根胖乎乎的手指头:"五成啊!那样多的药材,这不得赚个盆满钵满,到那时我还开什么酒楼,光是药材的利润就能保我们代代富足有余。"

厉夜行冷哼一声:"所以你们就把边境的时疫带回了虢城?"

单连海连忙否认:"我们怎么会有那本事?是接头人做的。"

起初单连海也是犹豫过的，他和谢俊虽唯利是图，但毕竟是时疫，万一闹出了人命怎么办？

　　可那接头人告诉他们，时疫在边境已有些时候了，只是发热，并不会有什么大的病症，于人命无害。

　　"我和老谢……"单连海说到这儿，有些吞吞吐吐，"我们两个真的就是为了钱，我们没想到会这么严重。从第一个人因为时疫死的时候，我和老谢才知道时疫这样可怕。"

　　单连海如今肠子都悔青了，他本就是个商人，以逐利为目的，可没想到一时被利益蒙蔽，竟闯出了这么大的祸事来。

　　单连海说完，看向坐着的那人。那人面容俊朗，却气质阴沉，不笑时总让人感到森森寒意，当然笑时就更加可怕了，就如此刻。

　　厉夜行薄唇微勾，一双眼睛冷冷地看着单连海："单掌柜，都交代完了吗？"

　　不知为何，单连海浑身一个激灵，他咽了咽口水："交……都交代完了。"

　　厉夜行点点头："好，单掌柜说得很好。"

　　单连海瘫在地上，整个人都哆哆嗦嗦的，抖如筛糠，听厉夜行这样说，他刚松了半口气。

　　"那便接着关着吧。"

　　他整个人犹如泄了气的皮球。

　　走出关押单连海的牢房，裴岩快步跟上，问道："殿下相信单连海的话？"

　　厉夜行停下脚步，用看傻子的眼神看着裴岩："你认为他可信？"

　　说完，不等裴岩回答，他便来到了另一间牢房。

　　单、谢两人是分开关押的，防的便是串通口供。

　　牢房里，厉夜行打量着谢俊，比起单连海的脑满肠肥，谢俊清瘦精干。他靠坐在墙上，闭着眼睛休息。

　　听到牢房门响动，他才睁开眼睛，直勾勾地看着来人。

　　谢俊年少便开始跟着父辈做生意，如今摸爬滚打这些年，很有些手段。面对厉夜行的讯问，他不慌不忙，道："阁下莫名其妙将我这个做正经生意的人关起来，已经与律法不符，怎么还要对我刑讯逼供？"

　　与单连海的胆小猥琐不同，谢俊很有几分胆识，厉夜行眼中透露着一丝凌厉，如寒风扫向靠着墙角的人。

　　"我很想知道这些刑具用在谢掌柜身上的时候，谢掌柜是否还能像现在这样嘴硬？"

　　说完，厉夜行没再给谢俊说话的机会，转身走出了牢房。

　　不同的人有不同的审法，单连海胆小如鼠，吓一吓便什么都交代了。但是谢俊不同，他做生意这些年头，什么样的大风大浪没有见过，单是吓唬是吓不出什么的。

　　那些刑具得真的用上才行。

　　"殿下，用上？"

"我倒是要看看这谢俊是不是真的那样硬。"

厉夜行回到房中，在案几边坐下，裴岩为他添了一杯热茶。

"让你查的事怎么样了？"

"单连海的儿子今年刚到礼部，而谢俊的儿子则是到了军营，谋了个小官职，如今算是在东阳侯麾下。"

厉夜行转动着手上的黑扳指，若有所思道："东阳侯？"

单连海和谢俊都是人精一样的人，怎么可能单单为了利益就如此胆大妄为，除非威胁他们做事的人可以决定他们的命运，甚至可以决定他们后代的命运。

这样一来，才能真正控制住单、谢二人。

而东阳侯就是这样的人。

东阳侯府满门荣耀，东阳侯的两个儿子都战死在了沙场上，厉帝为了安抚东阳侯，赐府邸，赠良田，赐无上的荣耀，因而单、谢二人想要依靠东阳侯，自然要成为其爪牙。

东阳侯势力庞大，岂是商贾人家能够抵御的，因而欢岁告诉他要查姓侯的大人，其实他心中已然有了盘算，但他没有告诉欢岁。

虢城过于危险，他不敢想那日宋家商队遇袭时，若不是他及时赶到，欢岁该怎么全身而退。

那帮人是谁都不会放在眼里的，更别说宋家。

厉夜行的眼神深沉如墨，让人看不透。

虢城的单、谢两家如今都牵扯其中，其背后势力怕是更加庞大，恐怕不只有东阳侯。

这样危险的地方，欢岁早些回去是好的。

## 第十七章

### 骄阳公主

  回去的路程自然要比来的时候顺利，商队不用再赶路，沿途的几个驿站宋云起都让人停下来休息，还特意买了小吃。
  各式各样的小吃被捧到了欢岁眼前，她却有些食之无味："哥哥还总是拿我当小孩子呢。"
  宋云起没有说话，只是眼含笑意看着她吃。
  解决了虢城的时疫，欢岁的心情似乎也好了很多，可这种好心情随着离洛城越来越近，变成了忐忑。
  她坐在马车上，搓搓手，又叩叩窗。
  宋云起见她这样，知道她是为了这次偷偷出来的事："你不必担心，你出来的时候，我已让人捎信回家，父亲知道你平平安安，自然就不会生气了。"
  话是这么说，但一顿责骂是免不了的吧。
  欢岁往常虽然也闯过不少祸，可这样偷偷溜出家门，一两个月不回家，还是头一遭。
  她趴在车窗上，看着家的方向，见城门下隐隐有人在等待，是父亲和母亲。
  宋家夫妇早已等在洛城外，见欢岁从马车上犹犹豫豫地走下来，又气又无奈。
  陈玉芝上前将欢岁拉到怀里，不轻不重地捶了两下："你这死丫头，是要急死我们吗？那虢城是个什么地方，你也敢去。"
  宋景之也故作严肃，道："回家跪书房面壁去。"
  欢岁不告而别，宋家夫妇心急万分，絮絮叨叨又说了她好些，最后还是拉着欢岁左看看右看看。
  陈玉芝直言："瘦了瘦了，你看这脸颊上都没肉了。"
  说着，陈玉芝还用力捏了捏欢岁的脸，直捏得她龇牙咧嘴。
  宋景之认真打量了欢岁一番："我看着岁岁没瘦啊，这脸色倒是比在家里时还要红润几分呢。"
  说着，宋景之拍了拍宋云起的肩膀："定是哥哥将你照顾得很好。"
  欢岁自然而然地挽上宋云起的手臂，扬起下巴，一脸骄傲地说："那还用说，哥哥待我自然是好的。"
  宋云起低头，温柔地看着放在自己手臂上的手。
  见女儿安然无恙，陈玉芝心中颇觉安慰："还要多谢殿下。那日我向殿下说起此事，恰逢殿下也要去虢城，说能照拂你。若不是如此，我与你父亲定也要赶去虢城。"
  欢岁愣了下，她前脚到虢城，厉夜行后脚就跟上，还救了她。厉夜行还说他有一友人也患了疫症,这些事就这么赶巧?

见欢岁呆愣在原地,陈玉芝忍不住又拍了她一下。

"母亲,疼!"

"你还知道疼?你这个死丫头,我与你父亲都要急出病了,若不让你疼几下,你又怎会长记性?"

一家人热热闹闹地回到了宋府,陈玉芝与嬷嬷一同收拾欢岁带回来的虢城土特产。

这贺大人倒是个厚道的,特产装了整整一辆马车。

陈玉芝将东西分成了几份,交代管事:"何伯,这些送到洛城与我交好的那几个世家夫人家去,这些送去老太太院里,这些送到小院去,还有这些拿去给商队的人分分。大家此趟都辛苦了,赏钱必不可少。还有伤亡的人,咱们要把伤员和家属都安抚好。"

何管事连连应承,拿着单子去张罗了。

欢岁回来后,先去了祖母那里,此时回到院子里,见陈玉芝摊了一地的土特产,跑过去凑热闹:"这贺大人真是够意思得很。"

陈玉芝秀眉微皱:"你这小丫头,一天天没大没小胡说些什么?你该尊称贺伯伯的。"

"本来就是嘛,我在虢城的时候,贺大人可照顾我了,还有殿下,殿下也很照顾我。"

何止是照顾,厉夜行还救了她的小命,可惜欢岁不敢告诉陈玉芝。若是陈玉芝知道她此番出去还经历了生死,岂不是要更加唠叨了。

"你傻乐个什么劲?"

见欢岁蹲在一堆土特产里,咧着嘴笑,陈玉芝摇着扇子,很是疑惑。

欢岁赶紧压下嘴角,心虚道:"我高兴了吗?我若是高兴,也是因为回到了家而高兴啊!家里吃得好睡得好,我可高兴了。"

陈玉芝瞥了她一眼,哼道:"你知道就好,看你以后还敢偷摸出去,遇到了人贩子,将你绑了去,看你怎么办。"

"嘿嘿,我都这么大人了,人贩子绑我岂不是要损失几碗大米饭。"

陈玉芝气得又捶了她几下:"不知道天高地厚,要不是殿下啊……"

欢岁见她又提起厉夜行,凑到陈玉芝的腿边:"好了好了,殿下的恩德,女儿定会牢记。"

欢岁说得严肃而认真,逗得陈玉芝和嬷嬷笑了起来。

而小院里则要冷清得多,姨娘长年在屋中画画,并不怎么出来,对一双儿女的事也甚少关心。

宋星辰这些日子不知又与谁交好,每日打扮得花枝招展,一出府就是大半日。

宋云起回来时,见宋星辰又要出门,他往院子深处看了一眼,皱眉拦住了妹妹:"你这是要去哪儿?"

宋星辰有些心虚,但也只是一瞬间:"我、我同成阳郡主看戏去。"

宋云起知道成阳侯不是个好惹的人物,且此人是陈王后的哥哥,陈王后野心勃勃，任谁都能看得出来，因而他不想妹妹与成阳郡主走得过近。
"姨娘可知道你每日这样出去？"
宋星辰哼了一声："姨娘成日里连房门都甚少出，又怎么会管我？"
宋云起叹了口气："你与成阳郡主还是不要过于热络。"
宋星辰听到这话，心中有气，撇嘴道："哥哥为何不让我与郡主过于热络？"
"父亲与成阳侯一向没有来往，你与成阳郡主如此亲近，若是让人看到，还以为宋家投靠了成阳侯，投靠了陈王后。到时就算我们再中立，也都说不清了。"
她才不管那么多，自顾自地说道："哥哥成日往宫里跑，多的是机会结交人物。欢岁呢，也有母亲带着她出门。我难道还不能为自己打算打算吗？整日就得困在这一方天地里？"
她越说越委屈，眼眶微红，竟是要哭出来的模样。
宋云起也觉得自己的话说重了些，好声好气地哄她："星辰，哥哥会为你打算的，你不要着急。但是成阳郡主实在不是可交之人，你与她在一起，迟早会吃亏的。"
对于宋云起的话，宋星辰并没有放在心上。等宋云起离开，她还是照旧赴约成阳郡主。

成阳郡主今日在府中设宴，除了洛城中与她交好的世家小姐和公子，她还邀请了表姐骄阳公主。
骄阳公主与成阳郡主虽然是表姐妹，但她一向不怎么喜欢成阳郡主的做派。
尤其是此刻，她刚到花园，便远远地见到成阳郡主在刁难他人。那被为难的女孩也不知道犯了什么错，低垂着头，看不清楚模样。
而成阳郡主和那几个世家小姐和公子似乎并不打算放过她，嬉笑着将她围在中间。
成阳郡主命一旁的小侍女拿来了一把弓箭，骄傲地向众人展示："这把弓箭是先帝赐予我祖父的，锋利无比，今日我就来试试这把弓箭是否如当年一样锋利。"
众人见状，纷纷称赞，几个世家子弟更是殷勤地围着她，把马屁都快拍穿了。
成阳郡主高傲地扬着下巴，看那低着头的女孩，然后她想到了一个好主意，将热闹的气氛推到顶点。
只见她伸手指了指，那女孩便哆哆嗦嗦地站在了众人的对面。小侍女快步走过去，将一个苹果放在了那女孩的头顶上。
原来成阳郡主竟是要以活人为靶来取乐。
骄阳公主本不欲多管闲事，她与成阳郡主虽然是表姐妹，可母后向来看重这个母族的侄女，盼着她能入宫延续陈家的荣耀，因而对成阳郡主青睐有加。她不想因为一些小事与成阳不悦，惹得母后不快。
可她刚要转身离开，却见那顶着苹果的女孩颤巍巍地抬起头，竟是宋家的庶女宋星辰。
以前在女学时，骄阳公主就挺看不起这个宋家庶女的，明明是巨商之后，却整日一副伏低做小的模样，眼巴巴地跟在成阳的身后，情愿被她随意使唤，白白降低了自己的身份。

可这宋星辰毕竟是欢岁的庶妹,她今日被成阳郡主当成猴子一样戏耍,传了出去,怕是要连累欢岁的名声。

骄阳公主暗骂宋星辰是个蠢笨的货色,终还是不忍欢岁被牵连,朝着那群人走去。

成阳郡主自然也看到了骄阳公主,她行了礼,热切地唤了一声"姐姐"。

骄阳公主淡淡地应了一声。

其他几个世家子弟也都朝着骄阳公主行礼。

成阳郡主热络地凑到骄阳公主跟前,今日她在府中设宴,本还在犹豫要不要请这个表姐,毕竟从小到大自己这个表姐都不太搭理自己。

可父亲说她将来是要入宫的,是要坐到姑姑那个位置上去的,而表姐便是她的马前卒,让她务必与表姐搞好关系。

成阳郡主虽然对与表姐搞好关系不感兴趣,但她对殿下可是很有兴趣的,因而她遵照父亲的意思特意去宫里邀请表姐。

原本以为表姐并不会来,可如今骄阳公主来了,想必是知道自己这个表妹以后会成为太子妃。这样想着,成阳郡主便越发觉得春风得意。

她知道骄阳公主与她一样,心里是看不起宋星辰的,便跑过去挽住了骄阳的手臂,讨好道:"骄阳姐姐,我们正要比赛射箭呢,以宋星辰为靶,姐姐可要看这热闹?"

骄阳公主不动声色地抽出自己的手臂,秀眉微微一皱,还是勾出一个笑:"如此这般,若是射伤了宋姑娘怎么办?"

"伤便伤了吧,一个庶女而已,难不成宋家会因为她发难于我们?"

成阳郡主并不在乎什么宋家,在这洛城,在这北辰,还没有谁敢不给她面子的?

更何况,宋家再有钱,也只是商人,在朝中不过是微末的小官,就算知道自家庶女被刁难,怕是也不敢声张,只会默默咽下这口气。

"况且是她主动要顶上苹果当靶子的。"说着,成阳郡主转向宋星辰,"宋星辰,你说是不是?"

宋星辰唇色惨白,一双凤眸里藏着畏惧,可她骑虎难下,只能微颤着唇:"是。"

骄阳公主心中暗自骂一句"软骨头",却还是说道:"这射箭有什么好看的?要是想看射箭,改日我带你去大营里看去。今日我给你带了一样东西,你肯定感兴趣。"

成阳郡主满目狐疑:"什么东西?"

骄阳公主知道她对六哥的心思,故意说:"是关于六哥的。"

成阳郡主一听与太子殿下有关,果然收起了弓箭,眼睛都亮了起来。

骄阳公主在心中嘲讽她这副花痴模样:"所以你是要在这儿与这庶女玩射箭,还是要同我去看你的礼物?"

成阳郡主自然是要同骄阳公主去看礼物的。

等众人簇拥着成阳郡主和骄阳公主走了,宋星辰才瘫软了腿,坐倒在了地上。

一旁的丫鬟赶紧上前,用帕子擦着宋星辰额头上的冷汗,哭着说:"小姐,我们这就回家去,我们告诉老爷,让老爷为我们做主。"

宋星辰却是无比清醒,成阳郡主敢这样对她,就是拿准了宋家不会因为一个庶女为难她。

宋星辰站了起来,推开了丫鬟:"告诉爹爹有何用?我今日受的都是我自己选的,我会牢牢记住,有朝一日会加倍还回去。"

说着,她朝着骄阳公主和成阳郡主离开的方向追去。

骄阳公主送给成阳郡主的倒也不是多稀奇的礼物,是前两年她生辰时,厉夜行随手赠予的一枚玉环。

那玉环的成色自然通透,可在厉夜行那里并不算什么好东西,成阳郡主却稀奇得不得了。

她满脸羞涩地问:"此物当真是太子殿下的?"

骄阳公主见成阳郡主含羞带怯,不似往日的跋扈模样,将那玉环捧在手心里看了又看,摸了又摸,勾唇道:"那是自然,这的的确确是六哥赠予我的,我料想你会喜欢,便拿来给你。"

成阳郡主才不在意这玉环是怎么来的,宝贝似的贴在胸口:"那便多谢表姐了,这份礼物我很喜欢,我要回表姐一份大礼。"

说着,成阳郡主遣人带宾客去前厅入座,她则带着骄阳公主到了居所。

成阳侯府气派,整个府中都是江南园林的景致,侯爷疼爱成阳郡主,更是把最为别致的小院赐予她居住。

成阳郡主带骄阳公主到了她的居所,从一个檀木匣子中取出一张纸,说道:"表姐,父亲说你看到这些便会明白了。"

成阳郡主准备的回礼果然很贵重,是一间铺子。骄阳公主笑着收下来,问道:"你父亲还说了什么?"

成阳郡主一脸娇笑,光洁莹润的脸颊上浮着两团红晕:"父亲还说我们是一家人,一家人自然什么事情都好说。"

骄阳公主眼中的鄙夷一闪而过,这是打定了主意要当她的六嫂呢,只可惜他们也不看看那厉夜行岂是个能任由他们安排的。

出了成阳侯府,骄阳公主的侍女莲儿道:"公主想要的话,什么样的铺子没有?这成阳郡主还真当这侯府是聚宝盆呢,什么东西都敢拿到公主面前显摆。"

骄阳公主没有说话,今日成阳郡主给她的这样东西她确实没有。

成阳郡主估计也并不知情,那不是一间普通的铺子,平日里以打铁生意作掩护,实则是收集各种消息的站点。她虽有诸多计划,可很多时候受限于身在宫中,并不方便。

舅舅也深知情报对她的重要性,特意送了她这样一份大礼。

骄阳公主一边欣喜,一边担忧。

舅舅能看出她的心思,抓到她的软肋,可见这成阳侯府早已将她当成了局中人。

他们自然不会白白赠予她好处,想要的便是她能如母后一般,维护陈家的地位,成为陈家最为忠诚可用的马前卒。

可是人心不足蛇吞象，成阳侯府要的又岂会只是占据后位呢。

骄阳公主回到宫中时，陈王后刚出浴，几个侍女正在为她熏香、梳发。

纵然她打扮得再雍容华贵，父王的心不在这里，他的人自然也不会在这里。

想到这儿，骄阳公主莫名觉得可笑，但她还是乖巧地行礼："母后。"

陈王后懒懒地抬眼看了看她，又兀自闭目养神："你今日去了成阳侯府，与你表妹玩得开心吗？"

"自然是开心的。"

"那你的脸上怎么不见一丝笑意？"

骄阳公主立时勾起了嘴角："兴许是玩得太累了，有些乏了，况且女儿本来也不爱笑的。"

陈王后从软榻上坐起来，挥退了侍女，道："我知道你看不上你舅舅的做派，更看不上我的手段，可我还真就告诉你，若没有陈家，别说我的后位，连你这个公主也狗屁不是。"

见她沉默不语，陈王后又道："你不会以为从小到大你父王宠爱你，是因为你是本朝唯一的公主吧？"

"不，女儿从来不敢这么想。"

其实她曾经真的这样想过，幼时，父王总是把那些奇珍异宝送到母后的宫中，说是赐给他的骄阳的。

每每收到那些礼物，母后的脸上总是挂着得意的笑，摸着她的头说："我们骄阳啊，深受陛下喜爱。"

母后笑，她便也跟着笑，于是更加努力地去讨好厉帝。

那时，她真的是这样想的，骄阳是大北辰的小太阳啊。

父王喜欢骑马，她便去学骑马，一个女孩的骑术比男子还好。父王夸赞大哥的字写得好，她便也去练字，一手好字行云流水。父王的夸奖、赏赐源源不断。

可惜，她终是知道了父王的心不在母后身上，更不在她身上，那些夸奖不过是为了维护母后的体面，维护与陈家的关系。

父王废先王后，立了陈氏为后，也是为了体面。

等有朝一日他不再需要这份体面，不再需要陈家，他便能如废先王后一样，废除母后。

她还知道，不光是先王后，也不光是母后，后宫所有的女人对父王来说都不过是稳固王权的工具，甚至连他们这些儿女也是。

而母后正是因为知道这些，才会这样迫不及待，想要从陈家的女儿中挑选一人，进入东宫，控制太子，只可惜她的计划永不可能实现了。

母后控制不了帝王，更控制不了那个即将要成为帝王的人。

见骄阳不再说话，而是一副若有所思的模样，陈王后以为她认同了自己的说法。

"你心里清楚便是最好，我们与陈家一荣俱荣，一损俱损，外人敬的不光是你公主的身份，更是你的母族。若没有陈家，你便是最落魄的公主，甚至会被送去和亲。骄阳，即便为了你自己，你也要想办法永葆陈家满门的荣耀。"

陈王后是知道骄阳的心思的，她不是个能为了陈家牺牲的；陈王后更知道骄阳自小刚强，不输一众皇子，不会甘于沦落到和亲的命运。

　　果然骄阳公主的神色有变，她如今年方十六，正是待嫁的年纪，而北辰与周遭几个国家连年战乱，送公主和亲是比打仗更好的解决冲突的方式。

　　这些年厉帝不是没有这样的想法，可碍于陈家，终是没有提起过，如今陈王后提及，实则是在敲打她。

　　"母后既然说了一荣俱荣，一损俱损，那骄阳斗胆想问一句，成阳郡主便是母后最后的招数吗？除了她，没有别的能保陈家的方式？"

　　陈王后凝眉，见她语气中有轻蔑，不悦道："你这是何意？"

　　"女儿没有别的意思，只是觉得成阳郡主不堪大用。若母亲真的想要永葆陈家荣耀，便应该想别的法子。"

　　放在往日里，这些话她是不会说的，可今日陈王后说了一荣俱荣，一损俱损，便也在她心中提了个醒，她并不图谋陈家能给自己多大的好处，只希望日后莫被陈家拖累了。

　　可陈王后显然并不想听她说这些，只道："你向来看不起你舅舅他们，可你又能为陈家做些什么？"

　　骄阳公主没有说话，她与母后最大的矛盾并不在于她能不能为陈家做什么，而是从头到尾她心中并不愿意为陈家做什么，不愿意再维持这样被牵掣的关系。

　　看似她与母后受了陈家的庇护，可她们又何尝不是陈家的棋子？母后不光自己是棋子，还要物色下一枚棋子，最可怕的是这些棋子乐此不疲，心甘情愿成为棋子。

　　骄阳公主知道与陈王后多说无益，应付道："女儿会谨遵母后的教诲。"

　　说完，骄阳公主便退了下去，只留下陈王后坐在那里，神情复杂。

　　嬷嬷递上了一杯茶，开解道："娘娘明明是担心公主，方才为何又要引得公主不快？"

　　陈王后叹了口气："骄阳这孩子什么都好，就是太过清高，比起活下去，那些清高在后宫之中一文不值。我要抹掉她的清高，让她知道不管是利用还是被利用，只要有益于自己有何不可。"

# 第十八章
## 她的心事

这日，欢岁正准备出府，却见家中小厮领着一个侍女走了进来。

那侍女欢岁熟得很，是覃舒予身边的小荷。

小荷见了欢岁："姑娘，我家姑娘说家中换了个新的庖厨，做的饭菜很是合人胃口，特意邀请姑娘去府上尝一尝。"

欢岁今日原本是打算去买些纸墨，昨日她发现哥哥书房里的纸墨快用完了。不过这也不是要紧事，吃了饭她便能邀请覃舒予同她一起去买纸墨。

于是她便应下了邀约。

等欢岁一出府，才发现覃家的马车就等在宋府门外，她直接上了马车，前去覃府。

宋、覃两家相交多年，又有意结亲，覃夫人见了欢岁很是热情，知道她前些日子随商队一同去了虢城，还夸她巾帼不让须眉："咱们岁岁可是比很多儿郎都要厉害呢。"

覃舒予见欢岁被夸得不好意思，拉着她的手就要往闺房走："母亲，我和岁岁今日在小厨房用饭，便不同你们一起吃了。"

"哎，你这丫头，我还没同岁岁说完呢。"

覃夫人知道宋家商队这次前往虢城立下了大功，而宋云起又是主要带队人，自然少不了封赏，这样年轻有为的儿郎是她心中女婿的最佳人选。

更何况女儿的心思她岂会不懂，见两个丫头已经走远，忙吩咐嬷嬷："让小厨房多做几道菜，多做些宋家丫头爱吃的。"

覃舒予拉着欢岁去看她这两日新临的几幅帖子，两人启蒙时跟的同一个师父，因而笔法有些相似。

欢岁看着那些梅花小篆，不由得夸道："还是姐姐的字写得最好。"

覃舒予笑道："当年严师父可是说岁岁的字比我的更有风骨一些。"

两人虽都写的梅花小篆，可欢岁的字笔锋更加有力，覃舒予的则是婉转一些。

两人一同说了些闺中密话，没多会儿，嬷嬷便走了进来："姑娘，饭菜已备好了。"

覃舒予闻言，拉着欢岁往厅堂走。

案几上摆满了精致的饭菜。

岁岁看去，全是她爱吃的，晶莹剔透的虾仁、连鱼骨都蒸得软烂的酥鱼、油光四溢的烧鸭，还有精致的糕饼。

覃舒予故意说道："哼，母亲好偏心，今日让小厨房准备的都是些你爱吃的。"

"是是是，覃夫人待我最好了，只怕我才是你们覃家的女儿。"

说笑间，覃舒予为欢岁盛了一碗鱼汤。

汤色浓白，是将今早新捕来的鱼打成泥，揉成丸子煮成的，而汤底则是鱼骨与鸡骨，刚凑上去便能闻到扑鼻的香气。

一口热汤下去，覃舒予问道："这趟你们出去，可有什么稀奇的事？"

欢岁将路上遇到杀手的事讲给覃舒予听，覃舒予听完直呼："岁岁，这也太危险了，然后呢？你和云起哥哥是怎么脱困的？"

说起那日的事，欢岁自然就想到了厉夜行，想到那个大雨里策马奔来救了她的人。

覃舒予往日虽见过厉夜行几次，但对太子殿下的印象一直是高高在上的。听欢岁说殿下救了她，覃舒予感叹："殿下不愧是赫赫有名的督军，如此想来，往日里那些听过的故事也不一定都是真的。"

欢岁对厉夜行有了好奇，追问："什么故事？"

覃舒予见屋里只有贴身侍女在，这才放心说道："以前听哥哥提起，殿下往日督军时死在他手上的冤魂无数，甚至对已经降了的敌军将领赶尽杀绝。殿下可是能让孩童闻之止夜啼的人。"

欢岁闻言，却觉得厉夜行这样做自有他的道理。他是北辰的督军，若是优柔寡断、柔弱可欺，又怎能打退敌军？

覃舒予见欢岁字字句句皆向着厉夜行："岁岁，你往日可不会这样想。"

欢岁也为覃舒予添了一碗汤："那是我往日没有见过刀剑的残酷。"

被十几个杀手追杀，她都差点丧命，想必厉夜行所在的战场是个真正的修罗场，在修罗场上拼杀的人又何须对敌人心慈手软。

想到厉夜行，欢岁心中有些不宁。

覃舒予察觉到她的异常，关心道："岁岁，你这两天怎么了？"

欢岁茫然："什么怎么了？"

覃舒予凝眉，温声道："你从虢城回来后，便总是一副心事重重的样子，在虢城可是发生了什么事？"

虢城的事在欢岁脑中如走马灯似的过了一遍，她心中更乱了，嘴上却说："没事没事，我只是有些累了，午后我怕是不能同你一起去藏书阁了。"

原本两人说好了，用过饭一同去藏书阁为宋云起挑选纸墨，覃舒予不疑有他，只说道："嗯。那你回家后好好休息，待会儿我自己去藏书阁。若是我挑到了中意的，便遣人送去你们府上。"

欢岁感激道："那便谢谢姐姐了。"

临走时，覃夫人准备了一堆的吃食："你这丫头也不多玩一会儿，怎么刚来就要走了？"

欢岁笑得分外惹人疼爱："覃夫人，我过几日就又来了，到时候您可别嫌弃我。"

覃夫人笑得一脸温和，叮嘱欢岁代她问老夫人好。宋家的马车渐渐走远，覃舒予这才同覃夫人转身回了府。

覃夫人一边走，一边嗔怪："你呀你，都恨不得跟到宋家去了吧？女孩子还

155 /

是要矜持些的。"

"母亲,"舒予撇嘴,"你怎么也打趣我?"

覃夫人笑道:"你若铁了心心悦那宋云起,我和你父亲对这孩子也是满意的,到了秋日里,我们便与宋家商量商量亲事。咱们两家熟悉极了,你又与岁岁是手帕交,料想你嫁了过去,不会受什么委屈。"

覃舒予含羞带怯,却也没说什么,在她心中是早就认定了宋云起的。

出了覃府,欢岁并没有回家,她让车夫将车赶到了城北街口。

欢岁独自一人下车,叮嘱车夫:"你在这里等我,我随意走走便回来。"

初秋,天气带着几分的凉意,欢岁裹了裹身上的斗篷,不知不觉走到了东宫门口。

她看着那巍峨的宫门,心想,不知道厉夜行有没有从虢城回来?时疫的原因可找到了?虢城那样危险,他是否平安?

她这般胡思乱想着,却没注意到一旁擦身而过的一队人马。

高大的马匹差点撞到了欢岁,还好马的主人身手灵敏,翻身下马,将欢岁拉到了一旁。

"宋姑娘,怎么失了魂似的?"

听到熟悉的声音,欢岁这才回过神来:"裴将军?"

裴岩勾唇一笑,露出一口大白牙,拱手道:"是裴某。"

欢岁不由得往他身后的队伍看去,却没有见到那人高大的身影。

她语气里带了些自己都没有察觉的失望:"裴将军是要出去办差吗?"

裴岩这次回洛城,还是为了虢城的事,只是眼下这事并不适合说,于是答道:"嗯,办差。姑娘呢?姑娘为何在这里?"

"我……我随处走走。"

裴岩自然不信,随处走走便走到了东宫门口?

欢岁又探头看了看裴岩身后,问道:"裴将军,殿下呢?他没同你一起回来吗?"

裴岩挠挠头,殿下的踪迹他是不该透露的,可若是宋姑娘问的话,也不是不能说:"殿下还未回来。"

欢岁料想定是虢城事务杂乱,他一时半会儿脱不了身。

"姑娘可需要带话?"

欢岁摇头。

"那我送姑娘回家吧?"

欢岁指了指不远处的马车:"我的马车在那里,不劳烦将军了。"

说完,两人告别,欢岁回到了马车上。她虽然不知道厉夜行如今查得怎么样,可以他的手段想必定能将那些兴风作浪的人一锅端了。

几日后,裴岩带人回到了虢城。

此时,厉夜行正闲坐庭院中,看一本典籍。

他生得本就白净好看，一袭黑衣坐在那里，清贵得让人不敢靠近。

见裴岩冒冒失失地冲了进来，厉夜行懒懒地掀起眼皮，目光投在他的身上："裴将军越来越没有规矩了。"

裴岩咧嘴一笑："嘿嘿，我这不是紧赶慢赶回来复命吗？"

厉夜行哼了一声，并不与他计较。两人本就是一同长大的情谊，虽为主仆，却是真正的挚友。

裴岩此次前往洛城，是为了找单连海的儿子，并从他那里寻到了些证据。

裴岩将账本呈给了厉夜行："殿下，单家的账面有很大几笔支出，流向了同一个人。"

厉夜行放下手中的书，饶有兴致地问道："谁？"

裴岩说了个名字，厉夜行的眸色深沉："果然是他。"

厉夜行提笔，俯身在案几上写着什么，而裴岩则站在他身边。

写了一会儿，他才道："今日洛城中可还有什么事发生？"

裴岩心想，殿下与其问洛城中有什么事发生，还不如直接问他宋姑娘近日如何。

"殿下，前几日我在洛城见着了欢岁姑娘。"

"嗯。"厉夜行接着奋笔疾书，头都没抬。

裴岩却很是上道："我当时骑着马差点撞到了宋姑娘。"

笔顿在纸上，留下深深的墨迹。厉夜行抬头，凝视着裴岩，露出一个瘆人的笑："说，然后呢？"

裴岩在那骇人的目光中，哪里还敢嘚瑟，忙解释："殿下放心，没……没撞上。"

厉夜行冷哼一声，裴岩赶紧道："可是殿下您知道我是在哪儿见到宋姑娘的吗？"

料想殿下也不会去猜，裴岩自顾自地说着："是在咱们东宫门口！"

裴岩去看厉夜行的脸色，好像没有刚才那般冷厉了，他清了清嗓子："东宫与宋府是两个方向，若不是刻意，欢岁姑娘又怎么跨越了整个洛城，出现在东宫门口？"

当时他问宋姑娘为何出现在东宫门口，欢岁并没有回答，而是反问他厉夜行在哪里。

"欢岁姑娘定是记挂着殿下，想要看看殿下是否平安归来。"

说完，他悄悄观察着厉夜行的脸色，心想殿下定是暗爽了吧？殿下默默为宋姑娘做了那么多事，眼下终于见着回应了吧。

却听厉夜行冷冷道："阿岩，你学会揣摩主子的心事了，自己出门左转去领十军棍。"

裴岩心想自己是真的惨，可方才殿下叫他阿岩了，殿下只有特别特别高兴的时候，才会叫他阿岩的。

这样想着，裴岩便高高兴兴地去领了军棍。那打军棍的人问："裴将军今日怎么了？挨打也高兴？"

另一人道："大抵是疯了吧？"

157 /

边关战乱，洛城中却仍是一片歌舞升平。

这些日子，覃夫人约陈玉芝同游的次数越来越频繁，有时相约着一同听曲儿，有时则是同去采买。

覃夫人话里话外都是儿女亲事，陈玉芝对这门亲事自然很是满意，覃舒予是在他们眼前长大的好姑娘，只是她有顾虑。

"你也知道云起并非我所出，我再喜欢咱们舒予，也要问过老爷的意思。还有后院的那位，也是要问问的。"

覃夫人也知道陈玉芝为难，并不强迫，只说道："我自然知道，只是啊，我总想着宋、覃两家能快些好上加好，我太心急了些。"

回到家，当晚，陈玉芝便将白天同覃夫人的对话转述给了宋景之。

宋景之这几日忙着处理一批刚运回来的玉石，原本已经躺下歇息，被陈玉芝从床榻上拽起来拉家常。

见宋景之不大热络，陈玉芝道："你还睡得下去？这亲事原本应该咱们男方主动，如今人家女方明里暗里说了多少次了，你怎么这样不上心？"

陈玉芝说着，顺势抽掉了宋景之的玉枕，"嘭"的一声，宋景之的头磕在了床上。

他摸摸后脑勺，赔着笑脸："明日，明日起儿回来，我便问问他到底是怎么想的。"

陈玉芝斜睨了他一眼，言语中带着点警告："那你可记住了，明日若是再糊弄我，我定让你卷铺盖睡书房去。"

宋景之安抚着她："夫人睡吧，明日我一定办。"

陈玉芝怀疑宋景之是有些拖延症的，这明日又往后推了好几天，宋景之才在一日清晨拦住了要出门的宋云起。

"起儿是要出门去？"

宋云起穿了一袭青衫，风度翩翩，被宋景之拦下时，面上闪过一丝慌乱："父亲，城南的铺子昨日交上来的账簿有些问题，我今日无其他事，便想着去看看。"

宋景之借此说道："起儿，你整日忙于公事是好事，但若是连自己的终身大事都顾不上，岂不是得不偿失。"

宋景之也不好耽误宋云起出门，只说道："你回来后，到书房找我，我有些话同你谈。"

宋云起应下，便出门了，然而他去的并不是城南的铺子，而是一间鱼龙混杂的酒肆。

酒肆中，几个行色匆匆的人上了二楼的一间包房，房中坐着的正是宋云起。

其中一人将手中之物呈上："请公子看看，这可是您要找的东西？"

宋云起接过他递来的东西，细细翻看，而后眉头紧皱："是了，这便是我要找的。"

那人见状，领着其他几个人一同行礼退了出去。

宋云起在酒肆中一待就是大半天，等到日暮他才从酒肆中出来。回家的路上，他想起父亲的话，进了府，便遣人去告诉父亲他已经回来。

书房中，宋景之与陈玉芝将覃家的意思告知了宋云起。

陈玉芝见宋云起不说话，以为是年轻人不大好意思，于是说："如今你早已经到了该说门亲事的年纪，覃家几个儿子如今都在朝中，若是真能与覃家结亲，日后对你也是大有益处。"

宋云起又怎么会不知道这些？覃家如今官从二品，覃舒予的哥哥在陛下面前甚得重用，日后定也能为他的前途助力，这样的好亲事想必也是宋家父母千挑万选的。

可他……

宋云起望着宋景之，异常坚定："父亲，我并不想成亲。"

宋家夫妇闻言，面面相觑。

所有的人都以为宋、覃两家的亲事是顺理成章的，连陈玉芝也常打趣覃舒予是她的儿媳，因而当宋家夫妇向云起说起这门亲事时，云起的否定让他们感到意外。

两人相视一眼，宋景之问："起儿可是有什么别的想法？"

宋云起今年已快二十岁，在北辰这是早就该娶亲的年纪。前两年他总是说尚未建功立业，怎敢分心，如今他已经入朝为官，还经营着宋家不少铺子，也算是年少有为了。

成家立业，如今业已经立了，怎么能不成家呢？

宋云起抿唇不语。

陈玉芝见状说道："前两日你妹妹去了覃府，覃家夫人让她带了一堆的吃食回来。这些日子覃夫人也频频约我出去同游，我懂她的意思，因而今日叫你来也是想听听你的想法。也怪我太过心急，若你觉得此事突然，那便缓上一缓。"

宋云起往日在这个问题上总是回避的，却也没有明确拒绝过，总是任由着两家人撮合。可他如今发现这样下去怕是越发引人误解，便说道："不怪母亲，是儿子的错，儿子不能娶舒予。"

陈玉芝不解道："可你小时候总是带着欢岁和舒予一起玩，她们两个总跟在你身后一口一个哥哥，我见你对那覃家姑娘也挺好的，有什么吃的喝的总是给她们两人一人一份。"

是一人一份，只给一个人准备，岂不是显得有些刻意，因而他在外头看到了稀奇古怪的，看到了好吃的好喝的，想要给欢岁的时候，总是买两份，可他从来想要给的都只是那一个人。

想到这里，宋云起眼神坚定："母亲也说了那是幼时的情谊，幼时情谊又岂能化作如今的感情？"

陈玉芝哑口无言，望向宋景之。

气氛尴尬间，宋景之重重地叹了口气，这儿女婚姻总不能勉强。

"也对，兴许起儿对覃家姑娘，就如同对欢岁一般，都是当作妹妹的。"

宋云起听到这话，眼中闪过一丝晦涩，可他很快压下了这抹异色，如常道："是，在我心里舒予如同妹妹一般，我对舒予并没有男女感情。"

陈玉芝想到覃夫人近日的殷切，又想到舒予那孩子对云起的一番心意，不由得头疼:"起儿,既然你对覃家姑娘无意,为何往日你不说出来?"

"往日我总想着等舒予长大了,便能找个自己喜欢的。可我没想到她似乎是对我有所误解,儿子不想舒予继续误解下去,我怕日后她会受伤。"

陈玉芝还是不想放弃,舒予这孩子是她从小看着长大的,相貌、人品样样都好,况且两家人虽没有明说,却也都认定了这两个孩子会在一起。如今这门亲事若是不成,怕是覃、宋两家之后也难以交好了。

陈玉芝狐疑道:"你可是心中有了人?"

陈玉芝问完,看着宋云起,却见他脸上表情没有丝毫变化。

"没有。"

见宋云起否认,陈玉芝松了口气。若是他有了心上人,才是最为麻烦的,如今他心中无人,她苦口婆心地劝说:"起儿你再想想,你说你与舒予是幼时的情谊,这便比许多夫妻都要好的。"

宋云起却断然拒绝:"母亲与父亲的良苦用心,起儿都明白,舒予很好,可我并非良配。"

见宋云起如此坚定,这件事也就被暂时搁下了。

北辰的初冬来得早,且冬季漫长,有好几个月的日子都要在严寒里度过。

屋子里早早生了炉子,陈玉芝正带着欢岁和小午做手暖、护膝。

小午手巧,做出来的东西针脚密实,格外精致。陈玉芝夸赞着要拿她绣的东西送去宫中,定比宫中绣娘绣的还要好。

欢岁则在一旁拽着针线,恨不得将锦缎扯出个窟窿来,费了半天的工夫也做不成个景儿。

陈玉芝嫌弃地看着她将一团线缠在一起:"罢了罢了,你还是放过这布匹吧。"

屋中生了火炉,欢岁只穿了一件粉色的单衣,故意皱着眉头道:"那怎么能行?母亲不是说今日若我绣不好这图样,便不让我出府吗?"

陈玉芝觉得好笑,说道:"哼,你何时听话过?怎么偏偏这个时候听我的话了?"

几人商量着去哪儿过冬,欢岁提议回江南老家。前几年她回去过,倒真是风光绮丽,好景色,关键是老家有许多的小吃她惦记了好久。

可陈玉芝怕路途颠簸,路上的日子难熬。

"这也不行,那也不行,母亲你再挑下去,眼看着要过年了,咱们也不用出去了。"

欢岁觉得母亲过于挑剔了,这样多的好去处,她都不满意。

陈玉芝觉得好笑,这毛丫头竟还不耐烦了,她将手中的茶饮递给欢岁:"你这孩子,如今不再去女学,你的课业也不能耽误了。你父亲说为你请了新的老师,过几日便来。"

欢岁哀叹:"我又不考女官,为何抓我的学业抓得这般紧?"

北辰虽有不少的女学,但普通人家果腹尚不容易,更没有闲钱送女儿读书,女子读书向来是大户人家的事,尤其世家贵族更是注重才情。

陈玉芝说道:"读书才能明智,若没有先贤引路,你又怎能看清前途?"

欢岁叹了口气,却也没再说什么,只想着新来的夫子可别像前几个夫子一样,都是些半百老爷子,两三天便被她气跑了。

陈玉芝总觉得女儿自虢城回来,就有些不同了,可哪里不同她又说不出来。

"这有什么不对的,她定是从虢城回来累了。"宋景之却不以为然,认为这不是什么大不了的事,"夫人尽管放心,歇上个几日,自然就好了。"

陈玉芝哼了一声:"你什么时候见你那女儿累过?"

这倒也是,宋景之放下手里的书:"那依夫人之见,岁岁是怎么了?"

怎么了,怎么了,陈玉芝白了他一眼,心道怕是小姑娘已然有了心事。

她悠悠道:"再过几日岁岁便及笄了,等她及笄后,我们不妨就为她将亲事定下,省得夜长梦多。"

宋景之点头应允,他们是该早些为岁岁筹谋。

"我瞧着今年新晋的文官就挺不错的,改日夫人好好看看。"

陈玉芝撇嘴:"算你靠谱了一次,等到岁岁及笄礼那日,我们邀了城中的才俊,借机好好为岁岁相看。"

陈玉芝亲自拟了名单,给相熟的各府发了拜帖,去城中最好的点心铺定了糕饼,她仔仔细细地陪着欢岁试穿要在及笄那日穿的衣服。

见欢岁试着新衣,腰身袅袅、亭亭玉立,陈玉芝与嬷嬷感慨:"岁岁刚出生的时候,就只有这么大点儿吧,像小狸奴一般,现在都这样大了。"

陈玉芝伸手比画着,脸上带着温暖的笑意。

她生岁岁时并不顺利,难产,府中的大夫与宫里派来的御医皆束手无策。宋景之打听到秦妃在入宫前,曾师从名医,便顾不上规矩,去宫中求了秦妃相助。

让妃嫔为臣子诊治本是不合规矩的,可秦妃不看重这些,因为先前与宋家有些渊源,听闻此事,她立即带着行医工具来到了宋府。

危难中,岁岁便是由秦妃亲手接生的。

思及此,陈玉芝颇为感慨,连一旁的嬷嬷也忍不住垂泪,道:"夫人说的是,咱们姑娘就从那么小点儿长成了如今这般标致,如今这洛城中怕是没有哪个府上的小姐能与咱们姑娘比的。"

亭亭玉立,娇俏可人,陈玉芝看向岁岁的眼中满是自豪,她又想起了一事,对着岁岁说道:"说起来,我让你自小戴着的那块玉,便是秦妃赠予你的。"

"秦妃?"

欢岁讶异,她从不知道自己的玉佩还有这番来历。

陈玉芝颇为得意道:"当然是秦妃娘娘了,娘娘当年还——"

未说完的话在对上欢岁那双好奇的眼睛时,戛然而止。

陈玉芝捂着唇咳了一声:"总之,这玉佩就是秦妃娘娘亲自挂到你脖子上的。"

顺利接生了岁岁后,秦妃对这个白里透红的小姑娘很是喜欢,便赐了这块玉佩。

欢岁是今日才知道原来自己与秦妃还有这般过往,秦妃便是厉夜行的母亲,不过自厉夜行幼时,秦妃便出宫养病去了,至今还未回来,因而在欢岁的印象中,

161

秦妃是位貌美的女子，却印象并不深。

欢岁想到此前厉夜行曾警告她不许随意将此玉佩卸下来，那厉夜行知不知道她戴着的玉佩其实是他母亲的？

想起厉夜行，欢岁的脸不由得发烫。

陈玉芝察觉到欢岁的不对劲，问道："你突然脸红做什么？"

"我……我只是有点热。"

欢岁说着，还从母亲手里将帕子拿了过来假意擦汗。嬷嬷也忙上前为她摇起了扇子，怕她是真的热到了。

陈玉芝狐疑地看了她一眼，说道："大冷天的，你热什么热？"

见欢岁还红着脸，陈玉芝当她是真的热，叮嘱道："岁岁，你马上就十五岁了，以后就是个大人了，做事要稳重，不可像以前那样冒冒失失的。"

欢岁却毫不在意，大人又怎样？大人也要赖在父母身边，就像此刻一般。

母女说话间，宋景之款款从外面走来，他今日去了几间铺子盘账，忙活了大半天，此时嬷嬷端了水上前。

他洗了洗手，接过嬷嬷递过来的茶，边饮边问："岁岁这几日可想好了及笄礼要邀请谁来做客？"

陈玉芝虽然已经发了不少的帖子，但是欢岁的朋友都是她亲自相邀的。

欢岁道："自然是要邀请舒予姐姐。"

还有与她交好的玲珑，还有顾炎。顾炎临去末城前说等她及笄那天，他定会赶回来。

宋景之眼含笑意，说准备了一份礼物，等到及笄礼那天一定能让女儿喜欢。

欢岁眼下就缠着父亲要看那礼物。

宋景之却说道："现在看了就不算惊喜了，再过几日，为父保证你能喜欢。"

这些日子有不少家世相当的世家，委婉地向宋府打听这唯一的嫡女是否婚配，陈玉芝在操心她的及笄礼之外，还要留心为她选个合适的夫婿。

女子嫁人是大事，嫁得好一生安稳无忧，嫁得不好则操劳辛苦。

宋氏夫妻思虑颇多，他们不愿女儿陷于深宅，困于后宅之争，便打算找个清流之家的普通儿郎将女儿嫁过去。

这样，纵然是忌惮着宋家，也会待欢岁好的。

他们都计划好了的。

## 第十九章·
他的背叛

　　往日欢岁只盼着及笄了就是大姑娘了，如今她有了新的期盼，父亲说等她及笄那日殿下也会来。
　　她便等着。
　　那日，宋景之从外头回来，脸色却不大好。他鲜有这样的时候，陈玉芝问道："可是发生了什么事？"
　　宋景之洗了手，在案几前坐下，看着欢岁，叹了口气："贺大人死了。"
　　"谁？"陈玉芝似是没有听清楚，而欢岁也瞪大了眼睛。
　　"贺知秋贺大人。"
　　欢岁手中的玉汤匙掉落，摔了个粉碎。
　　那个一心为民的贺大人怎么会死了呢？
　　贺大人死了，芽儿该怎么办？
　　还有厉夜行，他不是在虢城吗？那贺大人的死，他知不知道呢？
　　欢岁心中有诸多疑惑。
　　陈玉芝也很是敬佩贺知秋，听闻此消息，语气沉重："贺大人不在了，他的独女该怎么办？"
　　宋景之道："听说是要接来洛城，贺大人的死因蹊跷，一个官员就这样在家中被人杀害，实在是匪夷所思。"
　　欢岁想着贺芽儿，心里难过："母亲，等芽儿来了洛城，我们接她住在府中可好？"
　　陈玉芝摸摸欢岁的头："自然是好的。"
　　宋氏夫妇相视一眼，只愿不再有变故。

　　只差几天便是她的及笄礼了。
　　只差几天便能迎来父母为她筹谋的安稳未来，只差几天……
　　变故却来得这样快。
　　欢岁没有等到她的及笄礼，却看见宋府在一夕之间树倒猢狲散。

　　那日，宋云起让欢岁同小午去城郊宋家的一间玉器铺子盘账。
　　宋家的店铺多，城郊那家并不算盈利好的，位置又偏僻，前些年父母便商量着要关掉那家店，又想着铺子里的伙计们要生活，就一直经营着。
　　欢岁不知道哥哥为何突然让她去城郊的铺子，心里想着大约是见她近日在家中闲着无事，给她找些事情打发时光。

好在往日父母为了让她今后有所傍身，给了她十几间铺子，也常带着她去盘账，因而她对盘账这事倒是极为熟悉的，便应了下来，让小午去准备马车。

临出门前，宋云起似乎很不放心，追出来交代："岁岁，你一定要在城郊的铺子等我，不必回来。"

欢岁边往外走，边回应："哥哥，我知道了，城郊的铺子那样远，你再这样啰啰唆唆的，天黑我都未必能赶得回来。"

宋云起看着欢岁走远，脸上的表情冷了下来。

等欢岁到了城郊的铺子，偏巧掌柜的家中有事，只有几个不管账簿的伙计在，欢岁扑了个空，哪里有心思在这里等宋云起来接她，当即嚷嚷着要回家找哥哥算账。

待她的马车驶进宋府所在的巷子，却见人群将这里团团围着。

赶马车的小厮德福跳下马车，去前头探听消息，回来时，脸色惨白得像是撞见了鬼："小……小姐，不好了，前面的人说咱们府让禁军围了。"

禁军是厉帝的军队，可厉帝的军队怎么会包围宋家呢？

欢岁来不及细想，跳下马车，朝着人群跑去。

小午紧紧跟在她身后。欢岁挤过人群，终于走到了前面，却看到管家大叔、花匠、厨娘、侍女、小厮……一个个被押上马车。

她的母亲，还有年迈的祖母也被押上了车马。

最后被押出来的是宋景之，他面色灰白，脊背却挺得笔直，犹如青松，双眸却略带慌乱地看向人群。

耳边是围观者冷漠的声音：

"听说这宋家通敌了。"

"啊？不是吧，这宋家老爷人还挺好的，上个月还支了粥棚施粥来着。"

"哎呀，你懂什么？若不是通敌，宋家的生意怎么越做越大？大到连陛下都要依靠宋家的钱财，这施粥不过是为了掩人耳目罢了。"

"大家不是都说，这宋家富可敌国吗？连厉氏都是靠着宋家打下的江山。"

"对对，定是通了敌，才这般有钱。"

…………

人群中有好事者，高声质问："宋大人，宋家可是通了敌？"

宋景之面色无异，他是被官差押着的，可还是从容得像在吟诗作画一般："宋家从不干违法的勾当，更不会通敌。"

他的眼神异常坚定，让那多嘴多舌的好事者哑口无言。

人群中便又有骚动者，他们平日里受了宋家的恩惠，嚷嚷着："宋大人是好人，放了宋大人。"

眼见着有百姓被煽动着围了过来，办事的官差推搡着宋景之往前，疾声厉色："都退后，退后，谁要阻挡官差办事，别怪这刀剑不长眼。"

宋景之不想百姓因自己而被误伤，只好说道："宋某相信，一片冰心陛下定可鉴，还望大家退去，别平白受了伤，白白牺牲。"

最后那句话宋景之是望向人群说的，欢岁知道那是父亲对自己说的。他知道自己的女儿很可能就在人群中，因而抱着一线希望想要告诉女儿不要白白牺牲。

眼见着宋家人都被押走，欢岁的情绪越发激动。

胡说，都胡说，爹爹不会通敌的。

欢岁拨开里三层外三层的人，焦急地往家门口冲。

她不知道发生了什么，但她怕极了，她要回家去，去拦下那些动作粗鲁的禁军。她要告诉他们定是误会了，他们宋家一向安守本分，不会犯事，更不会通敌的。

小午到了此时，也明白了什么，她紧紧拉着欢岁的衣袖，怎么也不肯放手："小姐，不要去，你不能去。大人说了别白白牺牲，那是对姑娘说的呀。"

眼下多一个人去，不过是多一个人被押走而已。

可欢岁哪里还顾得了这些，她只知道那些她至亲至爱的人都被带走了，她要去救他们。

小午眼见自己拦不住欢岁，便叫了德福一起来拦。

欢岁使出了大力气在人群中横冲直撞，惹得围观的人不满。眼见着这边的动静要把禁军吸引来，一袭青衫越过人群，走到了他们身边，一个手刀将情绪激动的欢岁打晕了过去。

欢岁不知道睡了多久，等她醒来的时候，天色已黑。

昏暗的烛火中，她看到一旁的案几边坐着一个人。

她努力睁开眼睛，用干涩的声音喊道："哥哥。"

宋云起见欢岁醒了，神色欣喜，朝她走来。

欢岁似是分不清梦境和现实，她犹带着方才梦中的心悸，满脸的泪痕，从榻上起身。

宋云起疾步走到她身边，扶住那羸弱的人，让她靠在自己胸前。

"哥哥，你回来了。爹爹和母亲都被抓起来了，还有祖母，祖母也被人带走了。哥哥，你怎么才回来啊？我好怕。"

她不知道发生了什么，她很怕很怕，怕到来不及去思考过多的问题，只能抓住宋云起这一根救命稻草。

欢岁边说边哭，哭得上气不接下气。宋云起心中一痛，不顾一切地将她揽入怀中，安抚着、哄劝着，试图让她平静下来："岁岁别怕，哥哥在。"

可宋云起的安抚并没有用，欢岁反而越发激动："哥哥，我们走，我们这就进宫去，我们去找太子殿下，我们去找厉帝，能说清楚的对不对？一定能说清楚的，我们不可能会通敌。"

他们怎么能不明不白地抄家呢？怎么能抓走了爹娘和祖母呢？

半响，她见宋云起毫无动静，只是神情复杂地看着她，不由得恼火："哥哥，你这是怎么了？你为什么一点都不着急？我们快走，快去寻人啊！若是去得晚了，爹爹他们怕是要在牢里受苦的。"

此时，宋云起那双眼中悲悯而难过，由着她抓紧他的手臂，由着她胡闹。

片刻，他才道："岁岁，我不能去。"

欢岁愣在了那里，她一时不知该作何反应，喃喃道："哥哥为何不能去？"

宋云起眼神闪烁，欢岁却似乎想到了什么："哥哥为何没有被带走？"

宋家因为通敌南召而被厉帝下令抄家,宋府上下一百多口人皆被押进大牢,为何宋云起还能安然无恙?不仅如此,还能将她也一同带走。

欢岁越想越害怕,看向宋云起,只见他脸上有几分慌乱,却没有回答她的问题。

欢岁环顾四周,她身处的房间摆设简单,不是她的居所。

不是宋家,这又是何处?

不等她再问,已有身着铠甲的北辰军进来,俯身在宋云起的耳边说了什么。

欢岁难以置信,她颤抖着唇,问道:"哥哥怎么会识得抄家的北辰军?"

宋云起供职于礼部,往日与北辰军并无来往。

其中种种欢岁实在想不通为什么。

宋云起知道事情瞒不住,缓缓道:"岁岁,我原本并不叫宋云起,我叫司徒云起。"

他一字一顿认真地念出自己的名字。

司徒?

这姓氏欢岁并不陌生,司徒将军曾是父亲的挚友,却因通敌而被满门抄斩,从此司徒氏没落。

可为何宋云起会说自己是司徒云起?

欢岁摇头:"你怎么会是司徒云起?你是宋家的孩子,是我的哥哥啊。"

司徒云起面色凝重:"岁岁,我不是你哥哥,我是司徒辰的儿子。当年司徒家出事前,我父亲托人快马加鞭给你父亲递了消息,将我们母子三人托付给了你父亲。"

司徒云起还说,他的父亲司徒辰原本一直镇守西北,后来被奸人所害,才落得家破人亡的下场。

那时候他不过八九岁,一夜之间家破人亡,亲眼见证了往日最为亲近的人被杀害。

听着司徒云起的讲述,欢岁想起了第一次见到他时的场景,那时父亲将他们母子三人带回宋府,不惜背负着私养外室的骂名,原来竟是为了救朋友的妻儿。

为此,父亲不仅违背了与母亲一生一世一双人的约定,还差点闹到和离的地步。

如此大义,欢岁更加不解,急问道:"可这桩陈年旧事与宋家被抄家有何关系?"

见司徒云起沉默不语,欢岁猜测道:"是为了你们母子三人被窝藏一事?"

欢岁又立刻否认了这个想法,如今司徒云起还好好的,若是厉帝真的要追究当年的事,宋家跑不了一个窝藏罪,司徒云起更是跑不了,他可是乱臣之后。

可如今他意气风发,哪里像是被治罪的模样。

司徒云起眼中闪过一丝复杂的情绪,他转而说道:"岁岁,你不要问那么多,你也无须知道那么多。我会想办法救出你父亲,你信我。"

你父亲?

欢岁心头一阵凉意,他竟连称呼都改得如此自然。

欢岁并不相信司徒云起，他让她不要着急，可她怎么能不着急。

被带走的都是她至亲至爱之人。

况且眼下的宋家究竟是何罪名，而司徒云起又充当了什么角色，欢岁都没有弄清楚。

欢岁心急如焚，片刻都等不得，看向司徒云起："我不管你是谁，也不管你与司徒家有何关系，这些都是你的片面之词。眼下我必须要想方设法救出宋家人。"

欢岁的情绪渐渐激动，她要出去，去击鼓鸣冤，去宫门口，去见陛下，去问一问宋家何罪之有。

司徒云起拦住了她："岁岁，如今宋家人被捕，你是宋家的独女，若是露面只会被一同押入狱中。你父亲定不想见到你如此，这地方隐秘，你姑且待在这里。若是连你都被关进狱中，又有谁能救得了他们？"

可欢岁怎么能待得住？她知道司徒云起说得没错，若是她也入了狱，那宋家的事更无人能帮。

司徒云起接着说："你只有保全自己，才有可能救人。你如此聪明，不会不明白这个道理。"

这样的话字字都是威胁，她这才发现自己住的院子已被北辰军团团围住。

她不解，问司徒云起："你这是何意？"

若是怕她被人发现，也不必如此重兵把守。

这不像是在保护她，而是在囚禁她。

到了此时，欢岁断定司徒云起与宋家被抄家脱不了干系，质问他："你到底都做了些什么？"

司徒云起眼底一寒，望着欢岁："你不会想知道我都做了些什么。"

司徒云起还想说什么，一个一身铠甲的将士突然与他附耳低语了几句。

待那将士走远，欢岁似是想通了什么："你是不是早已与北辰军勾结？"

否则那些将士为何待他如此客气，现在想来，若不是如此，他一个礼部小官怎么能调遣得了北辰军。

见司徒云起不语，她越加笃定。

可如今救人要紧，她哀求道："不管你都做了什么，求求你救救他们。祖母年岁大了，她这一生都没有吃过苦，那牢狱她待不住的。

"还有父亲，你别看他平日里风风光光，他时常腿疼，尤其是阴天，若没有大夫给他开药，他该多疼啊。

"母亲，母亲她要是看不见我，她该多着急啊。

"求求你，求求你救救他们。只要你能救出他们，往昔的一切我们不再追究，求求你了。"

她哭得上气不接下气，已经不知道该怎么做了，只能求助于眼前这个人。

司徒云起既然能指挥得动北辰军，肯定早就与人暗中勾结，欢岁料想他也有办法救出宋家人。

司徒云起眼中闪过一丝痛色，伸出双臂扶起欢岁："岁岁，你不要这样，以后我会好好照顾你。从前你在宋府有的，以后在我这里，你都会有，我不会亏待你，岁岁，我会一直对你好。"

从那日起，欢岁便被司徒云起关在这院落中。

最初的几天，她每日都想方设法离开这里，可她发现这院落里里外外都是北辰军。没有司徒云起的许可，她根本插翅难逃。

她开始不吃饭、不喝水，她哪里扛得住这些，短短几日，整个人消瘦了下去。

司徒云起便哄着她，哪怕只吃一口，只喝一口。

可她根本不愿意吃他送进来的食物。

从晨起到晌午，送饭送水的人来了一拨又一拨，可送来的东西无一不是原封不动地退了回去，姑娘是一口未动啊。

再看司徒将军的脸色，快赶上炉子里烧黑的炭了。

看着食盒里原封不动的粥饭，他眉头微微皱着，忽地挥袖将食盒扫到了地上。

那玉碟子在地上生生转了几圈，才停下来。

丫鬟和小厮们跪了一排排，瑟缩着。

这司徒将军虽年纪不大，但听说在营中一向杀伐果断，他们生怕一个不慎就成了他刀下的亡魂。

司徒云起沉声说道："再送，一直送到她肯吃为止！若她再不吃饭，你们便也不用吃饭，都去陪着她吧。"

这边的动静惊动了司徒夫人，她缓步来到厅堂，正巧看到司徒云起对着丫鬟小厮撒气的场景。她对身旁的王嬷嬷使了个眼色，王嬷嬷心领神会，带着下人先退了下去。

司徒夫人不慌不忙地坐下，温柔地说道："起儿是为欢岁不肯吃饭苦恼？"

司徒云起微微俯身，一向波澜不惊的人，此时却是真的不知所措。

"母亲，岁岁已经几天没有吃东西了，她那样爱吃、爱笑、爱闹的人，孩儿不想看她变成这样。"

这几日来，她的每一句讥讽，她眼中赤裸裸的厌恶和憎恨，都像是一把把刀，生剐着他。

可他哪怕已经攥得满手鲜血，还是攥着，不舍得放手，越是攥得紧，越是得不到。

司徒夫人眼神晦暗不明，她的儿子她又怎会不知？以往在宋府时，她便看出儿子对宋家姑娘的那份情谊，她也一再提醒，往日两人是兄妹，如今两人便算是仇人了，若再进一步……

司徒夫人起身，走到司徒云起身边，拍了拍他的肩头："如今你刚为你爹爹洗刷了冤屈，当了将军，满洛城多的是盯着你的人。你偷偷将欢岁藏于府中已是大罪，若你还要闹出什么风言风语，岂不是要把司徒府放在火上煎？"

说着，她走上前，素手整理着司徒云起的衣领，眼中闪过一丝精明："至于欢岁，交给娘，娘能让她吃东西。"

这房门一天总要响上几次，可欢岁依旧环抱着自己坐在床榻上。她面色惨白，整日也不开口说上一句话，没有人知道她在想些什么。

房门又响起，她照旧不去理会，想必又是哪个丫鬟送了吃食过来。

/ 168

来人也不说话，从食盒中拿出几样吃食，一碟碟摆在桌子上。

等一样样摆好了，来人不慌不忙道："宋姑娘，起儿说你已几天未进食，你自小锦衣玉食，这样的折腾你是受不住的。"

欢岁闻言，抬头看向来人，这是宋家出事后，她们第一次见面。人人都以为宋家的妾室不争不抢、不闻不问便是后院和谐，可谁又能想到宋家的后院盘着如此大的一只毒蝎。

欢岁嘴角挂着讽刺的笑："我该叫你什么？姨娘，还是司徒夫人？"

司徒夫人听到这话，脸上表情微变，当初在将死之际是宋家施救，保全了他们母子三人，给了他们一个遮风避雨的家，可如今宋家也算是因为他们落难。

"不管你信不信，我们从未想过要害你父亲。"

那又如何？他们一个个口口声声说不愿意陷害宋家，可还不是害得宋家落得这般田地。

司徒夫人将一碗粥端给欢岁："起儿心软，不舍得伤了宋姑娘，可我不一样，母狼只会保护自己的狼崽子，至于旁的人呢，我可顾不上。"

欢岁将脸转向一旁。

司徒夫人并不着急，慢条斯理道："宋姑娘半梦半醒的这十来天里，怕是不知道你的父母如今怎样了吧。"

听到司徒夫人提起爹娘，欢岁看向了她。

司徒夫人见状，露出一丝得意的笑，语带威胁："你父母如今都在狱中，你若是吃了喝了，留你这条命一日，那宋家便能在牢里多待一日。"

这是在用宋家威胁她。

欢岁闻言，一双眼睛越发暗淡，却还是伸手端起那碗粥拼命往嘴里灌。

司徒夫人心满意足地离开了房间，人都是有软肋的，不过是个小丫头而已。

司徒云起见母亲拿着空的食盒出来，脸上露出了难得的笑容："母亲对岁岁说了什么？她竟肯吃东西了。"

司徒夫人道："起儿，你是个男人，是要做大事的，莫要在女人身上花费太多的功夫。"

司徒云起摇头："母亲，我们已害得宋家到了如此地步，我如今只能保下岁岁了，我该好好对她。"

司徒夫人没再说什么，心里已有自己的盘算。

司徒云起这些日子很忙，每次都是匆匆忙忙来看欢岁，又匆匆忙忙离开。

他无暇照顾她，却派来了两个嬷嬷。

那两个嬷嬷倒是手脚利索的，却总是十分警惕地看着她。

每每她走到了门边，她们便高声提醒："宋姑娘，请不要出门。"

她冷笑，如今被司徒云起囚禁于此，她又哪里能出得了门。

宋家人被关了已经十来日，而她作为宋家的独女，没有与宋家人一同被关进大牢，却被仇人偷偷关在这里，求救无门。

欢岁不知道这些天外面都发生了什么，先是贺大人被杀，如今又是宋家，这些是不是与虢城的时疫有关？

而厉夜行去查时疫的事,是否已经回来了?他知道自己被司徒云起关起来了吗?

如果知道,他会不会来救她?

这日,欢岁照例只吃了一点点食物果腹。吃完她就缩在床角,她不能再这样下去,她要想办法离开才是。

这样想着,却来了个不速之客。

欢岁不是司徒云起的妹妹,司徒星辰却是他的亲妹妹。往日,司徒星辰便很有一番野心,不平于自己庶女的身份,如今身世之谜揭开,她再也不是宋家的庶女了。

司徒星辰是来嘲讽奚落欢岁的,宋家被抄家时,她被姨娘和父亲的旧部从宋府带走。那时,她才知道自己哪里是宋家的庶女,分明是司徒大将军的嫡女,是真真正正的高门贵女。

当年司徒家被人陷害,他们母子三人流落到了宋府,如今哥哥与父亲的旧部为司徒家平反,而她是司徒家唯一的女儿。

反观宋欢岁,往日那个高高在上的宋家嫡女,洛城中数一数二的贵女,如今却沦落到了这种地步,她又怎能放弃如此好的侮辱宋欢岁的机会。

尤其是瞧见宋欢岁如今这般落魄,终日将自己缩在这方寸的小房间中,不哭不笑,甚至最初那几天不吃不喝,再不似往日那样娇艳明媚。

司徒星辰心中更加得意,围着欢岁转了两圈,欣赏着她惨白的脸色和瘦削的身体,忽而笑道:"真是风水轮流转,往日我们客居你家,如今你倒是住到了我们家。"

欢岁不动声色地皱眉,她心中很厌恶司徒星辰将宋家同司徒府这样比较,抬头直视着那一身艳丽华服的女孩。

以前司徒星辰便喜欢穿些色彩明艳的衣服,如今得了势,更是恨不得让全世界知道自己的衣服是最贵最好的。

欢岁冷笑,她往日虽与司徒星辰并没有什么姐妹情分,但到底是将司徒星辰当作了家人,如今是彻底厌恶了,便也不再对那穿得像鸡毛掸子的人客气。

"那必是不同的,你父亲当年托孤,我父亲排除万难保全了你们,给了你们一个家。我父母仁慈,待你们极好,你们在宋家从来不算客居。"

甚至有时父亲给司徒星辰的比给自己这个嫡女的还好,欢岁也曾经意难平,现在想想,父亲内心也有诸多酸涩。他肩负着保护挚友遗孤的责任,又不能对妻女言明真相,是真正的打碎了牙往肚子里咽了。

欢岁思及此,对这对兄妹越发憎恶:"如今司徒家恩将仇报,害得宋家家破人亡,你哥哥又软禁了我,更不算客居。一个光明磊落,一个宵小卑鄙,怎可相提并论?"

司徒星辰今日似乎格外高兴,也并不计较她话里话外的嘲讽,自顾自地欣赏着自己涂满了丹朱的指甲。瞧欢岁兴致乏乏,不再搭理她,她自顾自地说道:"今日厉帝赐婚了。"

难怪她如此高兴，只是不知道哪家的倒霉儿郎被她糟蹋了去。

"说起来，你们才是青梅竹马一起长大的，在宫中受教时，他还常常去看望你。他对你可真好，总能找些稀奇古怪的东西捧到你面前，哄你开心。上女学时，那些贵女可羡慕你了。"

见欢岁面色难看，司徒星辰说得更起劲了："可那又怎么样？如今相府是断不敢沾上你这罪臣之女的，他这个少将军也断不敢再与你往来。而我哥哥是当朝新贵，有了厉帝的赐婚，以后我便是相府的少夫人，是少将军夫人了。"

原来是顾炎那个倒霉鬼！

欢岁懒得理司徒星辰，就让她去当什么鬼的少夫人吧，与她何干，她只是觉得可惜了顾炎。那小子平日里虽然有些浑，可到底品性纯良，往日里待她也很好，若是与奸诈的司徒家扯上了关系，日后又能落得个什么好。

见欢岁不接话，司徒星辰又说了许多，说这些时日司徒家在厉帝面前多么得脸，说如今的司徒家成了大家争相拉拢的香饽饽，又说宫里给了她多少赏赐，那些绫罗绸缎，穿一辈子都穿不完。

可无论她说什么，欢岁都是那副怏怏的样子。欢岁满心满脑都是宋家，都是在狱中的爹娘，哪里还有心情听她絮絮叨叨。

司徒星辰本是来炫耀，可无论怎么说，都像是一脚踢在了棉花上，无趣极了，她又嘲讽了几句，便走了。

司徒星辰走了，也就真的清静了。

欢岁这几日心中已有了主意，如今宋家虽是弃子，可到底是个有金山的弃子，她不信会没人想要这座金山。

一日这金山银山没有被找到，便有一日的安全。待她出去后，她便以这金山银山作为条件，去救出宋家的人。

司徒云起再来的时候，似乎有些焦躁。他看着欢岁欲言又止，欢岁不知道发生了什么。

司徒云起坐在案几前，径自为自己倒了一杯水，并不喝，只是凝眉看着岁岁。看了好一会儿，他才说："他怎么就如疯狗一样不依不饶呢？"

欢岁不知道谁是疯狗，又为何能让司徒云起这般生气，可她心中是感激这人的，最好那疯狗能一刀砍死了司徒云起。

司徒云起紧紧捏住水杯，手上的青筋暴露，直至水杯在他有力的手中裂成碎片。

欢岁第一次见司徒云起如此失态，她眼带嘲笑地看着他的失态，这样的目光让司徒云起更加不安惶恐。

宋家被抄家，欢岁被他带走时，厉夜行并不在洛城，如今厉夜行回来了，在朝堂上对他步步紧逼，为宋家喊冤，恨不能将他当场碎尸。

厉夜行说他是卑劣小人，是白眼狼，那睥睨的眼神，仿佛在看一团无用的垃圾。

厉夜行逼问他欢岁的下落。

想到这里，司徒云起双目赤红，他像是亟需证明什么，起身朝欢岁走去。

他将欢岁一把抱住，拥进怀中，声音低沉："别的我都不要了，岁岁，只要你嫁给我，我就想办法救他们。"

欢岁仿佛听到了什么恶心的事，她的眼神中透露着厌恶和鄙夷，推拒着他的靠近，大声呵斥道："司徒云起，你疯了吗？我们是兄妹！"

"什么兄妹？我们不是！我是司徒云起，你是宋欢岁，我们毫不相干，只是一对普通的男女。"

说着，他将欢岁再度拥入怀中，她的身子单薄，腰身瘦得不堪一握，可他又分明能感受到两人相贴时，她胸前的柔软温暖是那样美好。

理智的弦绷断，他俯身狠狠吻向那张樱唇。

她双手紧紧抵在他坚硬的胸膛前，拼命想摆脱他的桎梏，可男女之间力量悬殊，她的抵抗只会让他更加疯狂。

"岁岁，只要你嫁给我。"

那滚烫的气息喷在她的耳边，欢岁忍着厌恶，发狠地咬了下去，两人的口腔中顿时充斥着腥甜。

司徒云起终于不舍地松开了她，那双眼中弥漫着情欲，他多希望在欢岁的眼中也能看到同样的东西，但他看到的只有厌恶，他霎时像是被人浇了一盆冷水。

她的唇边也沾了血，却衬得美人格外妖艳，那双眼睛早被泪水浸湿，长长的羽睫被水滴沁润得格外动人。

司徒云起不想再等了，他不想再顾虑什么，反正她已憎恨他到如此地步，那就恨下去吧，最好这一生都这样恨着，不死不休才好。

看着癫狂的司徒云起，欢岁突然开始怕了，她忍不住喊叫："司徒云起你疯了，你放开我！"

可他哪里还放得开，大手抚上她的腰身，正要进一步，一阵急促的敲门声响起，伴随着妇人的声音："起儿，营中有密信传来。"

母亲的声音拉回了司徒云起的理智，他看着身下哭泣的欢岁，似是终于明白自己做了怎样的浑蛋事。他起身，想去安抚她，却见欢岁扒着榻边开始干呕。

司徒云起伸出的手将将停在半空，片刻后，他才找回了自己的声音："你竟如此厌恶我的触碰。"

欢岁没再理会他，而是坐直了身子，擦干了眼泪，整理着自己身上的衣衫。

而门外再次传来了司徒夫人不轻不重的催促声。

司徒云起再心有不甘，也只得凝眉离开。

他离开后，司徒夫人便走了进来，那凤目斜睨了眼床上的人，冷冷说道："今日我能救了你，可他日你又该怎么应对？"

是了，在她叫天不应、叫地不灵的时候，竟是这妇人及时出现，但欢岁不会蠢到以为姨娘会是好心。这母子二人，不过是一个唱红脸，一个唱白脸，当真是一样恶心。

她从床榻上坐起来，极力压抑着内心的恐惧与愤怒，故作镇定。

"不劳夫人费心，夫人也并不是要救我。若是今日躺在这里的是别的女子，夫人也就权当司徒云起找个乐子，大不了收个通房供他消遣，可我不一样。我在这里一天，宋家的事便时时在他眼前、在你眼前，提醒着你们的所作所为，因而夫人觉得危险，所以断不会留我。"

司徒夫人的眼中闪过一丝赞许,她从前便觉得宋家的这个丫头聪慧过人,如今更是这般觉得。她上前,轻抚欢岁的脸,说道:"难怪起儿会如此喜欢你,为了藏起你,不惜用了这样多的手段,杀了那样多的人。瞧瞧,多好的脸蛋儿,多聪明的可人儿。"

她的手指突然用力,捏起欢岁的下巴,在那白皙柔嫩的肌肤上留下深深的指印。

"可惜了,你说得对,留你一日只会让云起想起宋家的事,他会觉得亏欠了宋家,亏欠了你。可做大事的人最不需要亏欠,所以你绝不能留。"

欢岁皱眉,拍掉她的手,不屑道:"司徒夫人是要杀了我?那可得赶紧动手,省得你那儿子回来,母子二人生了嫌隙。"

欢岁料定司徒夫人不会杀她,若是想要杀她,又何须留她到这个时候?既然不杀,便是留着有用的。

司徒夫人没有说话,只是命人将食盒送了进来,便离开了。

离开前,她阴沉地说:"宋姑娘这样的人,又怎么轮得到我动手?"

欢岁懒得去想她这句话的意思,不过一个时辰后,她便知道了司徒夫人话中的深意。

## 第二十章·
入东宫

司徒府来了一位贵客,那贵客一身墨色狐裘,矜贵而又清冷,他从马车上下来时,薄唇紧抿,不怒自威。

司徒府前跪了一地的人,齐声呼:"殿下。"

厉夜行如入无人之境,径直踏进司徒府,身旁的侍卫个个手持长剑鱼贯而入,却朝着后院去了。

那样子分明是在寻人。

司徒云起皱眉,厉夜行定是知道了欢岁就藏在他的府中,可厉夜行是如何知道的?

司徒云起上前,拦住了厉夜行:"殿下今日到访司徒府,可是有事?"

那双清冷的桃花眼看着他,似是要将他看穿了一般,在这样的眼神下,司徒云起竟生出了一丝畏惧。

厉夜行睥睨司徒云起,没有说话,片刻后,他转身瞧着厅堂中的那块牌匾,只见他从一旁的侍卫手中拿过弓箭,拉成满月的形状。

"嗖"的一声,那箭直直射入匾中,铮铮作响。

司徒府的人见状忙跪于地,一时之间厅堂中无一人敢动弹半分。

那人收了弓箭,那好看的薄唇中吐出的全是杀意:"司徒将军一朝腾风起,便忘了既能起,也能落的道理了。"

厉夜行的威胁,他怎么能听不懂,一句话能让司徒生,也能让司徒死。

司徒云起面色难看:"末将不懂殿下的意思。"

厉夜行冷笑道:"司徒将军这招用得好,趁我不在洛城,你们陷害宋家,藏了宋姑娘,真是好手段。"

"末将听不明白。"

"司徒将军不明白没关系,等孤将人带出来,司徒将军自然也就明白了。"

厉夜行话音刚落,裴岩便从后院将欢岁带了出来。

厉夜行的目光停留在她身上,欢岁原不知道今日为何会有这样多的人前往她住的小院,现在明白是他来了。

眼见着欢岁一步步走到厉夜行身边,司徒云起上前想要拦下欢岁,却被她侧身躲开。

她的眼神厌恶至极,绕开他,径直走向了厉夜行。

她原本是多么明媚的一个姑娘,不过短短数十天,消瘦到如此。

厉夜行从身上解下那件黑色狐裘,将欢岁裹在其中,只露出那双好看的眼睛。

眼见着他们要离开,司徒云起上前一步:"殿下,就这样带走宋家余孽恐有损殿下的威望。"

厉夜行要做的事又有谁能拦得住?

他眉宇间透露出不耐烦:"怎么?司徒将军要反?"

裴岩闻言,立刻抽出佩剑,杀一个司徒云起,再简单不过了。

司徒云起又岂会不知,他纵使有再多的不甘,也只能退后几步:"臣不敢。"

厉夜行将人打横抱起,司徒府自然再无一人敢上前阻拦,任由他带着人阔步出府,犹入无人之境。

四方阔大的马车早已候在门外,厉夜行将人抱上车,放在早已铺好的软垫上。欢岁已多日未曾出门,身体极为虚弱,只能半靠在他身上。

见怀中的人似乎还未从惊吓中回过神来,厉夜行眼神深邃,温声道:"宋姑娘。"

欢岁怔怔地看向他,眼神闪烁:"殿下这是要带我去哪里?也要像司徒云起那般困着我?"

她的话深深刺痛着厉夜行,他不敢再去看那双含着泪水的眼睛,那眼里以往尽是纯真的光,而今却是这样楚楚可怜,像是无家可归的小兔子,生怕别人抓住了她。

厉夜行不知该如何安抚这小兔子,只紧紧抱着她,语气温柔得一点都不像往日那般清冷:"我带你回家去,去东宫。"

去有他的地方。

欢岁颤抖着闭上了眼,也许是太累了,也许是她此刻别无依靠,别无他法。她不想再反抗,也不想去想为什么太子会如此待她,她似脱力一般倒在厉夜行的怀中,任由他带她走。

望着厉夜行的马车走远,司徒云起暗暗握紧了拳,一旁的司徒夫人自然将他的这番举动收入眼底。

"我几次三番劝你,可你总听不进去。今日这一课便是让你明白,他是君,你是臣,他要谁,你就得给他谁。别说今日他只是从你身边带走了宋欢岁,他便是屠了司徒府,我们也只能是砧板上任人宰割的鱼肉罢了。"

这道理他岂会不懂,司徒云起紧闭双目。

如今的司徒府虽已沉冤得雪,厉帝为了安抚司徒氏也让他入了大营,可他步履维艰,根基单薄。

他每走一步,身后都是偌大的司徒氏,一步错,那司徒氏便只能再毁灭一次,毁在他手中,他是断不能如此的。

司徒云起太清楚厉夜行是怎样狠厉的人,也太清楚如今的司徒府在他眼中不过是蝼蚁之窝。若不是还有几分用处,今日又岂会只是射匾震慑,他毫不怀疑,那箭射入的会是他的脑门。

司徒夫人趁机道:"你若是不想被他压住,便要压住他。"

司徒云起看向母亲,眼中透露出难以置信:"母亲,你要的从来不只是为司徒府平反,是吗?"

司徒夫人轻哂一声,她待字闺中时,便是个对权力极度渴望的人,奈何女儿身,空有大志，却不能有所作为。好在她嫁给了司徒大将军，也不算遗憾。

琴瑟和鸣、举案齐眉，那样好的日子她也过了几年，直到司徒家一朝败落。

她算是看了个清楚，再厉害的权贵，也只是权贵，不是那个掌权的人。

"傻孩子，你是司徒家的后人，你该有野心的。你不是喜欢宋家姑娘吗？只有你强大了，才能将她夺回来，不是吗？"

司徒云起突然觉得母亲可怕，他到这时也已经明白为何厉夜行能这么快知道欢岁在他这里。

"是你告诉他的？"

司徒夫人也不怕他知道："是又如何？你留着那小丫头在府中，只能是个隐患。"

"我与你说过很多次了，欢岁对我来说很重要，我不能没有她。"

司徒夫人很是不屑："她有多重要？比司徒家族更重要，还是比我和你妹妹更重要？"

司徒云起知道与母亲多说无益，转身离开。

东宫中，厉夜行去了议事堂。

裴岩将欢岁安置在小院中，他告诉欢岁，前几日陛下派了殿下前去虢城处理贺大人的事，就是在那个时候，他们对宋家下手了。

"宋姑娘，殿下知道宋家出事，立刻从虢城赶了回来。"

裴岩想着该让欢岁知道，殿下并非不管宋家的事，他是在乎的。

欢岁由着侍女为自己梳洗，被困在司徒府的那些日子里，她孤立无援，往日仰仗的人如今成了仇敌，她能想到的人都不能拯救她。

她也想到过厉夜行，宋家出了这样大的事，东宫不可能不知道，若厉夜行能施以援手，事情定能有所转机。可她出不了司徒府，自然也无法知道东宫的态度。

听到裴岩这样说，她便有了希望，东宫不是不管。

没有听到欢岁说话，裴岩站在门外道："姑娘，府上并没有女眷的衣裳，殿下已吩咐了嬷嬷下午来为姑娘裁制衣服，姑娘先将就着换洗吧。"

欢岁应了声，能将她从司徒府救出来，她已满心感激，又怎敢讲究什么。

等她安顿好，便来见裴岩。裴岩絮絮叨叨说了一堆，交代了东宫的一些规矩，又讲了她住的小院有守卫，安全得很。

"姑娘安心住着，再不会有人敢把姑娘从殿下这里带走。"

欢岁叹了口气，眼下她最关心的是父母的安危，于是问道："裴将军可知我父母如今怎样？"

裴岩叹了口气，那司徒云起当真是个白眼狼，宋家被陷害通敌，便是由司徒云起亲自揭发的，当时厉帝震怒，当即要斩了宋景之。

好在宋家有些根基在，不少官员都为宋家求情，若是直接斩了怕是会引起民愤，厉帝这才将宋家人押在牢中，命刑部彻查。

说是彻查，不过是为了找到定罪的证据罢了。

"若是刑部坐实了证据，那宋家……"

裴岩没再说下去，只因他看到殿下阴沉着脸站在门口，而欢岁则是双眼含泪。

厉夜行的目光从她身上掠过，转而对身旁的人道："裴岩，你的项上人头不想要了？"

殿下早已警告过他莫要在宋姑娘面前胡言乱语，可他不忍看着宋姑娘如此，才多说了几句。

见殿下来了，他忙退了出去。

欢岁见此，朝厉夜行跪了下去："求殿下救救宋家。"

厉夜行眸光深深，她面色极差，想必这些日子并不好过。

他伸手将她扶了起来，那扶着她的手修长有力。这些日子欢岁在司徒府又惊又怕，如今在厉夜行面前，不知哪儿来的委屈，眼泪止不住地流。

她哭得上气不接下气，那泪水滴在那修长干净的手上，竟似烫人一般，厉夜行几乎是立刻心软了。

不忍见她如此，厉夜行拿出一封信交给欢岁。

欢岁疑惑地接过信，厉夜行示意她打开。

说是一封信，不过寥寥数字，可这寥寥数字却足以安抚她：安好，勿念。

欢岁幼时喜欢临摹父亲的笔迹，对这刚劲有力的字体太过熟悉了。

杏眼含泪望向那人。

厉夜行以拳抵唇，轻咳一阵，说道："我已见了宋大人，他让我将此信交给你，他还说定要留得青山在。岁岁，你可懂？"

欢岁闻言，已是泪流满面，爹爹说定要留得青山在，而她便是那青山啊。

爹爹是不放心她，怕自己的女儿会想不开，怕她自幼在温室中成长，经历了这番巨变会无以应对，更是怕她无人照看，孤身一人。

爹爹身在狱中，却心系于她，欢岁更觉得难过。

厉夜行并没有哄劝，只安静地陪在她身边。等她哭累了，他才说："宋姑娘，孤有一句话，还望宋姑娘能听进去，如今宋家的人都在狱中，能奔走求救的只有姑娘了。若你不能好好活下去，又怎能寻到救你父母的机会？"

不过说了这短短几句话，厉夜行又咳了起来："宋姑娘，莫要辜负了宋大人。"

厉夜行并不善言辞，他平日里总是对着门客们，很少对着姑娘家，也不知该怎么安慰欢岁。

见她犹自哭着，他伸出手臂将她揽进怀里，轻抚着那消瘦的脊背，安抚道："你父亲定也希望你能好好的。"

安抚好了欢岁，厉夜行才匆匆离开，赶往城外大营。

大营离东宫几十里路，待厉夜行再回来时，天色已黑透了。驾车的裴岩冻得双手通红："殿下，我们何必要赶回来，今日宿在营中有何不可？"

更何况，几番折腾，厉夜行近来身子不好，来回百里路，他在车上一阵阵地咳，整张脸都咳得通红，真不知道为何非要赶回来。

厉夜行没有说话，他回到东宫，径直走到欢岁的居处。

照顾欢岁的嬷嬷早已得了他的吩咐，此时见他回来，忙小跑到他身边低语了几句。

她果然没有吃饭。

厉夜行轻咳几声,压抑着吩咐嬷嬷将饭菜布上。

说完,他将黑色狐裘解下,递给身后的裴岩。裴岩接过狐裘,挂在了屏风后。

待身上的冷气散了,厉夜行才在案几旁坐下,望向欢岁:"宋姑娘若无胃口,只当陪孤吃一些。"

欢岁原本并不想吃,可厉夜行这样说,她不好拒绝。

况且,她本是来投靠厉夜行的,如今却在这里哭哭啼啼,这般扭捏并不好。

于是她点头,在他对面坐下,打算陪厉夜行吃一些。

桌上的菜算不上丰盛,却是清淡适口的,清粥小菜,还有一尾小小的河鱼。

那河鱼用细葱蒸了,冒着丝丝的鲜香气,惹得人垂涎三尺。

欢岁自小就爱吃鱼,冬日里新鲜的河鱼少,父亲便高价从贩子手中购。到了河面结冰无人捕鱼时,还会派人去捕,总之,她在家时,鱼是没有断过的。

银箸停留在雪白的鱼肉上,知道她喜欢吃鱼的人并不多。她咬了咬唇,抬头看向厉夜行。

而他面色坦然,端坐在案几旁,修长的手指执着银箸,连在这小小的案几旁,他也是一副运筹帷幄的模样。

宫人们布完菜,识相地退了下去。

见欢岁并不动,厉夜行这才开口:"你不用担心,孤宫中的人,嘴都严得很,见过你的人也不多,你且安心留在这里。"

他以为欢岁是心中担忧,吃不下饭。

欢岁忙摇头。

东宫的饭食皆是按照厉夜行的喜好来,见欢岁吃了,他问道:"你若是有什么不合适的,或是想吃的,都可以告诉常嬷嬷。"

欢岁这才瞧见,方才侍女们退出去后,还有个嬷嬷留在殿内伺候。

她瞧了又瞧,越发觉这嬷嬷眼熟。

常嬷嬷缓缓上前,面上带着和煦的微笑,为欢岁夹菜:"姑娘现在可还绣荷包?"

是教绣工的嬷嬷!

那是年初在宫中受教时,教她们刺绣的嬷嬷,欢岁被留堂时,还是嬷嬷一针一线教她。

那样安宁的日子,明明才过了不到一年,想起来却恍若隔世一般,欢岁心有疑惑,叫了一声:"嬷嬷。"

常嬷嬷应下了,跪坐在欢岁身旁。

女学的课程是陈王后安排的,挑选的也都是自己信得过的夫子、嬷嬷。可如今常嬷嬷就在东宫中,且厉夜行屏退了所有人,只留下了常嬷嬷,说明她在厉夜行这里必然是极得信任的。

把自己最为信任的人,放在陈王后的身边,还能不被察觉,成为陈王后信任的人,厉夜行果真厉害。

思及此,欢岁不由得看向厉夜行,眼中满是疑惑。厉夜行淡淡道:"常嬷嬷擅长绣工,会照顾人,在东宫有她照顾你,万事会好一些。"

常嬷嬷为人温和友善,欢岁在往日便是知道的,如今在东宫见着了她,半是故人重逢的喜悦,半是对她身份的诧异。可她毕竟是客,只应了下来。

常嬷嬷细细地将鱼刺剔去,把鱼肉夹到欢岁的碗中,温声道:"姑娘瘦了好些,要多吃点才是。等到宋大人从狱中出来,若是看到姑娘这副样子,是要心疼的。"

常嬷嬷的话让欢岁心念一动,是啊,父母那样疼爱她,她还要留着力气等他们回家。

见欢岁开始吃东西,常嬷嬷与厉夜行对视一眼,接着往欢岁的碟子里夹菜。

"这笋干是春天时采下的,宫人们洗净晾干,现在用水泡开了,炒着吃最是下饭,姑娘尝尝。"

"这汤是放了山楂的,将山楂去皮,打成泥,放在汤中,开胃解腻,也甚是鲜美。"

常嬷嬷说着,她吃着,不知道是饭菜可口,还是今日得了父亲的字条,欢岁倒是吃了这些日子来最饱的一餐饭。

见两人用完餐,常嬷嬷端了盘子退下。

屋中只有他们二人,欢岁承受了厉夜行这么大的恩情,知道自己不该有过多的要求,可还是忍不住问道:"殿下,我能见见我的家人吗?"

厉夜行没有应允,只说:"再等等。"

欢岁点头,能知道宋家人还安好,她已知足,其他的便再等等,等她找到了证据,好为宋家翻案。

厉夜行又道:"你如今在东宫中,难免会接触一些人,为了安全,不可再以宋家嫡女的身份示人。"

欢岁知道纵然厉夜行是东宫太子,若是传出他收留了宋家嫡女,怕是也要被厉帝怪罪的。

以往父亲就曾说过,东宫不稳,留下她已是冒险,她决计不能再给厉夜行寻麻烦。

好在厉夜行似乎早有了妥当的安排:"至于身份,你就留在孤的身边做个侍女吧。"

说着,他走向书案,拿起狼毫,略微思索片刻,继而洋洋洒洒地在纸上写下两个字:小满。

"以后'欢岁'这个名字便不要用了,你叫'小满'。"

小满即满。

欢岁没有拒绝,如今只有跟在厉夜行身边,她才能寻找证据为宋家翻案,旁的她都不在意。

只是,说是侍女,她却并不用真的做什么,反而有常嬷嬷和两个小丫头跟在她的身边照顾她的饮食起居。

这样过了两日,欢岁趁着厉夜行散了议事的空当,磨磨蹭蹭地走到他的书房门口。

书房中的人正伏案阅卷,厉帝如今病得越发严重,许多事情都交给了东宫来处理，厉夜行的案头上堆放着满满的议事文书，似是要将人吞了进去。

连日来，他奔波于大营和东宫，人似乎都消瘦了些。

欢岁看着挺拔如竹、坐在那里批阅的厉夜行，踌躇着该不该进去。

好在那人也瞧见了门口的一小团身影，他的眼睛深邃明亮，漫不经心道："进来吧。"

欢岁走进了厉夜行的书房。

偌大的书房中，有满满一架的卷本，欢岁不知道做东宫太子的是不是都要读这样多的书。

再往里走，除了书案、书架，还有屏风后的一张卧榻，再无其他繁复的东西，倒是简单。

他放下笔，沉声道："小满可是有什么事？"

小满道："殿下，我已在宫中住了这两日，既是侍女，若每日什么都不做，似是不妥。"

厉夜行看了眼她，继而说道："那你便为孤研墨吧。"

小满听了，点头如捣蒜，乖乖跪坐一旁为他研墨。

厉夜行收回目光，凝视着书卷。屋外飘飘扬扬下起了雪粒子，是冬天了。

自此，世间再无宋欢岁，只有研墨的小满。

厉夜行精神十足地伏案看卷，小满则静静地跪坐一旁研墨。观察了这几日，她发现原来东宫太子的日子也并不好过。

厉夜行每日天未亮已上朝议事，回来还要与东宫的门客议事，到了深夜也要读书看卷，孜孜不倦，未曾停歇。

她常想，做太子这样苦，又何苦要做呢？

厉夜行却不以为然："若不在高位，又如何能自保？如何能救自己想要保护的人？"

他说这话时，那双桃花眼如点墨般漆黑，深深地望着她。

若是以前，小满对这样的话不会有太多感触，此番宋家遭了难，她才真的觉出其中的道理。

"咳咳。"

厉夜行这几日一直断断续续地咳嗽，想必是忙于政事，过于劳累。因而小满虽然心里着急，却不再去催厉夜行帮她救人。

他说过会救，那她便信。

倒是裴岩，每日被小满追着逼问，如今宋家的人关在何处，可查找到了宋家遭人诬陷的线索。

裴岩被问怕了，只能东躲西藏，连宫门都不敢进了。

东宫的暖炉烧得很旺，小满常常研着墨便犯起了困。她打了个哈欠，见那人依旧挺拔如竹，想必又要批阅到深夜，于是寻了个舒服的姿势，趴在蒲团上睡了过去。

厉夜行的心思早已不在书上，他幼时启蒙，父王为他请的是最为严厉的老师，每当他心思不专，老师便用戒尺狠狠打他手板。

那戒尺又厚又宽,每一下都要打出声响,打得皮开肉绽才肯罢休。

因而他做事向来是心无二用的,可小满在身边,他便守不住自己的心了。

她研墨时,他尚且还能将卷上内容印入脑中;她犯困时,他便若有似无地看她;她睡着了,他更是心猿意马。

厉夜行干脆起身,目光柔和地看着在地上蜷成一团的人。他阔步走到她身边,将她揽入怀中。

小满本就不胖,这些日子越发消瘦了。

厉夜行低头凝视着怀中的人,却有些难过。

往日里不敢靠近的人,如今靠得这样近,却是这般境地。

厉夜行不知道这样宁静的日子还能有多久,他太长时间没有得到过这样的幸福,太害怕失去了。

他知道小满愿意待在他身边,是因为他答应帮宋家翻案,他也知道小满之所以当他的研墨侍女,是为了更好地探听关于宋家的消息。可纵使这样,厉夜行也是心甘情愿的。

他将小满抱到了一旁的床榻上。

这床榻是他往日看书看累了时歇息用的,上面铺着软软的锦被。她似好久没有这样睡过踏实觉,刚沾上锦被,便如小猫一般深深陷了进去。

她睡得很沉很沉,厉夜行也多了些光明正大看她的机会。她与小时候并无二致,天生丽质、粉雕玉琢;可又与小时候不同,她小时候宋家正盛,她很有些高门嫡女的娇气和骄傲。

现在那些明媚似乎从她的眉目间消散了,多了些淡淡的愁色。

他在床榻边坐了许久,久到房门外传来裴岩的声音:"殿下,该去宫中议事了。"

厉夜行看向窗外,原来天已擦亮。

小满醒来时,书房中早已没有了厉夜行的踪迹,只有若有似无的松木香气。

裴岩守在房门外,见小满走出房门,他跟了上去:"宋——"

到嗓子眼的名字被生生咽了下去,哪里还有什么宋姑娘,裴岩忙改口:"小满姑娘要去哪里?"

小满停下来,她身上着浅粉色的宫装,越发显得人消瘦:"裴将军,我想去找殿下。"

天越来越冷了,不知道父母和祖母如今在牢中可有厚衣服,她想求求殿下,让她去狱中探望父母。若殿下为难,能帮她带去些厚棉衣也是好的。

"殿下不在,殿下一大早就去了城外的大营,怕是要到天黑才能回来。"

小满虽不知道近日发生了什么事,但她每日能瞧见许多行色匆匆进出东宫的门客,料想着定是不太平的。

小满自知不该给厉夜行再添麻烦了,怯声道:"裴将军,我可以去大营吗?"

裴岩该一口拒绝的,殿下吩咐过除了东宫哪里都不可让小满去。

可看着小满期待的眼神,他口中拒绝的话变成了:"姑娘去那里作甚?那大营中多是粗犷男儿,不大安全,咱们还是在宫中烤番薯吧。"

小满也知裴岩为难,她是罪臣之女,若是被人认了出来,怕是要惹麻烦的。

她将裴岩拉到一旁:"将军若是不能带我去大营也无妨,小满想知道事情可有进展?"

裴岩是厉夜行的亲卫,对宋家的事自然了解。

宋家做玉石生意,但北辰的玉石产量少,因为地质的原因,玉石品质也参差不齐,往往需要狠下一番功夫才能找出上等的良玉。

但南召就不一样了,南召因为地理优势,玉石产量大,且玉质精美而难得,因此宋家的生意需常年来往于北辰和南召之间。

这本不是什么稀奇事,两国之间往来的商人并不算少,但这十几年间,南召不断在边境生事扰民,两国关系越发紧张,大大小小打了几仗。

北辰人能征善战,可南召国力雄厚,最善一个拖字,想以此拖垮北辰大军。

去岁冬天,北辰与南召交战,寒冬腊月,粮草告急,驻守边境的东阳侯几次上书为前方将士求粮,厉帝自然将这等花钱的事交给了摇钱树宋家。

宋景之此人颇有家国情怀,当即准备了满满当当的粮草运往边境。可奇怪的是原本计划十天运到的粮草,在路上运了二十多天,粮草短缺,将士无力,那年冬天,北辰难得打了败仗。

这事后来也不了了之,只是如今东阳侯回京,旧事重提,矛头却指向了宋家。而宋家常年与南召人来往,便成了宋家通敌叛国的罪证。

宋家被抄后,递上折子弹劾宋家的人不在少数。

宋家曾多年居高位,结交了大量的王室子弟和名流世家,也有不少人力挺宋家,可帝王的疑心一旦生起,便不能消散,不死不休。

但真正压垮宋家的是宋景之当年带回宋府的那个庶子。

那庶子原是司徒辰的后代。

司徒家自北辰建朝开始,便追随厉氏打江山,代代出武将,到了司徒辰更是名震天下。

司徒辰当年带兵驻守边境,与南召数次交手,是一位响当当的年轻大将军。领兵打仗,纵是常胜将军,也有败的时候。

胜败本是兵家常事,可司徒辰打了败仗后,却被厉帝急召回洛城。而他手下的副将在他走后,一跃成了大将军,也就是如今的东阳侯。

回到洛城的司徒辰原以为只是卸下兵权,却不想一封弹劾他通敌卖国的折子早已被悄悄送到了厉帝的案边。不过短短几日,司徒府树倒猢狲散,杀的杀,流放的流放。

唯有司徒辰的一双儿女在那场变故中不知所终。

而那双儿女正是被宋景之收养的宋云起和宋星辰。

宋景之与司徒辰自幼便相交甚深,司徒辰更是曾于北辰边境救过宋景之一命。

那时宋景之前往南召寻玉石,却遭到流寇打劫,恰逢司徒军巡防,于慌乱中,司徒辰单枪匹马救出了宋景之。

因而司徒府遭难,旁人生怕遭受了牵连,唯有宋景之在奔走搭救无果之后,想出了以外室作掩护的方法,尽力保住了司徒辰的发妻和一双儿女。

为了让那双儿女有正常的生活,这些年无论是面对外头的议论,还是发妻的责问,宋景之从不松口。

十年过去,宋云起不再是宋云起,那司徒云起却拿出了当年定罪司徒辰通敌的信件,那信中一行行皆是宋景之为财私通南召的证据,而司徒辰不过是当了移花接木的替罪羊罢了。

一时之间,朝堂上下,皆是为司徒府平反的声音,也皆是要问罪宋府的声音。

"其他的你都知道了,如今司徒云起倒是威风了,往日在礼部当个小官想必是屈才了,如今他仗着有人推举,入了大营,想要同他父亲一样当个武将呢。"

说到这儿,裴岩颇有几分愤愤不平:"就凭他,一没有军功,二没有领兵经验,愣是让那些司徒辰留下的旧部推了上来,当真是世道变了。"

小满知道司徒云起在宋家的案子中不是个好角色,倒也没想到他便是始作俑者。

她不由得瑟瑟发抖,在一起生活了十年的人,却原来不是个人。

农夫与蛇,人心寒凉罢了。

耳边是裴岩怒骂司徒云起的话,小满心想,既然司徒云起是关键人物,要想洗刷宋家的冤屈,自然要从他那里入手了。

见小满不说话,面色不大好看,裴岩这才觉出自己的话说得有些多。殿下怕小满姑娘冲动,特意叮嘱了他不可胡乱言语,瞧瞧他这张破嘴,怎么什么话都说。

"小满姑娘,你在想什么?你可千万别出什么幺蛾子,若是殿下知道我与你说了这些,他非砍了我不可。"

小满笑了笑,安抚道:"裴将军大可以放心,我绝对不会给将军添麻烦的。"

见小满不再吵着去大营,而是回了她所住的寝殿,裴岩才松了口气。

常嬷嬷见他这样,调侃道:"裴将军既然害怕殿下责罚,为何还要跟姑娘说那么多?"

裴岩挠挠头,叹道:"我也不知道是怎么了,小满姑娘一问,我便管不住嘴。"

## 第二十一章·
### 她已及笄了

大营中，厉夜行脚步匆匆地从中军大帐中走出来。

司徒云起快步跟了上来："殿下当真要救宋家？"

方才在营中，厉夜行与谋士的话，想必他听得清清楚楚，厉夜行也不打算瞒他。

"怎么？你有意见？"

宋家是司徒云起举报的，他自然不愿厉夜行再去查宋家的事。

"末将不敢。"

营中人最恨通敌叛国的人，这时候若是救了宋家，怕是连军心都稳不住。

可厉夜行要做的事，谁又能拦得住？

厉夜行顿住脚步，回头凝视着司徒云起，眼神中满是不屑："你确实像只狼崽子，还是只白眼狼。宋家待你并不差，你却巴不得宋家早日灭亡，你安的什么心，只有你自己清楚。"

司徒云起听罢，拱手道："殿下，臣并非不想救宋家，只是担心此举于殿下无益。"

担心？

厉夜行将佩剑卸下，交到裴岩手中，说道："我若要这江山，又何须赔上一个家族？倒是你，最好安分守己，你还不配把我当剑使。"

东阳侯曾蒙司徒辰照顾，如今司徒云起便是东阳侯推举到营中的，若不是留下他还有别的用处，厉夜行又怎会允许自己的队伍中有这般人。

他快步离开，没想到司徒云起竟还敢追上来。

"殿下，不知道岁岁可好？"

厉夜行翻身上马，面色冰冷："司徒将军糊涂了吧？什么岁岁，我并不识得。"

"殿下那日从我府上将她带走。"

司徒云起没说完的话被厉夜行打断，他面色冷凝似寒霜，坐在威风凛凛的黑色战马上，俯视着司徒云起。

"你若是要寻人，只管去衙门，东宫可不是你寻人的地方。"

说完，他再不给司徒云起说话的机会，策马而去。

回东宫的路上，天色越发阴沉，雪洋洋洒洒地飘着。

副将陈墨道："殿下，天气严寒，咱们送往黎城的粮草在路上怕是要多耽误两日。"

黎城近日受南召滋扰，民不聊生，厉夜行手持兵符，于半月前调遣了精锐部队前去支援当地郡守。

"殿下当时真应该再往前打上几十里，最好取了南召的都城。"

黎城原是厉夜行镇守的，他也在那里打了最为著名的一仗，以少胜多。

　　只可惜，厉夜行原想痛打落水狗，却被厉帝急召回了洛城。若不是如此，南召怎会这么快就得到了休养生息，敢卷土重来。

　　陈墨是个好战分子，他啐了一口："现在也来得及，只要殿下一声令下，咱们兄弟几个这就追随殿下打回黎城。"

　　可厉夜行眼下并不能离开，他眼神晦暗，不知在想些什么。

　　宋家的人还在狱中，他此时若是走了，怕是一点营救的机会都没有了。

　　还有欢岁，行军艰苦，她不一定能受得了，眼下还不是离开的时候。

　　"盯着粮草，那群人都爱打粮草的主意。"

　　"末将听令。"

　　这场雪虽不大，却有瑞雪兆丰年的意头。

　　小满和裴岩用簸箕将地上的雪聚到一处，堆出了一个胖乎乎的雪娃娃。

　　厉夜行从营中回来，方一进宫门，便看到那雪娃娃用胡萝卜做出来的嘴巴，对他笑得一脸憨态可掬。

　　一旁的常嬷嬷笑道："以往咱们这东宫没有什么女眷，少了多少的热闹啊！如今小满姑娘在，倒是有了热乎气儿了。"

　　那双深沉如墨的眸子透出淡淡的暖意，他将手里的糖炒栗子递给常嬷嬷，沉声道："拿去给他们。"

　　那栗子是他方才回来时，路过陈记，厉夜行特意下马去买的。副将陈墨当时看得目瞪口呆，对旁边的另一副将卫澜道："殿下什么时候爱吃这种小孩儿的零嘴了？"

　　彼时，卫澜嘴角微勾，并不解释，只笑得一脸高深莫测。

　　原来这栗子是给后院那叫小满的侍女的，陈墨与卫澜对视一眼。

　　两人心下了然，殿下这算是铁树开花了吧。

　　常嬷嬷笑着接过栗子，转身往后院走去。

　　小满和裴岩正坐在窗边看话本子，话本中写着侯门千金为了一介书生，不惜寻死觅活，与父母断绝关系，最终落得个被人抛弃的凄凉下场。

　　小满往日便爱看话本，像这一类的话本子她看得多了，气也气，不过没裴岩那样生气。

　　"蠢笨如猪，怎会有如此蠢笨之人？可气可气。"裴岩一边看一边叹，"这世间若是连父母都不可靠了，又哪来的可靠之人？"

　　裴岩往日并没有看过话本子，他怕小满在宫中待得无趣，专门找了这些话本子给她看，没想到自己倒是看上了瘾。

　　"这有什么可气的？裴将军还没看过更可气的呢。"

　　裴岩皱眉问："还有更可气的？"

　　小满瞪着一双星眸："话说一个相府千金，救了个落魄书生，好吃好喝供那书生，结果书生心生歹念，夺了相府的家产，下毒残害了相府众人。"

　　"哎呀呀，还有这样的？"

185　/

裴岩一脸难以置信，已被话本中的无耻之徒震撼到了。

小满瞧他这样激动，觉得好笑："这有什么？这些话本子我都会写，你等过几日，我同我父母回了家，闲下来写给你看。"

裴岩刚想说些什么，只见常嬷嬷进来，手上还拿着栗子，裴岩忙问道："殿下回来了？"

常嬷嬷点头，将栗子呈给小满："还是热乎的。"

小满打开包栗子的油纸袋，果然还是热的。

常嬷嬷往屋里瞧了瞧："姑娘在做什么？好香。"

"是番薯，我与裴将军无事，取了番薯，置于暖炉中，想必已经熟了。嬷嬷等着，我这就去取来。"

说着，小满走到了暖炉旁，伸手便要去拿番薯，却被炉火烫得缩回了手。

常嬷嬷心疼地拉着那葱白似的手，直说："哎哟哟，姑娘的手都烫红了。"

这"哎哟哟"是裴岩的口头禅，这些日子几人在一起待得久了，连常嬷嬷都爱说了。

裴岩听了，便凑上去，拉起小满的手就要看，却被常嬷嬷一把拍掉："裴郎君做什么呢？姑娘家的手岂是你能碰的？"

裴岩往日在军中接触的都是男子，哪有什么避讳，被常嬷嬷一说，这才红着脸退到了一旁。

小满得意地看向裴岩："如今有嬷嬷护着我，裴将军再也不能欺负我了。"

他什么时候欺负过她了？他敢吗？

小满瞧着他满脸窘迫的样子，不由得笑了出来。

她这些时日从未这样畅快过，笑得眼睛弯弯如新月。

见她高兴，常嬷嬷和裴岩也跟着笑了起来。

"咳咳。"

几声轻咳响起，屋里的人这才发现屋外站了个高大的身影。

门外的人身姿高大挺拔，不知何时站在了那里，见到小满收了笑，看向他，黑着俊脸，冷声道："跟上来，研墨。"

说完，他转身离开。

原来是叫她研墨，小满就要跟上去，却被常嬷嬷拉住，将一个番薯包好塞到了她的手里。

小满意会，礼尚往来嘛，厉夜行给她带了栗子，她自然应当回个番薯的。虽然这番薯比栗子大上了许多，也不为过。

厉夜行身材高大，一双长腿走起路来似是带风，尽管他放慢了速度，小满还是追得费劲。

瞧着那一高一矮两个身影走远，常嬷嬷叹了口气，心想也不知道这两人何时才能修成正果。

她回头，却见裴岩对着暖炉吃得正香，便好笑道："又没有人与将军抢，急什么？"

裴岩咧着嘴，露出被番薯染黑的大牙，笑得质朴。

厉夜行径直走到书案旁，小满便乖乖地跟了上去。

他走到一旁的屏风处，小满熟练地跟上前，去接他脱下的狐裘。

听裴岩说殿下每日都要往返大营，赶路百里，如此寒冬，连狐裘都沾染上了清冷之气和他身上淡淡的松木香气。

她伸手，踮着脚，想将狐裘挂于屏风上。

厉夜行扭头，看着她笨拙的样子，眉眼之间的凌厉之气敛去，走到她身后，接过她手中的狐裘。

那样高的屏风，他轻轻松松便将狐裘搭了上去，还不忘出言笑话她。

"真看不出来你已经及笄，还这样小的个头。"

这话说出口，两个人都愣了。

她及笄的那日还被司徒云起关在司徒府，哪有什么心思管自己有没有及笄，却还有人是记着的。

她白得近乎透明的脸上挤出一个笑，眼睛亮晶晶的："是啊，我都及笄了，是大姑娘了。"

她明明是笑着的，厉夜行却觉得她笑得比哭还难看。

他叹了口气，长臂微微用力，轻而易举地将她带入怀中。

他安抚地拍了拍她的头："都会好的。"

是啊，一切都会好的，她会好的，宋家也会好的。

小满回以一笑，殿下也会好的。

厉夜行提笔，她便去研墨。

那双睿智如鹰的眸子，在看到少女被烫红的手时，微微眯了眯，他问："怎么弄的？"

小满这才从怀中取出一个番薯递给了他。

厉夜行看着手里的番薯，想着这番薯是才从衣服里取出来的，老脸不由得一红。

小满对他的心思毫无察觉，撇嘴："喏，我就是为了烤番薯才烫红了手。"

他将番薯放在案几上，拉过小满的手，仔仔细细地打量着方才烫伤的地方。他命人取来了药膏，皱着眉为她抹药。

他一边抹药，还一边唠叨："番薯就这样好吃？好吃到让你不惜烫伤了手。"

他的语气不大好，脸上却是掩饰不住的关心。

烫伤药凉凉的，小满微微一颤，往回缩了缩手，却被他更霸道地将整只手都捏住了，跑也跑不掉。

那人还要凉凉地说一句："怎么我就碰不得了？"

原来他看到了裴岩方才碰到了她的手。

小满最是知道寄人篱下，自然要能屈能伸的，忙指了指他放在案几上的那个番薯。

"殿下，我是为了给殿下烤番薯，这才烫伤了手。"

厉夜行凝眉，漆黑如墨的眸子看向她，明知道她这话是假的，却还是软了眉眼。

他瞧着少女白皙的脸上横着黑黑的三道指印，想必是方才拿番薯时蹭上去的，

187 /

他眼中溢着连自己都不知道的温柔，故作严肃："以后不要让自己受伤了。"

他嘴上斥责着，手上的动作却极其温柔，拉低了她，轻轻拭去她脸上的污渍。

这样的姿势，两人靠得很近很近，近到小满能清晰地听到"咚咚"的心跳声，不知道是殿下的，还是她的？近到她能感到自己的脸在那有些微凉的长指下，微微发红发烫。

"小满。"

他唤她，声音低沉而好听。

"嗯。"

"傻瓜。"

外面下着雪，屋子里却很热很热。

小满一边研墨，一边看着那人悠悠然地坐在案几旁吃番薯，感叹着怎么有人即使是吃番薯，也能吃得这般优雅自如呢？

屋外，裴岩一边吃着烤番薯，一边想怪不得殿下每日都要回东宫呢，回来得值啊。

雪落天寒，小满格外心绪难宁，不知道祖母在狱中可熬得住？不知道父亲母亲是否受得了寒？

小满问了裴岩好几次，裴岩只说殿下在为宋家想办法。

她若是再问下去，裴岩便转移话题。

小满知道他是不愿她深问。

宋家出事，小满去找过往日与宋家交好的世家，可无人愿意掺和到这些事中来，只有外祖和几个舅舅仍在努力。可他们不过是小小的武将，连世家的门都够不着，只能干着急。

小舅舅前些日子还说要去劫狱，因而她也不敢在外祖面前说什么，生怕几个舅舅冲动。

小满托常嬷嬷做了几床铺盖，她有些担忧："也不知道这些铺盖能不能送到狱中去？"

常嬷嬷劝慰："姑娘别担心，有殿下呢。"

是啊，有厉夜行呢。

裴岩受小满所托，背着铺盖到狱中时，狱头险些没有认出他来。

裴岩皱着眉头道："还不快接着。"

"哦哦，原来是裴将军啊！"狱头接过裴岩手中的铺盖，"不知道裴将军深夜来访所为何事？"

裴岩哼了一声："来你这儿能有什么事？难不成是来吃饭的？这儿又不是酒楼。"

狱头满脸堆笑："嘿嘿，将军可真能说笑。"

裴岩已有不耐烦："那你还不赶快开门。"

狱头满脸为难："裴将军不知，今日咱们刚得了成阳侯的令，说是要对宋家的人严加看管。"

怪不得以前他们来看宋家的人从未被阻拦，今日狱头却这样百般阻挠。

"成阳侯？"此人是陈王后的哥哥，与殿下一向不合，裴岩道，"你只管开门，若是上面怪罪下来，有殿下呢，你怕什么？"

"这……"

狱头还是为难，裴岩道："怎么这天下是姓厉，又不是改姓了陈，你还不晓得该听谁的？"

这话已是十分难听了，狱头一脑门子的冷汗，闻言忙去开门："是是是，这就开，这就开。"

牢房潮湿，除了小满准备的，厉夜行还叮嘱他多带了些防寒用品。

裴岩走到宋景之的牢房前，狱头上前打开了门。

那狱头是个见多识广的，开了门就退了下去，只当今日没有见过裴岩，两边不得罪。

裴岩走进牢房，不过才短短一个多月，往日富甲一方的大商贾，花白着头发，与妻子同坐在干草中，无限凄凉。

见着来人，宋景之从地上站起来，虽处于这般境地，他的脊背依旧挺直："裴将军又来看望我们了。"

裴岩上前搀扶着宋景之："宋大人，我是受人所托。"

宋景之又怎会不明白，在狱中他还能和妻子关在同一间牢房，想必也是殿下费了力的，如今还送来了铺盖："景之心中感激，无以为报，他日若能出去，定当为殿下竭尽全力。"

裴岩忙扶起宋景之："大人不必如此，殿下望大人珍重，才有一家团圆的机会。"

团圆，宋景之想起往年冬日，到了这时节定是一家老小围坐一起，烤着番薯，喝着茶。岁岁时不时地耍个宝，一片其乐融融。

如今老母亲得了重病，全府上上下下一百多口人俱被扣在狱中，什么时候才能团圆？

裴岩离开后，宋景之席地而坐，陈玉芝见状起身走到他身边。

她自十七岁嫁给他，从未见他如此颓丧过，当年那个意气风发的少年郎，一夜之间白了头，再也没有了往日的风采，只剩下一身的傲骨。

陈玉芝与他并肩而坐，低声安抚道："你不必记挂岁岁，咱们这孩子是有些福分的，有殿下看顾着。"

宋景之回以苦笑："阿玉，你又何尝不牵挂着她。"

到了这时，他们夫妇最为惦记的就是欢岁，这捧在手心里的小姑娘，不晓得离开了家能不能好好的？

宋景之除了记挂着欢岁，更多的是心怀愧疚。当年因为他一个念头，收留了司徒家的人，导致如今宋家被陷害，一家人活生生分离。

思及此，他最为亏欠的便是身边人。

宋景之的眼眶含泪，握着陈玉芝的手："阿玉，我瞒了你这么久，你可会怪我？"

陈玉芝笑了笑，摇头道："起初我也怨过，是你说的一生一世一双人，也是你不管不顾带回了一对儿女，我怎么可能不怨呢？"

宋景之将她揽入怀中，说着埋在心里多年的歉疚："对不起。"

"可我渐渐觉出不对来，那两个孩子跟你长得没有半分相像，反而跟司徒辰有几分相似。而你也从未进过那间小院，时间长了，我便有些推测。"

宋景之没想到妻子早就怀疑，越发地心疼妻子，问道："你为何不问问我？为何不闹上一闹？"

若是她闹了，争了，哭了，抢了，也许他心里会好过几分。

可她什么都没有做，安安静静地等着他。

宋景之心如刀绞。

"你啊你，这些年来，我若是不配合你演戏，怎么骗得了外面那些人？怎么骗得了宫里的人？"

宋景之欣慰又心酸，这个女子是他此生挚爱，也是他亏欠最多的人。他以为他瞒得住她，他以为她什么都不知道，哪承想聪慧如她，早已知晓了一切。不过是为了宋家着想，更是为了他着想，她什么也没说。

陈玉芝永远记得那个雨夜，丈夫匆忙跑出去，半夜再回来时，一手抱着一个女娃娃，一手牵着一个大半人高的男娃娃，身后还跟着一个浑身湿透了的落寞妇人。

府里一下炸了窝，上上下下议论纷纷，就连经历了大半辈子的老太太都被这阵仗吓到了，怒斥自己的儿子："景之，你这是做什么？"

宋景之看了眼妻子，又看了眼母亲，缓缓地跪下："母亲，这是若汀……她是……"

宋景之又看了眼妻子，陈玉芝纵使再坚强，也不过是一个女子。

"宋景之，"陈玉芝站在那里，说道，"我们陈家虽是武将之家，可我陈玉芝也是父母和哥哥极其宠爱着的，你当初三番五次上门求亲，才求得了我家这门亲事。你记住这亲事是你求来的，并非我非要攀附你家的门楣。"

陈玉芝只觉得浑身发冷，这个丈夫，这个枕边人，是如何在这些年里，一边对她温情脉脉，一边金屋藏娇，直到现在才把这三人带回宋家，又是要糟蹋谁。

"我并非不能容人，可你答应过我爹，你答应过他，这一生只会照顾我，只会疼爱我一人，如今这算什么？"

宋景之望着深受打击的妻子，眼中满是心疼，话到嘴边却生生咽了下去，任由老夫人在一旁打骂他。

陈玉芝看着他那副吃了秤砣铁了心的样子，便知道他定是要留下这母子三人，狠狠说道："若是我爹今日在这洛城中，他定会一剑刺穿你的胸膛，我的哥哥们便是拼上了性命，也会踏入你这宋府之中，讨一个说法的。"

陈玉芝眼中的恨意就像是一把刀，直直扎向宋景之的心窝。

眼见着宋家因她闹得鸡飞狗跳，那年轻妇人突然跪了下来，她朝着老太太和陈玉芝重重地磕着头。

"都是我不好，都是我不好。"

片刻，地上已有点点血迹。

老太太却不吃这一套，厉声制止她的行为："你这是做什么？是要上演苦肉计来逼着我们婆媳接纳了你?大可不必,这一招在这府上不合适,平白污了这地。"

那一夜,母子三人终是留了下来,为宋家埋下了祸根。

宋景之凄惨地落泪:"阿玉,你怨我吧,恨我吧。"

陈玉芝惨然一笑:"我若是怨你恨你,也是因为我知道你把司徒辰的孩子们接回来意味着什么,你定是下了决心要蹚这浑水,我怨你可曾想过府上一百口人的性命,可曾想过会有今日。"

宋景之喃喃着:"对不起。"

看着他这副样子,陈玉芝于心不忍,只是说道:"你呢?你可后悔?"

后悔救了那母子三人,后悔被妻子误解,后悔落得如此下场。

宋景之脸上带着释怀的淡然,摇摇头:"今日在这牢房之中,我思索了很多,哪怕是回到十年前,我还是无法眼睁睁地看着司徒大哥最后的血脉不保。"

虽然被他保下来的孩子最终变成了刺向他的利剑。

"是啊,你是宋景之啊,你若是眼睁睁地看着司徒辰全家蒙受不白之怨,那便也不是你了。"

两个人靠坐在地上相互依偎着,享受着片刻的心酸与安宁。

小满知道裴岩将铺盖送去了狱中,这日她特意选了烤得最好最大的一只番薯,送给了裴岩。

裴岩接过番薯,是高兴的。

可这高兴在看到厉夜行阴沉沉的脸色时,便荡然无存了。

那人冷冷地坐在中军大帐中:"裴将军有了番薯,怕是连午饭都不必吃了吧?"

两人一大早赶往营地,到了午时,早已饥肠辘辘。

裴岩笑着:"怎么会呢?这哪里是欢岁姑娘给我的烤番薯,是给殿下的。"

厉夜行的嘴角微勾,挑眉看着裴岩:"是吗?"

裴岩将胸口拍得"啪啪"响:"那是自然,末将可不会扯谎。姑娘知道殿下为她好,心中甚是感念殿下的恩情,特意托我给殿下带了番薯。"

说着,裴岩将番薯呈于厉夜行。

番薯被烤得焦香四溢,令人食指大动。

厉夜行一身黑衣,靠于主座上,悠闲地剥皮,漫不经心地看向站在一旁吃不着的裴岩。

"裴将军不会怪我夺人所好吧?"

"怎么会?这原就是殿下的。"

厉夜行点头,似是十分赞同,道:"难得裴将军如此善解人意。"

军营中,几个副将在训练新兵,直到落日余晖。

厉夜行站在营帐外,看着北辰儿郎们一个个跨步上马,犹如战神。

裴岩在一旁道:"还是不要打的好。"

这些年的太平盛世来得实在不易,若是打,不晓得又有多少人要流离失所。

厉夜行却不这样认为,断断续续打了这些年,倒不如一仗打得个太平来。

隆冬时节，北辰与南召终究还是打了起来。

朝堂上，成阳侯大义凛然自请领兵前往黎城，誓要将南召将士驱赶至边界百里之外，再不敢来犯北辰。

群情激愤间，有人洋洋洒洒地列了宋家十条罪状，其中最为严重的便是宋家与南召互通。

到了这种时候，连零星为宋家说话的人也不敢言语了。

如今成阳侯和东阳侯在军中都有自己的势力，就算是狠厉如厉夜行，怕是也要让其三分，现在成阳侯和东阳侯明摆着要拿宋家开刀，又有谁敢有异议？

东阳侯门下的一名官员站出来，道："陛下，若不严惩宋家，只怕会让无数边疆将士寒心。"

一石激起千层浪，众人皆道："是啊！宋家通敌若是一直拖着不治罪，将士们还怎能安心奋战在前线？"

厉帝的面上看不出一丝情绪，他淡淡地看着这些臣子："你们是在威胁孤？"

方才还热闹的大殿霎时安静下来，众人噤声，跪了一地，皆称"不敢"。

朝堂上一片沉默，厉帝这些年虽不再热衷于杀戮，可他毕竟是为了上位杀了亲兄的人，谁又能不怕？

只见厉帝转着手中的一枚扳指，漫不经心道："宋家的罪自然是要治的。"

此言一出，有人得意地暗笑，有人忧愁地皱眉。

厉夜行闻言，眸中闪过一丝异色。他知道宋家的事不能沾，可他不能不沾："陛下，宋家通敌并无实质性的证据，单靠几封书信，若是草草定罪，才是真正人心不稳。"

"哦，是吗？"厉帝挑眉，他的眼中是目空一切的张狂，"那孤倒是想要看看到底是谁的心在不稳。"

朝堂上一时安静得连喘息声都能听得见。

片刻，才有一道声音响起："陛下，臣的手中还有宋家通敌的证据。"

众人都朝说话的人看去，是司徒云起。

如今他做了将军，在东阳侯的举荐下有了在朝堂说话的资格。

东阳侯眼中闪着精光，道："哦？司徒将军莫要胡言乱语，这可不是小事。"

"臣就是知道这是大事，才敢在朝堂上说出来。"

两个人一唱一和，看得众人心知肚明。

都知道司徒云起原先是宋家的养子，如今宋家落了难，他竟还能拿出给宋家定罪的证据，其狼子野心怕不是一日两日了。

厉夜行皱眉，有些后悔没早些杀了这只白眼狼。

东阳侯上前："陛下，云起将军潜伏宋家多年，不惜认贼作父，只为能给司徒家翻案，不妨看看云起将军有些什么证据。"

司徒云起呈上的除了书信，还有一些证人证言，那些书信和证言全是关于宋家和南召之间的来往。

其中记载着，宋景之为了拿到南召最为上乘的玉石，不惜向南召相国承诺窃取北辰军事布防图以换之。

　　当年布防图正是在司徒辰的手中，而宋景之利用与司徒辰交好，在一次酒后窃取了布防图。

　　他将布防图连夜送至南召，几个月后，南召与北辰交战，北辰大败，连失十座城池。

　　镇守一方的司徒辰被问罪，抄家时从司徒辰的家中搜出了与南召来往的密件。

　　可司徒云起呈上的信中，字字句句都在讲述，宋景之窃取布防图，在事情败露后设局陷害司徒家，导致司徒家满门被灭。

　　司徒云起跪于殿中，悲切道："陛下，司徒家上上下下一片赤诚之心，从未有过二心啊！求陛下惩治陷害司徒家的人，以告慰司徒氏。"

　　厉帝看了那些信件，沉默不语，没有人知道他在想些什么。

## 第二十二章
竟是他杀的

这日,小满收到了一张字条,上面的字迹她熟悉极了。

信上让她于午后到城外见。

传字条的人想必对东宫也是极其熟悉的,不仅能够瞒过厉夜行的层层眼线,还知道厉夜行每日午后都不在宫中。

小满收起字条,已有了盘算。

"姑娘,你当真要去赴约?"小午问道。

小满点头,前几日她从裴岩那里得知司徒云起又递了证据上去,眼下这人如同疯狗一般,誓要把宋家踩死,她只能试上一试。

"姑娘,我同你一起去,若他再囚禁了姑娘可怎么办?"

"傻丫头,你留在宫中。若是我回不来,你便去告诉殿下,我才能得救啊。我们两个人同去,岂不是一个都回不来?"

小午也知其中道理,担忧地将小满送到了宫门口。

厉夜行从未限制过小满外出,还给了她通行的令牌。

守宫门的侍卫恭恭敬敬地为她开门。

她不便坐着东宫的马车招摇过市,只找了条小路前去赴约。

司徒云起像是早知道她会这样做,竟在半路上等着她。

见她徒步走来,他命马车上前,殷切道:"岁岁,我来接你。"

小满避开他的手,登上马车,开门见山道:"司徒将军今日找我到底是何事?"

司徒云起不在意她的冷漠,依旧是那副温柔的模样:"岁岁,你在东宫这些日子可好?"

小满凝眉:"司徒将军,我不是岁岁,我只是东宫里研墨的侍女小满。司徒将军若是想找岁岁,怕是找错了人。"

说着,她就要下车,司徒云起忙拦住了她。

"岁岁,别走。"

小满坐下来,一双眼睛定定地看着他。

司徒云起道:"我知道你恨我,可那厉夜行也不是什么好人,你在东宫甚是危险,不若……"

"不若什么?"

见司徒云起欲言又止,小满嘲讽道:"不若再被你囚禁在司徒府?"

司徒云起摇头:"我又怎会再做那样的错事。岁岁,你跟我回去,我会好好待你的。"

小满见他这样,趁机道:"那你放过我父母可好?放过宋家可好?"

见司徒云起面露难色，小满又道："你是最知道我父亲不可能通敌的，他若是通敌，又何苦将你养在身边。"

司徒云起脸色渐冷："我不知你父亲为何将我养在身边，兴许是对司徒家心怀愧疚，可那些都不重要。你是无辜的，岁岁，你跟我走好不好？"

说着，司徒云起拉起了小满的手，他的手劲极大，小满挣脱不过，说道："若要我跟你走，除非你放过宋家。"

"岁岁，如今要宋家死的又何止是我？早已不是我说放就能放的。"

"那是谁？除了你恨我们入骨，还能有谁？"

司徒云起话到嘴边却没说出来，他不能告诉岁岁这些，若她知道了，想不开要去报仇，岂不是白白送死？

他满脸痛苦："岁岁，你听我说，我必须这样做。这么多年了，我几乎没有睡过一个安稳觉，闭上眼就是司徒家被抄的惨状，我的父亲、我的叔父无一生还，上百口司徒家的人，他们在我的面前或被斩首，或被充军。我每夜都能听到司徒府的惨叫声，每夜都能听到他们哭喊着让我救救他们。为了救我，父亲的亲信们拼尽全力才将我送出司徒府。"

他的眼中是愤恨，是对厉家王朝的不满，可那些与欢岁何干、与宋家何干？

小满早已泪流满面，她声嘶力竭地喊道："司徒云起，你说的那些事跟我们宋家有什么关系？我爹爹不曾害你，我母亲善待你，连祖母也千方百计为你博一个前途。而你，要害死我们所有的人，你把我们宋家当作什么了？"

她的话如一把把利刃，彻彻底底地劈开了他虚伪的面具，露出里面肮脏不堪的真相。

司徒云起闻言："不，岁岁，我从未想过害你，我怎么会害你？"

小满知道或许司徒云起能救得了宋家，她突然"咚"的一声跪在地上，朝着司徒云起哀求道："算我求你了，你去告诉陛下，那些东西都是假的。宋家的什么你都可以拿走，只要你告诉陛下，那些东西都是假的，求求你。"

司徒云起眼神幽暗，没有人知道他在想些什么，听着她一声声绝望的哀求，他怎能不动容，可他早就没有回头路了。

从他决定为司徒家翻案开始，从他决定入母亲做的局开始，从他与虎谋皮开始，况且他的身后是父亲为他留下的亲信，是为司徒家卖命拼杀的人，他此时的一个决定很可能将他们送入深渊，他早就没有了回头是岸的机会。

时间久了，连他自己也相信了宋家便是司徒案背后的主谋，若不是如此，他又该怎么摒弃十年的养育之恩。

可他也知道，她这一生都不会原谅他。

许久，他转头，不忍再看地上跪着的那人祈求期盼的目光，哑着声音问道："岁岁，你可知道，整个宋家我最想要的是什么？"

她抬头，听他这样说，仿佛看到了希望："无论你要什么，我都给。"

而司徒云起深深地看了她一眼，摇摇头，说道："我要不到了，我永远都要不到了。"

耳边是她绝望的哭喊声："司徒云起，只要你今日走出这里，将手中之物呈上,我这一生上穷碧落下黄泉,一定会想方设法杀掉你,也会杀掉你最心爱之人,让你也体会到噬心之痛。"

司徒云起想,他哪里还有什么心爱之人。

待小满擦了擦眼泪:"司徒将军今日让我出来,不该只是为了告诉我这些吧?"

司徒云起自然不会,他犹豫着从袖中取出一样东西。那是一张羊皮纸,上面画着密密麻麻的图。

"你在东宫可见过这样的东西?"

小满突然觉得好笑,嘲讽道:"怎么你还真认定了我父亲是通敌之人,而我也是那两面三刀的人,会为了你做出出卖东宫的事?"

她岂会不知那是布防图,厉夜行做事从来不避讳她。

即使他与门客在书房议事,即使他的左右两名副将说过无数次,不可让旁人立于一旁,可他淡淡一个眼神扫过去,那两名大汉便不敢言语了。

她看到了许多,也听到了许多,可她不会出卖厉夜行。

小满回到东宫时,小午正站在宫门口等她。

见她回来,小午松了口气:"姑娘,还好你没有事,你刚一出门,我就后悔了,我怎么能让你一个人去呢?以后就算是龙潭虎穴,我也要跟你一同去,再不听你胡说了。"

小午的眼中蓄满了泪水,她是真的担惊受怕了一下午。

小满拉着她的手:"傻丫头,我这不是回来了吗?龙潭虎穴你也要跟我去,你不怕大老虎咬你啊?"

小午"扑哧"一声笑了出来,见着小满安然无恙,她才算是放下心来。

两人回到屋中,才发现案几上放着一小碟的糕饼,小满看向小午。

"常嬷嬷下午问了几次你去了哪里,我告诉她你去城外买糕饼了。常嬷嬷兴许以为你真的是馋糕饼了,特意去厨房做了糕饼,你快去尝尝。"

常嬷嬷手巧,不仅绣工好,糕饼做得也很好吃,小满吃了两块,这才觉得肚子饱了。

"殿下还没回来?"

"唉,昨日听裴将军说,南边已经打起来了,说不日殿下可能就要挥师南下了,这几日大概忙得脚不沾地。"

挥师南下?

小满愣在那里,眸光闪烁。

晚上厉夜行手中执着书卷,却总觉得研墨的小满心不在焉。

他轻咳一声:"你有心事?"

小满摇头。

厉夜行如墨般的眸子沉沉地看向小满,看得小满有些心虚,他不急不缓道:"你若是有事想告诉我,只管告诉我便是,不必吞吞吐吐。"

小满道:"没有,真的没有。"

说罢,她低头研墨,没有看到厉夜行脸上一闪而过的失望和难过。

他又怎会不知她今日见过谁,她不愿说,大抵还是不够信任他吧,他也不愿勉强。

临近年关,陈王后让成阳郡主往东宫送了些东西。

都是些稀奇玩意,成阳郡主献宝似的将那些东西呈在厉夜行面前。

"殿下,这些都是姑姑让我送来的,都是极难得的。"

厉夜行看也不看那些东西,厌恶地皱眉:"成阳郡主,孤还有要事,不能陪着郡主了,郡主请自便。"

他下了逐客令后便离开了,可成阳郡主丝毫不在意,竟带着侍女在东宫的园子里转悠了起来。

裴岩瞧见了,警告道:"郡主,东宫不是菜园子,郡主这样乱走不妥。"

成阳郡主瞪了裴岩一眼:"轮到你这奴才说话了?"

裴岩是世家子弟,虽比不得成阳郡主尊贵,却也家世显赫,因而自幼便被选为厉夜行的伴读,平日里自然无人敢这样说他。成阳郡主嚣张跋扈惯了,又哪里管这些。

倒是她身旁的侍女拽了拽她的袖子,提醒她莫要与裴将军起了争执。

成阳郡主又狠狠瞪了裴岩一眼,心想,若是他日她入主了东宫,定要将这裴岩发配到边关去守城门。

成阳郡主正要离开,却见一粉衫小侍女端着茶盘往书房去。

成阳郡主凝眉细看,裴岩也顺着她的目光看去,不由得暗叫不好。

他挡在她身前:"方才是末将不周,现在不如让末将带郡主去前殿歇歇,用些茶点。"

她还用什么茶点,成阳郡主推开了裴岩,就要追着那小侍女过去。

裴岩拦在她的面前:"郡主要去哪里?那是殿下的书房,旁人万万不能进入的。"

成阳郡主冷笑:"我进不得,那宋家的小贱人便进得?"

裴岩听不得她这样说小满,语气已是十分生硬:"郡主金枝玉叶,还望慎言,这东宫中没有什么宋家的人。"

"呵,我怎么会看错?她就是再怎么变,我也能一眼认出她来。"

见裴岩一动不动地站在面前,那架势俨然是今日想要从他这里过去已是不可能。

成阳郡主也不硬闯,骂了一声"晦气",便要往宫外走。

"裴岩,你给我等着,我这就进宫告诉姑母,看你这东宫的看门狗还能当几日?"

裴岩也不是个好惹的,冷声道:"我这看门狗当一日便要看好门,郡主若是看不顺眼,只管去王后那里告状。"

见成阳郡主气呼呼地离开,裴岩这才转身去找厉夜行。

可到了宫门口的成阳郡主,见裴岩离开,一个转身又回到了东宫。

"郡主，咱们不是要走？"

"走什么走？有裴岩盯着，咱们岂能见到那宋家嫡女。"

说着，她气势汹汹地来到了方才经过的小园子，果然见到了在那里看雪的小满。

"我就说我怎么会看走眼，宋欢岁你居然躲到了东宫里。"

宋家众人皆获罪，只有独女下落不明，任谁都不会想到她居然会出现在东宫，还成了厉夜行的研墨侍女。

小满转头，看向成阳郡主的眼中有一闪而过的惊讶。

成阳郡主带着几分讪笑："你还真能在这里吃得下睡得着。"

小满凝眉，她还记得厉夜行的叮嘱，他说过不宜让旁人知道她的身份，于是否认。

"奴不是什么宋欢岁，只是一名侍女。"

"是吗？"

说着，成阳郡主围着欢岁转了一圈，细细打量她。这是自宋家出事后，成阳郡主第一次见到欢岁，欢岁的脸上带着健康的光泽，大约是在东宫中被保护得很好。

见她面色无异，成阳郡主料想她定然不知道宋家已沦落到满门抄斩的下场，不日便要行刑。想到这里，成阳郡主有种奇异的快感。

厉夜行以为不告诉她这些事，将她保护在东宫里便好，却不知这样只会让欢岁得知真相后更加愤恨和懊悔。

成阳郡主突然"哈哈"大笑起来，她的眼中闪过一丝狠厉："我原本以为你是幸福的，却没想到你才是最惨的那个。"

小满凝眉："你这是何意？"

"我是何意？我是觉得好笑，觉得你惨！"

成阳郡主姿态扭捏，夸张地勾着红唇："我是在想这世上还有你这样的人，全家都要死光光了，你还能如此心安理得地安然度日？"

厉夜行前几日才告诉她，宋家的案子有回转的余地，因而她不信成阳郡主所说的，这人惯是个会挑唆的。

"我不懂郡主所说，这是在东宫，不是在侯府，烦请郡主把路让开。"

"你不信我？"成阳郡主瞧着她，脸上露出戏谑的表情，"你信他？"

这个他指的自然是厉夜行，他多次救她于水火，更是在危急关头将她带出司徒府，为她打听宋家的消息，若此时连他也不可信，她在这世上便无一人可信了。

"我信殿下。"

小满说着，便要走。

成阳郡主在她身后说着："那你便信他好了，帝王家没有一个情种，你真当厉夜行对你用情至深？殊不知，他只当你是个傻瓜。"

小满没有再听成阳郡主的那些话，她匆匆离开想要找厉夜行问个清楚。

常嬷嬷却告诉她，殿下带着裴将军去了宫中。

殿下已经三日未归了，小满坐立难安时，东宫又来了一位不速之客。

"岁岁，跟我走。"

在司徒府时，殿下让她跟他走，前几日司徒云起让她跟他走，如今连骄阳公主也让她跟她走。

小满摇头，她哪里也不想去了，殿下和裴将军进宫已经三日未回，她要在这里等着他们。

骄阳公主看着岁岁，有些心疼道："岁岁，我不知道你在这里。我若是早知道，便早些来找你了。"

小满忙问道："那公主是如何知道我在这里的？"

"自然是成阳告诉我的。不过岁岁你别怕，我已堵了她的嘴，想必她不敢将此事张扬出去。"

骄阳公主拉着她就要走："这东宫你也不能再待下去了，我们这就走。"

小满推开了骄阳公主的手，她的眼中有不解："我不走。"

骄阳公主回头看着她："岁岁你怎么了？你为何不走？"

见岁岁不说话，骄阳公主心底发寒，她震惊地看着欢岁。

"你喜欢上了厉夜行？"

骄阳公主说得笃定，小满却摇头："不、不是的，我要在这里等殿下，殿下说过他会帮宋家翻案。"

"他怎么会帮你翻案呢？是厉夜行亲自监斩的宋家人，他怎么会救呢？"

小满泪流满面，她如同支离破碎的娃娃，看得骄阳公主心中难过极了。

"你说什么？什么监斩不监斩？你说的话，我怎么都听不懂？"

看着这样的欢岁，骄阳公主有些后悔自己口不择言，她拉着欢岁的手："岁岁，是我不好，我没有保护好你。"

"不、不会的，我父亲母亲呢？我祖母呢？"

"你祖母入狱没多久便去世了，你剩下的族人也都……"

骄阳公主不忍再说下去，她看到欢岁面无血色，似乎下一秒就会倒下去。

因而这几日厉夜行不在东宫，是去监斩她的家人了？而她却在这里等他回来。

她已心如死灰，可还是问道："他为何要这样做？"

非要让这百年宋家毁于一旦？

"为了打南召。"

厉夜行虽是太子，但他这太子之位坐得并不安生，先不说有东阳侯、成阳侯那些侯爵蠢蠢欲动，就连三皇子也不是个能安于现状的。

"厉夜行没有强大的母族，他只有他自己，这样的他自然想要让陛下看看，想要让天下百姓看看，他能督军作战，能驱除南召敌军，能安得了天下。杀了通敌叛国的宋家，他才能稳得住军心。"

更何况，行军打仗少不了银两，北辰虽然商贾颇多，经济发达，可一旦开打，一兵一卒都是钱。

所以他看上了富可敌国的宋家。

"外头人都说你们宋家是有金山银山的，他这样急于立功的人又怎能放过你们这样一块肥肉呢？"

小满听后，急火攻心，竟昏了过去。

小满倒下前，看到的是厉夜行焦急而心痛的脸。

她想问他为什么？

可她似失了声一般，问不出话来。

她陷入了无穷无尽的梦魇，宋家一百多口人被带走，尖叫声、求救声……

那血色的画面一点点闯入她的脑海中，如一个个利爪将她狠狠锁住，扼住她的咽喉，让她喊不出来，叫不出来，哭不出来。

有一个人站在宋家人的尸体前，神情冷漠，是他。

他手握那把玄铁剑，拼命地砍杀，直到那把剑沾满了宋家人的血。

而她呢，都干了些什么？

她认贼为友，还差点爱上了他。

哪里有什么小满，不过是一场梦罢了，如今梦醒了，却是真正的痛彻心扉。

"殿下，姑娘她……"

厉夜行皱眉问："她怎样？"

崔大夫为难道："姑娘的底子薄，又受了惊吓，如今老夫只能用药吊着，至于什么时候能醒来，只能看姑娘的造化了。"

她做了很多很多的梦，在梦里她回到了宋家，回到了那座她自幼便住着的百年老宅。

她看到了小冬，笑着说夫人让他去街头为姑娘买糕饼。

她看到了熟悉的厨娘，利索地颠勺。

她看到了祖母，倚在躺椅上，在园子里晒太阳。

她看到了父亲母亲，他们在书房里研墨、画画，他们也瞧见了她，对着她招手。

她想去啊，她也想去啊，可她去不了。

有人紧紧拽着她的手。

她听到那人说他错了，说他不该瞒着她，说他只是怕她伤心难过。

那人说了许许多多的话，可她心如死灰，一句也不想听。

她想，好吵，别说了，好烦，她只想安安静静地回到宋家，回到亲人身旁，与他们团聚。

可那人紧紧拉着她的手，有冰冷的液体落在了她的脸上，她不知道那是什么。

梦里，祖母转身走了，父亲母亲也转身走了。

只有她被留在了原地。

她拼命地喊啊叫啊，想让他们等等她，她就快要追不上了，可他们离开得那般决绝。

是啊，她还有什么脸面再去见父亲和母亲。

只有她了。

那她还何必活着。

她已经睡了三天，而他守了三天，她喝不下药，他便一勺勺喂着。

躺着的那人面色苍白，哭醒又睡去；醒着的这个也同样面色惨白，咳得心肺都要出来了似的，何尝好过。

常嬷嬷看得心里难过，连呼："造孽啊，这以后殿下与姑娘如何相处？"

/ 200

裴岩气得要去找成阳郡主算账，被常嬷嬷拉住了："裴将军就别添乱了。"

夜里，欢岁还在发着梦。

厉夜行拉着她的手，放在唇边，呢喃着："我知你恨我，你恨我骗你瞒你，你醒来好不好？既然恨我，你就醒来，醒来了你才能找我报仇不是吗？"

躺着的人似乎动了动。

是啊，醒来，活着，她才能报仇，她才能将陷害宋家的、监斩宋家的统统杀个干净。

她要醒来。

她得活着。

她还不能死去。

她还未能手刃仇敌，怎敢去见宋家的人？

欢岁是在三日后醒来的。

她呆呆地望着头顶，耳边是小午急切的哭声："姑娘你终于醒了，姑娘。"

小午哭得那样伤心，那她知不知道宋家已经没了，她们再也回不去了呢？

欢岁抽回被厉夜行紧紧握着的手。见她醒来，他吩咐一旁的常嬷嬷去找太医。

他唤了一声"小满"，见她毫无反应。

他又唤"岁岁"，可她还是躺着没有任何反应。

她像是醒来了，又像是没有醒。

她就这么半睡半醒又过了两天。

那天午后，厉夜行从宫中回来，见她坐于窗边，冬日的阳光洒在她身上，可她再没有了往日的生机。

她只在醒来的那日问过他骄阳公主说的是不是真的，他答是。

她便再没有同他说过一句话了。

厉夜行走到她身旁，温声道："岁岁，我教你练剑吧？练剑能防身。"

欢岁眸光微动，练剑好啊，练剑才有机会杀了那些作恶的人。

见她默认，厉夜行松了口气，一时间又觉得难过。

他勾唇浅笑："那你要好好吃饭，等你身体好了，我来教你。"

欢岁果然开始好好吃饭，每日常嬷嬷变着花样做些吃的，她吃不出味道，却还是吃得认认真真。

她再没有问过宋家的事。

常嬷嬷私底下与裴将军说："姑娘的心性真硬，她不闻不问，老奴反倒怕出事啊。"

裴岩叹了口气："只盼着姑娘不要怪罪殿下，殿下是有苦衷的。"

# 第二十三章

## 刺杀东宫

等欢岁的身体好些了，厉夜行果真开始教她练剑。

常嬷嬷说厉夜行近日很忙，不知道他哪里来的时间教她练剑。

可这人倒也真是说到做到，每日或是从营中或是从宫中赶回来，陪着她在园子里练剑。

练剑时，两人站得极近。

厉夜行修长的手握住她纤细的皓腕，俯身在她耳边低语。远远看去，她像是被他圈在怀里。两人姿势暧昧，惹人遐想，旁人看过去只会以为这是一对恩爱的情侣。

而他清冷的嗓音在她耳边说的是："岁岁，对待敌人下手一定要快且狠，这样才能一刀毙命，才能保护自己。"

欢岁一时怔在那里，竟忘了反抗，任由他环着她。

她难得这样乖顺，厉夜行在那如瀑布般的青丝上温柔地轻抚，爱怜地说："哪怕你要杀的人是我。"

厉夜行那里有很多稀奇的兵器，可他说那些都配不上她，定要为她打造一把最为称手的匕首。

她当他只是说说。

没承想，过了半月余，他兴致勃勃地来找她，竟真给她带了一把匕首来。

那匕首小巧而精致，刀柄处镶着一块红色的宝石，当真好看极了。

那人脸上亦带着骄傲，对这把匕首似乎很是满意："岁岁，这是我亲手……"

他顿了顿，兴许是知道她现在对自己的厌恶，转而说道："这是我命匠人花了一个月工夫打造的，用了上好的玄铁，你试试是否称手？"

欢岁将匕首拿在手里，对着桌角划下去，毫不费力地将桌角削掉了一大块。

还当真是称手，削铁如泥，不愧是玄铁。

她记得厉夜行的剑便是用玄铁打造的，他的那把剑杀敌无数，是不是也斩杀过宋家的人？

他没有看到她眼中一闪而过的狠厉，她望着那把匕首，似乎能想象到这匕首刺入仇人的血肉时的痛快。

欢岁那天似乎高兴极了，她很长时间都没有这样高兴过了。自从知道宋家被满门抄斩，她便怀着仇恨，终日郁郁，再没有笑过，也再没有说过话。

欢岁兴致勃勃地将匕首拿在手里看来看去，露出了难得的笑意。见她高兴，厉夜行也跟着高兴。

厉夜行想，总会慢慢好起来的。

他注视着她，满眼的笑意，下一刻，笑容凝固在了厉夜行的脸上。

他是最好的老师，她也是最好的学生。只是这学生用老师教授的技能，狠狠地将那把小巧的匕首扎进了老师的胸膛。

而那老师满眼震惊地看着自己胸前的匕首，那是他亲手为她打造的啊。

而她没有浪费他的心血，将这把他亲手打造的匕首刺进了他的身体。

欢岁是第一次杀人，见厉夜行胸前涌出了鲜血，立时便绽开了一大片鲜红，惊得丢掉了匕首，慌忙后退。

她怕极了，却不知道是在怕什么。她不敢想，也来不及去想。她脸色苍白，嘴唇连一丝血色都没有，手也抖得厉害。

那双手上的红，都是厉夜行的鲜血。

明明流了那样多的血，可见她那样害怕，厉夜行还是努力勾着嘴角，沉声安抚道："岁岁，别怕。"

他说，岁岁，别怕，他说过很多次岁岁别怕。

坠崖时，遇刺时，在虢城时……他都说过。

但这大概是最后一次了。

那样多、那样多的血……像是要流尽似的。

刺杀太子殿下，谁也保不了她。

或许明日，或许片刻后，她便会被他的近卫斩于刀下。

他该恨她的，可为何他此刻望向她的眼中全是怜惜。

"岁岁，你要走了吗？"

见她不语，他轻声道："岁岁，刺了这一刀，你便别再恨我了吧。"

厉夜行的面色苍白如纸，话音刚落，便昏死过去。

裴岩带着侍卫进来，将欢岁围在中间。

他们将手中的武器对准了欢岁，她闭上了眼。

众人皆慌乱一片，东宫太子被刺，这是何等大事，已有侍女吓得大哭起来。

陈墨赶来时，见欢岁还站在那里，他怒道："还不快把这罪臣之女关起来。我早知道她不是个好的，通敌卖国的罪臣之女能是什么好东西？偏偏殿下不听，被这小妖女迷了心神。"

欢岁四肢百骸都是麻的木的，她杀了厉夜行，终于为宋家一百多口人报了仇，她再没有什么可亏欠的了。

不等陈墨来拿人，她将那把匕首抵上了自己的脖颈。匕首上还有厉夜行的鲜血，在她脖子上留下了红红的印记，她手上用力打算就此了结，却被裴岩一个手刀打掉了匕首。

"陈将军，务必留下她。"

不知道裴岩与陈墨说了什么，那大汉不再对她喊打喊杀，而是气呼呼地拿着令牌出去了。

太子被刺，这事决不能传出东宫，否则不知道要出多大的乱子。

陈墨带人封了宫门，又遣了卫澜前去营中。那些早就蠢蠢欲动、心怀不轨的小人，此时若是得了风声，还不知会做出什么事情来。

一时间，东宫中慌乱一片，请御医的请御医，喊人的喊人。

宫人端着一盆盆血水出去，又端着一盆盆热水进来。

不知过了多久，在东宫的灯火通明中，欢岁瘫软在角落里，无人顾及，得了裴岩的令，却也无人敢杀。

后半夜，整个太医院的人都来了。

老太医摸着胡须道："殿下情况危急，老臣记得东宫还有一颗能够续命的药丸，何不拿出来用？"

裴岩看了眼虚脱般跪在一旁的欢岁，她被几个宫人牢牢看着，看不清面色。

"殿下的药丸早就给了宋姑娘。"

欢岁抬头，却见裴岩也正看向自己。

"那姑娘可是得了什么大病？"

"哪里有大病，是时疫。"

老太医惋惜道："时疫哪用得着这般珍贵的东西，那可是吊命用的啊。"

裴岩和老太医的话一字不漏地进了欢岁的耳中，她浑身一震，怎么会呢？厉夜行的药丸怎么会给了她？

可裴岩的眼神分明是在说这是真的。

她的病不是在薛神医那里看好的吗？怎么会是因为厉夜行的药丸呢？

后来，欢岁被人带了下去，关在一间密室里。

那密室昏暗阴冷，只有薄薄的一个草垫可以坐，好在是干净的。厉夜行一向爱干净，连他的密室都不例外。

欢岁坐在那里，心绪杂乱，心里想的却是裴岩与老太医的话。

裴岩是故意说给她听的吧，好叫她心怀愧意，呵，她是不会再信他们的鬼话了。

密室离厉夜行的寝宫很远，在这里，欢岁再也听不见寝宫中来来往往的脚步声，周围静得可怕。

她将身体缩成小小的一团，双臂环着自己，仿佛只有这样才能有些温暖。

第二日，欢岁迷迷糊糊地从草垫上醒来，密室四处无窗，也不知是何时辰了。

她还是保持着那个姿势，缩在草垫上。

她什么也没想，也什么都不愿意去想，就这么坐着。

直到常嬷嬷来了。

常嬷嬷往日待她极好，现下却很有几分恨铁不成钢。

她将带来的薄被放于地上："姑娘怎么可以这样做？怎么可以刺伤殿下呢？"

常嬷嬷自小看着殿下长大，为了殿下更是多年潜伏在陈王后的身边。如此主仆情深，知道殿下被刺，常嬷嬷怕极了，也伤心极了。

可常嬷嬷也不忍心见到欢岁就这样冻死在密室中，求了卫澜，才得了这来送被子的机会。

"还好陈将军不在，若是那大汉在，定是连床被子都不让给你送的。你这孩子啊，怎能如此让人伤心？"

常嬷嬷还说了什么，欢岁也没听进去。

大约是厉夜行的伤势很严重，流了很多很多的血，太医们想尽了办法，都难以控制。

又说这事传到了宫中，厉帝也来了，若不是裴将军扯谎说刺客已经逃走，又将她藏匿在密室中，她怕是早被厉帝一剑劈成了两半。

欢岁只觉得身上一阵阵地发冷。

就这么一日一日挨着，虽然有常嬷嬷送来的被子，可她还是发起了热。

她烧得迷迷糊糊，梦到了一个人。

那人踏马而至，将她从杀手手上救了下来，正意气风发地看着她，然而画面一转，她一刀刺进了那人的胸膛。

那人满脸不可思议："岁岁，你怎会伤我？"

她看到那人如墨般幽深的桃花眼中流下两行泪来。

梦里是混乱的，她醒来又睡去，梦了一遍又一遍。

她对梦里的人喊道："你是我的仇人，我不杀你不足以泄恨。"

可那些话到了嘴边她一个字都说不出来。

东宫遇刺的第二日，一直缠绵病榻的太后薨逝。

太后薨逝，在封地的几个王叔连带着在洛城的厉九州都得进宫守孝。

后宫所有嫔妃皆披白，秦妃便是在这个时候回宫的。

一驾马车经宫门长驱直入，无人敢拦。

马车去的不是皇宫，而是东宫。

东宫内，太子厉夜行面色惨白地躺于床榻上，一双桃花眼紧紧闭着，黑睫低垂，薄唇微抿，似是睡着一般。

一旁的秦妃擦去眼角的泪水，坐于榻边，凝眉施针，身边的小药童抱着药箱，配合着秦妃递针。

秦妃出身于医学世家，入宫前已习得一手好医术，这些年在宫外也没少给人看病，手法娴熟，可到底扎的是亲儿子，每次下针都慎之又慎。

厉帝则静坐一旁，面容凝重，不知在想些什么。

宫人们还是头一次见着厉帝到东宫来，一个个吓得大气不敢出，候在一旁，生怕一不小心做错了事掉了脑袋。

秦妃片刻不停地施针，额头上早已布满了密密麻麻的汗珠，有人拿着锦帕轻柔地将那些细密的汗珠拭去。

秦妃回头，瞪了他一眼。厉帝叹了口气，又坐了回去。

宫人们惊奇地瞪大了眼，这还是那个暴虐的帝王吗？

直至夜色深重，厉帝才温声道："你今日赶了百余里路回来，又施针到现在，该去歇息了。"

秦妃对他没有丝毫好脸色："若不是你，行儿何至于此，我何至于心急如焚？"

厉帝应着："是是是，都是孤的错。你莫要着急，太医说了，已无性命之忧。有你这样医术高明的娘亲在，明日行儿便能够醒来。"

秦妃听他这样说，心中越发觉得愧疚，她这个娘亲太不称职，离宫十余年，再回来却是这般场景。

秦妃落下一滴泪来，清丽的面容越发委屈："你倒是忘了我离宫前，你答应过我什么?"

"孤的错,皆是孤的错,是孤没有护好行儿,以后再不会如此了。那刺客若是被抓着了,孤一定将他碎尸万段。"

厉帝有孝在身,又待了一会儿,便回了宫中。

待他走了,秦妃唤了常嬷嬷来。

"你快马传信,只说行儿受了伤,却没说是刀剑之伤。东宫太子被刺这样大的事,刺客怎会还没找到?到底是怎么回事?"

她长年不在宫中,可她知道厉夜行身边皆是最为出色的精兵良将,若不是成心隐藏,怎会连区区一个刺客都抓不到。

常嬷嬷跪了下来,当初主子离宫,特意安排了她留下来照顾小主子。如今小主子伤成了这样,她难辞其咎。

"唉,是老奴疏忽了。"

常嬷嬷道出了殿下与宋姑娘的事,其中曲曲折折也不是三言两语能说清的。

秦妃听了个大概,知道刺伤厉夜行的人是宋家姑娘,皱眉道:"没承想竟是段孽缘,不管如何,无人能伤我儿,该将那姑娘抓起来才是。"

常嬷嬷叹道:"眼下殿下还昏睡着,姑娘还关在密室里,太医说了是殿下自己不愿意醒,老奴知道殿下是伤了心。"

秦妃看着床榻上的人,心里不由得叹息,果然是情关难过。

"只怕若是姑娘不在了,殿下更不愿意醒了。"

秦妃无奈道:"既然行儿如此在意她,那便把那女孩带来,让她在榻前照顾。若是我儿醒了,就由他处置;若是我儿不醒,她便随他去吧。"

欢岁不知睡了几日,这天有人给她端了水和饭食。

往日在东宫,她虽是研墨的小侍女,却被厉夜行照顾得极好,像这般挨饿的日子是没有过的。

好在她也并不觉得饿,那些水和饭她都没有碰过。

就这样挨着挨着,一日,她恍恍惚惚听见门锁响动的声音。

听到有人叫:"裴将军。"

原来是裴岩啊。

欢岁似乎松了口气,往墙根蜷了蜷。

裴岩走到欢岁面前,想必这几日他的日子也不好过,整个人看起来更加清瘦了一些。

他看着面色惨白的欢岁,于心不忍:"宋姑娘,我不知你为何会刺杀殿下,但殿下对你一片真心,日月可鉴。"

欢岁冷笑,那他的真心还真是好笑,真心便是屠杀宋家上百口人?真心便是将她耍得团团转?

这样的真心不要也罢。

"是他害了宋家,我难道不该杀他吗?"

裴岩心下悲凉,他不知欢岁姑娘何时对殿下有了这样深的误解。殿下为了宋家奔波劳累,不管不顾到了何种地步,又怎会是宋家案的幕后凶手?

"宋姑娘,绝不会是殿下。"

这世间,殿下是最不愿她难过的,又怎会舍得她伤心?

欢岁嘲讽道:"裴将军,你是他的将军,自然为他说话。我亲眼看到的、亲耳听到的,还能有错不成?"

"姑娘看到的、听到的,与裴某看到的、听到的并不同。姑娘,裴某不想劝你,只愿你日后不会后悔。"

说完,裴岩唤了嬷嬷将饭食端上。

她悔什么?她只会悔自己识人不清,悔自己把仇人当作了恩人,悔自己信错了人。

见欢岁无意吃饭,裴岩也不勉强:"姑娘还能活着,是因殿下将姑娘刺杀一事封在东宫中。我知姑娘心性硬,不吃不喝是存了绝不偷生的想法。可姑娘刺杀了殿下,就这样放过了其他的人,甘心吗?"

是啊,她不甘心,可她又能如何?她知道捅了这样大的娄子,早晚是要死的,只可惜她虽刺了厉夜行,却没能杀了司徒云起那个狼崽子。

"姑娘,殿下还命悬一线,太医说殿下并不求生。裴某虽不是殿下,可被心爱之人所伤,饶是殿下,怕也难解心绪。因而裴某不能让姑娘出事,裴某知道姑娘出了事,殿下更无生念了。"

欢岁在听到厉夜行不想求生时,心口似是被人狠狠揪了起来。

见欢岁面色无异,裴岩叹了口气:"裴某想跟姑娘做个交易,秦妃娘娘命姑娘去照顾殿下,殿下若好了,裴某会放了姑娘。这样姑娘想要找的真相便能接着去找,想要报的仇便能接着报。"

欢岁不愿去照顾厉夜行,他是宋家的仇人,她已刺杀了他,又怎会想去照顾他。

可她不甘心司徒云起那样不仁不义的人还活着,若是不杀了司徒云起,她还有什么脸面去见爹娘。

思及此,她又想到了什么:"裴将军,那日你同太医说的药丸又是什么?"

见她终于问起,裴岩道:"那时姑娘得了时疫,殿下得知后,曾夜探神医府,喂姑娘吃了药丸。那药丸多金贵,世间只有两颗,可殿下想都不想就送给了姑娘。"

欢岁诧异:"我为何一点都不知道?"

"姑娘自然不知道,姑娘当时烧得昏昏沉沉,怎么会知道呢?"

怪不得神医会惊叹她的恢复速度,怪不得缠绵病榻时,神医曾问厉九州是不是给了她药丸。

原来是厉夜行。

太医说那是救命的药,他本可以在这时用上那药,可他将药给了她。

欢岁想,只当是还了这药的恩情,如此,不管厉夜行是死是活,都与她毫不相干了。

至于司徒云起,她是一定要杀的。

"裴将军,我同你走。"

裴岩带欢岁去的却不是往日里厉夜行住的寝殿,想必为了捂住东宫的事,才会将厉夜行转移到了东宫里一处不起眼的院落。

进了屋中,欢岁闻到了浓郁的药草味。

床上躺着的那人毫无生机。

那人往日高傲自负,永远一副高高在上的矜贵模样,如今却面色惨白,无半点血色。

她愣愣地站在那里,直到被怒气冲冲跑过来的人打了一巴掌。

"你为何要刺杀本宫的孩子!"

欢岁呆呆地看着眼前的贵妇人,不知道她是谁。

裴岩忙上前扶住了摇摇欲坠的欢岁:"娘娘,她本就几日没有吃喝,再经不起半点折腾了。为了殿下,望娘娘留她周全。"

娘娘?欢岁想,这大概就是那位久居宫外的秦妃了吧。

说是伺候,也没人真的敢让欢岁近身伺候,只让她跪于床榻几步外,像是生怕她再行刺。

那秦妃也不再看她一眼。

入夜,秦妃才离开。

裴岩看着跪在地上、衣衫单薄的欢岁,不禁有几分责备:"姑娘,你可知道陛下督军多年,见过多少的刺客细作,若他想躲,这一刀你是无论如何也刺不着他的。"

地上的人抬头,看着他,那双往日灵动的大眼睛此时沉寂一片,似是没有听明白他在说什么。

"姑娘,殿下知道你恨他入骨,也早知道这是姑娘蓄谋已久的,可殿下舍不得躲开你,哪怕是你的刀。"

她的心像是塌了一块,其实在看到卧于病榻的厉夜行时,她才惊觉自己没有一丝复仇的快感,只有空荡荡的疼。

她想到他倒下之前,笑着让她别怕,告诉她别再恨自己,那疼便更厉害了一些。

裴岩看她如秋叶落地般萧索,也不再说什么,守在一旁。

就这样又过了两日,秦妃用上了世间珍贵的药材,厉夜行终于醒了过来。

他醒来时,秦妃正嚷嚷着要处决了欢岁。

厉夜行轻咳着:"母妃莫要杀她。"

秦妃见他醒了,又心疼又难过,美目含泪:"她刺了你,有何理由再留?"

厉夜行便咳得更厉害了,似乎要把心肺咳出来才罢休。

"她刺了我,若是就这样放走了,岂不是太容易?让她在孤身边侍疾,等孤好了再发落她。"

说完,他又是一阵轻咳。

见他咳得两颊绯红,秦妃又哪里敢说什么。

自那日起,他躺于榻上养伤。

她跪于地上侍疾。

明明有御医来为他上药,他半靠在床榻上,苍白着一张脸,唤她:"就由那

/ 208

罪女来换药吧。"

他叫她罪女,罪女便罪女吧。

欢岁走过去,从御医的手中接过药酒。那御医看了厉夜行一眼,便匆匆退去。

厉夜行只着了一件内袍,松松垮垮地搭在身上,露出精壮白皙的胸膛。

厉夜行督军时便受过大大小小不少的伤,他白皙的胸膛上有数道往日的伤疤,他让她上药。

欢岁低着头,一双眼怎么也不敢去看他。

厉夜行哼笑一声:"你怎么不看我?是怕看到我因你而变成这样,心怀愧疚?还是后悔那日没有多用点力气,好一刀将我送走?"

见欢岁的眼眶都红了,他又不忍,道:"你不必如此,我说过我们两清了。"

她这才敢抬头看他。

因为受伤,他本就白皙的肤色看起来更加苍白了一些,往日那红润的薄唇也失去了血色,可还是很好看。

欢岁就跪坐在他的床榻边,他们离得那样近,却又似乎远得见不着。

厉夜行咳嗽了一声,欢岁忙去扶他,扶着他躺下。

他闭上了眼,似是累极了,很快就沉沉睡去。

欢岁也有好几日没有睡过觉,就那样跪坐在地上,靠着他的床榻睡着了。

有一日夜里,厉夜行似是好了一些,他问道:"如今你可还有什么想做的事?"

屋子里只有他们两个人,想来他是在问她。可她哪里还能有什么想做的事,刺杀太子,等死就行了。

默了片刻,她才轻声道:"我想离开。"

她想离开,没有任何人可以束缚她,亦不会再有人蒙住她的双目,让她看不清分不明。

是谁又轻轻叹了口气,仿若叹出了胸口的千斤重。

等她睡着,厉夜行才敢睁开眼去打量她。

她受了这番惊吓,却还是心心念念要离开,想必是真的很想离开了。

他往日并没有所期所盼,自从遇见她,他便盼着她能看到他,能陪着他,到底是黄粱一梦罢了。

这皇宫他都不愿意待,她又怎会想留下?既然她要走,那就走吧。

再不舍,她也是要走的。

厉夜行的身体似是渐渐好了起来,就如这漫长的日子一般,再难过也得过。

将要新年,东宫中没有一丝喜气,想必宫中也没有。因为太后突然薨逝,那些从各处封地回来守丧的君侯个个心怀鬼胎。

厉帝是踩着弑父杀兄的名义登上的王座,他登基后,除了小王叔厉九州,其他的君侯皆前往封地,此时共聚一堂,能谋出个什么好事来?

弑父杀兄他不能再来一遍,也无力再来一遍,厉帝焦头烂额,自然无暇顾及东宫。

这日,厉夜行喝了药便睡下了。裴岩瞧着欢岁一脸疲惫,好心道:"姑娘去

209 /

侧殿洗漱一番,换身衣服好好睡上一觉吧。"

欢岁本想拒绝,又想到那人洁癖得厉害,她若是再不换洗衣服,指定要被他嫌弃,因而点头应了。

## 第二十四章·
### 她死他伤

可等欢岁走出殿门，却发现裴岩带她去的不是什么侧殿，而是一间小屋。

欢岁心中有预感，即使厉夜行要留下她，厉帝与秦妃又怎会愿意放她这样一个隐患在厉夜行身边。

她勾唇，很是坦然："裴将军是要送我上路。"

裴岩叹道："姑娘都知道了，裴某不愿姑娘就这样糊里糊涂地离开，因而在姑娘离开前，带姑娘来这里看一看。"

欢岁满眼狐疑："看什么？"

裴岩道："姑娘进去便是。"

欢岁走进了那间屋子，屋子里的布置与厉夜行的书房大抵相似。

她在裴岩的示意下，走到案几边，鬼使神差地打开了案几下的暗屉。

那样秘密的暗屉里藏的却不是什么机密，而是静静躺着一只朱红色的盒子。

朱红色的盒子里竟是一只绿油油的草蚂蚱，这草蚂蚱欢岁记得，是她一年前在学堂上编了送给公主的。

怎么会在这里？

在厉夜行的寝宫之中。

在他那上着暗锁的暗屉之中，这盒子就这样躺着，静静地躺着，边角似是已被人抚摸过千百遍，磨成了圆润的弧度，草蚂蚱却毫无损毁。

如果今天她没有跟着裴岩来这里，没有打开这柜子，没有看到这草蚂蚱，那她永远不会知道，有人悄悄藏起了她的蚂蚱。

双眼浸润，有什么她一直不敢直视的东西呼之欲出。

噬心的痛自胸口蔓延开来。

欢岁几乎是逃出了厉夜行的那间小屋，怎么会这样？

在他们之间隔了这样多的仇恨之后，在她亲手刺伤他之后，才发现了那一直被刻意忽略的。

她心疼至极。

裴岩见她如此，心有不忍："我不知道姑娘与殿下是如何走到这一步的，可姑娘知道殿下为何咳疾迟迟未好？"

欢岁看着他，一双眼里蓄满了泪。裴岩徐徐道来："那日陛下定了宋家的死罪，令殿下亲自监斩。殿下在宫中跪了一天一夜，他本就受了伤，却还熬了那一天一夜，便落下了病。"

欢岁只觉得口中腥甜，怎么会这样？

"将军为何不早些告诉我？"

若她知道如此，怎会伤他分毫？

"殿下说姑娘心如死灰，只有仇恨能让姑娘挺过来，哪怕是恨他，因而殿下不曾说过半句。"

欢岁不敢再想下去，她跪坐在屋外，捂着脸无声哭泣。

她不知道挨了那样一刀，厉夜行受了这样重的伤，以后会不会就这样缠绵病榻了，他那样一个有雄才大略的人怎会甘心……不不不，那是皇宫，宫中有那样多医术精湛的高人，定能医好他。不过月余他便能活蹦乱跳，说不定又能翻身策马，领兵打仗。

欢岁不敢多想，只想着，若是他死了，那她该如何。

"姑娘，我不想姑娘一直误解殿下，在送走姑娘前，裴某愿告知一切。"

欢岁被带到了先前住过的小院中，药是由两名寺人拿来的，一只精致的白瓷玉瓶，装的却是能决定人生死的剧毒。

据那两个寺人说，这药喝下去，不出一炷香的工夫，饮药人便能悄无声息地香消玉殒，倒是也干干净净。

她接过瓷瓶，一饮而尽，毫无留恋。

两个寺人见她如此配合，不似往日那些被赐死的人哭啊喊啊的，只说姑娘得罪了，端着空瓷瓶回去复命。

等两个寺人走了，她和衣而躺，不想自己死得太过难看。

躺在软榻上时，她想起小时候，爹爹知道她爱吃糖人儿，每次从外头回来，都会给她带一个糖人儿，还会把她抱起来，架在脖子上，高兴地说："我的岁岁骑大马喽。"阿娘呢，总是摇着扇子，在一旁温柔地看着他们。

听说人死之前看到的都是自己最想看到的，是自己一生中最幸福美好的时刻。

欢岁平静地躺在那里，心想终于可以去找他们了，终于能见到阿爹阿娘了。

两个寺人径自将空瓷瓶端去了东宫，裴岩腰间别着一把剑，正守在殿下的寝宫门口，他伸手接过寺人呈上来的瓷瓶，沉声问道："都喝了？"

"喝了。"

裴岩点点头，让那两个寺人退下。等寺人走远，他才推开了寝殿的门。

殿内弥漫着浓郁的药香气，夹杂着一丝若有似无的血腥气。裴岩往里走，平日里那矜贵清傲的人，正坐在案几前，他俊美的脸上看不出任何情绪，只有微微出神的双眼不似往日那般坚定。

从敞开的里衣看过去，精瘦的腹部缠着厚厚的绷带，见裴岩进来，厉夜行咳了几声，偏头看向他："她可哭了？闹了？痛吗？"

裴岩心下凄然，摇摇头："殿下，宋姑娘不哭不闹，喝下了瓷瓶里所有的药。"

厉夜行愣在那里，裴岩第一次从他脸上看到了悲伤。

"她当真是一心求死。"

厉夜行说完，只觉得口中腥甜，竟吐出一口血来。

"殿下！"

小年夜，大雪纷飞，一驾马车从东宫驶出，没有人知道那驾马车驶向了哪里。

也是在小年夜，厉夜行的人围剿了殿中为太后守孝的众位王叔，下狱的下狱，斩杀的斩杀，解了这场宫廷危机。

大雪将尽，雪白掩盖了一切杀戮，像是什么都没发生过一样。

待一切平静，厉夜行下令一把火烧了宋家府院。

烧之前，他去了一趟宋家。

这是他第一次来到欢岁的闺房，他从前并没有来过，可还是莫名觉得熟悉，总感觉这屋子中还有她身上淡淡的气息。

他鬼使神差地走向房中那雕着精致花纹的柜子，打开，柜子中皆是她的衣物，而在那一沓沓整齐的小衫、衣裙间，有一件黑色的狐裘显得格格不入。

他剑眉微蹙，那如墨般的桃花眼定定地看着那件狐裘。

那是他们跌落水潭时，他为她披上的，是他们在小屋时共同盖着的。

那一夜，他们亲密如一对夫妻，盖着同一件狐裘，相依而眠。

原本以为这件狐裘早已被扔到了什么地方，却原来被人整整齐齐地收着。

他的眼神幽深晦暗，心竟像是被人抓捏着一般痛。

他的手抚上那件狐裘，却发现狐裘下压着一张纸，那张纸皱皱巴巴，上面用笔画着一个穿着狐裘的小人，旁边有一行梅花小篆：廊下初遇。

是他们初遇时，她画下的他。

有一滴泪落在了那纸上，墨色洇开，却回不去。

原来，不是只有他一人。

厉夜行从宋家出来，站在那曾经辉煌一时的宋府门口，他摆摆手，神情恢复了往日的冷厉，对身边的禁军说道："都烧了吧。"

烧了吧，一把火，万木灰。

富可敌国的宋家，在一夕之间都化作了土。

死的死，伤的伤，再也没有了，也都干干净净了。

东宫，比往日更冷了一些。

厉夜行和衣躺在小院的床榻上，欢岁离开前便是躺在这里的。

那双幽深的桃花眼紧紧闭着，他的手中拿着一个小小的荷包，曾有人从那荷包中掏出了半块糕饼给他，而他从此再也忘不了。

厉夜行曾无数次幻想，那青丝铺了满枕，与他的乌发纠缠。

结发为夫妻，恩爱两不疑。

但他，终究是等不到了。


初春，东宫中一片沉寂。

三皇子的殿中，厉萧一脸得意："这天底下哪里会有不透风的墙？老六想要瞒着咱们，可他那伤还能不能好都是两说。王叔，还是你的招数高明，让成阳和骄阳去挑唆一番，便让那宋家女刺伤了我那痴情的六弟。"

厉夜行原本就有许多旧伤，行军打仗那些年里，大大小小的伤治好了，好了又伤，加之这次被刺的这一刀，他整个冬天看起来都是苍白的，一罐子药一罐子

213

药地往下灌，也没能让他恢复如初。

外人都说如今东宫的大夫比门客竟还要多。

厉夜行因而称病闭门不出，就连厉帝召见，也都被他拒了，大营也没怎么去过，像是真的要不理世事。

厉夜行病了，其中当数厉萧最为得意，近日厉帝把几件大的差事都交给了他办，他可谓是春风得意。

今日，他特意在府中设了宴席，邀了厉九州痛饮。

歌姬身姿妙曼，似水蛇一样扭动，攀附。

厉萧喝下美人喂的酒，笑得肆意开怀，朝着厉九州举杯："王叔，这老六不过如此，为了一个女人消沉成这副模样，值得吗？"

厉夜行照这样下去，早晚要被废掉，到那时可就是他的天下了。

厉九州不动声色地推开试图靠近的歌姬，他浅笑着，问那软香在怀、醉生梦死的人："你觉得他是真的消沉？"

若是消沉，就不会卸了其余几位王叔的兵权了。

"不然呢？你是没见他那副样子，前日我去东宫瞧他，整个一病秧子，就这样的人爬也爬不上王位。况且，我们手里还有一张王牌不是吗？"

说着，厉萧笑得更加肆意。厉九州依旧微笑，看着那俨然沉浸在自己梦中的人，心道愚不可及。

宴会将半，厉萧拍拍手，一群舞姬鱼贯而入。

这群舞姬婀娜多姿，身着异域服饰，轻歌曼舞间，便是勾人夺魄。

厉萧对厉九州道："王叔，这批舞姬是侄儿特意寻来的，可有合王叔心意的？"

厉九州抬头，毫无波澜地看向那些舞姬，眼神却停留在其中一个瘦小的身影上。

厉萧没有错过他的反应，那双阴毒的眼中露出得意。

从厉萧的府中离开，刚回到王府不出一个时辰，厉萧便为厉九州送上了一份大礼。

那个在宴会上被他多看了两眼的舞姬，此时换了一身月白色裙衫，长发轻绾，面容姣好，而那双眼睛又圆又大，似能看到人心里去。

看到这样的一双眼睛，厉九州眼神复杂，他有一分惊喜，更多的是难过。

那舞姬不过十六七岁，家乡连年战乱，父母不得已才将她卖给了戏班子，此时又被送到了九王爷厉九州的府上，她又慌又乱，一双眼睛似是不知道该往哪里看。

带她来的人似乎是嫌她呆笨，叱道："还不快行礼。"

她跪在地上，柔柔弱弱地唤了一声："九王叔。"

可惜再像也不是她，她是天之骄女，生来就是被宠着的，她不会这样惊慌失措，她的那双大眼睛里永远缀满了星光和笑意，像是太阳一样明媚。

可是他们生生将她拖入了权力的旋涡，将她的天真明媚击了个粉碎。

好多次，他都在想，如果他没有那么多的算计，那个女孩会不会好过一些？

可他太了解自己了，他没见过阳光，便也要毁了别人的阳光。

这样想着，连那一分惊喜也化作了无，厉九州对身边的小厮道："送她回厉萧那里，告诉厉萧别再生事。"

214

厉九州其实看不上厉萧这般醉生梦死，但厉萧是他最好的棋子，可如今这棋子竟然想要拿捏棋手。
　　那舞姬听到自己要被送回去，当即跪了下来。
　　"求求您，求求您不要将我送回去，被送回去的话，我会死的。"
　　厉萧养了很多很多的舞姬，既是因为他本人沉迷于女色，也是要通过这些舞姬来拉拢人，送出去的舞姬便是厉萧放在外面的眼线，而被退回来的舞姬，在厉萧那里便是最没有用的，没有用的东西，他会除去。
　　舞姬哭得泪水涟涟，那双眼睛很快变得红肿，带着乞求看向厉九州。厉九州心中微微一动，他想到那时也有一个小姑娘，哭着求他救救她的家人。
　　厉九州的心像是被人狠狠揪着，他不再犹豫，留下了那名舞姬。
　　他问她："姑娘叫什么名字？"
　　舞姬拭去眼泪："奴叫'小饼'。"
　　小饼，这年头普通人家连温饱都是问题，自然没心思给儿女起什么好听的名字。
　　厉九州淡淡地"嗯"了一声，算是应下了。
　　何泽却有些不解，待那小饼退下去后，他问道："九王叔从来不会给自己留下隐患，为何会留下三皇子送来的舞姬？"
　　这舞姬既然为三皇子所用，日后就会背叛，何苦给自己埋雷？
　　连何泽都知道其中利弊，厉九州那样的人又岂会不知，可他还是不忍见与她那样相似的姑娘重回厉萧手中。
　　厉九州眸色沉沉，不答反问："可有她的消息？"
　　何泽知道厉九州问的是欢岁姑娘，那日从宫中传出欢岁姑娘被赐死的消息。
　　可九王爷却不相信，他笃定欢岁不会死。
　　一个多月了，他们派出去不少探子，却都没打听到欢岁姑娘的消息。
　　"王叔，欢岁姑娘会不会真的已经……"
　　厉九州没有说话，他坐在那里，一袭白衫，犹如破碎的月光。
　　何泽瞧着这样的厉九州，竟会觉得他孤独："王叔，我们有那么多眼线，派出去那样多的人寻找，若是宋姑娘还活着定能找到。"
　　若是找不到，也就意味着宋姑娘当日真的被赐死了。
　　何泽不知道为何厉九州就笃定了欢岁没有死。
　　只见厉九州抬起头，眼神幽深："厉夜行是不会让她死的。"

## 第二十五章·
### 女细作

两年后。

北辰的都城外，驻扎着北辰最精良的部队，日夜守护着几十里外的都城洛城。但凡王城中有一丝异样，只需一声令下，千军万马便能即刻出动。

此时，偌大的大营主帐中，跪着一女子。

那女子身姿单薄瘦削，巴掌大的脸上一双杏眼盈盈，看起来不过十七八岁的**清秀模样**。

方才她在帐外被几名将士纠缠着，冻了许久，进了温暖的营帐，不消片刻，女子白玉一般细腻的脸便被这温暖烘得微微发红，只那薄唇不知是气血不足，还是受了惊吓，仍是惨白的。

押女子进帐的凶悍将士对主座上的人说道："大将军，这便是早上来送菜的人，吃了她们送的菜，营中将士无不腹泻。我看这伙人定是南召来的细作，末将这就将她们拿下，审上一审。"

打了两年的仗，当今天下四分，北辰、南召、西镜、东里，四方割据，看似平衡，实则暗流涌动。

北辰四季分明，国土肥沃，极其宜居。这两年太子厉夜行亲自率兵征战，日渐强大，大有一统四国的趋势，其他三国自然也不甘示弱，因此边境纷争不断，细作更是常见。

北辰人对细作的处置极为严厉，男细作处以车裂，女细作多是被关进了女间，总之是暗无天日。

听他这样说，女子觉得委屈极了。她本是往军营送菜的婆婆的邻居，平日里得了菜婆婆不少照顾，今日菜婆婆的老伴儿身体不适，菜婆婆一人无力送菜，又不敢耽误了营中的生意，她这才提出帮菜婆婆送菜。没承想，这好心帮忙竟将自己困在了营中，还被人冤枉成了细作。

细作已是大罪，投毒亦是大罪，在军营中投毒更是大罪中的大罪。

若是由着这帮人给她定了细作和投毒的罪，她今日别说是难以活着走出大营，怕是连个全尸也留不下。

眼见着那凶悍将士要来拿人，女子抬头，那双圆溜溜的杏目中满是委屈与恐惧，却还是朝那将士坚定地说道："大人莫要冤枉我，我和姐姐不过是来送菜的，你不去拿那做饭的人，不去拿那盛饭的人，却来拿我们，是何道理？"

她虽瘦弱，但说起话来极有气势，神情也没有了方才的胆怯，倒是把那凶悍的将士唬得一愣。

"你这小丫头，那做饭的婆子是我们常用之人，又岂会有二心？定是你们送菜的下毒，待我拿了你送去刑室一审便知真假。"

那刑室她自是听说过，都道没有人能活着从洛城大营的刑室中走出来。

那凶悍将士说罢，便要来拿人。

她心中大叫不妙，莫不是今日就要折在这大营里了？

主座上一直在饮茶的人，悠悠地放下茶盏，抬头看了眼跪着的女子。那女子微微发抖，但她的腰背还是挺得直直的，一双眼中满是倔强。

他不动声色地收回目光，沉声说道："放她们离开。"

那声音低沉却不怒自威，凶悍将士顿住脚步，难以置信地朝主座上的人问道："司徒将军，当真不审？就算是不审，也要等殿下回来再定夺，这样放了人怕是不妥吧。"

这话中已带了些威胁的味道，可见这凶悍将士并不是主座上那人的人，是他口中所谓的殿下的人。

被唤司徒将军的人眉头微皱，那双狭长的眸子斜睨着凶悍将士，再说话已是不容置喙："姜庭，放人。"

原来那凶悍将士叫姜庭，可他再凶悍，官也定是比不上主座上的人大，终是哼了一声，不再说什么拿人、审问，老老实实地退了回去。

女子暗暗地松了口气，这时听到帐外有人来报："将军，二十大板已打完。"

女子的心提到了嗓子眼，她今日是与小午一起来的，方才主帐中的人将她们二人分开，一人被押到大帐审讯，一人被押去挨板子。

小午那样瘦弱，这军中人的气力又大，二十板子打下去，怕是连命都要去了半条。

这样想着，她片刻不敢耽误，疾奔去看小午。

冰天雪地里，小午独自躺在光秃秃的地上，翠绿色的衣衫上已浸出了血渍，看起来恐怖极了。平白挨了这二十大板，小午果然已是出气多进气少，见了女子，还是强撑着身子起来，说道："姑娘，我……"。

女子摇摇头，示意她别再说话，留着力气好出了这洛城大营。

小午此时伤重，难以行走，北辰兵又不会帮忙，少女解下身上的鹅黄色披风盖在小午的身上。

她没有马车，只有一辆被士兵砍得摇摇欲坠的简陋的送菜板车，她费了好大力气才将小午背到了那板车上。

小午躺在那里，想要把身上的披风还给女子，却被女子摁住，安抚道："小午别怕，我带你去找医馆，定能治好你。"

小午流着泪，点了点头，她不怕，跟姑娘来这杀人不见血的大营不怕，被当作细作抓起来不怕，挨了二十大板不怕，但她独独怕自己拖累了姑娘。

女子拉着车，就那样一步步艰难地走出大营，走向医馆。

主帐外，不知何时，那叫司徒的将军站在了那里。他身材高大，着一身铠甲，看起来异常俊朗。

他双目定定地望着营帐外，而那姜庭也跟了出来，打量着他，不知此人在想些什么。

平日里，若有人误闯大营，司徒将军并不会亲自审问，今日听见帐外的动静，却鬼迷心窍般让将士们把人叫进了帐中。

许是近来无事，他便想瞧瞧这审讯的热闹。

他瞧热闹便瞧热闹，偏生放走了那两女细作，实在愚蠢。

思及此，姜庭说道："将军今日放走了那两人，殿下若是知晓了，只怕将军要吃上一壶的。"

司徒将军回头，看着他，讥讽道："你倒是殿下的好奴才。"

说罢，他便转身朝一旁的营帐走去。

姜庭愤愤不平，他是殿下的好奴才怎么了？殿下就是好，他就愿意当奴才。

果然，不出半日，便有一行人踏马来到大营。

为首之人气宇轩昂，他身下的黑马似是一道闪电，所到之处无人敢阻拦，长驱直入，有力的疾蹄在主帐前停下。

来人翻身下马，众将士纷纷位列两侧，朝中间那人行着大礼："殿下。"

他随手解下身上的黑色大氅，里面亦是一身墨色的衣袍。身旁的人自然地接过了他手中的大氅，为他开道。

他身量高，长腿疾迈，不过几步就已坐在主帅的位置上。那坐榻早已被人铺上了厚厚软软的羊皮，他就那样半倚在上面，周身尽是疏离矜贵的气质。

那人生得一副上好的皮相，却总是一副生人勿近的冰冷样子："司徒将军，今日营中可有什么事？"

瞧，他定是得了姜庭的汇报，才赶来的。

司徒云起瞪了姜庭一眼，跪下行了礼，说道："殿下，今日营中无事发生。"

那人顿了顿，一双好看的桃花眼在跪着的人身上打量半晌，他的眼眸黑如点墨，目光深沉而凉薄。

营中静极了，只有炭火偶尔的"噼啪"声。

主座上的人不吭声，跪着的人也沉默，旁边的侍卫和将军更是不敢发出声音。

对峙片刻后，那主座上的人却也不再追问，只说道："无事便好。"

司徒云起暗松一口气，却听主座上的人又说道："司徒将军，这张座椅换了吧。"

司徒云起抬头，那人一脸阴沉，桃花眼中有杀机闪过："孤并不喜欢别人碰我的东西，司徒将军该是知道的。"

他的话如淬了冰，满是警告。司徒云起跪下谢罪："末将无知，亵渎了殿下的座椅，愿自领军棍。"

厉夜行这两年几乎都在黎城，与南召大大小小打了几十次，也是近日才回到了洛城。

洛城大营平日里都是司徒云起守着，可中军大帐中还是按照厉夜行的喜好布置，终日烧着暖暖的炉火。

今日，司徒云起选在这主帐之中审讯，原是觉得这里更加安全，没人敢在太子的中军大帐里做些什么，可没想到触了那人的逆鳞。

厉夜行睨了他一眼，不再说话，径自走出大帐，徒留跪在地上的人。

待司徒云起领了军棍，回到营帐中，副将周南愤愤不平："将军，殿下对将军还是不放心，营中细作之事不过半日，殿下便亲自前来，可见这营中有不少殿下的眼线。"

想起白日里的事，周南肯定道："定是那疯狗姜庭传的话。"

这两年厉夜行先是称病，让人放松警惕，后又亲自督战，以雷霆手段削弱了东阳侯和成阳侯的兵权。二侯如今皆在厉夜行麾下，位高却不权重。

边境纷扰，厉夜行无心顾及洛城大营，便把洛城大营交给了司徒云起来守。

只有司徒云起清楚，厉夜行是为了安抚朝臣之心才将他留在了麾下，但又不给他领兵打仗的机会，只当个空有其名的守城官，无半分建功立业的机会。

况且厉夜行不光留下了司徒云起，还留下了副将姜庭，说是给虎添翼，可明眼人都能看出来这是殿下放在司徒云起身边的眼线，监视着他的一举一动。

所以司徒云起自然知道这不是什么好事，无论是姜庭传话，或是别人传话，都不重要，重要的是厉夜行对他的疑心从未消除过。

自欢岁离开，厉夜行原本是要杀了他的，可他身后还有三皇子和东阳侯，杀不了，便留在眼皮子底下看着，哪怕日日碍着眼。

可是司徒云起也很清楚，有朝一日，厉夜行承了大统，便会第一个将自己斩杀于剑下。

周南见他一言不发，又道："将军，何不去边关？"

司徒家满门武将，即使如今不复当年，那些旧部也愿意追随他前去边关，周南曾劝过他无数次，可司徒云起都拒了。

烈酒入喉，辛辣直直灌了下去，其实他又怎会不知带着司徒氏的人去边关，才是真正的求生。

可他不愿意走，万一有朝一日，她回来了呢？

她回来了，哪怕带着恨，也总好过此生不复相见。

离那日在大营中被人冤枉已过去两日，菜婆婆听说了这件事很是过意不去，这些天一直往女子家里送些吃的喝的，还送来了祖传的金创药。

"哎呀呀，都怨我那不争气的老伴儿，若不是他那天崴了脚，实在出不得门，姑娘好心替我们去送菜，又怎会摊上这无妄之灾？"

菜婆婆一脸歉意，反而让女子有些手足无措，忙说道："并不怪你与阿爷，是我自己惹下的。"

"你这傻孩子啊，你能惹下什么？不过是咱们这些贱民的命，在他们眼中不值钱罢了。"

世道凉薄，普通人家的日子又怎会好过，洛城中还好，往南边去，饿殍遍地，百姓们都只盼着新帝继位，局势稳定，人人都能安居一隅。

女子每日为小午擦拭伤口、涂药，细心照护。

那药是她从城中最好的医馆那里买来的，说是涂了之后不会留疤。

柔软的手指轻轻地在那些伤口上抚过，冰冰凉凉的药便留了下来，女子温柔地安抚："小午你放心，大夫说了，涂了这药你定不会留疤。等过两年为你寻了好夫婿，他定瞧不出一点痕迹来。"

这两年女子与小午相依为命，虽不是亲姐妹，但早已感情深厚。小午嗔怪道："姑娘，你若再说这见外的话，我可就真的生气了。"

家中的木门又被人叩响，女子以为是菜婆婆来送吃的，忙去开门。

一张明媚的笑脸却在看到门外之人时，垮了下去。

门外站着的正是那日中军大帐中，被唤作司徒将军的人。

今日，那司徒将军卸下了盔甲，只着一身淡雅的青色长衫，看起来倒是比那日少了几分威严。

可女子还是惊慌，不由得后退了一步，急忙去关门。

一只大手牢牢地扣在门上，阻拦了她的动作。

他是握剑杀敌的大将军，她又怎能敌得过他的力气。

那单薄的木门就要在他掌下崩裂，女子转身想跑，纤细的手臂却被那人紧紧拉住。

"岁岁，你还要跑去哪里？"

那样高大的人，有力的手如钳子一般牢牢抓着她。

少女垂眸，长长的睫毛掩住了暗藏的情绪。

她不说话，他便接着说："两年了，你已经躲起来两年了，你可知我找了你许久。"

找她做什么？

其实她不用刻意躲，北辰地大物博，想要找一个不想被找到的人，不是件容易的事。

欢岁挣扎着，想要抽出自己的手。

那人见她这般反应，手上的力度不由得放轻了一些，但还是不打算放开她。

欢岁抬头，瞪着他，说道："将军可是走错了路？若是来问路的，我可为将军指一指；若不是，那便是敲错了门，请司徒将军离开。"

她眼中的恨意让司徒云起愣在那里，脸上不复在营中时志得意满的神情，倒是有几分辨不清的颜色。

他喃喃道："我知你怨我恨我，可我还是想找你。"

他是大将军，一句话就能决定人的生死，几句谗言便能决定一个家族的存亡，她敢怨他什么？

欢岁紧抿着唇不再说话，却能感受到那人的目光定在她的脸上许久。久到欢岁心绪万千，想转身逃走，他才说道："岁岁，这两年你可还好？"

她闻言，抬头看了他一眼，星眸中闪过一丝难以置信。

他竟能平静地问她过得可好？

坏人作了恶之后，都能有这般的好心境，能如此平静地问候受害者？

她想起过去种种，嘴角挂着讥诮的笑意，一字一句地说道："托将军的福，家破人亡，颠沛流离，你说好与不好？"

她分明笑得那样好看，以往人人都说宋家姑娘一笑倾城，可这倾国倾城的人恨足了他，望着他的那双眼中满是厌恶。

这厌恶像是一把无形的刀狠狠扎向司徒云起的胸口。

见司徒云起不说话，欢岁嘲讽道："将军该不会是想听我说过得还好，以减轻心底那尚存一丝的愧疚吧？还是想听我说过得不好，合该落个罪有应得的下场？"

那司徒将军似是被激怒了，他抬手紧紧捏住了欢岁光滑洁白的下颌，强迫她与自己对视。他试图从她那双眼里找到些别的，除了厌恶以外别的东西。

可她那双好看的桃花眼里，有鄙夷、有不屑，唯独没有他最渴望的东西。

欢岁不再说话，屋中躺着的人许是觉得不对劲，虚弱地喊道："姑娘，可是菜婆婆来了？"

欢岁趁他愣怔一瞬，抽出自己的手臂，迅速冲进屋内，将门重重关上。

她知道这单薄的门根本挡不住屋外那人，她曾亲眼见过他手持利刃大肆斩杀的景象，杀了她和小午两个人简直如杀鸡般简单。

躺在床上的小午见欢岁这样匆忙地跑进来，忙支起身子问道："姑娘，发生什么事了？谁在门外？"

欢岁没有说话，她贴在门上，静静听着、等着，还好屋外的人并没有拿着那把长剑闯进来要了她们的命。

那人只是默默站了片刻，便走了。

欢岁这才回过神来，她似脱了力一般，沿着门扉滑落在地。小午拖着病体从榻上下来，一步步走到欢岁身边，抱着她："小姐，你这是怎么了？"

欢岁满脸的泪痕，那纤细的手指紧握成拳，因为滔天的恨意，她的嘴唇微微发抖。

前几日，在营中见到了司徒云起，她就知道这两年的平静日子已经结束了。

"小午，司徒云起找来了。"

小午怜惜地轻抚着少女的乌发，说道："小姐，别怕。"

她不怕，她早就不怕了。这过去的七百多个日日夜夜，她没有一天不想手刃了那叫司徒的，她发抖不是因为她害怕，只是因为她太想杀了司徒云起了。

欢岁似是想到了什么，她捏着脖子上挂着的玉佩，神情忧伤。

城中百姓都在传边关战捷，她等的那人也已经回来了。

两年前，她在东宫喝下了寺人端来的毒药，原以为会带着那样多的不甘与遗憾就此了结。

可等她再醒来时，已在离洛城百余里的马车上。

车上坐着的是泪眼婆娑的小午，而驾车的是许久未见的顾炎。

顾炎说，是殿下将他从边关急召回来。先前宋家出事，家里怕他冲动，刻意瞒了他。若不是殿下的那封信，他还不知道欢岁的处境。

顾炎还说，殿下当时被成阳侯和东阳侯所牵掣，他原本想着就那样将欢岁刺杀的事掩盖下去，可殿下知道此事瞒不了太久，就算旁人不知，厉帝和秦妃又岂能放过她。

欢岁继续留在东宫只会朝不保夕，因而殿下想出了假赐死的法子。从此，所有人都知道宋家嫡女刺杀东宫不成，反被赐死，这是全身而退最好的方法。

之后再由顾炎带走欢岁，厉夜行已为她安排好了一切，唯一与他设想不同的是，半路上,欢岁药晕了顾炎,从此消失。

北辰那样大,一个刻意隐藏起来的人,哪会轻易被找到。

自那时起,欢岁便带着小午藏于城郊。

她们隐于人群,做了最最普通的布衣。

若没有此次送菜的事,或许她们平静的生活还能过更久。

第二日,司徒云起又来到了这城郊小院,他并不打扰,只站在门外,像个木桩子一般。

一日,两日……

他越是这样,欢岁心中越是慌乱。

她虽不知司徒云起的意图,但清楚他并不打算让旁人知道她的存在,否则那日在大营中,他便会抓了她这罪臣之女去立功。又或许他也在忌惮着什么。

司徒云起就这样来了半个月,小午的伤势已无大碍,这半个月中,欢岁只视门外那人为无物。

他不动声色,她便也不动,只等着小午将伤养好。

她照例每日拿了小午的绣品去绣楼里换钱,照例在回家前去城门口的铺子买糕饼。

可她明显感觉到最近城门口的官兵增加了不少,显然是加强了防备,不让人进出城。她想或许是司徒云起的手笔,许是怕她们逃了。

欢岁听街上卖糕饼的老翁说太子又要去黎城了。

这两年厉夜行几乎不曾回到洛城,这次离开不知何时才能回来。

欢岁清秀的眉头紧皱着,她想她要出城。

她将自己的想法告诉了小午:"司徒云起既然已经找来了,我们只能将计就计。"

这两年她除了好好活着,日夜想着的便是如何为宋家复仇。

她从父亲当年的亲信苏平南那里知道,宋家案虽然是由司徒云起引起的,始作俑者却另有其人。

"姑娘,当初去虢城时,宋家怕是已被人惦记上了。"

所以那段日子,父亲急于告老还乡,想必是料到宋家将有一难。

那背后之人势力之大,凭她一人又怎能扳倒?

"姑娘想做什么便去做吧,小午等着姑娘。"

她已打听好了,五更天时,城门守卫要换班,那时恰逢菜婆婆他们出城拉菜,她打算趁此时机藏于菜婆婆的车上出城。

入夜,她早早便躺下了,心里却无限煎熬,想着司徒云起,想着洛城外的大营。既已走到这一步,她也只能往下走了。

更声刚响起,欢岁就跳下了床,她穿着一身男装,看起来小巧精致,发带将一头乌丝束于脑后。

菜婆婆惦念着她前几日帮自己送菜,却平白被抓去了大营,因此也并不问她为何要出城,只叮嘱她躲在菜筐里,千万别发出声响。

这些年她没少东躲西藏，最是会躲。她安安静静地蹲在菜筐中，不让自己发出一丝声响。

板车从城东到城西，终于要出城了，她躲在菜筐中，清晰地听到了自己的心跳声。

好在那守城的官兵守了一夜，此时已然筋疲力尽，草草查看了一下便放走了菜婆婆的车。

出了城，欢岁告别了菜婆婆，打算一路朝南边走。

临走前，菜婆婆拉住了欢岁的手："老妇也不知道你这丫头为何非要去南边，如今兵荒马乱的，你千万要护好自己，早些回来。等你回来了，老妇给你烙饼子吃。"

说着，菜婆婆拿出了一个布袋子，塞到了欢岁的手中。

"老妇也没有什么好东西能给姑娘的，这里头的干粮是我今日早起烙的，姑娘拿着路上吃。"

欢岁接过菜婆婆的布袋子，眼眶泛红。

这一路多艰难，却还是有这样多的人给过她温暖。

# 第二十六章·
## 重逢

欢岁出城后没走多远，便发现了一队逃难的人。

这群人原本是从南边逃到洛城，可如今洛城也容纳不下这些难民，只得又往南边去，希望在路上能找个容身处。

欢岁想了想，她若是独自一人走官道，怕是很容易被人发现，司徒云起想必已经知道她走了，说不定这会儿正遣人寻她。

她决定跟着逃难的人群一路向南，逃难的人多，一般不会有官兵细细盘查。

好在队伍里混入一个人也没有被发现，就这样走了几日，欢岁脚上的鞋子已经磨破了。

逃难的队伍里有一家四口，妇人瞧见欢岁的绣鞋破了个洞，热情道："妹妹若是不嫌弃，我们避开人，妹妹将绣鞋脱掉，我给你补一补。"

欢岁又怎会嫌弃，那妇人果真将她的鞋子补得十分牢固。

北辰冬寒，入夜便飘起了雪花，那对小男孩瑟缩地躲在母亲的怀里。

这样艰苦的日子，他们一家人却还能相依相偎。

欢岁不由得想起了自己的父母，若是他们还在，怎会舍得自己受这样的苦。

欢岁打开了小午给她准备的包袱，里面还有一件棉衣，那是离开洛城前小午连夜为她缝制的，棉衣里塞了厚厚的棉花，暖和极了。

不知道小午如何了？

她走了，料想司徒云起不会再找小午的麻烦。

欢岁将棉衣拿过去，轻轻盖在了两个孩子的身上，这动作惊醒了睡着的妇人。

妇人看到是欢岁，又看了看孩子身上的棉衣，心下了然，露出了一个感激的笑容。

这年头，谁都不好过，萍水相逢的人若能互相照应着，该有多么感激。

欢岁将食指放在唇上，比了个嘘的手势，提醒妇人不要惊醒了睡着的孩子们。

做完这些，欢岁蜷缩在一棵树下闭目休息。

第二日，妇人用仅剩不多的粟米熬了粥，特意让小儿端了一碗给欢岁。

欢岁摸了摸那孩子的头，接下粥喝了个干净。

就这么同行了月余，离洛城越来越远，欢岁听队伍里的人说这两年黎城都是太子亲自镇守，前些日子太子回了洛城，南召便大肆侵扰，几次来犯。

欢岁想，按照脚程，厉夜行的兵马怕是在半个月前就到了黎城，想必这会儿已经解了黎城的危机。

她心思翻涌，有些拿不准自己的决定是否正确。

一日，他们正坐在一片树林旁休息，却见一队官兵迎面而来。

/ 224

为首的官兵骑着高头大马,盘问队伍里的人从何处来,又要到哪里去。

这样的盘问本没有问题,可欢岁心虚,怕是司徒云起的人追来了,她在脸上抹了一层厚厚的灰,躲在人群中,尽量不惹人注意。

后来不知道人群中谁惹怒了那为首的官兵,他拿着皮鞭就朝队伍抽了过来。

队伍里响起了此起彼伏的惨叫声。

这些小官兵已是底层人,现在他们拿着手中丁大点儿的权力,把鞭子挥向了比他们更底层的人。而这些难民没有丝毫反抗的能力,只能抱头求饶。

妇人将那对小儿拉到了队伍的后面,可还是逃不过官兵的肆虐。眼见着挥舞的长鞭要抽到小儿身上,欢岁上前一步,将小儿护在怀中。

欢岁闭上了眼睛,微微发抖,然而想象中的马鞭并没有落在她的身上。

耳边响起了痛苦的哀号声,她长睫微颤,睁眼看去,入目的便是那人的黑色骏马。

那人跨坐于马上,一身大氅矜贵而俊朗,那把斩杀过无数敌人的剑,此刻贯穿了扬鞭要抽她的小官兵。

欢岁看着骑在黑色战马上的人,他面容清瘦,一双桃花眼漆黑如点墨,也正瞧着她。

不知怎的,她心中酸涩,百般滋味,竟让欢岁险些溢出了泪来。

见施虐的官兵被杀了,人群中有欢呼声响起,方才被压制欺负的难民们仿佛见到了救星一般,围着那战马上的人欢呼。

只有欢岁,默默低垂着头,不敢再去看他。

她不敢去看他那双情绪复杂的眼睛,不敢去看他那微微皱着的剑眉,更不敢去看他那结实的胸膛是不是还留有刀伤。

厉夜行,他们又见面了。

连日来的奔波使她疲惫极了,还好,她终于见到了他,终于可以松口气了。

"岁岁。"欢岁倒下去前,耳边是他焦急的声音。

欢岁做了个梦,梦里回到了与厉夜行初遇的那天。

那时,她是洛城里最矜贵的商贾之女,受王后邀请,前去宫中赴宴;他是冷漠孤傲的太子,有一双极为好看的桃花眼。

廊下初遇,他一身清冷带着淡淡的松木香气,从她面前走过。

那黑色狐裘的衣摆轻触到了她的裙摆,就如狐裘的主人印在了她的心里一样。

回家后,她将那人的模样在纸上画了下来,说起来也怪,明明只见了一面的人,她却清楚地记得他的模样。

那时她想,他是她此生见过的最好看最好看的儿郎了。

她的梦很混乱,她梦到了许多人许多事,梦到了那只绿油油的草蚂蚱、梦到了漆黑的猎犬咧着嘴要咬她,也梦到了火光滔天的宋家府邸。

她似陷在了一个个梦里,只能苦苦挣扎。

梦里,宋家被抄,四下逃散的仆人尽数被杀,漫天的大火似是要将这百年大宅吞噬个干干净净,巨大的恐惧像是一只大手,撕扯着她,要把她撕碎。

爹爹……

娘亲……

祖母……

她唤他们的名字，可他们像是听不见，在梦中亦离她越来越远……

那大火很快就烧到了她的脚边，燎到了她的罗裙，炙得她浑身疼，她哭得无助极了、心痛极了。她想就要死了，就要死了，死了也好。

她在梦中苦苦哀求，不知道在求谁，也不知道在求些什么，只知道那人应了她。她这才睡得安稳了一些。

欢岁醒来时，天色已黑。

借着屋中昏黄的烛火，她这才看清自己正躺在一张大大的卧榻上，身上的衣服已经被人换过了，还盖着一张舒适柔软的羊毛毯子。

屋中安静极了，那人的声音低沉："你为何没有戴那块玉？"

欢岁没想到他会问起这个，一时愣在那里。

那块玉……是秦妃给她的那块吗？

"丢了吗？还是你又弃了它？"他似乎对这玉很执着，还记得当时她将玉押给他那事。

见她还是不言，那人无奈道："罢了，你爱戴什么便戴着吧。"

两人相对无言，过了片刻，安静的房中，听到那人叹息："你哭什么？"

她哭什么？

欢岁抬手抹了抹脸，这才觉出指尖上湿漉漉的。

她在哭什么？

兴许是哭这一路的不易，兴许是哭两年了，她终于又与他见面，听到他的声音。

她摇摇头，不作声。

厉夜行也不再问。

欢岁见自己身上的粗布衣衫已被换掉，问道："我的衣服呢？"

见她紧紧揪着自己的衣领，缩在软榻的一角，那人似是想到了什么，俊朗的面上微微透红。他有些不自然地望向窗边，强行解释道："你的衣服是我命随行的嬷嬷为你换的，换下来的早已丢掉了。"

鬼才信他！

若是如此，他脸红个什么？

"你怎的还哭？"

她想起方才梦中的那只恶犬，不由得说道："我梦到了你放犬咬我。"

那人俊眉微皱，那好看的星目中尽是不可思议，他说道："我什么时候放犬咬你了？"

见他不认账，欢岁亦有些生气："就是我去捡风筝那次，在东宫的后院里，你那只黑色的猎犬，这么长的獠牙。"

她的手臂伸展着，哪是在比画獠牙，那长度分明是一把长剑。

厉夜行如墨一般的眼睛望着她，似是想到了什么，好看的薄唇微张，想说些什么，终是没有说出口。

见她莹润的脸颊上还挂着泪珠,他叹道:"你从前很爱笑的。"

"你也说了那是从前啊。"

他还想说什么,叩门声响起,门外是他的近身侍卫裴岩。

"殿下,厨房准备了清粥和小菜。"

"进来吧。"

裴岩进来时,看了欢岁一眼,便退了出去。

说是清粥和小菜,却格外丰盛。

香甜米粒煮得软糯稀烂,冒着腾腾热气,小菜是凉拌的小青菜、醋过的肉段、煨了几个时辰的土鸡汤,还有一块精致的小桃花糕。

那桃花糕皮酥内软,上头绘着一朵好看的桃花。

欢岁微怔,这糕点原不是什么稀罕物,更何况在厉夜行的后厨又有什么稀罕物是做不出来的,但这桃花糕是她从前最喜欢的。

她望着桃花糕怔怔出神,这世上知道她喜欢吃桃花糕的又有几人。

他这样尊贵无比的人,亲自用银箸夹起那块桃花糕,放到她面前的小碟子里,还为她盛了一碗土鸡汤:"你睡了许久,先喝口汤吧。"

贝齿轻咬在樱唇上,思索片刻,她还是说道:"殿下,可否给我一匹马?"

那人的手将将顿住,他放下银箸,望着她,温和道:"你借马匹是有何用?"

他的目光落在她的身上,欢岁道:"我要去找我的外祖和舅舅。"

在这世上,除了外祖和舅舅,她再没有其他亲人了,想必这样说是没有错的。

好在厉夜行也没有深究,只是问道:"这两年你都去了哪里?"

他终是问了出来,欢岁却答不出来。

半晌,她听到几不可闻的一声叹息,可他是厉夜行啊,无所不能的厉夜行,又有什么事能让他叹息的呢?

他终是没有再问什么,什么也不必问,问了该留的也还是要留,哪怕是强留。

"罢了,你先吃些东西吧。"

"那……"欢岁还是有些不放心,"吃完了东西,殿下会借给我一匹马吗?"

那人不说话,只是"嗯"了一声,算是应下了。

得到了肯定的回答,欢岁高兴地接过银箸,她已经好几天没有吃过这样热乎的饭了,连日的奔波让她疲惫而又饥肠辘辘,几口热粥下肚,她整个人才感觉好了起来。

她吃得并不多,只喝了半碗粥,吃了一块鸡肉。那鸡肉炖得软烂,因为煨的时间长,格外入味。而那块桃花糕,她却没有碰一下。

一顿饭,一人吃,一人却只顾着看。

等欢岁吃完,才发现厉夜行并没有动箸,便问道:"殿下不吃吗?"

因为厉夜行答应了要给她一匹马,欢岁心里高兴,便主动给他盛了一碗粥。

他那双好看的桃花眼,落在她身上时,是她看不到的温柔缱绻。厉夜行接过那碗粥,慢条斯理地吃了个干净。

吃完,他叹了口气,温声道:"你莫要去寻你外祖了,留在我身边吧。"

可她不知为何,又落了泪。

两年,她变成了爱哭鬼,而他似是胸口有千斤重,总是在叹气。

欢岁面露难色:"我刺过殿下。"

"是。"

"殿下还敢留我?"

"敢。"

"不怕我再刺一次?"

"不怕。"

欢岁没再说什么,她出城本也是为了要去黎城寻他,只是不知为何他会出现在这里。

宋家出事后,外祖不愿触景伤情,离开了洛城,南下回了老家。

他老人家离开时,根本不知道欢岁还活着,因而欢岁并不打算去找外祖。她早就打听好了,厉夜行会离开洛城大营,前往黎城,她出现在这里的每一步都是算好了的。

眼下,他们这里离洛城几百里,也比离开洛城时更冷了一些,欢岁走到窗边,推开窗。

窗外大片大片的雪花往下落,她不由得打了个冷战,那人解下自己的墨色大氅裹在她的身上。欢岁抬头,看着那人坚毅的脸庞,柔声道:"殿下,下雪了。"

驿站的小院中,灯火烛窗边,少女伸手去接窗外的雪片,而她身后站着的人目光轻柔地落在她身上。

欢岁就此留在了厉夜行的营帐中。

厉夜行治军严谨,在他的大营中,鲜有女子出现,唯有厨房的几个厨娘,还有就是厉夜行帐中的一位嬷嬷了。

欢岁此番留下不再是研墨的侍女,而是厉夜行的客人。他每日在帐中接见将军们,议事从来不避讳她。

而她像是木头人一般,不听不看,就乖乖坐于他不远处的案几前,画画。

她画蝴蝶、画雪景,还画一棵树。

一棵松柏,立于皑皑白雪间,孤独却挺立。

厉夜行多数时候是稳坐营帐中,运筹帷幄,似是没有他解决不了的难题。

有时他也亲自领兵,每每他离开中军大帐,欢岁便一个人留在那里。

陈墨每次进帐汇报军情,都要看看欢岁。那日欢岁见陈将军又看自己,那双如鹰般犀利的眸中尽是防备,她起身离开了营帐。

厉夜行瞧着她消瘦的背影,冷冷瞧着陈墨:"你有何话要说?"

陈墨哼哼唧唧,道:"这女子刺杀过殿下,不得不防。"

可他怎么忍心防?

半晌,厉夜行沉声道:"她想要什么,便由她吧。"

他说完这句,陈墨难得地没有说话。

厉夜行向来擅长作战,这一路走来,将南召将士打得节节败退,眼见着就要打过南召边境线。

将军们连夜商量作战计策，叶将军很有与南召作战的经验，皱眉思索："南召人狡猾，他们定会出其不意、攻其不备，我们不妨在后方加强兵力。"

南召兵力没有北辰强，若是当面硬刚，自然占不到什么便宜。

陈墨挺着胸膛道："哼，这次就把南召将军的首级拿下，好让他们知道北辰岂容他们来犯。"

这样一群战功赫赫、威名远扬、保家卫国的将军，他们信心十足，谋划着、布置着，一切本该顺顺利利。

那个下午，厉夜行带着将军们出征，欢岁在军营中放起了纸鸢。那只蝴蝶纸鸢真好看，飞得又高又远，驻守军营的小将士不由得抬头看着。

那日，北辰军打了出征以来的第一个败仗，丢了一座城池，当天夜里陈墨在营中揪出了细作。

那是个再普通不过的小卒，陈墨不信凭他一己之力能够将信息传出去。

他信步走到欢岁面前，冷嘲热讽："昨夜将军们讨论今日的作战计划，中军大帐除了你，再没有外人，这南召怎么就知道咱们在后方布置了陷阱？还听说姑娘下午在营中放纸鸢，好端端的放什么纸鸢？"

陈墨的句句责问逼得欢岁连连后退，她下意识地看向厉夜行，那双深邃的眼眸亦望着她，欢岁看不懂其中蕴藏的深意。

"陈将军这是做什么？咱们打了败仗就要逼问个女子，咱们还算什么将士？"

裴岩挡在欢岁身前，使得陈墨不得不停了下来，转而朝厉夜行拱手道："还望殿下允我和裴将军拷问那小细作，我就不信问不出个结果。"

厉夜行的目光不经意掠过欢岁，他允了。

众位将军离开中军大帐时，欢岁喊住裴岩，心存感激地道："多谢裴将军为我解围。"

裴岩微勾嘴角："裴某只是做了殿下想做不能做的事而已。"

欢岁疑惑地看向裴岩，只听他道："姑娘真以为殿下什么都不知道？"

欢岁心头一跳，刚想问些什么，裴岩却转身离开了。

帐中只有她和厉夜行了，他坐在烛火下，面色辨不分明，欢岁不敢去打扰他，便安安静静地坐在一旁。

他没有责罚她，甚至没有问一句为什么。

欢岁有些心疑，厉夜行一向手段高明，难道他不知道是自己刻意透露的消息？她已是三皇子手下的细作？

厉夜行的将军对付细作，向来不会手软，那小卒被带走，不过片刻，已经全部招认了。

"可审问出了什么？"

人是丢给裴岩和陈墨去审的，如今问的也是他们二人。

裴岩面色难看，强装镇定："回殿下，那细作说他听令于三皇子，他们早已与南召有所勾结，里应外合，可轻易破城。如此陛下则会责怪殿下督军不力，便会收回殿下的兵权。"

厉夜行转动着手里小小的玉扳指，闻言，冷声道："只问出了这些？"

"是，属下只问出了这些。"

厉夜行转头看向陈墨："你呢？也只问出了这些？"

陈墨高昂着头，像只斗志昂扬的公鸡："怎么可能呢？回殿下，属下问出了许多呢。"

裴岩气得就要去打他："陈将军，你莫要胡说，方才我们是一起问的，细作说了什么，我清楚得很。"

陈墨冷笑，看看欢岁，又看看裴岩。

"裴将军急什么？若我没问出些什么，裴将军何以如此着急？"

裴岩着急是因为关心则乱，而陈墨牢牢拿捏了他的这番关心。

"别以为我不知道你的心思，你有心向着她，你那什么狗屁讯问，没有一句问到点子上的。还是陈某有经验，趁着你不在，我用了极刑，那细作招得一清二楚。"

"你。"

裴岩气得想要一巴掌拍死这莽夫。

陈墨仗着在厉夜行面前，裴岩不可能真的与他动手，倒豆子似的说着。

"啧啧啧，那细作果然什么都招了。我就说嘛，殿下督军多年，最擅谋略，况且旁的不知道，咱们营中断没有那种见利忘义、卖主求荣的人，三皇子是怎么知道咱们下一步计划的？"

陈墨说着，走到欢岁面前，他那双怒目瞪着她。

"思来想去，肯定是有人泄露了风声。"

见他一边得意，还一边卖弄着小聪明，裴岩恨不得拿馒头把他的嘴堵个严实。

厉夜行随意地倚在那里，慵懒道："陈将军，详细说来。"

陈墨如等来了主人的犬，指向欢岁："是她，是这个丫头。那细作交代了，是她整日待在中军大帐里偷听咱们说话，又将重要信息以放纸鸢的方式传到了三皇子那里。殿下，一定要看清楚这人的嘴脸，她可是三皇子派来的细作啊。"

陈墨说完，却不见厉夜行有何反应，怕厉夜行不相信自己所说的，忙道："殿下，那细作说得可清楚了，这女细作是如何搜集情报，又是如何传递的，都清清楚楚。您若是不信，只管去问。"

裴岩心里直后悔，方才怎么没有一棒槌将这莽夫敲晕了过去，让他在这里胡言乱语。

厉夜行看向欢岁："你可有话说？"

欢岁刻意忽略他眼中的希翼，他甚至想听她的辩解，哪怕是假话。

可她有什么可说的，陈墨字字句句皆是真的啊，一点都没有冤枉她。

她不再是两年前的欢岁了，如今站在厉夜行面前的是背负了血海深仇的细作欢岁。

两年前她服下毒药，原以为就要死去，可再醒来时，出现在她面前的却是顾炎。

顾炎告诉她，他原本驻守黎城，半个月前接到殿下的密信，急召他回洛城。

彼时，他才知道殿下想出了假死一招，从此世间再没有宋家女，也再没有什么刺客，她可以以另一种身份活着。

欢岁惊讶于厉夜行为她的谋算，可她还是在半路上，打晕了顾炎，选择独自逃走。

她想躲得远远的，再伺机报仇，却被厉九州找到了。

这两年间，她虽隐于街市，却常与厉九州联系。

厉九州告诉她，陷害宋家的，是成阳侯与东阳侯，他们看中了宋家的财力。

偏偏宋家是只有财力、没有权力自保的商贾，如同稚子抱金于闹市，成了他们下手的目标。

她知道了真相，又怎会真的甘心就那样了却一生。

成阳侯与东阳侯位高权重，别说是宋家在他们眼中犹如蚍蜉，纵然是厉夜行，也不能轻易撼动他们。

重逢之后，欢岁也曾想，要不要将这些事对厉夜行坦白，可听说这两年间，厉夜行与成阳侯越走越近，成阳侯更是自愿归入厉夜行的麾下，她不知厉夜行是否知道成阳侯做的那些事，又是何态度，因而她不能冒险告知。

欢岁自愿被三皇子利用，将自己变成了一把锋利的刀，立于厉夜行的中军大帐，立于他的案几旁，为厉九州提供情报。

只盼着有一日能找到机会杀了成阳侯和东阳侯。

所谓的重逢，从一开始就是欢岁精心设计好的，去洛城大营送菜是她精心设计的，若不引起司徒云起的注意，又怎能引起厉夜行的注意。

沿路去投奔厉夜行更是设计好的，她知道厉夜行对自己还有情义，也知道厉夜行自知道司徒云起在营中放过两个女子后，便开始疑心是她，四处找寻。

她毫不客气地利用了这份情义。

她混在难民中，楚楚可怜地遇到了他。

而他对她从不曾设防过，两年前不曾，两年后亦不曾。

因而，两年前她可以刺杀他，两年后她也可以轻而易举地获得厉夜行的信任。

这些她都知道，在看到匣子里的草蚂蚱时，她便都知道了，厉夜行才是她手中的复仇王牌。

见她不说话，厉夜行似是叹了口气。

"带下去吧。"

带下去？带去哪里？是要杀了她？

厉夜行治军严格，凡是细作，一律斩杀。

更何况他这般骄傲的人，哪里能容人这样欺骗、戏耍。

欢岁是北辰人，如今为了报仇，不惜泄露情报，害得北辰军丢掉了一座城池，若厉夜行真的要杀她，她也是无话可说的。

只是中军大帐中的人为何会面目悲悯地看着她呢？

欢岁被带进了一间小小的营帐，这间营帐离中军大帐并不远，她有些疑惑，厉夜行既然知道了自己一直都在欺骗他，为何不直接杀了她，又或者他还有别的惩罚方式？

欢岁来不及细想，她只想知道自己传给九王叔的情报是否有用。

那日，她正独坐在小帐中，却见到个熟人。

来人一身紫衣，满头的朱钗，恨不得将家底都挂在身上，语气也还是一如既往的嚣张跋扈："我还未到营中，便听旁人说，抓着了一个女细作，我就想着是怎样的女细作，来见识见识，原来是你。"

是成阳郡主，两年不见，她竟比两年前更加明艳动人。

欢岁的目光掠过她的脸颊，停留在她鬓边的一支金钗上，那雕工精致的金蝴蝶在乌发边似是要展翅高飞。

只看了一眼，欢岁便扭头不再理会她。

这样的态度显然不是成阳郡主想要的，那张化着精致妆容的脸上带着讥诮："怎么你如今不当殿下的侍女，竟又去做了三皇子的细作？"

她语气中的嘲弄毫不掩饰："不对，应该说，你现在是九王叔的细作了，九王叔那样清心寡欲的人竟也好你这一口。"

欢岁转身看着她，明明什么都没有做，眼中的冷漠却让成阳郡主心中一凛。

"你为何这样瞧着我？难道我说得不对？"

欢岁懒得理她，便道："郡主这样金尊玉贵的人，来这关着细作的营帐怕是不合适。"

成阳郡主听后，却丝毫不生气。她想起了一件事，与欢岁分享："有件事还要告诉你，知道我为何能随意进出殿下的军营吗？"

她款款踱步，说道："因为我呀，就要做太子妃了。姑母说了，年后就要议我同殿下的婚事，春日里我就要入主东宫了。到时候我便是正儿八经的东宫娘娘了，你说还有什么营帐是我不能进的？"

她说着，自顾自地笑了起来："你有张好看的脸又有什么用？我是太子妃，而卑贱如你，只能做个上不得台面的细作。"

欢岁记得，第一次在宫中见到成阳郡主时，她便出言讽刺自己出身于卑贱的商贾之家。

如今，更像是命运的捉弄。

成阳郡主又讽刺了她几句，听到厉夜行回营的消息，她这未来的东宫娘娘匆匆忙忙朝着中军大帐去了。

营帐里恢复了安静，怪不得一向诡计多端的成阳侯肯投靠东宫，原来是他们要结亲了。

欢岁叹了口气，也不知在叹些什么。

自那日在营中见过成阳郡主，欢岁时不时就能听到军营中传来她嬉笑玩闹的声音。

她心想，他们就快要结亲了，嬉笑玩闹是再正常不过的。

可她心中隐隐难受，她知道自己不该如此，如今她哪里有半分资格去难受，她该想想如何脱困，又该如何杀掉二侯才是。

她在小帐中，吃得饱，睡得暖，行军艰难，也每日里有人为她送来不少的吃食。这不像是细作的待遇，可她是第一次当细作，也并不知道细作该是怎样的待遇。

又有一日，号角声响起，千军万马倾巢而出。

是要与南召打仗了。

她知道,按照厉九州的计划,厉夜行痛失一城,必然影响军心,而与南召对战时,厉九州的人会混入战场,趁机取二侯首级。如此一来,厉夜行连失两员大将,定会被陛下召回问罪。厉九州的门客会借机奔走,推举厉萧督军。她对谁督军不感兴趣,她只要二侯死。

一环又一环,一节又一节,这阴谋阳谋中,她早已孤身入局,因而被当成细作她一点都不冤枉。

只是,她有些忐忑,不知道自己送给厉九州的情报可有用?

厉九州是否能同南召人里应外合,在战场上杀了二侯?

除了忐忑,她心中还有担忧,担忧若是九王叔的计划得逞,那人还能不能安然回来?若是安然回来,是不是真的会被人夺去督军的权力?

她思虑多,一颗心就这样煎着熬着,日子便也只能数着过了。

到了第九日,传来千军万马回营的声音,同九日前相比,这样磅礴的声音是欢呼了。

欢呼,定是打了胜仗,那人定也平平安安的。

欢岁莫名松了口气,随即又感叹,不知下次可有机会杀了二侯。

稍迟一些,她听到帐外有小将士议论,厉夜行不光打赢了,还亲自取了南召副将的首级。

欢岁知道那人向来是很有手段的,想必那些阴谋在他眼中只是些雕虫小技罢了,是不值得入眼的。

# 第二十七章·
## 轻薄

是夜，打了胜仗的将士们在营中狂欢。

成阳侯与东阳侯如今是厉夜行面前的红人，更因为成阳郡主即将嫁入东宫，因而厉夜行待成阳侯更好一些，给成阳侯部下的打赏比给东阳侯多了不少。

营帐中，觥筹交错间，有副将附在东阳侯耳边，低声说："瞧那成阳侯得意的，明明咱们这边死在战场上的兄弟更多，凭什么好处他们拿得多？"

说的无非是些封赏不均的事。

东阳侯放下酒盏，他戎马半生，仗着军功无数，原是不将厉夜行这半道上位的东宫太子放在眼里的。可没想到厉夜行竟有些手段，两年间一点点削弱了他的兵权，如今看似待他好，将他收入麾下，实则不过是狠狠压制。

若是光如此也就罢了，可厉夜行还重用成阳侯，眼下成阳侯在营中一人之下万人之上，哪里还有人把他这东阳侯放在眼中。

东阳侯看着成阳侯脸上得意的笑，嘲讽道："呵，只怪老匹夫我没有个能入东宫的女儿罢了。"

副将们低声窃笑。

成阳郡主也在宴席上，她的父亲如今得厉夜行重用尊待，她也跟着沾光，一晚上她的眼睛几乎都粘在厉夜行的身上。

这样矜贵俊朗的儿郎就要是她的夫君了，而她日后就是东宫娘娘，光是想想都得意。

成阳郡主饮了一口果子酒，一旁的侍女极有眼力地又给她满上一杯。

她的目光在侍女身上停留，不知想到了什么，眸中闪过一丝阴谋。

她叫来了嬷嬷，对着嬷嬷低语几句，那嬷嬷便出了大帐。

再看厉夜行，他正嘴角微勾，瞧着帐中起舞的几个歌姬。

成阳郡主遣了嬷嬷来寻欢岁，那嬷嬷一把掀开了帐帘，将趴在草垛子上睡觉的欢岁拎了起来："郡主交代了要你去帐中服侍。"

欢岁被这老嬷嬷吓了一跳，只觉郡主让她过去不是什么好事，拒绝道："我是个细作，岂能做这种事？"

让细作去服侍，不怕她一包药将他们毒死个干净？

那嬷嬷没好气道："你还挑上了。若不是营中没有几个侍女，哪里轮得到你这个细作去给将军们倒酒。"

欢岁无奈，只能随那老嬷嬷起身。

因为要去给将军们倒酒，这十余日来，她头一次出了小帐。寒冬腊月的，在帐中还不觉得冷，出了帐子，她冷得微微发颤，不由裹了裹身上那件单薄的披风。

/ 234

她低头，跟着嬷嬷进入大帐中，余光看到厉夜行正半倚在上首那张卧榻上，一副意气风发的矜贵模样。

他的将军们说着如何将南召将士打得屁滚尿流，又如何在战场上抓住了三皇子的细作。

一个将军道："殿下，对这些细作咱们就应该千刀万剐，好告诉那边的人，休要作怪。"

无论将军们说什么，厉夜行都是嘴角微勾，懒懒地倚在那里。

只在欢岁随着几个奉酒的侍女进来时，那漆黑的眸子亮了一下，可也只有一下，他便不再去看她。

裴岩站在厉夜行身边奉酒，他也瞧见了欢岁，不由得皱眉，再看殿下，殿下却像是什么都没瞧见似的，自顾自地饮酒。

酒宴过半，成阳郡主提议道："今日殿下与父兄赢了南召这一战定是高兴的，这军中日子清苦，众大人也许久未曾有丝竹之乐，不如就让前几日抓到的女细作为大家舞一曲吧。"

说罢，她便起身径直走到奉酒的欢岁身边，拉着欢岁的手道："姑娘想必也很愿意的。"

寻常人家的女子岂会在大庭广众下起舞，只有歌姬才会如此，成阳郡主这样做是要狠狠羞辱她。

欢岁下意识地抬头看向那主座上的人，他也正看向她，那双幽深的眼眸里情绪难辨。

贝齿轻咬樱唇，她知道自己该求饶的，该向他行礼，该求他帮自己解围，可她没有。

她伸手接过成阳郡主提前准备好的衣裙，退下去打算换衣服。

可等她看清了成阳郡主给她的衣服后，便立时后悔起来。那是一件极为轻薄的纱衣，用料也很省，方才她应该向那人求情的。

只是这会儿已经骑虎难下了，她硬着头皮去换衣服。

等她换了衣服进来，众人俱是目瞪口呆。

她向来有倾城之貌，又得天独厚浑身上下细腻白皙，犹如上好的美玉。那薄如蝉翼的衣裙穿在身上，虽不至于衣不蔽体，但欲遮还掩只会更加勾人心魄，一时之间大帐中竟是静得连落针的声音都能听得见。

再看成阳郡主，她原是想羞辱欢岁，可此时眼中尽是妒火中烧。

"啪"的一声响，是主座之人将酒杯狠狠砸在地上的声音。

"成阳郡主这是何意？军中是最为严肃的地方，何时容你这般儿戏？"

是啊，这是北辰军营，是厉夜行与众将领议事的地方，是他们攻城略地护卫山河的战场，哪里容得这般轻浮。

欢岁跪在地上，只觉得脸红胸闷的，只怕自己在他心里便是个轻浮的形象，为了活命竟能像个勾栏女子一般当众跳舞。

而成阳郡主面色涨红，仗着父兄为厉夜行所用，她在营中一向是说一不二的，厉夜行也待她颇为和善，何时当着这样多将士的面厉声斥责过她。

235

成阳侯见状,眉头微皱,附和道:"胡闹,这是什么地方,还不让那舞姬速速退下去。"

细作、舞姬,欢岁不知道还有什么侮辱的词等着她。

她衣着单薄,跪在地上,像是没有自尊心一般任人践踏。

她是宋家嫡女,怎么就成了这般模样?她委屈,可更多的还是憎恨,憎恨那说她是舞姬的成阳侯,也憎恨那看热闹的东阳侯,她将他们的嘴脸牢牢记住。

这次没杀成,下次还要杀。

她起身,却见主座上那人径直朝她走来。他长腿疾步,离她越近,她的头越低。她甚至有些厌恶自己此时这副轻贱的模样,想要找个地方躲一躲。

可她能躲到哪里去?

厉夜行的脚步停留在她面前,欢岁低着头,只能看到那黑色狐裘荡在他的脚边。他什么都没说,解下狐裘披在她的身上。她抬头,撞进那人的眸中,在那双桃花眼中,她看不到一丝她预想中的鄙夷,只有满满的疼惜。

不待她作何反应,便被那人拦腰抱起,走出了令人窒息的中军大帐。

此时虽已是三月天,可前几日还下起了桃花雪,从温暖的大帐里一出来,她便打了个激灵,下意识地往那人怀里躲了躲。

他低头,看着她的头顶,道:"你方才还故作坚强,怎么这会儿倒是哭了出来?你宁愿让成阳郡主折辱,也不肯向我求救是吗?"

她抬头满脸泪痕地看着他,眼圈通红,却还是倔强道:"我才没有哭,是帐外太冷了,冻的。"

她不会在那可恶的成阳郡主面前哭,不会在那群看笑话的将军面前哭。

可她在厉夜行面前忍不住落泪。

他不再说什么,只是抱着她,一步步走回中军大帐。

他三两下便撕了那件折辱人的纱衣,他是气急了的,却也没对她做什么,只命人打了水来,将她整个人抱进浴桶中。

水温有些热,她嫩白的肤色便成了嫩粉的颜色。厉夜行别过脸,有些生气道:"你瞧瞧你,不过几日便将自己弄得遍体鳞伤。"

叫他怎能放心?

她也不想如此狼狈,可又能如何?

"你不是一向很厉害吗?别人欺负你的时候,你的那股狠劲去哪儿了?还是说你的匕首只会刺伤我?"

不知道他的哪句话惹得她又开始掉眼泪,她从前爱笑的,可现在总是哭。

厉夜行再不忍心说什么,叫了嬷嬷来为她沐浴,便退了出去。

等欢岁洗完,厉夜行已经离开了,战事凶险,他是要领兵去往前线的。

中军大帐中,欢岁有些踟蹰,不知自己该不该留下。

今日厉夜行当众带走了她,不仅是打了成阳郡主的脸,还打了成阳侯的脸。

欢岁想,他不该如此冲动的,他该护着他的东宫太子妃,护着他的岳丈,而不是为了自己这样一个女细作,当众下了成阳侯的面子。

这时方才为她沐浴的嬷嬷走了过来："殿下交代了，让姑娘在这帐中等他，这几日暂由老奴照顾姑娘。"

这中军大帐自然是最为安全的，况且厉夜行将裴岩留在了这里，裴大将军在，禁军便在，即使成阳郡主想要找她麻烦，也不敢来。

果然，从那日起，成阳郡主再没有出现过。

厉夜行也再未出现，就算是回了大营，也是和将军们待在一起议事，无暇顾及她，又或许是并不想见到她罢了。

只有捷报不断从前线传来，南召又后退了三十里，北辰又获得了十座城池……

他一向是有谋略的，加之杀伐果断，威名赫赫，南召怎与之相敌？

这样相安无事过了几日，成阳郡主到底是没忍住，趁着裴岩出营的工夫，找了过来。

成阳郡主来时，欢岁正烤着一个番薯，她见了成阳郡主也不行礼，只在心中叹道今日的烤番薯是吃不痛快了。

成阳郡主果真上前，一脚将炉火上的烤番薯踢翻在地，原本还想踩上几脚，却生生顿住了。

"你这女细作，以为赖在殿下帐中，我便拿你无可奈何了？这几日殿下不在，我便剥了你的薄皮，看殿下可会为了你不顾我父兄的颜面？"

说着，她就要上来同欢岁厮打。

欢岁往日里便是个善于招猫逗狗的，打架更是家常便饭，成阳郡主哪里是她的对手。

不过一个回合，她便将成阳郡主牢牢压在了身下。

成阳侯是个坏蛋，他的女儿也是个坏种。

这样想着，欢岁不由得更加用力，用膝盖狠狠挤压着成阳郡主的小腹，这样又疼又找不到外伤。

成阳郡主头上戴的蝴蝶发簪碍眼极了，欢岁一手撤掉了发簪，连带着成阳郡主的一绺秀发飘落，疼得成阳郡主"嗷嗷"叫。

欢岁脸上闪过一丝痛快："郡主可知这发簪哪里来的？"

成阳郡主头皮发痛，却被欢岁死死压制着动弹不得，她懊恼道："你这疯子，我怎会知道？我们侯府什么宝贝没有？"

欢岁听罢，冷笑一声。她用发簪抵住了成阳郡主的脸颊，发狠道："这是我父亲亲手打制的，是要做我的及笄礼的，你这样的东西根本不配戴它。"

欢岁第一次见到这发簪便是在成阳郡主的头上，她真想上去拔了它。这是父亲口中的及笄礼，是她的礼物，却在抄家时被收缴殆尽，如今更是被成阳侯的女儿戴在头上，他们怎么配的？

成阳郡主撑不住，张嘴要喊人，欢岁只得一只手捂住了她的嘴。

这样一来，反而被成阳郡主钻了空子，从她手下挣脱了。

成阳郡主知道了这细作的厉害，吃了亏也不敢离她太近，恶狠狠地指着她。

"宋欢岁，别以为我不知道你为何待在殿下身边，你以为这样就能蛊惑殿下、勾引殿下，好为你们宋家翻案？我告诉你，想都别想，殿下只能是我的。"

欢岁上前，用力打向她指着自己的手，嘴角挂着讥诮的笑，故意激怒她："怎么？你嫉妒了？我就是要勾引殿下，你又能如何？殿下可是很喜欢我的勾引呢。"

"你、你……不知廉耻。"

成阳郡主恼羞成怒，就要去找她的皮鞭抽打欢岁。

"闹够了吗？"

厉夜行不知何时站在了营帐外，此时他看着欢岁，眼中是她往日没见过的神色。

欢岁不知道他将自己的话听进去了多少，没来由地心虚，低着头不敢再去看厉夜行。

厉夜行对身后的裴岩道："将成阳郡主送回她的营帐。"

成阳郡主心有不甘，哭哭啼啼地告状："殿下，是这女细作打的我，是她打的我啊，殿下要为我做主。"

厉夜行的目光停留在欢岁身上，那漆黑的眼里蕴藏着别样的情感。

他要做北辰的主，做战场的主，做众将士的主，如今回到营帐，还要为成阳郡主做主？

欢岁光是想想，都替他累。

好在厉夜行也并不是一个轻易为别人做主的人，他对成阳郡主冷声道："孤的中军大帐从来容不下旁人，郡主若是想要活命，就跟着裴将军离开。"

他说这话时是真的动了杀心的，成阳郡主好像很怕他，不再说什么，跟着裴岩出了营帐。

待帐中只剩下他们两人，欢岁尴尬地想着，方才自己说的话厉夜行听进去了多少？

会不会来得晚，没听到她的胡言乱语？

不大一会儿，这人问道："你何时勾引我了？"

欢岁一张脸涨得通红，看吧，他可是把不该听的一字不漏全部听了进去。

她磕磕绊绊地解释："我并非那个意思，我只是、只是……"

她词穷到不知道该说些什么来解释，可他说："很好。"

好？好什么好？

是打架好，还是勾引他好？

欢岁不解。

厉夜行的嘴角微勾："我总担心你会被人欺负，看来你很会保护自己。"

原来他不光听到了那番话，还看到了她打架的样子。

欢岁更觉得脸颊发烫。

厉夜行到底没再说什么，他坐在案几前，埋首看行军图。

倒是欢岁想到他方才对成阳郡主说他的大帐容不下旁人，那她呢？

该走吗？

似乎是知道欢岁的窘迫，厉夜行明明看着行军图，却说道："你不是旁人。"

她不是旁人，也不用出帐。

欢岁心中又喜又悲。

她不是旁人，却是要对付他的人。

这些日子,战事吃紧,来找厉夜行的将军们一个个面容严肃。

那日,几个将军说起南召,原本冬季对怕冷的南召人来说并不是作战的好时机,他们却像是有了外援一般,几次在战场上抢占先机。若不是厉夜行提前防备,怕是要吃大亏的。

陈墨啐了一口:"还能是得了谁的助力,如今二侯皆为殿下所用,只有三皇子贼心不死,一肚子的腌臜主意,定是他在背后与南召勾结。"

裴岩也说着:"殿下前脚出了洛城,三皇子后脚便也跟着出了洛城,其心思不难猜测。况且还有那位。"

那位说的自然是厉九州了,提起他,陈墨的话更多了:"好好的闲散王爷不做,掺和这些事作甚?"

先帝驾崩,只有厉九州在太后力保下没有去封地,成日里在各处游山玩水,当众人都以为他是个闲散王爷时,他却成了三皇子的军师。

比起三皇子,厉九州才是那个让人忌惮的。

厉夜行听着将军们你一言我一语,并不说话。等他们说完了,他才冷冷道:"无他法,皆杀之。"

欢岁听得心头一跳,她虽是个细作,可她回到中军大帐的这些日子,厉夜行依旧没有避讳过她。

她不知道是厉夜行对自己过度自信,还是旁的什么。

倒是陈墨那大汉,起初在中军大帐见到她奉茶时,鼻子不是鼻子,眼睛不是眼睛的,每每经过她身旁都要冷哼一声。

要说有什么不同,这中军大帐如今不只有她一个女子了。

在成阳郡主被赶走的第二日,一个叫小蝶的侍女被带进了中军大帐。

欢岁不知这是何意,厉夜行道:"寻个人与你做伴。"

直到陈墨见到了小蝶,才心服口服道:"我就说殿下不可能为美色所困,原来是叫小蝶看着你。"

欢岁这才知晓小蝶的作用,是要看着她啊。

心头涩涩,鼻头酸酸,可她是细作啊,难道还期望着他能待她如从前?

只是陈墨说完这话,便被厉夜行罚了三十军棍。他被打得"嗷嗷"求饶,自此见了她便绕开两步走。


小蝶是个十五岁的小姑娘,模样清秀,做事麻利。

只有一点不大好,她的话很多很多,有时候能从早说到晚,但她也只说到晚。白日里小蝶在营帐中,天一擦黑她便高高兴兴地蹦出中军大帐,第二日再高高兴兴地蹦回来。

欢岁问她宿在何处。

小蝶一脸骄傲:"姑娘就不必问了,我可太喜欢这样的生活了,朝九晚五。"

往日里有小午陪着,没觉得孤单,这些日子小午不在身边,欢岁总觉得心里空落落的,现在有了喋喋不休的小蝶,倒是有趣了很多。

夜里厉夜行宿在床榻上，而她便宿在与厉夜行一个屏风之隔的卧榻上。

隔着屏风，有时他会同她说上两句话，多数时候他们只静静地躺着。

小蝶问她为何不出帐子，欢岁摇摇头："我是细作。"

她是细作，厉夜行能将她留下已是恩典，她岂能在军营中乱跑。

小蝶像是不相信，盯着她看了半天，才说道："我才不信呢，你不像细作。"

欢岁好笑地看着小蝶："我怎么不像细作了？细作的脸上难道还写着字不成？"

小蝶看着欢岁的眼睛，很认真地说："细作没有姑娘这样干净的眼睛。"

欢岁愣在那里。

她的眼睛还干净吗？

她以为她的眼睛早已不干净了。

"姑娘，你怎么哭了？"

小蝶又慌又乱，殿下让她来帐中照顾姑娘，这没把姑娘照顾好，还把姑娘照顾哭了。哎哟哟，这可怎么办？

兴许是被欢岁的眼泪吓到了，整个下午，小蝶都没再来过营帐中。

直到天色黑了，她才端着一盘子的桃花糕站在了营帐门口。

"嘿嘿，姑娘，我回来了。"

他们扎营的地方前不着村，后不着店的，也不知道这小丫头从哪里弄来的桃花糕。

欢岁心有不忍，在她期待的眼神中，吃下了两块。

小蝶高兴道："殿下说得果然对，姑娘爱吃桃花糕。"

香甜的味道还在口中，剩下的半块桃花糕在手中却难以下咽，欢岁问道："是殿下告诉你我爱吃桃花糕的？"

小蝶点头："那是自然。殿下可真好啊，他什么都知道，他知道姑娘爱吃桃花糕，知道姑娘怕一个人待着，殿下让我陪着姑娘。殿下说我话多，我多说话，姑娘便不孤单了。"

欢岁心头热热的："殿下还说什么了？"

"殿下还说，让我务必保护好姑娘，像保护他那样。"

初见小蝶那天，欢岁便知道她不是普通的姑娘，她走路轻如蝴蝶，几乎没有声音，必定是训练过的。她以为这是厉夜行对她的监视，却没想到是对她的保护。

"姑娘你怎么又哭了？你莫要哭了，等会儿殿下回来知道我把姑娘弄哭了两次，岂不是要扒了我的皮？"

想到这儿，小蝶放下了桃花糕，匆匆逃离了大帐，那模样像是怕殿下追她一般。

欢岁瞧着她仓皇而逃的背影，破涕而笑。

# 第二十八章 ·
报仇

　　越靠近南召,战事越紧,再也不见那成阳郡主来寻事。
　　她想着是成阳郡主受了厉夜行的呵斥不敢再来,却见小蝶慌慌张张地跑进了大帐:"哎呀呀,哎呀呀,姑娘,你猜怎么着?"
　　欢岁疑惑地看向小蝶,她方才说要去厨房里拿些小点心,回来后竟像是如遭雷击。
　　"怎么着?"
　　小蝶表情夸张道:"成阳侯竟然战死了。"
　　"什么?"欢岁站了起来,疑心自己听错了。
　　小蝶一字一顿又说了一遍:"姑娘,成阳侯战死了。"
　　欢岁拿笔的手顿在那里,成阳侯战死了,她心中充满了畅快与疑虑。
　　成阳侯的死是厉九州的手笔?
　　小蝶还在说着:"我刚听到的时候,也同姑娘一样惊讶呢。听说成阳侯在战场上遇到了敌军围剿,东阳侯原本是有机会相救的,可不知怎的,并没有去搭救。你瞧瞧多奇怪啊,这两人原先关系可好了。"
　　二侯结党营私多年,一直是厉帝的心头大患,厉夜行要继位,若是不能与二侯交好,便是交恶。
　　月前,成阳郡主还得意扬扬地说要与厉夜行成亲,想来那时是要交好的,而后来是不是交恶就不得而知了,又或者好的时候不是真正的好。
　　至于二侯决裂,欢岁觉得并不奇怪。成阳侯与厉夜行结亲,厉夜行还处处表现出对成阳侯极为信任,那东阳侯自然要被压上一头,那老匹夫岂会甘心?
　　遇到敌军围剿成阳侯,他自然不会去救。
　　说起来,这是捧杀了。
　　欢岁越想越心惊,厉九州绝不会这样了解二侯在营中的状况,那厉夜行呢?
　　二侯相争,厉夜行才是得利的那个。他可以彻底摆脱二侯的束缚,不再为之所左右。
　　欢岁正想着,却见一个女人冲进了大帐。
　　女人依旧一身华服,头上却系了一根白色的布条,是成阳郡主。
　　"宋欢岁,我要杀了你,杀了你。"
　　成阳郡主如同疯了一般,手上还拿着一把匕首,眼看着就要刺向欢岁,被小蝶一脚踹到了地上。
　　小蝶脚力十足,竟生生将那娇生惯养的郡主踹吐了血。
　　那郡主贼心不死,从地上爬起来,朝着欢岁又冲了过去。

这次她是被裴岩一巴掌拍在地上的。

欢岁朝营帐门口看去，厉夜行身着黑色狐裘，不紧不慢地走了进来。

他的目光落在欢岁身上，见她安然无恙，才对地上的人说："郡主不好好为侯爷守孝，在这里疯疯癫癫作甚？"

疯疯癫癫？

地上的人，发髻散乱，妆也哭花了，倒真的有几分疯疯癫癫。

"殿下，殿下啊。"

那人一步步跪到了厉夜行的脚边，拽着他的衣服下摆："殿下好狠的心哪，为了这个孤女，竟然不惜将我父亲引入敌军圈套。殿下好狠的心哪。"

成阳郡主口口声声说是厉夜行让成阳侯前去追剿敌军，因而中了埋伏。

欢岁抬头看向厉夜行，他也正看着她。

他的眼神复杂，有她看不懂的东西。

欢岁一时之间混乱极了，成阳郡主的话是什么意思？

若成阳侯果真是厉夜行设计陷害的，那又与她何干？郡主为何说是为了她？

还不待她问出口，厉夜行厌恶地抽出自己的下摆，声音冰冷不带一丝暖意："你口口声声说她是孤女，可知她是因何变成孤女的？"

欢岁诧异地看着厉夜行，难道他竟知道宋家被灭门的真相？

那成阳郡主被制于地上，还不放弃挣扎，还要朝着欢岁扑腾："是你们害死了我父亲，是你们，我要杀了你们。"

厉夜行上前将欢岁护于自己身后，生怕她被那疯疯癫癫的人伤到，他的声音冰冷，不带一丝感情："郡主怕是真的疯了，全军皆知成阳侯为敌军所杀，成阳郡主却满口胡言乱语。来人，将成阳郡主带下去关起来。"

成阳郡主就这样被两名将士带了下去，任凭她怎么哭喊、撒泼都没用。

往日的恩情不过是上位者的权谋之术，如今才是上位者的真面目。

营帐中终于安静了下来，裴岩与小蝶也早就退了下去，只剩下他们二人。

欢岁望着厉夜行，问道："成阳侯可是殿下……"

方一问出口，她便后悔了，他是君王，怎可能承认自己杀了重臣。

她不该问的，若真是他杀的，她便更不该问了。

厉夜行却没有否认，道："岁岁，你无须忧心。"

无须忧心，欠了她的，他都会一笔一笔地帮她讨回来。

也不知怎的，欢岁竟听懂了他话里的意思。

那日之后，欢岁想去找成阳郡主，小蝶告诉她成阳郡主已被殿下遣人送回了洛城，眼下该是去找她那王后姑母哭去了。

"成阳郡主走了好啊，省得她整日打扮得花枝招展，恨不得扑到殿下身上。啧啧啧，太不自觉了。"

还不等欢岁说什么，随军的崔大夫匆匆进入大帐："不得了，不得了，这次受伤的将士太多了，根本照应不过来，姑娘，你们来帮帮老夫吧。"

欢岁这一路上有个小病小痛多亏了崔大夫的照料，听他这样说，自然应允，忙带着小蝶一同去帮忙。

早上骑马出去的将士，傍晚是被人抬回来的。

还有的甚至抬不回来，永远留在了战场上。

他们是北辰的儿郎，是家中父母的期望，是在为了北辰而战。

欢岁顾不得什么，同小蝶一起给将士们缠纱布，清洗伤口，给伤口上药。

厉夜行回来时，看到的便是欢岁正为一个高热的将士冷敷额头。

那将士满脸血污，根本看不出本来的样子。欢岁仔仔细细地为他擦洗、换药，将换下的锦帕浸湿，轻轻置于他的额头上。

厉夜行眼神闪烁，微抿的薄唇微微勾着，心想北辰需要的便是这样的太子妃。

裴岩跟在他的身后："殿下，可用我叫姑娘回帐中？"

"不了。"

说完，他转身朝着中军大帐走去。

裴岩想了想，还是去找了欢岁。

厉夜行独自坐在帐中，只点了一盏昏暗的灯。

欢岁进入营帐时，厉夜行不动声色地将目光落在了她的身上。行军辛苦，纵然有他吩咐照顾，她还是清瘦了许多，衬得一双眼睛也越发大了，看着人时总有几分委屈巴巴，让人心疼。

她手上端着一盆水，还有干净的纱布，走到厉夜行的身后，柔声道："裴将军嘱咐我为殿下清理伤口。"

厉夜行也受伤了，他方才去军医的营帐便是想要包扎伤口的，却不忍心打扰她。

厉夜行"嗯"了一声，却并没有主动脱下衣衫。

他不脱，她怎么上药？

欢岁有些懊恼，原想着就这样放弃，又想起方才裴岩说殿下受伤颇重，若不及时上药，怕是会引发高热。欢岁在营中多日，自然知道伤后高热有多危险。

裴岩还说了，殿下自上次受了她那一匕首，身子一直不大好，若这次不好好医治，怕是要落下病根。

那些话让欢岁越发愧疚，她深吸一口气，鼓足了勇气，红着一张脸，绕到了厉夜行的背后。

她大着胆子，从背后去解他的衣袍。

厉夜行低头，看到那双白皙的手穿过腋下，正无措地解着他身前的束带，不知是害怕，还是别的，她的手带着轻轻的战栗，偏偏那束带像是跟她作对一般，怎么解也解不开。

她只能越发往前贴近他。

在烛火的映照下，她像是从背后抱着他一般，而他冷漠的脸上挂着深深的笑意。

看起来简单的衣袍，解起来甚是繁复，忙活了半天，欢岁沮丧道："殿下，我实在是解不开。"

厉夜行虽享受与她如此亲昵的片刻，闻言却不再为难她，利利索索地脱下了衣袍。

白皙精瘦的背上纵横着几道伤疤，看起来都是旧伤，欢岁将药膏涂在那道鲜红的伤口上。这药膏果真好，血立刻止住了。

她的手指纤细微凉，在那些伤口上抚过。若她绕到前面，定能看到殿下脸上不自然的红晕。

她触到一处深色的疤痕，看起来有些年头了，厉夜行缓缓道："这是我十六岁上战场时留下的。"

"十六岁？"他竟那样小便上了战场，这是厉帝的其他几子所没有的经历，也是厉夜行夺得太子之位最有说服力的作为，想到这里，她又问，"殿下因何上的战场？"

厉帝的孩子众多，但上了战场的只有一个厉夜行。

欢岁感觉手指下的人明显紧绷了一些，昏暗中有他沉沉的呼吸声，静默间，她以为他不会回答自己，却听到他说："有一人说她最是喜欢威风凛凛的大将军。"

欢岁一愣，总觉得这话在哪里听过，却又想不起来："那人在殿下心中定然很重要吧？"

重要到让这般矜贵的人心甘情愿去战场上厮杀。

"嗯，她于我很重要。"

原来如此，欢岁心头酸涩，却没有再说什么，仔仔细细地将他的新伤和旧伤都处理好。

处理好了背后的伤，她又绕到了前面，看到了那道她刺的伤疤。

两年了，那伤口不大，却离心口极近，当年太医说若是偏上半寸回天乏术。

欢岁的手指轻轻触碰着那道疤，心绪翻涌。这样深的疤痕是她刺下的，是她在他身上留下的，再也去不掉。如今她已知道当年宋家的真相，看到这伤疤便更加愧疚心疼。

见她一直看着那道疤，厉夜行不安道："孤身上的疤是不是很难看？"

欢岁闻言抬头凝视着他，那个骄傲而又矜贵的人啊，此时他如墨般漆黑的眼中竟有一丝不安，怕她会嫌弃，怕她觉得这满身伤疤可怕。

欢岁揪心似的痛，她摇摇头，将药膏细细地抹在那道疤上，柔声道："殿下的每一道疤痕都是为了北辰，这伤疤一点都不可怕，这是殿下的军功章。"

以后会好的，疤会好，他也会好的。

原来她是这样想的，她的眼神真挚而澄澈，透露着对他的心疼和爱惜。

厉夜行眼神闪烁，他幼时便被父王严厉教导，早早不被母妃庇护。他这一生看似至高无上，却是步步惊心，从未有人用这样的眼神看着他。

厉夜行席地而坐，她跪坐在他的身前，两个人挨得极近，厉夜行的手臂顺势环住了她。

他低头，薄唇轻触她光洁的额头，声音低沉如呢喃，一字一句叩在她的心上："岁岁，别怕。"

岁岁别怕，他又说了这句话。

她杀他时，他也是这般说的啊，这世间最为矜贵的儿郎，怎么就怕她怕了他呢？

欢岁再难抑制，扑入他的怀中，她也有诸多的委屈想要说出来，想要问一问他。

"为何你当初不告诉我，是我误会了你？"

如果没有那样的误会，她不会刺伤了他，不会变成厉九州的一把刀，不会带着目的回到他的身边，不会成了如今的细作，两头难，两头熬。

她越这样想越委屈，那眼泪"吧嗒吧嗒"像断了线的珠子一样流个不停。

厉夜行心头发软，低头亲吻她的脸颊，亲吻那温凉的眼泪，再往下，亲吻那日思夜想的樱唇。

初时，他的吻轻轻浅浅，带着无限的怜爱，渐渐地便有些急切霸道了。

欢岁有些承受不住，红着脸想要后退，可他哪里会给她逃走的机会，那有力的双臂将她紧紧摁在怀里。

退无可退，她也学着他的样子，去回吻，去探索。

厉夜行似是得到了奖励，更加激动。那坚实的手臂就像是铁铸的一般，牢牢将她箍着束着，恨不得将她拆碎了揉进身体里才好。

这天夜里，中军大帐的烛火很晚很晚才熄灭，而中军大帐里的人终是袒露了心迹。

第二日，厉夜行拔营而起，继续带兵南下，一路上势如破竹，收复了好几座城池。

一众将军跟着在战场上杀了个过瘾，陈墨得空勾着裴岩的肩膀，蹙眉问："殿下这是怎的了，这几日这么勇猛？"

裴岩撇嘴冷笑："将军不如自己去问问殿下。"

大汉笑得一脸憨气："那我必然是不敢去问的，我先前不是得罪过那细作吗，呸，得罪过姑娘几次吗？殿下狠狠罚了我，我可再不敢去问什么了。"

裴岩翻身上马："你知道便好，以后你嘴里那些脏词都收收，莫要让殿下把你的嘴削了去。"

大汉忙抿了抿唇，他可丝毫不怀疑这句话，殿下是真会为了那小姑娘而削自己的嘴。

厉夜行治军有方，他不允许麾下将士烧杀抢夺，不许他们辱没了军人气节，每到一个地方，百姓们皆夹道欢迎。

欢岁跟着他一路南下，他高头大马在前犹如战神，而她坐在马车中，掀开帘子朝外瞧着看着。

昨日他的将士打下了这座小城池，今日他们入城，城中百姓苦天下之苦久矣，眼见着殿下来了，打走了在此杀掠的南召贼子，皆欢呼迎接这战无不胜的督军大人。

他们说他是君子，攻城之后从不随意屠杀，只拿敌军将首，一路走来还释放了不少的战俘，因而越发受人敬重，就连南召平民也未曾说过他半句不是。

众人皆道，他要的是一统，这样的大一统于百姓来说未必是坏事，自此再无什么北辰、南召，也就再无征战，才能做到真正的天下太平。

众人皆道，太子殿下将来会是仁君，比残暴的厉帝更得民心，谁又知这是不是王座上的那位在为他铺路。王座上的那位是暴君，便衬得将登上王位的人越发得人心。

欢岁正胡思乱想间，黑色战马的主人，像是察觉到她的目光，蓦然回头。

那双漆黑的桃花眼猝不及防地与她撞在了一起，欢岁像是做坏事被人抓着了一般,慌忙放下了帘子,再不敢去偷看。

而那马车外的人,此时威风凛凛,意气风发,薄唇微勾,坚毅的眸光中多了一丝温柔。

小蝶见状,忙感叹:"还是我家殿下最帅了,这普天之下哪有男儿能与我家殿下比?这辈子能伺候殿下真是我的福气啊!"

小姑娘正是怀春的年纪,毫不掩饰对厉夜行的崇拜。

欢岁瞧着她那副样子,竟是羡慕的,羡慕她能够这样理直气壮地倾慕着一个人。

他们扎营了月余,如今终于一路收到了州城。州城原是北辰与南召共治的,现下南召将士已被驱赶到了百余里外,再往前走,便是南召的城池了。

厉夜行的军队不再安营扎寨,而是直接进到了州城中。

州城的郡守开门迎接,郡守府上下早已安排妥当,厉夜行与裴岩带着一些将士驻扎在郡守府。

陈墨他们则是在州城外安营扎寨,以防随时可能出现变动。

进了州城,厉夜行也照例是忙碌的,他方安顿好了欢岁,便急匆匆地与谋士前去议事。议事堂前守着裴岩和陈墨,无人敢靠近。

见欢岁在议事堂前驻足,小蝶如临大敌,贼兮兮道:"姑娘干吗盯着议事堂?"

小蝶那紧张的表情滑稽又好笑,欢岁想她定是想到了自己有那么几分做细作的天分。

她便故意逗小蝶:"我当然是想要趁机窃取情报,最不济也能偷听几句军机,或者是用一碗迷药药晕了你们,好把你们的行军图偷送出去。"

小蝶一张脸气得通红,却又知道欢岁是故意诓她,说道:"姑娘又拿我打趣了,哼,你就算舍得药晕了我,也舍不得药晕殿下的。"

这下轮到欢岁面红耳赤了,两人边说,边跟着郡守府的随从走到了住处。

这郡守府虽有些年头了,却整洁干净,行军辛苦,能有这样的落脚处已经很好了。

小蝶似乎还在生欢岁拿她打趣的气,嘟嘟囔囔打好了热水,唤欢岁洗澡。

欢岁来时带的小包袱不知被厉夜行放到了哪里,大概早已被那洁癖之人扔在了路上。

她如今穿的用的都是他让人准备好的,质地柔软的锦衾,絮着柔软暖和的棉花。

听着小姑娘又在夸她家殿下了。

"我就没见过比殿下更好的男儿了,行军这般辛苦匆忙,殿下到了郡守府第一件事,竟是叮嘱我为姑娘备好洗澡水,说姑娘这一天下来定是辛苦的,让我好好服侍姑娘沐浴。唉,真是个好儿郎。"

行军不比平日里,欢岁虽是坐了一天的马车,可还是腰背酸疼,一路上捶了无数次腰。

他看在了眼中,自然也记在了心里。

热水最是能缓解疲惫,欢岁脱去了衣衫,滑进了浴桶里,那光洁如雪的皮肤立即被热气蒸成淡淡的粉色。

"姑娘真是好姿色,怪不得我们殿下这样疼爱姑娘。"

小蝶向来口直,又说道:"若我有姑娘的一半就好了,真是令人羡慕啊。"

欢岁觉得这喋喋不休的小姑娘好笑,又觉得这小姑娘像极了几年前的自己。

那时自己也如同她这样,明媚如同日光,想说便说,想做便做,倒是畅意。

这样想着,欢岁眼神温柔地瞧着她,说道:"这一路你辛苦了,不必守着我,也早些休息去吧。"

小蝶听后,手中拿着柔软的布巾轻柔地擦拭着欢岁那白玉似的手臂。

"不辛苦,不辛苦。我喜欢殿下,殿下喜欢姑娘,那小蝶也是喜欢姑娘的,所以不辛苦。"

大抵是真的爱屋及乌吧,这一路,小蝶确实将欢岁照顾得很好。

洗完澡,欢岁换了一身轻薄的单衣,躺在软榻上不多时便昏昏沉沉地睡了过去。

梦中似有一人将她抱起,动作轻柔如同捧着至宝。

即使在梦里,她也毫不怀疑这般呵护着她的人是谁。

贝齿轻启,她柔柔软软地喊了一声:"殿下。"

只有殿下才会这样待她,她也只有殿下。

那人坚硬的身躯顿了顿,将她更深地嵌入怀中,缓缓走到床榻边,将她轻轻地放到了床榻上。

那人也不走,就躺在她的旁边瞧着她,瞧着她好看的眉眼,瞧着她光洁的额头,瞧着她铺了满枕的浓密乌发。

她的乌发与他的终于紧紧纠缠着,他又想起那句结发为夫妻,恩爱两不疑。

他原以为这一生都等不到了的,因而格外珍惜这失而复得。

不知他看了多久瞧了多久,直到天空泛白,他才细心地替她披好被角,悄悄离去。

第二天,厉夜行照旧与谋士议事。如今离南召边境的小城不过百里路程,踏过南召就在这两日里,连欢岁都能感觉到军中气氛紧张。

小蝶怕她无聊,专门寻了一些枯草,说要教她编蚂蚱。

编蚂蚱啊,欢岁神情恍惚,不知怎么就想到了曾经被人放在锦盒里珍藏着的绿油油的蚂蚱。

还不等小蝶教,欢岁手指翻动,一只蚂蚱便呈现在眼前。那口口声声说要教她编蚂蚱的人,却半晌都没编出来一只,最后恼怒地将欢岁编的蚂蚱串成了一串,说要烤着吃。

"烤便烤吧,记得分我几条蚂蚱腿。"

小蝶被欢岁逗笑了,道:"姑娘的手好巧啊,这蚂蚱编得真好!我还在姑娘面前吹嘘自己编得好,却连姑娘的手指头尖儿都比不得。"

欢岁说她妄自菲薄,这编蚂蚱又不是什么大事。

小蝶早早就入了东宫,没读过几年书,她不知妄自菲薄的意思,乐颠颠地拿着那串草蚂蚱,就要去后院同郡守府里的小侍女炫耀。

欢岁被她的快乐传染,也跟着一起乐。

她正笑得开怀,回头见走廊上那人正望着她。

天寒地冻间,他不知站了多久,看了多久,那双深情的桃花眼似乎只看得见她。
欢岁心头暖意涌动,两人在廊下对望,心中皆是一片怅然。
片刻,那人朝她疾步走来。
他的黑色大氅在长腿旁翻出好看的弧度,就如三年前初遇时在宫廊下一般。
她从未告诉过他,那天她见到了世间最为俊朗的儿郎,朦胧间悄然心动。
待他走近,那淡淡的松木香便也浓了。
见她脸颊冻得通红,他好看的英眉紧皱,将她拥入怀中。黑色狐裘带着冷气,欢岁埋首其中,不由得深深嗅着,想要记住厉夜行身上的清冷气息。
裴岩见状,悄悄退下。
欢岁抬起手臂,也像他那样,紧紧回抱着他。
她听到他低沉的声音,唤她:"岁岁。"
她想,这一切好似宿命,初见于廊下,而今相依于廊下。

# 第二十九章
## 鸿门宴

变故是几日后发生的,厉夜行屡战屡胜,南召眼见战场上打不过,便使出了下作手段。

刺客一拨拨进入郡守府,厉夜行在欢岁住的小院子增派了人手,生怕有人对她有闪失。

可那日,还是有一行人趁着厉夜行带兵外出,杀进了欢岁的小院中。

这些人有备而来,下手又狠又准,像是专门冲着欢岁而来,不惜一切代价要将她掳走。

保护她的人死了不少,杀手也死了不少,后来最后一个保护她的将士也被杀了。

小蝶冲过去与杀手打斗起来,眼看一把刀搁在了小蝶的脖子上,欢岁抱起一个琉璃瓶从后面狠狠地砸在了大汉的脑袋上。那大汉的鲜血顺着脸颊流了下来,当即恼羞成怒,松开了小蝶,就要去抓欢岁。

小蝶喊道:"姑娘!"

欢岁只觉得后颈一痛,人便昏死了过去。

欢岁醒来时,已被人装在麻袋里,安置在了马背上。

见她动了动,大汉厉声道:"哼,我劝姑娘莫要乱动,一会儿若是摔下了马,死了倒一了百了,若是被马踏个半身不遂,才是难过。"

欢岁停止了挣扎,倒不是怕了这大汉,而是那麻布袋捆得极紧,她挣脱不开,整个人又被横在马背上,颠簸得胃中的东西都要吐出来了。

从白天到黑夜,那掳了她的人终是停了下来,将她从马上扛下来,扛在肩膀上,朝什么地方走着。

欢岁一颗心揪着,不知道自己接下来会面临什么。

没过多久,她被人扔在了地上,疼痛让她不由得闷哼了一声。

她听到有脚步声靠近,扛她的人恭恭敬敬地唤了一声:"三皇子。"

是厉萧!

路上,欢岁想了很多,想着绑自己的人会是谁。

是南召贼人,或是成阳郡主的人?他们绑了她要做什么?她如今是个孤女,若还有什么用,那便是用她来威胁厉夜行吧。

可没想到会是厉萧。

她虽为厉萧做事,但并不与厉萧有过任何来往,想不通这人为何要绑了自己。

很快麻布袋便被人粗暴地解开,映入眼帘的是厉萧那张阴柔的脸。

他在看到欢岁时,眼中一亮,面上噙着放荡不羁的笑:"怪不得老六把你当

249

宝贝似的藏在中军大帐里夜夜欢,就连王叔也对你别有不同。如此美人儿,孤也很是心动。"

说着,他那爪子就要朝她脸上伸来。

欢岁忙往后躲,可她颠簸了一天,身子犹如散架了一般,又能躲到哪里去呢?

厉萧冰冷的手在她脸上缓缓抚过,他半眯着眼,感受着手下温软的触感:"果真是肤若凝脂,我自第一次见到姑娘,便想这样做了。"

欢岁抽出袖中的匕首就要朝他刺去。

却被厉萧夺了她的匕首,厉萧将匕首拿在手里端详着。

"老六还真是上心,这上等的玄铁我问他要了几次,他都不肯给我,竟然亲手为你铸刀。"

欢岁急了,想要去抢回自己的匕首,可她的力气哪能跟厉萧那厮相比。

不过三两下,她便被厉萧捆住了手,那匕首也被他揣进了袖中。

"这匕首借孤一用。宋姑娘就好好在这里待着吧。我厉萧虽好色,却怕死,眼下我是不敢碰你的,难受啊难受,看得见吃不着。"

说着,厉萧起身,径直走了。

欢岁这才得空起身,看了看屋中的环境。

这屋子不算大,却布置得很是奢靡,四处流光溢彩。

就像厉萧一样,高调浮华且令人讨厌。

欢岁心想,这半日的工夫即使是快马也跑不出多远,这里大抵是厉萧在州城附近寻的一处院落。

欢岁的双手被缚在身后,屋子中能用的利器也都被收了起来,连门也被他上了锁,眼下是逃不出去了。

也不知道厉夜行如何了,眼下她最担心的便是厉萧会用她来威胁厉夜行。

厉萧此人心思歹毒,为人阴险,虎视眈眈地盯着王位许久,他想要的是厉夜行的命。

那厉九州呢?

厉九州也想厉夜行死?

她越想越怕,厉夜行能躲过南召敌军,是否又知道自己的兄弟、叔父也为他布下了天罗地网。

此时,厉萧在厅堂中会客。

他来回踱步,看了看坐在那里饮茶的厉九州,焦急道:"老六又夺了六座城池,再这么下去,南召非成了他的囊中之物不可,咱们再没有翻身的机会了。"

若是能让南召称臣,这该是多大的丰功伟业。

别说这辈子,就是下下辈子厉夜行也会被牢牢记在北辰的史书上,抠都抠不掉。

厉九州放下茶盏:"你知我为何而来?"

厉萧笑了,他笑意阴森道:"是为那姑娘。"

厉九州看向他,那双平静无波的眸中,蕴有怒意:"你不该动她。"

厉九州虽也在南边,可厉萧邀了几次,他都不曾来厉萧这别院中,今日前来定是知道厉萧掳了宋欢岁。"

"王叔，我掳那姑娘并不为美色，侄儿我再怎么好色，也不会与王叔抢食。"

厉九州眉头紧皱，低垂的眼眸中闪过一丝厌恶。

"我掳她来，只为了厉夜行。她在我这府上，厉夜行自然会来要人，届时王叔与我瓮中捉鳖，厉夜行纵有三头六臂也得折在这里。"

厉萧的面上尽是阴毒："如今南召绊着前面，东阳侯乱着营中，而我们将他不知不觉杀于后方，再嫁祸给南召细作，如此，这王位唾手可得。"

厉萧笑，厉九州便也跟着一同笑。

同样是笑，一个笑计谋将要得逞，而另一个笑他幼稚可笑。

房门被人推开，欢岁抬头，是厉九州。

"九王叔。"

自上次分别后，他们也已许久未见，厉九州快步走到欢岁身后，解开了束缚着她的绳子。

看见白皙的腕处被勒出了瘀青，他眸中闪过一丝心疼，不由得温声问道："疼吗？"

欢岁摇摇头，比起一路的颠簸，绑手腕又算得了什么。

她眼下有许多的疑问，一股脑地问了出来："九王叔，今日厉萧绑了我来，九王叔可提前知道？"

见厉九州摇头，欢岁松了口气。

"九王叔，成阳侯不是你们杀的，对不对？"

"岁岁，我……"

欢岁说出了自己的猜测："你虽知道我父亲因二侯而死，当初找上我告诉我真相，只是想利用我接近厉夜行，从而窃取情报。你想的从来不是帮我报仇，而是为了王位，是与不是？"

望着他的那双眼睛明亮而澄澈，在这双眼睛的注视下，厉九州无法说出一句谎话。

欢岁瞧见他的神情便明白了，成阳侯果真如成阳郡主所说，是厉夜行杀的。而厉夜行为何杀成阳侯，是为了清除异己，还是为她报仇？

半晌，欢岁才听到厉九州淡淡的一句："是。"

没想到听到这里，欢岁竟松了口气："如此甚好。"

厉九州疑心自己听错，错愕道："你说什么？"

"我以为你果真是要帮我复仇，若你真的帮我杀了成阳侯，那我便欠了你天大的恩情了。可如今并不是，我并不欠你什么。我当初走投无路时，你告诉我宋家案的真相，为我指明了路，我感激你，而后你利用我打听情报窃取行军路线，我们也算是互不相欠了，因而如此甚好。"

欢岁一脸轻松地说完，厉九州听罢，心中却犹如云浪翻滚，他苦笑道："好一个互不相欠，好一个如此甚好，你竟是这样认为的。"

不然呢？

厉九州问道:"那你便不怕欠了厉夜行的?"

欢岁摇头,不怕,她欠厉夜行的早就还不清了,那便用余生还。待她报完仇,将该杀的都杀了,随他处置。

厉九州却说道:"你怕欠我的,只因在你心里我不过是个外人;你不怕欠他的,是因为你早把他当成了自己人。"

欢岁没有否认。

厉九州神情落寞,半晌道:"好,好,孤知道了。"

说完,他就要离开,欢岁忙追上去:"王叔,你何时放我回去?"

厉九州的脚步微微停顿,他没有回头看她,走了出去。

厉萧像是早就知道会这样,见厉九州从关着欢岁的房中出来后,面色不好,上前问道:"王叔可同意我瓮中捉鳖的计划?"

厉九州没有说话。

一旁的门客见状,说道:"九王叔,这时候谈不上道义,不将殿下斩杀于此,日后殿下必定要了我们的命啊。"

他们一路艰难地走到了如今,到了这个节骨眼上,每一步路都容不得半点差池。

厉九州再抬头,哪里还有方才的落寞,他温和一笑:"依计行事。"

"那侄儿便这样安排了。"

欢岁已被关在这里一日了。这房中虽然什么都不缺,可所有尖锐利器皆被收走,门外又站着一排杀手,她想凭借自己逃走已是不可能。

夜里,她正想着该如何传信,她已知道厉萧要用自己引厉夜行前来,那他便无论如何也不能来,来了又岂能走得掉?

翻来覆去间,听到房顶有声音,欢岁屏住了呼吸。

那房顶上的人亦是小心翼翼的,犹如小老鼠一般,生怕惊动了旁人。

这样小心定然不是厉萧或者厉九州的人了。

欢岁也同那房顶上的人一样小心翼翼,生怕她暴露了。

过了片刻,一道影子从房顶上跳了下来,欢岁瞪大了眼,看着眼前人。

"姑娘,"小蝶委屈巴巴,"我跟了姑娘一路,跟到了这别院外,却进不来。这别院守卫森严,若不是发现后院有个狗洞,我今日也别想进来。"

欢岁抱住了她,她不过是听令于厉夜行,却能这样保护着自己,怎能不令人感动?

小蝶被欢岁抱得都疼了,撇撇嘴:"姑娘,我们快些走吧,再不走,若是惊动了那些走狗,怕是走不了了。"

欢岁听话地随着小蝶一同走到梁柱下,听小蝶道:"我先跳到梁上,然后放下绳子将姑娘拉上去。"

说着,她双脚用力,轻巧地跳到了梁上,然而还不等她将绳子放下来,房门就被人一脚踹开。

一道利箭朝着梁上的人射去,欢岁大喊一声:"不要。"

小蝶没料想厉萧早有埋伏,利箭射入小腿,她闷哼一声,重重地摔在了地上。

厉萧皱眉，对着身边的人说："王叔，我就说屋顶有只小老鼠，原来还是个美人鼠。"

欢岁忙跑到小蝶身边，查看她的伤势，利箭射在了她的小腿上，鲜血直流。

眼看着厉萧和厉九州走了进来，欢岁挡在了小蝶身前："她只是我的侍女，放了她。"

厉萧好整以暇地瞧着欢岁："小美人儿，一个普通的侍女又怎么可能躲过重重防守，不动声色地到了你的住处？"

欢岁知道小蝶是一等一的高手，可受了伤的高手又怎么敌得过眼前的两人。

小蝶与厉萧带来的人打了起来，缠斗间，她手中撒出一把石灰。趁着他们看不清的空当，她伸手拉着欢岁朝外跑。

可她们刚跑到院子里，便被厉九州带人追了上来。

这是欢岁第一次见厉九州用剑，那剑风极狠，似是招招想要人性命。眼见着小蝶落了下风，欢岁喊道："不，九王叔，不要杀她。"

可厉九州的那把剑还是贯穿了小蝶的喉咙。

小蝶啊，喋喋不休逗她开心的姑娘，陪着她编蚂蚱的姑娘，就这样被人一剑贯穿了喉咙。

欢岁将这可怜可爱的姑娘抱进了怀里。小蝶口中涌着鲜血，哆哆嗦嗦地抬起手，想要抚一抚欢岁的脸庞："姑娘，别哭。"

可那手抬起又放下，终是没有触碰到欢岁的脸庞。

欢岁伤心极了，这样好的姑娘，却为了保护她而死。

她又恨又难过。

她的手上身上全是小蝶的血，她看向厉九州，说道："是你杀了她。"

欢岁满目悲痛，这些日子她与小蝶朝夕相处，早就将这小姑娘当成了自己的小妹妹，如今厉九州却杀了小蝶。

厉九州的眼中皆是冷漠，杀一个小蝶于他来说，与杀鸡宰羊并无任何区别。

"她是厉夜行的人，还要带走你，难道我不该杀她？"

欢岁心中又悲又痛，升起一股怒火："可她只是个尚未及笄的小姑娘。"

前几日她还说着等她及笄了，定要寻个殿下那样的儿郎当夫君，可不过几日，再无小蝶了。

见她怒目而视，厉九州却并不生气，反而勾了勾嘴角："岁岁，你生气了，这是你第一次对我生气。"

"她虽是厉夜行的人，可也不过是一个小侍女，不是细作，你为何要这样对她？你这样滥杀无辜，又岂是君子所为？"

厉九州全不在意："我从未说过自己是君子，也不屑于成为君子。世人道我为君子，又何曾想过，我只想做厉夜行那样想杀便杀、想打便打的人。"

欢岁摇头："不，他不是想杀便杀，他杀的都是奸佞，打的都是奸臣。他能辨忠奸，从不滥杀无辜，更不屑于使用那些卑鄙手段。"

厉九州表情复杂，他知道欢岁是在说他们将以她为饵设计厉夜行这件事："你什么时候竟如此看重他？"

欢岁抿唇，她一直都是看重厉夜行的，这一路走来，也看到了他是如何严肃治军，又是如何善意待民的。

这样的人才是真正的君主，宋家世代为明君，而厉夜行便是她眼中的明君。

厉九州见她不语，说道："不过不要紧，你再看重他也不要紧。他就要死了，等他死了，你便不会这样看重他了。"

"你说什么？"

"你在这里，他不可能不来。若他来了，这里有厉萧为捕杀他布下的天罗地网，他是如何也逃不出去的。"

欢岁气急了，可双手被他紧紧禁锢在身后，动弹不了分毫："厉九州你卑鄙，他可是你的亲侄子，你这样对他，厉帝若是知道，定不会饶了你。"

厉九州手上的力道微松，却还是束缚着她，认真道："岁岁，该有新的厉帝了。"

欢岁惨然一笑："即使有新帝，也不会是你，更不会是你所辅佐的人。"

"哦？岁岁你以为谁该当新帝？"

见她没有说话，厉九州道出了她的心思："在岁岁心中，怕是只有阿行才能当新帝吧。"

两人伫立着，久久没有说话。虽知是徒劳，欢岁在那人离开时，还是求他："九王叔，不要杀殿下好不好？"

厉九州背对着欢岁，她看不到他脸上的表情，只见那月色长袍被风吹起，透着一股苍凉。

厉萧摆了宴，如他所想，厉夜行孤身前往。

临行前，裴岩挡在了马前："殿下，再想想别的法子救姑娘吧，三皇子掳走了姑娘，这分明是鸿门宴，若是赴约，岂不是正中他的下怀？"

厉夜行看着手里的匕首，这是欢岁被掳走第二日有人送来的，让他独自前去赴约。其实他们无须这样做，只要说一句欢岁在他们手中，他便会不顾一切前往。

"让开。"

见厉夜行仍要去，裴岩知道多说无益，只好劝道："殿下若是执意要去，带上属下。"

厉萧那人厉夜行最是知道，为人阴险狡诈，他不愿也不敢拿欢岁冒哪怕万分之一的险。

于是他对着裴岩正色道："你若是跟着，军法处置。"

说罢，黑色骏马如同闪电一般，奔出大营。

裴岩急得如同热锅上的蚂蚁，来回踱步，思来想去，还是告诉了陈墨。

那大汉拍桌而起："这乱臣贼子还当真是反了不成，竟敢绑了姑娘，设计殿下，我这就带人去诛杀了他。"

说着，他就要拿起自己的大刀，裴岩见状后悔不迭，早知道就该听殿下的话，说什么都不能告诉这个莽汉。

"你这样莽莽撞撞前去，是要害死殿下吗？"

大刀扛在肩膀上,大汉哼了一声,很是不服:"我这怎么是害殿下?我是去救殿下的。"

"莽汉!"裴岩责骂一句,"你就这样冒冒失失地去了,非但救不出姑娘,惹怒了三皇子,岂不是连殿下都要折在里头?"

"他敢?"大汉脖子一梗,"殿下是东宫太子,他是个什么东西?"

裴岩卸下了他的刀,平缓他的情绪:"就算是要去,咱们也得想个法子。那三皇子不是爱玩阴的吗?咱们也玩阴的。"

说着,裴岩拿出了行军图。

陈墨听完裴岩的计划,若有所思地看着他,直看得裴岩浑身不自在。

"你看着我作甚?"

"我看你像一人。"

废话,他不像人,难不成像只狗?

陈墨仔仔细细地瞧着裴岩的脸,正色道:"你这般阴险,像极了殿下。"

裴岩踢了他一脚,踢得大汉"吱哇"乱叫,两人各自忙活去了。

厉夜行快马加鞭,不到半日就赶到了厉萧的别院。

这别院建在僻静处,并不起眼,内里却是富丽堂皇。

有仆人引厉夜行往里走:"殿下一路上辛苦了,三皇子等候已久,请殿下随奴来。"

厉夜行看了那仆人一眼,跟着他往后院走。

厉萧这个人向来好女色,府中姬妾成群,听说几个月前,他在洛城掷万两黄金,从勾栏瓦肆中赎出一艳名远扬的歌姬,如今日日带在身边。

厉夜行刚走进屋中,便闻到一股浓郁的胭脂水粉的味道。他身边的侍女从来不敢浓妆艳抹,欢岁也很少用这些东西,因而他厌恶地皱起了眉头。

再看厉萧,此时他的头枕在美人儿的腿上,衣衫散乱,露出光洁的胸膛。那美人儿倒了酒送到樱唇边,媚眼如丝,仰头饮了下去,再以唇渡给厉萧,两人就这么旁若无人地激吻着。

厉夜行半眯着眼瞧他,眼神冷得仿佛在看两块啃在一起的石头。

荒唐过后,厉萧似才看到了厉夜行,他一把将身上的美人儿推开,假惺惺地说:"不知太子殿下大驾光临,有失远迎。"

厉夜行眼里的厌恶藏都藏不住,软榻上的歌姬只抬头看了他一眼,便被吓得跪在了地上,不敢再抬头。

厉萧见状,勾着嘴角:"六弟是稀客,还从未来过本王这别院吧?今日既然来了,哥哥便教会你如何快活,别成日里摆着那张阴脸了,省得吓着了美人儿。"

厉夜行环视四周,并没有他要找的人。他望着半倚在软榻上的厉萧,面色更加阴沉。

"她呢?"

"谁?"

厉萧听他这样问,故意装起了糊涂:"六弟不登门便罢,登门却是来质问哥哥的，当真叫哥哥伤心啊！不过哥哥可不像你这般不顾兄弟亲情，哥哥为你准备了美酒、美妾，保你今日犹如进了逍遥窟。"

说话间，有裹着轻纱、身姿妙曼的姬妾进来为厉夜行奉酒。

那姬妾走到厉夜行身边，似水蛇般扭动着腰肢，要将他往座椅上引。

厉夜行凝眉，推开姬妾，桃花眼中已有几分不耐烦："你知道我说的是谁，你让人将匕首送到我那里，不就是为了引我前来？如今我来了，我的人呢？"

兄弟二人四目相对，明明是同一个父亲，可他们两人的境遇全然不同。

厉萧自小便有母族庇护，放荡不羁；而厉夜行呢，他幼时在宫中举步维艰，就算是坐了东宫之位，也从来不敢有半分松懈。

不敢有半分松懈的人又怎会轻而易举落入圈套。

厉萧忽而勾唇，嘴角噙着几分调笑："你的人？"

厉萧打量着厉夜行，这还是头一次见他如此沉不住气："六弟是说她呀。"

那常年沉溺酒色的脸上带着几分回味，他说道："她可比那些花魁好多了，花魁算什么？哪里比得上宋家姑娘清纯可人，六弟怕是不知道这女人啊，还是要自己亲手调教的好，尤其是宋姑娘这样的清纯佳人。"

厉萧话音还未落，鬓边一绺散发竟被飞驰而至的剑锋削落。厉夜行的那把玄铁剑已出鞘，此时正被主人紧握，随时要发动，听不得半句她的污言秽语。

他的动作又快又狠，厉萧回过神来，头发已散乱，怒道："厉夜行，你竟敢在我这里动手？"

而那人双目冰冷，如同淬着冰："别说在你这里动手，若她少了一根头发，我便立时拿你狗命，烧了你的府邸。"

厉萧终于舍得从那榻上下来，他站起身，"哈哈"笑着："瞧瞧，我这六弟竟是个痴情种，为了那宋家姑娘不仅单枪匹马而来，还敢刺伤兄长。你就不怕我在父王面前告你个妄图杀兄？"

说着，厉萧也抽出了自己的佩剑。

厉萧的手下鱼贯而入，个个手持长剑，将厉夜行围在中间。

剑拔弩张间，一旁的姬妾、侍女早已吓得跪了一地，哪有人敢瞧热闹，只有方才同厉萧一起躺在软榻上的歌姬皱眉凝视着屏风后。

"厉夜行，你以为这是什么地方？你想闯便闯，想动手便动手？我可不是司徒云起那窝囊废，被人射了冨也不敢言。今日六弟既然来了，便也不用走了。你不是要找那宋家姑娘吗？去找啊，看看是否能找得到。"

屏风之后，隔着珠帘，被绑在椅子上的欢岁远远看到厉夜行一身黑衣，浑身透露着肃杀之气，与三皇子厉萧对峙着。

她抬头看向同样坐在屏风后怡然饮茶的厉九州："九王叔，你要的便是渔翁得利吧。"

厉夜行与厉萧两败俱伤，这才是厉九州真正的目的。

她眼中一片清明，想到厉九州从什么时候开始布局的呢？

从两年前，他在城外截住她，告诉她宋家案的真相？

又或许是更早之前？

他早早算好了她的用途,她不仅是放在厉夜行身边的一颗棋子,更是关键时候搅浑一摊水的那滴墨。

就如此刻,若不是她,厉夜行那运筹帷幄的人,又岂会陷入厉萧的圈套呢?

# 第三十章
## 东宫太子妃

厉九州将茶盏放下，眼中有掩饰不住的欣赏："岁岁，你的任务完成得很好，杀二侯对你、对我来说都是最好的，不是吗？我们才是最好的合作伙伴。"

杀二侯，于欢岁来说，是报了宋家的仇；于厉九州来说，是激化二侯身后的人与厉夜行的矛盾。

"九王叔打得一手好算盘，任何人都可以是九王叔的棋子。"欢岁叹了口气，"就连我当初得了时疫被九王叔救下，也是九王叔的一步棋吧。"

救欢岁，拉近与宋家的关系，他一步步皆是精心策划。

欢岁想不通的是："九王叔，难道你也想要王位？"

见厉九州没有说话，嘴角挂着一丝不屑，欢岁又问："既不是想要王位，那你要的是什么？"

厉九州不答反问："岁岁，你觉得今日他能走得了吗？"

屏风那边，厉夜行与厉萧的人打斗在一起，纵然厉夜行功夫了得，可这样多的高手，他渐渐还是落于下风。欢岁咬唇，葱白似的手指紧紧揪着袖口。

她想，今朝无论厉夜行能不能走得了，她都要同他在一起。

走，要在一起；走不了，也要在一起。

厉九州似是知道她是如何想的，嘴角露出一抹苦涩的笑意。

眼见着今日将要生擒厉夜行，厉萧得意地笑了起来，可下一刻，他的笑容凝固在了脸上。

一把冰冷的匕首架在了厉萧的脖颈上，那双阴鸷的眼睛看向匕首的主人。

是他几个月前在洛城收的那位艳名远扬的歌姬，她此时哪里还有方才的风情万种，正恶狠狠地盯着厉萧，一字一句道："让你的人住手！"

厉萧万万没想到这歌姬竟是安置在他身边的杀手，他虽沉溺于美色，可对身边人一向保有警惕之心，无论是暖床的侍女，还是歌姬，只要他想用，都差人查得清清楚楚，怎会出这种岔子？

见厉萧不动，那歌姬的匕首便在他的脖子上使劲压了压，立时有鲜红的血流了出来。

厉萧咬牙，他眼神阴毒，不情不愿道："都住手！"

与厉夜行缠斗的人停了下来，屏风后的欢岁这才松了口气。

厉九州见状，道："你很担心他？"

欢岁不愿同他说话，满心满眼皆是屏风那头的人，厉九州瞧在眼里，掩饰不住地落寞。

那歌姬见厉萧的手下停了手，挟着厉萧，朝着屏风后的人说道："请九王叔，放殿下和宋姑娘离开。"

厉夜行看向那道屏风,原来她就在屏风后。

厉夜行剑眉紧蹙,提剑朝屏风击去,霎时间,将屏风击了个粉碎。

没有了屏风的遮挡,他与欢岁四目相对,两人皆认真地凝视对方,见无伤口,这才放下心来。

厉九州手持折扇,挡住了厉夜行刺过来的剑:"阿行,你虽是太子,但这样闯入三皇子府邸,岂是东宫作为?"

厉夜行见欢岁犹被绑在椅子上不得起身,冷冷地看向厉九州:"三皇子既然敢绑了我的东宫太子妃,那我今日就是一把火烧了这里又如何?"

东宫太子妃?

欢岁诧异地看向厉夜行,而他正色道:"我就知道王叔怎甘心做个闲散王爷,果然无脑似厉萧的身后必然有你这般的狗头军师。"

瞧,他还是这般毒舌,一骂就要骂一双。

厉萧愤怒地想要杀了厉夜行,可他此刻哪里敢动半分,那把锋利的匕首还架在他的脖子上。

"我竟不知我何时有了这样的侄媳妇。"

厉九州面上没有一丝表情,没有人能看出来他在想些什么。

"如今有了。"

厉夜行懒得与他解释半分,就要上前带走欢岁。

厉萧看向厉九州,见他不为所动,急急地喊道:"王叔!杀他!"

厉九州看向欢岁,而欢岁的目光始终停在厉夜行的身上。

厉九州终是抽出了剑,指向了欢岁。

今日,厉夜行若是离开,那谋杀东宫则是大罪;可若厉夜行折在了这里,不会有人知道今日在三皇子别院里发生了什么事。

早在走这步棋时,厉九州便知道再无回头路可走。

当下的局面,歌姬手持匕首架在厉萧的脖颈上,而厉九州则将剑放于欢岁的脖颈旁。

僵持间,厉萧趁机夺了那歌姬的匕首,一刀刺中了歌姬的腹部。他似是怕歌姬反抗,快速地将匕首抽出来,再狠狠地刺进去,直到歌姬吃痛,捂着腹部倒在了地上。

厉萧也不打算放过她,拎起她的衣领,恶狠狠地说:"厉夜行,你派来的是什么下贱的东西,就这点三脚猫功夫,也配威胁本王!"

说着,他一脚踹在了歌姬身上,歌姬本就挨了两刀,又受了这样重的一脚,倒在地上,口中不断涌出血来。

眼见着已是出气多,进气少,她还撑着道:"我不是殿下派来的,狗贼,睁大你的狗眼看看我是谁!"

厉萧看着歌姬,这才觉出有几分眼熟。

欢岁也仔仔细细去看那浓妆艳抹的歌姬,诧异道:"芽儿!"

两年不见,贺芽儿的容貌有些变化,往日清丽可人的女孩,如今是明艳动人的歌姬,可仔细看去还是能辨出往昔的模样。

那是贺芽儿,是虢城郡守之女贺芽儿啊!

怎么会是贺芽儿呢?

当初虢城郡守被杀,听说芽儿被带到了洛城,厉帝认定贺知秋是有功之臣,这样的功臣之后,该被好好安抚的,怎么会成了厉萧身边的歌姬?

可厉萧哪里会管她是不是郡守之女,被一个歌姬算计,对他来说是奇耻大辱。他突然用匕首发狠地划向贺芽儿的脸上,那张好看的脸立刻血迹斑斑。

在贺芽儿的惊声尖叫中,厉夜行上前打掉了厉萧手中的匕首,将贺芽儿从地上抱了起来。

欢岁也挣脱了厉九州的束缚,奔向了贺芽儿,她紧紧握着贺芽儿的手:"芽儿,这是怎么回事?你怎么会在这里?"

贺芽儿看向厉夜行:"殿下,姐姐被抓,我原本想着能给殿下递个信儿,救出姐姐,可我递不出去。我真是好没用,无法替爹爹报仇,杀了这恶毒之人,也无法救你们。我好无用,我好恨啊!"

贺芽儿的脸上布满了血迹和泪痕,欢岁握着她的手:"芽儿别说了,我们带你走,带你走。"

贺芽儿点头,虚弱地应着:"好,你们带我走。姐姐,你当时说洛城很好,约我去洛城相见,可我怎么觉得洛城一点都不好呢。"

她本是郡守嫡女,该有父母的疼爱,光明的前程,贴心的夫婿。父亲死后,她孤身来到了洛城,为了复仇,沦落到风尘之地,成了歌姬,受尽了蹉跎,到头来却成了一场空。

"姐姐,送我回去吧,我想爹爹了。瞧,爹爹来接我了啊,我就要回家了。"

"芽儿,姐姐带你走,带你回虢城,带你回你父亲身边去。"

"回不去了,姐姐,我知道的,回不去了啊。"说着,贺芽儿怨恨地看向厉萧,她口中的鲜血怎么也止不住,凄声道,"不过,你这狗贼也要同我做伴的。"

她面容恐怖,说这句话时,语气阴森到厉萧打了个冷战。可未等他多想,那歌姬便咽了气。

欢岁悲声痛哭,为贺芽儿,为贺大人。贺大人那样疼爱芽儿,若是知道唯一的女儿为了替他复仇,受尽委屈,该是多么心疼啊。

贺芽儿终是没有撑到回虢城,她的死状凄惨,令人目不忍视。

厉夜行放下贺芽儿,蹙眉起身,将欢岁拉至身后,把那玄铁剑被牢牢握在手中。

厉萧得意道:"老六,今日我看你如何脱身。"

厉夜行看向厉九州和厉萧,那双桃花眼中尽是杀气:"我脱不了身,你们也不会好过。"

说着,他一手护着欢岁,一手握剑与厉萧打斗在了一起。

他本就受了伤,又带着她,哪里能占得了便宜。

厉萧瞅准了机会朝欢岁刺去,厉夜行转身相护,背对厉萧。厉萧眼神阴毒,手握利剑刺向了厉夜行。

长长的剑刺穿了厉夜行的胸膛,红色的鲜血染透了黑色的衣衫。

欢岁看着大口大口的鲜血从他口中流出，怎么也止不住，她紧紧抱着厉夜行倒在地上。

"殿下。"

厉夜行虽受重伤，可他依旧紧紧握着欢岁的手，安抚道："别担心，这点伤，无碍。"

这哪里是一点伤，欢岁手足无措去捂那流血的胸膛，可怎么也捂不住。

"王叔，瞧，你这六侄儿怎么能不算个情种呢？都到这般田地了，竟还想着将美人护好。六弟，你放心好了，待你死了，这宋姑娘我会好好替你护着。"

可厉九州没能回答他，只见厉九州捂着腹部，看向欢岁的双眸中满是难以置信。

"你下了毒？"

方才在屏风后，不知何时她将毒放在了他的茶盏里，此刻毒发腹中绞痛，心中亦是绞痛。

欢岁面无表情道："多亏了九王叔当初的设计，若不是在王府养病，我又怎能跟薛神医学到这些？"

她扶起厉夜行，看向厉九州："九王叔许我们一匹快马，放我们离开后，我自会让人将解药送回。"

厉九州觉得好笑，他这样老谋深算，从不相信任何人的人，居然对她疏于防备。

"若我不呢？你便让我毒发身亡？"

欢岁没有丝毫犹豫："是，若是殿下今日走不掉，那咱们就都陪着他。"

厉夜行轻轻地倚在欢岁身上，听她这样说，那双墨色的眼眸越发深情缱绻。

厉九州似是没想到她会答得如此决绝，谋士已将他扶到了一旁的座椅上，侍女慌忙奔走去找大夫。

欢岁知道此地不能久留，厉夜行身上的伤若不能及时救治，怕是扛不住的。

"九王叔别白忙活了，我既然要下毒，便是除了我无人能解的毒。"

薛神医曾是数一数二的用毒高手，又有心收她为徒。她往日从未在这方面用过心，可后来宋家出事，她与小午东躲西藏，怕被人找到，便在身上藏了毒，以备不时之需。

没想到第一次用，却是用在了厉九州的身上，果真是因果报应。

厉九州的目光在她身上停留，她面上决绝，大有鱼死网破的气势，是铁了心要带厉夜行走的。

他摆了摆手："放他们离开。"

厉萧自然不甘心就这样放弃："王叔莫要糊涂，今日放他们离开，等同于放虎归山啊。"

厉萧不敢想这样能羁绊厉夜行的机会是否还有。

"放他们离开！"

厉萧却迟迟不愿开口，这是他谋划了许久的一场刺杀，岂能眼睁睁看着厉夜行离开。

"王叔，今日若是放了他们，他日死的就是我们。"

厉九州看向厉萧，他的眼神带着不容置疑的威严。厉萧看似阴毒，却并不是那个控棋的人，即使再心不甘情不愿，也还是丢掉了手中的剑。

欢岁见状，扶着厉夜行离开。出了厉萧的别院，厉夜行的战马"嗒嗒"走来。他翻身上马，将欢岁拉了上去，拥坐马前。

黑色战马犹如一道闪电冲向竹林，而百米外是前来接应的北辰军，为首的是裴岩和陈墨。

欢岁将解药丢在了地上。

厉萧见状，厉声喊道："快给我拦住厉夜行，决不能让他就这样离开。"

"大势已去，我们还能拦得住？"

裴岩与陈墨两名大将都在，若不是厉夜行身受重伤，他们片刻便能围了三皇子的别院。

谋害东宫这样的罪名，足够厉夜行杀了他们。

黑袍战神、红衣少女，就这样消失在众人眼前。厉萧有再多的怨气，也只能默默咽了下去。

谋士将解药递给了厉九州，他吃下解药，又觉得讽刺极了。若不是当初想要拉拢宋家，又何必将她带到薛神医那里。

若没有当初的医治，他今日也不会中了她的毒，更不会当断不断，犹豫纠结。

"王叔，我们怕再难翻身。"厉萧见败局已定，气急败坏。

厉九州看了厉萧一眼，那眼神不复往日温和。

"方才你明明可以夺了那歌姬的匕首，却没有夺，为的就是引我从屏风后现身。你想让厉夜行看到是我站在你身后，这样我就彻彻底底与你成了一根绳上的蚂蚱，如此你认为我便能死心塌地地助你上位，不是吗？"

依着厉萧的身手，夺一名歌姬的匕首太过轻松，可他没有那么做。

厉萧眼中闪过一丝慌乱："王叔，侄儿怎会这样做？我只是被那歌姬威胁，一时忘了如何应对。"

厉九州没再说话，而是望着竹林，穿过了这片竹林，百里之后便是厉夜行驻军的地方了。

"你好自为之，你可知若论本事，你比不上厉夜行分毫。"

厉九州说完这句，转身进了别院，身后的厉萧双手握拳，难藏恨意。

出了竹林，等在那里的是厉夜行的马车。

他们此时该跑快些，为了稳住军心，裴岩带的人并不多，只有殿下最为信任的几十个将士。若是厉九州反悔，追了过来，怕是也不好应付。

可厉夜行有伤在身，不宜颠簸，只得放慢了速度。

好在裴岩心细，来时带了大夫。在马车上大夫解了厉夜行的衣服，欢岁这才看到那伤口比自己想得还要严重。

他又救了她，自认识以来，厉夜行总是在不断地救她。

欢岁心中酸涩，将厉夜行揽入怀中，好让他躺在自己的腿上，能够舒服一些。

崔大夫趁机为厉夜行清理伤口，那坚毅的人紧蹙着眉，又似怕她担忧，隐忍着一声不发。

欢岁不忍再瞧,红着眼眶,用帕子一点点擦着他额头渗出的汗珠,声音轻柔得像在安抚小孩:"殿下莫怕,马上就好,马上就好。"

厉夜行唇色苍白,扯了扯嘴角:"岁岁,你把我当孩子哄。"

崔大夫却没什么好气,他是一路追随殿下的,这些年厉夜行受的伤也都是他医治的,因而他一边清理着伤口,一边说着:"殿下若是再这样不珍视自己的身子,怕是药石无医啊。"

竟这样严重!

欢岁心惊,想着之后她再不能置厉夜行于险境了。

半日的路程,他们走了一天,回到大营已是半夜,驻守的将士们多在休息,如此倒也不易引人注意。

这些日子,厉夜行不再亲自督军,整日窝在城外大帐中养伤。

他行军本就没带什么侍女,又想刻意隐瞒受伤的事,连郡守府都不去了,自然也不会让旁人伺候,如此这活儿就落在了欢岁的身上。

欢岁每日为他煎药,为他换药,想到他几次三番因自己而受伤,越发尽心尽力地照顾着。

他睡着,她便趴在他的床榻边睡着,可每次醒来时她都是同他一起躺在床榻上。

厉夜行这人是有些洁癖的,除了最初那三日,病得起不来,刚好了一些,便嚷嚷着要沐浴。

沐个什么浴啊,他那伤口,沐浴不得有人贴身伺候?

营帐外,欢岁长叹一口气,他们虽同躺一张榻,可都是规规矩矩,穿得密密实实,让她为他沐浴,还真是有些不自在。

裴岩并不知欢岁的心思,还以为她在为殿下的伤势担忧,说道:"崔大夫为殿下配制了沐浴用的药,说是有利于伤口恢复,只需要坚持每日泡上一泡,伤口很快便能好,姑娘无须忧心。"

还每日泡上一泡?欢岁将厉夜行沐浴要用的帕子交给了裴岩:"那还是裴将军去吧。"

裴岩如同接到烫手山芋一般,往后退了一步,头痛道:"姑娘,我这大老爷们儿去伺候殿下沐浴,委实不太合适,更何况……"

他看着欢岁欲言又止。

"更何况什么?"欢岁不解。

更何况殿下定是想让姑娘伺候啊!为了救她,他都受了那样重的伤,不能连这点福利都没有吧。

当然这些话裴岩是决计不敢说出来的,他故意做出一副为难的表情:"没什么,只是照顾殿下是心细活儿,我这样笨手笨脚的,若不注意,再给殿下伺候个好歹,崔大夫岂不是又要暴跳如雷?"

这倒也是,他们是拿惯了刀枪的人,再细致也比不上女儿家,那人一向挑剔,也不是谁都能伺候得了的。

瞧见欢岁面色松动,裴岩加了把火:"再说殿下是为何受的伤?"

是她。

"那又是因谁再受的伤？"

还是她！

欢岁不再推辞，转身，满脸坚毅地进了营帐。

恰巧陈墨来汇报军情，瞧见欢岁一脸坚毅，问裴岩："姑娘这是怎么了？她也要参军？"

裴岩翻了个白眼，参什么参，改日他才要在殿下面前参陈墨一本。

陈墨见裴岩不搭理自己，抬腿便要进帐，却被裴岩拉住："去去去，这时候去添什么乱啊？"

陈墨不服："怎的？殿下的营帐就你进得，我进不得？"

裴岩斜睨着他："好啊，你进去吧，殿下正在沐浴，你此时进去，明日就等着领军棍吧。"

大汉果然老老实实地收回了迈向营帐的腿，还朝着裴岩拱了拱手。

营帐中，嬷嬷早已备好了洗澡水，水中还放了崔大夫配的伤药，水汽氤氲，散发着淡淡的药草味。

厉夜行倒是没有丝毫不自在，当着欢岁的面就开始宽衣。欢岁一双眼睛不知道该看向何处，只得低了头，默默走到了浴桶旁。

听着衣服脱下的窸窣声，听着他进入浴桶中的水声，欢岁的头便越发不敢抬起来了。

厉夜行瞧得好笑，说道："我们又不是没有同在一张榻上躺过，你害羞些什么？"

欢岁闻言，抬头瞪了他一眼。

是在同一张榻上躺过，可也从未敢这样赤诚相见过啊。

热气氤氲，他倚靠在浴桶边，如瀑长发由肩头散下，蔓延隐入水中。他皮肤极白，虽受了伤，却有种病美人的虚弱感，看起来要比平时好欺负一些。

可他哪里会是好欺负的人，见她看着自己，他嘴角上扬："怎么，觉得孤好看？"

是好看啊，他一直都是好看的，可他不光是脸好看，就连身子也……那白皙而精壮的胸膛上布着两道疤痕，一道是她留下的，而另一道是前几日为救她受的伤，再往下，她撇开眼，没好气道："好看什么呀？一点看头都没有。"

厉夜行霎时黑了脸，冷哼一声："既然不好看，那你脸红什么？"

她脸红了吗？

她脸红也是热的啦。

欢岁将帕子丢进了水里，那帕子漂在水面上，将将遮住了重点部位。

她转身要走，却被浴桶中的人一把拉住。他不是受了伤吗？可这力道是一点不减，只微微用力，便轻易将她也拉入了浴桶中。

欢岁惊声尖叫，手足无措间，只能攀附着他有力的臂膀，嗔怒道："殿下！"

她双颊红红的，一双大眼湿漉漉地瞧着他，长长的羽睫上还挂着水珠，犹如一颗新鲜饱满的水蜜桃。

他哪里受得住,眼神晦暗,重重将她拉入怀中,从额头开始吻起,细细描绘着她的轮廓,路过小巧精致的鼻头,停留在柔软的唇瓣上。

初时,他还能温柔一些,渐渐地,他加重了力道,开始攻城掠地,似久旱逢甘霖,一点点往更深处探索、攻占,直到她面红耳赤轻咬他的唇,他才本能地停了下来。

"殿……殿下有伤。"

她的衣衫早已滑落,露出细腻雪白的肩头。厉夜行眼眶沁润,低头在她肩上咬了一口,欢岁吃痛地从齿间溢出一声呻吟。

一双桃花眼似深渊,他俯身在她耳边沉声道:"孤说过,这点伤,无碍,不影响事。"

听听这是什么虎狼之词,欢岁红着脸去推他。

他到底没再做什么,笑着将她从浴桶中抱出。她身上的衣衫早已湿透,透出曲线轮廓,再没有穿着的必要。好在嬷嬷提前放了软袍,他脱下那湿透的衣衫,将软袍披在她的身上。

他又将人抱到了床榻上,用被子厚厚裹着,拿起一旁柔软的帕子细细为她擦拭一头青丝。

瞧,说是她伺候他,到底还是他伺候了她。

那青丝擦着擦着,两人又纠缠在一起。帐内,缠绵悱恻;帐外,陈墨还在同裴岩争论。

裴岩搓搓冻得通红的手:"要不你这时候进去问问殿下?"

陈墨笑道:"你小子不安好心,我若此时进去坏了殿下的好事,明日里挨军棍的还是我。"

裴岩笑得阴森,心里想着,早晚让这大汉挨上棍子。

有陈墨和裴岩在前线,厉夜行成日里闲着,欢岁也有时间好好盘问他。

前几日他们脱险之后,厉夜行遣人将贺芽儿和小蝶的尸身要了回来。

这里距离虢城路途遥远,如今兵荒马乱,不能将贺芽儿送回虢城,厉夜行吩咐裴岩找了一块平整的地方,安葬了两个姑娘。

她们因救她而死,欢岁始终心怀歉意,道:"若是贺大人还在,芽儿也不会如此枉死。"

厉夜行知道她在为贺芽儿可惜,大掌轻轻拍了拍她的头顶,想要安慰她。

只是厉夜行没想到贺芽儿会想出这样的复仇方式。

"芽儿到洛城的时候,我原本想着先将她安顿下来,才算不负贺大人所托,可贺芽儿不辞而别,再见便是那日了。"

他的确在厉萧身边安插了人手,却不是贺芽儿。

贺芽儿独自一人在洛城待了多久,又是因何走上这样一条复仇的路,无人可知,只可惜了她这一生。

"当年你们回洛城后,我一直在虢城调查时疫的事,查到虢城最大的两个商贾皆听令于东阳侯。而东阳侯背后的人便是三皇子,可惜还未等我找出证据,那两人便被人秘密杀害。"

"杀人灭口,必定有鬼。"

"后来贺知秋被杀,也是三皇子所为。贺芽儿被送到洛城时,与我见过一面,她那时已知道贺知秋是被三皇子派去的人杀害的。"

欢岁想不通,三皇子此举对他有何益处?杀两个商贾也就罢了,杀了朝廷命官若被发现,就算是他母亲也无法保全他。

"厉萧这样做,自然有他的用意。"

厉萧的母亲出身于北辰望族兰氏,其祖父兰腾更是位高权重,可兰氏一族不善经营,加之族中子弟众多,又生活奢靡,若不找些生财的门道,兰氏光鲜亮丽的生活又怎么能维持得下去。

他们想来想去,想出了扩散时疫的法子。兰氏找到了极为贪财的单连海和谢俊,引进了疫症,也只有他们早早准备好了药材,打算趁此捞钱。

可他们找的生财门道,却是旁人的死路。

兰氏没想到的是,疫症会死了那样多的人,从而引起厉帝的注意,更没想到厉夜行会那样快找到了治疗疫症的方子。

厉帝遣人去虢城支援,成阳侯多年来一直想要拉拢宋家,让宋家为其官路铺金,可宋景之并不想与其谋划,屡次拒绝,这便得罪了成阳侯。

成阳侯知道去虢城支援不是好差事,故意拉拢幕僚,使此事硬生生落到了宋家头上,原想着看宋家陷入虢城这摊烂泥中。

可没想到厉夜行拿出了方子,宋家拿出了药材,时疫很快得到了控制。

兰氏囤的那些药材自然也就派不上用场,后来为了防止厉夜行追查到他们头上,更是将一库库的药材烧了个干净。偷鸡不成蚀把米,兰氏差点让烂账拖垮。

这本是他们自作自受,可在兰氏眼中,厉夜行、宋家都与这事脱不了干系,他们将心中的怨气全记在了这些人的头上。

见欢岁面色无异,厉夜行才接着说:"兰氏没了这个法子,又想出了其他法子。"

他们想出的法子是借着东阳侯和司徒云起这把刀陷害宋家,谋的是宋家的家产。宋家倒下后,他们又遣人故意挑唆,让欢岁误以为是厉夜行害的宋家。

欢岁刺伤厉夜行后,再告诉她二侯陷害宋家的真相,后来又想借着厉夜行在战场上杀了二侯。

成阳侯死于战场,这事传回宫中,陈王后自然不会放过没有施救的东阳侯。别说是陈王后,就算是成阳侯的旧部,也不打算放过东阳侯。

如此,宋家、二侯都消失得干干净净,每一步他们都是算着走的,兰氏谋了财,还能把自己摘得干干净净。

欢岁越听越觉得浑身冰冷,原来很早之前宋家就成了这些人眼中的一块肥肉,他们罔顾人命,谋人家产,桩桩件件都够治罪。

"这些人命在兰氏眼里就分文不值吗?"

厉夜行摇头:"他们那样的人只把利益放在首位,宋家案后,宋家的一大部分财产收入了国库,而另一部分被兰家和二侯过了手。"

欢岁不在意那些钱,只恨自己救不了宋家,只后悔自己被厉萧利用,被九王叔利用。

厉夜行若有所思,剑眉微蹙:"兰氏图财,厉萧图王位,只有一事我还未想明白。"

"何事?"

"九王叔。"

厉九州不图钱不图王位,那他因何入局?

"王叔要的从来不只是二侯的命。"

成阳侯在厉夜行麾下出事,陈王后必然会将此事怪罪到厉夜行身上,挑起两人争斗。

虢城时疫因兰氏贪心而起,宋家因二侯而被迫入局,其中的因果早就说不清了,只可怜枉死的人成了这些至高无上的人的牺牲品。

她以为成阳侯死了,东阳侯如今也被厉帝召回洛城审问,她算是为宋家报了仇,却原来那下棋之人才是真的仇人,他们皆是棋子。

"其实远不止兰氏和二侯,二侯觊觎宋家的钱财,却不能只手遮天。"

"殿下的意思是二侯还有背后之人。"

厉夜行没有说话,可欢岁知道自己猜对了。

二侯已是至高权贵,那二侯背后的人在北辰必然是能够呼风唤雨的。

既能呼风唤雨,又能与二侯结盟,东阳侯的背后是三皇子,成阳侯的背后只有陈王后了。

她是成阳侯的亲妹妹,是北辰的王后,这样一手遮天的人,明知道成阳侯陷害宋家,还是推波助澜。

兰氏、厉萧、二侯、陈王后这些人无一人清白,他们是高位者,只要他们想,可以随意践踏别人的生命,可以随意谋夺别人的家产。

"北辰这些年来物产富饶,不承想竟养了这样一群只知道贪腐享受的蛀虫,他们绞尽脑汁往上爬,爬到了上面便去吃人肉喝人血,孤早晚会将这些贪腐之蛆清理个干干净净。"

欢岁跪坐起身子,用手覆在厉夜行的手上,他要走的路便是这样一条路,涤荡浑浊。

厉夜行反手握住她的手,认真道:"岁岁,往日我总想着你不必知道这些,不知道便能安全。二侯我会处理,宋家我也会翻案,可是岁岁,如今还是要将你也拉入其中。"

他的眼神一片清明,带着不忍与疼惜,欢岁勾起嘴角,坚定地看着他。

"殿下,我不怕,殿下在哪里,我亦在哪里,殿下做什么,我便做什么。上穷碧落下黄泉,殿下是跑不掉的。"

她的双眸明亮,嘴角亦挂着暖暖的笑意,她说的字字句句皆是真心话,厉夜行心头柔软,就像是孤身一人走了很远很远的路,突然有个人坚定地选择与他同行。

他将欢岁拥入怀中:"岁岁。"

# 第三十一章
## 坦诚相待

厉夜行的伤势好转一些，便又开始亲自督军。眼下的局势南召不敢来犯，因而有将军提出穷寇莫追。这两年来征战不断，已消耗了大量的人力物力，再这样下去，饶是再治军有方，怕也扛不住。

有想休战的，自然也有想打下去的，陈墨便是那想打下去的。

"什么狗屁东西？几年前殿下就带着咱们打到了南召，原本可以直攻到他们都城的，可陛下听信谗言，让殿下撤兵回了洛城，如今还要像当初那样吗？"

休战派和主战派吵了起来，直吵得那人无奈地扶额，又摔碎了茶盏才罢休。

欢岁成日里都在中军大帐中，将军们的话字字句句听得真切，也将厉夜行的反应看得真真切切。

殿下想必是真的犯难，眉头紧锁，往日便是个不爱笑的，如今更不爱笑了。

可他见欢岁端着木盘过来，勾唇道："这是何物？"

欢岁跪坐在他身前，与他隔着一张矮几，将手中的东西放在矮几上。

"是梨子水，嬷嬷炖的，说冬日里饮些是好的。"

厉夜行果然端起梨子水喝了下去，等他喝完，欢岁道："殿下是想打？"

若是想休战，他大可以一句回朝，又何须在这里驻军多日。

厉夜行凝视着她，漆黑如墨的眼眸中有她小小的轮廓。

"孤自然是想打，男儿立于天地间，当有一番作为。"

"那殿下的作为是什么？"

他神采奕奕，双目炯炯，似能看到大川大河一般："自然是治国平天下，让四方来朝，让国泰民安，让妻儿不必担惊受怕，让路上再无饿殍。"

他的目光落在她的身上，深情款款。

欢岁笑了笑，她知道自己该怎么做了。

"那殿下便打下去。"

如今天下四分，是怎么也不会安稳的，总有人想挑起纷争，也总有人想多吃多占，那便打吧，打到真正的大一统，打到可以让百姓过上安稳的日子，打到他说的国泰民安。

没几日，营中又来了一个姑娘，这姑娘嘴皮子可厉害了，刚来的那日，便将威风赫赫的裴将军说得面红耳赤。

欢岁掀开了营帐的帘子，冲着营帐外的女孩道："小午，莫要欺负裴将军了。"

小午撇撇嘴，瞧那人高马大的裴将军赤红着一张脸，便不再逗他，朝着营帐走去。

"姑娘，我哪里敢欺负裴将军啊？他可是差点要了我的命。"

小午说着,回头瞪了跟在身后的裴岩一眼,他当即站得笔直,犹如被先生罚站的孩童。

欢岁瞧在眼里,不由得露出了笑意来。

一个月前,小午在洛城收到了欢岁让人给她带的信,看完信后,她当即收拾了东西,一路朝着南边来。

一路走,一路打听,昨日她刚打听到了殿下驻军的营地,还未等通传,便被沿营地巡逻的裴将军逮了个正着。他将行迹鬼祟的小午当成了细作,从背后打了一棒子。

那一棒子力道可真大啊,小午两眼一翻,晕了过去。

陈墨看了看那仰面倒在雪地里的人,越看越觉得眼熟:"是个姑娘啊,总觉得在哪里见过。"

裴岩心想,这大汉莫不是想姑娘想疯了,可还是朝小午看了一眼。

这一看不要紧,吓得裴岩话都说不利索了:"是……是小午姑娘。"

"啊?"陈墨自然也认识小午。

裴岩蹲下身,小心翼翼地将地上的人抱了起来,借着月光这才将人看了个清清楚楚:"是真的小午姑娘!"

陈墨"呵"了一声,姑娘还能有假的不成?

小午是被一脸愧疚的裴岩抱进营帐的,彼时厉夜行正于案几前看一卷书,欢岁则侧坐在他身边研墨。瞧见裴岩抱着一女子进来,两人互望一眼。

陈墨跟在后头吆喝着:"哎呀呀,裴将军把小午姑娘打晕了。"

欢岁"腾"地站了起来,忙让裴岩将人放在了卧榻上,又让嬷嬷去找崔大夫来。

她几步走到小午身边,见小午穿着一身男装,脸上还有泥印子,料想这一路也是艰辛诸多。

欢岁心疼地擦拭着小午脸上的泥印子,皱眉问道:"这是怎么回事?怎么就把人打晕了过去呢?"

欢岁说着,抱起小午细细查看,发现她脑后有一个硕大的肿包,急声道:"快快去把崔大夫请来。"

她话音刚落,嬷嬷便领着崔大夫进了营帐。

崔大夫把了把脉,又翻着小午的眼皮瞧了瞧,说并无大碍,需休养几日用几服药便能痊愈。

欢岁瞧小午双目紧闭,不放心,问道:"为何小午她迟迟不醒?"

崔大夫收起了药箱,摸着白花花的胡须,道:"这丫头嘛,是累着了。"

欢岁仔细瞧着小午,见她虽还双目紧闭,面色却不算差,可见胸膛起伏,确实像是睡着的模样,这才放下心来。

裴岩听大夫这样说,又想到这一路上小午定是吃不好,睡不安稳,越发羞愧了,心里想着等小午姑娘醒来,定要好好待她。

小午醒来后,裴岩果然是好好待她的,成日里跟在小午身后,受她白眼,还嘘寒问暖。

白日里,小午同欢岁待在中军大帐中,替将士们缝补衣衫,那裴岩得空就来送些吃的。

有时是几个不知名的野果子,有时是烤得油滋滋的兔腿。

每次来的时候,裴岩总能找出一堆的借口赖在营帐中,迟迟不肯离去,还用一种奇怪的眼神瞧着小午。

小午吃着裴岩拿来的果子,挑剔道:"将军,这果子洗了吗?"

裴岩忙点头:"洗了的,洗了的,给姑娘吃的自然是洗了的。"

裴岩口中的姑娘是小午。

小午瞧他立在那里像木头似的,撇嘴:"将军怎么跟罚站似的?好像我欺负了你一样。"

裴岩忙解释:"怎么会呢?小午姑娘这样好,怎么会欺负我?我是自愿对姑娘好的。"

小午睁着一双大眼睛,不紧不慢地说:"裴将军不会是因为打了我一棍子,心里愧疚,才如此吧?"

见裴岩面红耳赤,却说不出一句话来,小午心里莫名高兴,可还是假装不开心哼哼了两声。

"将军不必如此,不就是我千里迢迢来投奔姑娘,平白无故挨了一棍子吗?不打紧的,我皮实得很。"

欢岁在一旁瞧着好笑,等他俩出了营帐,厉夜行拉着欢岁在案几前坐下。

"裴岩同我一起长大,是个很好的儿郎。"

能被选作厉夜行的身边人,家世、人品自然是俱佳的。

欢岁装作不懂,点头称是,厉夜行见状,只好接着说:"孤不信你不知道裴岩的意思。"

"裴将军是什么意思,我怎么知道?难不成他也没有嘴?"

瞧,这是一箭双雕了,说裴岩没嘴,也说坐在她面前的这位没嘴。

若有嘴,他们之间便没有那样的误会,也不会平白浪费这两年的时光。

厉夜行嘴角挂笑,连冷漠的眉眼都舒展开来:"孤竟不知孤的太子妃这般的记仇。"

谁是他的太子妃啊!

欢岁红着脸:"我父母可未将我许给殿下。"

父母之命,媒妁之言,他们一样都没有,以后大抵也不会有了。

厉夜行将她脸上的落寞尽收眼底,心疼地将她拥入怀中,声音低沉,却令人安稳:"岁岁,我会为宋家翻案的。"

欢岁勾唇,她信他所说的。

兰氏狡诈,厉九州如狼,她的殿下亦不差,他运筹帷幄,能识破兰氏的阴谋,能在战场上翻云覆雨,能将南召打退至百里外,能将计就计设计二侯,自然也能帮宋家翻案。

裴岩心悦小午,连厉夜行都能看出来,欢岁自然是知道的,可小午同她一样,是个不敢轻易交心的人。

270

"裴将军自小同殿下像是兄弟般相处,小午和我亦是,她虽是府上的小丫头,却是跟着我一同长大的,父亲母亲从未有过半分苛待,也未入奴籍,原本……"

原本父亲是打算等小午大一些,为她寻个好人家的,却不承想那些个打算再难实现。

"这两年,我虽听了厉九州的话,知道二侯是仇人,却也不是完全信了他的话。宋家倒了,仍有旧部在,殿下可还记得同我们一道去虢城的苏平南?"

厉夜行点头,知道那是个极为能干且精明的可用之才。

欢岁接着说:"他是父亲的亲信,宋家倒了,苏平南找到了我,他带人搜集证据,我才确信宋家案中二侯是始作俑者,但我们不知兰氏与陈王后也在其中。"

说到这里,欢岁想人总是要坦白一些的:"因而我与厉九州不过是互相利用而已。"

厉九州引她入局,又怎知她不是心甘情愿地入局。

她知道二侯是真凶,自己却不能复仇,便听从了厉九州的话,回到厉夜行身边,找复仇的机会。

"若说其中有什么是我不曾想到的,那便是……"

欢岁到了嘴边的话不知道该怎么说,只能看着厉夜行。

厉夜行握住她的手,她的手纤细而柔软,而他的掌宽大而有力,握着她时,就像是有人在护着她。

"我知道殿下待我是不同的,我却利用了殿下,殿下可会怪我?"

欢岁知道这两年厉夜行一直在找自己,当初她故意被司徒云起当细作抓起来,也不过是让厉夜行心中生疑,他放在司徒云起身边的人自然会告诉他,司徒云起审了个女细作。

厉夜行这样的人又怎会想不到司徒云起怎么会亲自审问个女细作?他大抵能猜到被司徒云起抓起来又放了的会是何人,因而那几日城中有官兵搜寻,她便知道是厉夜行在找她。

唯一的变故是厉夜行突然出城。

"我知道你出城向南,我才混入难民队伍中,其实我从来没想过投靠外祖,我是去寻殿下的。殿下可会怪我利用了你?"

利用他杀成阳侯,没想到竟会让他陷入与陈王后的争斗中。

厉夜行轻抚她的头顶,没有半丝不悦,他像是什么都知道一样。

"我怎会怪你?当时出城是因南边战事,而我一路走也一路在寻你,你从不知我那日见到你时有多欢喜,欢喜到我不知道该如何待你才好。"

过于热情,怕惹她厌恶,过于冷漠,又怕吓走她,他小心翼翼,满心欢喜,只希望她能留下。

"岁岁,你从不知道,即使是被你利用,我也甘之如饴。"

欢岁眼眶微红,她不知他竟是这般想的。

"那时陈将军说我是细作,其实行军图不是我给厉九州的,我纵然太想报仇,可我不能害你。"

"孤知道。厉九州在我身边放了人又岂是一日两日?行军图自然有旁人传给他。"

欢岁想到这儿，又想起他那两日的冷漠："可殿下那时将我关在营帐中。"

厉夜行歉疚道："是孤错了，成阳侯在，成阳郡主亦在，孤以为冷淡你，才不容易让他们关注你，终究是孤做错了，伤了岁岁的心。"

说到这里，欢岁以为她与厉夜行算是真正的坦诚了，她从脖颈上卸下了半枚钥匙。

那是半枚金钥匙，看起来平平无奇："我让小午来是为了送另外半枚金钥匙。"

她从袖口中掏出另外半枚钥匙，合在一起，完完整整。

厉夜行蹙眉，不解。

欢岁却站了起来，拿着笔墨走到屏风处。

她在厉夜行的注视下，轻轻作画。

画的却是弯弯曲曲的道路，待她画完，转身看着厉夜行。

"偌大的宋家，百年基业，又岂是他们搜到的那点？"

几代巨贾怎么会没有半分防备，宋景之早就将所有家产藏于隐秘之处。他们宋家是真的有金山啊，宋景之早将家产隐匿处画成了画教给女儿，这些东西在欢岁的脑海里，非心甘情愿，是旁人怎么也取不走的。

只可惜父亲太过正直，从未想过会被身边人陷害。

她一步一步走到他的面前，双手将钥匙奉上。

"宋家忠君，忠的是仁义之君，忠的是心怀大义之君，殿下要打便去打，宋家有金山银山足够殿下去打出一个大一统来。"

打一个他说的大一统来，才算不辜负了这份基业。

厉夜行凝视着她，似是没有想到她会这样做。

他从来将她看成心尖尖，只想将她藏起来，好好保护着，却未想到她也有如此的家国大义。

他有力的手臂将她拥入怀中，厉夜行轻叹，喃喃道："岁岁，你每一次朝我伸手，都是在救赎我，从来都是。"

欢岁心中疑惑，她从前也朝他伸出过手吗？

可厉夜行没有答她。

有了宋家的金山，厉夜行的军队便没有了后顾之忧，大批的粮草一车车被运到营地，堆满了黎城的粮仓。

看得陈墨张大了嘴巴，半响说不出一句话来。

裴岩嫌弃他这副没出息的样子："瞧瞧你，小家子气，咱殿下是没有这些吗？"

殿下是有，但总比不上这些多吧。

陈墨凑到裴岩面前，笑得贱兮兮："原以为是姑娘高攀了殿下，没承想竟是殿下……"

他倒是个知道分寸的，没再说下去。

"怎么不说下去了？"

裴岩斜睨着他，陈墨搓搓鼻头："嘿嘿，怕挨棍子呗。"

说不上谁高攀谁,他们既已坦诚相待,便再没有什么可瞒着对方的。

出了黎城,再往前,便是南召的边境十城了。

这十座小城虽不大,却是南召的守卫线,南召王知道其中要害,几乎将南召最优秀的兵力集中在这十城,也是真正难打的。

饶是厉夜行这般有经验的督军,到了这时也成日里与将军们聚在营中商量着排兵布阵,预想可能会遇到的各种情况。

在这期间发生了一件事,让欢岁对厉夜行更加刮目相看。

那夜,黎城郡守府遭人偷袭,冒出滚滚浓烟,消息传到大营时,厉夜行与众将军正在帐中饮酒。

酒是小午带来的,是宋家往日的酒庄自酿的,醇厚甘洌。

将军们一个个只浅饮,并不多喝,听到侍卫传来的消息,没有丝毫惊慌,想来是早就有所防备的。

欢岁如今与厉夜行同在主座,她执起酒壶,为厉夜行添酒。厉夜行喝得并不多,话也并不多,多数时候他在看将军们喝,听将军们说,端正坐着便是一副不怒自威的矜贵样。

这营帐中的将军们并不知,他们的殿下一手执酒杯,一手正牢牢攥着她柔软的手,未曾松开过。

欢岁看着他们相握的手,心头亦是满满的。

陈墨拿起酒杯,站了起来,朝着上座拱手:"还是殿下英明,知道那三皇子定不会就这样轻易放弃,想出了这招引君入瓮。"

哦,原来不光是防备,还是他的又一计。

叶将军也道:"三皇子以为殿下还在城中,却不知我们早就来到城外驻军,如此瓮中捉鳖,待我与陈将军后半夜去收场,他们都要折在郡守府了。"

原来不入城是为了这个,厉萧上次放走了厉夜行必然十分不甘心,定是要找个机会卷土重来的。

因而厉夜行没有带她回城,而是回到了城外营地。

厉萧此人急功近利,不会想那么多,自然以为厉夜行会回到郡守府,那厉九州呢?

厉九州才最是心机深沉,他就没有怀疑过城中无人吗?

见她若有所思,似是知道她在想什么,厉夜行附在她耳边沉声道:"他自然会怀疑,可孤拿下了他的探子。"

原来如此,探子回去定是告诉了厉九州,殿下在郡守府,再有急不可耐的厉萧在旁"助攻",厉九州也认定了厉夜行在城中,因而要夜袭郡守府,想要暗杀殿下。

他故意在她耳边低语,温热的气息细细痒痒地扑在敏感的耳垂上,欢岁不仅红了脸,连那雪颈也泛着粉。

他冷笑着:"你真好啊,在我身旁坐着,还有心思想旁人。"

这个旁人自然指的是厉九州,可她想厉九州并无半分私心啊,他用得着这般吃醋?

见她星眸里透着委屈,那人心头痒痒的,重重地捏了下她的手,用只有他们二人能听到的声音说:"晚上给孤等着。"

其实他们纵使夜夜同睡一张床榻,可厉夜行终究没有突破那一步。

每每到了紧要关头,他都喘息着让自己冷静下来。

就如今夜,将军们赶去郡守府收网,而他稳坐中军大帐。此刻,明明他抱了、亲了,双目猩红似是极其难过,可他还是隐忍着,从她身上翻下去,躺在榻上不知道在想些什么。

营帐周围静悄悄的,欢岁往他怀里钻了钻。厉夜行闷哼一声,却只是将被角往她身上拉,再不往下去。

欢岁虽然不解,却也没有多想,在他怀里似乎格外安心,他的大掌轻柔地摩挲她的青丝。帐子里的炉火烧得暖极了,烘得人昏昏欲睡。

将睡未睡时,她听到他沙哑而委屈的声音:"孤不能委屈了你。"

欢岁没有睁开眼,心想委屈什么?

她却听那人轻声道:"你是宋家的掌上明珠,孤定是要明媒正娶的。"

原来如此!

欢岁勾唇,却从眼角滑出两行泪来。

他不想在这营帐中将就了她,不想让她不明不白、无名无分,可她从未像此刻一样清楚,她是情愿的。

可这样的她若是日后跟着他回到洛城去,又怎么可能真的有名有分,成为他口中的太子妃呢?

就算他愿意,那秦妃呢?厉帝呢?

想着想着,她就睡着了,再醒来时,身边的人已经去与将军们议事了。

到了晌午时分,陈墨高高兴兴地进了中军大帐,底气十足,看来是"收场"收得十分满意。

"殿下,好得很,三皇子的人昨夜在郡守府折了大半,连他自己也受了重伤,这下再无法闹幺蛾子了。"

厉夜行在棋盘上落下一枚棋子,抬头看向陈墨:"可拿到了兰氏的罪证?"

"自然。"

三皇子的人倾巢而出,打算将厉夜行绞杀在城中,却没想到他一招瓮中捉鳖,再遣人去端了他的后方。

等重伤的厉萧回到别院,只能看到被烧了一地的废墟,府中机密皆被窃取。

陈墨将手中的匣子呈给厉夜行。

"这是兰氏的账本,还有他们与单连海往来的书信。"

厉夜行翻看那些书信,信中俱是兰氏引导单连海趁时疫作乱谋财,以及在单连海被厉夜行抓捕后,怕事发暗杀贺大人的证据,还有不少兰氏这些年如何利用手中权力,霸占他人家产的。

欢岁想不通,厉萧怎么会将这些东西带在身上。

"他母亲是贵妃,他与兰氏一荣俱荣,这些乌糟事有不少是他亲力亲为。"

厉萧想要夺得东宫之位,自然少不了兰氏的支持,因而兰氏的烂账只能他来平,而他生性多疑，必然会将重要的东西随身携带。

欢岁不由得叹息，兰氏是当朝权贵，厉萧又是皇子，这样位高权重的人，他们不为苍生黎民，却为一己私欲，将百姓视若蝼蚁，实在是该杀。

厉夜行将那些书信交给裴岩，对欢岁道："有了这些，我们便能为贺大人和贺姑娘讨回公道了。"

是啊，贺大人平白冤死，贺芽儿为父报仇却也惨遭毒手，如今只要回到洛城，将这些证据呈给陛下，便能为这父女二人申冤了。

解决了三皇子这个内忧，厉夜行继续带人南下，拿下了十城中的第一城。

厉夜行照例没有在城中扎营，只派了两个将军带士兵们留在城中。

欢岁知道厉夜行自小长在宫中，见惯了尔虞我诈，自然也明白城中并不安全，没有三皇子也还有其他人。

敌军虽被打得弃城而逃，可城中百姓俱是南召人啊，他们中难保不会有细作、探子，因而主帅不在城中才最安全。

他们停留的地方是一处驿站，照例有陈墨和裴岩带人守着。

厉夜行似乎比前几日放松了一些，三皇子再掀不起风浪，只有陈王后在洛城中虎视眈眈，却因断了成阳侯这只手臂而难成气候。

陈王后无可用之人，如今司徒云起倒成了她的心腹，往日厉夜行让司徒云起守洛城大营，是存心羁绊他，不让他上战场，如今却是不同的。

陈王后憎恨厉夜行，又有司徒云起在洛城大营中接应，不得不防。

好在此次行军，厉夜行将顾炎召回洛城，留在了洛城大营中，想必也能牵制司徒云起。

欢岁听他这样说，眸中闪过一丝狡黠，打趣道："殿下，不留裴将军，不留叶将军，也不留陈将军，为何只留下顾炎？"

顾炎这些年一直跟着厉夜行在南边，屡建军功，想必作战经验也很是丰富，并不比裴岩他们差。

厉夜行瞧见了她眼中的揶揄，倒是大方承认："你们二人差点有了婚约，我怎可能让他离你那样近？"

果真是个小气鬼！

欢岁想到幼时那些玩笑事，认真道："我待顾炎如兄长。"

厉夜行放下手中的笔，凝视着她。她有一双清亮的眸子，透彻得让人心疼。

看了片刻，他才幽幽道："他看你却不是。"

欢岁笑他小心眼，厉夜行却正色道："岁岁，你不知你有多好。"

他说得极其认真，看着她的眸子里带着不确定。

他可是厉夜行啊，是东宫太子，怎的在一个小小的她面前，也会如此不安？

欢岁的笑凝滞在脸上，她主动靠近，伸手环抱那人，将头贴在他胸前："殿下，我心中只有一人，唯殿下而已，再装不下旁人。"

她想纵然他们不可能同回洛城，纵然回去后厉帝也不会容许厉夜行有这样一个东宫太子妃，可她还是想在有限的时间里告诉他，她亦有满腔热情，哪怕再短暂，她也想留给厉夜行的是美好。

厉夜行手下皆是追随他多年的精兵良将,早已心意相通,这一路作战格外顺利,在连续拿下五城之后,他们在向着第六座城池靠近。

## 第三十二章
陷阱

　　越往南走，欢岁心中越慌乱，总觉得会有什么事发生。坐在马车中，她正胡思乱想着，马车却急停了下来。
　　那人睁开眼，问："怎么回事？"
　　裴岩掀开车帘，回道："回殿下，是在祭旗。"
　　南召向来有祭旗的习惯，将五六岁的小儿斩于军旗下的习俗，欢岁也听过，可这还是第一次见到。
　　马车外，一个小孩被吊在城门外的大树上，稚嫩的脸上满是恐慌，在她身旁，有一士兵拿着大刀，下一刻就要刀起头落。
　　欢岁知道不该心软的，可目光还是不由得朝那由一根绳索吊着的孩子看去，低声道："这么小的孩子。"
　　宋家被灭门时，亦有小童无辜被牵连其中，何其惨烈。
　　叶将军毫不在意，粗犷的声音中带着一丝不屑："姑娘，别看这孩子小，若是南召的细作，也可能致我军中大乱。"
　　两军交战，哪怕只有一丝可疑，也要当即切断。
　　可厉夜行在看了一眼欢岁后，却拉满了弓，朝着那绳索射了过去。
　　小孩"扑通"一声掉在地上，已有侍从前去将她抱了起来，带到了欢岁面前。
　　欢岁瞧着小孩一张脏兮兮的脸，却有一双透亮的眼睛，回头看向厉夜行。
　　厉夜行眼眸如点墨，目光在那孩子身上掠过，沉声道："行军打仗何须连累妇孺？稚子无辜，留在你身边吧。"
　　因为这句话，那小姑娘便跟在了他们的队伍中。
　　叶将军还想说些什么，却被厉夜行一个眼神将剩下的话都堵了回去。

　　厉夜行的大军已打进了城中，他还是照例低调地驻扎于城外一处人迹罕至的地方。这块小小的地方靠近溪水，四面环山，是个适宜驻军的好地方。
　　一大片的北辰军安营扎寨后，烤起了猎来的野兔、野鹿，片刻有香气飘散开来。
　　中军大帐中的肉自然是最好的，欢岁将一条兔腿分给了救下的女孩。
　　小午已带着她去洗了澡，她换了身干净的衣服，坐在案几前，看着盘子中的兔腿，却不敢动。
　　欢岁心生怜悯，温声道："饿了吧？快将这兔腿吃了，若是凉了便不好吃了。"
　　那女孩抬头看着她，眼中流出两道泪来，听话地抱着兔腿啃了起来。
　　女孩的吃相可以说是风卷残云，一条兔腿三两下就下了肚。
　　欢岁笑着给她倒了杯茶，递到她的面前："倒也不必吃得这样快，咱们营中肉是管够的。"

说着,她又让小午端了些肉过来。那女孩埋头吃着,直到吃完了一整只兔子,才抬起头来。

欢岁细细打量,估摸她有六七岁的年纪,一双眼中俱是掩饰不住的不安。

见欢岁看着自己,那女孩忙跪下磕头:"谢谢姑娘救我,陌陌无以为报,只求能跟在姑娘身边,伺候姑娘左右。"

乱世之中,原以为就要没命了的,此时却能活下来,还能在这样暖和的营帐中吃肉饮茶,女孩自是感激万分。

可欢岁却并不打算留人,叶将军的话她是听进去了的,她可以救人,却不想留人,正想着如何安顿这女孩,却见女孩泪眼婆娑地跪在她面前。

小姑娘说她是南召人,因为战乱与家人走散,如今想要进城寻亲,却被人抓起来,要拿去祭旗。说着,小姑娘痛哭流涕,经历了白天这一遭,她似乎怕极了。

这倒是让欢岁想要安顿她的话说不出口了,只说着:"你快快起来,那些事都过去了的。"

小午也道:"你快别哭了,殿下一会儿就回来了,莫要扰了殿下的清静。"

小姑娘擦干净泪水,眼眸亮亮的:"那姐姐是愿意留下我了吗?我什么都会做,我能将姐姐伺候得很好。"

行军条件艰苦,还有小午在,欢岁何须多个人伺候,可又无法安顿这女孩,只好说道:"你先起来吧。"

营帐外,陈墨吃着烤兔腿,看着不远处中军大帐中亮着的灯火,对着身边的裴岩愤愤不平:"唉,原以为殿下是个不近女色的,这突然近了女色,怎么就有点不管不顾的意思了?早晚栽她手里。"

裴岩知道他说的是今日救了那祭旗女孩的事,伸手夺了他的兔腿,咬了一大口,兔肉的香气立刻在口中爆开。

"你呀,少说两句吧。宋姑娘是个女儿家,哪会想那么多,再说殿下自有定夺,你只管练好你的兵,打好你的仗。"

陈墨被抢了兔腿也不生气,嬉笑着挪到裴岩身侧,小声嘀咕:"嘿嘿,别以为陈某人真是个只会打仗的草包。我瞧出来了,你看上那个小丫头了,是不是?"

裴岩知道陈墨说的是小午,他瞪了陈墨一眼:"你少说些话,也好少挨些军棍。"

哼,什么人呀?话都不让说。

陈墨这人性格虽然暴躁,却是个开得起玩笑的,转头又扯了只兔子,烤了起来,他一边烤着,还一边冲裴岩龇牙:"陈某这就再烤一只,不信裴将军还能抢了去。"

裴岩懒得理他,吃完了兔腿,去了中军大帐。

中军大帐中的炉火烧得很旺。

殿下这两年身体虽无大碍,却是极怕寒的,此时正披着一件黑色外衣,坐于案几前,看城防图。

白日里救的那个小姑娘跪坐在屏风旁,想必是刚侍候欢岁休息。

裴岩不由得心里发毛,原本他是深信殿下的判断力的,可眼见小姑娘被带进了中军大帐，他不免有些犯嘀咕，若这小孩儿真是个探子，这不是将中军大帐的秘密看了个透？

厉夜行抬头，见他探头探脑地打量着屏风旁的人，打趣道："来找小午的？"

裴岩的黑脸难得红了红，挠头道："殿下怎么跟那陈大汉一样，学会了打趣？"

厉夜行瞄向屏风后，行军辛苦，欢岁没有喊过一声，今日安营扎寨后，她便早早歇下了。

厉夜行收回目光，瞧着裴岩："那你倒是说说这么晚了还来帐中为何？"

"嘿嘿，我这不是不放心吗？"

说着，他又瞟向了那小孩儿，也不怕被人听见，殿下的帐中从未有过来历不明之人。

东宫的营中都未曾有过来历不明之人，更何况是帐中。

烛火"噼啪"了一声，那屏风旁的小孩还保持着跪坐的姿势，似是没听到裴岩的话。

厉夜行勾了勾嘴角："裴将军多虑了，一个小孩而已。"

是啊，一个小孩儿，若真是个普通小孩儿倒是没什么，这一路上他们也救了不少的妇孺，又何须在乎多救一个呢。

夜晚入睡时，厉夜行还是让小午把那小孩儿带出了营帐，带去了小午与嬷嬷住的小帐子。

小孩儿忐忑不安，稚嫩的手指绞着衣摆："姐姐，殿下是不是讨厌我？"

小午为她铺了床铺，安抚着："怎么会呢？"

"那为何殿下不让我在营帐中伺候着？"

小午铺好了床铺，转身解释："殿下休息时，从不让旁人伺候。"

那小孩儿这才咧着嘴又高兴了起来，小午瞧着她与普通小孩无异，还是那般天真的模样，因一点小事便能高兴起来。

到了夜里，欢岁睡得迷迷糊糊间，听到厉夜行将她唤醒。她睁开眼，看到的是他处变不惊的脸："岁岁，你同裴岩先走，我稍后再去找你。"

欢岁还来不及问什么，厉夜行就披了铠甲，拿着他那把玄铁剑匆匆离开，身后跟着陈墨与叶将军。

"姑娘，快些走吧。"小午为她披了斗篷，裴岩已在营帐外等着了。

欢岁看到营中慌乱一片，将士们步履匆匆，或是骑马朝外奔走。

欢岁这时也知道发生了什么，能让将军们在深夜里大规模出动，怕是遇袭了，可她为何毫无察觉？

她们急急上了一辆马车，驾车的是裴岩。

马车声"嗒嗒"，欢岁掀开帘子朝外看，营地此时早已火光一片，再不复往日。

她忍着头痛，想到了什么："陌陌呢？"

小午气道："还提她做什么？那小丫头竟是个细作。"

细作？

欢岁心中一跳，怎么就是个细作了呢？

她想起叶将军的话,是啊,如今这乱世哪里还有什么妇孺稚子,谁都可能是细作啊。

小午见欢岁面色苍白,担忧道:"姑娘可是有什么不舒服?"

"陌陌怕是在我的茶饮里下了药,因而我才早早入眠,而她便是趁此机会传递的消息,引来了祸乱。"

小午咬牙切齿道:"这小贼,我定饶不了她。"

裴岩驱车百里外,退回了黎城,这里有最为坚固的城墙,有北辰最为强大的兵力,那些南召人定不敢打到这里来。

欢岁忙问道:"殿下呢?殿下可与我们一起退回?"

裴岩神色犹豫,见欢岁不依不饶仍要追问,只好说道:"姑娘,殿下带着叶将军和陈将军断后,待他们斩杀了昨晚夜袭的人,定会来找我们。"

欢岁却觉得心里不安,她与小午在黎城中安顿下来,裴岩则带人去迎殿下,这不安在裴岩回来时,变成了现实。

欢岁瞧着裴岩欲言又止的模样,道:"裴将军,可是发生了什么事?"

裴岩心知不该告诉欢岁,可又不忍瞒她:"殿下的队伍在回黎城的路上遇到了埋伏,如今下落不明。"

下落不明?

欢岁面色惨白:"裴将军,这是何意?好端端的怎么会下落不明呢?"

半夜遇袭时,殿下让人先护送欢岁回黎城,而他则是与那些南召人打在了一起。现在看来,南召人阴险狡猾,他们知道厉夜行的本事,也知道打不过,因而才会在路上设下埋伏。

欢岁听后要去找那小细作,若不是自己留下了陌陌,她怎么会有机会将厉夜行扎营的消息传给她的同伙。

欢岁一把推开了柴房的门,她不再心软,从袖中滑出匕首,架在那孩子的脖颈处。匕首是厉夜行找了玄铁,亲手为她打制的,削铁如泥,用起来很是称手。

"说,殿下在何处?"

那孩子从未见过她如此凶悍的模样,眼中已有一丝恐惧,却还要故作镇定:"姑娘问的是哪位殿下?若是我们殿下,此刻必定在都城,只等他一声令下,南召军便能踏破北辰的防线。若是你们殿下,那我可不知道了,兴许早就死了吧。"

"倒是个伶牙俐齿的。"

欢岁听到她说厉夜行死了,忍着心痛,将匕首重重地扎进女孩的小腿处。

到底是个半大孩子,忍不住惨叫了起来。

欢岁目光凶狠:"说,殿下在何处?"

女孩痛得唇色惨白,却死咬着唇不肯交代。

她看着欢岁,讥笑道:"北辰人还真是蠢得可怜,我们自导自演了这么一出戏,你们竟就这样轻易上当了。你们以为为何这五座城池打得这样容易?"

厉夜行虽然所向披靡,可如此想来这一路确实是太顺了。

欢岁凝眉,细想,说出了答案:"你们一开始就打算以这五座城池为诱饵,将殿下引至其中,进退两难,再两头夹击。"

怪不得这五城打得如此顺利。

陌陌的眼睛亮了亮:"姑娘竟还是个聪慧的,如今告诉你也不怕,反正你们殿下定是已经被我们的人生擒了。待改日我们以他为人质,换北辰的半壁江山,还怕厉帝不给吗?"

欢岁想若不是自己心有不忍,多看了这孩子两眼,厉夜行又怎会让这孩子上了车。皆是她!

陌陌笑着说:"今日即使死在你们手上,我也丝毫不后悔。我的父兄皆因战事死于战场,我的母亲哭瞎了双眼,郁郁而终。不光是我,南召这样的孩子很多,他们都想杀了厉夜行,今日我倒下了,可南召永不会倒下。"

对于北辰来说,厉夜行是他们的战神;可对南召来说,厉夜行是破坏了他们家园的人。

他们自然想要杀了厉夜行。

欢岁再听不下去,她听不得旁人这样说厉夜行,她拿起匕首想要一刀结果了陌陌:"即使没有殿下,南召积贫积弱已久,早晚要在这乱世中覆灭。若殿下真的能实现大一统,于南召而言又何尝不是好事?"

陌陌不懂这些,她只知道家破人亡皆因这场打了多年的战争。她看着欢岁手持匕首,知道自己今日便要了结于此,最后道:"姑娘这几日是不是日日胸口刺痛?"

欢岁愣在那里,她看向陌陌,说出心中猜测:"你给我下的不是普通的蒙汗药?"

那女孩嘴角挂着一丝邪笑,眼中带着憎恨:"若是普通的蒙汗药,又怎能配得上姑娘呢?"

欢岁想不通,纵然两国交战,可她为何非要置自己于死地。

"自然是因为姑娘是厉夜行的心头肉,今日若是厉夜行能侥幸活下来,却知道姑娘活不久,他又会怎样?"

他会怎样?

他会屠尽南召,为她陪葬,那样便会落得一个暴君的名声,再难赢得民心。

欢岁还记得他说起大一统,说起百姓安居乐业时,意气风发的模样,她怎么忍心妨碍了他的大一统。

欢岁面色冷凝,将匕首往女孩的脖颈处压了压:"解药呢?"

陌陌似是一个调皮的孩子在同她玩捉迷藏一般:"姑娘不妨先放了我,容我好好想想解药在哪儿。"

欢岁听后,收起匕首。陌陌脸上挂着得意的笑,这世间又有谁不想活命呢?她就知道,为了活命,姑娘也会放了她。

可下一刻,笑容消失在了陌陌的脸上,只见欢岁换了把短剑,狠狠刺进了陌陌的胸膛,她用上了十足的力气,是要置人于死地的。

陌陌难以置信地看向她:"姑娘不想活命?"

"想。"

诚如她所说,这世间,谁又不想好好活着呢?她是最怕痛怕死之人。

"那为何？"

"我想活下去，可我更想他能够好好的。"

既然说了是毒药，那纵然有解药想必也不会轻易给她，必会胁迫她做些于殿下于北辰不利的事来，她不愿做。又或是以她胁迫殿下，逼他做出退让，她亦不愿意看到他那样做。

如此，还不如就此杀了陌陌，殿下不会知道她已身中剧毒，便也不会被她羁绊。

欢岁拔剑起身离开，身后的哀号声渐渐远去。

她不是没有想过自己早已身中剧毒，她曾在薛神医那里见识过不少的毒药，却不知自己中的是哪种。

她只知道这几日夜夜噩梦，每日醒来又胸口闷痛，若是普通的蒙汗药岂会这样。

可她不能，也不愿让旁人知道，她还要等厉夜行回来，等他一统天下，她怎么能拖着这副中了剧毒的身子，成为他的羁绊。

见欢岁从关着陌陌的房中出来，手中的短剑还在滴血，小午迎了上去，左边摸摸，右边看看，生怕她受伤："姑娘，你这是怎么了？可有受伤？"

欢岁勾勾唇，摇头："没有，我只是杀了她。"

小午愣了一下，姑娘从未杀过人，却杀了那细作，必是那细作做了什么事激怒了姑娘。

小午来不及去细想那细作做了什么，见欢岁面色苍白，她心疼地将欢岁搂入怀中，安抚道："姑娘定受到了惊吓吧？她是细作，是该杀的，姑娘不必惊恐。"

是啊，她怎能不惊恐？杀人是如此容易的事，一条人命，原来一剑便能结束。

裴岩见状："姑娘可有问出殿下的下落？"

欢岁摇摇头，待她还要说些什么，只觉得胸口一阵闷痛，眼前一黑，再无意识。

殿下下落不明，姑娘昏死了过去，小午急得差点哭了出来。

裴岩只能一边安抚她，一边想办法寻找殿下。

好在崔大夫随他们一起来了驿站，裴岩让嬷嬷去把崔大夫请来。

片刻，崔大夫拎着药箱走了进来。

行军以来，厉夜行数次叮嘱崔大夫调理照看欢岁的身体，崔大夫知道她一向康健，可这次他把完脉一言不发。

小午见他不说话，慌了神："崔大夫，可是我家姑娘怎么了？"

崔大夫略微迟疑，又凝神细细诊察，待他诊完，刚想说什么，却被醒来的欢岁打断了。

小午扶起欢岁，让她靠坐在床榻边，见她面色无异，像是什么都没发生一般，红着眼眶道："姑娘，你吓死我了，我以为你，我以为你……"

说着说着，小午哭了起来，情绪哭到位，就要往欢岁身上扑去。裴岩忙拉住了她，眼看着姑娘醒了，若是再让她扑伤了，可如何是好。

欢岁见状，说道："我并无大碍，不过是急火攻心罢了。"

小午的眼角还挂着泪珠，犹疑地问："真的吗？"

欢岁笑笑："自然是真的，我何时骗过你？"

说完,欢岁淡淡地看了崔大夫一眼。崔大夫心领神会,附和道:"是,姑娘是忧心殿下,因而急火攻心才晕了过去,只需要静养几日便好。"

"可是。"小午还想往欢岁身边走,却被裴岩拦腰抱起,往门外走去。

他边走边说:"崔大夫不是说了吗?姑娘需要静养,咱们就不要在这里打扰她了。"

待裴岩与小午二人走了,欢岁才说:"崔大夫定是看出来了。"

见没什么可隐瞒的,崔大夫捋了捋胡须:"姑娘是何时中的毒?在何处中的毒?"

何时中的毒她并不清楚,说道:"只知道是在营中中的毒。"

崔大夫面上有几分诧异,细作的事没有传开,他大抵还未猜到细作身上,可在营中毒是怎样的大事啊。

"老夫判断这毒是刚中不久,可麻烦就麻烦在姑娘中的是剧毒,若不及时找到解药,怕是药石难医。且姑娘目前还算轻症,之后只怕一次比一次严重,痛入骨髓,难以忍受。"

欢岁的面色不大好看,她想到现在已这般难过,那之后岂不是更加痛苦。

"可有医治的法子?"

"也不是不可医,只是需要下毒之人说出这毒药的名字,老夫才能依据毒药特性来配置解药。"

下毒的人已被她一剑刺死,哪里还能说出毒药的名字来,欢岁道:"崔大夫,若我找不到下毒之人,更说不出毒药的名字呢?"

崔大夫听完,眉头紧皱:"若是不知道毒药的名字,老夫寻起解药来如同大海捞针,只怕……"

"怕什么?"

"只怕老夫还未将解药找到,姑娘便不堪忍受痛苦而亡。"

那平日里总是澄澈带着光的眼眸,瞬间黯淡了下来,崔大夫不忍:"姑娘也不必如此绝望,老夫先开些药给姑娘用着,可稍稍减缓发作的时间和痛苦。老夫自当竭尽全力为姑娘寻找解药。"

崔大夫是厉夜行极为信任的人,是自己人,欢岁自然是放心的。

她点点头,得了应允崔大夫正要离开去抓药,却被唤住了。

"崔大夫,"欢岁拉住了他的药箱,说着,"此事还望您不要声张,即使殿下回来了,也莫要告诉他。"

欢岁的眼神坚定,语气也不容人拒绝。崔大夫叹了口气:"这是姑娘的命,若姑娘愿意命该如此,旁人无法干预。"

是啊,万般皆是命,半点不由人。

崔大夫走后不久,小午走了进来,她手上端着一碗汤水,是方才在厨房熬的梨子水。

"这些时日气候干燥,姑娘多喝些梨子水,身体才能好起来。"

小午以为欢岁是不适应南召的气候,特意找来了梨子,熬了汤。这份心意欢岁怎么可能不懂,她从小午手中接过了梨子水,一饮而尽,喝完还笑着说:"瞧,小午的心意,我没有浪费半分。"

见姑娘笑,小午也跟着笑,如今宋家只有她们二人了,这是真正的相依为命,姑娘可不能再有一点事了。

厉夜行失踪的第五天,陈王后联合成阳侯旧部,在朝堂上弹劾厉夜行,告他一个罔顾人命之罪。

欢岁想过,成阳侯之死,陈王后不会善罢甘休。毕竟在陈王后眼中是厉夜行为给宋家报仇,在战场上杀了成阳侯。

陈王后一石激起千层浪,厉夜行向来不畏公侯,朝堂上对他不满的人此时跳了出来,愈演愈烈。

裴岩将消息带给欢岁时,她正喝着崔大夫开的第一服药。虽然身中剧毒,可她想得很清楚,她要尽可能多地为自己争取时间,这样才能等到厉夜行平安归来,才能看到他所说的盛世。

药很苦,欢岁一饮而尽,没有皱半点眉头,连小午准备的蜜糖都没有吃。

喝完药,欢岁道:"眼下的情况,殿下该回洛城的。"

况且时间久了,殿下失踪的消息必然瞒不住。主帅失踪,定会军心不稳。而远在洛城的陈王后与司徒云起若得知了此消息,必会里应外合,在洛城生些事端,到时又该如何?

欢岁心中忧思万千,当务之急,只能在陈王后阴谋未得逞之时寻回殿下。

这几日,欢岁还有一事没有想明白。她看着行军图,指了指图上的一个小点,问裴岩:"诚如将军所说,殿下遇袭的地方与黎城相距不过三十多里,他为什么不来找援军?"

欢岁的话停在那里,她呆呆地看着裴岩,裴岩那眼神分明是肯定了她的想法。

援军是在三十里开外,他的马是训练多年的战马,与他配合极佳,若是疾蹄奔来求救,又何至于被南召困住?

可他不能,援军在三十里开外,她也在三十里开外,他当时并不知道裴岩有没有将她平安送到黎城,而厉夜行绝不会将危险引到她身边。

想到此,欢岁喃喃道:"傻,真傻。"

他是太子殿下,最擅长纵横之术,他自幼熟读兵法,怎会不知该怎么解困,可他又怎会如此之傻。他一向当机立断,为何这次该断不断?

裴岩见她如遭重击,整个人似乎都失了气力,没了生机一般,便安抚道:"姑娘也不必过于忧心,总要相信殿下的。"

是啊,要相信他。

他不是第一次遇到险境,以往他都能顺利脱险,这次也能。

可她终究日不能食,夜不能寐。

她想到了以前的好多事,想到似乎从头到尾都是她亏欠他颇多,想着等他回来,她定要好好待他。

那她便等着。

一日,两日……地等着。

## 第三十三章
### 身中剧毒

那日裴岩急匆匆地回来，便见欢岁沐在日光中，整个人似是透明的。见了他，她已不像前几日那样急切询问厉夜行的消息，而是很平静。

"可是有殿下的消息了？"

他带着那队精锐将士已消失了整整十天，主帅失踪是大事，为了稳住北辰军，这消息硬是被裴将军他们瞒了下去，只说主帅受伤，正在城中养伤，却也打击了军心。

裴岩略微犹豫，却还是摇摇头："并无殿下踪迹。"

他们这几日放出去了无数精锐，可没有一丝殿下的消息，欢岁叹气。

裴岩道："可是有人见到了陈将军的令牌。"

说着，裴岩从袖中掏出一物。

那是一枚令牌，"北辰"两个字赫然在上。

"这令牌只有我们几个将军有，其他将军的都在，这一枚只可能是陈将军和叶将军遗落的。"

欢岁眼中透出光来："那便去寻他们。"

裴岩点头："末将知姑娘心中记挂殿下，这就去将殿下带回来，还望姑娘能在此安心等待。"

他生死不明，她又怎可能安心等待？料定裴岩不会让她涉险，欢岁嘴上应着，待裴岩整装时，她打晕了小午，乔装一番跟在了行军的队伍里。

天气寒冷，路面结冰，马匹难以行走，欢岁跟着将士们一步步往前进，不知走了多久，寻了多久。

裴岩看着一片白茫茫，心头亦是白茫茫的。昨夜刚下了一场雪，大雪厚厚一层盖下来，别说是行军的痕迹，就连走兽的痕迹也找寻不到了。

正在他焦灼之际，却见一旁的枯树上有什么东西，他上前一看，皱眉将树上挂着的东西取了下来，骂道："这莽汉！"

欢岁隐在队伍里，将裴岩手中的东西看得分明，那是半块烧饼，一头尖尖，一头宽宽，是箭头的形状，指向了北。

她又听裴岩道："算这莽汉机智了一次，姑且记他一功。殿下就在北边，咱们这就去与殿下会合，杀南召个片甲不留。"

将士们皆挥舞手中刀剑，个个摩拳擦掌。

他们与厉夜行会合时，厉夜行正与南召人打成一片。裴岩带的人就这么从后方冲了过去，南召主将大喊不好："快撤！"

可厉夜行哪里会给他们撤退的机会，他手握长剑，骑于战马之上，所到之处片甲不留。

南召以为将厉夜行拦在半路便能前后夹击,却不想被厉夜行绕着在雪地里走了这几日,早就精疲力竭。如今厉夜行的援军又至,南召将士溃不成军,丢盔弃甲,一败涂地。

厉夜行生擒南召的主将,几个将军也杀了个痛快。

待一切已成定局,躲在树后的欢岁听到他们说:"裴将军,你来得可真够晚的,殿下带着我们在这雪地里躲了好些天。"

裴岩恍然,这些人竟是商量好了的,厉夜行自取下第一座城池时,便觉察出了不对,南召虽没有北辰兵力强盛,却也不会如此轻松就被攻城。直到长驱直入,连续拿下了三座城,厉夜行已很确定南召的招数了。

他决定将计就计,看看南召会怎么做。

裴岩佯装恼怒:"殿下,你们太过分了吧。"

若不是如此,厉夜行又怎能看得清楚,在他遇险时,是谁在蠢蠢欲动。

树后的欢岁也恼怒,亏她为他日夜担忧,原来他早已经设计了计中计。欢岁气得转身要走,脚下的枯树枝发出了声响。

厉夜行看向树后,双眸凛冽:"谁?"

欢岁从树后钻了出来,厉夜行在看到她的瞬间,眼中哪里还有半分冷意:"岁岁。"

欢岁气急了,她转身就走,身后那人骑马追来,一只手将她捞上了马背,坐于他身前。

她要挣扎,可又怎可能挣得过他,那坚实的双臂将她牢牢圈着,雪松的味道将她紧紧缠绕。

"岁岁,你怎的也来了?"

她心里有气,嘴上自然没有好话:"哼,我自然是来为殿下收尸的。"

闻言,厉夜行却不生气,用自己的黑色狐裘将她裹了个严严实实,只留下一张巴掌大的小脸,和那双圆溜溜的澄澈眼睛,分外惹人怜爱。

厉夜行在她身后笑得沉沉的,欢岁有些纳闷,问道:"你笑什么?"

厉夜行拍了拍她毛茸茸的头顶,大胆说出自己的想法:"你好像一只小狗。"

一只在冰天雪地里被包起来的可怜小狗。

欢岁果然生气了,一路上都噘着嘴,而他一直嘴角带笑,心情颇好,一副偏就喜欢惹她生气的模样。

"孤并非刻意想瞒你,遇到细作是意外,孤也未想到他们当夜便会动手,没来得及告诉你。岁岁,孤让你担心了。"

欢岁在他的狐裘中哼哼两声,何止是担心,这几日她哪里睡过一个好觉,日日都盼着他平安,没承想这人倒是个诡计多端的。

可到底他好好的,不仅好好的,还抓了南召的主将。这下南召彻底无还击之力了,想必不日便可以回到洛城,到时候再狠狠收拾了陈王后。

一切都好,除了她。

欢岁不敢想,此时意气风发、意满志得的厉夜行,若是知道自己身中剧毒会如何。

她更不忍告诉他了。

欢岁往他的怀里躲了躲,只想着再贴近一些,再多听听他有力的心跳,偷偷摸一摸他坚硬的胸膛,等日后痛苦时,好有个可怀念的。

带着欢岁,厉夜行行进的速度慢了很多,他也不着急。

白茫茫的雪地里,有一匹矫健的黑色骏马,马背上一身黑色狐裘的男人满足地拥着怀里的人,在雪地里留下了长长的蹄印。

傍晚,他们停在了一家小店门口。店主就站在门口,仰着脖子像是在等人,远远看见了他们便招手,像是跟厉夜行很熟的样子。

欢岁惊奇,在这人迹罕至处,竟还有小店。

厉夜行骑着马晃悠悠地停下来,店主才看清他的黑色狐裘里还探出了一个小脑袋。

他翻身下马,转身将马背上的欢岁抱下。店主打量了下眼前的少女,约莫十七八岁,一身不大合身的军装,衬得她越发娇小。

再打量,果真是好姿色,只见她肤色白皙如上好的玉石,那双大大的眼睛,澄澈得仿佛未经世事,只一眼便让人印象深刻。

厉夜行紧了紧欢岁的毛领,顺便也遮挡了某人探究的视线。

店主赶紧说道:"阿娜知道你这几日可能要来,特意备了酒菜,说要跟你不醉不归,你今日可要小心了。"

被唤作阿娜的女人从屋里出来,斜倚在门口,一身异域打扮,看起来风情万种,细长的眉眼里透露着别样的明媚:"是谁在说我的坏话?"

店主赶紧说道:"我们可不敢说你的坏话,我是说你备好了酒菜,咱们不醉不归。"

阿娜斜睨了他一眼,嗔怪道:"我姑且信你这呆子一次。"

接着,她一步步走向厉夜行,打量着他。他还是一身黑衣,气宇轩昂,立于这大雪中也难挡他半分矜贵。

阿娜的语气中满是关心和埋怨:"你倒是恢复得蛮好的,又是那个边关战神了。你可知,前几日陈墨带来消息说你这几天便会来此地,阿木每天就这么站在店门口等你,生怕不能第一时间接到你。"

厉夜行微微勾起嘴角,拥抱了阿木和阿娜夫妻两人。

阿娜将目光转向厉夜行身后的欢岁,开着玩笑:"这就是那半条命?"

欢岁不解,瞪大了眼睛,一脸茫然。

一旁的阿木爽快直言,解释道:"她是说,当时殿下被你刺得只剩半条命,听说那时候为了救殿下,崔大夫他们费了不少功夫。"

欢岁听了这话,以往锥心的一幕幕又出现在眼前,那刺穿他身体的一剑,是她永远的梦魇。终究,是她欠了他的。

她低着头往厉夜行身后躲了躲。

厉夜行察觉出她的低落,大手拉住那只无措的小手,安抚似的捏了捏。

他知阿娜并无恶意,不过是替他不平。可他哪里能容许欢岁受一丝委屈,他看着阿娜,极认真地说道:"她可不是半条命,她是我的整条命,有她,我才有命。"

阿娜笑了笑,她自然知道厉夜行将这小姑娘视作眼珠一样珍贵,不过是替他不平,如今见他如此护着这丫头,也替他高兴。

以前的厉夜行太过完美,他是边关战神,是年轻而矜贵的贵公子,但总少了些什么。今日他站在那女孩身边,阿娜终于知道以前的厉夜行是少了七情六欲的。

可她替他高兴,也替他难过。

大胡子店主见状,嚷嚷道:"咱们还在这里做什么?快进屋,外面这般冷,小姑娘该冻着了。"

说着,大胡子掀起了门帘,将他们迎了进去。

屋子里没有什么客人,大胡子早早准备了酒肉,还燃了一堆篝火,厉夜行却对阿娜道:"你这里可有她穿的衣服?"

欢岁穿着不合适的军装在雪地里行走了一日,早已湿透了,因而他方才将她紧紧裹在怀中,半路来这里取暖。

阿娜赏了个白眼给他:"殿下可真是让人伤心,原以为殿下是来看我们夫妻两个的,却不想是为美人儿寻衣服来的。"

虽这样说,阿娜还是热情地拉着欢岁的手,带她去二楼换了一身衣服。

阿娜是西境人,她的衣服也多是异域服饰,穿在欢岁身上倒也别有风情。

见厉夜行温情脉脉地看着换完衣服的欢岁,阿娜直喊酸,喊得欢岁羞红了脸。而厉夜行似乎很是受用,满脸享受。

几人就围坐在火堆边,边吃烤肉,边喝酒。

一番交谈,宋欢岁知道大胡子名叫阿木,是厉夜行的旧部,一直跟着他南征北战,直到为了收集情报,与妻子阿娜在南召边境开了这家客栈。

烤肉、美酒,还有阿娜的歌舞助兴,一顿饭大家只谈天说地,不谈朝堂,不聊战场,倒是快意。

今天欢岁很高兴,兴许是因为厉夜行的这两位朋友性格开朗,载歌载舞,也兴许是终于找到了厉夜行,她的兴致很高,偷偷喝了不少的酒。

她的鹅蛋小脸红扑扑的,像一只偷吃了蜜糖的小花猫,厉夜行只看了一眼,便整晚心神难安,时不时就将目光投向了她。

阿娜瞧他这模样,贴近阿木的耳朵,低声道:"没想到,战神也有春心萌动的时候。"

阿木笑了笑,一把搂住阿娜的纤细腰肢,这动作看得欢岁的脸更红了一些。

厉夜行瞧她这副娇俏的模样,不由得多喝了两杯。

一餐结束,欢岁已微微醉了。阿木夫妇还要他们接着喝,而厉夜行则起身抱着欢岁上了楼。

几日未见,他似乎更加热情,一关上房门,便重重吻了上来。

欢岁饮了酒,头脑昏沉,只能任他予取予求。

吻了许久,他才不舍地松开了她。那双如墨般漆黑的眼中,蒙着一层雾气。他与她额头相抵,唇齿之间呢喃:"岁岁,孤想快快娶了你。"

她亦想快快嫁给他。

欢岁在一瞬间清醒了过来，可是嫁给他之后呢？他好不容易走到了今日，此番打下了南召，西境本就与北辰是邦交，眼看他所盼望的大一统指日可待。

而她呢？却不知哪日是终点。

欢岁心中酸涩，学着他的样子笨拙地回吻他，厉夜行哪里受得了这个，恨不得立时将她拆吞入腹。

回到黎城时，厉夜行收到了南召的求和书。

他一手拿着求和书，一手拥着欢岁，睥睨着城楼下广袤的土地："岁岁，我定要这片土地物产丰饶。"

欢岁仰头望着那丰神俊逸的人，是她的太子殿下啊。

拿下了南召，洛城的陈王后却坐不住了。她的哥哥死于厉夜行之手，如今厉夜行的东宫之位再无人可撼动，若他回到了洛城，必然要清算当年陷害宋家的人。

她看着坐在那里的司徒云起，凤眸里尽是算计："司徒将军定已经知道，殿下打下了南召，不日就要回来了。"

司徒云起守在城外大营，自然知道此事："娘娘可有什么吩咐？"

"姓宋的小丫头也与他一道回来。"

陈王后在司徒云起的脸上看到了一丝难以察觉的异色，她心满意足。不被控制的人是最可怕的，还好司徒云起是个能够被控制的。

陈王后道："我知道你爱慕那丫头，可她若是成了厉夜行的女人，那你这一生就都得不到她了。"

司徒云起眉头紧皱："娘娘想说什么？"

"他是太子，是君，而你是臣，他要你如何你便得如何。若你真的喜欢那丫头就应该搏上一搏，若他不再是太子，司徒将军又何须顾忌什么？"

司徒云起冷笑："娘娘是让我去刺杀太子？"

陈王后笑出了声，她一边笑得花枝乱颤，一边嘲讽："瞧你被吓成那样子，哈哈哈，若是想将他拉下来，又何须自己动手呢？"

陈王后这是打算鱼死网破，但司徒云起不能，当年他因司徒氏已经害得宋家如此，若刺杀太子失败，怕是又要将司徒氏拉入深渊，他输不起。

陈王后见他不应，变了脸色，那美艳的面上带着讥笑："你不肯？"

司徒云起跪在地上："末将做不到，末将的身后还有整个司徒氏，一着不慎，满盘皆输，末将输不起。"

"好一个做不到，你可知若东阳侯知道你当初背弃了他，投靠了我，你们司徒氏还能在这洛城里待多久？又或者厉夜行回来，你这陷害宋家的头号功臣又会落得个什么下场？"

司徒云起面色难看："娘娘是在威胁我？"

陈王后到了如今，也还是高傲不可一世："威胁你又如何？你那野心勃勃的母亲，早就将你卖给了本宫，司徒将军以为自己还有退路？"

是啊，他早就没有了退路。

生在司徒家没得选，被宋家收养没得选，背弃宋家没得选，如今更没得选。

厉夜行回来的那日，洛城百姓夹道欢迎，欢岁与厉夜行同坐在他那四方阔大的马车上，看街景繁华。

他紧紧握住她的手，两人四目相对，皆是脉脉爱意。

与几年前不同，这次再到东宫，欢岁的心境已全然变化，如今她心中不光有仇恨，还有爱。

她不再住从前的小院，而是住在厉夜行的侧殿中。

欢岁毒发的次数越来越多，每每她都想方设法避开厉夜行，好在他此番回来事务繁忙，倒是也不能时时看着她。

崔大夫见状，只得给欢岁开了大量镇痛的药。欢岁吃下药，眼角溢出泪："崔大夫，可有解药的消息？"

她是真的想活呀，想陪着她的殿下看到他的大一统。

崔大夫无奈地叹气，他是大夫见惯了生死，却还是忍不住道："姑娘还是告诉殿下吧？如此这般痛苦，有殿下陪着定能缓解一些。"

欢岁却坚定地拒绝。

朝堂上，厉夜行以延误战机的名义卸了东阳侯手里的兵权，东阳侯心有不甘，当场与厉夜行争辩了起来。

司徒云起瞧在眼中，心生一计。

他从宫中离开，没有回到司徒府，而是去了乐坊。

东阳侯共有四子，有两个儿子早年死在战场上，老三也有军功在身，因而在朝中还是颇有威望的。

可东阳侯的小儿子林牧是个不争气的，他生性乖张，处事任性，就如此刻他在乐坊中因与人争抢一名歌姬打了起来。

作为一个绣花枕头，东阳侯的小儿子没几下便被人打倒在地。司徒云起趁机上前，救了他。

从乐坊出来，林牧对司徒云起非但没有半分感激，还十分理所应当，只因司徒云起曾是东阳侯的部下，如今也只是个无军功的将军罢了。

司徒云起想要送他回家，林牧却不屑道："司徒将军管好自己的事，我的事还轮不到你来管。"

两个一前一后走进巷子里，四周黑暗，只有月光洒在地上，身后跟着的人声音冰冷："公子还是回府吧。"

此时的林牧已很是不耐烦，他回头冲着司徒云起道："你算个什么东西？若不是我父亲见你还有用处，我早已将你斩于剑下。你们司徒家净出些忘恩负义的，毫无廉耻可言，你……"

他的话还未说完，腹部传来剧痛，他难以置信地看着司徒云起，嘴唇因为疼痛颤抖着："你……你敢杀我？"

司徒云起眼神凶狠，并没有给他反抗的机会，一刀一刀捅着，刀刀没入刀柄。

等他停下来的时候,那把刀早已看不出本来的颜色,而东阳侯之子已是血肉模糊,犹如烂泥。

司徒云起回过神来,他的脸上全是血,十分骇人。

可他没有丝毫惊慌,用脚踢了踢地上的那人,仿佛自己杀的不是个人,而是个牲畜。

司徒云起异常镇定,他清理了自己留在现场的痕迹,最后走的时候,有意将一枚令牌丢在了地上。

第二天,太子殿下杀了东阳侯之子的谣言不胫而走。

厉夜行与东阳侯一向不合,前一日还在人前大吵了一架,如今东阳侯之子惨死,他成了最大的嫌疑人。

那东阳侯已有两个儿子死在了战场上,如今又有一子死于非命,老侯爷一夜之间白了头。

满头华发的东阳侯抬着儿子的尸体,一步一步从长街而过,走向宫门。路两边的人看着这一幕,不由得为东阳侯鸣不平,一时之间俱是声讨厉夜行之声。

眼看着事态严重,厉帝只得下令彻查此事。

欢岁得到消息的时候很着急,陈将军还在黎城未回来,裴岩眼下又不在洛城,厉夜行身边如今能用得上的人并不多,这个节骨眼上东阳侯发难,厉夜行怕是不好应对。

可那人似是毫不在意,每日饮茶、看书,好不闲适。

"怎么,岁岁觉得眼下的日子不好吗?"

他生在帝王家,从出生起便注定了纠缠一生的争斗,明争暗斗了这二十多年,可难得有这般舒坦的时候。

"好?好个什么鬼,我怕你改日被东阳侯挂在城门口上。"

东阳侯那老匹夫一心谋反,如今又丧子,难保不会做出什么事来。

厉夜行却饶有兴致地问:"岁岁,若我被挂在城门上,你会怎样?"

他的眼神幽深而专注,仿佛她的回答比生死更重要。

他问得认真,她便也答得认真。

"如果殿下真的被挂在了城门上,我会不顾一切,从城门楼上把你背下来。"

"然后呢?"

"自然是把你背回我们宋家,葬到宋家的土地上,然后我会好好活下去,每一天都充实地活着,直到老去,同你葬在一起。"

她知道他想让自己活下去,那她就活下去。

厉夜行眼神柔和,看着他的岁岁似看着整个世界,勾唇道:"傻岁岁,那你当真是爱惨了我,生不能同寝,死也要同穴。可那是城门,不等你把我背下来,怕是早已被那些守卫赶了下去。"

欢岁却是真的着急了,跺了跺脚:"你还有心情说这些?厉夜行你不要死,不要被挂在城门上好不好?那样会很难看的,你这样好看的一个人怎么能变得难看呢?"

说着说着,她痛哭出声:"刚才是我骗你的,我一点都接受不了死亡,我没办法想象你真的死了，我该怎么办？我做不到像我说的那样好好活下去，厉夜行，不要死。"

厉夜行将她揽入怀中，轻轻地擦拭她脸颊上的泪水，犹如拥着至宝。

"傻丫头，我不会死，我还要同你在一起，又怎会死呢？"

事情的转机在三日之后，原来裴岩没有同他们一起回来，是去了一趟虢城。

他将厉夜行从三皇子那里搜来的证据和当年与虢城时疫有关的人证全带了回来。

如今这些证据清清楚楚地记录着兰氏一族和东阳侯是如何勾结，如何制造时疫、杀害官员贺知秋，还有陈王后与成阳侯是如何陷害宋家，以及敛财。

大殿之上，厉夜行细数着这几个家族的罪行。那些前几日还要弹劾厉夜行的官员皆低头不语，他们其中不少都是陈王后的人。

厉夜行走到司徒云起面前："至于司徒将军，他不仅是当年陷害宋家的主谋，还是杀害东阳侯之子林牧的凶手。"

殿中寂静一片，无人敢言。

"众人想必都知道孤只擅用剑，而林牧的伤口却是刀伤。"说着，厉夜行走到了司徒云起的面前，"可司徒将军一向用刀，这些自然会有刑部查个清清楚楚。来人，将司徒云起押下去。"

自此，陈王后和二侯皆被清算，朝中再无敢多言之人。

刑部比对林牧的伤口，与司徒云起的刀吻合，且当晚有人在乐坊见到司徒云起与林牧同行，证据确凿。司徒云起被收押，原定于三日后问斩，可厉夜行突然改变了主意。

他这几日几乎都宿在城外大营，很少回东宫，欢岁见不着他，只能抓住裴岩，问道："裴将军，司徒云起犯下桩桩恶行，殿下为何不杀他？"

她好不容易等到了今天，终于可以报仇，她不知道还有什么原因能够阻止。

裴岩的神情古怪，见欢岁情绪激动，十分耐心地说："姑娘莫要着急，要相信殿下，殿下自会有法子的。"

欢岁知道自己该相信厉夜行，他一直都是值得她信任的。可那是她的灭门仇人啊，司徒云起多活一日，对她来说都是折磨，况且她身中剧毒，若是等不到呢，她该有多不甘心。

裴岩走后，欢岁回到了侧殿，恰好崔大夫来为她把脉："姑娘今日可还疼得厉害？"

说起来也怪，自从回到了洛城，倒是没有那么疼了。

欢岁摇头："这几次发作倒是没那么难过了。"

崔大夫眼中放出了一丝光，他又仔仔细细地为欢岁把了一遍脉："我在姑娘的汤药中做了调整，想必是新增的几味药起了作用。"

想来大抵如此，崔大夫医术高明，虽不能治愈她，但是这般减轻痛苦也是好的。

回到洛城后，除了每日喝汤药，崔大夫还为她加入了针灸。

白皙的手臂上留着一排排的小小针眼，若不仔细看，是看不出来的。

这样的施针隔一天便有一次，厉夜行也曾疑心，好在她说了是女儿家的病，他也就没再说什么,只叮嘱崔大夫要好好医。

身上的施针处好了又扎,扎了又好,可她咬唇没有哼过一声,崔大夫看不下去:"姑娘若是太疼,喊上两声也无碍。"

可她不愿喊,肯喊疼的人是因为知道有人会心疼,可她不能,因为她不愿让那个心疼她的人知道。

他将几大世家一并铲除,好不容易得了安定。厉帝近来病得越发严重,他继承大统,怕也就是这些天的事了,要不他怎会日日奔走在大营与宫中。

而她又怎么忍心在他意气风发时告诉他,她命不久矣。

崔大夫见她心意已决,也不再劝解,施完针便离开了。

侧殿中又只剩下她一人,嬷嬷和小午被她支使去了旁处。欢岁转身,却在一旁的案几上看到了崔大夫的药箱,定是他方才离开时遗落的。

她没有多想,拿了这治病救人的东西忙追了上去,在转角处看到了一个熟悉的身影。

几日未见,他依旧威风凛凛、丰神俊逸,只是不知为何英挺的眉宇间像是沉着一团难解的雾气。

她勾起嘴角,刚要迎上去,却见崔大夫站在那人面前。那人面色晦暗不明,声音低沉:"姑娘用了药可好些了?"

欢岁心头一沉,将将止住了脚步,站在一旁的园景下。

崔大夫拱手道:"比前些日子好些了,殿下带回来的药果真是有用的。"

厉夜行负手而立,面容冷峻道:"司徒氏阴险狡诈,怕我反悔,不肯将解药全部交出来。如若不是为了岁岁,我定要将这般小人杀净了。"

原来如此,本来是要杀司徒云起的为何没杀,是因他知道她身中剧毒,而司徒夫人为救司徒云起,吐露当初下药的细作是陈王后安排的,而药是司徒夫人献上去的。

那狡猾的司徒夫人知道厉夜行必不会看着欢岁惨死,借此要挟他,让他放了司徒云起。

他便果真听了她的,原来这些日子他不仅宫里宫外地忙,还四处去寻解药。

欢岁面色灰白,她倚着墙渐渐滑落,总不想成为他的负累,到底还是拖累了他。

想来也是,他那样细心的人,怎么会真的相信她手臂上那些密密麻麻的针眼是女儿家的病,怎么会没有发现她夜里疼得从梦中惊醒?他那样的人哪,怎么能发现不了呢?

## 第三十四章
### 杀了司徒云起

　　眼看着要过年，不光是东宫里按照欢岁的喜好装点得喜庆，就连街上也分外喜庆。

　　她已许久未曾置身于这样喜庆的氛围中了，宋家案如今有了转机，只待证据确凿便能被还清白，她将不再是罪臣之女，也能在光天化日之下自在呼吸。

　　"小午，我想吃街头那家的糕饼了。"

　　欢岁往日里是个爱吃的，近些日子却很少说起自己爱吃什么，因而见她愿意吃些，小午很是高兴，没有半分迟疑："姑娘在这里等着，我这就去给姑娘买糕饼。"

　　看着小午小心翼翼地扶她到一旁的凉亭里坐下，又欢欢喜喜地跑去买糕饼，欢岁望着她的背影，脸上的笑却渐渐冷了下去。

　　原以为她瞒得很好，却连小午都知道了，大约也只有她自己以为瞒得很好吧。

　　她起身，却是朝着另一个方向走着。

　　走了没多久，便到了一处宅子。这宅子比起曾经风光一时的司徒将军府来说实在算不上大，却是此时司徒云起最可能去的地方。

　　她走进这处宅院，那些不好的记忆扑面而来，宅院中没有其他人，她径直往后院走去。

　　走到门口，她用力一推，那曾经锁着怎么也打不开冲不出去的门，却轻轻松松地开了。

　　"嘎吱"一声，惊得院子里的几只老鸦高高飞起。

　　虽是白日，屋中却十分灰暗。

　　听到门响的声音，坐在那里饮酒的人抬起了头。他在看清门口站着的人时，似是有些不敢相信："岁岁？"

　　他的嗓音嘶哑，想必是已有许多日没有好好说过话了，也兴许是被酒泡坏了喉咙。

　　往日这间屋子对欢岁来说是囚笼，可她现在不怕了，她迈步跨了进去，远远瞧着那灰蒙蒙、阴暗暗的人。

　　"你怎会来这里？"他的声音里满是难以置信，他怎么也想不到欢岁竟能来看他。

　　司徒云起扔掉了手中的酒瓶子，颤颤巍巍地站了起来，朝着她走来。

　　数年前，他还是宋家的庶子，翩翩公子，是城中排得上号的青年才俊，如今头发散乱，如同疯子一般，匆匆地逃出大牢。

　　欢岁的眼中无波无澜："这几年来，你可曾梦到过宋家的人？"

　　他走向她的脚步将将顿在那里，满目惊慌失措，似是不愿去想。

她看他如此，接着说："可梦到过教你诗书的爹爹？梦到过为你添置新衣的母亲？"

那些年司徒云起的个子蹿得快，陈玉芝便常常亲自带着师傅给他量制衣服。

"可梦到过祖母悄悄给你贴体己钱？"

宋景之从未亏待司徒云起，可祖母还是心疼这个曾流落在外的庶子，偷偷给了他不少的宝贝。这些宋家夫妇都是知道的，也未曾说过半句。

她每说一句，他便似陷入了极为痛苦的旋涡，直到整个人倒在了地上，大口大口喘着粗气，像是搁浅的鱼一般难以呼吸。

欢岁走到他的身边，蹲下来，用一把断刀抵住他的脸庞，语气里全是憎恶："怎么你也会愧疚？你这副样子可真让人恶心。宋家上下上百口人皆因你而惨遭杀害，为了你们所谓的司徒家的荣耀，你心甘情愿成为东阳侯和陈王后的走狗。今日，我便送你去向他们忏悔。"

说着，她一刀捅向了他的腹部。

该了结了，厉夜行不会杀他，因为司徒夫人手中所谓的解药，那便由她来杀。等她杀了司徒云起，厉夜行便不用再顾及司徒氏，定会将他们清剿个干干净净。

欢岁知道司徒云起最怕什么，她笑着说道："你不是为了司徒氏杀了我们宋家那么多人吗？等你死后，司徒家的人亦会如此。"

司徒云起的嘴角涌出血来，他颤抖着嘴唇想说什么，可欢岁更深的一刀捅了进去，他便再也没有说出来。

看着倒在血泊中的司徒云起，欢岁却没有丝毫报复的快感，她失去了太多太多，即使真的杀了司徒云起，也不能弥补分毫。

她掏出锦帕擦干净了自己的手，转身走出那间屋子，随后将点燃的火把连同那布满血迹的锦帕一同扔进了屋子里，那屋子很快便能化成烟灰了。

爹爹、娘亲、祖母，你们的仇，孩儿终于报了。

她不知道自己是如何一步一步走回东宫的，直到看到宫门口那两盏灯和两排禁军，她才有种终于到了的轻松感。

天色已经黑透，她轻手轻脚，打算溜进自己的小屋，却听到身后那道熟悉的清冷声音。

"我以为是谁家的野猫呢，却是我家的小猫又调皮了。"

欢岁回头，看到厉夜行站在长廊的那一端，微微笑着。

他就那样站着，依旧是一身冷清，丰神俊逸，那双望着她的眼睛似一汪清水，仿佛能包容她的所有。

欢岁情不自禁地朝他走去，用力扑进他的怀里，将头埋在他的胸前，唤他："阿行……"

只有这样她才能感到安宁。

他没有问她支走了小午去了哪里，轻轻抚摸着她的头，柔声说道："岁岁，你饿了吗？我让厨房做了你最喜欢的素面，还有醋鱼。"

宋欢岁用脸颊摩擦着他坚硬的胸膛，悄悄地弯了嘴角："饿了饿了饿了，我快饿死了。"

她抬头望着他，这样近的距离，鼻息间是厉夜行身上淡淡的清香。她眼神狡黠，带着几分捉弄说道："你背着我去吃饭好吗？"

厉夜行低头，撞进那双充满期待的眸子里，没有丝毫犹豫，他在她面前蹲了下来，露出宽阔的背脊。

那宽阔的背脊将要扛起整个北辰，此刻却要背起她来。

欢岁跳到了厉夜行的背上，她纤细的双臂牢牢环住厉夜行的脖子，两人就这样穿过长廊，一旁的宫人见状，一个个低着头不敢再看。

长廊里坠着一排排小花灯，这条路像是很长很长似的，欢岁的心突然就安定了下来，她希望这条路永远不要有尽头，就这样走着多好。

司徒云起死前曾说厉夜行也不是个什么好人，可那又如何。

他是帝王，本就不能以单纯的好坏论之，他有他的杀伐果断。

更何况，帝王之路，注定与旁的不同，而她愿意陪着他走下去。

就像他从来都是无条件信任她，即使是曾经带着目的接近，他也从未怀疑过她哪怕半分。

"今日我去看了司徒云起。"

她能感受到他的背脊微微一滞，可他什么都没有问，只说："嗯。"

"你知道？"

"傻瓜，只要安全，你想去哪里都可以。"

欢岁贴着他的身体，能听到令她安心的心跳声。

"阿行，无论你去哪里、做什么，我都会陪着你，直到我陪不了你。"

欢岁觉得身下的人似乎顿了顿，可他只是说："傻瓜，我只要你在我身边就好。"

这几日，厉夜行似乎更忙了一些，每日欢岁醒来，身边的位置早已经冰冰凉凉。

小午端来早饭，是城南的汤包。

"殿下知道小姐喜欢这家汤包，一大早安排人去买的。"

见欢岁提不起精神，小午又说了许多逗她开心的话，中午的时候，崔大夫来了一趟。

"我将几味药进行了调整，姑娘再试试。"

她已经杀了司徒云起，司徒夫人是不会把解药给厉夜行的，再试试又有何用，可她又怎么忍心辜负这些人。

欢岁接过小午端来的汤药，仰头喝了下去。

还未顾得上喘息，口中已被小午塞了一块蜜饯，小午抱怨道："哼，姑娘还瞒了我们这么久，若不是殿下发现，你还要瞒到什么时候？"

说着说着，那小丫头竟哭了出来，崔大夫见状，忙劝道："小午姑娘莫要哭了，姑娘就是知道你们会如此，才不敢告诉你。"

小午听后，一边难过，一边默默将泪水憋了回去。

欢岁已是满足的，厉夜行果真再无顾虑，杀了司徒氏不少参与宋家案的人，而背后的陈王后也没有什么好下场。

囚牢中，那个曾经最为雍容华贵的女人，如今一身素净衣衫，往日的满头朱钗变成了一根简简单单的木枝。

她倚在墙角,那双好看的凤眸再没有了往日的光彩,暗淡地闭着。两个狱卒从她身边经过,不由得多看了两眼这个曾经他们根本不敢直视的女人。

都说帝王是最无情的,枕边人也可以在一夕之间沦为阶下囚。听说整个陈家男丁全部被杀,女的或是流放,或是沦为官妓,无一能够独善其身。

只有骄阳公主,因为她是北辰国唯一的公主,留下了一条命,被厉帝囚禁在宫中。

两个狱卒一边瞟着墙角的人,一边窃窃私语:"你说她整日里一言不发,坐在墙角干什么呢?"

"她在等。"

"等什么?眼下她难道还希冀有人前来搭救?"

"她在等一个结果。"

另一个狱卒哼了一声,这样的祸国妖后能有什么好结果。

呸……

狱卒啐了这一口,竟觉得自己的腰板都硬了起来,走路时更有气势了。

陈王后终于等来了她的结果。

那日,厉帝身边的王寺人端来了一杯酒。

厉帝终究还是给了她一份体面,他这个人哪,一生阴毒,善于谋略,工于算计,所有人都成了他的棋子。可陈王后知道,他终其一生,也得不到最想得到的了。

想到这里,陈王后心中竟有一丝变态般的欣慰,大约是她不好过,他也别想好过。

接过那杯酒,陈王后思绪飘远。

爹爹有一妻两妾,嫡女只有她一人,世家大族,高门贵女,从小爹爹就告诉她,她迟早是要进入东宫的。

因而锦衣玉食地娇养着,细致入微地教导着。

她没有学过女红,却读了很多很多的书,爹爹说女儿家要读书才能明智,才能通透,能入主东宫的人自然是最为通透的人。她到底是辜负了爹爹,不够通透。

十六岁那年,先帝的诏书到了陈家。

爹爹喜滋滋地带着全家人去接了诏书,陈府上下皆是一片喜色。

只有她,除了喜色,还有忐忑。

她忐忑自己的夫君是高是矮,是胖是瘦,是不是也同她这样忐忑不安。

庶妹知道她的心思,出了主意:"嫡姐若是好奇,不妨远远地去看那东宫太子一眼,好知道那太子是圆是扁。"

陈家虽重视嫡庶之分,但更重视的是手足情谊,因而爹爹从小就告诉他们,兄弟姊妹之间一荣俱荣,一损俱损。

她与几个庶姊妹的关系一向不错,妹妹们说起话来也就随意了些。

"这怕是不好,若是被那太子瞧见了,还以为大姐姐是急着嫁给他呢。"

几个妹妹争执了起来,没人注意到她悄悄羞红了脸。

终是没有敌过心里的好奇,当她满怀少女心思,站在东宫门前时,心中有千般的滋味。

她想知道自己所嫁所托之人是否值得托付,想知道他是黑是白,是高是矮,是胖是瘦。

她躲在东宫不远处的一棵树后,彼时还是太子的厉泽,骑着马匹嚣张地从东宫中奔腾而出。

他器宇轩昂,策马而去,未曾在她面前停留,甚至都没有注意到路旁有个女子在打量他。可那一眼,那一人还是被她深深刻在了心里。

原来这就是她所要嫁的人,他不胖不矮,是个相貌出众、鲜衣怒马的少年郎。那一刻,她甚至能听到自己的心跳声如小鹿乱撞。

自幼时,母亲便教导她,女子要以家族兴盛为重,她知道她将来所嫁之人,必然是至高无上、有益家族的人。

她做好了万全的准备,唯一的失误,便是真的爱上了他。

她不该因为好奇去看他那一眼,如果不看,是不是就能在往后的几十年里,在知道他只倾心于一人,对她只是利用时,就能心气平和;是不是不看那一眼,就能按照哥哥的意思,将这天下倒个姓,而不是一时存了不舍,什么都误了,难以善终。

可她看了,逃无可逃,忘无可忘,最后落得满门抄斩,被赐一杯毒酒。

当初哥哥连夜进宫,给了她一瓶毒药,让她将药下进厉泽的饭食里,这样年复一年,杀人于无形之中。

如今厉泽还未因药而死,她却要死了。

王寺人见陈王后端着毒酒,并不喝,像是早就料到会如此,说道:"娘娘,陛下说了,公主好着呢,娘娘大可以放心。"

陈王后从回忆里抽离,听到王寺人的话,她突然笑了出来。

她的笑声肆意,回荡在阴暗潮湿的牢房中,更显得几分凄凉。

那寺人跟随厉帝多年,见过了各种场面,因而依旧面无表情,仿佛一块无悲无喜的木头。

陈王后笑了一会儿,像是了悟了什么。她仰头将酒喝下,缓缓说道:"他竟以为我不愿意死吗?还以骄阳来威胁我,呵呵,他还真是小瞧了我。"

陈家没了,哥哥嫂嫂都死了,她的几个侄子也都被斩首,几百口人,百年世家,一夜之间就没了,她怎么可能还活得下去,她怎么有脸活得下去。

他还真是一点都不了解她,在他的眼里,她始终不过是个为了家族利益手段狠辣的后宫女人罢了。

王寺人看她喝下毒酒,使了个眼色,身后跟着的寺人从她手中拿回酒杯。王寺人道:"娘娘,奴这就退下了。"

王寺人带着两个小寺人走了,空荡荡的牢房里只留下饮了毒酒的她。

陈王后到了此时,眼中终是带了几分苦涩。

她这一生,做女儿时,受陈家教导,思的想的都是家族利益;做妻子时,为陈家谋利,在宫中筹谋算计,害人害己。

走到这一步,她不亏欠陈家,更不亏欠厉帝。

唯一亏欠的便是骄阳。

她的骄阳啊，是她唯一的女儿。

她还记得生下骄阳时，爹爹大失所望。当年入东宫，陈家本以为她会是太子妃，却没想到相国家的女儿也在同一日被册封，那王家的女儿成了太子妃，陈家的女儿自然就是侧妃了。

那时爹爹尚且能鼓励她："丫头别怕，日后诞下小皇子，那主位便还是你的。"

像是为了迎合爹爹的话，东宫之中，她果然是最早怀上的。

她以为是天意，可没想到这竟是厉泽的平衡之术。

相国的女儿成了太子妃，为了防止母族势力庞大，陈大将军的女儿便要在相国女儿之前诞下小皇子。

可惜，那一胎终是没有顺利诞下。

之后，她与太子妃都多年没有孕育子嗣。

陈家为她寻了名医，吃了无数的汤药。可她在上次的小产中伤了根基，想要有子嗣很难。

而东宫的妃嫔中却有人不断传来喜讯。

爹爹告诉她，不要着急，只要王家女儿没有怀上，他们便还有希望。

可王家女儿还是先于她有了子嗣，爹爹叹了口气，告诉她无妨，只要能生下个儿郎便有去争抢的可能。

所以她生下骄阳的时候，爹爹大抵是失望极了，只看了她一眼，便不再瞧她。更令她难过的是，她本就亏损的身体，因为这次生产更加孱弱，大夫说她不可能再孕育子嗣了。

只有哥哥嫂嫂，隔三岔五来宫中看她，宽慰她。哥哥说，别怕，是个小公主又怎样，咱们陈家还能护不住个小公主？

她心里却清楚，陈家之后的路更加难走了。

后来先帝薨，厉泽成了新的厉帝，太子妃成了王后，而她这个太子侧妃成了妃嫔之首，仅次于王后。

她那时想，不若就此罢了吧。

厉泽平等地对待后宫中的女人们，吃穿用度，甚至是每晚去谁的寝宫中，他都很是公平，公平得让她觉得厉泽是在按部就班。

她以为日子也就这样过下去了。

可那个女人出现了，厉泽不知道从哪儿带回来了一个女子，还有一个小男孩。

一段时间里，厉泽天天留宿那女子的寝宫中，她曾经亲眼见过厉泽为那女子剥葡萄。

他眼含笑意，将葡萄小心翼翼地递到那女子的唇边，原来他也能满眼爱意对着一人。

她的一颗心如坠冰窟，她以为大家都是这样，却原来还有不一样的。

厉泽很久没有再来过她的寝宫，直到那天，厉泽带了很多很多的东西过来。

她匆匆忙忙让侍女准备了他爱吃的水果，却独独撤下了那盘晶莹剔透的葡萄。

"娘娘，陛下最喜欢葡萄了。"

她当然知道他最喜欢葡萄，她还知道他把自己最喜欢的东西都捧到了那个女人的面前，哪怕那个女人是不屑的。

她还是让人将葡萄撤了下去。

厉泽先是与她话了些家常，哥哥如今在军中身居要职，成了厉泽有力的良将之一。

她想，一定是因为这样，所以他重新重视起了她这个陈家女。

若当真是如此，也是好的。

可当厉帝将掺了毒的点心端给她时，她难以置信地看向厉帝。

厉帝却并不惊讶于她的反应，脸上带着笑意，温柔地摸着骄阳的脑袋。

骄阳公主已经有些日子没见过她的父王，大眼中带着一丝打量，那是对陌生人的打量。

"骄阳，这是父王给你的。"

说着，厉帝递给骄阳一只玉锁头，那玉样式精美，质地通透，可小骄阳并没有去接，而是看向了母后。

陈王后点点头，骄阳这才收下了那玉锁。

寺人很是识趣，带着骄阳去了花园。厉帝见她还在犹豫，说道："骄阳是孤唯一的女儿。"

是啊，骄阳是他唯一的女儿，陈王后知道他一向狠毒，可她想骄阳是他的女儿，他该会疼惜吧。

陈王后一口气提起，刚想松，却听他说道："前朝许多公主都被送去和亲，我的几个姐妹也是如此。"

他说这话时，眼睛还看着在花园里与寺人、侍女玩得开心的骄阳。

陈王后顿时明白了他的用意，他是在以骄阳作为要挟。

送去和亲的公主大多难以善终，死的死，病的病，无一人能重归故土。

她的骄阳啊，怎会出生在帝王家。

她心中悲凉，为自己，也为骄阳，可那孩子笑得多开心啊，她为着她父王来看她而开心。

她心下了然自己没有别的选择，伸手接过那盘点心，成了厉帝在后宫中最好用的一颗棋子。

厉帝自那以后，逼着她做了许多的事情，每当他要铲除一个世家，自然就要拔掉那个世家送进后宫的妃嫔，而她除掉的第一个人是如妃。

在陈王后的记忆里，那如妃生得貌美，知书达理，很是得厉帝喜爱。可这喜爱也不过是为了得到尚书府的支持，一旦尚书府没了用，如妃自然也就成了个没用的。

那时她也不过才二十二岁，骄阳更是个四五岁的小娃娃。

骄阳那个傻孩子，竟然以为她学很多很多的技艺，读很多很多的书，她的父王便会喜欢她，便会来看她们母女。可骄阳永远不会知道，厉帝来她宫中的每一个笑脸，都是她帮他完成一件他无法亲自做的肮脏事的奖励。

到了后来，她真的是杀疯了，在哥哥的鼓动下，甚至生出了以陈代厉的想法。

她不想骄阳去和亲,也不想被厉帝要挟,她想多帮衬帮衬陈家,只有陈家强大了,厉帝才不敢轻视她,轻视骄阳。

她将哥哥带来的药悄悄地放进厉泽常用的膳食里,悄无声息,却能日夜侵害肌体。

她算计着,终有一日,她要让这王朝换个姓,让她的骄阳再无人威胁。

可她还是心存不舍,减少了药量,以至于厉泽缠绵病榻多年。

她还是没有等到那一日,她还未看到她的骄阳出嫁。

陈王后满心悲凉,以后骄阳该怎么活下去。

陈王后带着满心的怨恨,在一个寒冷的夜晚死去。

这消息传来时,欢岁正就着炉子烤着一个冰冷坚硬的烧饼。那烧饼上撒满了香喷喷的芝麻,烤得焦香四溢,好吃极了。

常嬷嬷下午给了她满满一大罐子自己做的辣酱,夹在热乎乎的烤饼子里,可真是千金不换。

小午还在愤愤不平:"真是便宜了她,那样害人,还能留得个全尸,该被送去五马分尸的。"

欢岁也恨,恨陈王后的算计,让宋家成了众矢之的,恨他们阴谋蚕食宋家,可她知道这是能给陈王后最好的惩罚了。

陈王后与司徒云起有些相像,他们一生都将家族置于自己之上,让她的家族先于她灭亡,想必对她来说,才是真正的剖心解肺。

至于陈王后自己,她是王后,厉帝必然要为她留得体面。

欢岁还有一位故人要去见。

小午好奇:"是谁?我能同姑娘一起去吗?"

欢岁摇头:"不能。"

小午委屈,她现在恨不得时时刻刻陪着姑娘。

去见骄阳公主时,她正躺在一张软榻上,看上去虽不如往日那般明艳,却也还气色不错。

厉夜行处置了陈王后,给了她最大的体面。

对公主,他却迟迟没有处理。

因而公主还住在往日的殿中,只是这殿中却不如往日热闹了,以前那些追随公主的人,生怕受了牵连,连公主殿的大门也不敢靠近,就连嬷嬷、侍女们也都是会见风使舵的,不似从前尽心了。

骄阳就那样躺着,听见动静,扭头看着来人。

看了片刻,她又转头看着房顶。

"岁岁,这房顶我看了许多天了,往日我竟没发现,父王是用琉璃瓦为我筑的屋顶,真好看啊。"

欢岁自顾自地坐下,面无表情地听着。

"小时候我总怨恨他,怨恨他不来看母后,怨恨他一心都扑在那秦氏身上。后来秦氏走了,你知道吗?整个后宫的女人都松了口气。

"我和母后都以为，这下父王总该疼疼我们了。可他广纳美人，沉迷酒色，没有了秦氏，他便越发自弃，放纵自己。

"母后啊，她真傻，她以为父王冷落厉夜行便是厌恶了秦氏，不爱她生的孩子，却不知道，父母爱子不在一时。父王知道权力场有多残忍，更何况是王权争斗。狼崽子终究是要自己长大的，若他不能自己成长，那早晚也是要死在权力场的。因而他哪里是冷落厉夜行，他是在培养他最为疼爱的狼崽子。

"可母后啊，真的以为父王是厌弃厉夜行的。

"年轻时，她有倾城之貌，使尽了法子想要取悦父王。她用尽气力终于怀了我，可我是个最不争气的女儿身，偏她自那以后损了根基，无法再孕。

"后来，她上了年岁，失了姿色，不知怎的就听信了身边寺人的话，与三皇子结盟，还成日里做着太后梦。

"你瞧她多傻，怎么能把希望寄托在男人身上呢？

"我与她不同，我从来不安于当一个无用的公主，我也不屑于那些华贵的生活，我要成为有用之人。我要与六哥和王叔争，我要成为主宰，而不是被主宰的人。"

欢岁看着软榻上的人，只觉得怅然，心下悲凉。

她曾把公主当作普通女孩，却未曾想到那有狼血脉的人，又岂会甘于平凡。

可公主不该在这条王权之路上，利用她利用宋家，不该轻视无辜的生命。

良久，空荡荡的寝殿中，欢岁平静道："去和亲吧。"

公主的眼中闪过难以置信，她以为欢岁今日是来送她一程的，却未想过竟会让她去和亲。

"去那蛮荒之地当一个和亲公主，这余生你都将在那里度过，日日思及那些被你害了的人。"

见公主面露错愕，欢岁又道："你以为我是来杀你的？不，我会用你最厌恶的方式送走你。陷害宋家的人，我一个都不会放过，更不会原谅，因为地下的冤魂不会原谅！这样好看的琉璃瓦，公主再看不到了。"

欢岁知道，公主最不愿和亲，她认为那是最屈辱的，那就让她活在这屈辱里，日日煎熬吧。

她离开公主寝宫，回到东宫。

人人都道，厉帝如今只吊着一口气了，朝廷内外，波谲云诡，可那人向来杀伐果断，手段狠厉。

该杀的都杀了，该罚的也都罚了，该收拢的也都收拢了，继承大统不过是早晚之事。

况且，厉帝心中王位的继承人从来也只有那人，厉帝为他清除了难以清除的异己，培养了可辅之人。

如今厉夜行不光是督军，还要监国。

欢岁这日正闲坐亭中，与嬷嬷一起绣荷包，却见那忙碌的人阔步走来。

嬷嬷见状，拉了小午，说要去小厨房做糖水，好给殿下解乏。

他不在的这些日子，欢岁每日都做些糖水，也从来不去叨扰他，只等着他归来。

几天未见，他似乎更加消瘦了一些，玉带束墨衣，越发显得人宽肩窄腰。

想来朝堂局势还不够稳，他应对起来也是吃力的。

那双桃花眼在看向她时却是极温柔的，他从不愿把朝堂那些糟心事带到她面前。

"听闻你今日去见了公主，她没有难为你吧？"

原来他是为这事赶回来的，欢岁故意逗弄他："哦，在殿下眼中，我可是废物，连这点事都处理不好？"

她假意生气，他又如何不明白，笑着坐下："我原以为，我的岁岁需要我时时看护，捧在手里怕摔，含在口中怕化，却原来这般有谋。"

她善良，却不会去可怜那些可恶之人，更不会傻到去原谅利用过她的人，对公主她曾有过真心，如今却也不会心软。

前几日，便有周边小国来北辰求和亲，欢岁知道厉夜行是为难的。

厉帝只有一个公主，便是骄阳，可如今的骄阳公主处境尴尬，她牵连了陈王后的案子，本该一起受罚，可她是厉帝唯一的女儿，厉帝如今缠绵病榻，却仍惦记着要留下骄阳。

杀不是，不杀也不是。

和亲是最好的法子了，既留了骄阳的命，又打断了她的傲骨，令她再不能兴风作浪。

况且，妥善处置了骄阳，也能为厉夜行分忧，实在是好。

厉夜行的眼中有赞赏，更多的还是怜惜。

欢岁想起今日从骄阳公主那里听来的一件事，骄阳说自己早知道六哥倾心她。在女学时，她觉得欢岁的字迹很熟，后来她想起是在六哥那里见过这样的字，因而她刻意接近欢岁。

欢岁将这事说与厉夜行听："殿下竟还悄悄地藏了我写过的字，什么样的字？什么时候藏起的？我怎的不知道？莫非殿下暗恋我已久？"

面对她一连串的疑问，厉夜行只是满怀深情地看着她，却不回答。

厉帝还是没有熬过，他薨逝于春天来临之前，厉夜行将他葬入皇陵。

从此功过任后世评判。

厉夜行是在春日里承袭了大统，成了新的北辰王。

宋家案平反，欢岁以宋家女的身份，入主后宫。

厉夜行的后宫冷清，只有一位宋王后，身体孱弱，养于深宫之中。

帝后恩爱，次年便有了小皇子，而宋王后的身体竟也渐渐好了起来。

厉夜行在位期间，勤政爱民，是人人称道的好君主，而他一生只有一位王后的事也被人传为佳话。

# 番外一 ·
厉夜行独白：与君初相识，犹如故人归

他自小就不是个受宠的皇子，他的母妃不爱父王，更不爱他，借口养病久居宫外。

宫里的人是最会看人眼色的，知道他是个爹不疼娘不爱的，因而暗地里没少克扣他的吃穿用度。

可他不在乎，他爱看书，爱看纵横天下的史书。常嬷嬷总是怜惜地摸着他的头，道："六皇子才是最聪慧的，将来啊，肯定有一番大作为。"

那次宫宴，父王与朝臣、世家齐乐，宫里头来了好多小孩子。

这样的宫宴，看似一片祥和，其实却暗藏玄机。他起身独自走到花园里，如今他已九岁。

"喏，给你的。"

白藕一般的小手中，躺着一块红色的糕点。

那糕点，他知道，是皇太奶寿宴时，西寻史官进献的，看起来就很好吃的样子。

但他一脸倔强，将头扭到一边，拒绝这份好意。因为他知道即使所有的皇孙都能分到一块，甚至连宋家小姑娘都能分到，但他这个不受宠的人肯定是没有的。

瞧他拒绝，小姑娘似乎受了天大的委屈一般，撇着嘴："这个很好吃的，你吃。"

在宴会上，所有的小孩都分到了糕饼，而她作为宋氏最为荣耀的嫡女，分到了两块。她看到坐在角落里的那个男孩没有糕饼，满脸失落地走出殿门，这才摆脱了嬷嬷，跟了出来。

"你是为了我特意出来的？"

"那是自然。"她回答得理所当然。

厉夜行这才回头看着她，除了嬷嬷，这个世界上从没有人在意过他的情绪。

小小白白的一团小人儿，在这个冰天雪地的时节，突然闯入了他的心。

后来，那块点心他留了很久很久。

十四岁那年，他与众皇子同坐一堂，听夫子授课。

厚厚的书本下，藏着从宋家借来的孤本。早就听闻宋家孤本无数，他要借，宋家自然乐意给。只是不知道他想借的是书，还是想借着借书的名义，去瞧瞧那人。

厉夜行翻看着孤本，却看到其中夹着一张字条，上面用娟秀的梅花小篆写着：爹爹，我想出去玩，什么时候才能解了岁岁的禁足啊。

梅花小篆的旁边还画着一只圆润的猪头，那猪头咧嘴大笑，就像是数年前在雪地里对他笑着的她一般。

课堂上，一向面无表情的六皇子竟笑出声来。

十五岁那年，他去宋家借孤本，路过一间书房，远远瞧见她正坐在窗下的案几边，烟紫色的纱裙下两条腿闲适地摇晃着，脆生生的声音传入他的耳中："文状元又如何？我喜欢的男子定要能驰骋疆场，威风凛凛，最好……"

她似是有些羞涩，没再说下去，一旁的女伴问她："最好什么？你这家伙说话怎么只说一半？"

她笑了笑，接着道："最好啊，能单手抱起我。"

原来她不喜欢文人墨客。

他彼时不过十五岁，是宫中最不起眼的六皇子。自那以后，他专心骑射，寒冬酷暑无一日偷懒。

他十六岁时，南召作乱，扰得边境不安。厉帝有意挑选一位皇子督军，行军辛苦，无一人肯去。他在朝堂上主动请缨前往边境督军。

他清楚记得父王那日的面色，似是震惊，又似乎有些欣慰。

临行前，一向严苛待他的父王将一把玄铁剑交给他，道："在孤心中，从来只有你一人能配得上这江山。"

厉夜行抬头凝视父王，而厉泽却只说："你母妃若是见你如此，定会倍感欣慰。"

他接过那把剑，自此剑不离身。

他上了战场，一次与南召交战，他们不幸被军中细作出卖，中了埋伏。他一人带了三十精兵，杀，杀，杀……杀了整整一夜，杀得昏天暗地。

终于从敌军中突围。

等他和他的马儿浑身血淋淋地回到军营，他成了北辰军最为爱戴的勇士。

而他似脱力一般，从战马上倒下，被人背进了中军大帐。

他身上大伤小伤无数，军医看了直摇头。

那莽撞的裴岩拿出了刀，架在军医的脖颈上："今日医得好要医，医不好也要医，殿下若是醒不过来，咱们都下去向他谢罪。"

他的身体他心里有数，他从小体弱，没有母亲精心呵护，又常在宫中受责难，王叔尚且有祖母护着，而他只有自己，因而早就伤了根本。

只裴岩那小子不放弃，愣是要将他救回。

好在军医技术实在高超，他竟真的好了起来。

他那时想，他要回去，回到她的身边，哪怕只能远远看着，那也是他唯一的念想。

都道他是为了太子之位，才去的战场，却没人知晓，那年窗下，那个女孩天真地说着："我喜欢的男子定要能驰骋疆场，威风凛凛……"

他知道，一直知道她喜欢的是这样的人。

他六岁通读史书、兵法，最擅纵横之术，可她一句爱英雄，他便投身疆场。

他拉下太子，入主东宫，一步步走着，看透了人心险恶，连他身边的宫女、侍卫都可能随时被杀，他更不敢将她拉到自己身边。

宫中再遇，长廊下，他远远瞧见她，她不知他是迎着一路风雪回来的，而他却生气她不记得他。

她不记得那年她在宫中给了一个落魄的皇子一块糕饼，那糕饼成了他难得的一丝慰藉。

她在女学，他心心念念，因知道陈王后一心想要成阳郡主当东宫太子妃，于是那些个心思便生生压了下去,他只敢远远看着。

常嬷嬷知道他的心思,常从女学中带些她的东西回来,她画的画、她写的字,还有那只绿油油的草蚂蚱……

她来他宫中捡纸鸢,他厉声斥责,是想提醒她离公主远一点。

他以为吓到了她,可她还敢来求他帮忙,他随手一篇文章便让她顺利过关。可她不知道的是夫子是他的启蒙恩师,那文章夫子怎会不知道是出自他的手。

她被人误绑,他很有把握能够救下她,却在她不慎坠崖时,第一次知道了心急如焚是何心情。他第一次知道万事不是都能由他掌控,他毫不犹豫地跳了下去。那一夜,她在他身边安睡,而他一夜无眠。

她不知天高地厚地去了虢城,而他明知不该牵扯其中,却没有丝毫犹豫,自愿入局,从杀手的刀下救了她,她不知道他有多庆幸。

宋家遇难,她无家可归,彼时他还在虢城,马不停蹄地赶回来,遍寻她不得,他是真的想杀了司徒云起的,好在他找到了她。

她误会是他害了宋家,他却不想解释,宋家满门抄斩,她没有丝毫生机,恨也是种生机。

她刺杀他,他却怕她受到伤害,拼着最后一丝力气,让裴岩务必保住她。

她走了。走的那日,他胸前的伤口隐隐作痛,痛得眼眶酸涩。

他是殿下,是未来的国君,他怎么能哭呢?可这伤口实在太疼了一些,只觉得口中腥甜,似乎能呕出一口血来,因而他薄唇紧闭,将那血掺着疼一起吞下去。

往日便空荡荡的东宫似乎更加空荡荡了。

厉夜行第一次觉得冷。

他独自坐在案几前,长指摩挲着一个针脚歪斜的荷包,那是她无聊时,跟着宫里的侍女学的刺绣。

她绣得并不好,他路过亭下时,看到她被针扎到时皱起的眉头,便觉得那针不是扎在了她的手上,而是扎在了他的心头。

常嬷嬷知道他一天没有进食,端来了一碟桃花糕:"殿下,吃些吧。"

桃花糕,他爱吃桃花糕,她也爱吃桃花糕,他便更加爱吃,总觉得在吃这酥时,两个人仿佛是联系着的。

爱她,他一向是卑微到了骨子里的。

步步为营,招招皆胜,可他就是觉得乏了也倦了。

他手持酥饼,嘴角带笑:"嬷嬷,你再同我讲些她的事吧。"

只听常嬷嬷长叹一声。

他烧掉了宋家的府邸,他知道,若是她在,她定也不愿意宋家被那些人占用。

烧之前,他亲自去了趟宋府,去了她的闺房。房中似乎还有她生活过的痕迹,他不由自主地打开了柜子,看到了那幅画和那件狐裘,心如刀割。

原来,并不是只有他一人。

那夜,他又梦到了那个小女孩,她手里拿着一块糕饼,稚嫩的声音:"哥哥,给你糕饼。"

那双带笑的眼睛,竟是他一生的梦。

# 番外二·
## 厉九州：满盘皆输

厉夜行初登帝位，厉九州便不知好歹地从封地滚了回来。

在朝堂上对厉夜行的政策指指点点，妄加言论。

厉夜行恨得牙痒痒，真是好想斩了他。

可厉夜行不能，因为欢岁一病不起时，是厉九州带回了解药。

果然薛神医还是比崔大夫强。

留下厉九州的狗命是厉夜行做过的最为后悔的君子协定，这人现在不抢江山了，总是有意无意写些赞美王后的酸诗，还找些穷酸文人在街头巷尾传颂，当真是恶心人。

可厉夜行不能杀他，这是当初换药立下的君子协定。

夜里，寝宫中，他搂住宋王后那不盈一握的细腰，手指故意在腰眼处游走。温热撩人的气息喷在她敏感的脖颈处，惹得她微微颤抖，面红耳赤。

他这才满意道："你可真够没良心的，我那九王叔到现在还未婚娶，不知道是在等谁？"

说着，他还捏了一把她腰间的痒肉，一时间又疼又痒的，娇吟溢出齿间。

爱等谁等谁，不等她就成。

欢岁不知道今日厉九州又写了酸诗的事，却知这人莫名地醋了起来。

为了不让自己太过受罪，她眼珠一转，娇笑着安抚道："王叔也老大不小了，咱们做晚辈的还是要多为他老人家操点心，不如咱们给王叔说门亲事？"

这话厉夜行很是受用，连手上的动作都轻柔了不少。

"你当真这样想？"

"当然！千真万确的真！"

毕竟她可不想让史官记载，厉后宋氏卒于床榻间。

"果然女子最为毒辣，岁岁这一招杀人诛心啊。"

那人心情是好了，可也没有放过她，似乎更勇猛了一些，折腾了大半宿才抱着她沉沉睡去。

欢岁迷迷糊糊间还在想，王叔还是明日就成亲的好。

过了几日，那人又有了个新主意，非要跟她生小孩儿。

"厉夜行！你怎么回事？"

青天白日的，竟拖着她往榻上扔。

他目光幽深，看着她倒在榻上，乌发铺了满枕头，越发衬得那张巴掌脸白皙娇嫩，一双眼眸清澈干净盈盈动人，樱唇微启含羞带怒的。

本是今日在朝堂上又被九王叔拱了火，心中不安，他想要吓吓她，省得她有了想跑的心思。可这一番折腾，他倒是真的情难自禁，朝那樱唇深深吻去。

他的动作急切而粗鲁，甚至有意在她白皙的颈边撕咬吮吸，疼得她抱紧了那结实的胸膛，在宽阔硬朗的背上留下道道抓痕。

他不怒反笑，从她颈间抬头，望着她的那双眼中弥漫着欲望："嘶，我的小猫倒是会挠人了。"

而后他的力道越发大，弄得她泫然欲泣，娇吟着求他轻一点。

可那一声声娇软的求饶声，更像是激励他重击的鼓舞，他便越发想狠狠冲撞她。

等到他起身时，身下的人早已香汗淋漓，没了气力。

这么不对劲了几日，欢岁才从小午口中得知，厉九州竟当着朝臣的面说自己曾与宋家有婚约，说宋家欠他一个未婚妻。

这婚约是什么时候定的，欢岁是真的不知道啊，爹爹和母亲也从未提起过，兴许就是厉九州编来气那人的。可那人偏偏很上套，也就成日变着法子折腾她。

这天夜里折腾得厉害了，她索性哭了起来，刚开始是"嘤嘤"啜泣，后来又放声大哭。

哭得又屈又冤。

她这样真心待他，他却整日里疑神疑鬼的，搁谁身上能不生气呢？

厉夜行平日里惯着她，唯有床笫之间总有些收不住。见她真的受了疼，他又心疼地将人整个揽进怀里，低头轻吻着，哄劝着："岁岁乖乖的，马上就好，马上就不疼了。"

可还是疼啊，哪有什么马上好，又是半夜折腾了过去。

好在事情很快就得到了解决。

第二日，厉夜行在来仪殿设宴，专程宴请厉九州。

说是一场家宴，厉夜行却上心得很，还特意为欢岁挑选了衣服。

他最爱墨色，却最爱她穿月白色，便为她选了一身月白色的裙袍。

那裙袍工艺精湛，极其贴合腰身，将欢岁本就不堪一握的小腰束得越发纤细。他亲手为她绾了个发髻，简简单单插上了一支玉簪，露出白皙的脖颈。

他身量高大，而她站起来时，刚好到他下巴处，一抬头，便被那人深深吻住了唇。好半响他才意犹未尽地离开那温暖，声音嘶哑道："真想把你藏起来，只给我一个人看，真想时时刻刻与你在一起。"

可是今日不行，今日他就是要示人的。

说着，他又在她颈边重重吸吮，而后满意地看着上面留下的红色吻痕，眼中满满的占有欲。

欢岁霎时明白了他的用意，今日他选的这身裙袍哪里都规规矩矩的，只有领口偏低，此时那白皙娇嫩的脖颈上两处吻痕耀武扬威。

欢岁气红了脸，要去捶他，那人恬不知耻笑得越发开怀。

自上次他来送药时一别，欢岁已数月未曾见过厉九州，他瘦了些许，也黑了些许。以往她被他利用欺骗过，也因他得以解毒，如今再见，算是两清了。

而厉九州却在她踏入殿门时，便移不开投在她身上的目光，她依旧相貌倾城，如今在厉夜行身边娇养着，更加明媚动人，似乎也更加圆润了一些。

她跟随着厉夜行在主座落座，厉九州向二人行礼。

厉夜行让他不必拘礼，说道："都是自家人，何须这些礼节，况且岁岁说王叔是长辈，以后于人后便省了这些礼节吧。"

一句话，看似将厉九州与他二人的关系拉近了一些，实则是以他长辈的身份彻底斩断他对欢岁的幻想。

厉九州又怎会不知他的意思，只得暗自苦笑。

侍女引着厉九州落座，厉夜行道："王叔此次回来可要多留一些时日。"

却见厉九州并不答话，他的目光落在欢岁身上，落在那纤细的肩颈处，那里殷红一片，惹人遐想，他当即愣在了那里。

果然是杀人诛心！

厉夜行似是很满意他的反应，薄唇微勾，贴得离欢岁更近了一些，将一尾剔了刺的小鱼夹入她面前的碟盏中，在她耳边道："你最爱吃的。"

那恩爱似是要溢出来，刺激得座下之人再无法看下去。

欢岁在心中怪这人幼稚，可也想尽快解决了王叔的事，便配合地吃了一口。

鱼肉细腻滑嫩，味道清淡，十分适口，她不由得多吃了一些，也不再去管那叔侄二人唇枪舌剑，明讽暗刺的，只埋头苦吃。

那二人照旧是互看不顺眼，说来说去的都是些陈芝麻烂谷子的破事。

宴席过半，厉夜行握着欢岁的手，对厉九州道："我见王叔写了那些个酸诗，想必也想得遇佳人。我与岁岁商量了一番，下个月便开始为王叔张罗亲事，王叔有了美人，想来再不会写酸诗了。"

那日，饭都没吃完，厉九州便急匆匆地出宫了，听说他从此少了个写诗的爱好。

## 番外三

### 厉九州：别离

离开洛城前,他设了宴,请欢岁一叙。

他知道她一定会来,毫无情谊,却有两次救命之恩。

厉九州还是如往日一般,清风霁月,一袭月白色长衫,淡然坐于亭中。

可惜这样的白衫下是一双翻云覆雨的手。

他面前的案几上,放了两杯茶水和几样糕点,那样子像是等了她许久。

远远见到了跟在裴岩身后的她,厉九州勾起了嘴角。

他许久没有见过她了,欢岁如今大多是在宫中,厉夜行那小子将她视作眼珠子,恨不得时时刻刻看牢了。若不是他将离开,怕是他们也不能见这一面。

这样想着,厉九州便笑得更温柔了一些。他只愿将那缓缓走近的人刻进心里,今后回想起来也不算空度一生,也愿在她心中自己不会那么污浊不堪。

她走近,立于亭前盈盈然施礼,温声道:"王叔。"

"宋姑娘。"

那三个字从他口中唤出,她抬头,看向他的眼神毫无波澜。

厉九州心头没来由地一紧,他往日见过她很多种眼神,有崇拜的、有敬重的,但从未像此刻一般无波无澜。

那便是真的毫不在意了吧,薄唇勾起的弧度越发苦涩,伸出去想要扶她的手将将停在空中,无奈地收回。

厉九州打量着在石凳上坐着的人,她还是如从前那样明媚动人,却又与从前不一样了。她圆润了一些,身上竟有几分温柔气质,他明白这是厉夜行给她的。

"他待你好吗?"

他其实有许多的话想对她说,可再多的话到了嘴边也只有这一句。

"阿行待我很好。"

在提起那个人的时候,她脸上有着明媚而温柔的笑意,当真是幸福的模样。

当然好,若是他有幸得到她,他也必定待她很好很好。

厉九州感觉欣慰又心酸,却还是想将自己的事讲给她听,他怕,他现在不讲,那以后这世界上便真的无人知他懂他了。

"你那日问我为何要这样做,今日我便告诉你。"

上次见面时,欢岁已知道他才是这一切事情背后的推手,所谓的三皇子、陈王后也不过是他棋盘上的人罢了。只是她想不明白,他是九王叔,是厉氏王族的人,他本该守牢厉氏江山,却为何想让这山河动摇,做了颠覆厉氏的推手。

"我的母妃很美,父王第一次见她便沉溺于其美貌,将其带回宫中。可他不知道母妃自幼时便接受了训练,一颦一笑,都是照着父王的喜好来的,这样可心的人，他见了又怎能不沉沦？"

欢岁凝眉，厉九州不是先太后的亲儿子吗？

厉九州接着道："她容貌倾城，极得父王喜欢，但红颜薄命，很早就去世了。父王为了保护我，便将我过继给了当时的王后，因而无人知道我的身世。

"我出生的时候，父王是真的高兴，他赐名九州，原是想由我统一这九州大地，完成他天下一统的大愿。"

九州，这是对他寄予了多大的希望啊。几国之中，唯北辰最为强大，厉氏想要统一这九州大地之心很早便有了，先王将这个名字赐给他，也是想要把北辰交给他。

欢岁想起从前厉夜行说起厉九州名字的来历时，脸上满是难过，他说若厉九州生来是要统一九州的，那么他自己呢？

她心头一痛，越发心疼那人。

"可我终不能统一九州，也并不想登上这王位，岁岁你知道为什么吗？"

既已被帝王寄予厚望，还拥有治世之才，那便只有一件事让他登不了王位。

她望着他，说出自己的猜测："王叔的母亲是南召人？"

聪慧如她，又怎会猜不到？当初在南召被困时，她便心中有疑，南召人为何会听厉九州的？

如今倒是能解释得通了。

北辰与南召打了十余年，太平了十余年，国恨家仇早已说不清楚，北辰的王座上，怎能坐着半个南召人？

先王早年征战，身负重伤，虽有太医精心调养，可到底是损了根基的，厉九州刚满十一岁，那一代枭雄便缠绵病榻了。

他怕，他怕自己走后，九州便无人照拂；他怕，怕有一日王权相争，终有人翻出了这孩子的身世，到时候别说是王位，怕是连命都难保。

他以为他有足够多的时间，能够使这江山再牢固一些，能够陪这孩子再多一些时间，看着他成长，陪着他历练，可他的身体不允许他做这些事情。

来不及了，他已没有太多的时间。

在他岌岌可危之时，他想的不再是为九州保住王位，而是保他一世平安。

那一代枭雄，也在为他最爱的孩子计划筹谋。

直到那一日，厉泽去见了那缠绵病榻的枭雄。

"四哥多阴险精明的人啊，他觊觎王位多年，手底下不仅有兵权，还有一支最擅探听的暗卫，他知道了我的身世，便与父亲做了交易。"

先王将王位传给厉泽，而厉泽，这个本就在王位争夺战中最有胜算的人，要保厉九州一生的富贵荣华。

厉泽继位后，果然信守承诺，他将其余的兄弟都分封到离洛城很远的边地，唯有厉九州留了下来。

"他们都以为我是太后的亲儿子，因而我才没有去封地，却不知道我才是那个真正不能见光的孩子。"

厉九州拿起茶盏，那骨节分明的手指修长好看。

"我以为这样也好,我也想像父亲想的那样,一世平安。"

可他不能,他有一半南召的血统,他的母亲生于南召王室,本就是为了接近父王而设下的美人计。而他也注定了要完成母亲当初未完成的事。

他要的从来不是北辰王位,而是北辰大乱,北辰乱,南召才能获得喘息的机会。

"父王很爱母亲,爱到即使知道她带着目的来到他身边,却还是深陷其中,不愿自拔。"

"我以为我不会的,这一生,我都不会遇到那样一个人,一个让我也宁愿舍弃一切的人,可我……偏偏还是遇到了。"

他这一生难得的快乐时光,便是与宋景之一起学习的日子。那时他尚且年幼,宋景之比他大上八九岁,已开始议亲。有日,他们师兄弟二人闲坐庭中,宋景之逗起他来:"小师弟,待我将来娶了妻,若是生下女儿,予你为妻可好?"

不过是一句玩笑话,可六七岁的他竟红了脸,第二日竟亲自往宋府送了一枚玉佩,逗乐了一群人。

后来,他与宋景之渐行渐远,听说他果真诞下了女儿,听说那女孩自幼调皮。

再多的听说,都比不过赏灯宴的一见。

他远远看到她与成阳郡主争辩,为天下商贾争辩,那样肆意的模样,映在了他的眼中。

原来这就是他的小小未婚妻。

后来,她得了时疫,高烧不退,宋景之不得已求到了他府上。他起初想的是拉拢宋家,可看到她难受的模样,又后悔将她拉入局中。

他步步算计,唯一没算到的是竟会真的心动。

她大病初愈,他却不舍她离开,连薛神医也看出了他的犹豫。

可他早已经身不由己,又如何能儿女情长。

他知道厉夜行有多在乎她,将她变成了自己的一把刀,想要狠狠扎进厉夜行的胸膛,可他扎的又何尝不是自己。

他也想过如果当初不利用她是不是会好一些,可哪里有什么如果。

他看向坐在自己对面的人,四目相对,欢岁别过头去,不去看他眼中的深意。

厉九州苦笑:"岁岁,不管你信不信,我从未想过要伤害你。"

带她入局的人是他,说不想伤害她的也是他,欢岁垂眸不语。

凉风穿过小亭,他听到她柔声说着:"殿下说我吃的药是王叔给的,我今日来见王叔,是想说一声'谢谢'。"

除此之外,别无他意,他又怎会不懂?

宋欢岁离开后,厉九州独坐庭中,身后的人道:"王叔,我们明日可启程?"

启程,去厉夜行给他的封地,从此远离洛城,他已争无可争。

# 番外四·
## 顾炎：鲜衣怒马少年郎

  他是顾家的小公子，自幼得曾祖母疼爱、父母庇护、兄姐爱护，从未受过半分委屈。
  身边更没有敢与他唱反调的人，不，说起来倒是有一个，就是宋家那个傻丫头。
  宋家那小丫头啊，自小看起来柔柔弱弱，其实跟犟驴无异。可他偏是贱得难受，就喜欢去招惹那小丫头，挨上几句骂，反而浑身舒坦。
  那日，他与她在街头争面人儿，她竟在大庭广众下扒下了他的裤子，除了羞耻，他竟还红了脸。
  她说他是小胖子，他听进了心里去，哭着闹着要去大营，只因他知道她最爱话本子里的将军，心想，等他变成了威风凛凛的大将军，看她还敢不敢说他是小胖子。
  营中多苦啊，可再苦他也没有哼一声，一心想着等他回到她身边，定叫她大吃一惊。
  后来，他却在她的眼中看到了别的人，那样矜贵无双的人，他又怎能比得过？
  宋家出事时，他并不在洛城，自那以后他更加勤勉，征战四方，只希望自己能保护得了想保护的人。
  两年未见，等她再回来，已与殿下携手而行，他知道自己终是错过了她。
  而他心中除了酸涩，还是高兴的。她过得好，他又怎会不高兴呢？
  最近城外大营闲来无事，他总往她住的小院里送东西。
  有时是几盘稀奇的果子，有时是几本有趣的话本，还送过一笼子的蚂蚱，那是他们幼时最喜欢玩的。
  她瞧见蚂蚱时，眼中透出一道光亮，可很快那些不争气的蚂蚱便在笼中奄奄一息，她撇撇嘴，将那些蚂蚱一股脑放了。
  这日，他又过来送东西，她趴在窗台上，望着那身姿挺拔如峰的人，突然问道："阿炎可有喜欢的人？"
  闻言，他抬头看了她一眼，并没有搭话。
  她像是饶有兴致，顾炎年纪与厉夜行差不多，她接着问："可定了亲？"
  这回他摇了摇头："婚姻大事，若不是可心的人又怎能随随便便？"
  唉，可心的人，心中有别人啊。
  欢岁这几日闲来无事，跟着嬷嬷练刺绣，她从自己绣的一堆荷包里，挑了个不太丑的，塞给了顾炎。
  他眸中一亮，高高兴兴地接过了荷包，脸上的笑容还没绽开，听到她说："我定能做出最好看的荷包送给殿下做生辰礼。"

那笑容僵在了脸上，可他出了门，还是仔细地将那荷包挂在腰间。

这还是他第一次收到她的礼物。

回到城外大营时，主座上那人抬头看了眼他的腰间，眸色幽深，忽地冷笑了一声，说道："顾将军可定了亲？"

他一头雾水，今日这是怎么了，一个两个的都想给他做媒不成？

"回殿下，臣未定亲。"

那人点点头，思索一番说道："尚书家的侄孙女与顾将军年纪相当。"

他听罢，微微出神，知殿下这是要为他指婚了，随即他掩去眼中的一丝异色，下跪谢恩："谢殿下。"

厉夜行这才满意地勾了勾嘴角。

夜里，厉夜行回到了东宫，神采飞扬地在案几前坐下，兴趣盎然地从桌子上拿起一个荷包："你绣的？"

她赌气似的说："不是。"

"这样难看，不是你绣的，还能是谁？"

是了是了，是她绣的，可再难看，他不是照样拿在手里认真地把玩，还挑挑拣拣，选了最丑的一个带走。

- 全文完 -